Signal of Revelation

末世 I 訊號

Apocalypse

天啟

江宗凡 著

推薦序1

極具創意的文藝青年初試啼音

在一個偶然的機會裡透過臉書，認識了就讀於花蓮高中二年級的江宗凡，後來他邀我碰面，商量如何協助一個高中生的比賽活動，才順道了解他在國一時就開始寫作，散文、新詩與小說都有嘗試。本以為他將來大學一定會要立志進軍文學領域，但更令我驚訝的是，他竟然是數理資優班的高材生。

我稍翻閱江宗凡給我《天啟I：末世訊號》這本書初稿，文筆之好、對情境感覺描述之細緻，令人想不到這竟是出自一個高二學生之手。尤其這本書串接了秦始皇時代的中國歷史、當今時事與蟲洞這種天文物理的觀念，更不是一般作家所能為。

回顧一些賣座的好萊塢科幻電影，鮮少能夠同時跨越這幾個範疇；近年好萊塢興起一陣中國風，也沒有能這樣深度聚焦於中國的背景。而在人性刻畫上，本書男女主角經歷故事裡的諸多艱險折騰，最後竟也發現自己與周遭歷史人物間有著冥冥中無法擺脫的淵源。兩人在共患難後，也不免萌生情愫，為故事後續發展塑造了許多想像空間。以一個高二學生來說，能夠毫不生疏的刻畫這樣的感覺也真有其獨到之處。

看這本書時，不時因為故事劇情的創意而莞爾；而看過之後，讓我深深體會我們傑出的年輕一代所具有的潛能與創意，實在不可限量。比起許多科幻電影，這本書的劇情毫不遜色，是否有機會也拍成電影呢？這就留給讀者去發想了……

張善政

（本文作者為中華民國前行政院院長）

推薦序2

上官鼎

一部有中華文化元素的科幻小說

三月下旬，張善政約我吃午飯，他從花蓮帶來了一部二十八萬字的科幻小說手稿，說是最近結識的花蓮中學高二學生寫的，又說這位作者現年十七歲，正是當年上官鼎開始寫武俠小說時我的年齡；希望我給他一些鼓勵。

這部小說《天啟I：末世訊號》的作者就是江宗凡。

老實說，平時我很少看科幻小說，對許多大賣座的科幻電影也興趣缺缺，但善政一番話打動了我，雖然距該書預定出版（六月初）已無多少時間，實在無法從頭到尾細讀，但我還很快地把全書「速讀」了一遍。

我必須說，我對十七歲的作者江宗凡感到十分驚豔。

江宗凡的文筆流暢，有很好的說故事的本領，對前沿科學上一些新發現和假設有一定的常識，尤其令我欣賞的是整個故事以大中華地區的人、事、文化的背景，有別於市面上眾多此類小說，慣以西方的科技、人文故事作為主要元素。因此整部小說，包括科幻的部分，都充滿了中國歷史、兩岸現況的描述，讀來別有興味。

這是一本充滿奇幻布局和玄想科技的小說，作者也不忘記加入了一些人性的關懷，對少讀科幻小說的我來說，匆匆讀完後腦中冒出四個字：後生可畏。

期望宗凡考完學測後能繼續寫他的第二部—他自己說續集的書名都想好了：《始皇印記》。

（本文作者為中華文化永續發展基金會董事長及小說作家）

推薦序3

馳騁的樂趣

江宗凡在《天啟Ⅰ：末世訊號》這部科幻小說中展現了令人訝異的想像力與表現力，故事背景從秦始皇到當代，精彩的情節連結了美國、中國、台灣，乃至於外星人，而其中所涉及的知識，涵蓋了歷史、物理、化學、軍事、政治等領域，對一個才十七歲的年輕作者而言，他在小說中所釋放的能量十分驚人。

小說基本上被視為是虛構的，但在虛構的情節中又常帶著許多人性的，或歷史的、精神層次上的真實。當我們看金庸小說時，往往一邊在虛構的飛簷走壁中得到快感，卻也會因為小說人物真實的感情而低迴不已，這種雜揉著真實與虛構所形成的魅力，正是小說令許多人著迷的原因。科幻小說的情節虛構性常是重中之重，但同樣的，它也往往遙指人類發展的未來，甚或點出人性在歷史甬道中某種注定的命運，好的科幻小說對人類前途的掌握，時有出乎意料的準確度。

宗凡對整部小說情節的構思，十分遼闊且自由，充滿了年輕人奔放的氣質。小說裡有距離地球一千三百光年的「克卜勒452b」、名為「地鼠」的高科技金屬假人、外星艦隊、設立在花蓮的隱密指揮中心、一萬三千年前來到地球的外星先鋒秦始皇……豐富的想像力讓這部作品處處有驚喜，超越了我們所習知的現實，讀者在不知不覺中被引導到一個更廣闊的世界中，這是語言文字賦予我們的特權。宗凡年輕的心靈充分發揮了這項能力，他除了有靈活的情節構思能力，也能精準地將這個龐大的故事以文字呈現，的確是寫科幻小說的一把好手。

二〇一五年的科幻小說最高榮譽獎項雨果獎由中國作家劉慈欣的《三體》獲得，顯然這項誕生在西方工業

林宜澐

革命之後的文類，已被注入愈來愈多的中國因素，對於中文的讀者來說，在各種科技裝置中高來高去的科幻小說，想必會因此增加許多親切感。宗凡不但將一個縱橫古今的故事拉到台灣，甚至就讓它在自己的家鄉花蓮發生，這種跟自己生命經驗的在地連結，無疑又為這部小說添加了幾許情感的溫度，作為一個也在花蓮成長的讀者，我讀起來特別覺得趣味盎然。

如果一個人的內心時時存有寫作的慾望，他與這個世界的連結必然特別緊密，他會隨時觀察周遭的人與事，以一個又一個的故事呈現對這個世界深入的觀察與描繪。宗凡在這麼青春無敵的年紀竟然可以有如此大量的書寫，可見其內心思辨能量之大。在未來的日子中，他將因為成長而使得作品愈發成熟，今天出版這本年輕的書，除了證明其「英雄出少年」的卓越寫作能力外，將來也必然會是一個美麗的回憶，這樣的際遇著實令人羨慕啊。

這是一本饒富趣味的書，年輕的想像不斷地在小說中奔馳，現在，就讓我們翻開書頁，跟著宗凡一起享受馳騁的樂趣吧。

（本文作者為蔚藍文化出版社社長）

楔子

秦朝帝都　212 B.C.

暗灰色的雲團聚集宮殿上空，數百名士兵站在宮牆外，在強風中手持長槍挺立著。一道閃電劈落，挾帶著風雨欲來的氣味，接著，暴雨傾盆而下，澆淋在無數忙著閃避大雨的臣民頭上。

宮殿之中，秦始皇嬴政緊閉雙眼，一臉疲憊的仰靠在裝飾著碧玉和黃金的龍椅之上。他傾聽著牆外的大雨—正如同他此時的心情寫照。他重理龍袍，整理著自己的思緒。三十年前，他登基稱帝，經過歷史上從未有過腥風血雨般的征戰後；九年前，一統天下，成為有史以來權力最大的王者。然而，這只是歷史的必然和敵我實力懸殊所致，與他所圖的大業相比，他並不在意，也不懼怕任何人的阻撓。

此時他恐慌的情緒在胸中升起。

一道巨大的閃電劈下，剎那間照亮整片大地，嬴政睜開雙眼。他看向懸掛在龍椅後方牆面上的那把長劍，這是他私藏已久的寶劍，無人知曉它的來歷。然而，他注視著並非是那寶劍，而是在寶劍之後，無人看得見的暗格—當然，除了他自己—但現在他開始懷疑這種看法是否正確，因為出現了旗鼓相當的對手，而且這個人就隱身在暗處。

思及此處，他胸中湧起一股怒火，他搖搖頭，不願再想下去。

他的目光轉向桌面上一個裝飾典雅的設置，透明華麗的瓶身當中，如同金屬般的銀色液體在其間往來穿梭。平滑外觀沒有一絲波紋，宛若晶瑩閃爍的水滴。它擁有一種獨特質感，像是無時無刻在暗黑宇宙中無止盡的流動，充滿著飄逸的動態，看似一觸即破，卻勝過世上任何堅硬的物質。看著它在微弱的燭光中閃耀著銀色光芒，總能使秦始皇平靜下來。他露出一抹微笑，這樣有價值的物質，卻被人們愚蠢的當成水銀獻上，還愚昧地認為這能使人長命百歲……他輕輕的搖搖頭，有時人們的舉動實在令他百思不解。

丞相李斯走到了殿門外，無須目視即可感受，他收起注視著瓶中銀色物質的目光，靜靜地等待著。

「皇上，臣李斯求見。」

「進來。」李斯低著頭走了進來，他手上拿著既定的奏章。

「這麼晚了，有何事？」

「陛下，微臣來和陛下商議那二人和……您背後那物之事。」

「這件事只有你知道，不許洩漏出去。」秦始皇淡淡的說，李斯卻嚇得全身發顫。

「當然，臣曉得。」李斯點著頭說：「陛下正煩惱既不得讓任何人知曉真相，卻要大規模的行動。在這個群族內，臣有著很深的了解，臣倒是有個主意，能解陛下之憂。」他將那份文書放到秦始皇桌面上。

秦始皇拿起李斯的奏章迅速地掃過。他嘴邊漾起一抹微笑。「我喜歡……將更為長久、深沉的涵義隱含在『以古非今』的警告與阻止當中。做得好。明天上朝時即昭告眾臣。」

「謝陛下。臣只想為這偉大的計畫貢獻棉薄之力。夜深了，臣先告退了。」他向秦始皇躬身，緩步退出宮殿。

秦始皇漫不在意的拿起李斯的奏章，懸放在燭火之上，看著它逐漸被跳動的火舌吞滅，他想像著那天到來時，世界被同樣的火焰席捲的模樣。

宮外忽然一陣寂靜，秦始皇抬起頭，大雨停了，彷彿為了呼應他的情緒一般。他站立起身，緩步走出了幽暗的宮殿，踏入沁涼的夜空之下。

空中烏雲散開了一處，數道星光透過縫隙灑落在秦始皇身上。他似乎感受到群星冰涼的微光，他仰起頭面向夜空中一顆外觀平淡無奇，卻對他有著長遠意義的那顆亮點。

他閉上了眼，享受著星光輕撫過自己肌膚的感覺。剛才的憤怒情緒此時已經淡然，他心中暗暗為自己方才湧起的動搖懺悔，明明已經見證過萬物的真相，卻仍在一瞬間懷疑領導人的智慧。他再度確立對即將到來的偉大日子堅定的信心。他知道沒有什麼阻礙得了永恆世界的擴張。

他睜開眼睛，原本漆黑的雙眼只剩一片腥紅。

「天啟已經展開，我們覺醒了。」

1

中國　西安　西北大學

這是個密布烏雲的假日，我在熟悉的時間，清晨六點踢開棉被，睡眼惺忪的撥弄一頭亂翹的黑髮，隨即套上一件白色T恤和牛仔褲，順手拿起那本早已翻到脫頁、講述秦始皇的歷史書，步入早晨的校園。這個時間的校園空曠得恰到好處，少少的學生和慣於早起的教授在偌大的校園中緩緩行走著，完全不見平日的匆忙和喧囂。我和他們一樣，暫時放慢腳步，放下心中那份寫不完秦始皇報告的煩悶，享受短暫的安寧。東方俗諺說：「美好的時光總是過得特別快。」這句話正是我現在的心情寫照。這份片刻的寧靜在按下圖書館電腦開機鍵的瞬間，便煙消雲散。

我將屁股重重的坐到椅子上，翻開手中的書，埋首於期末報告的世界，開始和它奮戰。此刻的我完全想不到，原來在報告之外，還有更加巨大的、真正的戰爭正逼近我的生命。

2

我叫倫納德．馬修斯（Leonard Matthews），就讀於西北大學歷史系三年級。同學常常對我難唸的名字抱持抗拒的態度，改叫我倫尼（Lenny），久而久之，大家便漸漸遺忘我的全名。我認為自己是一個勤奮向學的好學生，為了不辜負這個名號，每個學期我都會挑一個大主題來進行全面性研究。然而這一個學期，很不幸的，我選錯了主題。

「嘿，還順利嗎？」坐在我旁邊的同班同學陳時鎮笑著問我。

「當然，我完全想不出要寫什麼。」我語帶譏諷的說。

「嗯，那是你的問題啊，不是嗎？」他輕鬆地靠在椅背上，右手握著滑鼠玩著線上遊戲「戰神」。他看了我的期末報告一眼說，「『大秦帝國的振興與衰亡』，你以為自己在寫論文嗎？怪得了誰呢？」我無奈的瞪了他一眼。

前天下課後，我們的教授朱易杰—我們背後都稱他「野豬」—要求我們在學期結束前交出一份研究報告，作為期末成績，內容可以是關於任何國內外的歷史。我和同寢室的室友陳時鎮約好今天沒有課的時候一起到圖書館作期末報告。因為我勤奮認真的態度，選定主題為「大秦帝國的振興與衰亡」，而我的室友，我有一刻以君子之心度小人之腹，認為他會選擇一個頗具挑戰的報告且認真的完成。

到了圖書館後，我埋首於電腦旁邊成堆的書籍和參考資料，而他則是漫不經心的拿著薄薄幾張紙，打著他那份「吐瓦魯近五年的變革發展」。吐瓦魯是世界上第四小的國家，民風純樸善良，生活悠閒輕鬆，二十年來除了海平面上升的問題外，幾乎沒有什麼變革。他那份報告書能超過五頁就十分驚人了，當然，他用了大量的精美圖片增加視覺美感和頁數。

我將注意力轉回我的期末報告上，以四個要點分析主題，從秦國歷代的背景歷史，到秦始皇本人，最後是他的敵人和臣子。這項大工程十分耗費腦力，旁邊又不時有人用力敲著鍵盤喊著：「去死吧！」對我一點幫助也沒有。

「……秦國決定性的一場戰役，長平之戰，記載在《史記》當中：『《史記》四十七年，秦攻韓上黨，上黨降趙，秦因攻趙，趙發兵擊秦，相距。秦始武安君白起擊，大破趙於長平，四十餘萬近殺之』。」

報告打到這裡，我稍微停下來深吸了一口氣。在秦國統一天下的戰爭當中，最為人所知的一場戰役莫過於「長平之戰」，白起將趙國四十五萬軍隊全部騙到山谷中坑殺。就算是以今日的角度來看，這死亡人數都是十分驚人的，而他們的目的是要讓全世界的人知道秦國的可怕，就像在沃克斯華戰[1]之中，英軍屠殺所有投降的殖民地美軍，為了殺雞儆猴。

我的雙手懸在鍵盤上，思索著要如何書寫這一段。朱易杰教授最喜歡這種暴力血腥的歷史，我想像他用自己的原子筆敲著桌面，激動的說：「歷史感！以積極的態度解釋歷史，再以深度的方式加以詮釋！探究你的內心，挖掘出心中的悸動！」

是啊，他可真了解人的內心，那張肥臉我一輩子沒看他笑過。

不過看到這段史實，我心中的確有些感嘆。歷史上的君王政客，無一不是為了爭奪權力利益而無所不用其極，甚至是至親之人都能輕易犧牲……

「哇，倫尼。你看看這個。」陳時鎮忽然拍拍我的肩膀。

「我告訴過你了，我對你的電玩沒興趣。你不想要及格，我還……」我嘆了一口氣。

「不是，這次和電玩無關。」他笑笑著說：「中國和美國快要打起來了。」

「你在胡說些什麼？」我靠過去看，是一個影音新聞頁面，標題寫著「南海議題日趨嚴重，中美互撂狠話艦隊擦槍走火」。

【CNN世界報導．影音新聞】

南海議題日趨嚴重，中美互撂狠話艦隊擦槍走火

三天前，美國戰機以「飛行自由」理由進入中國在南海所劃定的防空識別區，美軍艦隊也跨越南海幾處敏感界線。

美國總統賈科摩對此表示，中國在南海上愈演愈烈的行動將挑起國際的爭端，近日在黃岩島進行建築機場的工程更侵害菲律賓的權利，他強調美方立場一直都是尊重各國，尋求最佳的和平互惠方式，派遣艦隊只是協助維持該區和平，並表示未來將會繼續在該區域維持航行自由和各國權益。

中國針對美軍的回應表達強烈的不滿，中國中央軍委副主席蕭安國表示，中國所有一切行為皆符合國際公

約，是在領海內的合法行為，他反批美國無疑是在為擴張自己的實力找藉口，對此中國絕不輕易妥協，必要時將不惜一切代價制衡美國的軍事行動。

而受到此事直接影響的菲律賓所做出的回應卻和美國的言論極不協調，菲律賓總統痛批美國勿多管閒事，甚至脫口爆出粗話直接辱罵美國總統，要他下地獄去。對此，美方並未做出回應。

而即將接任台灣第十五任總統的宋英倫先生，針對此議題呼籲國際重新協商，並承諾上任後將致力推動區域和平。

目前中美兩方沒有進行談判妥協，接著看看東協對此的看法……

「真希望不要有進一步的衝突。」

「我倒想看他們打起來，這可是一場世紀大戰啊！」陳時鎮說。

「最好不要發生這種事。」我盯著螢幕看。

影片進入最後十秒，畫面轉回中國，中國發言人語氣堅定的對著鏡頭說道：「如果美國再繼續進行幼稚的軍事行動，那中國將不惜以武力捍衛國家主權！」

看著暗下來的螢幕，我不禁搖了搖頭。不管在什麼時代，人與人總是無法和平相處。

3

中國・山東　考古挖掘場地

「我們挖到了。」一名戴著頭燈的考古學家馬予詳把頭探出土坑喊道。

另外兩名同伴靠了過來。這是一幅古老的圖畫，底材是由布幕做成，在手電筒的照射下，圖畫已經有些模糊，但基本上還是看得出圖畫的內容：一群惡魔從地下湧出，和天上降下的天兵交戰。

「這幅畫大概是春秋時期，甚至更早的作品，」年輕的考古學家蘇正士說。

「我也是這樣認為，雖然不是什麼有價值的東西，但好歹是幾千年前的古物。你們覺得這畫是什麼意思？」

「很明顯嘛，」第三名考古專家趙白江說：「地下的惡魔和好人交戰，可能是象徵中國古代某些派別對善惡二元的看法。」

「但如果是那樣，為什麼惡魔四周的景色是藍天白雲？」

「呃，這個嘛……我不知道。」趙白江坦言。

馬予詳語氣低沉的說：「我想，這代表的是惡魔從來就不是來自於地下，而是來自於天上。」

4

中國．西安　西北大學圖書館

「嘿，我要走了。」陳時鎮收拾了一下他的個人物品，「祝你早日完成報告。」

我不悅的看著他手上二十幾頁的報告，圖片大概占了八成。我將視線轉回螢幕，「快滾吧。」

「謝啦，朋友。」他轉頭就走，「明天週末，後天見！」

我低頭繼續和期末報告奮戰。我緊盯著螢幕，手指在鍵盤上不斷敲打，不時翻翻旁邊的資料。不知道過了多久，圖書館的阿姨走到我旁邊，「嘿，年輕人，已經十點了，圖書館要關門了。你還要繼續待在這嗎？」

「十點？」我驚訝的問，這才意識到自己有多累。眨眨乾燥疲睏的雙眼，心想，如果拚一點的話，應該再兩個小時就可以完成，反正明天可以在宿舍睡一整天。「我繼續待在這把報告完成。」

「嗯，注意安全。」阿姨關上大燈，圖書館中只剩下我桌前的燈光，和電腦螢幕的光芒，整個空間不尋常的安靜，讓我不由得懷念起那聒噪的同學。

雖然這並不是我第一次半夜待在圖書館中，不過這一次……不知道為什麼，我有種奇怪的感覺，眼皮跳個不停。四周的聲音好像被放大許多，電腦的運轉聲、時鐘的滴答聲，窗外同時傳來一群飛鳥飛過的聲音。

我強迫自己專注在期末報告上，再兩個小時，然後就好好的睡一覺。

「……在秦國歷史上，最重要的臣子莫過於李斯，秦朝的發展和衰亡和他有著密切的關係，從司馬遷的《史記》中我們看到：『二十餘年，竟并天下，尊主為皇帝，以斯為丞相……外攘四夷，斯皆有力焉……』」

我得承認對此始終不解。秦始皇一生橫行無道，從未對任何人有過絕對的信賴，然而李斯卻是一個特例，在秦始皇所有的臣子當中，只有他深獲信任，「斯皆有力焉……」，皆有力焉，只不論好壞，始皇的作為都和他脫不了關係。我不禁暗想，到底是什麼樣的原因能夠讓一個如此多疑的人深信李斯對自己忠心不二？

當我正緊閉雙眼苦思時，突然感覺桌椅輕輕晃動。我睜開眼睛，看到水杯裡的水搖晃濺出，電腦、書本也緩緩的往桌緣移動，我只來得及想：「是地震。」

一陣地動天搖，震度大到圖書館的書一本本全掉到地上。天花板上的燈全力脫離束縛，向我的頭頂飛撲而來，我快速抱頭躲到電腦桌下，心裡還煩惱著桌上那即將被砸成稀巴爛的電腦，和我那胎死腹中的期末研究報告。

十分鐘後，震動終於停止了。我小心翼翼的從桌子下爬出來，本以為會看見一片死寂和一堆碎片。但真實出現在眼前的一切卻超出想像太多。

只見在一堆堆疊成山的書堆和燈管中，所有的電腦不只安然無恙，螢幕上竟同時閃著刺眼的綠光！我用左手遮擋強光，右手在鍵盤上胡亂敲打著，輸入一道道指令，電腦卻完全不回應我，只是反覆的閃著綠光。這時我身旁的牆發出喀喀聲，幾道裂痕劃過天花板，一些碎片伴隨著灰塵掉到我身上。

眼前的現象雖然讓我震驚不已，但這些破裂的石塊和嘎嘎作響的建築物把我拉回了現實。反正眼前的電腦除了空泛的閃爍綠光外，也沒什麼特異之處。我正在考慮是否要趁這棟大樓還沒倒塌前快逃出去，眼前的電腦螢幕忽然閃過一串圖形。

我揉了揉眼睛確認自己有沒有看錯。

結果只見一個又一個的圖形像跑馬燈一樣，閃過螢幕。我仔細一看……不對，不是圖形，那是出現在我「大秦帝國」報告中的秦朝文字小篆啊！

這時我完全忘了自己身在隨時會崩塌的大樓內，只是一心研究著眼前閃過的文字。但一來，閃爍的速度實在太快，還來不及看清楚便換下一個；二來，我對這文字的了解真的非常有限，幾乎完全看不懂。為了看得更清楚，我將身體靠近電腦，同時一隻手下意識的握住滑鼠。

接下來發生的事，絕對超過人腦所能負荷的一百萬倍，事後想起真是不可思議。

我手一握住滑鼠，忽然感到萬瓦電流流經全身，身上的每一根神經好像燒了起來，我張大了嘴想尖叫，卻連一點聲音也發不出來。我的手想要放開滑鼠，卻宛如被黏住般，動彈不得。這時電腦上那些文字全都猛如颶風般衝擊著我的大腦，那些文字猶如萬花筒般在我眼前浮現，一個接著一個快速閃過，感覺就像把全世界的資訊在一秒內全都塞入你的腦袋。

我只覺得大腦快要爆炸了，神經如果會說話，大概會發出巨大的呻吟。

就在我想自己的一生就要像個瘋子一樣抽搐直到結束，而我的期末報告也還沒完成，那股吸住手的力量忽然消失了，所有電腦螢幕也全部轉暗。

我大叫一聲推翻整張桌子，但我的意識依舊太過凌亂，「碰！」的一聲我整個人向後倒下。

像是要呼應我一般，整棟大樓同時嘎吱作響，接著便如同積木一般轟然塌下。說來幸運，我下面的地板同時裂開一個大洞，讓我躲掉一塊砸到我剛才躺著地方的巨石。

但我的額頭就沒那麼幸運了。當我向下墜落大約一公尺後，忽然一頭撞到一塊凸起的石板。在意識模糊中，我隱約見到那石板上刻著一堆圓圈和適才見到的文字「小篆」，還來不及思考，就有一塊一噸重的石頭砸到我背上，眼前頓時化為一片黑暗。

5

中國．北京　中南海主席辦公室

走廊上一陣急促的腳步聲傳過了寧靜的夜晚。

一名穿著黑色西裝的公務員手上拿著一疊公文，他在主席辦公室門外整理一下適才亂掉的衣服，便舉手敲敲門。門後傳來一道低沉的嗓音說：「進來。」

「是，主席。」他推開門走進辦公室。

中央委員會總書記劉遠山穿著一套深藍西裝坐在辦公桌前。五十五歲的他，有著一張嚴肅的面孔，頭髮已經略微灰白。他目前進入國家主席的第二次任期，他精明老練、經驗豐富，在黨內有著無人敢挑戰的至高無上地位，在國際上更被視為美國最謹慎畏懼的對手。

此時他布滿血絲的眼睛盯著桌上成堆的公文，近來在東海、南海議題上和美國及日本日益嚴重的衝突，已經讓他疲憊不堪，他剛從戰情中心回來，便開始處理龐大紊亂的資料。他將視線轉到剛進門的人身上，他看了那人手上的公文，搖了搖頭嘆息說：「希望你是來告訴我美國宣布要所有亞太艦隊退出亞洲的消息。」

「恐怕不是。」他把文件放到主席辦公桌上。「今天半夜一點十三分，在西安一帶發生強度八點九的強震，當地的救難隊已經盡數出動，國務院需要您下達緊急命令，再動員人馬前去救援。」

「大地震？」劉主席翻了翻文件，「傷亡人數？」

「目前尚不清楚，但以這次的規模……可能有數十萬人需要遷移安置。」

「喔，這下可好了，世界各國的媒體一定樂壞了。想到明天一早又要看那群人的嘴臉……」劉遠山皺眉憂心的說。

「事實上是今天一早。」官員有禮貌的提醒著，「現在是凌晨。」

「隨便啦！」劉遠山厭煩的揮揮手。

「總之，要求國務院立即頒布緊急命令，並要在明天會議……我是說，今天上午十點前確認完畢。」官員說道。

劉遠山喃喃咒罵一聲，「我討厭這個時間，為什麼老是變來變去？」

「是，主席。」官員對國家主席敬了個禮，便轉身步出。

劉遠山呆望著那官員離去的背影，沉默了一會兒，口中喃喃唸著：「西安？西安？」他眉頭深鎖，似乎有什麼想法讓他頗為不安。

這時電話突然響起，把劉遠山拉回現實。「喂？」

話筒那頭傳來接線生的聲音說：「主席嗎？」

「是的。」

「國家科學院院長王淼來電，說是有要事，正在L—5線上。要為您接過來嗎？」

劉遠山不懂他現在打電話來是有何用意，但還是說：「接進來！」

「是。」

過了一秒，話筒另一端傳來一陣急促的聲音。「主席，我是王淼，很抱歉這麼晚打擾您。可是這消息……我已經發公文給國務院了，但仍覺得必須通知您……」

「你應該遵守程序呈報的。」劉遠山話語中有一絲不悅，但他可能太累了，所以發不了脾氣。當然可能是因為他本人也不愛遵守，官員私下的違規顯然正合他的本性。「但今天先算了，說吧。」

「謝謝，我們發現……」王淼在電話的另一頭說出劉遠山尚不明白，卻在未來震撼全世界的巨大消息。

中國．西安　災區現場

自夜晚那場突如其來的天搖地動，整座令人屏息的雄偉古都，如今卻是一副慘遭轟炸般的景象。成堆的碎石水泥掉的滿地都是，幾乎所有的建築物都變成一堆廢墟。少數未倒塌的低矮房屋也都布滿了裂痕。

災區四處都是穿著破爛、衣服布滿灰塵的災民，他們失魂落魄的四處亂走。有父母哭喊找孩子的；有年幼的孩子坐在地上哭泣，宛如一座人間煉獄。

此時已有來自國內各地的救難隊在一塊平坦地上搭起臨時的棚子，好收容如同潮水般湧入的災民。每座棚子上都插著自己所屬單位的旗子，國際組織因為時間緊迫，目前只有紅十字會到場，其他則是許多大大小小的國內民間救難團體。

與之同時，所有能召集到的警消人員都來協助挖掘在石塊下尚未脫困的災民，政府也派遣四萬名軍人前來協助。所有屍體都被移到尚未倒塌的公共建築內，整個收容中心就像一個巨大的沙丁魚鍋，再多的警消協助疏導，現場還是亂得不得了。而大多的救難人員仍在外搜尋可憐又無助的失蹤民眾。接近傍晚時分，許多救難人員都累得坐在地上休息。

兩名當地的公安坐在地上，一人捧著一碗泡麵，狼吞虎嚥的吃著。其中一名吃完後嘆氣說：「最近真是天災不斷，一個月前才剛被調去治理水患，現在又被調到這裡來幫忙處理地震。政府真是一點都不體貼我們。」

另一個人喝了一口湯回說：「是啊，我有好一陣子都沒回家，本來今天休假，現在又冒出一個大地震，真不知哪天才能休息？」

兩人又聊了一會兒，其中一人看了看手錶，說：「三十分了，該上工了。」

另一個人點點頭，正要起身，忽然指著一座幾公尺高的石堆說：「你看！」

「看什麼？電線桿？」

「不是啦，笨蛋！我是說碎石堆那裡有一個年輕的正妹耶！」

他順著同伴指的方向看去，是一位年約二十歲的年輕女生，穿著牛仔褲和白色T恤，外面套著黃色的志工背心，看不出是哪個單位的。她把一頭黑髮紮成馬尾，手裡正拿著無線電四處張望，似乎在找有沒有需要幫助的災民。她的長相十分漂亮，神情頗為嚴肅。

兩人相視一笑，好像忘了正要準備救災。

「她是我的，我先看到她的。」

「你想都別想，我比你帥多了。」

「我們走著瞧。」

兩個沒氣質的男生便往她那裡嬉皮笑臉地走過去。在靠近那女生約五公尺的地方，她面無表情地看了兩人一眼，隨即將視線轉到別處。但就只是這樣輕輕地一瞥，便讓兩人高興得不得了。

「她在看我耶！」

「是我啦，笨蛋！」

待兩人走到那女生旁邊，緊張兮兮地互碰手肘，她卻完全不理會他們。第一個人向他同伴使了個眼神，笑著說：「這位小姐，我是陳乃廷，這位是我的同事李均。我們在這裡協助救災，請問妳叫什麼名字？」

她看了陳乃廷一眼，漫不經心地回答：「蕭璟。」

「好名字啊！很高興認識妳，正所謂相逢自是有緣……」

「嗯。」她馬上打斷他的話，不讓他說下去。

李均見同事被潑冷水，得意的看了同事一眼，便笑著上前：「哈哈，小姐，抱歉，我同事很不會說話……」

「不要打斷我，你這個……」陳乃廷說。

「你們兩個可以回去工作嗎？」蕭璟一臉不悅的說。

「呃……」兩人互看一眼，顯然蕭璟對他們一點也不感興趣，自然不必在這自討沒趣。

兩人正要離開。身旁的石塊下方傳來一陣低沉的呻吟。蕭璟臉色一變，說：「有人！」隨即拿起無線電說：「B3區發現傷者，快來支援。」說完趕忙跑向那塊石頭，但那塊石頭至少有一百公斤，她完全抬不了它。她惱怒的抬頭對那兩個公安說：「你們兩個，快點來幫忙啊！」

兩人手忙腳亂的拿了粗木棍之類的東西，使勁的抬起石頭。三人費了九牛二虎之力才將石頭抬起十幾公分。蕭璟趕忙伸手將那人拖出來。

只見這傷者一頭黑髮，全身都是灰塵碎石，四肢乏力，看起來似乎昏迷了一段時間。他的胸口還掛著外校的識別證，上面寫著「倫納德．馬修斯」。

我被困住了十幾個小時，剛被救出來時，還在昏迷狀態。

蕭璟顯然很擔心我的狀況。在我耳邊問：「你還好嗎？聽得到嗎？」

這時我忽然被電擊一般，一把抓住她的手臂，睜開眼睛嘶吼：「快……他知道了……嬴政……泰非斯……文物是我們唯一的機會！他們……」

她被我突如其來的舉動嚇個半死。她想把手臂抽出來卻被我抓得動彈不得，她驚恐得說：「你快放手！」

那一刻，我忽然恢復理智，看見一雙如黑曜岩般深邃的眼睛正驚恐的盯著我。

我眨眨眼睛，結結巴巴的說：「妳……呃……我……」

忽然我感到眼前一道黑影閃過，接著臉上傳來一陣劇痛，便遁入一片黑暗。

7

我本來以為昏過去能讓我好好放鬆一下，但我的夢根本不可能讓我平靜。夢的一開始還算正常，首先我回到了西北大學圖書館中，正一手拿著咖啡，輕鬆愜意的打著我的那份期末報告。下一秒，忽然一陣天搖地動，我身邊的一切全部消失殆盡。在我還不清楚發生什麼事時，腳下陡然裂出一個大洞，將我往下拉。

彷彿經過「超空間」般，我從黑暗中瞬移到了一個巨大的房間，整個空間散發出不自然的莊嚴和令人望而生畏的氣息。房中有一名身穿看似中國古代長袍的人，但他的面目在夢中卻是模糊不清。只見他面對一大群看似人形，全身閃耀著銀光，像是全身被金屬包覆起來的人。

場景拉近到那穿著長袍的人身上。只見那個人大力揮舞著手臂，看起來氣急敗壞的對著那群全身閃爍銀光的人大吼，用的是一種我沒聽過的語言。奇怪的是，我完全聽得懂他在說些什麼，那個人咆哮：「找出他們！殺光他們全部！」

場景轉換。

我發現自己身在一座小型古老城市，看起來年代未變，而且還是在中國。但環顧四周有不少房子被燒毀、破壞。忽然身後傳來一陣聲響，回過頭一看，有一群穿著中國古代布袍的人被十幾個騎著馬、手持長槍的軍人追趕著。為首的那個人用長槍刺倒一名逃命的人，其餘的也一一被追上、刺死。我在一旁看了好想上前幫忙。但顯然我只是旁觀整個夢境，並未參與其中。

其中一人在倒下時，胸口衣襟掉出幾本書，一名小兵撿起那本書，失望的說：「只是一本普通的詩書，不是皇上要的。」

隊長揮了揮手說：「沒關係，皇上要我們找出那樣東西就好，其餘的全部燒掉。」

場景又換。

我發現自己又回到剛開始那巨大的房間內，那位身穿長袍的人又出現了。但奇怪的是，這次他不是穿著長袍，反而穿著一件極為現代的服裝，可能是屬於未來的。更怪異的是，他拿著看似比現代更先進的武器，指著眼前的人，看起來比上次更為憤怒。而他眼前的那個人卻面露微笑，用先前我沒聽懂的語言說：「我已經把方法留下來了，就算你殺了我，你這次依舊不會成功。因為你不了解的事太多了……」

「就算你阻擋了這一次，但不論需要多久，我們遲早會再回來的！你願意用自己的性命只換得這樣的結果？還是趁早把它交出來，不然我遲早會找到它的。」

我正想聽那個人要說些什麼，場景卻又變了。

這次，我置身於一個巨大、黑暗的地下洞窟中。洞窟淵深且黑暗，幾乎伸手不見五指。但在隱隱約約之中，好像看到一樣巨大的金屬物體置於其中，透出些微的光澤。我喃喃對自己說：「我想看到內部有什麼。」

彷彿聽從我的意志般，此時整個畫面開始向前移動。我快速的穿越它的外殼進入其中。一路上，我如騰雲駕霧般穿越其中，周遭的景物像是從火車窗口看出去般，還沒看清楚就溜走了。可我仍在模模糊糊中看見一堆奇怪的機械和許多我無法解釋的東西。令我困惑不已的是，當我穿越某個空間時，彷彿看到成千上萬個先前看到的金屬人，但這次他們全身黯淡，似乎在……沉睡？我還來不及細查，場景又轉換了。

快速經過一堆詭異的空間後，最後我停在一間封閉的艙房外。不同於其他地方，這裡亮著淡淡的紅光。我明知自己不會受到傷害，可這地方卻激起我一陣陣的恐懼，讓我想起小時候所有不好經驗。我第一次進手術房、左肋下錐心刺骨的疼痛，以及我的父母……

我忽然感到一股顫慄，隨即瞥過頭去。一轉頭，赫然看到一片螢幕上閃著一種奇怪的字體。但再一次的，我全都認得出來。上面閃著：「訊號已接收，啟動倒數」，我完全不明白它的意思。

正打算繼續看下去時，背後忽然傳來一陣低沉的笑聲，我頓時給嚇得跳了起來。

我的雙眼猛然睜開。

我滿身大汗，整個人平躺在一張硬邦邦的床上，雙眼勉強可以看到微弱的燈光在頭上搖晃。

我眨眨眼睛，不確定自己身在何處。一部分的我還遺留在那詭異的夢境中，但大部分的我已經回到現實。我看了看四周，才赫然發現這是個臨時搭起的營區，裡面住滿各樣的傷患，都是在半夜大地震中受傷的人。

無數傷患鮮血淋漓、缺手殘腳，身上滿是塵土和血跡。許多傷者額頭、手臂上纏著已經滲血的繃帶，痛苦的呻吟著。

醫生忙著處理病患，臉色也累得不比災民好。不斷地有傷者，其中不少人是處在昏迷不醒的狀態，一波波的由疲憊不堪的救難人員和當地人們用簡陋的擔架、推車慌忙的抬進來。而受傷十分嚴重、接近垂死的傷患，則全部湧向一處潦草著寫著「ＥＲ」的大門內。

在擁擠的人潮中，維安人員指揮著大喊：「那還有空位！移動一下！對，還有那裡！」場面十分混亂。

看了這麼混亂的場面，我不禁有些驚駭，腦袋也處於混亂狀態。感覺好像有東西黏在我鼻子上，眼睛一瞥，這才看到鼻子上不知道什麼時候，竟貼了一塊紗布。

我伸手去摸，只覺一陣刺痛。可當多施點力，痛楚便會加倍。

「原來是鼻梁斷了。」我心中想。

我低頭看了一下我的衣服，發現我的衣著也和那些災民差不多，上面滿是塵土，衣服和褲子被磨得破爛不堪。此時我的腦袋已經漸漸可以思考了，我努力回想自己昏過去之前到底發生了什麼事？我想起那時我正在圖書館打期末報告，然後……好像有陣閃爍的綠光，再來好像一頭撞上一面石板……

想到這裡，不禁感到一陣反胃，所幸我的胃裡空空如也。綠光、石板……這兩者似乎有什麼關連，但我絞盡腦汁就是連一個片段也想不起來。沮喪之下我坐起身用力捶了下我的腦袋。

「嘿，你醒了。」

我回過頭，看到一位女生朝我走來。

「嗯……我想是吧。」我困惑的回答。我不記得自己認識她，但她率先開口。

「是我把你從石塊中救出來的，我叫蕭璟。」

「啊，謝謝！我叫倫納德·馬修斯。」我擠出一個微笑，並和她握了握手。

我仔細打量她，她看起來年紀和我差不多，或許小了一、兩歲，感覺運動細胞很好。她身材高，大約一百七十五公分高，有著一頭黑色的長直髮，紮在後面成一束馬尾，隨著身體搖擺。她的一雙眼珠是暗黑色，卻又如同黑曜岩般閃閃發亮，雖然美麗卻有些嚇人。總之她整個人就像我印象中的典型中國少女。她的面容困倦，衣服也十分髒汙，甚至還染上不少血跡，聲音也有些沙啞，顯然是在傷患中忙碌多時，但她氣色卻依舊活躍。

蕭璟彈了彈手指說：「你是美國人嗎？你中文說得真不錯！」

「我是英國人。來中國念書快四年了，在這之前學過幾年中文。」

「原來如此。」她點了點頭，忽然指著我的鼻梁問：「你的鼻子好多了嗎？」

「嗯，」我有點尷尬的摸摸貼著紗布的鼻子，「沒什麼啦，只有一點刺痛……」我看到她似乎正在忍住笑，有點不高興的問：「妳在笑什麼？」

「沒事，」她一臉好笑和抱歉的神情，「只是有點抱歉，因為你的鼻梁是我打斷的。」

「什麼？」我驚訝又憤怒的問。

「呃，因為當我把你救出來的時候，你曾經短暫的醒來一下，但當時情況相當瘋狂。你忽然抓緊我的手臂，然後說了一堆摸不著頭緒的話。像是秦始皇啊、文物啊、星球之類的，還有一堆奇怪的語言。我一時嚇壞了，」她做了總結，「就把你的鼻梁打斷了。」

可當我聽完後，心裡卻已經完全不生氣，反而想著她說的那些話，關於我初醒時說的什麼秦始皇、星球和令人不解的語言。這一切似乎和我剛才的夢隱約相關，但這到底是……

她一定是看到我臉色忽然變了，挑起一邊眉毛問道：「怎麼了？這樣就不高興了？你還好嗎？還是有其他地方受傷？」

我被她拉回現實，趕忙轉移話題：「對，那麼，妳本來就是志工？還是被政府派來這裡協助災情的？」

當我說到政府時，她的表情忽然出現一些變化，但她隨即說道：「不是，我是在這裡念書，順便加入這邊的志工隊來幫忙的。」

我點了點頭，兩人相對沉默了一會兒。她看了看手錶忽然開口說：「啊，已經兩點了，我也該回去了。還有，」她指著我的床位，「既然你已經好了，就把位置讓給別人吧。相信你也看得出來，這裡忙得很。」她揉了揉眼睛，嗓子有些嘶啞著說：「你跟我來。」

她帶我走出醫療區，往一處巨大的廣場走去。廣場上搭滿了各種帳棚，有些人群還在外晃來晃去。走到距離廣場十公尺左右，她停下腳步，指著廣場兩側說：「那邊是休息的地方，另一邊是領取食物的地方。而集中區的後面好像還有一些位置，你可以去那裡。當然，你已經睡很久了。」她用力伸展了一下手臂，重重地吐了口氣，然後搖了搖頭，「哇，我真的得休息一下。忙了一整天快累死了。」她轉向我：「還有問題嗎？」

我想起一路上看到的各種傷患、災民，一股想要幫助他們的熱忱油然而生，來不及細想衝口而出：「我可以加入你們志工隊，明天一起去幫忙救災嗎？」

她用一種奇怪的眼神看了我一眼，我臉一紅說：「如果不行，也……」

「喔，不，當然可以，」她趕忙說：「我也是中途加入的，老實說，災區人手永遠不足，這裡大部分的人也是臨時加入的，沒有什麼關係。我只是想，你才剛從石坑底下被挖出來，身體可能頂不住。但話說回來，」她聳聳肩，「你所謂的傷只是鼻梁斷了，應該沒有什麼問題。」

「嗯，謝謝。」聽了我鬆了一口氣，本以為會被尷尬的拒絕。

「那麼明天六點集合，沒問題吧？」
「沒有。」
「那明天見了。」她轉身離開。
「明天見。」

8

中華人民共和國國家科學院

幾名研究員快步走入會議室準備向院長報告。

院長王淼看了進來的幾名研究員，說：「你們遲到了。」

「抱歉，資料有點多。」

「既然來了就快開始吧。」他指向幾張空椅。

研究員都入坐後，第一位研究員開口：「報告院長，前幾日的西安大地震發生後，我分析了一下那裡的斷層和地質結構，發現了一件非常奇怪的事。」他指著一張圖表，「我發現那日地震的震源所在之處，並沒有任何斷層或可能造成如此大規模地震的地質結構。也就是說……」

「地震是由別的因素產生的。」院長興趣盎然的幫他說完。

「是的。」另外一位研究員則說：「我針對那一帶進行聲納探測，結果……」他取出一張照片，「偵測到一樣巨大無法穿透的金屬結構體，就坐落在地表下方一公里處。」

「所以，」院長興奮地搓著雙手：「這東西知道是什麼了嗎？確定這個結構體就是地震主因了？」

「我們尚不清楚它是什麼，但幾乎敢肯定地震和它脫不了關係。」

王院長搖了搖頭，喃喃地說著：「我的天啊……」他摩挲下巴說：「那你們可有分析出或推測出它是如何造成此次地震的？」

「關於這點，我們航天局有資料。」一名女性研究員說。

「航天局？」院長挑起眉毛看了她一眼。

「是的，我們的部門在前幾天從外太空接收到一股能量，強達十的三十次方瓦、頻率高達四十三兆七千億赫茲的電磁波。猜猜那股電波接收到的時間？」

「就是地震的時間。」院長帶著一抹微笑說。

「完全正確。初步推算電磁波的來源距地球約一千四百光年。確切位置尚在定位。」

王淼院長閉著眼似乎正在消化這筆資訊，會議室裡大家沉默了好一段時間，直到王院長開口：「今天我們在會議室裡說的話，一個字都不可以洩漏出去。你們幾個和你們的團隊繼續調查那不明物體。而你，」她向女研究員點點頭，「代我向航天局局長致意，同時一有消息就向我回報。了解？」

「了解。」

「很好，至於我，」他看了手錶一眼，「要向總理報告。」

9

中國・西安災區

蕭璟神色專注的拿著緊急醫藥箱，幫一名手臂遭到嚴重壓傷的傷患做緊急處理。

她低著頭清理著外觀可怕的傷口，那名傷患疼痛的呻吟了一聲，蕭璟皺著眉說道：「抱歉，現在所有空間都被占滿了，恐怕只能幫你做這些緊急處理。」

「沒關係，」患者對蕭璟擠出一個笑容，「有妳這樣體貼又漂亮的醫生幫忙治療，我沒有什麼好抱怨的。」

蕭璟尷尬了笑了笑，將紗布穩當的纏繞上病患的手臂。「等會兒急診室有空缺，你再過去找醫官進行治療。」

「謝謝妳，醫生。」傷患壓著傷口對蕭璟點點頭，蕭璟對他微笑，然後往一旁離開。

「蕭璟，」一個聲音在她後面叫道，她回過頭一看，是他們這群志工的領隊鄭旭彥。他穿著一身沾滿血跡和灰塵的急救袍。「妳該休息一下吧？」鄭旭彥指指急救站外邊，「已經一點多了，妳去那邊拿一下午餐吧。這樣拚命的像是在上班。政府已經派了許多醫官和救護人員來了，妳下午可以去做一些別的事。」

「有些事比上班還重要，不是嗎？」蕭璟脫下滿是血漬的手套，「謝謝啦。」

「對了，還有，」鄭旭彥眼神閃爍的對她微笑說道：「妳今天早上找來的那個人，倫納德？他人不錯，你們……他是妳的朋友嗎？」

「不算是，我昨天才認識他。」蕭璟搖搖頭，「我先過去了。」

蕭璟一走出急救站，立刻用力了吸了一口氣。外頭的空氣實在好太多了，不像急救站內滿是血腥和各種作嘔的味道，她瞥了瞥自己的上衣，上面也沾著些剛才裡面帶出來的氣味和髒汙，然而她卻十分享受這樣的過程。

「妳來了。這是妳的。」蕭璟走到志工休息的地方，張成維把一碗泡麵遞給她，「妳太晚來有些涼掉。」

「沒關係。」蕭璟接了過來。她往旁邊的方向看去，看到倫納德正和幾個人聚在一起清理一處倒塌的建築廢墟。

「噢，那傢伙不錯，」張成維順著蕭璟的目光看去，「做得很用心，又是外國人，聊起來還蠻有趣的。妳怎麼認識他的？」

蕭璟沒有回話，她看向倫納德。不曉得為什麼，他給自己一種很奇特的感覺，好像自己曾經認識他，更精確地說，是她在他身上看見了似曾相識的影子，她也不知道為何要介紹他來這，直覺告訴她這樣是對的。

她看到陳太岳走到倫納德旁邊，笑著遞給他一瓶水，然後神祕兮兮地和他說著些不知道什麼話，還偷偷地往急救站的方向一瞥。她皺起眉頭，陳太岳是個典型的大嘴巴，她可不希望他對一個自己剛認識不久的人亂說些什麼話。

「再把那碗泡麵也給我，謝謝。」蕭璟對張成維說。

10

中國・西安災區

我將一塊石頭扔到一旁，拭了拭頭上的汗水。

一早，在蕭璟的介紹下，我認識了一群好心的志工。結果他們一見到我就像看到獨角獸一樣，在我身邊問東問西，彷彿我是這世界上唯一的外國人。他們還問了許多關於我個人的問題，每當我不小心把「你」講成「泥」時，他們都會笑著拍拍我，讓我覺得自己像個笨蛋一樣。

現在，我滿頭大汗、全神貫注的搬著眼前一塊塊礫石。我之前接連好幾個月都在大學念書，頂多和其他人打籃球，沒做過這種長時間的勞力工作，費了一個上午的力氣，簡直跟跑馬拉松一樣累。

我將一塊水泥扔到一旁，仰著頭喘氣。今天一整個上午，我除了幫忙搬運石塊外，還替三個人包紮傷口、把一個嚴重傷患抬回醫護區。我感到非常有成就感，因為長這麼大終於有機會幫助人。

「嘿！」身後有人叫了我一聲，回過頭，看到身材矮胖的陳太岳正費力的朝我爬過來。他笑著遞給我一瓶水，我連忙接過並喝了一口，便心滿意足的嘆了口氣。陳太岳將頭一撇說：「已經一點了，休息一下吧！」

「謝了，快累死我了。」

「可不是嗎。今天政府和其他國家的援助都已經陸續來了，救災應該會更快些。」

「太好了。」說著說著我們便往集合處走去。

「嘿，你看起來和蕭璟處得不錯喔！很少看她和誰這麼快就聊得那麼好，搞不好她對你有意思？是英國人，又……」

「少來了。」我臉一紅，「我們才認識一天而已，更何況……」

「開玩笑而已啦，不必當真。但話說回來，她人雖然好，但可千萬不要惹到她喔！」

「我知道。」我喃喃說著，想著我斷掉的鼻梁。

「不，她是很強悍沒錯，但我指的是她的爸爸。那些敢靠近她的人若知道她爸是誰，一定會全部下跪大喊『我不配！』可是她好像不喜歡談她的父親。」

「真的？她爸爸是誰？」我好奇的問。

陳太岳正要開口，卻被前方的喊叫聲打斷。我轉過頭一看，蕭璟迎面向我們走來。她身上的衣服和昨天一樣沾滿髒汙，但看起來精神很好，手上還拿著兩碗泡麵。待我們走近，她便笑著把一碗泡麵遞給我：「第一天工作的如何？」

「還可以，只是很累而已，沒什麼大不了的。」我邊說邊接過泡麵，「謝謝。」

「有我的嗎？」陳太岳看著蕭璟手上的泡麵問。

「那裡還有，自己去拿。」

陳太岳嘀咕了一聲便跑去後面領取食物，留下蕭璟和我獨處。

我不知道該說些什麼，和女生聊天並不是我的強項。我盯著我的泡麵好一會兒才開口：「謝謝妳介紹我來這兒幫忙。」

「那沒什麼，他們都是好人，只是腦袋有時候怪怪的。」

「對，我理解。」我吃了幾口泡麵，忽然想起陳太岳說蕭璟的爸爸是個很了不起的人物，只是她不喜歡跟人談起他。但我的好奇心占了上風，便小心翼翼地開口：「我聽陳太岳說，妳父親是個很顯赫的人物……」我說不下去了，因為看到她眉毛皺了起來。

「我爸爸，」她語氣冰冷的說：「是個一心想做官、嫌棄家人、利慾薰心的失職父親。就算他當到國家主席，也不會贏得我半分尊敬。」

這個話題到此結束。接下來我們就只是沉默的吃著東西。待吃完後，她拍拍身上的塵土，起身說：「我們過去和他們會合吧。看看有沒有什麼事情要宣布。」

過去集合後，有人向我們說明下午要清理的範圍和工作的內容，可我都沒注意聽。眼角餘光下我好像看到蕭璟在唸陳太岳些什麼，神色頗為嚴厲。我想著：「蕭璟說她爸爸『一心想作官』，那他可能是政府高層？」我仔細回想看過的新聞，有哪個中共政府高層長得像蕭璟？無奈腦袋並非我身上最靈光的部分，我連一張臉都記不得。

正當我苦苦思索時，眼前忽然閃過一幕景象——一片布滿金屬的地表，放置了無數巨大的流線結構體——我眨眨眼，這景象隨即消失。

經過中午的教訓後，我不再和蕭璟提起她父親的事，而她好像也忘了這事一樣，又恢復了平時的開朗。我們接續上午的工作，而我早已累得說不出話。蕭璟在離我不遠處工作著，她本來的工作是負責處理傷患的傷口和包紮。現在，政府派了更多醫護來協助，她可以稍微休息一下，再者，她說自己忙了一上午的傷患，下午想好好伸展一下筋骨。她的體力好像比我還好，讓我感到顏面無光。

我一面持續上述的工作，一面蹙著眉看著蕭璟。雖然嘴上沒提，但心裡對她的家庭感到好奇。當然我不會在她面前提起，不是因為她警告過我，而是我非常了解一位失職的父親對兒女的打擊有多大。

蕭璟忽然對我皺起眉頭「怎樣？」

「什麼怎樣？」我嚇了一跳。

「你看我的樣子很奇怪。」

「呃……」我臉一紅，趕忙說：「只是想問妳要不要休息一下？」

她看了手錶一眼，「好啊，已經做了一段時間，休息個十五分鐘好了。」

我坐到她旁邊，從身旁拿了一瓶水猛灌了一口，仍喘氣喘個不停。她卻只喝了一小口水，呼吸平緩。我不禁開口問：「妳是主修什麼的啊？體力怎麼可以這麼好？」

「我不知道我體力算不算好，」她側著頭想：「但這和我主修什麼無關吧。我是讀醫學系的，我的工作主要是處理傷患。你呢？你應該也是來這裡念書的吧？」

太好了，一個各方面都比我優秀的女人。我心想，真希望我有什麼地方能比她優秀。「我讀歷史系。」我回答。

「喔，聽起來好像很有深度。」

「歷史系並不像表面上那麼簡單，」我想起朱易杰教授第一堂課對我們說的，「歷史學不像表面上那麼無用，它是總結過去幾千年來各種人與事的學問，可以啟發我們的智慧，把前人的智慧運用在生活當中；再來，歷史能夠『審時度勢』，培養眼光不局限於當代，而能成為洞徹事務發展脈絡和前因後果的人。最重要的功能，就是感動人心，」我記得朱教授講到這裡時，激動的站在講台上，「要改變世界，只能從改變人心開始。歷史是追求真實之道的學問，只有從真實出發才能提煉出真實的道理，才能打動人心、改變世界。」

「我從來沒有想過這麼多，」蕭璟楞楞地聽我說完後有感而發。她沉默了一會兒，突然轉頭微笑問我：「這是你們教授告訴你的嗎？」

「呃，是，不是，唉，算是吧。」我引用別人的話被當場抓包，感覺十分尷尬，我趕忙轉變話題：「對了，妳覺不覺得這個地震有些古怪？」

「是嗎？」她挑了挑眉，「怎麼說？」

「不曉得，只是種……感覺，」我本來只是隨便說說的，但此刻我忽然有種感覺抓攫住我的記憶，似乎有某段消失的記憶不斷從我腦中浮現，我卻無法看清它，彷彿是場夢境一般，「總覺得發生的時機很不對勁。」

「作人要一視同仁啊，」她聳聳肩說道：「總不能因為你被困在石堆中就怪罪上天不公吧？學歷史不就是要培養眼光，將前人的智慧加以運用在當今生活中嗎？」

聽到她居然引用我說的話不禁啞然失笑，而那不安的感覺也隨之煙消雲散。

我看了手錶一眼，驚呼一聲說：「啊！已經休息二十分鐘了，繼續工作吧。」我說完便起身，順便拉起坐在地上的蕭璟。我十分愉快地完成第一天的工作，感覺一整天下來做的事比過去一整年還要充實。晚上我們和其他來賑災的救難隊好好了交流一番，還有人帶了工具來烤肉，入夜後一同歡笑，享受辛苦一天的獎賞。雖然眼前有時仍會閃過奇怪的影像，但那一定是因為太累才有的現象，畢竟怎麼可能有別種原因呢？

11

在昏倒前，今天一切都還過得不錯。

至今，我當志工服務的日子已經邁入第四天了，我的體能在這魔鬼訓練下進步了不少，工作效率大為提升。在和其他國際志工的交流下，認識了不少外國人，甚至還認識了兩位從英國來的同鄉，我和他們交談甚歡，加深同鄉之間的情誼。

完成下午的工作，最後在醫護區幫忙一位老婦人更換纏繞在她手臂上的紗布。結果我纏錯手臂，多花了十分鐘。我看了時鐘一眼，已經六點十分了。我脫下手套趕忙往集合處跑去，我預估自己大約會遲到十五分鐘，應該趕得及晚上的聚會。

走回去後第一個看到我的人是張成維，他微笑著對我說：「修士頓，你回來啦！」

「我叫馬修斯。」

「喔，我只記得有『修』這個字。來吧，大家都到了。」

我跟在他身後走去。除了自己的團隊外，還和兩隊救難志工一起圍成圓圈，大家席地而坐。張成維指著蕭璟旁邊的空位說：「那裡還有位置，我們過去吧。」不等我答應便把我拉了過去。

蕭璟抬頭看到我們，挪了挪位置，好讓張成維和我有空位坐。當我一坐定，她便靠過來低聲問：「你怎麼遲到了？」

「我幫一個老人包紮，結果包錯手臂。」我聳聳肩說。

她微微一笑，「看來我們今天都遇到了些問題。我碰到了一個骨瘦如柴、頂著貓王髮型的怪老男人，他只穿著一條內褲在地上滾來滾去，怎麼請都請不動，後來公安來才把他拖走。」

我試著在腦中想像出她所描述的景象，但我失敗了。

正打算要回些什麼話，卻被一陣說話聲給打斷。我們的領隊鄭旭彥起身對大家說：「這一次的災難帶來了許多痛苦，但我們也因此結交到現場的新朋友。敬新朋友！」他舉起手中的杯子，大多數的人都意思意思的拿起水壺互敬，畢竟沒有酒只好將就一下。

接著有幾個人到前面帶大家唱歌，同時將便當傳下來給眾人享用。我不大明白他們究竟在唱些什麼，不過看大家好像很快樂的樣子，我也邊吃邊和大家一起隨著旋律搖晃。

之後陸陸續續有人自願上來表演，其中一人講了幾則中文俚語的笑話，我因為不懂那些話的意思，只能假裝跟著別人一起大笑。不過大部分的表演都還蠻有趣的。

大約一小時過後，大家都吃得差不多了，另一個救難志工隊的隊長站起來對大家說：「今天我們一同聚在這……」

這時我的頭一陣劇痛，片段的畫面湧上腦海……

巨大的黑色巨樓聳立在閃亮金屬的地表上……

不，我正在西安。我強迫自己集中精神聽他在說什麼：「……在場來自世界各地的朋友……」

一個人……不，是「類似」人的生物站在螢幕前高喊那種語言：「收到了！收到了！」

蕭環注意到我臉色不對，低聲問我：「怎麼了？」

我強迫自己定睛在蕭環身上，同時阻止一波波冒出的圖像，咬牙切齒地說：「我……我不太舒服，先離開一下。」不待她回答，我便起身往無人的黑暗地方跑去，離開時還聽見背後傳來「……包括中國人、日本人……」

我單膝跪在地上，兩手用力按住頭部。我努力集中精神，但只要一閉上眼就……

……另一個生物伸出手，「終於……好多年了……」他輸入了一些指令到「電腦」中，接著整片地表都震動起來。黑色的巨樓高聳入雲，其尖端激射出一道令人眩目的白光，強大的能量沿著既定的路徑穿越星際……

……穿越了無數星辰，巨大的能量撼動了大地。它在地底翻騰，準備征服多年前它所失去的珍寶……巨大的艙房中，螢幕上的數字愈來愈小……在其下方，一個方形洞口正發出微弱的光芒……

彷彿一記重搥擊到我頭部，我感到一陣劇烈的痛楚流竄全身，接著聽見一聲巨大喊叫聲，一切又歸於黑暗。

12

兩名美國來的志工吃完晚餐後，四處閒逛，走了一會兒，其中一人忽然停下腳步對著同伴大喊：「我的天！奧吉，那堆礫石中好像有一個人被埋住了。」

「哪裡？」奧吉倒抽一口氣，「一條手臂！我看到了，快把他挖出來，威農！」

「沒錯！」兩人趕忙上前徒手搬開壓在那不知生死的人身上的石塊。

「他還活著嗎？」奧吉憂心忡忡的邊挖邊說。

「就算死了也不該把他留下來。來，把這塊搬起來……」

兩個人費了不少力氣，終於把那個人頭部以上的石頭全部搬走。威農趕忙蹲下來扶著那個人的頭說：「你還好吧……」他一問完，忽然尖叫一聲往後跌坐在地。

「怎麼了？」奧吉看了那個「人」一眼便露出明白的微笑：「那只是個金屬的假人而已。」

「是……是啊。」威農似乎鬆了一口氣。

「怎麼會有人做這種奇怪的東西？」奧吉敲了敲它的外殼，「還挺硬的！」

威農已經恢復了理智，於是起身說：「害我們浪費了那麼多時間，卻只救了一個沒用的假人……我們走吧！別管這堆垃圾了。」

「好吧。」奧吉瞥了假人一眼，便起身跟在威農身後。

過了大約半個小時，奧吉拿出手機看了一眼說：「時間有點晚了，回去吧？」

「好。」威農正要回頭，忽然一手按著眼睛，彎腰痛苦的呻吟，「我的眼睛……好像燒起來了……」

奧吉笑著說：「一定是你看了太多色情……」才說到一半他便宛如被人揍了一拳般，抱著肚子呻吟：「我的肚子……好像被刀子割……」

「呵呵……現在是誰比較痛？」

「別開……玩笑了！」奧吉咬牙切齒的說。

威農大聲呻吟了一聲，痛苦地說：「我看……我看我們快回去……」

「這是你這一天……一天下來說過最聰明的話了。」

兩個人在互相扶持下，步履不穩的往營區走去，完全不知道自己已經為大戰揭開序幕。

13

中華人民共和國國家科學院

研究院院長王淼睡眼惺忪的坐在會議室前方，因為半小時前被強迫叫醒，他感到十分疲倦，勉強挺直身體，向會議桌兩側的研究員說：「你們最好是有重大的發現，否則我一定嚴懲不貸。」

「是的，我們有非常重要的發現。」

「你們在等什麼呢？」

上次被指派調查地底不明物體團隊的研究員起身報告：「是的，雖然那不明金屬結構體並沒有什麼進展，但我們在西安的派駐人員卻回報了一項對我們極具價值的資訊。請看這張圖。」他把一張照片推給院長。

王淼拿起照片一看，不禁失聲喊著說：「這是什麼？」

那研究員神色凝重的說：「這兩個人是美國來的志工，醫護區的醫生見到他們時，他們已經臉色發黑的倒在地上。醫生趕緊將他們隔離，但經過五分鐘的搶救仍宣告不治，最後便成了您手中照片的樣子。」他指著那照片中全身宛如被火烤過、燒焦扭曲的屍體。

王淼院長閉上眼搖了搖頭，似乎要趕走腦海中那駭人的影像。過了一會兒他忽然開口：「有多少人碰過這兩具屍體？」

「兩名醫師，現在已經在隔離了。」

「這事雖然令人震驚，但你所謂的重大發現難道就是這奇異的疾病？」

「當然不是。在這起事件發生後，我們的派駐人員依循那兩個人來的路徑，想看看有沒有什麼蛛絲馬跡，結果他發現了這個。」他將一份夾著幾張照片的文件推到院長面前。

這次院長的表情不再震驚，而是困惑，「一個金屬假人？這算什麼發現……」他才說到一半忽然停了下來，過了好一會兒才抬起頭來，說：「金屬鈦？」

「沒錯，這還只是初步鑑定，內部應該還藏著更多祕密尚待挖掘。」

「而且，」那名女性航天局研究員趁王院長正在專注研讀報告時說：「院長，您要求我們盡快定位出訊號來源。我們已經找出來了，訊號的來源是……」她頓了一下好製造戲劇效果，「克卜勒452b。」

「什麼？」院長這次更驚訝的抬起頭，他緊張的說：「你指的是NASA在二〇一五年所發現的那顆地球2.0？就是那個克卜勒452b？」

「正是那顆。」

「天啊！」他低著頭喃喃說著：「地下不明物體……金屬人形……鈦……克卜勒452b……」接著他轉向第一名研究員：「那個金屬人現在怎麼了？」

「公安已經將那區域封鎖了，還在原處吧。」

「如果我猜得沒錯……美國NASA應該也已經定位出訊號來源，卻不知道答案是藏在這裡而非太空。那些金屬人大概是因為土壤翻動才從『那裡』浮出地表，是吧？」

「我想是吧……」

「這已經不止於科學研究了！」王院長緊張的說：「這已經牽涉到國防問題，甚至是世界安全問題！如果這不是天然現象……我必須立刻和中央報告！」說完便站起來。

「等等！」會議室裡的人趕緊叫住他，一名研究員說：「現在我們該擔心的不是那克卜勒452b或是什麼外星生命在聯繫我們，反正那顆星球遠在一千四百光年外！我們應該要盡快取得那區域中的情報和研究，想想若是美國捷足先登……」

王淼想了想，點點頭說：「你們說得對，不過還是要向中央報告。若沒有中央的協助我們什麼事也辦不了。我要一份完整的報告，包括地下不明物體、金屬人、太空電波等。在兩個半小時內把報告做出來，好趕上早上的國務會議向總理和主席報告。開始動作！」

整間會議室立時忙成一團，每個人幾乎連頭都不抬一下。

王淼仰靠著椅背，臉上掛著微笑。「和外星人對話的事就交給你美國吧，我們……要好好研究他們遺留下的科技。」

14

中國．北京國家主席辦公室（開會前一小時）

劉遠山右手轉著筆，煩悶的坐在辦公桌前準備等一下的國務會議，並想著如何應付日益嚴重的西安災情。

「它想要地震就地震嘛，我又有什麼辦法？」他盯著網路上一篇美聯社的報導喃喃地說，文中評論因中央的失職，導致這次西安的災情如此嚴重。

門外傳來一陣急促的敲門聲，劉遠山低沉得說：「進來。」

一名官員打開門手上拿著一份被彌封的厚重文件快步走進來。劉遠山認得那位官員，他是中共高階官員之一。接著他看到那疊文件，嘆了口氣的說：「災情又惡化了？」

「不，這是國家科學院的王淼院長傳來的一份機密報告。」

「科學院？」他好奇的接過。

「是的。王院長五分鐘後會親自來電和您說明。」

等官員離開後，他開始翻閱那份封面備註「極機密」的文件。剛開始他只是厭煩的隨意看看，可看了二十秒，他忽然瞪大了眼睛，愈看愈快，粗魯的翻閱著整份報告。這時電話響起，他一把抓起電話，不待對方開口便說：「院長，這……這都是真的？」

「是的，主席。」

「天啊，院長，這太離譜了！」劉遠山緊閉雙眼，顯得十分疲憊：「我們現在已經為了處理西安災情和股市大跌給搞得焦頭爛額，結果你居然告訴我有外星機器埋在我們國土內，而且還是在嚴重的災區中？」

「主席，請不要輕忽這件事的價值。此時此刻它們並不會對我們產生立即的威脅，就算有也是在幾千年後。現在我們應該做的，是趁各國還未發現前，率先投入研究，吸取對我方有利的知識。想想，那會讓我們在科技和國防方面進步多少？」

「那你希望我怎麼做？」劉遠山舔了舔嘴唇，王院長的看法是純粹以一個科學家的視角去觀看，有很多龐大紊亂的政治國際現實考量沒有算進去，但顯然光是這點就足以吸引劉主席了。

「我們必須趁其他國家尚未發現之前，將那地區完全封鎖，以便研究團隊在當地……」

「等等，我不能隨便就這樣把災民趕出去，然後派軍隊封鎖災區。這樣一定會被質疑，各國人道團體、甚至聯合國也會介入安置問題……」

「這是關乎我國科技、軍事重大突破的機會，而且我相信，只要中央肯出全力，不論是災民安置或科學研究，一定都沒有問題的。」

劉遠山認真的考慮了一會兒才開口：「很好，今天的國務會議上我會說服各部門提供支持與協助。既然此事的層級如此重要，要說服大家應該不會太難。」

「您打算告訴所有部門的人？」

「只有特定部門而已，反正他們少開一次會不會怎麼樣。」

中國・北京懷仁堂　國務會議

「國防部長人呢？」劉主席不悅的看著時鐘。

出席這場會議的官員並不多，只有政治局常委和部分部門的官員，大半都已年過五十、頭髮參雜灰白。桌首的位置坐著國家主席兼中國共產黨總書記以及中央軍委主席劉遠山，總理吳希衡坐在主席的右邊，而主席左手邊的位置，桌上放著的名牌上寫著「中央軍委副主席／國防部長」卻是空無一人。

會議室裡沉默了好一會兒，所有人面無表情的望向桌面，劉遠山輕輕的點點頭，這種冷淡的禮數是中共高層的傳統、也是長期壓抑的結果。若是平常劉遠山對於這種場合必然萬分熟悉，然而在這種情況下，這樣的氣氛卻令他幾乎窒息。

大門忽然推了開來。一名身穿西裝、頭髮梳理整齊的男子從容不迫的走了進來，相對於其他高官，他顯得年紀較輕且隨性，一路上微笑的和會議室裡的人點頭打招呼。

看到這種情況，劉遠山實在不知道該生氣還是大笑。

他決定要生氣。

劉遠山拍桌怒吼：「蕭安國，我明明已經發出明確的通知，要求九點整一定要到場，你卻讓所有人在這裡等了你十分鐘！你把這場會議當成什麼？」

面對國家領導人的憤怒，蕭安國部長只是微微一笑，似乎已經司空見慣。他瞥了手錶一眼，「報告主席，現在八點五十九分，我剛好準時到場。」

劉主席聽了差點岔了氣，「蕭部長，看起來你不只腦袋有問題，連手錶也故障了，請你看看後面的時鐘。」

他看了手錶一眼，再看了時鐘，才尷尬的說：「看來是我的手錶故障了。」不少高官露出一絲微笑，似乎在這種場合能出現這樣的插曲挺令人放鬆。

劉遠山無奈地看著他。在未來國家領導接班人上，儘管現在已經有受到肯定的副主席，但事實上蕭安國是個十分能幹、行事沉穩果決的人，在許多事上都展現超常的堅毅和能力，在軍方高層更是少數有遠見又積極的行動派。劉遠山時常考慮是否要將他拔擢為下任的國家主席，然而他對種種龐大複雜的政治和高層應有的禮數上總顯得漫不經心，讓劉遠山十分無奈。

「快入座吧。」劉遠山說。

等蕭安國入座，劉遠山便開口：「許多人一定很好奇今日這場會議的理由，各位或許會認為和近日西安大地震，或是美國在亞太愈演愈烈的軍事行動情況有關。然而今日召集各位所涉及的事情，卻遠比那些更為嚴重。」

劉遠山語氣嚴肅的說道，在場高官均露出凝重表情，專注的看向劉主席。蕭安國則微側著身子，挑起一邊眉毛。

「由於事情急迫，我長話短說。」劉遠山深吸一口氣：「現在放在你們桌上的，是今天上午由科學院所傳給中央的一份『極機密』文件。等下離開時，每個人都要將報告交回銷毀。同時，在這房間裡說的一字一句都不許洩漏出去，關於會議的任何資料，不得以任何形式記錄，不論是錄影、檔案或是任何方式。一旦誰洩漏出去，不論是誰，一律以叛國罪處刑，明白嗎？」

眾人嚴肅的點點頭，劉主席環視會議桌一圈，「很好，現在我們有請研究院的副院長為各位說明。」

一名頭髮灰白的男子在議會桌另一端站起來，所有人都將目光轉向他。「這份報告的內容十分冗長，因此我只說重點。首先，日前所發生的西安大地震，經過我們團隊的努力調查，證實並非天災，而是由一種非地球因素—也就是某個地下不明結構體所引起的，圖片請見報告的第四頁。此不明結構體就坐落在震央下方一點五公里處。而引起這起地震的原因，我們推斷是由一串高能電磁波所觸發—在報告的第十頁有提到。航天局在地震發生時接收到一串極高能的電磁波，其來源是美國太空總署NASA，在二〇一五年所發現的克卜勒452b，又別名地球2.0。

「在這之後，我們在西安的派駐人員發現了兩起奇異感染的事件，被感染的人在幾小時內便會七孔流血、全身潰爛而死。好在病患都已經被隔離了。此病菌來源是一具外表酷似兵馬俑的金屬人，我們懷疑它上面帶著非地球的不明病菌才導致了這起事件。而我們判斷它為外星機器的依據，是因它表面是由一種外星金屬『鉉』所組成。此金屬在地球極為罕見。至於金屬人的照片在報告的第二十六頁。總歸一句話，這次事件是由一種外星文明的結構體所引起。以上重點，報告完畢。」

副院長語畢，會議室內忽然宛若狂風掃過，一干高官身體向後直彈，雙目圓睜的看著副院長。整間會議室陷入不尋常的沉默，氛圍遠比剛才更為令人戰慄。沉默了一會兒，突然全場頓時陷入一片混亂——

「我們必須立刻行動！」吳總理起身吼道。

「這件事必須訴諸國際！」委員說道。

一群人在室內激烈的討論，有的人甚至激動地站了起來，要求採取行動。劉主席在前方桌首大聲喝斥大家安靜，仍控制不住失控的場面，副院長在特勤人員保護下靜靜地退出會議室。劉遠山無奈的看向蕭安國，卻發現他眼神正閃爍著莞爾的光芒看著陷入驚嚇的官員。過了一分鐘，眾人才漸漸冷靜下來，轉頭看向劉遠山。

「我知道大家都很震驚，但請有開會的樣子。」劉主席深吸一口氣，「這是危機，卻也是我們的機會，現在我們最大的優勢就是沒有其他國家掌握這些資訊，我們擁有第一手資料，這讓我們有率先研究這些科技的機會。當然我們也不能忽略潛在威脅，這項行動必須十分嚴謹，不然隨時會在世界上引起軒然大波。」

一名委員皺著眉，「但那……那結構體在西安災區啊，我們要如何在有數十萬災民的情況下進行研究？」

「這便是問題的所在了，是吧？」劉遠山傾身向前，「我們要想出一個具有說服力的理由，將災民和所有其他的救難團體勸離西安，再派遣軍隊鎮守以便研究。有任何想法嗎？」

眾人沉默著，會議室又恢復剛才的寂靜。劉主席視線緩緩的掃過眾人，也許他也並不期待有人能提出方法。

「我想了解一下，」一名神色蒼白的委員說道：「為什麼我們只探究科技上的利益，卻不管潛在的威脅？或許克卜勒452b遠在太空，但那地下不明物體卻是近在咫尺，誰知道它什麼時候會突然對我們造成危害？我們能就這樣安心的研究？」不少人點頭低聲附和，隨即將目光聚集到劉遠山身上。

「你的問題其實剛才已經回答過了。我們派軍隊封鎖西安，除了要讓研究不受阻礙外，同時也順便將那危險的東西和人民隔開，好確保國家安全。兩者同時兼顧。」劉主席頓了一下又繼續說：「言歸正傳，災區方面的理由我們可以等下再想。現在我要先決定負責這次任務的總指揮，此人必須是任務的核心人物，並且要能壓住陣腳，在西安第一線坐鎮。」

他目光掃過所有人，被主席嚴肅眼神掃過的每個官員都不安的屏住呼吸。最後劉遠山目光停在蕭安國身上，「蕭部長，由於這次涉及的國安層次不同以往，這個任務就由你全權指揮。」

「我？」蕭安國一臉訝異，但他像是忽然想起什麼一樣，表情一變。向主席點了個頭說：「沒問題。」

「那麼從現在起，蕭部長，我正式任命你為此次任務的最高指揮。所有你需要的軍隊和資金全部由中央提供。你的一切行動、要求，皆不須經由委員會審核，直接向我彙報。至於其他人，全部要協助配合蕭部長的調度以及王院長的研究。我們要在三天內封鎖西安，並將災民安置處理好。一個小時後召開記者會，明白嗎？」

「是的。」眾人面部緊繃、神情嚴肅的說道。

「很好，」他敲敲桌面，「把報告交到前面後便開始行動。」

所有人都紛紛上前將那份「極機密」的文件交回，然後轉身離開。蕭安國部長是最後一位交回報告的。劉主席接過報告對他微笑，「蕭安國，我從來沒想過，自己會把這麼重要的任務交到你手上。」

「我也沒想過。」他對主席點了個頭，「我還要去準備，告辭了。」他轉身往大門走去。在他要走出大門的那一刻，劉遠山忽然開口：「蕭安國，我一直不明白，你是怎麼當上部長的。」

「我也不明白你是怎麼當上主席的。」

中國・西安災區

「他們要封鎖西安？政府瘋了嗎？」

「誰知道，政府宣稱有極重大的考量。說不定是真的，你也知道，現在大家都在瘋傳那兩個美國志工染上怪病，全身發黑潰爛而死的事。」

「那是……他醒了。」

我意識到自己正躺在病床上，眼神渙散的望著上方。剛才意識模糊中，似乎聽到他們提到政府要封鎖……西安？

「倫尼，你還好吧？頭好多了嗎？」鄭旭彥將頭靠過來問。

「我……我怎麼會在這？」我揉著頭困惑著問。

「你離開會場時，我看到你的臉色很差。之後等了好久都沒看到你回來，我就沿著你走的方向去找你。結果發現你倒在地上昏迷不醒。」蕭璟在一旁擔憂的說：「你還記得發生了什麼事嗎？」

「好樣的，五天昏倒兩次。」我喃喃說著。我仔細想了一會兒，一些影像漸漸浮現出來，「我記得……我好像在腦海中看見一棟巨大的高塔……還有一個奇怪的金屬物體……好像和西安有些關連……」我看著其他人，發現他們都以困惑、懷疑的眼神看著我。

「也就是說，你忽然產生幻覺，之後就昏了過去？」陳太岳皺著眉問。

「我……我不知道，真的。」我紅著臉說，感覺自己像個怪胎一樣，「但我說的全是真的。」

「我覺得你是不是在地震發生後，頭部遭受了什麼撞擊或看到了什麼？這和你在幾天前昏倒的狀況有點類似。」蕭璟困惑的說。

「或許吧。」我說，但我不相信這種說法。我十分確信自己的意識清醒，那些在腦中的影像絕非一時頭昏所想像出來的。我努力回想，自己到底是從什麼時候開始有這些狀況的？

我腦中浮現出一段模糊的畫面。綠光、石板。

等等，剛剛那念頭是從哪裡冒出來的？我努力回想，我在圖書館打報告的時候，突然發生了地震。然後我躲在桌子底下好一會兒，等到地震結束後，我爬了出來看了電腦一眼……

我屏住呼吸，就是在那裡！我感到一陣興奮。但之後發生了什麼事？我試著回想後來的情形，但不知怎麼的，關於那段時間我全然沒半點印象。只記得在一陣尖嘯聲中我跌了下去，然後一頭撞上了一樣東西……

「你還好吧？不會又要發作了？」蕭璟看了我的表情，憂心的問。

「沒事。」我聳聳肩，「但看來我得暫時休息，沒辦法工作了。」

我一說完便看到他們皺著眉頭互相對看，鄭旭彥清了清喉嚨，「關於這點……」

他才說到一半就被打斷。張成維和十幾名志工走了進來，他一看到我便咧開嘴笑著說：

「修士頓，你好多了吧？」

我已經累得不想糾正他叫錯名字，只是無奈的點頭說：「好多了，謝啦。」

「那就好。」接著他轉向鄭旭彥：「鄭大哥，我剛才看了新聞。政府說要封鎖西安，是真的嗎？」

「是的，而且在三天之內所有災民和救難隊都要撤出。」

「三天？」張成維不可置信的說：「三天內要撤離數十萬災民？」

「等等，暫停一下。」我舉起右手，「可不可以先解釋一下，現在到底是什麼情況？」

蕭璟從口袋拿出一支iPhone，點了點螢幕後拿給我，「你自己看吧。」

我接過手機，看到新聞的標題寫著「中共中央下達緊急命令，總書記宣布封鎖西安」，我點了影片連結，影片開始播放：

「首先，我代表中國政府，感謝這幾天來自世界各國的救難隊，以及各個部門提供了大量物資和經費來協助賑災，這對我們災區的重建有極大的貢獻。但接下來我必須在此宣布，基於國家的種種考量，和一些無法公開說明的國安原因—只能透漏是攸關西安所有人民的生命安全。中央在此決議，將在三天內完全封鎖西安，所有重建工作將會由人民解放軍接手，所有當地的人民和救難隊也要在三天內全部撤離。對於如此突發的事件，本人代表中央向各位致歉。最後，謝謝各位的配合。」北京發言人對台下一鞠躬後，便轉身下台。

台下記者瘋狂舉手發問：

「可以多透漏一點嗎？」

「為什麼突然要封鎖西安？」

提問聲此起彼落，但發言人只是頭也不回的往台下走，消失在螢幕前。（影片結束）

我訝異的抬起頭，震驚的說不出話來。西安？為什麼政府要在災民剛安置好的時候，做出這種可能遭到全世界撻伐、國內抨擊的舉動？攸關西安所有人民的生命安全……我隱約感覺，這件事似乎和我所見到的影像有關連，但又說不出個所以然來。從其他人臉上的表情看來，他們也和我一樣迷惑。

「我昏過去的這段時間，發生了什麼奇怪的事嗎？」

鄭旭彥摩挲著下巴，仔細想了想後，說：「有是有，但我也不知道這和政府的舉動有什麼關連。就是有兩位美國來的志工，聽說接觸到了什麼，造成全身腐爛發黑死亡。因此有人揣測是否有什麼疾病或毒氣外洩，以致政府會有這些舉動。」

「那個，」陳太岳不屑的說：「一定是無稽之談。政府怎麼可能會為了一個小小的毒氣外洩而封鎖整個西安？」

「是啊！我倒認為，比較有可能的是因為外星人。」張成維興奮的加入討論。

所有人聽了都翻了個白眼。陳浩鈞搖了搖頭說：「幾千種可能性，你卻說了最不可能的那一種。」

「怎麼不可能？我看這應該是目前唯一可以解釋，政府為什麼要在這種時刻緊急封鎖西安……」張成維篤定的說。

大家都哈哈大笑，其中一個拍了拍他的背說：「老兄，你真蠢。」張成維漲紅了臉，看起來尷尬不已。雖然他說的毫無道理，但不知為什麼，我卻隱隱覺得他是對的。我為自己有這種想法而感到丟臉，顯然只有蠢蛋才會相信。

等到大家都笑完後，鄭旭彥才喘了口氣，開口說：「剛才真的滿歡樂的，謝了，成維。但現實是，不論背後的原因是什麼，都改變不了三天內要撤離西安的事實。如你們剛才所見，已經有許多的志工打包好準備要離開了。災民安置區內的災民也開始照政府的指示一批批的準備離開。所以現在我們也該決定是否要在今天就離開，或是等到明後天再走。這樣我們還可以在這段時間再做些事。你們說呢？」

聽到這裡，我不禁有些難過。畢竟我花了好幾天的時間才和大家混熟，還一同為這地方付出了許多力氣。

為了可以和大家多相處一段時間，我率先表態，「我想留到第三天再走。」

「我也是。」蕭璟說。我不禁鬆了一口氣，本來擔心只有我一個人這樣提議會很尷尬。

「我也想多幫點忙。」陳太岳接著說。

鄭旭彥看著其他人，說：「我們必須達成全體一致的決定。我都沒意見，你們其他人有不同的想法嗎？」

大部分的人都聳聳肩說：「反正都來了，索性多待個幾天，可以多幫點忙。」

「是嗎？」鄭旭彥看著大家，「那好，我們就決定待到最後一天再走。不過這幾天我們要把行李和帶來的醫療器材整理好。至於志工服務的部分，大家可以彈性的決定服務的內容和時數。反正後面的工作就要交給人民解放軍來做。還有什麼問題嗎？」他看向張成維。

「我想沒有了吧。」張成維聳了聳肩。

「很好。」鄭旭彥看了我一眼，似乎說出了我的心聲，「好好珍惜剩下的時間吧。」

16

自從政府宣布封鎖西安，每天都可以看到為數可觀的巴士、卡車、運兵車載著大批災民前往新的安置中心。居民的表情多顯露出無奈，畢竟好不容易才安定下來，如今卻要重新適應環境。許多自掏腰包前來的國際志工、救難組織，居然才剛到不久便要撤離，臉色看起來都十分不悅。不過在政令之下，還是不得不配合。結果，數十萬人的撤離計畫，造成交通大打結，不時爆發些零星衝突。

外媒似乎對於政府這項突如其來的決定大感興趣，各國媒體不但大肆報導，還對北京政府的決策發出質疑。結果，大批媒體記者在西安外部探聽消息，對原本就嚴峻的交通問題無疑是雪上加霜。最後警方不得不將記者驅離，並禁止任何人再進入西安。

我們這幾天已停止重建方面的協助，轉而幫忙災民撤離的行動。平日空閒的時間也變得比先前多，大家都把握住這些零碎的時間聚在一起，晚上聚會的時間也比之前更長了，睡眠時間被大家拿來聊天，到了隔天，每個人都哈欠連連。隨著時間過去，我的心情一天比一天沉重，除了離別的因素外，似乎還有一件更大的陰影壓在我心頭，但一時也說不上來到底是什麼。

我盯著我的背包，在心裡默默檢查：水壺？帶了，錢包？帶了，換洗衣物？帶了，手機？在我口袋裡，也帶了。其實，自從我被救出來後，除了手機和錢包之外，我的東西全沒了。手機的充電器也是借來的，所以基本上並沒有什麼東西好帶的。但我還是再三檢查，可能心中默默的期望會多出幾樣新的財產，譬如最新的筆電之類的。

「倫尼，該走了。」陳太岳在外面叫我。

我看了手錶一眼，十點。政府規定所有人要在中午前全數撤離西安，並在下午五點前完成封鎖行動。今天一大早已經有部分軍隊進駐，城市周圍也架起了拒馬。除了主要幹道尚開放讓災民方便出城外，其餘的道路都已禁止通行。

我至今依然對政府為何要封鎖西安感到十分困惑，但也明白，深究也不會有任何的解答，還不如專心做好眼前的事。但還是……

「倫尼，你聽到了嗎？該走了。」陳太岳在外面又喊了一次。

「好，來了。」我趕忙背起背包跑出去。

陳太岳看到我，微微一笑說：「其他人都已經在巴士那裡集合了，我們趕快過去吧！東西都帶了吧？」

我點了點頭，「都檢查過了，沒問題。」

「那就走嘍？」他將頭一偏。

「走吧。」

在前往集合點的路上我看了看四周，本來擠滿災民的體育館和廣場，現在幾乎空無一人。剩下的最後一批人，也正往集合處走。廣場上，軍隊正在拆除臨時帳棚並搭起了軍用帳棚，看來是要在這待上一段時間。不知道過了今天，西安要多久才能再度開放。

「哇！你看過這則新聞嗎？」陳太岳看著手機問。

「什麼新聞？」

「美國太空總署公布，他們在五月七日接收到一股高能量電磁波，頻率高達四十三兆七千億赫茲。沒有公布來源，但透漏這極有可能是外星生命對我們展開的對話。美國政府也在討論要斥資一百億美原來支援外星生命的尋找計畫！是不是很驚人？」他興奮地說。

「等等，五月七日？那不是跟西安大地震同一天？」

「只是巧合啦！電磁波和地震哪會有關連？你不覺得很興奮嗎？搞不好我們真的可以和外星人對話。真希望是真的！那樣的話……」

陳太岳在一旁興高采烈地說著，不過我已經開始陷入沉思，完全沒聽到他說了些什麼。這串電磁波接收的時間居然和地震在同一天，這時間點也太過巧合了吧……不過這一點陳太岳並沒有說錯，兩者的確不應該有任何關連……我腦中浮現了幾天前見到的幻覺－眩目的白光－無數星辰－翻騰的地底……當然這只是夢而已，可是隱約又感覺有些關連。到底是……

「是不是很棒？」陳太岳問我。

我剛才完全沒聽他說的話，一時之間搭不上話，只能含糊的說：「是啊，真不賴。」

所幸這時我們已經走到了集合點，剛好結束掉這個話題。所有人都聚集在巴士旁的一塊空地上，鄭旭彥看我們到了便拿起筆在名單上打了兩個勾說：「好了，所有人都到齊了。」

我看了看四周，卻沒見著蕭璟。我拍拍鄭旭彥的肩膀問：「鄭大哥，蕭璟呢？」

「啊，她不久前傳了簡訊給我，說她有事，之後會再自己想辦法回去。」

「喔，好吧，謝了。」我感到有些失落，因為在所有人當中就屬蕭璟和我最熟，當初還是她介紹我加入志工隊的。不能向她當面道別讓我有些失望，但想到我們都在西安念書，之後應該還有機會再見面，頓時心情好了許多。

「等一下災民會優先搭乘巴士，等他們全部撤離後，才輪到我們。」鄭旭彥在說明的同時，第一輛載滿災民的巴士正準備離開。

我們在一旁看著一輛又一輛的巴士駛離，大約過了十五分鐘，最後一輛載著災民的巴士也開走了。鄭旭彥回過頭向我們大喊：「輪到我們了，上車吧。」

我站在隊伍的尾端緩慢前進，輪到我踏上巴士時，我回頭瞥了這座城市一眼。頓時，我整個人呆住了。

就在空地旁的一堆礫石中，有一個矩形石塊的一個邊角突了出來。雖然就那麼一小塊，但我一看到這畫面，腦子彷彿開啟了一扇門，喚醒那一絲絲模糊不清的記憶—就在地震那天，我在圖書館打報告，然後跌到一個碎坑裡。我的頭撞上一片石板的尖角，在昏過去的前一秒，瞥見了上面那我看不懂的文字……

我倒吸了一口氣。沒錯，那就是在我腦中不斷浮現的文字，我相信最近發生的事和它絕對脫離不了關係。而且它現在應該還被埋在圖書館的殘骸底下……

想到這，我忽然感到一陣顫慄。十二點，再一個半小時西安就要完全封鎖了。要是軍方開挖時把石板給毀了……不，還剩下一個半小時……

「倫尼，上車了。」鄭旭彥在車上催促著我。

「我……我有要事，必須回去一趟。」

「什麼？」鄭旭彥不敢置信的問：「倫尼，時間……」

「我現在無法解釋……總之，我一定要回去……拿一件東西。」我急著離開，便隨口撒了個謊。

「可是你要怎麼離開？」

「反正……反正我會想出辦法來的。蕭璟不也這樣？我會快去快回的。」

「好吧。但……喂！喂！」我一得到允許就立刻轉頭狂奔，全然不顧鄭旭彥在我後方大喊。

我一路向西北大學跑去。我自己也不明白為什麼要去找那塊不起眼的石板，就純粹是一種直覺，這段時間我已經很擅長此道。我在心中暗自祈禱石板能夠安然無恙。

正當我橫越一條馬路時，轉角突然衝出一輛黑色休旅車。我被嚇得往後跌倒在路中央。我心想：很好，這次死定了。

我在心中數到三，發現自己還沒變成「路死動物」便緩緩睜開眼睛。

休旅車的前座下來了兩位身穿黑色西裝的人。緊接著，後座下來一名身穿白襯衫的男人問說：「出了什麼事，為什麼突然停車？」

「長官，別過來！」黑衣人掏出配槍指著我，兩人擋在那白襯衫的男人面前。

「夠了，把槍放下。你們嚇到他了。」這男人說完話便要往我這走過來。我腰痛的只能倒在地上，一時間站不起來。

「他可能是……」

「讓開，這是命令。」

「但是……好吧。」兩人將配槍收了起來，並退往兩側，讓出一條路。

那個人走到我的面前，向我伸出他的手並笑著對我說：「年輕人，還好吧？」

正當我伸手握住他時，抬頭看了他一眼。他的長相，好像似曾相識。那如黑曜岩般的眼睛、微笑的神情……但我想不起來在哪裡見過。而且看這個人的身分，我壓根不可能見過。在他扶我起來後，我對他點了點頭，並說了聲謝謝。

「小事一樁。你叫什麼名字？你應該不是中國人吧？」

「倫納德．馬修斯，」我一心只想趕快離開，便飛快的回答：「我是從英國來的留學生。」

「好，倫納德，我問你，西安快要全面封鎖了，你怎麼還在這裡？」

「我必須去拿一樣東西。拜託，只要十分鐘就好，我拿到後馬上就離開。」

他盯著我的眼睛看了好一會兒，似乎在判斷我說的是不是實話。他的眼神讓我緊張，全身起了雞皮疙瘩。最後他舒了一口氣說：「好吧。快去拿東西，然後離開。」

我鬆了一口氣，「謝謝長官！我……」我已經好幾天沒看到那影像了，好死不死在這時候影像不斷湧入我腦中。我抱著頭大聲呻吟。

「怎麼了？」他一把抓住我。

「我……」我正要開口，眼前卻閃過一幕幕影像—眩目的白光—地底金屬人。當我回過神來，發現眼前的這位長官本來和善的表情一掃而空，取而代之的是震驚和恐懼。我好像脫口說出了一些話，但絕對和我剛才見到的影像脫離不了關係。

「你剛剛說的話是聽誰說的？」他用力抓著我的手臂，大聲地質問。

「我……我不明白，我剛才說了什麼？」

「你少裝了！當所有的人都已經撤離了，為什麼只有你在這裡遊蕩？還說要拿什麼東西？還知道我們的最高機密？我看你分明是其他國家的情報員！把他抓上車！」那兩名隨扈隨即上前，花不到幾秒鐘就把我手銬住，押到車前。

「等等，你們誤會了！我……」我才說到一半就被粗暴的扔上車。那長官迅速關上車門，並大喊：「開車。」車子旋即發動。

他拿出配槍指著我，冷酷的說：「你一個外國人，中文又說得那麼流利。如今封鎖計畫已在倒數階段，你卻還在這裡出沒……老實說，你到底是哪裡派來的？」

他無禮的態度讓我心中的恐懼轉為憤怒，我大聲咆哮：「你是誰啊？憑什麼無憑無據的把人抓起來？我根本不是什麼情報員，就只是個留學生而已！我要聯絡英國大使館，你們沒有權力這樣對我。」

「無權？」他冷冷的笑了一下。「小子，你根本不知道自己惹到了什麼人，我就算在這裡把你殺了，也不會有人過問的。如果你真的只是一名普通的大學生，那你要如何解釋你竊取我國國家機密一事？」

這問題問得我一時啞口無言。連我自己都不知道為什麼我會看到那些影像，更不知道那還是中國的國家機密。

他看了我的表情得意的說：「答不出來了吧？騙子？我一定會查出真相的，這是我的一貫作風。」他把頭往後一仰，說：「等到了目的地，你就準備在獄中度過餘生吧。」

17

中國．西安災區（一小時前）

三天下來，大部分的人都完成了撤離。住在這間安置中心的是最後一批災民，他們將在今天上午十點離開西安。所有人都在收拾自己的隨身物品，現場一片混亂。

蕭璟蹲在一名行動不便的老人身旁，幫忙他打包行李。不用幾分鐘，她便俐落的幫老人收拾好東西並把袋子交給他。老人握著蕭璟的手，滿懷感激的對她說：「謝謝妳，女孩，現在像妳一樣熱心的年輕人已經很少了。若不是妳的幫忙，怕時間到了，我都還來不及收好呢！」

「沒什麼，」她露出微笑，然後看了看時間，喃喃說道：「我也該去找同伴撤離了。」

她才一起身，安置中心的大門忽然被踢了開來。十名手持步槍的士兵走了進來，一臉不耐煩地大喊：「好了，巴士和卡車已經到了。十點前要到集合點，不要拖拖拉拉了，快點走！」所有人趕忙拿起剛剛才整理好的行李，快步的向大門走去。由於人實在太多了，在推擠中不時爆發口角。士兵憤怒的大吼：「不要吵，快點往前走。」

蕭璟走在人群的最後方，這時聽到身旁一名士兵正在大聲的斥責。她轉頭一看，一名老婦人拄著枴杖吃力的走著，士兵在一旁催促的大喊：「妳走這麼慢，是存心要我們等死啊！

「我好歹是個長輩……」

「別以為妳年紀大就可以有特權！要是全部的人都跟妳一樣慢吞吞，我們要到哪一年才撤得完？」

蕭璟在一旁看不下去，憤怒的上前理論，「既然你嫌她走得慢，為什麼不去幫她？」

「是誰居然……」那群士兵原本憤怒的神情，在見到蕭璟之後立刻轉為笑容滿面，話語溫和的說：「啊，漂亮的姑娘。真是抱歉，我們實在是因為軍務繁忙才會一時失禮了。」說完，他對那老人揮揮手說：「妳快走吧。」

等到那老婦人離開後，蕭璟冷冷地對那士兵說：「你們不是公務繁忙嗎？怎麼還在這裡閒晃？」士兵臉一僵，傾身向前對她說：「剛才是看妳可愛才那樣說的。我警告妳，我們可是中央指派過來的軍隊……」

「就是有你們這種欺善怕惡、仗勢欺人的軍人，人民才會生活在這水深火熱之中！真不知我們納稅養你們這些人到底有什麼用處？」

那群士兵的表情尷尬，彷彿被她打了一巴掌。突然其中一名士兵上前打量著蕭璟，說：「反正我們現在也沒事做，看來今天有從天上掉下來的禮物，給我們驚喜……」

蕭璟意識到情況不對，轉身想要離開。但一名士兵一把抓住她的手臂，「等等……」那士兵話還來不及說完，蕭璟便抓住那士兵，給他來個過肩摔。士兵倒在地上痛得哇哇大叫。

「唉呦，這女孩不簡單喔，有意思。」其他士兵見狀，賊笑著朝蕭璟走去。這次他們有了防備，仗著人多和力氣大，企圖將她壓在地上。蕭璟用手肘重擊一個人的喉嚨，再用腳踢中另一個人的膝蓋，然後就被推倒在地上。

「住手！」蕭璟大叫。她雖奮力掙扎，但和一群年輕力壯的士兵相比毫無用處。

「小美人，只是親一下而已，又不是要怎樣。」士兵笑著把臉靠近她面前。

「滾遠一點！」

「哼！這裡只有我們，沒人幫得了妳。」

「我想我應該幫得了忙。」

所有人回過頭一看。兩名身穿黑西裝的男人神情嚴肅的站在不遠處，其中一人率先開口說：「我勸你們現在就放開她，這樣或許可以少吃幾年牢飯。」他把眼睛瞇起來說：「否則我保證，你們會後悔莫及。」

其中一名士兵上前，語帶輕蔑的說：「你可能沒注意到，我們有十個人，而你們……」

他的話還沒說完，就被尖叫聲取而代之。穿著黑西裝的男人雙手一伸，以迅雷不及掩耳的速度將那士兵的右手折斷，並踩在腳下。他緊盯著另外九個人，「現在，你們要聽我說話了嗎？」

那九個士兵楞了一下，似乎在猶豫要不要出手。他們彼此互看了一下，便朝那兩個人衝了過去。

接下來的時間，猶如一段短而激烈的動作片。

在一團模糊的人影中，只見那群士兵不斷的向兩人揮拳，卻沒有一拳打中。兩人在拳頭揮舞的空隙中閃躲，只聽到一聲聲「喀啦、喀啦」和一陣陣的哀號聲。有人剛拿出刀子來，就被兩人扔到一旁。有人伸手掏槍，卻立刻被奪下，隨即悶哼一聲倒地。剩下兩名士兵見情況不對，轉身就跑。兩人自腰間拔出一把長相奇怪的槍朝那兩名士兵各開了一槍。只見兩道電弧閃過，士兵應聲倒地。

那兩人轉過身向驚魂未定的蕭璟，微微鞠躬說：「蕭小姐，特勤局為您服務。」

蕭璟本來十分震驚的看著那兩名陌生人身手矯健地制服了十個欺負她的士兵，但當她一聽到這句話，頓時回過神來，「特勤局？等等……你們是我爸爸派來的？」她的話語中透露出掩飾不住的厭惡。

「是的，妳很聰明。令尊—蕭部長要我們帶妳去找他。」

「要我去見那瘋子？門都沒有！就算你們……嗯，剛救了我也不行。」

兩人為難的互看了一眼，其中一個嘆了口氣，說：「蕭部長已經警告過我們，妳可能會是這種反應。小姐，部長交代我們，如果妳堅持不願意去，要我們在不傷害妳的情況下，不論用任何手段都務必將妳帶到。」

她立時盤腿往地上一坐，語帶不悅的說：「好啊！我就坐在這裡，看你們怎麼在不傷害我的情況下把我帶走。」

「等等，妳是蕭部長的女兒？」一名倒在一旁的士兵勉強睜開眼，驚訝的問。

「閉嘴，回去後會好好處理你們違背軍紀的事。」那特勤一腳把倒在地上的士兵踢昏，又回過頭繼續說：「小姐，妳別讓我們為難了，我們只不過是奉命行事而已。」

「你們自己要當那笨蛋的手下，又不是我的錯。」她氣呼呼的抱著膝蓋說。

兩名特勤皺著眉頭看著對方，過了好一會兒。他們點了點頭，似乎下定了決心。右邊那名特勤帶著抱歉的眼神說：「蕭小姐，真的非常抱歉。」

她眨眨眼說：「什麼……」

左邊的特勤不知道拿了什麼東西，「咻」一聲，一根三吋長的銀針沒入她的脖子。她連話都還來不及說就全身無力的癱倒，兩位特勤即時將她扶住。

兩人互看了一眼，點了點頭說：「走吧！」

18

美國·華盛頓特區　白宮總統辦公室

在知名的半橢圓辦公室內，西方世界的權力核心人物─美國總統賈科摩·布魯斯正面對著五名官員，他神情嚴肅的開口問：「有什麼新消息？」

此時總統辦公室內正在進行每週一次的集會，除了總統賈科摩之外，出席的人還有副總統卡爾、國務卿克萊爾、國會議長保羅和國防部長法蘭克。這起初是總統賈科摩的主意，想藉由每週一次的集會以便充分掌握國內的情報。他們稱這每週一次的小型聚會為「五人會議」。但今天的五人會議卻有第六人出席─NASA訊號分析師福德·林登。

「報告總統，關於最新擬出的移民法案，我有信心可以通過。」保羅議員開口。

「很好，我們領先幾票？」賈科摩總統心不在焉的說。

「一票。我今天會再搞定三票。」

「全交給你了，保羅，別讓我失望。」

「是的，總統先生。」保羅說完便起身，「我二十分鐘後要參加綠色和平組織的公聽會，先告辭了。」

「好。對了克萊爾，你去協助保羅確認這次法案的票數，我不要出任何狀況。」

「沒問題，總統先生。」國務卿也起身跟在保羅後面出去。

等到他們兩人離開後，總統面色凝重的對還在場的官員說：「現在該進入我們的正題了。劉遠山那傢伙封鎖西安絕不是為了重建，關於這點你們有什麼要彙報的？」

「中國封鎖西安的內部細節，保密程度簡直滴水不漏。我們在北京的幹員事先一點風聲都沒聽到。不過我們的間諜衛星還是拍到了一些有用的照片。」法蘭克拿出兩張衛星空照圖放在桌上。「雖然在夜色中不引人注意，而且由於某些不解的原因，那裡的影像訊號受到嚴重的干擾，但照片經過電腦強化後，我們可以看到，中國趁著午夜出動了大批重型挖掘和搬運的機具進入西安。」

總統充滿興趣的摩挲著下巴，「顯然他們是想挖掘些什麼東西。」

「這是目前最有可能的推論，但詳情我們卻完全不得而知。」

總統側著頭想了想說：「那這次封鎖任務的總指揮是誰？」

「這就是另一個問題了。」法蘭克收起照片說：「間諜衛星拍到。這次的任務是由中國國防部長蕭安國親自率領軍隊，以第五十四集團軍為主，一共四萬部隊入駐西安。」

「國防部長？居然由國防部長親自領軍？這可真是難得啊。法蘭克，你還記得我上次指派你去執行任務是什麼時候嗎？喔，不用回答，我也不知道。」他看到法蘭克張嘴要回答，趕忙制止，「不過我很好奇，如果這行動這麼保密，那你是如何得知這些資訊的呢？」

法蘭克搖了搖頭，「這些資訊在北京內是流動的，要獲得並不難。但相對於其他真正重要的資訊……我們仍一無所知。」

總統點了點頭，「我明白了。繼續調查，劉遠山絕不是派他的國防部長去西安堆沙堡的。一有進展就向我報告。卡爾，你和法蘭克先離開，我有事要和林登先生談談。」

副總統看起來十分不悅，因為今天的這場會議他可說是毫無用處。但他還是向總統敬個禮後和國防部長一起離開。

總統轉向福德．林登，「現在只剩下我們兩個了，你有什麼事要告訴我？」

「我就長話短說。總統先生，您是否還記得前一天NASA所公布的外星電波事件？」

「當然，那篇報導還是我批准的。可是福德，如果你是要和我談那筆預算的話，我必須告訴你那是不可能的。現在國庫吃緊，國防預算大漲，一百億美元實在是……」

「我感到很遺憾，真的。不過我今天來並不是要和你說這個的。」福德冷靜的說，「我來這裡是為了告訴您，這次西安封鎖事件和這起克卜勒452b電波事件有著驚人的巧合。」

「巧合？怎麼說？」總統不由自主的挺直身子，仔細的聽。

「基於這牽涉到許多高等數學、物理，因此我讓您看圖會比較容易了解。」他邊說邊拿出幾張圖表和演算公式的文件。

賈科摩總統拿起那張寫滿演算公式的紙，說：「你可以直接告訴我。你可知道我中學和大學時的科學成績……」他才看了那些算式一眼，便放下紙張說：「你說的對，簡單的告訴我就好了。」

「我說過您不會想看的。」福德將那寫滿公式的文件放到一旁，把兩張著色的世界地圖放到桌上。那兩張圖的顏色大致相同，只有幾個區塊呈現鮮明的紅色。

「這些照片的上色是依照當地的能量接收高低狀況來繪製的。在我左手邊的這一張是五月五日早上七點所拍攝的。您可以看到圖上所有的地區幾乎都呈現綠色的低能狀態。而在我右手邊的這張，是接收到電波後的能量圖。在這張圖上可以看見幾處顯著的紅色地區，能量大為提升。這裡有份名單，是能量偏高區域的地名。」

總統將名單接過來，並一一唸出來：「西安、古夫金字塔、吳哥窟、巨石陣、南極……我不懂。這有什麼意義？」

「這些地點由於某些不可解的理由，似乎有可以捕捉太空高能帶電粒子的能力。而自古以來，古人也將許多偉大不朽的建築蓋在上面，也不知道他們是怎麼辦到的，這些至今仍是難解之謎。總之，這些地區由於某些地質上的特異，在當日太空電波傳來時，都獲得極高的能量。」

「你剛才說，那些地點都有偉大的建築，」賈科摩總統提出質疑，「但西安有什麼偉大建築？」

「西安可是中國最古老的城市啊！」福德似乎有點驚訝總統的無知。「那裡有著世界上最偉大的墳墓，秦始皇陵墓是世界十大……」

「好了好了，我不是來上歷史課的。」總統舉起手打斷他的話，「但我看不出這些和中國近來的舉動有何關聯？你說了半天該不會是要告訴我，這些建築都是外星人蓋的？」

「當然不是！我根本對外星人毫無興趣，只是想告訴您其中的關聯性而已。」

「就算你說得對，全都是真的。那你又要如何解釋，為何只有西安有地震？還有中國封鎖西安又和這有何關係？難不成劉遠山派他們的國防部長去西安考古？」他話語中透露出明顯的不耐煩。

「這……我當然無法解釋……如果我能解釋，中國還用得著保密嗎？」福德急著辯解，「但這兩件事如此湊巧，還有那張能量圖……總之一定和這電波脫離不了關係！您一定要慎重看待這件事。」

賈科摩總統緊盯著福德看，似乎在評估這件事的可靠程度。他沉默了好一會兒才開口說：「好，你們署內可以繼續調查這件事。不過一定要掌握充分的資料後才能再找我報告，我不想再聽毫無根據的理論或巧合了。」

福德僵硬地向總統鞠了個躬，收拾了他的資料後就離開。

等福德離開後，總統獨自坐在辦公室低頭陷入沉思。過了一會兒，他突然抓起電話，按了幾個鈕，等了一下，「希爾思嗎？我是賈科摩總統。我要你幫我將所有關於克卜勒452b和西安的資料整理後，寄到我的辦公室。謝謝。」

19

中國・西安封鎖區　臨時指揮中心

麻醉藥效漸漸退了。

蕭璟緩緩睜開眼睛，發現自己正躺在一張沙發上，身上還蓋了一條毯子。她眨了眨眼，不遠處有一張桌子，上面放了好幾本書和一些公文，看起來像是某個人的辦公室。

「搞什麼……」她想坐起身來，卻因藥效並沒有完全退去而呻吟倒下。

「不要坐起來，不然頭會很痛。」突然從旁邊傳來了一個聲音。

她被這突如其來的聲音嚇得身體縮了一下。往說話聲的方向望去，赫然發現一個男人正坐在自己身旁的一張椅子上。她視線模糊、看不清那男人的臉，只覺得有一種莫名的熟悉感。

「你是誰？」她半閉著眼睛虛弱地問。

「三年不見了，妳還是像從前一樣對我視而不見。」話語中透露出一絲哀傷。

「你……你……」聽到這聲音她忽然睜大了眼睛，轉頭向說話的人看去。她倒吸一口氣說：「是你！」

「妳終於認出我了。」蕭安國露出一抹真心的微笑。

「你居然還有臉見我？」她的怒氣立時爆發，「在你對我和媽媽不理不睬，拋棄我們的十幾年後？」

「我曾試著要補償，」蕭安國平靜的說，「在妳十五歲的時候，我有去找妳們。還有寄錢……」

「虧你說得出這麼無恥的話！十五歲？你知道那十五年我們過的是什麼樣的日子嗎？你為了當官拋棄我們。把我們留給那個該死的酒鬼！我小時候，每天都希望你可以帶我們脫離那種生活。結果等了十五年，然後你若無其事地出現，付了錢，好像完全事不關己。」她已經能坐起身來，怒視著她的父親大罵：「你們這些政客，臉皮還真不是普通的厚，滿腦子只有功名和權力，當你坐在辦公室吹著冷氣時，根本無法體會我們承受的痛苦。」

蕭安國兩眼望著地板，表情充滿愧疚。過了好一會兒他才開口說：「璟，妳說的對，這一切都是我的錯。但是……」

「當然是你的錯！」她大聲怒吼：「而現在，你竟然想靠這些鬼話來掩蓋你這十幾年來對我們的不聞不問？我不想聽你說話，我一點也不在乎。因為就算你說得再多，也改變不了曾經發生過的事！我要離開這裡！」她一說完話便起身要走，但重心不穩，直接往地上倒去。

「小心！」他在她倒地前接住了她，將她扶回沙發上。

「不要碰我！」她咬牙切齒地說。

「是是是。」他把手拿開，眼露淘氣的說：「這已經是我今天第二次救妳了。」

蕭璟將頭別了開來，不理會他說的話。

蕭安國抓緊機會：「我知道妳很氣我，我完全可以理解。事實上，妳現在所表現出的憤怒，還不及妳應該要表現的。我必須承認，當初我的確不重視妳和妳母親—」

「你從來沒有重視過。」

「但我從來沒有忘記過妳們。十幾年來，我心中的罪惡感從沒有停止過。我曾派手下去打探妳們的情況。我才得知過去這麼多年來，妳們過的是什麼樣的生活。但……我的罪惡感讓我不敢面對妳們。直到……直到妳十五歲的那年，我趁著去青海出公差的機會，鼓起勇氣去找妳們。」

「我知道妳母親已經和那男人離婚，而妳也長得那麼大。我很高興，但也很懊悔。後來我試著補償妳們，五年來我持續寄錢給妳們，並試著想和妳見面，但妳一直不給我機會。所以這次我趁著來西安出任務，希望能跟妳見上一面。我的手下找了妳好幾天，直到今天早上才總算讓我找到，我終於可以好好和妳說說話。」蕭安國繼續說道。

蕭璟雙手交叉在胸前，靜靜地聽完後說：「天啊！好感人的故事。看來和你的罪惡感相比，我們受的苦根本算不了什麼。」她質問他，「如果你真的那麼關心我們，那我問你，三年前媽媽的葬禮，你為什麼沒來？」

他低下頭說：「我真的很想……我發誓。但那時我正奉劉主席的命令到南海視察，等我知道時……」

「又是劉主席！」她氣得大吼，「你那麼喜歡他，為什麼不乾脆和他結婚算了！」

「說話小心點！」他警告的說：「要是傳出去……」

「我不在乎！」她已經氣得流下眼淚，「我拿著傘在雨中等你，等了整整五個小時！結果你連個影子都沒出現！你可知道那時我心都碎了？你因為懼怕外界發現你有個該死的私生女，所以把我們冷凍起來，一次又一次的拋棄我們！」

蕭安國面對女兒的質問，一時之間不知如何回應。這時辦公室的門忽然打開，一個人快步進來說：「部長，這……」當他看到房間內的兩個人後，趕忙低下頭說：「抱歉。」

「沒關係，你十分鐘後再進來。」蕭安國說，但他眼睛卻是盯著女兒看。

「是。」那個人尷尬的離開。

父女兩人彼此沉默了好一會兒，蕭安國終於開口說：「我本來打算好好和妳敘敘舊的，但看妳現在這麼不高興，我就先送妳回去吧。畢竟我用妳的手機和妳朋友說，妳很快就會回去和他們會合的。」

「你用了我的手機？」蕭璟不可置信的看著他。

「是啊。妳用生日當密碼，我一下就猜到了。」他的心情稍微好了點。「準備一下，我等下派人送妳回去，好嗎？」

她僵硬的點了點頭。蕭安國有點失望的看著地板，然後抬起頭說：「不知道我們下次再見面會是什麼時候，我只希望妳知道、記得我愛妳，這樣就夠了。」

「等一下。」

他興奮地轉過身來，期待她會說些什麼。「什麼事？」

「在離開之前我想了解一件事，你們為什麼要封鎖西安？」

「這個，」他笑著說，「很抱歉，這是國家機密。如果我告訴妳，恐怕妳就別想離開這了。」

她翻了翻白眼，「不要告訴我是關於地下金屬人、秦始皇，或是外星人的事。」

當她一說完這句話，蕭安國的臉色瞬間變得僵硬。他厲聲質問她：「妳是聽誰說的？為什麼妳會知道這些？」

她被父親突如其來憤怒嚇了一跳：「就是……我的一個朋友，名叫倫納德，我叫他倫尼。噢，他是個英國人。他那個……算是在睡夢中常會脫口說出這些話。我也不清楚為什麼，他說是幻覺……」

「他……你是從什麼時候開始聽到他說這些話的？」他的聲音開始顫抖。

蕭璟困惑的說：「從我救他出來的那天就聽他說過，大概……八、九天前？到底怎麼了？」

他神情凝重地看著蕭璟，低聲地說：「看來妳得晚點再走了，我要帶妳去認一個人。」

20

我覺得自己是世界上最沒有用的人。

首先，我整個人被埋在石礫堆中，才剛被救出來就被一個女生打斷鼻梁，還昏了過去，糗吧？之後加入救難志工隊，結果在營火晚會進行到一半的時候，可憐的我居然被幻覺搞到快瘋掉，還昏了過去。最後參加晚會的人只能把我當成怪胎一般的抬回營區研究。

今天早上本來可以平安無事的離開這裡，結果我居然為了找一塊愚蠢的石板，還為了那詭異的幻覺被中國政府當成了間諜關在牢裡。

此時，我被關在一間有雙面鏡的房間內，雙手都被銬住。我躺在地上，眼睛瞪著天花板，腦中浮現出許多奇怪的想法。

我想到我曾看過的電影，片中軍人會用各種手段逼迫間諜招供，像是水刑、鞭刑，或是把你關在一間沒有光線的密室，直到你瘋掉為止。我不禁猜想他們會用哪一招對我，我也不知道自己應該要回答什麼。因為我完全不知道那是什麼國家機密。

「這實在是太誇張了。」我憤怒的一拳打在地上—我立刻就後悔了，「我根本什麼事都沒有做，就說了一句我也不知道是什麼的話，就被關到這不知道是哪裡的狗屁地方。」

就在這時，門忽然開了。我的腦中閃過一個畫面—我衝過去搶了一把槍，然後突破軍方的防禦，又劫了一輛悍馬車衝出重圍。而在我駛離這裡後，這整棟建築物瞬間爆炸……

好吧，看來電影真的看太多了。

進來的人就是把我抓上車的那個男人。他對我露出一抹不自然的微笑，說：「希望你覺得這環境夠舒服。」

一看到他我就掩不住心中的怒火，我坐起身來對他咆哮：「怎麼樣？又要問我是哪個國家派來的嗎？我早就告訴過你，我什麼都不知道！就算你對我嚴刑逼供，我也還是這句話。」

「喔，我不是來拷問你的，儘管我很想這麼做。我帶了一個人來見你。」他對門外的人招了個手勢，「進來。」

「最好是我的律師……是你？」我瞪大了眼睛望著走進來的人。是蕭璟！她傳簡訊告訴旭彥說她有事，難道就是為了來這？「妳怎麼會在這？」

「這句話應該是我問你的吧？」她盯著我的手銬，十分驚訝的說。

「看來你們早就認識了？」那個男人好奇地打量著我們。

我來回看著蕭璟和那個男人，「你到底是誰？你們……是什麼關係？」

「反正你也沒機會傳出去，告訴你也無妨。我是中華人民共和國的國防部長、兼中央軍委副主席蕭安國。蕭璟是我的女兒。」

蕭璟翻了個白眼。

「你們是父女？」我仔細的看著他們二人，詭異的是我竟看出來這對父女的相似之處。蕭璟和她父親都擁有一雙如黑曜岩般烏黑的眼珠，而他們眼中都帶著一股堅毅的神情。另外，這兩個人的言行舉止都散發著無比的自信。

我看著蕭璟，問：「原來妳和我說的那位在政府擔任高官的爸爸就是他？國防部長？」

「等等，妳和別人提過我？」蕭安國看來十分高興。

「才沒有！」蕭璟狠狠的瞪了我一眼。「言歸正傳。你把我們兩個都找來到底是要做什麼？」

「很好，說到重點了。你們都先坐下吧。」他指著我們中間的那張桌子說。

我坐在我面前的那張椅子上，蕭璟和她父親則坐在我對面。他一坐下來就開口說：「倫納德，我要和你談談今天早上發生的事，相信你很清楚……」

「不不不，我完全不清楚。」我看在蕭璟的份上，很努力地克制自己的語氣。

他瞇著眼睛看著我說：「你真的不記得你在被我抓上車前，說了什麼話？」

「聽著，」我耐著性子說：「我告訴過你，我的腦中突然出現一堆影像，這才讓我脫口說出一些連我自己都不知道的話。還是你能告訴我，我到底說了些什麼，或許會有些幫助。」

「幻覺？」他瞥了蕭璟一眼。「好吧，那我來幫你複習一下。除了一些我聽不懂的叫喊外，你當時大聲唸出了幾個詞。你說了『金屬人』、『電波』、『地下星艦』，你明白你自己在說什麼嗎？」

我感到一陣暈眩，沒錯，那些就是一直在我腦海中反覆出現的影像。看他對這件事如此嚴肅的態度，難不成……我看到的都是真的？

「我大概明白吧……你可能不會相信，但我說的那些話，都是……我自己也沒有辦法解釋……」

「幻覺嗎？」他挑起一邊的眉毛問。

「我知道這很瘋狂，但我說的都是真的。」

「我本來也覺得你在說謊，但後來聽我女兒說，你從一個星期前就一直出現這種狀況，這才讓我有些懷疑。所以我特地帶她來想和你確認。」

「妳跟妳爸提到我？」我有點高興地看著蕭璟。

「我的天啊，你們兩個男人能不能正經點？」她無奈地說。

「抱歉。不過我很好奇，關於我在昏迷中說出的那些話，你們問我是如何得知的。這代表……難道這就是你們封鎖西安的原因？」

蕭安國皺著眉盯著我看，「按理來說，我是不能透露給任何人知道的。但上級也沒特別說明當對方已經知道的話該怎麼辦……我想，我就告訴你一部分。沒錯，我們此次任務的確跟你說的那些話有所關連。但詳細的內容則不便透露。而我之所以願意相信你不是間諜，是因為蕭璟說你在一星期前就知道了，而我們卻是在三天前才掌握到這些資訊的。所以，我更想知道的是，你究竟是如何比全世界的科學家還早五天得知這件事的？」

「我真的不想再重複說著同樣的話，但真的，除了一陣強烈的光芒外，我什麼都不記得。」

蕭安國用指節敲了敲桌面，點點頭說：「我們之後再處理你的記憶問題。我現在再問你最後一個問題，那時你說你有急事要我放行。我想，你該不會是為了拿一樣『東西』吧？」

「確實不是。」我心中有些疑慮，不知道該不該信任這個人。但以現在的情勢看來，除了和盤托出也沒有別的辦法了。「我是為了去確認一塊埋在西北大學圖書館下方廢墟裡的石板。」

「石板？那是什麼？」

我轉過頭對蕭璟說：「妳還記得妳是在哪裡救了我嗎？」

「當然，我還在那裡把你的鼻梁給打斷了。怎麼了嗎？」

「呃，那件事可以不用再提了。」我瞥了蕭安國一眼，「總之，當地震發生時，我正在那裡打報告。當地震結束後，我記得我看見一陣詭異的綠光─就是我之前跟你們提過，我那時曾短暫的失憶。在我恢復意識之後，我發現我跌到一堆水泥下面，而在我再度昏過去前，我看見了『它』。那塊石板─至少我認為應該是石板，它的大部分被埋在土裡，我只有看到其中一角。在那上面刻滿了中國的小篆和一堆圓圈線條……」

「等一下，」蕭安國打斷我的話，問：「什麼是小篆？」

「那是一種在秦朝時所用的字體。」

「你之前怎麼都沒有和我們提過？」蕭璟問。

「那是我在今天早上才突然想起來的。」我聳聳肩膀說：「我正想跑去確認，就被這位仁慈的部長給抓了起來。」

「嘿，別怪到我身上來好嗎？任誰在當時那種情況下都會認為你是間諜。不過你提到的『石板』和我們所說的『機密』又有何關聯？我不記得我們有提過『小篆』。」

「我也不知道。」我坦誠地回答，「但我可以告訴你，在我所見到的幻覺中，幾乎都出現了這種文字。」

「有意思。」蕭安國用手指輕敲著桌面。「那麼，那塊石板應該還在廢墟裡嘍？」

「噢！我的天啊！」蕭璟忽然一臉驚慌地看著我說：「我想起來了，後來那個位置被人用來堆積碎石和水泥。萬一已經不小心被人給毀了……」聽到這我心臟忽然一陣狂跳。

「你們放心。」蕭安國雖這樣說，但看起來也很擔心。「我明天會派人去挖掘那塊你說的石板。不過這並不是我此行的任務，所以我只能派一組小隊去搜查。最晚兩天後應該會有結果，除非……」他看著我說，「你欺騙我。」

「我才沒有騙你。」我生氣的說。

「大概吧。我看今天的問話可以告一段落了。」說完話，蕭安國便起身要離開。

「等等！」我大喊，並舉起被銬住的雙手說：「我知道的都已經告訴你了，你總該放了我吧！至少也要把我的手銬給打開啊？」

蕭安國挑著一邊的眉毛看著我，搔了搔下巴，認真的考慮了好一會兒。最後對後方招招手，一名士兵進來解開我的手銬。蕭安國說：「我可以把你放出這間牢房，但由於你知道的太多，所以暫時不能讓你離開這個地方。」

「喀嚓」一聲，手銬打開了，我揉著發紅的手腕，對他所說的並沒有感到太驚訝。「那這段期間我要住在哪裡？」

「我會安排。事實上，璟，妳也必須要留下來。等下我會請人幫你們準備兩個房間，你們可以在被允許的範圍內活動，但就是不能離開這棟建築物。懂了嗎？」

「你是在軟禁我們？」蕭璟憤憤地問。

「如果你們不想，我可以再找一間牢房……」

「不，我很滿意，謝謝部長。」我趕忙接話。蕭璟狠狠的瞪了我一眼，似乎全是我的錯─這點我倒不否認。我還以為她會罵我些什麼，但她只是一語不發的走出門外。

我正要走出門的時候，蕭安國卻一把抓住我的手臂，低聲在我耳邊說：「我相信你所說的一切。」

「呃，謝謝。」我有點緊張，不知道他到底想說些什麼。

「我相信你那段遺失的記憶，對我們非常重要。如果你想起什麼細節的話，請立刻告訴我。」

「沒問題。」

「最後一件事，」他小心的瞥了不遠處的蕭璟一眼，「我看你和我女兒的交情似乎不錯，如果可以的話……麻煩你告訴她，我很關心她。」他對我微微一笑，然後轉身離開，我站在原地不知作何回應。

21

勞累了一整天，我本來以為會倒頭就睡，但此刻卻是輾轉難眠。蕭安國部長替我安排的這個房間基本上並沒有什麼好抱怨的，這裡看起來像是某個人的辦公室，書架和辦公桌都靠牆站著，只是上面的東西早已被清除一空。至於我的床則是一張彈簧已經露出的沙發，並不舒適，但那並非我睡不著的原因。

我瞪著牆上的一塊髒汙，想著今日發生的一切。

蕭部長說他們封鎖西安的目的，是關於我提到的電波所引起的……這些事件即便跟他親口確認過，我仍然難以相信這是真的。雖然他沒有明講，但事情的一部分已經很明顯了：中國政府派遣軍隊封鎖西安，顯然是為了科學上的研究。

想到這點，不禁讓我一陣反胃。並不是因為此舉可能會導致國際情勢緊張或我很討厭科學，而是我從來沒和其他人提過的幻象—那群被金屬所包覆的人類，在我夢中那雙不帶感情、血紅的眼睛，以及聳立在銀色地表上黑色巨塔內伸手的無名生物，還有不斷下墜的數字……我完全不知道那些影像是怎麼一回事，也不知道它們是如何出現的，但這顯然和中國政府的行動大有關連。

另一件深深困擾我的，是在最後離開時蕭安國把我獨自拉到一邊對我的請求。事實上，在我聽蕭璟述說她父親是多麼令人厭惡後，我一直以為她父親是個張牙舞爪、青面獠牙的怪物。想不到今日一見，她的父親卻是十分幽默、和藹（除了他把我抓到車上時），看到他努力想讓女兒高興，卻完全不得回報，我不禁為他感到難過，同時也希望我爸爸和他一樣在乎我……

我坐起身，這些雜亂的思緒讓我心神不寧。我想起蕭安國說我可以在這棟建築內走動，於是我穿上鞋，打算到陽台去透透氣。

現在已經半夜了，走廊上卻到處可見有人在走動，不少人經過時對我投以懷疑的目光，好在沒有人質問我為何會出現在這裡。

我拉開陽台的玻璃門，發現已經有人在那裡了。那個人背對著我坐在地上，聽到開門聲，肩膀縮了一下，似乎嚇了一跳，我趕忙低下頭退後，「抱歉，我不知道這裡有人。」

「沒關係，是我。」蕭璟回過頭來，「我只是睡不著才來到這裡……你應該也是吧？」

「是啊，今天發生了好多事。」我聳聳肩，到她旁邊一公尺處坐下。

「瘋狂的一天，對吧？」

「這是我第一次坐牢。」我說，蕭璟大笑。

我抬頭仰望夜空，西安在被封鎖的情況下，整座城市除了軍隊營地外，沒有絲毫亮光，空中星斗顯得格外的多，空氣在晚風吹拂下十分沁涼。在這心曠神怡的環境下，今天發生的事漸漸模糊不清，只是無數怪夢中的一個。

「小時候當我心情不好的時候，我就會溜出來觀看夜空。這總是能讓我心情平靜。」蕭璟忽然開口，她指向其中某一塊星空，「那個叫做天琴座，我很喜歡它的故事，是關於奧非斯和七弦琴。」

我對星相一竅不通，但我記得以前文學課時，老師有提過奧非斯的故事。奧非斯是希臘神話中的音樂天才，他的音樂能夠感動天地萬物。他在妻子死後拿著七弦琴進入冥界，企圖利用音樂感動黑帝斯讓他帶回他的妻子。冥王同意了，但條件是他必須證明愛情的力量勝過死亡，所以在他抵達地面時都不可以回頭看他的妻子，否則她永遠不能復活。奧非斯一路上忍住慾望沒有回頭，然而在離開人間最後幾步時，他的意志力崩潰了。回頭的一瞬間，他的妻子被拉入無限的黑暗當中，最後他悲痛而死，從此譜出無比哀痛的悲劇神話。

「是喔，奧非斯，不是我的最愛。」我點點頭，然後我想起蕭安國對我說過的話，我遲疑的開口：「我覺得妳爸爸……」

她表情露出了防衛心，「怎麼樣？」

「我只是看了他之後，覺得他人還不錯？」我小心翼翼的說。

她盯著前方，「是嗎？」

「呃，對。他希望我可以告訴妳……他真的很關心妳……」

「關心我？」她忽然提高音調，「他根本從來沒有理會過我，在他對我不聞不問了十幾年，現在以為只要自己突然冒出來打聲招呼就可以了事？」

「或許他已經改變了。」我繼續說下去：「他看起來是真心想要彌補妳，也許妳應該給他一個機會。」

「是啊，他每次都這麼說，結果都只是出現一會兒又神隱了好幾年，深恐外界發現他的醜事，會影響他的地位，而那也就是我。」她搖了搖頭，「如果你經歷過我過去幾年的生活，你也不會輕易原諒他。」

「或許你可以談談過去發生的事，」我為自己說出這種話感到驚訝不已，不只是我不該過問別人的家務事，更是因為這完全不是我的風格，換做是我，一定也是把痛苦隱藏在回憶當中，不和他人分享。而且我和她其實還算不上很熟的朋友。

她沉默了一會兒，「我不想談那些。」

「我明白，相信我，但我想說出來後可能感覺會好一點。」

她用力吸了一口氣，我本來以為她要對我發飆，結果她只是深深的嘆了一口氣，我在旁邊靜靜的等待，因為我了解要說出不好的回憶有多困難，過了一會兒，她緩緩的開口：「打從我出生起，我就沒見過我爸爸。我一直很羨慕學校裡其他的小孩能夠有父親的陪伴，每當我問起媽媽爸爸去哪了，她總是告訴我爸爸在外地工作，我再問爸爸什麼時候會回來，她就會默默的離開。

「後來媽媽嫁給了我的繼父，」她的語氣透出明顯的厭惡，「那傢伙是個人渣，我和他在一起的每一天都在詛咒他。他整天除了喝酒打牌之外，一無是處，只要他喝了酒或是心情不好就會對媽媽拳打腳踢。每當我看到媽媽躺在碎玻璃中，我心中都在暗想：『爸爸呢？他為什麼要讓這個男人這樣傷害我們？』」她的聲音顫抖，聽起來像是一個害怕不已的小女孩，我從來沒見過她這樣，我不知道該說什麼。

「後來我媽媽死了，他仍然對我不聞不問，除了偶爾匯給我一筆生活費外，幾乎沒有關心過我，所以我努力念書，靠自己的實力獲得獎學金支付學費，希望可以不要靠他的錢過活。而我之所以讀醫，就是希望能夠救更多的人。」她低下頭，「所以不要問我為什麼無法原諒他，他傷害我很深，如果不是他，說不定我媽媽今天還活著。」

我不知道該說些什麼，畢竟我沒有立場對此發表任何評論，我只是點點頭，「我沒有權利說什麼，我只希望妳能夠不要糾結過去的事。」

「說的好，謝謝你，」她笑了笑，然後她轉向我，「那你呢？你不是說你過去也有不好的經驗？是什麼？」

「呃，我……我不想說。」

「什麼？」她不敢置信的看著我，表情好像說我是個詐欺犯。

我感到一陣愧疚，剛才我告訴蕭璟把過去說出來會好過一些，結果現在她反問我，我居然不敢回答。我抿了抿嘴唇，「我以後會告訴妳，真的，我發誓。但不是現在，好嗎？我還沒準備好去回想。」

「你何必和我發誓？這是你自己的事，我本來就沒有權利過問。」她一臉不悅的把頭轉開。我不知道該說些什麼，我們陷入尷尬的沉默中。老實說我也覺得很納悶，這並不是什麼真的難以說出口的話，好像有什麼因素阻止我開口。我左腹似乎傳來陣陣的抽痛，更加劇了我心中的困擾。我立刻甩開這個念頭。

就在這個時候，身後玻璃門打了開來，我迅速站了起來，蕭安國走了進來，「倫納德，我正要找你，我……」他忽然停了下來，因為他看到蕭璟也在這裡。

他的神色頓時顯得慌張，想找些話說，但蕭璟沒有理他。

「找我有什麼事嗎？」

他的臉上出現一抹微笑，「我是要告訴你，我想我找到恢復你記憶的方法了。」

22

中國・西安封鎖區　挖掘現場

「這裡又找到一具了！」

「太好了！現在改用人工挖掘，挖掘時要小心一點，不要破壞物體結構。」指揮官陳永智在一旁興奮的喊著。

五十幾名穿戴著手套、口罩的士兵連忙拿著鏟子上前，小心翼翼的將那金屬人頭部以下被土覆蓋的部分挖開來，以免傷害到那個「金屬人」，同時也小心不要接觸到那個物體。過了大約十分鐘後，小隊終於將物體周圍的土給挖開來，一個完整的金屬假人就躺在其中。

「想不到我們挖了半天就是為了這個，」一名士兵抱怨：「政府到底要這些垃圾做什麼用？百貨公司內就有一大堆。」

「這不是我們該過問的事，」指揮官冷冷的說：「我們只要聽命行事就好。」

在旁隨軍開挖的一名研究院派來的研究人員高興的說：「太好了！這已經是今天第二個了！長官，現在請你的人退到一旁去，由穿隔離衣的人員將那假人抬出來，免得觸碰到它，並將它裝到後面那輛卡車上。」

「所有小隊人員讓開來，不要阻礙工作進行。」陳永智大聲命令。

三名身穿隔離衣的士兵上前把土中的金屬假人給抬出來，五十名士兵在他們將假人抬出來時連忙退到一邊，朝卡車的方向清出一條道路。

就在三名身穿隔離衣的士兵將金屬假人抬向卡車時。旁邊一名士兵想看清楚那假人到底長什麼樣子，將頭靠近一點，抬的人警告他：「退後一點，不要靠近。」

那士兵笑著說：「我很小心，不會碰到……他媽的！」他腳下突然絆到一塊石頭，大叫一聲，整個人撞到那金屬假人身上。

四周的人一齊驚叫的退後，就連那三個本來抬著假人的士兵也嚇得扔下手中的假人連連倒退。那名趴在假人身上的士兵更是嚇得雙手亂揮，向後仰跌倒下。

指揮官連忙上前大喊：「全部退後！不要接觸到他！」本來一兩個想上前幫助他的人聽到命令才趕忙停了下來。

那名士兵臉色驚恐的望著他身邊的同僚，一手顫抖著按住自己的頭部，滿臉蒼白，似乎痛苦不已，同時舉步艱難的上前：「長官……救我……拜託……」

陳永智和他身邊的士兵都不停退後，因為他們先前都看過照片中那兩名接觸到金屬人的美國志工全身漆黑的淒慘死相。一旁的研究員也震驚的瞪著這名士兵，訝異的說：「怎麼……怎麼會這麼快就發作了？」

陳永智拔出配槍指向那嚇壞的士兵大吼：「退後！你們三個！快把他架去軍醫那裡！」

那三名身穿隔離衣的士兵趕忙從後方上前抓住那失控士兵的雙臂，那個人被孔武有力的士兵一路拖離現場，邊離開還一邊掙扎：「放開我！我的頭！我的頭！」過了三分鐘，慘叫聲才慢慢消失在遠方。

這場突如其來的意外，嚇得現場所有人杵在原地不敢動彈。陳永智將配槍收回槍套內，研究員張大了嘴盯著士兵離開的方向看。眾人沉默良久，陳永智才顫抖著開口：「好了，沒事，大家繼續工作！再找幾套隔離衣來，我們要把它搬到車上。」

眾人又忙了起來，好像剛才什麼事都沒發生過。

林品凡曾經在中國疾病管制局工作，後來又到軍中當軍醫，見識過各式各樣疾病，包括伊波拉、愛滋病、HINI、SARS……甚至包含了許多滿身膿瘡、腐爛的病人。但這種全身像焦油一般乾枯扭曲的病，他從來沒有看過，此時他雖然穿了兩套隔離衣，卻仍可以聞到腐爛屍體的味道，不禁讓他大為作嘔，差點吐在隔離衣中。

他和助手及一名研究院派來的人員一起鑑定這個人，他抬起那個人的手臂，喃喃的說著：「這種病我還是第一次看到……你們研究院知道這到底是什麼嗎？」

「我們也希望找出答案，上次那兩名美國人死了太久，以致我們無法取得他們身上的樣本，這次這名士兵才剛死沒多久應該可以找出答案。因此我們需要採一些他的血液和皮膜組織回去。」

「沒問題，幫我把那針筒拿來。」醫生向他的助手揮手示意。

他勉強找到死者那完全不可辨認的血管，將針頭插入，抽出了十毫升已經發黑的血液。

「好了，在這裡。」醫生把試管封存好，並將針頭取下來。就在此刻，他忽然發出一陣驚叫，醫生右手上的針頭不小心扎到自己的食指。他一面大口喘氣，一面粗暴的將隔離手套甩掉，右手立即放入一盆酒精中。

一旁助手和研究員驚恐的看著他，研究員後退聲音顫抖說：「你……你沒事吧？」

「我……我不知道，傷口看起來很小，又有立刻消毒……」醫生緊張的看著自己手上的傷口，「我要立刻去處理，應該不會有事……」說完立刻跌跌撞撞的走出房間。

研究員拿起那箱封存的血液和組織樣本，對在場其他人勉強擠出一個微笑，「那我要離開了，謝謝你們的幫忙。」不等他們回答，便立刻轉身離開。

研究員到外面登記完進出手續，花了大約十分鐘時間。正當他要踏出醫療區時，他看到身旁一片布簾的縫隙中，有一群醫生壓住一名掙扎的患者。

那名患者整條右手臂已經發黑腐爛。

正是剛才那名醫生。

23

中國．西安封鎖區　臨時指揮中心

「你覺得他要用什麼方法找回我的記憶？」我站在昨天被關的囚室外面，雙手交握、忐忑不安的問著。

「誰知道呢？」蕭璟聳聳肩說。

「你說的可真輕鬆，」我緊張的看著時間，四點五十五分，蕭安國部長在昨天晚上神祕兮兮的說他有找回我那段失落記憶的方法，卻不告訴我是什麼，只說今天下午五點到昨天被囚禁的房間外。

「又不是要你當成研究對象來實驗。說不定他是要用什麼催眠的方法？我在電視上看過，好像可以讓人記起遺忘的事和一些什麼的？」

「有可能，」她精神忽然振奮了一點，接著說：「催眠是藉助暗示性語言，使被催眠者心情平靜。人在日常生活中，大腦所呈現的是β波，當腦波呈現α波或θ波時，人的淺意識便會打開，催眠者可以讓隱藏在淺意識內的記憶或緊張源頭浮現。」

我瞪著她看，「你一定要把這麼簡單的事說得那麼複雜嗎？什麼法老、蛋塔的腦波？簡單的說，就是讓人進入夢遊的狀態，不是嗎？」

「才不是呢，」她好像又回到課堂上，興奮的和我解釋，「夢遊和催眠完全不同，夢遊是……」

「夠了夠了，不要在還沒開始前就把我催眠了。」

「你來啦，真準時。我已經準備好了。」門打開來，蕭安國從門後走了出來，微笑的看著我們，蕭璟一看到他便不由自主的將眼神轉開，但他只是看著我說：「進來吧，裡面已經準備好了。」

我回過頭去和蕭璟說：「等會兒見。」然後我便跟在蕭安國後面走進房間。

一踏進房間，我忽然有一種放鬆的感覺。

房間和之前一樣是白色，但所有的髒汙都已經清理乾淨，燈光呈現一種極為柔和的色調，穩定而持續的充滿整間房間。天花板上的喇叭，播出蕭邦的〈夜曲〉，柔和甜美的音樂緩緩的流洩，滿溢整個空間。

在我面前只有一張桌子，桌子另一端坐著一位大約三、四十歲的女子，她一臉和藹可親，讓我一看到她就十分的信任。

「這位是我國有名的心理學家，周莉玲女士。我請她來協助找回你遺忘的那段記憶。周女士，這位是倫納德．馬修斯，可以叫他倫尼。」蕭安國在一旁介紹。

「喔，妳好。」我連忙對她點頭致意。

「你好，」她微笑的對我用英文回答，她說的英語完全沒有口音，「和我說英文就好。」

「謝謝。」我回答她，感覺放鬆了不少。

「她會協助你回想起那段遺失的記憶，你只需要好好配合就好。我先到外面去等，我會在雙面鏡後觀看。」蕭安國說完便開門離去，留下我和她在一起。

她遞給我一樣觸感柔軟而發熱的東西，外觀看起來很像暖暖包，她對我微笑說：「現在，我要你全然的放鬆，閉上眼睛。只要專心感覺這物體在你手中的溫度。」

我照她的話做。周遭的一切漸漸變成模糊的背景，似乎現實的一切都只是我的幻想，此時此刻只有我手中的溫暖才是真實的存在。我感受到心裡一切的焦躁、煩悶，全數流出我的內心，我全然放鬆的坐在椅子上，臉上漸漸露出微笑。

「很好，現在，想像你置身在汪洋之中，在遠方，有一座小島在海平面那端，我要你想像自己正向著那座島嶼游去。」

我再一次照她的話做，此時我眼中只有那座島嶼，除了那座島以外什麼都沒有。我在平靜的海面上漸漸的靠近那座島與……

「好了。」她開始開口「告訴我，你叫什麼名字。」

「倫納德．馬修斯。」

「很好，現在告訴我，你在西北大學內本來在做什麼，以及地震發生後你所看到的一切。」

我輕鬆的回答：「當時我正在做期末報告。我聚精會神苦思的時候，突然一陣天搖地動！圖書館內的書籍全部都掉到地上，天花板上的電燈砸了下來，我連忙躲到桌子下面尋找掩護。過了十分鐘後，地震終於停了，我冒險抬起頭查看……」

我流暢的說下去，「我看到桌上所有的電腦全都安然無恙，並發出一股詭異的綠光。我小心的上前敲打鍵盤，想找出原因為何，可是電腦完全不回應我所輸入的指令。」

「然後呢？」

我突然感到無比的震驚，我一直回想不起的記憶此時就如同被攤在陽光下一般清楚，我毫不猶豫的開口：「我想起來了！當時我正打算離開，結果電腦螢幕上忽然出現一連串的圖形。那些圖形是一種文字！是秦朝時代的文字『小篆』，沒錯！螢幕上還有其他……對！除了小篆外，還有一連串像是電腦二進位編碼的東西快速的跑過螢幕，但那些文字和符號實在跑得太快了，於是我就上前想看得更清楚，同時我握住滑鼠。」

我終於想起了那困擾我多日的幻影源頭了，記憶猶如潮水源源不絕的湧出，「但我一握到滑鼠，就好像握到一條電纜一樣，我全身好像燒了起來，神經完全被麻痺，那些文字和符號突然全部湧向我的腦子。原來是因為這樣！我看到的幻影都是從那時候出現的！」

「然後呢？你是怎麼脫困的？」

「感覺過了很久……但可能只有幾秒鐘而已，我一直放不開滑鼠，然後螢幕突然全部黑掉，我整個人大叫的往後倒下。就在這時，整棟建築物結構開始鬆動倒塌，我背面的地上裂開一個大洞，我跌了下去，然後就在那裡……我的頭撞上一個凸起的石塊！那看起像是一個矩形石板的邊角，我在失去意識前瞥了它一眼。」

「你還記得上面有刻畫任何東西嗎？」

「有！我看到的那個石板上，刻著和先前在電腦上看到的文字一樣，是小篆！而且上面好像還刻著一些圖形，好像行星運轉的軌道那樣，一圈又一圈的圓圈環繞！之後有一塊石頭砸到我的背上，我就昏過去了。」

她取走我手中那發熱的物體，然後我們沉默了好一會兒，我激動的情緒漸漸平靜下來，過了幾分鐘才睜開了眼睛。

我睜開眼睛，周女士正對著我微笑。而不知道什麼時候，蕭安國和蕭璟都已經進來，站在她後面。

「受到打擊或驚嚇後的記憶常常會這樣沉到潛意識當中，」周女士微笑著說：「唯有你全然的打開封鎖的心靈，才能喚起那些潛到意識之下的記憶。」

「這麼說你們都相信我說的話嘍？」我有點緊張的說，眼神卻是望著蕭安國，他也正聚精會神的盯著我的雙眼。

「我相信你，這倒可以解釋為什麼你腦中會一直浮現出那些影像。但現在的問題是，那些你在電腦上的東西圖形，到底是從怎麼傳到電腦中的？」蕭安國皺眉問。

「還有一點，」蕭璟罕見的站在她父親身邊又沒有面露排斥，「不論是你提到的影像或是地底下那不明石板，都有一個共通點，小篆，那不是兩千年前的文字嗎？這有什麼意義？」

「如果你們可以盡快把那石板找出來，或許可以獲得更多線索。」我看向蕭安國，「如何？我這些記憶解答了你的疑惑了嗎？」

「是解答了一部分了，但現在又冒出更多疑點。」他舒了一口氣對我說：「好吧，你做的夠多了，先去好好休息一下。接下來就交給我們來處理。」

24

中華人民共和國國家機密科學研究院

一名穿著白袍的研究人員正坐在電腦前瀏覽一份檔案。

這份檔案就隱身在其他幾百個外觀一樣、平凡無奇的檔案當中，這檔案只有了簡單的幾個字「極機密—地鼠計畫」。

他點開檔案，內容是一則又一則的備忘錄，他點開第一則開始閱讀：

收件人：地鼠計畫全體參與人員
寄件人：黃菘研究員
主旨：地下不明物體
寄件日期：2020.5.15　時間：16:55

我們由地質研究團隊在西安封鎖區地下所發現的不明物體，目前對此結構體的了解已經有較大的進展。據初始了解，此不明物體坐落在西安下一公里處的地底，運用陸地SONAR（聲納系統），探得此物體為約半徑兩公里、厚度五百公尺的巨大輪輻狀物體。根據此物體所在深度，以現在狀況可能要半年以上才挖掘得到，希望中央能派遣更多機具支援。

日前我們藉由此結構體所反射的各種波，對該波段所反射的頻率、波長、強度判斷，此結構主體是由一種稱為「鋐」的元素所組成，由此可判斷這的確是外星文明所遺留下的機器或是建築，目前對於其內部並沒有更深入的了解。

令我們困惑的是，系統在探測回波的同時，發現不時接收到微弱的震動。而此震動似乎並非回波而是由那不明物體所發出，我們不排除它有可能尚在運轉的可能性，現已經提交報告給中央。

收件人：地鼠計畫執行長

寄件人：程通治研究員

主旨：地鼠

寄件日期：2020.5.16　時間：11:14

這兩天在西安已經挖掘出六具金屬人，這些金屬假人目前研究團隊將它們代稱為「地鼠」，並將所有找尋到的地鼠逐步運送至地鼠計畫。

我們對地鼠初步研究如下：這些地鼠的最外層是由我們最初就掌握的一種罕見的太空金屬「鋐」元素所構成，和地下不明物體屬於同一種。此種元素在地球上極為罕見，只有在K—T界線（白堊紀—第三紀）的黏土層中含量較多。這種元素抗腐蝕性極強，可使地鼠外觀保持抗氧化性。

最讓研究團隊震驚的是第二層結構，在鋐金屬下的這層，是由一種具有流動性的金屬所組成，而此種金屬目前並不存在於元素週期表上。這層神祕金屬測量觸感相當柔軟，卻是其最為堅固的一層結構，研究團隊便是在這裡遇到瓶頸，因為不論是用任何方法都無法成功切割開，因此至今尚不明白地鼠內部的結構。預計明天會用掃描的方式檢測。詳情請參見下方附檔。

奇怪的是，這些地鼠挖掘出來，有半數上方覆蓋著陶片以及泥土，似乎有經過人為的加工，此一現象我們正在調查當中。

收件人：地鼠計畫全體參與人員
寄件人：程通治研究員
主旨：地質年代
寄件日期：2020.5.16　時間：13:42

我們針對研究團隊所挖掘出的地鼠，以及對那地下不明物體所處的地質年代，發現一件非常古怪的事。西安大地震導致部分地下土壤翻轉，使得地鼠挖掘的地層年代有些難以查明。但我們經由大略的估計，發現兩者（地鼠和不明物體）所處的地質年代於一萬三千年前，而最近一次翻動為二千三百年至二千二百年前，正好是處於「秦朝」的時代。由此我們可以大略推算出這些外星科技是在何時進入地球的，也可以方便估算挖掘的深度。

而根據前一篇備忘錄，我們發現許多地鼠表面具有陶片和混土，我們認為這有可能是當時的人不明白這些物體為何，將它們外觀改造成我們熟知的「兵馬俑」，我們也推斷這些可能可以解釋許多千年來關於秦始皇陵墓等難解之謎。當然這些只是較不具價值的推論，以後或許可以供歷史學研究。

收件人：王院長
寄件人：方遠翔研究員
主旨：病毒
寄件日期：2020.5.16　時間：16:40

關於之前我們在西安發現使兩名美國志工和醫生在一小時內全身發黑死亡的病毒，我們有了最新突破。今日上午十一點，在西安封鎖區有一位士兵不小心大面積接觸地鼠，導致其在十分鐘內就死亡，不久又有另一名醫生在檢查屍體時誤觸針頭，數個鐘頭後也同樣死亡。

我們化驗此兩名死者的身體組織和樣本，結果發現，造成這種疾病的根本不是病毒，而是一種奈米機器人。而我們也在地鼠的表面上發現此種奈米機器人（已經全數清洗過）我們推斷這些奈米機器人在地鼠身上所發揮的功能可能是保護地鼠不受外來物侵蝕，並且潔淨金屬表面。

根據我們在顯微鏡下觀察，發現這種奈米機器人會攻擊所有接觸到的有機物。當它流入人體血液中，細胞膜會被立刻破壞，導致人體脫水並失去機能。因此發病快慢取決於接觸面的大小，接觸面積愈大，便愈快死亡。

——王院長

研究員看完這幾篇備忘錄，點了下面的對話串記錄繼續閱讀下去：

方遠翔研究員：

根據你所傳給我的檔案，這種奈米機器人是否會有大規模傳染的可能性？

——王院長

王淼院長：

關於您的疑慮，我們的答案是否定的，所有挖掘地鼠的過程中都極為小心，沒有人接觸到它，而此病症發作極快，不會有潛伏的疑慮。

——方研究員

方遠翔研究員：

你告訴我這種奈米機器人的目的主要是為了保護並清潔地鼠表面，打擊入侵物。那我們是否可以逆向研究，將這運用在醫療上？

——王院長

王淼院長：

是有這種可能性，這些奈米機器人可以交由研究團隊研究，說不定可以發展為攻擊癌細胞的醫療用奈米機器人，但目前只是理論而已。

——方研究員

「請在二十分鐘內整理好所有的資料和研究物品，我們將在半小時後在會議室開會。」一個人突然推開門，探頭告訴那名研究員。

「知道了。」他關掉了電腦視窗，著手整理等下要報告的文件。

25

中國．西安封鎖區　臨時指揮中心

我本來以為知道幻覺的真相後，會忽然豁然開朗，而所有的疑點也就輕鬆的迎刃而解。但完全不是。

情況完全和蕭部長所說的一樣：「是解答了一部分的問題，卻又冒出更多問題。」

自從回想起那段失去的記憶後，我開始陷入極度的困惑。

根據蕭部長所說的，西安大地震的那天，同時有一股極為強大的外星電波傳來地球，而政府也是因此發現藏在西安的祕密。想來是那股電波不知道以什麼方式傳到電腦中，而又再以謎樣的方式傳入我的腦中，進而造成我看見的幻象。

這點倒是說得通。但接下來的部分卻猶如陷入五里雲霧中，不得其解。

在我看到的那些幻象裡，有幾個場景一直反覆出現。在地底巨大的物體內，螢幕上不斷下墜的數字和艙房內的低語；布滿金屬的地表，高聳入雲的黑塔、眩目的白光；古老的中國，身穿長袍而眼色猩紅的人，面對著閃爍銀光的人類；還有不斷浮現的文字－小篆。

最困擾我的是最後一點，不論是石板或幻影，兩者唯一的共通點便是這個。但我除了知道這種文字是秦始皇統一的中國文字外，實在不曉得這有什麼意義。但有一部分卻愈來愈明白，那就是中國封鎖西安和外星電波全都和兩千年前的秦朝脫不了關係。

我曾試著再用那心理師的方法，躺在床上放鬆心情、播放柔和的古典音樂、想像自己置身在安靜和平的地方，看看能否催眠自己想到更多有用的回憶。但試了半天最後只是不小心在床上睡了一個小時，毫無進展。

我坐在電腦前搜尋著關於小篆和秦朝的一切。在網路上，對秦始皇和秦朝的介紹基本上大同小異，我在維基百科和一些個人部落格中，找到的大多是秦始皇是第一個推行中央集權的皇帝；秦代修築許多偉大的建築包括萬里長城、阿房宮、驪山陵等，以及秦始皇政治思想和殲滅六國的重大戰役，並因奠定中國兩千年的政治架構而被明代思想家李贄譽為「千古一帝」等歷史資訊。

由於我此次的期末報告主題便是「大秦帝國」，對這些史料早就進行過仔細的研讀，因此搜尋到的這些複雜的歷史記載對我並不陌生，但並未發現任何令我感到驚奇的資訊。為了方便研究，我還是把所有找到的網站內容列印下來。

接著我開始查一些網路上關於秦朝的「難解之謎」。有許多一看便知是無稽之談，且都和這起事件毫無關連，但我依舊不厭其煩的點下「全部列印」，此刻我的桌上已經堆積了至少八十張的A4紙張。

我首先從第一頁開始看：

秦始皇，名政，時稱秦王政是中國第一位中央集權皇帝，十三歲即位、三十九歲時統一六國……

唉，都是廢話。我心裡默默的想著，把上面一連十幾張介紹秦始皇的資料全部扔到一旁，接著則是一篇篇關於秦始皇即位後到一統中國的事蹟：

要了解大秦帝國，首先要先了解秦國建立的歷史，秦國本是春秋時代的諸侯國，嬴姓，趙氏，據西漢時代的記載，秦國王族因為在西周周孝王時秦先祖秦非子善養馬，因此將其封於秦。秦國於西元六百七十七年便在甘肅天水一帶建立國都，歷經三百年的時間。嬴政在西元前兩百二十一年前統一了中國，成為中國歷史上第一個實行中央集權的君主。

秦朝在各個時代各自擁有不同的一段經歷。在春秋時期，秦襄公背周平王封為秦伯，被賜封歧山以西之地，正式成為諸侯國。

在秦晉關係上，到了秦穆公時代……經過了三百年的國力累積，秦始皇帝政，才終於在西元前兩百二十一年完成一統中國的壯舉。接著在統一後的政治措施上……

天啊！

當我花了快兩個小時鉅細靡遺的看完秦始皇即位到統一中國的過程，以及整個國內情勢分析後，發現至少還有三十頁以上關於秦朝的政治措施、思想、軍事建設，我差點要精神崩潰，摀著臉哀嚎一聲。

我看了牆上的時鐘一眼，十點。我絕望的看看那疊資料，這時我真的確信學期初的確選錯了主題，整整兩個半小時的查詢，結果什麼都沒查出來，不禁有些慶幸圖書館那台電腦被石頭砸個稀爛，不必煩惱那些麻煩的歷史因果。

我閉上眼睛深吸了一口氣。

十分鐘。我在心中暗暗發誓，十分鐘內若沒有找到任何值得探究的資料，就要上床好好的休息。

我打起精神，把上面七十幾張冗長的介紹全部扔到一旁，只留下那六張「難解之謎」。

雖然這些謎題從我幼時起便聽過，它就像所有的古老傳說一樣，馬雅文明、埃及文明、古希臘文明……都有著許多難解疑點流傳千年，而這些文明或許都有所關連，但那不是我現在要研究的事。

「秦始皇難解之謎！」難道秦始皇陵墓真的藏著不為外界所知的驚天之謎？

謎點1：「沉壁事件」事件為何？

秦始皇三十六年，一位秦始皇派出去的使者在一次走夜路的途中，被一位手持玉璧的人攔下，他把玉璧交到使者手中，口中還唸唸有詞：「今年祖龍死。」使者不解其意，欲問其人是何意，卻發現這個人竟然消失在自己的眼前。使者感覺不妙，立馬拿著玉璧去見秦始皇，於是秦始皇命人鑑定這塊玉璧，鑑定發現這塊玉璧是秦始皇在二十八年（前二一九年）巡遊渡江之時，投到水中祭祀水神的那塊石頭。

謎點2：「旁行三百丈」究竟為何意？

《漢舊儀》一書中有一段關於修建秦陵地宮的介紹：丞相李斯向秦始皇報告，已經挖得很深了，好像到了地底一樣。秦始皇聽後，下令「再旁行三百丈乃至」。「旁行三百丈」一說讓秦陵地宮位置更是撲朔迷離。

地質調查人員進行探測，該區出現了重力異常現象，該異常區與周圍土質存在差異，因土中含有大量礫石，修陵人無法挖掘，最後不得不順著礫石層改向挖掘，推測此便為「旁行三百丈」。

謎點3：隕石墜落事件？

據史料記載，秦始皇三十六年，一顆隕石墜落在東郡，而隕石上刻著「死而分地」，這是一起奇怪的天相事件，而秦始皇在位前後時間，也發生了不少關於天文學的異常現象，包含「熒惑守心」事件，還有宇外閃電物質攻擊地表事件。

謎點4：兵馬俑詛咒之謎？

野史記載，曾經擊垮了秦帝國的楚霸王項羽，最後卻死於「兵馬俑」之手。在烏江邊斬殺項羽的騎兵將士，都是關中地區出身的秦人，也都是舊秦軍將士，都是秦兵馬俑的原型。有傳說推測，其實所謂的兵馬俑並非現在陵寢中所見的陶瓷人形，那些只是真正的兵馬俑模型或是仿造品，真正的兵馬俑至今不為人知，甚至有人推斷秦始皇的靈魂至今仍統治著地下部隊。

我翻過下一張紙，繼續看下去：

史上懸案！秦始皇和外星人有過接觸？

東晉王嘉的《拾遺記》卷四記載：「始皇好神仙之事，有宛渠之民，乘螺舟而至。舟形似螺，沉行海底，而水不浸入，一名『淪波舟』。其國人長十丈，編鳥獸之毛以蔽形。始皇與之語，及天地初開之時，了如親睹。曰：『臣少時躡虛卻行，日遊萬里。及其老朽也，坐見天地之外事。臣國在咸池日沒之所九萬里，以萬歲為一日。……又見赤雲入於酆鎬，走而往視，果有丹雀瑞昌之符。』始皇曰：『此神人也。』彌信仙術焉。」

內文中和秦始皇對談的來自一個和地球「以萬歲為一日」，時間為一比一萬的世界。又以「形似螺」的「淪波舟」作交通工具。這種交通工具水陸兩用，日行萬里。這就是今天所說的飛碟。當中此人又說他們對洪荒時代的地球「了如親睹」。種種文字顯示外星生物和秦始皇或是中國歷史之間的關聯。

我閉上眼睛，這些謎題大多都來自於野史記載，看來都是荒誕不經，然而，其中卻真的有考古學家未解之謎。像是秦朝做出的建築工程結構體，現今世界上沒有任何一個建築比得過。其他古老雄偉建築，像是古夫金字塔、羽蛇殿等，建築技術也都遠遠勝過現在。我不知道這些不同文明的建築彼此間有何關連，但我就是不自覺的想到這。

正自沉思，門突然打了開來，打斷了我的思緒。

「你還沒睡啊。我倒不知道這裡可以上網？」蕭璟看著顯示著「Bai百度」瀏覽器的電腦螢幕。

「我想，他們只禁止內部的人傳訊息出去，並沒有阻止外面的訊號傳進來。所以要查資料還是可以的。」

終於有人來和我說話，讓我緊繃的思緒可以稍微休息一下。

「那你在查些什麼？」她瞥了我四周散亂的紙張一眼。

「呃……這個嗎，就是跟今天催眠後我回復的記憶有關，我查了一些相關資料，你也知道，像是秦朝的歷史、謎題之類的。」

「可以讓我看看嗎？」她滑到我座位旁邊半公尺處，我不禁面頰微微發燙。我趕緊轉過頭整理四周的紙張。

「當然可以。」我向旁邊挪了挪位置。

她看了看我剛才在瀏覽的那幾張「難解之謎」，眼中露出莞爾的光芒，「你真的相信這些什麼皇陵十大謎題、秦始皇生平九大疑點、秦朝歷史八大謎團之類的話？」

「這個嗎，我不是完全相信，」我坦承，「但確實有許多連現今的考古學家仍無法解釋的謎團，誰知道呢？畢竟現在的科學在古代便是所謂的魔法。」

「你應該去讀哲學系的。」

「這我倒沒有想過。」我聳聳肩說：「不過在妳看了中國政府突然封鎖西安的行動，以及我腦中經歷了奇怪的幻影之後，這些謎團搞不好都是真的。」

「所以……你真的相信外星人存在？」

「大概吧，妳不信嗎？」

她遲疑了一會兒才開口：「感覺上是不大有可能。但看到政府的行動後……又似乎沒有辦法辯駁。」

「是啊，我了解。」我想起腦中那些離奇的影像，若是沒經歷過的人又怎會相信？

「若是真的，那這些歷史之謎大多就會有所解答了，因為那時的人不明白科學，便會把這些超文明的科技當成魔法。」我指了指那幾張文件，「比如說這『秦陵地宮有無飛雁之謎？』傳聞楚霸王項羽入關後，曾派三十萬人盜掘秦陵。在他們挖掘的過程中，突然有一隻金屬做的雁從墓中飛出，以當時的技術要做出能自動在空中飛行的金雁，簡直是不可能的奇蹟，但若是當時的人找到的，其實是埋入秦陵地宮中的超文明物品，結果被項羽軍隊不小心放出來，那就說得通了。」

「那這個『秦始皇陵暗藏九層妖塔，秦始皇靈魂至今仍統治地宮？』呢？」她拿起一張紙，逐一唸出上面的標題。

我聽了差點笑了出來，「歷史眾多傳言，總有一些是無稽之談。」

她點點頭放下那張紙，「其實剛剛我也查了一些關於克卜勒452系統的資料。」

「真的嗎？查到什麼？」我震驚的看向她，心想自己怎麼這麼蠢，忙著查詢歷史，卻完全忘了此次整個事件的信號來源。

「其實沒什麼，」她搖了搖頭說，「就只查到了恆星的光譜、半徑、密度、星球ＥＳＩ指數（Earth Similarity Index，地球相似指數）之類的。反正我本來也沒期待能找到什麼資料，畢竟這些在網路上都是公開的。」

我聽了不禁有些失望，「要是政府能讓我們看他們計畫的詳細檔案，說不定很快就能找出些什麼。」

「給我們看？」她忽然大笑說：「我們知道這麼多，還沒被滅口就該慶幸了，你還指望政府會把研究內容分享給我們嗎？說不定我們根本沒有機會再踏出西安一步了。」

「你爸爸這麼愛妳，怎麼可能捨得殺了妳？」我一說完就想用力踢自己一腳，因為就在我說完最後一個字時，她的臉色忽然整個僵掉，我連忙開口：「抱歉，我只是……」

「沒關係，」她深吸一口氣，似乎在整理好自己的情緒，「總之，嗯，對，看來現在並沒有找到任何實質有用的資訊，對吧？」

「呃，是啊。」我試著再拉回原本輕鬆的氣氛，卻發現自己完全不知道要說些什麼，我們便這樣沉默的坐了好一會兒。

就在我打算和她說晚安休息時，門忽然又打了開來。

「你還沒睡啊？」蕭安國探頭進來，他看到蕭璟坐在我旁邊，不禁挑起一邊眉毛。

我想到上次在陽台時，他也是這樣忽然冒出來，剛好看到我在她女兒旁邊，不禁滿臉發燙，趕忙開口：

「什麼事？」

他把目光轉回我身上，露出一抹深不可測的微笑，「我們找到石板了。」

26

中國．北京　中南海國家主席辦公室

劉遠山坐在辦公桌前，面對著向他立正站好的將軍。他右手不安的拿著原子筆敲打桌面。

「勞煩李岩輝將軍親自跑一趟，請坐。」劉遠山指向前面的一張沙發。

「謝謝。」

「告訴我現在進展如何了？」

「報告主席，我們在西安有頗大進展。」

劉遠山將筆一放，「我要確認。」

「是。首先，幾天前蕭部長已經完成對西安的封鎖，整場封鎖行動並沒有遭遇到什麼阻礙。」

「很好，那傢伙沒讓我失望。」

「至於計畫的主軸，目前我們在當地已經挖掘出六具地鼠，所有地鼠都已經逐步運送到『地鼠計畫』，由機密研究團隊進行研究。研究進度半小時後就會放到您的辦公室。」

「抱歉，地鼠是什麼？」劉遠山打斷他。

「那是我們對於金屬人的暱稱。」

「了解，繼續。」

「是的，但比較令人困擾的是那埋藏在地底的巨大不明金屬結構體，由於它的體積及深度，以目前的速度判斷，可能需要一年左右的時間才能開挖成功。」
「一年？」劉主席聽了這時間，整個人幾乎要癱倒在椅子上，「要對外封鎖西安長達一年的時間？有什麼理由可以封鎖一座這麼大的城市長達一年？」
「沒錯，因此部長希望中央能夠支援更多機具，讓軍隊能盡快挖掘出那東西。」
「真是場惡夢。」劉遠山厭煩的揮揮手，「好吧，我會和其他部門說的。還有什麼事要報告的？」
「對了，蕭部長在報告中提到一點非常奇怪的事。他說在西安時發現一名奇怪男子，是個英國來的留學生，目前在西北大學就讀，名字好像叫，呃，對，倫納德．馬修斯，此人居然知道我們封鎖西安的緣由。」
劉主席傾身向前，「這件事全世界應該不超過三十個人知道。莫非他是英國ＭＩ６派來的間諜？」
「部長一開始也這樣懷疑，可是經過詢問，發現這個人不知道用了什麼方法，居然比我們還要早了快五天知道這件事。」
「怎麼會有這種事？」
「我們也很納悶，目前蕭部長還沒有給進一步的消息。」
劉主席摩挲下巴，「還有多少人知道這件事？」
「只有您、我和蕭部長，以及一些核心人物。」
「這件事要保密。」
「所有的事都是保密的。」
「對，但在我們更深入了解情況前，這連你的屬下和任何參與計畫的人都不能知道。」
「是，主席。」
「最後一件事，」劉主席在他正要離開前開口：「那些撤離的災民此時都已經得到良好的安置了嗎？」
「那是當然的，我們已確保災民得到最好的照顧，畢竟人民的安全舒適，是我們政府的第一考量。」將軍回過頭對主席露出充滿信心的微笑，接著便轉身離開。

然而，遠在陝西省的一座安置中心內，一群災民正為了一塊麵包企圖打斷對方的手臂。

27

中國．西安封鎖區　臨時指揮中心

我坐在休旅車的後座，車子正將我載往西北大學的圖書館廢墟。

昨天我一直在沙發上輾轉難眠，直到凌晨才睡著，因為找到石板的消息令我大為興奮。根據蕭部長說的，那塊石板的體積遠比我所看到的要大了好幾倍，機具無法將它運回來，此外，當時天色已經很晚了，怕不小心傷到石板，因此，今天早晨會再出動人力徒手將石板挖出來。

當蕭部長允許我可以一起去挖掘現場時，我簡直像中到樂透一樣高興。一來是被關在辦公建築內太久，實在令人喘不過氣；二來是我期盼如果見到石板，或許可以解答困擾我多日的疑問。

但過了十分鐘，車子開的路線卻愈來愈奇怪，完全不像是往西北大學的路徑，畢竟我已經來往通勤好幾年了，對路線瞭若指掌。我問駕駛：「我們這是要去哪裡？我們不是要去西北大學嗎？」

「我們並不是要去學校，我親愛的孩子，你已經回家了。」那駕駛轉過頭來，我差點嚇得魂飛魄散。駕駛的臉陡然變成一張女人的面孔，那面孔是如此的熟悉。一頭金髮垂下肩膀，並透出清爽檸檬清潔劑的味道，那雙和我一樣湛藍的眼珠，只是眼中光芒黯淡，像是剛經歷一場戰爭一樣，我永遠忘不掉她的那張面孔—那總是在我惡夢中不斷浮現。

「你不知道我是多麼渴望和你重逢，我一個人生活這地獄之中是多麼痛苦……過來找我吧……」她才剛說完，車子忽然迎面撞上一整面高牆，擋風玻璃瞬間碎裂成千片，整個車頭完全扭曲，她額頭上汩汩流出鮮血，流過她的臉龐，像極了恐怖片中死屍，我慘叫的打開車門摔了出去。

我一摔出去，卻發現自己回到了那巨大淵暗的艙房內，那巨大的螢幕上，一排的數字已經趨近於零。在密室中的生物喃喃的對著我低語，「它」說的是一種極為古老的語言，甚至遠比人類的歷史更為久遠，但那話語卻令我全身戰慄。那聲音在我腦中迴盪，「兩千年的等待……那一刻終於要來了……你們誰都無法阻擋帝國的升起……」

「就在今天……」

下一秒，黑暗中數個紅色的光點浮現，一道眩目的白炙閃光將我轟然炸碎。

我尖叫的從沙發上跳起來。

我大口喘著氣，關於那空間的夢境我近來已經作過無數回了，但這次的感覺完全不一樣。那艙房中讓我感受到有一股扭曲空間和心智的力量，我內心深處的恐懼似乎被放大數千倍。最糟糕的是，我又重回到幼時和母親在英國的那段回憶……

我已經好幾個月沒有再夢到那段經歷了，此時它陡然冒出來，無疑是給我致命的打擊。

我搖了搖頭，告訴自己不要再沉浸過去。我看了看手錶，十一點四十五分。看來我昨天真的是太晚睡了，我已經錯過了早餐，該是午餐時間了。

我起身換好衣服，準備到一樓吃午餐。同時我想那夢境說不定還真有一點真實性，搞不好蕭部長真的已經找到石板了，我可以趁中午時好好問他一下。

當我到一樓的餐廳時發現已經有不少人在那了。看他們的表情，每個人似乎都對自己的食物很不滿意——一碗飯和一個綜合口味的罐頭，但相較於監牢中發酸的饅頭，我實在沒什麼好抱怨的。

我四下張望了一下，找到大家排隊取餐的地方，我正要過去排隊，一個人突然在背後說：「原來你在這裡。」

我回過頭一看，發現蕭部長滿臉笑容的望著我，看到他的表情不禁讓我一陣興奮，「你們挖掘出……」

「沒錯，」他高興的表示，「十分鐘前挖掘小組通知我，說他們已經把石板周圍的土給挖開來了，就等機具把它拉出來。你知道那石板究竟有多大嗎？足足有十公尺長！你當天看到的簡直是冰山一角！」

「那上面寫了什麼？除了我看到的以外？」我急迫的問。

「我不知道，我吃完飯後大約再過一個小時要和研究團隊到現場去觀看，到時就可以告訴你了。」他說完便轉身要走。

「等等，我可以一起去看嗎？」話突然說出口，不禁嚇了我自己一跳，蕭安國挑起了一邊眉毛，但我還是繼續說下去，「我是說，呃，畢竟石板是我看到的，我在想，說不定，你知道的，我可以幫上什麼忙之類的。」

他側著頭想了想，「我想可以，反正那石板你已經看過了，再讓你看其他部分也無妨。而且說不定你還真的能幫得上忙。」

「真的嗎？」我當下喜出望外，我本來並不期待部長會允許我窺得這些機密行動，畢竟官僚嘛，總有多的不得了的考量，想不到他居然一口答應，他真的和我印象中的官員不大一樣，「謝謝長官，那什麼時候出發？」

「一個小時後，我會去找你。還有我想也可以讓我女兒一起去看看，畢竟你們兩個早就知道了。但此事要由你幫我代為轉達，因為你知道的，她恐怕不太想和我說話。」蕭安國神色略顯低落。

「當然好啊，我會代為轉告。」我決定不理會他的語氣。

「多謝啦，那麼一小時候見。」

蕭安國走後，我拿著自己挑選的一罐鮪魚罐頭，坐到一處無人的位置。可以到現場查看的消息讓我興奮不已，但此時我暗暗想著那場夢境，那隱藏在地底深處、足以扭曲心智的力量……根據蕭部長說的，我腦中之前的幻象讓我看到中國政府行動的真相，那令人戰慄的恐怖空間或許也是真的？

「倫尼，我能不能坐這裡？」蕭璟突然出現在我面前問。

「當然可以。」我挪了挪放在桌上的食物。

我看了她選的罐頭一眼，「香菇麵筋口味？」

「畢竟沒有什麼其他好的選擇。」她聳了聳肩，把罐頭料倒到飯上。

「我剛才看到你在和那個男人說話，你們說了些什麼？是不是找到石板了？」她邊吃邊問我。

過了好一會兒，我才意識到她說的那個男人，指的是蕭部長，想到蕭安國的神情，不禁有些不忍，「呃，是啊。他告訴我不久前已經將石板給挖出來了，他一個小時後要親自前往現場查看。我問他能不能一起去看看，他說可以。還有，」我遲疑了一會兒，「他說妳也可以一起去，如果妳想的話。」

「是嗎？我真幸運。」她語帶諷刺的說。

「呃，沒錯，所以妳是同意嘍？」

「大概吧，我的確想看看那到底長什麼樣子。」她沉默了好一會兒才回答。

「太好了，」我轉移話題，「昨天你離開後我查了一下關於秦始皇焚書坑儒的歷史，發現了一些之前沒注意到的疑點。」

「和這次西安的事件有關嗎？」

「沒有，純粹是一時興起。我找到一篇北大教授的論文，發現當時在坑儒事件中，有兩名最為有名的方士，侯生和盧生。他們曾受秦始皇的禮遇和厚禮，當坑儒事件發生後，他們理應要受到最嚴厲的懲處，結果這兩個人卻完全沒有受到制裁。更精確的說，是逃出了秦國嚴密的天羅地網。他們兩人有什麼本事，竟然可以從秦國帝都中逃出，逃過全國追殺他們的士兵，這不是很奇怪嗎？」

「所以你認為整件坑儒事件並非真實的？」

「我並沒有那麼想，我只是覺得這件事值得去探究，說不定秦始皇根本從未坑儒過？說不定秦始皇焚書坑儒的目的不是世人以為的那樣，而是要搜尋什麼東西？如果這是真的，那整個世界的教科書內容恐怕都要改寫了？」

「了不起，福爾摩斯。」她笑著說：「這些謎團就交給你去研究吧，如果要改課綱的話，我可沒興趣再讀一次高中課本。」

我大笑，旁邊的人都朝我們這裡瞥了一眼，我趕忙壓低聲音說：「快點吃吧，半小時後就要出發了。」蕭安國來到餐廳找我們，他看到我們已經準備好了，對我們微笑，說：「準備好要出發了嗎？我們走吧。」

我們坐的休旅車正是當天我被抓走時搭的那一輛，駕駛也是同一個人。蕭部長坐在副駕駛座，我和蕭璟則坐在後座。等我們都上了車，車子旋即發動。

車子一發動，駕駛便透過後照鏡看著我，對我面露歉意的說：「嘿，雖然我不記得你的名字，但當天把你粗暴的拖上車，我很抱歉。」

「沒關係，」我說，儘管我胸前至今仍有一個碗口大的瘀青，「你只是奉命行事而已，順便告訴你，我叫倫尼。」

「當然啦，其實我也沒有太內疚。我叫趙啟瑞。」

「聊天聊夠了吧，專心開車。」蕭安國在副座對駕駛說。

「是，長官。」接著好一段時間都沒有人再開口了。

一路上我不時想到那場夢境，因此前往大學的路上，我頻頻望向窗外，確認車子行駛的路線是正確的。有幾次車子突然轉彎，害我繃緊神經，但都只是為了避開路障而已。

大約過了二十分鐘，蕭安國忽然開口，「倫尼，西北大學是你就讀的學校吧？」

「是啊。」他忽然開口嚇了我一跳。

「那麼你讀的是哪一個科系呢？」蕭安國從後照鏡看著我問。

「我是讀歷史系的。」

「西北大學的歷史系很有名啊，了不起。」

我不知道應該要回答些什麼，「謝謝。」

「你有交女朋友嗎？」

「呃，沒有，您問這做什麼？」我被他突如其來的問題弄得有些糊塗了。

「沒什麼，我以為你是外國人，在這邊應該很受歡迎才對，想不到我居然猜錯了。看來時代可能又變了？」他在後照鏡中挑起眉毛。

「我不知道，大部分時間我都在念書，對其他事情沒什麼興趣，可能以後再說吧。」

「我明白了。」他瞥了蕭璟一眼，然後突然說：「我們到了！」

我看向窗外，在剛才聊天的過程中，車子已經行駛到校園的牆外，由於地震的因素，此時牆壁幾乎都已經崩塌了。

趙啟瑞把車子停在一處空地，蕭安國轉頭對我們微笑，說：「準備好迎接驚喜吧！」說完便開門下車。

我也打開車門尾隨其後，心中異常的興奮，甚至可以感受到心跳加速。當我再度踏入校園後，我才了解到，這個世界不是只有地球而已，這個世界，大的超乎我的想像。

28

中華人民共和國國家機密科學研究院

「第三十七次實驗，實驗對象：地鼠四號，實驗時間：西元二〇二〇年，下午兩點三十分，對象採一萬安培。」王淼院長戴著護目鏡，站在一片一公尺厚的玻璃後面用麥克風傳音，看著兩名研究人員在「地鼠四號」身上接上幾條電線。

研究人員接上最後一條電線，擦了擦汗笑著說：「我的老天，這套硬體真是超級棘手，真想知道它到底是怎麼做出來的。」

「我們會找出答案的。現在要開始了，離開實驗室。」兩名研究員關上厚重的鐵門後，王淼大喊：「一、二、三，放電！」幾道眩目的藍白色電弧閃過，眾人隔著玻璃仍然瞇起眼睛。

待閃光一過，王淼轉向身旁的技術人員，期待的問：「有沒有變化？」

研究員看了看電腦上的數據，搖了搖頭說：「沒有。」

王淼拿下護目鏡，揉了揉眼睛，盯著地鼠，問：「除了我們現有的這些外，還有沒有更多樣本？」

「目前蕭部長率領的團隊正在第一線挖掘，相信不久後就會有更多的樣本。」

「嗯……再和我解釋一下地鼠內部結構掃描圖，我要仔細想想到底哪裡做錯了？」

「好的，請稍後，」研究員點開幾張相片檔，他指著螢幕上地鼠掃描圖內部的一個綠色的圓點，「地鼠其他部分就是不明金屬和一些線路結構，真正重要的是這個綠色圓點，我們將它進行更精密的分析後，等一下，請看看這張圖。」

「您可以看到這球體核心的一些組態，基於我們無法親眼看到內部，所以只能臆測。但根據研究團隊的猜測，這球體相當於我們的心臟，負責提供整個地鼠的能量。」

「所以我們目前在做的，就是想辦法用能量激發它的核心，看看有什麼變化嗎？」

「沒錯，我們分析這核心的內部結構後，我們認為這個核心一秒可以產生的能量，可能有三百億焦耳。」

「三百億！」王淼不可置信的搖搖頭，「天啊，我們一定要澈底搞清楚它的運作原理，如果我們可以把它運用在科技上……想想可以造成多大的效益？」

「您說的完全正確，我們目前將這個核心暫稱為『方舟』反應爐。」

「方舟，」王淼咧嘴一笑，「就像《鋼鐵人》裡的那個一樣。」

「沒錯，不同的是，這是真的。」研究員點了點滑鼠，桌面跳出另一個檔案，「而我們藉由對地鼠的逆向研究。正在研發一種『電磁屏障器』，目前已經小有成功。小則能夠將戰機直升機澈底隱形，大則可以隱蔽整座城市，我們稱之為『掩影系統』。這將會是劃時代的隱形技術！」

「太好了，把這上傳到伺服器。軍方一定很高興，還有這……」王淼瞥了一眼電腦下方的時間，驚訝的說：「已經那麼晚了？我居然還沒讓你們休息？真抱歉，好啦，所有人員先到會議室吃午餐，休息半小時再繼續進行研究。」大家聽到終於可以休息了，都鬆了一口氣，紛紛向會議室走去。

到了會議室內，大家上前領取自己的便當，雖然便當已經冷掉了，但所有人累了一整天，還是狼吞虎嚥的吃個不停。王淼坐到程通治研究員身邊，對他說：「到目前為止幾乎所有關於地鼠的研究計畫都是你在負責的，真是多謝你了。」

「哪裡，我自己也樂在其中，」他吞下一塊雞肉，對院長笑著說：「我有生之年居然能親自參與這科學史上的巔峰發現！哪裡有不愉快的理由？我倒是很想知道這些東西到底是誰做出來的，做出這東西的人簡直是不可思議的天才。」

「只要我們能搞懂它的運作原理，這些都會變成我們的，」王淼嘴角上揚，「只要我們能找出其中的祕密，那中國在科技和軍事方面一定可以快速超越美國，成為世界霸主。」

「是啊，說不定您還會被提名當總理。」

「那麼你就是國務院副總理。」

程通治搖了搖頭，「我看我們還是繼續待在原來的職位就好。」

王淼正要開口說話，頭上的電燈忽然暗了一下，四周所有電子儀器都發出嗡嗡的聲響。

過了幾十秒後，電燈又恢復正常，但所有人都被嚇了一跳，王淼皺著眉說：「那是什麼……」

這時會議室的門卻忽然「碰」的被撞開，只見一名研究員上氣不接下氣的衝進來，對著王院長喘著氣急著說：「院長……不好……不好了……數據……數據突然全部……」

「怎麼了？你慢慢說，不要急，到底發生什麼事了？」院長起身困惑的問道。

「剛才數據突然全部失去了控制！能量值一直往上飆升！」

「什麼？」王院長瞪大了眼睛，「但是……這怎麼可能？」

「總之，你們快來就是了！」所有人聽了都趕忙放下自己手中的便當，衝向研究室。

所有人衝到研究室，王院長立刻點開電腦螢幕，只見一條標註「地鼠能量」的藍色曲線不斷上升，旁邊還顯示著40％、41％、42％等不斷上升的數字，王院長對著所有的研究員大吼：「誰快想辦法關掉它！」

所有的研究員都像瘋了一樣敲打著鍵盤，研究員大喊：「我關不掉！它不受電腦控制了！」

「我的天啊，已經63％了！」

「快點啟動封鎖程序！」

「對對對！」

技術人員趕忙輸入一連串的指令，因為太緊張了還輸錯了一次，技術人員按下最後一個鈕，大聲說：「好了！」

只見放置地鼠的密閉研究室內一道厚重的鐵門打了開來，機器緩緩的將地鼠運回存放處，鐵門在眾人的注視下，終於闔了起來。

過了一分鐘，研究室內一片驚駭的死寂，王院長呼了一大口氣，「安全了。」

下一秒一道白光爆起，整道鐵門全被炸了開來，幾片碎片擊中了隔離窗，把玻璃撞出幾道裂痕，所有研究人員全都嚇得張大了嘴，說不出話來。

只見在煙霧之中，「地鼠四號」的身影緩緩浮現。它身上閃爍著一抹銀光，身上的電線全數脫落，而在它後面，另外五具地鼠也搖搖晃晃的從煙霧中出現，彷彿沉睡了千年，還不習慣再次行走，它們眼中散發出血紅的光芒。

六具地鼠在研究人員震驚的凝望下，走到厚重的隔離玻璃前，它們身上發出嘶嘶的聲響，並對玻璃伸出了一隻手，手臂的金屬在眾人的注視下開始變形，出現了一個外觀像武器的東西。

研究員看到這一幕似乎才陡然驚覺過來，王院長大喊：「快叫警衛！」

在他按下呼叫鈕的那一刻，地鼠變形的手射出一道眩目的白色電光，那面厚重的玻璃窗瞬間爆裂成碎片，強大的震波將所有電子儀器和研究員全部震飛到後面的牆壁上。程通治研究員一頭撞到牆上，脖子喀嚓一聲撞斷，整顆頭癱軟無力的垂在胸前。

這時門外傳來沉重的腳步聲，數十名身穿黑色制服的警衛將門踹了開來，他們衝進來，看到一堆奇異的機器人正在試圖跨越研究室，他們震驚的張大了嘴巴，不可置信的大喊：「該死！這他媽是什麼鬼東西？」

「快點把它們給幹掉！」王淼大喊。

警衛拿起手中Ｍ４卡賓槍，對準地鼠，扣下扳機。

難以計數的子彈朝著地鼠射去，但彷彿碰到一道無形的牆一樣，所有的子彈在地鼠前方盡數彈了開來，還有幾顆彈開的子彈射中倒在地上的研究人員。

「操！我們的武器沒有用！這東西有個天殺的防護罩！」

「我看得出來！」帶頭的那名隊長跑到後面拿出一個火箭發射器，他將火箭發射器對準地鼠，大聲吼著說：「讓開！我要用這個把它給轟上天！」他瞄準目標，火箭炮「砰」的射了出去，爆炸力震撼整間實驗室，所有人連同警衛都倒到了地上。

「我們成功了嗎？」

當黑煙散去，眾人只見機器人依舊完好如初。它們眼中忽然射出數十個紅點在警衛的身上，然後……數十道血箭噴出，那幾十名警衛胸膛爆開，雙目圓睜的盯著天花板，手臂張開的向後倒下。鮮血從他們的胸口湧出，將地面染成一片血紅。

「我們根本對付不了，我必須立刻向中央報告。」王院長虛弱爬向電話，用盡全身的力氣將話筒拿了下來。

「中華人民共和國北京政府服務您，選擇語言，中文請按1，English，……您選擇的是中文，請撥您要撥打的分機號碼，如不知分機號碼請向總機查詢……正在為您轉撥。」這該死的語音系統浪費了王院長不少寶貴的時間，在這段時間裡又有幾名研究員被殺倒地。

「請問是誰？」一個中年女子的聲音從話筒另一端傳來。

「我是科學院的王院長，請轉接劉主席。」

「請說出您的代碼。」

「CL437，快點，時間緊迫！」

「很抱歉，身分確認程序不能省略。身分確認完畢……等等，抱歉，劉主席正在參加新建發電廠開幕式，目前無法回覆。」

「那幫我轉接吳總理！」王院長怒吼，時間一分一秒地流失，這人卻是這麼官僚，氣得王淼差點扔掉手中的話筒。

「我查一下……很抱歉，吳總理現在正在參加北京大學演講講座。我是主席的幕僚長，有什麼話需要我幫忙轉達？還是要等到主席回來再請他回撥？」

「不，來不及了，」王院長深吸一口氣，「好吧，現在不要問任何問題，只要聽我說就好。等到劉主席回來，轉告他地鼠已經全部失控了，研究人員已經全數陣亡，要他立刻取消任務，所有在西安的人員都要撤離，盡快派遣重軍隊過來……」

「全數陣亡？什麼意思？你們撤離了嗎？」

「我們……我們不可能逃得出去……告訴劉主席，一定要派軍隊來……」

他勉強撐住身體的手臂忽然一軟，整個人側倒在地上，他在模糊的視線中看到地鼠向他走了過來，對他伸出了手……

他閉著眼睛緊握胸前的十字架—那多年來他在同事間隱藏著的信仰—在心中暗暗的祈禱，然後他張開了眼睛。

一道高熱的白光閃過，將他的痛苦化為一陣煙霧，消散在空氣之中。

29

中國．西安封鎖區　西北大學石板挖掘區

「就是這裡。」蕭安國在前面帶著我和蕭璟走向挖掘區，一名隊長看到部長來了，連忙上前敬禮。

「部長好！」

「不用了，」他揮揮手，「研究員到了嗎？」

「到了，兩名科學院派來的人員和一名航天局的研究員，他們正在等候您。」

「很好，我們走吧。」他對我們兩個招招手，「請帶路。」

「是。」那名隊長正要帶我們往挖掘處過去，蕭安國卻舉手打斷他。

「我不是在和你說話，你繼續在這裡執勤。倫尼，這邊是你最熟悉的地方，而且你才是當事人，你來帶我們過去。」

「呃，我嗎？」我驚訝的問。

「大概吧，除非這裡還有別的倫尼。」

「我想是沒有，那麼跟我來吧。」我毫不猶豫的朝圖書館的廢墟走去，蕭璟走在我身旁，蕭安國則慢步的跟在我後面。

走在熟悉的校區內，不禁讓我有一種放鬆的感覺。我們走了大約一分鐘，就看到一座半倒的建築物被層層白布圍住，幾百名士兵在外面來回巡視，空地上還有幾台大型的搬運挖掘機具停放在外。

就在我走到圍欄前十公尺處，突然有兩名持槍的士兵上前阻攔，對我大聲的說：「什麼人？居然擅闖軍事重地？」

「是我授權的。」蕭安國上前一步說。

「部長好！」兩名士兵連忙行禮，「抱歉，我們沒注意到您。」

「沒關係，你們的指揮官陳永智中校呢？」

「我在這裡，」一名軍官把帽子夾在腋下向我們跑來，跑到我們身邊後，他匆匆的向蕭安國敬了個禮，便轉頭對我微笑說：「嘿，你就是那名外國人吧？最近常常聽人談到你。」他向我伸出手，「我是陳永智中校。」

「我是倫納德，幸會。」我握住他的手。

「我猜你一定是蕭部長的女兒吧？」陳永智又向蕭璟說。

「好了，我們不是來這裡辦見面會的。你現在還在執勤，請有點執勤的樣子。」蕭安國打斷陳永智繼續對我們的問好，「研究員呢？帶我去見他們。」

「是的，他們已經在石板旁等待了。」他帶我們穿越一條軍方用布幕架設出的走道，來到了我十分熟悉的圖書館內部。但我看到眼前的景象，不禁深吸一口氣。

上百至上千名士兵和六台巨大的機具，圍著一樣我生平所見過最驚人的物體─一個長約十五公尺、寬達六公尺的巨大石板，石板上布滿了千年來遺留下的些許裂痕。在灰色的平面上，刻滿了密密麻麻的細小文字及圖形，比起那日我昏厥前所見到的要大上許多倍。

所有人似乎也一樣對那石板深感震撼，士兵們圍著它議論紛紛。

「這到底是什麼？」

「上面刻的東西有人看得懂嗎？」

「這好像是某種中國古代的文字。」

「但上面各種大小不同的圓形又是什麼?還有那些奇怪的線條？」

「說不定……啊！部長來了！」

議論紛紛的士兵看到部長到了，連忙停下討論，一起立正行禮，「部長好！」

「嗯。」蕭安國點了點頭，士兵們紛紛放下手臂，「研究人員呢?不是說他們已經到了嗎？」

「他們應該在……喔，在那裡！」

只見三名身穿襯衫的男人快步走來，等他們到了後，陳永智介紹說：「部長，這三位分別是研究院的物理學家張研究員、歷史專家陳研究員及航天局的李先生。」

他們在陳永智說完後便向他微微鞠了個躬，齊聲說：「部長好！」

蕭安國看起來頗為不耐的揮揮手，「不要再行禮了，我今天已經快被這些幾百聲『部長好』給煩死了。快點開始吧。」

「是的，」陳永智說：「往這邊走。」

我們在陳永智中校的帶領下，走到那塊巨大的石板旁。石板的位置上本來放的是好幾台的電腦和桌子，但如今只剩下一個深及八公尺的大洞，可能是因為石板的結構脆弱，因此士兵並未把石板從洞中拉出來，而是繼續讓它躺在深洞中。

我當初是在昏暗及模糊中看到石板的邊角，而如今近距離看到完整石板，上面的內容也愈趨完整。因為石板上方刻的是成堆的圖形，文字大多在石板下方，而我們和石板中還隔了一道圍籬，我不禁愈看愈向前，想把石板上文字的內容看得完整仔細。

「哇！小心！」蕭安國對我大喊：「這洞很深，小心不要掉下去。快退後。」

「喔，對，抱歉。」我連忙後退幾步，就在我後退前一秒，我略微瞥見上面的幾個文字，而那些難解的文字就我腦中清晰的浮現—宇外降下的惡魔……猩紅如血、細長如蛇般的眼睛……嬴政……

我只略為瞥見那上面的幾行文字，但就那幾個字，就讓我全身宛若進入冰窟般戰慄不止，我感到一陣可怕的噁心。猩紅的眼睛……宇外降下的惡魔……我想起在夢境裡那巨大的地下空間中，那閃爍在黑暗中的紅點和扭曲心智的力量。這一切究竟代表了什麼？

「好了，各位就按照自己的專長先大概看看吧。」蕭安國忽然開口，將我拉回現實，「陳先生，您說這些圖形是不是某種古代的文字或是神祕主義的圖形？」

「我看看……」歷史研究員蹲低身子注視著那些圖形，看了一會兒搖了搖頭說：「這不是，我不知道它是……」

「星球運轉軌道。」航天局的李研究員突然在一旁開口。

「抱歉，您說什麼？」蕭安國轉向他。

「我說它看起來像是行星的運轉軌道，」研究員指著那些大小不同的橢圓，說：「您看看，這就像是恆星，而這些大小不一的橢圓似乎就是星球的軌道。至於這個嘛……我猜是銀河系！而旁邊這些符號多半就是它的資料。」

「行星軌道圖？有沒有可能是克卜勒452的恆星系統圖？」蕭安國興奮的問。

「有可能，讓我看看。」李研究員蹲低身子，專心的盯著那些圖形和符號，口中不時喃喃的說些專有名詞，像是輻射功率或光譜類型之類的，有時則低下頭默默的在心中計算些什麼，口中不時說著：「沒錯。嗯，對……」

大家在一旁等得十分緊張，但都不敢打斷他的思緒。所有人沉默了大約五分鐘左右，他忽然抬起頭大叫：「沒錯！沒錯！」

大家都被他嚇了一大跳，蕭安國面露喜色的說：「所以真的是嘍？」

「是的，這些軌道的數量及位置我不敢確定，但這個特別被標註出來的圓形和恆星，您看看根據旁邊的這些數字，這很明顯是個G型主序星，光譜類型明顯是G2，正好就是克卜勒452的恆星。假設那張是銀河系的草圖，這個系統便是在天鵝座！還有它的天球座標，這些真是太明顯了對吧？」

「有嗎？」蕭安國喃喃的說著。

「而這些則都是描述克卜勒452b的性質，上面寫的有一些我不確定，畢竟年代不同，表示方式可能不一樣。但這些其餘的，不論是質量、半徑、重力指數，全都在誤差值內，這些軌道參數像是半長軸，如果我沒計算錯大概是1.047AU，而他的軌道傾角，我計算的和中央的資訊只差了零點一五度而已，全部都吻合我們對克卜勒452b的了解，有些上面的數據可能還比現在更精準！」

聽完他對這些資料的分析，內容有九成完全不知道在說什麼，但有一件事情卻是在場所有人都看得出來，那就是這石板的內容的確是這次事件的核心來源—克卜勒452b。

研究員已經起身。在場所有人都陷入一陣沉默，彷彿逐漸意識到這消息到底有多麼嚴重。蕭安國困惑緊張的說：「刻下這石板的人，無論他們是誰，怎麼會在兩千年前就刻下這些資訊？難道他們是想警告什麼事情嗎？」

「他們會鎖定這個行星系統，絕對有他們的用意，」李研究員此時也不再興奮，沉重的說：「代表他們知道這顆行星會帶來的影響。」

眾人又陷入一片沉默。我想起夢中那詭異的聲音：「兩千年的等待……你們誰都無法阻止帝國升起……這一刻就要來臨了……」我開始感到十分的不安，隱隱感覺到此次的行動似乎已經掀起一場即將令我們完全無法預料的結果，一道將會籠罩世界的巨大陰影。

「我看等我們把石板運回研究中心，再讓研究員好好研究底下的文字，說不定就可以有更多的發現，我們也不必這樣子瞎猜了。」蕭安國忽然開口，「所有小隊聽令！立刻將這石板裝上我們的運送機具，把它給抬出來！」

幾百名小兵在蕭安國的命令下紛紛跑來，在蕭安國和陳永智大聲命令的同時，我看到蕭璟拿出手機拍了幾張石板的照片，她發現我正在看她，便對我眨眨眼，然後把手機放回口袋。

我不知道這樣到底好不好，正要開口提醒她，蕭安國突然把手搭到我肩上，對我們說：「現在士兵要將石板挖出來了，你們先到後面去等待。」

在我們退到一旁時，只見部隊將幾根繩索套到石板上面，並和機具連接好，由於石板可能結構脆弱，士兵的動作都非常小心，在行動中還不時聽到陳永智用擴音機大聲命令：「那邊小心一點！不要碰到那！過去一點！小心！」

部隊忙了七、八分鐘，所有繩索和機具終於固定好了，幾十個士兵手戴手套，徒手扶住石板，陳永智中校也上前，大喊：「好了，我數到三就拉！一、二、三！拉！」

機具發出喀喀作響的聲音，數十名士兵在旁合力將石板向上抬，只聽得「轟隆隆」一聲，石板漸漸從洞中被拉了起來，在機具的運轉之下，將石板緩慢的放上三台連在一起的大型驅動運輸車上，所有士兵看到大功告成，不禁放聲歡呼。

蕭安國笑著說：「好啦，現在石板已經挖出來了，先將它送到基地去，再把它送到研究院研究。中校，你的部隊可以解散了。」

「是！」陳永智轉身對部隊大喊：「你們可以……」

他話才說至一半，背後那本來放著石板的大洞忽然發出一聲巨響，接著一陣塵土飄起，那個大洞的地面忽然整個塌下去，發出轟隆巨響。陳永智大罵：「那天殺的玩意兒是啥？」

那刻我忽然感到一陣強烈的暈眩，身子向旁邊一倒，蕭環及時扶住我，「怎麼了？」

「我……我有種不祥的預感……那下面……好像有不好的東西……」

待塵土散去，一名士兵上前探頭看看那深及二十公尺的大洞，忽然大聲驚呼：「我的天啊！部長！這洞下面……居然藏著大量的地鼠！有一半還覆蓋了陶土！」他看了一圈，「這裡至少有兩三百個！」

「真的？」蕭安國快步奔去，探頭一看，一拍大腿笑著說：「我們發了！快從基地召集更多的人手！小隊長們，快把你們所有在外面的部隊全部找進來幫忙！順便把這些地鼠也推上運輸車！」他指向一名連長，「叫你那連的人盡快過來，帶上鏟子和防護衣。」

蕭部長大喊之下，所有本來以為可以休息的士兵又動了起來。一千多名的士兵拿著鏟子和繩索來回地跑。有數名士兵防護衣穿得太急，不小心把兩條腿塞進同一個褲管中，跌了個四腳朝天。

蕭安國之前給我看過關於地鼠的照片，這些地鼠全身由金屬構成，正如我夢中所見的一樣，只是我從來沒有親眼看過。本來我以為自己會十分興奮的想看清楚它們，結果我反而是皺緊眉頭，內心十分不安，那些在暗影中閃爍的血紅圓點……

蕭環顯然是看到我的表情有些異常，她一臉困惑的問我：「你到底怎麼了？看起來很不舒服？」

「我還是認為軍方不該把它們挖出來，它們似乎……很危險。」

「你在說些什麼？我完全聽不懂，什麼東西很危險？你為什麼會這麼覺得？」

我搖了搖頭，「我不知道，就是……一種感覺……」

在此同時，蕭安國站在一旁調度眾人，他臉上滿溢著笑容。他向一名傳令兵說：「你快去聯絡研究院的王院長，告訴他準備好實驗室，馬上就有他做夢也想不到的大批地鼠要運過去了。」他揚起嘴角，「王淼一定會樂壞了。」

就在傳令兵跑開時，忽然有一陣「嗡嗡」聲音傳遍所有人耳中，接著就是一連串士兵的叫囂聲。

「喂！誰把機具的電切掉了？」

「我的無線電廢了！」

「我的也是！」

蕭安國轉過頭，向左右生氣的說：「到底發生什麼事了？」

「長官，剛才似乎有一道電脈衝……」

便在這時我腦中忽然浮出一個巨大清晰的影像—巨大的空間中，發出紅光的螢幕上，顯示一個清楚的影像：「0」。

下一秒，一陣尖銳的哀鳴聲撕裂我的耳膜。巨大的爆炸撼動了整個地表，那個坑洞火光爆起，「轟隆」一聲把整個洞口給炸了開來。五十餘名在附近的士兵直接被炸成碎片，一波強烈的熱氣迎面湧來，讓所有人一陣氣窒，強大的震波將所有人震倒在地上。我不暇細想，立刻伸臂抱住蕭璟的頭部，將她壓到一面屏障後方。

「那到底是什麼王八蛋狗屁倒灶的東西？」蕭安國倒在地上大聲咆哮。

那個洞口很快就回應了他的疑問。在眾人的注視之下，數以百計被他們稱為「地鼠」的外星機器人，一個個從地底下浮起，本來身上覆蓋的陶片泥土已經消失殆盡，取而代之的是閃亮銀色金屬所打造的身軀。它們的身形在塵土散盡後更顯龐大，眼中幽綠的光芒震懾眾人。

我睜大了眼盯著「地鼠」看，在夢中那段我一直不願面對、不願去想的真相，此時真真實實在眾人眼前上演。這時我聽到蕭璟發出一陣呻吟，我忽然意識到自己正抱著她，趕緊放開手臂。

雖然眼前事起非常，但蕭安國畢竟是國防部長，慌而不亂，部隊此時已經起身，他大聲下令：「六三、二

七、一四六連從左、右翼攻擊敵人，掩護軍隊從正面和敵人交火。快下令第一裝甲旅前來支援！」

所有士兵一聽到命令，立刻回過神來進入戰鬥狀態，數百名士兵散到敵人左右開火，其餘士兵紛紛站定位置，並奔回車上取出重型武器和敵人交手。

在蕭部長的命令下，所有士兵只花了不到一分鐘就全數站定位。而我此時手無寸鐵，只能和蕭璟躲到一旁的石頭後面。蕭璟在槍聲之中不時焦急的往父親那望去。

士兵們雖然打出難以計數的子彈，卻全部在地鼠前撞上一面無形的力場，子彈不是彈開就是被汽化，一顆都沒有打中。

那些地鼠一開始只是站在原地，任憑士兵對它們開槍掃射，過了一會兒，它們的眼睛忽然全部由幽綠的光芒轉為血紅，然後其中幾個舉起右手，金屬手臂在眾人面前變形……

閃光搖撼大地，懾人的白光閃遍整個空間，數百道電光從地鼠手上激射出來，「轟隆！」一聲，直接把陳永智中校和他所率領的連隊全數炸為灰燼，連屍體也沒有留下半具，因為他們直接被汽化了。整個地面被炸出了一個半徑五公尺、深及兩公尺的巨大坑洞。

然後，它們開始移動。

所有人被閃電的震波震倒在地上，蕭安國看到我們躲在他後方一塊小的可憐的屏障後，他似乎對我們大聲喊了些什麼，卻被地鼠發出的巨大閃光爆炸聲蓋過。

一名隊長大聲吼叫：「去他的！援兵什麼時候才會到？」

這時一名士兵衝來大喊：「裝甲部隊正趕過來，三分鐘後將會有兩架武裝直升機來支援！」

「好！再撐三分鐘！」蕭安國接過一個戰神A100火箭發射器，指向地鼠群大聲怒吼：「我要看看這個力場到底有多強大！」數十名士兵也一同從各個方向取出火箭炮。「砰！」的一聲，只見數個巨大的火球在前方爆開，但是當煙霧散盡後，所有的機器人卻依舊不動如山。

就在此時，頭上忽然傳來一陣氣旋之聲，眾人抬頭一看，只見兩架武裝直升機在上空盤旋，援兵終於趕到了！整支部隊士氣大振，振臂高呼，再度重整旗鼓向敵人殺去……

下一秒，忽然數十道電光從機器人身上直射上天，上頭的一架直升機直接被轟成碎片，另一架則是被炸成一團火球，掉到軍隊之中，轟然炸死了二十餘名的士兵。我躲在石頭後面沒有被爆炸波及，但高熱的火焰將我四周的空氣烤得像是火爐中一樣高，皮膚上的細毛全被燒光。

經此巨大的打擊，軍隊剛剛獲得的信心頓時灰飛湮滅。地鼠們初時似乎行走尚不穩，但此時已經是愈走愈快，彷彿沉睡了千年，如今精神奕奕。只見電光充斥整個空間，軍隊完全只有挨打的份，死傷愈來愈重。

一名護衛拉住蕭安國，急促的說：「部長！我們擋不住了！快點撤退吧！」

蕭安國甩開那個人的手，怒斥：「什麼話！我們還有這麼多精銳的部隊，以及大批即將趕來的援軍，怎麼會擋不住？」此時一道電光射來，把那名拉住蕭安國的士兵瞬間汽化。

整支部隊的士氣終於在一瞬間崩潰，所有人拚命的轉身逃跑。剩下一些人仍持槍不願退縮，卻一個個被炸成灰燼。

有一名士兵想拉著蕭安國離開，蕭安國卻甩開他的手，往我們這裡跑來，並把手伸到口袋中。他一把抓起我的右手，將一把鑰匙塞到我的手中，指著牆外說：「這是我車子的鑰匙，我要你帶著我女兒離開，盡快回到基地，保護好她的安全，答應我！」

「可是……」

「快！我相信的是你，不是別人！答應我！」

看著他堅毅清澈的眼神，我顫抖著開口：「我……我答應你。」

他點了點頭，他轉頭望向蕭璟，只見她此時嘴唇顫抖不止，眼眶蓄滿了淚水，蕭安國異常溫柔的伸手撫摸她的臉頰說：「我們相隔四年沒見面，我好不容易找到妳，而如今又要分開了。我希望妳知道……即便是這幾年妳和我冷戰的時間裡，我從來沒有改變一絲一毫對妳的愛。」

蕭環此時似乎再也忍不住，撲上前抱住父親的脖子，蕭安國也緊緊抱住她。她淚聲俱下的說：「我真的非常非常抱歉，這幾天來對你的態度一直很壞，我只是太生氣了……」

蕭安國聽了眼眶也泛起了淚光，他將蕭環抱得更緊，低聲說：「不用說，我知道，我一直都知道。」兩個人相對無語的擁抱，我在一旁不禁深深的被感動，兩道無聲的淚水不知不覺滑下臉龐。

雖然此刻兩人溫馨的和解令人大為感動，但機器人的攻擊卻不容我們享受這片刻的祥和。蕭安國放開環抱蕭環的雙臂，快速的交代我們：「聽好了，回到基地後，我會安排親信保護你們，你們千萬不要相信其他人，這種狀況爆發開來，整個情勢可能會完全失控。我會盡快派一架直升機去接你們，明白了嗎？切記，你一定要保護她，你承諾過我的。」

「我會的。」這次我開口毫不遲疑。

他用力的拍了我們的肩膀一下，「很好！快走！」

蕭環的眼淚又湧出眼眶，「爸爸，你一定要活著！」

「我不打算死！快走！」

我拉著蕭環的手，她卻呆立在原地不肯動彈，蕭安國看了氣得大吼：「快點走啊！不要逼我對你們開槍！」

我用力拉了一下蕭環的手，「他會沒事的，快走吧！」

蕭環心不甘情不願的和我奔向車子，我們最後一瞥背後，只見蕭安國在數十名部下的保護下離開，數百個地鼠依舊對著所有看得到的目標開火。我們頭也不回的全力向蕭安國的車跑去。

我們跳上正副駕駛座，我連忙將鑰匙插入鑰匙孔內，用最快的速度踩下油門，整輛黑色的路華越野休旅車引擎發出巨響，高速駛離現場。

過了好一會兒，電光槍聲漸漸隱沒在背後，蕭璟呆呆的望著前方，「他是天下最好的爸爸，我多年來一直有機會可以對他說，我卻沒有……」

「他知道的，璟，他知道，」我喃喃的道，「我們都知道。」

30

回去基地的路上，是一段令人氣窒的沉默。

我們此時已經離開戰區十分鐘了，後方傳來的槍聲和吼叫聲也漸漸化為背景雜音。車內的空氣似乎降到了冰點，蕭璟一言不發的坐在副駕駛座，撇開頭面向窗外無聲的哭泣。我想和她說些什麼，但又不知道要怎麼安慰她，我想拍拍她的手臂，但又怕她誤解我的意思。事實上我自己的情況也好不到哪裡去。

我滿腦子全都是剛才看到的景象──難以計數的外星機器怪物，那些我不斷在幻影中看到，卻始終不願去面對的惡夢，當著數百人的面在現實中上演，將我那一直以為安全無虞的幻想給澈底粉碎。

即便此時已經遠離戰區好幾公里，但適才的每一幕卻清晰無比的在我腦中不斷重播──巨大的火光將整個地面炸開，數以百計的士兵直接被高溫汽化……高熱的空氣迎面撲來，將我肺中的氣體全部化做火焰……白熾眩目的電光瞬間把一整個連隊的士兵化為烏有，它們血紅的眼神之中，似乎看不到一絲愧疚與遲疑。

我想起當那群外星機器對軍方開火時，我只能躲在一塊屏障後面，顯得多麼的無助。即便是由政府親自指派、訓練有素的軍隊，在武力懸殊的敵人面前，也只能毫無反抗之力的被當成標靶屠殺。而這一切都是因為我沒有在第一時間把我所看到的全部影像告訴他們，我不斷的忽視這顯而易見的事實，如今導致不可挽回的局面。要是我早點告訴蕭安國我所知道的資訊，或許他們就可以有充分的準備，不僅整個軍隊可以安然無恙，蕭安國也不會陷入這樣個險境，蕭環更不必為此哭泣了……

想到這裡，不禁讓我感到一陣揪心，我瞥了她一眼，她面色蒼白，臉上滿是淚痕。雖然我們只認識了一個多星期，她卻給我一種完全信任的感覺。在封鎖基地的這幾天，我們朝夕相處，她甚至將從未向他人提起的過去告訴了我。看到她好不容易和父親前嫌盡釋，如今卻可能再也無法相見……見她如此悲傷，真的讓我感到萬分痛苦，我想告訴她，一切都不會有事，但這句話連我自己聽來都覺得心虛。

蕭安國……我不知道該如何評斷這一個人，在和他見面前，從蕭環的描述，讓我以為他是個兇惡的政府壞官。但從我第一次和他見面，他就對我十分親切，雖然初見到他才一分鐘，他就把我扔上車子，甚至還拿槍指著我，但那畢竟是他的職責所在。後來他的表現十分開明，不像那些愚蠢的官僚，而對我更是像朋友般，不但讓我可以在指揮所內自由活動，甚至主動和我吐露他和蕭環之間的關係。看到他努力彌補父女間的關係，令我大為感動，而在離開前夕，他抓著我的手臂，堅定的凝視著我說─答應我。

這紛亂的思緒害我差點撞到紅綠燈，我強迫自己專注於開車上，但這樣卻讓我陷入另一個麻煩中。此時我握住方向盤的雙手漸漸變得麻木、僵硬，盯著眼前擋風玻璃外的道路，不禁讓我面色發白，額頭汗如雨下。坐在這個駕駛座上感覺宛若坐電椅一樣，一幕幕可怕的場景猶如這幾天的幻象般，清晰的在我腦中浮現─一陣轟然巨響震破我的耳膜─扭曲變形的車頭、碎裂成千萬片的玻璃撒落在地上，在那低垂的頭部上，一滴滴血紅滑落臉龐，墜至地面─緊接著好幾個「ＰＣ」（英國警員縮寫）以及ＣＯ１６（交通行動課縮寫）的字樣在我身邊浮現……

想到這裡，不禁讓我不寒而慄。沒錯，這一直在我腦中揮之不去，而且永遠都不會抹滅。我已經很久沒有開車了，自從那件事之後就再也沒有。

我小心翼翼的控制方向盤，如今已經駛離戰區超過二十分鐘了。我腳下的油門漸漸放掉，從一開始的時速一百五十公里降到六十公里，我們此時距離基地只剩十分鐘的路程。

在這段路上，不時見到數十輛載著士兵的運兵車和坦克往我們的反方向駛去，空中也有數架武裝直升機往軍方不知道哪裡的新據點飛去，看起來軍方這次是打算要全面出動了。想到這些運兵車上的士兵要面對那些舉手投足間就可以消滅一整個連隊的外星機器人，就讓我不寒而慄。

所幸一路上都沒有遇到士兵的阻攔，或許他們以為是蕭部長在裡面，或是忙到沒空管我們。

我轉過最後一個彎，終於回到了基地。我如釋重負般趕忙將車停好，頓時鬆了一大口氣。

蕭璟似乎還沒有發現我們已經到了。我輕輕推了推蕭璟的肩膀，她全身一縮，背對著我抹了抹淚水，轉過頭來，當她開口時顫抖的嗓音嚇了我一大跳，「怎麼了？」

「呃，我們已經到了，現在應該要下車。」我清了清喉嚨，不敢直視她的眼睛。她不發一語的點了點頭。

當我們一踏出車門，立刻就有一名男子向我們跑來，我見狀立刻進入警戒狀態，正要詢問他，他就先開口：「你們就是倫尼和蕭璟吧？我是蕭部長的部下楊勝少校，五分鐘前我和部長通過電話，他告訴我，你們會來，要我照顧你們。」他憂心的凝視著我們，壓低嗓音說：「這是真的嗎？部長他們在前線⋯⋯」

「是真的，我們都在現場，親眼看到那些⋯⋯那些機器人從地底升起⋯⋯」我沙啞著回應。

楊勝聽了哀號一聲，聲音顫抖的說：「希望部長和其他同僚沒事才好。」他說完瞥了蕭璟一眼，只見她完全沒有聽我們在說什麼，只是怔怔的望著前方，楊勝用眼神示意我，低聲說：「她是不是⋯⋯」

我點了點頭，「沒錯，別問了，先帶我們進去吧。」

「好。」他嚴肅的看著我們說，「我必須警告你們，等下進去場面可能會有點混亂，所有人都在瘋狂轉述及猜測到底發生了什麼事。他們會很想從你們身上打探出消息，所以等一下跟緊我。」

正如楊勝所說的，我們一踏入大門，就聽到一群人們聚在前面大聲地議論。每個人的臉上顯然是困惑多於驚慌，希望從別人身上打探出更詳盡的資訊。

「地鼠失控是真的嗎？」

「兩個師團的部隊突然被緊急調集，到底是出了什麼大事？」
「聽說已經有人死了！到底是怎樣？」
「嘿！是他們！那個是今天蕭部長帶去視察的小子！他們回來了！」
雖然我們極力保持低調，還是被認了出來。立時就有數十個人包圍上來問東問西，結果引起的騷動讓原來的情勢變得更混亂，我們只能盡量低頭默不作聲的快速前進。
「到底出什麼事了？能不能說一下？」
「你們有沒有看到什麼東西？前線到底出了什麼事？」
「蕭部長還好嗎？」
「能不能說說到底出了什麼事？快說啊！不要把我們當白痴一樣！」
幾名憤怒的官員抓住我的手臂，楊勝擋開那個人的手臂，大聲吼著說：「蕭部長現在還很好！他們只是奉命回來而已，除此之外，什麼都不知道，快點讓開！」
我們奮力推開人潮，在喧囂聲中好不容易擠出一條通道。楊勝帶我們回到我的房間（應該說是辦公室，畢竟那不能算我的房間）後，他重重的關上門，靠在門上，抹了抹額頭上的汗水，氣喘吁吁的說：「現在你們知道這裡的情況怎樣了吧？這還只是開始，等整件事開始傳開，大家知道完整的真相，而軍方又無法有效壓制失控的機器人的話……」
「我可以想像。」我喃喃的說著，剛剛被抓的手臂到現在還隱隱生疼。
他凝重的點點頭，「部長指示過會盡快派直升機接走你們和一些重要官員，在等待的這段時間裡你們不要和任何人交談，也不要離開房間，我會送食物來。一直到蕭部長下一道指令來為止，都不要有其他行動，好嗎？」
我們點了點頭，畢竟看過外面那群人激動的情緒，就讓我永遠都不想離開這安全的房間。

他看了我們一眼，點了點頭，「很好，那我要先離開了，如果有什麼事立刻通知我，這是我的手機號碼，我承諾過蕭部長，會保護你們的安全。」說完他便轉身離開。

承諾。

這兩個字讓我再次想起臨走前蕭安國抓住我的手臂，對我說的話：「你要保護好她，你承諾過我。」我一瞥蕭璟，只見她呆呆的望著前方，不知道是不是也在和我想同樣的事？

31

中國．北京　中南海國家主席辦公室

吳希衡總理沉痛的向劉主席報告前方地鼠失控的事情，特別在提及機密科學院和西安軍隊的重創時，神色痛苦的搖頭。

「最後一次收到消息，是在三個小時前，」總理說道：「由西安提交的報告。軍隊在第一時間企圖壓下此事，但敵人的武力實在超乎我們預期太多，有許多軍官表現英勇，但最後仍不幸殉職。」

劉遠山主席雙手用力按在桌面上，全身不住的顫抖著，嘴角控制不住的抽動，憤怒的眼神幾乎要把房間給燒穿。此時主席辦公桌前站了七名官員，成半圓形面對主席。每個人都低頭望著地面，不安地扭動身體，不敢直視主席的眼神。

「到底是怎麼回事？」劉主席再也忍受不住，一拳重重的捶在桌面上，「在計畫展開之前，我強調了多少次訊息傳遞和人員調度的重要？結果四個小時前西安封鎖區和國家研究院的地鼠失控了，而我竟然到現在才知道？居然等我參加完開幕式才告知我，而且還是透過一名非計畫核心人員—我的幕僚，來轉告我王院長緊急告知的訊息？你們究竟是怎麼辦事的？」

過了好一會兒，吳希衡總理才打破沉默，「主席，很抱歉，當時由於事件實在太突然了，資料顯示的狀況也不完全。所有相關人員皆在忙著處理後續問題，同時和周圍軍事基地和公安處聯繫，確認周邊由上到下的所有情況。而蕭部長那裡則出現了通訊中斷的問題，過了好一段時間才聯繫上。我們在掌握情況後，便立即來向委員會和您彙報。」

劉遠山深吸了一口氣，似乎仍十分震怒，但他強行壓下自己的情緒，現在這種狀況他必須冷靜處理。

「好，我了解了。我很感謝總理和相關委員在掌握情況後立刻處理此事，往後，任何相關的事項，不論有無證實，都必須立刻通知我和核心委員。」

「是的，主席。」眾人表情稍微放鬆了一些。

「那麼，」劉主席看了總理一眼，現在的情況如何？前線有沒有更多壞消息？有辦法連繫上蕭安國部長嗎？」

「目前已要求周邊軍事設施、公安處和維安人員對西安周邊的區域進行更嚴密的封鎖。」一名委員開口：「事件對外是暫時壓了下來。但由於那裡的通訊目前出了狀況，我們只能透過衛星的影像大略了解。蕭部長則在第一時間遷移了指揮基地，目前尚未建立起連繫機制。一建立連線後便會立刻通知您。」

劉遠山點了點頭，「一有消息立刻告訴我。現在幫我連繫一下蘭州基地的張銘……」

辦公室門忽然打了開來，門外的祕書把頭探了進來，小心翼翼的開口：「總理先生？」

「什麼事？」

「蕭安國蕭部長正在線上，要為您接進來？」

吳總理迅速看了劉主席一眼，後者表情緊繃的看著自己，他趕忙說道：「快接進來！」

祕書一離開，劉遠山按下按下免持按鈕。

「主席？」蕭安國的聲音從電話中傳來。

「蕭安國！」劉遠山咬牙切齒地說：「你給我解釋清楚，現在到底發生了什麼事？」

「主席，這裡爆發了重大的事件，完全是我們始料未及的。我們部隊在西北大學圖書館廢墟中進行挖掘石板的行動時，意外找到了大批未經發現的地鼠。正當我們要把地鼠挖出地面時，突然傳來一陣電磁脈衝……而現場有一千名士兵……」

「這些我都知道，」劉主席厭煩的揮揮手，「後來地鼠就甦醒過來了。說點我還不知道的事好嗎？」

「那恐怕世上沒有那種事，」蕭安國在劉主席發火前，趕忙回到正題，「言歸正傳，當那些地鼠失控後，我們立即擺好戰鬥隊形，並發出求救信號請求支援……」

「那為什麼沒有成功？」

「嗯，當時部隊從四面八方向地鼠開火，但他們似乎有種無形的防護罩，我們所有的子彈都射不中他們，就算用火箭筒也沒有用。而且他們還有一些我們從未看過的新式武器，某種可以隨意變形的金屬武器，也就是他們本身的手臂。這些武器射出的高能電流，一舉將我們上百名士兵全數汽化蒸發。後來有兩架武裝直升機趕來支援，也直接被他們射下墜毀。我衡量大局，斷定光憑眼前的軍力我們不可能戰勝敵人，所以我決定先撤退，等部隊集結好再圖反攻。」

「他們居然啟動了……為什麼我們當初沒有考量到？當王院長提出報告時，當下真的被興奮沖昏了頭，真是愚蠢至極……」一旁官員看起來十分緊張，怕總書記會大發雷霆，但他這話似乎是說給自己聽的。

「這不是您的錯，主席，即便當初我們有考量到這點，我們依舊會派部隊來封鎖，地鼠也依舊會啟動。當然，這也不是各位同僚長官的錯，面對這種狀況，任誰都會陣腳大亂。」一旁官員聽到蕭安國替他們說話，不禁舒了一口氣。

「你說的對。蕭部長，這件事你當下處理得十分得當。正如你所說的，面對那麼強大的敵人，你適時的撤退，替我們保存了實力。但我想請問，接下來你有什麼打算？要怎麼消滅那些失控的地鼠？」

「我已經下達指令給各基地的部隊長官，所有的部隊已經趕來我們安排的新據點會合。我們正在觀察地鼠的動向，他們似乎在前往某地，等到我們完成包圍網後，會試著消滅他們。」

「不是只有兩百個地鼠失控，為何需要調集這麼多部隊？」

「主席，這些外星機器人擁有我們做夢也想不到的科技。而且據報，當我們這區的地鼠失控時，其他區域也有不少地鼠同時啟動，目前保守估計大約有五百個地鼠正在活動。」

「五百個？」劉主席坐到椅子上，「為什麼軍委沒有收到通知？」

「其實我也是剛拿到資料，就在二十秒前偵查兵拿了份報告給我，而且這還只是初步估計，可能還有更多尚未露面的。在我們看來，真正的危險，可能來自於地下的那個巨大金屬結構體，天知道那裡面還裝了多少地鼠和未知的武器。」

「我的天啊……我完全忘了還有那個結構體。蕭安國，你一定要搞定這件事。這件事要是爆發開來，事情可不僅限於黨內聲浪，更會波及到全球，造成國際動盪不安。」

「我們所有的單位都在盡最大的努力，而且此時才過幾個小時而已，我們根本無法掌握到確切的資料，我們甚至不知道我們的武器對他們有沒有用。」

「那你希望我怎麼做？」劉主席雙手交疊，沉聲問道。

「我需要中央的全力支援，」蕭安國毫不猶豫的開口，「光憑我現在的這批軍力，我沒有把握能消滅那些外星機器。我們這邊有許多士兵甚至只帶了鏟子，連步槍都沒帶，而面對那麼強大的敵人，我需要空中的武力支援，能從制高點打擊它們。這需要一支很大的任務編組，坦克、裝甲車、地對空飛彈發射器、高射炮、武裝直升機、戰鬥機，全都需要加倍。」

「沒問題，只要你能成功壓下這件事，要我把再多的部隊都撥給你也沒問題。蕭部長，我在此授與你最高權限，能夠恣意調動任何你需要的國防預算、軍力，只要事後告知我就好了。至於黨那邊我會說服他們。」

「謝謝主席，我一定不負所託。」

「你打算什麼時候動手？」

「當我們確定地鼠的動向後，會等中央的支援趕到，並將包圍網建立好，所以大概再兩到三天就可以行動了。我比較擔心的是，國外的情報單位一定會注意到我們這次大規模的國防調動。」

「問題一樣一樣來，等你處理好那裡的事，我們再來擔心其他的。對了，說到外國情報單位，你之前在報告中有提到一名英國人，他知道我們行動的來龍去脈是吧？那個人現在怎麼樣？」

「他……我目前把他安置在舊指揮中心內，並派了手下確保他的安全。他可能還握有更多未發掘的資訊，但由於西安情勢危急，所以我預計幾天後會安排直升機將他送往其他基地，繼續進行調查。」

「很好，你有沒有試過對他……施加點壓力？說不定他故意隱瞞更多事情，不讓我們知道？」

「這樣……這樣不好吧？他到目前為止十分合作，我們也從他身上獲得不少資訊。我想應該沒有必要……」

「當然，你認為沒問題就好，我也只是提提，」劉主席點點頭，「重點是，趕緊除掉那些失控的機器人。還有，絕對不能讓這件消息外洩。蕭部長，我要你的保證。」

「沒問題，主席。我在此向你保證，四十八小時內，我一定會把這些地鼠澈底摧毀。」

「等你的好消息了。」劉主席結束了通話。

劉主席抬起頭對那群立正站定的官員們，冰冷的開口：「這是最後一次機會，別再出狀況。要是再出任何狀況，誰也別想再繼續你們的政治生涯了，明白嗎？」

「明白。」官員們戰戰兢兢的回答。

「快走吧。」劉遠山重重地吐了一口氣。

七名官員迅速的欠個身，隨即爭先恐後的衝出大門。

等到所有官員都離開後，劉遠山獨自一人坐在辦公桌前，一言不發的凝視著空蕩蕩的桌面，過了好一會兒忽然抬起頭來，困惑的說：「等等，他到西北大學做什麼？」

32

中國・西安封鎖區　戰時指揮中心

「現在讓我們簡單報告一下整個軍隊的部署。」國防部長蕭安國開口。

這裡是中國軍隊在兩天前臨時搭起的一座軍營，多達四萬部隊在此駐紮，重重疊疊的帳幕遍布約兩平方公里。此時正下著大雨，雨霧之中卻可見到不斷閃爍的燈光。近百台的坦克和裝甲車在中央的緊急調集下，在夜色中，祕密地進駐此地和軍方會合。

當天深夜，西安市的近郊便無預警的實施宵禁。當地居民只聽見屋外不斷傳來陣陣吆喝和車輛行駛的聲音，但因這陣子的大規模災民撤離計畫，所以他們早已習慣，便也沒多想就繼續入睡。

軍營中最為顯著的中央巨型指揮帳棚內，中國軍方的高層將領此時正圍著一張桌子開會。會議以蕭安國為首，一名陸軍上將及軍事委員會副參謀長坐在左右兩側，還有數十名軍官，大家在昏暗的燈光下討論著一場即將改寫歷史的戰事。

「這部分由我來說明，」軍事委員會副參謀長紀天華中將開口，他指著桌面上布滿亮點標誌的西安區地理和行政劃分地圖，說：「我們目前共有兩萬一千名士兵，分別位在這裡和這裡，西安市以東三十五公里處，就在敵人核心區域的左右翼五公里處，以便觀察那些機器人……我以地鼠代稱，以便觀察這些地鼠的動向。」他指了指地圖上臨潼區境內驪山北麓兩側，「據報，在半小時前，中央的增援已經到了那裡，他們將會持續回報地鼠的動態，立時更新我們的資料以便軍隊調動。」

「至於我們，以五十四集團軍為主力，部署在此區域以北十公里處。至於地鼠南側五百公尺處則是一片山地。我們只要等到下一步情報就可以擬定攻擊策略。」紀天華中將針對軍力部署做了簡單的總結。

蕭部長盯著用紅色圖釘所標示的「地鼠聚集區」，而亮點旁標示的地名是陝西省西安市以東三十五公里的驪山北麓。他疑惑的開口問：「地鼠行進了那麼多天，為什麼要突然停在那個地方？那地方有什麼特別的嗎？」

「就地理位置來看，那地方是著名的國家重要世界遺產，秦始皇陵。當然也非直接在上面，而是距離約半公里處的低地。」

「秦始皇陵？」蕭部長喃喃的重複了這幾個字，搖搖頭說：「我的天，那傢伙說的居然是真的，要是我早點重視……嗯，你剛才說就地理位置來看是秦始皇陵，那麼這地方還有什麼特別的嗎？」

「是的，這才是真正麻煩的地方，就幾天前科學院的報告……」紀參謀的口氣透出明顯的不安，「那地方正是那我們本來計畫挖掘地下不明物體的所在地。」

「什麼？」蕭部長臉色頓時一陣慘白，他緊握著雙手說：「我們現在已經對地鼠窮於應付了，不要再冒出一個更難搞的東西！那玩意兒現在狀況如何？有任何可能啟動的跡象嗎？」

「我不知道，」參謀憂心忡忡的說：「您也知道，自從……幾天前研究團隊被失控的地鼠殺光後，我們就缺乏這方面的專家。然而，就幾天前偵測的結果顯示，此次啟動地鼠的電磁脈衝正是從那裡傳來的。但根據最新的報告，它目前依然處於安定狀態，出了這麼大的事件後……我並不敢肯定。」

蕭部長聞言搖了搖頭，「真是場惡夢，我討厭這種情況，太多未知數了，好像事情會有意想不到的發展。我們軍中不是有許多科學家？所有測量儀器也都還在吧？」

「當然，只是少了科學院過去分析的數據，可能會花久一點的時間來探測。」

「快點趕出來，我們在一天之內就要發動攻擊了，不能容許這麼多未知數存在。」

「是，我在開會前和研究員談過，再過幾個小時就會有初步結果了。」

接著一名中校舉起手，「部長，我可以發問嗎？」

「當然可以。」

「我們所有的部隊都調動去對付地鼠，那西安外圍封鎖工事的駐紮部隊呢？」

「關於那部分，我們以一百名步兵為一單位，一共派了十七支小隊封鎖西安外圍的幹道。」

「才十七支小隊不會太少了嗎？」

蕭部長搖了搖頭，「我們現在需要用所有的軍力去對付地鼠，如果我們在那裡的戰事失利的話，也就無所謂勝敗了。」

陸軍上將吳柏勳開口問：「部長，您說過我們要在今天結束前將地鼠全數消滅，然而根據我們擬出的戰略計畫，我們必須要有戰機從空中支援空襲行動，但這支飛行中隊何時才會到呢？這關係著我們整個行動的成敗，中央的支援究竟還要多久才會到？」現場傳來一片贊同聲。

蕭部長皺起眉頭，看了看手錶說：「我在一個小時前和劉主席聯絡過了，他應該再過不久就會親自打來通知我們……」

這時一名傳令兵跑進帳棚，對所有軍官行一個俐落的軍禮，「報告長官，中央軍事委員會派人來了。」

蕭部長露出一抹微笑，「我就說吧。快讓他們進來。」

一名身著高階空軍少將軍服的人拿著一個公事包走了進來，他一看到蕭部長立刻行禮，大喊：「部長好！」

「很好，快把主席交代的事做一做吧。」

他從公事包拿出一台外殼印有中央軍事委員會徽章的銀色筆記型電腦，放在戰情室桌上，他對電腦下了幾道指令，然後將螢幕轉向蕭部長，「這台電腦經過特殊加密，可以和軍事委員會的中央電腦直接連線，外界絕對無法入侵或竊聽。主席正在司令部，想和您親自交談。」

蕭部長點了點頭，「開始吧。」

軍官把麥克風放到桌子正中央，然後按下按鍵。

當劉主席的面孔出現在畫面中央，蕭安國和所有軍官立即坐挺身子，齊聲說：「主席好。」

「我們直接進入正題，」劉遠山絲毫不浪費時間，面色嚴肅的說，「告訴我，現在進展如何？什麼時候要出擊？」

「我們已經擬好了攻擊計畫，只差空中支援的時間確定好就可以了。」

「委員會這裡已經和離你們最近的漢中空軍基地溝通過了，一支轟炸中隊已經在基地待命，隨時準備出發，只要你們一傳達指令，它們在十五分鐘內就會趕到現場。至於其他地面支援相信都已經到了。」

「沒錯，四十輛坦克、四台導彈發射車、兩千名特種部隊和各樣重型武器都已經到了。」蕭安國接著看向他左右的軍官，「那我們就照原先訂定的作戰方針，在明天下午三點展開作戰行動，有異議嗎？」現場一片沉默。

「那就是沒有了。」他做了這個愉快的總結。

「現在說說你們打算怎麼行動？」

上將吳柏勳開口說：「我們面對的是未知的武力，所做的每一步都需要有完整的配套與討論……」

「別和我廢話，直接講就好。」

「好的，我快速向您說明一下。我們目前由何將軍所帶領的先遣部隊已經包圍了地鼠的左右兩翼，主力五十四集團軍也已經部署在地鼠北側。由於那裡並不適合空中偵察，所以我們需要有地面人員導引戰機行動。此外，我們會先派遣地面攻擊部隊對地鼠進行攻堅，同時左右兩翼會有坦克掩護行動，盡可能在空中支援來到前就先消滅它們。假如失敗的話，人員便會投擲電磁定位系統—這是由於該區的能量出現異常，必須要用非常規定位系統—讓高空的戰機能夠定位瞄準投擲目標，並在戰機到來前撤到安全距離。」

「但我聽說地鼠有防護力場，戰機突破得了嗎？」劉主席皺眉問。

「根據科學院的報告，這個力場是由地鼠的核心『方舟反應爐』的能量所產生，報告內提到這個防護力場有一個承受的最高閾值，只要外部爆炸威力或瞬間攻擊動量突破力場所能負荷的能量，就能夠消滅掉他們。」

「謝謝將軍的報告。」劉主席對蕭安國說：「蕭部長，你還需不需要更多的軍力？我要確保這次行動萬無一失。」

「不用，這樣就夠了。但事實上，正如將軍所言，我們面對的是未知的武力，潛在的變數太多。」蕭安國對劉主席皺著眉說：「我想知道，我們這樣大動作調動軍隊和資金，難道黨內和國外都沒有聲音嗎？」

「自然是有的，但根據憲法，總書記有權在他自己認定的情況下，不經議會同意便發布緊急命令。我挪用了因應緊急狀況的三十億人民幣，我相信現在就是緊急狀況。」

「什麼？」蕭安國面色慘白，「主席，您現在宣布緊急狀況，底下暫時無法反對，但等到這件事過了，黨內一定會追究的。如此輕率……」

「蕭部長，我完全明白自己在做什麼。我能做到今天這個位置，憑藉的不是毫無手腕的經驗。沒錯，黨內和國外都有雜音，但此時此刻，你要做的是好好解決掉眼前這個難題。其他政治上的事，交給我來解決就好了。」

劉主席傾身靠近螢幕，「蕭部長，現在全國的安危就交到你手上了。我百分之百的信任你，我不會過問你的任何細節，只要你覺得是對的，就放手去做，明白嗎？」

「明白，謝謝主席。」

「最後一件事，蕭部長，你確定自己要親自在前方統籌這項行動嗎？中央軍委有人提議要你到最近的指揮司令部，較為安全。」

「不必，感謝主席，」蕭安國斷然說道：「這件事得我親自坐鎮，才能確保萬無一失。」

「很好，我會把談話內容告訴中央軍事委員會。現在，你們該休息了。切記，別讓我失望。」劉主席說完最後一句話螢幕便暗下來了。

軍委的少將上前將筆電闔起收進公事包內，然後抬頭面對蕭部長，「蕭部長，您和主席的會談就到此結束了。我要盡快回去中央，還有什麼事要我幫忙嗎？」

「沒有了，你可以離開了，我會派兩名中士護送你回去。」

「謝謝部長。祝你們行動順利。」少將行了一個俐落的軍禮，便轉身離開帳棚。

少將離開後，蕭安國目光轉回桌邊的眾人，「主席的話你們都聽到了吧？絕對不准失敗，還有問題嗎？」這時一名傳令兵忽然跑進來，對著紀天華參謀的耳邊說了些什麼話，參謀聽了臉色一變，然後點了點頭，示意士兵離開，「部長，會議結束後我要私下和你談談。」

「沒問題，」蕭安國眼神掃過所有軍官，再問了一遍，「還有任何問題嗎？很好，只要記得，明天的行動別出差錯。散會！」

所有軍官收拾桌面上的文件，紛紛向部長敬禮後離開，蕭安國對一名少校招招手說：「許少校，等等，我有話要先對你說。」

等帳棚中只剩蕭安國、參謀和少校後，蕭安國先對少校問：「我一天前要你安排直升機到舊指揮中心接我女兒和那外國人以及一些官員，你安排好了嗎？」

「都已經安排好了，下午五點，一架直升機會到舊指揮中心的停機坪接他們。」

蕭安國點點頭，「謝謝，現在請你迴避一下，我要和吳將軍討論事情。」

等到少校離開後，蕭安國面對參謀，眉頭深鎖開口：「你要告訴我什麼事？我看你聽到消息時的表情就知道出了大事。」

「是的，部長。關於地鼠所在位置下的那個不明物體，它的報告已經出來了。」

「如何?樂觀嗎?」

「正如您所擔心，科學家利用地下探測器偵測到，那個物體所傳出的已經不像當初一樣只是單純的回波了。他們用聲納儀器測到那裡發出了一個雖然不強，卻持續而穩定的訊號……」

「就像一台即將啟動的……無論它是什麼東西。」

「完全正確，」參謀神色陰鬱的望著部長，「您打算怎麼做?」

蕭安國低頭沉默不語，紀天華參謀也安靜的在一旁等待，不敢打斷他的思緒。過了好一會兒蕭安國才抬起頭來，表情陰沉卻眼神堅定的望向參謀，「我有個想法，但需要你的幫忙。」

「幫什麼忙?」

蕭安國深吸了一大口氣，「在明天攻擊行動結束後，我要空軍轟炸聯隊直接從上空投彈將那該死的東西給炸成碎片。」

參謀瞪大了眼睛驚駭的望著他，「你不能這樣做。」

「當然可以，你自己也聽到了，主席已經給了我最高權限，我可以任意調動國防軍力，並在行動後再告知。」

「這是一項極機密的行動，你這樣做一定會有人發現，這事需要從長計議……」

「我不想再等了!」蕭安國一拳捶在桌面上，「是你自己告訴我，那不明物體隨時可能會啟動，隨時!可能是十分鐘後，可能是一個月後，也可能是一年，甚至永遠都不會。但我不想國家存在這種未知的陰影!我不在乎有沒有人會看到，反正就是盡軍方一切能力，從上方一吋一吋的把它炸掉、轟下地獄!」

「委員會事後會究責，你會被革職。」

「讓他們來，反正要是我們失敗也就沒有委員會，我這位子也沒意義了。」

「那個位置深及一公里，就算用鑽地飛彈絕對無法攻擊到。」

「在行動開始前我已經命人在那個地方已經鑽了超深地下井，底下裝設了大量的炸藥，而且那處的地質能夠對地質進行結構性的破壞，再用大量的鑽地飛彈，一定有機會成功。」

「但是……」

「你到底要不要加入？」

參謀沉默了很久，然後搖了搖頭說：「天啊，部長，我當然要加入。只是這真的太瘋狂了。」

蕭安國露出滿意的微笑，「我們的生活本來就很瘋狂，多謝你了，我保證一定不會讓你被究責。」

「我並不在乎這個職位，只是，唉，好吧，沒問題，我會負責聯絡空軍基地。」

蕭安國感激的握了握他的手，「謝了。天華，明天見。」

「你也是，安國。」

33

中國・西安封鎖區　臨潼區驪山以北兩公里

「長官，目前一切順利。」中士放下手中的無線電向蕭安國報告前線戰況。

中午十二點整，由何恩律少將所率領的部隊離開地鼠聚集區旁五公里的營地。上千台裝甲車載著兩萬一千名士兵朝地鼠所在之處前進，並小心翼翼不被地鼠發現的情況下，在四周五百公尺處建起一道防禦工事。上百枝槍枝指著他們的獵物，靜靜的等待主力部隊和部長的命令。

而在地鼠聚集區北方十公里處，也於下午一點整，由國防部長蕭安國、吳柏勳陸軍上將和中央軍委副參謀紀天華副中將率領著中堅主力部隊五十四集團軍向地鼠聚集區進軍。

當中一共有四萬三千名部隊、四台導彈發射車和二十輛配備一百二十五毫米口徑滑膛炮的MBT-2000坦克，以及四台最新中國製的坦克型號ZTZ-99A2。它配備了各種最新的武力，包括反坦克導彈發射裝置、一百五十毫米滑膛炮、兩挺十三點七毫米機槍、指揮儀式火控系統以及熱成像儀，完全配得上排名世界第三的坦克型號。

這支堪稱中國精英部隊，在下午兩點十分和何恩律少將所率領的部隊會合，並在地鼠北方一公里處擺開陣勢。無數炮管對著一動也不動的地鼠，隨時準備在上級一聲命令下將它們轟成灰燼。

所有的士兵手中握著的槍械都改為四十毫米穿甲彈。而在第一線的士兵則手握盾牌，身穿全套的防護衣。後方的軍隊也個個戴著口罩，以防外星「病毒」入侵體內。

而此時在指揮車上，蕭安國已不像平日穿著輕便的襯衫。他身著綠色軍服，肩上別著只有在重要情況才會戴上的「一級上將」軍階肩章。他的右臂則配掛著黑色的「中央軍委副主席」臂章。而最讓他人注意到的改變，是他平日裡一派輕鬆的神情此時已不復見，取而代之的，是如同石像般無比堅毅的神情，眼中看不到絲毫的猶豫。

蕭安國聽了底下的報告，緊咬著下唇，嚴肅的望著自己的軍官們。陸軍上將吳柏勳顯得比平常更為緊張，他雙手手指不斷來回交握，全身肌肉緊繃的望著前線。而副參謀紀天華則眼神垂看地面，雙手無力的放在身體兩側。「我們籌劃了這麼久的戰略，國家存亡與否，就全看今天的了。吳將軍，何少將回報部隊已經布置完全了，那你呢？」

將軍發現部長和自己說話，連忙挺起身子，「報告長官，前線回報，我們的軍隊已經部署完成，兩個師團的部隊已經和何將軍的部隊在地鼠四周組成嚴密的監控防線。在北方，以坦克為核心，建起一條防禦工事，只等您一聲令下就可以出手了。」

「很好，陳中校？說說你的部分……」雖然蕭安國自己也在場，卻仍要屬下一一報告此時的情況。

等最後一名軍官報告完自己分隊的情形後，蕭安國點了點頭，「聽起來各位都充分了解此次行動了，現在是兩點四十分，再等幾分鐘我們就出手。」他拿起望遠鏡望著數公里外滿是地鼠的土地。只見在包圍核心外，上百枝沉穩的槍管正對著動也不動的敵人，視線所及，每個士兵臉部的肌肉都繃緊不已，一言不發的緊握槍枝。步槍在他們的手中，完全沒有一絲晃動。

在包圍核心內的地鼠則如同雕像一動也不動，似乎完全不將面前的大軍放在眼裡。它們在陽光下全身閃爍著耀眼的銀色，而它們機械式的雙眼和當初在大學裡剛浮出地面時一樣，是翡翠般的顏色，看起來完全不具攻擊性。但眾人並沒有忘記，它們的眼睛在那之後是如何轉為噬血的鮮紅。

蕭安國默默的看著它們好一會兒，喃喃的說：「從這角度看，他們還真有點像那什麼兵馬俑的。」他又沉默了一段時間，才放下手中的望遠鏡，轉而望向左右的軍官，「他們就這樣一直維持不動，這兩天都是這樣嗎？」

「是的，它們這幾天就完全如同您現在所看到的一樣，一動也不動，好像是停止運作了一樣。」

「他們絕不是停止運作，」蕭安國低聲說，接著他轉頭望向副參謀紀天華，只見他和自己一樣緊張，「參謀，空軍什麼時候會到？」

「我已經聯絡好漢中空軍基地了，在半小時前又確認過一次，他們將在三點二十分，也就是四十分鐘後進行空襲行動。」

「也就是說，我們有三十分鐘的時間可以試著消滅掉它們。」蕭安國盯著紀參謀的眼睛，低沉的開口：「我交代你做的事呢？」

「也已經安排好了，長官。」參謀的眼神極為不安，卻仍平靜的回應。

「很好。」蕭安國點了點頭。剛才這段對話，除了他們兩人以外，四周的軍官完全不明白所指為何。

蕭安國面向所有的軍官，挺直背脊高聲喊話：「同志們！我們今天所做的一切，不會有任何人知道。雖然沒有人知道你們對世界做出何等貢獻，但今天這一仗，卻是關係到我們的國家，甚至全人類的生命安全與和平，因此，我們絕不能失敗！明白嗎？」

現場傳來一片激昂的回應聲：「明白！長官！」

「很好！」他看了看時間，「從現在開始算，空軍將在四十分鐘後進行空襲行動，而在那之前，我們有半小時的時間可以消滅掉這些危害我們家園的生物，不論它們是什麼！還有任何問題嗎？」他最後一句輕聲的問身旁的軍官。

沒有人回應。

「很好！」他指向傳令官，「傳令部隊，開始攻擊！」

傳令官拿起無線電，大聲吼了一句。

下一秒，如雷的聲響搖撼整座寧靜的山脈。四面八方所有的炮管同時閃起一片火光，難以計數的子彈、炮彈同時射向不動如山的地鼠，期盼將這些外來入侵物給炸得粉碎。

無數顆子彈、滑膛炮、火箭炮、導彈幾乎同時射中目標物。毫無意外的，當子彈接近地鼠時，上百個地鼠所組成的巨大防護力場同時啟動。所有的炮彈如同當日在西北大學時一樣，宛若撞上一道無形的牆壁，幾乎呈現一個完美的弧形在空中炸開。巨大的爆炸聲震動了大地，即便是在一公里外的士兵都能感受到那股強大的震波。高達數十公尺的火球和黑煙籠罩了所有的地鼠，高熱的空氣也同時向周圍的士兵撲去。

就在軍隊攻擊的同時，被煙霧籠罩的地鼠也沒閒著。就在第一批炮火擊中力場的同時，地鼠的眼睛一致轉為血紅。上百道眩目的白熾閃電射向四面八方的軍隊，大多數的閃光擊中軍隊所建起的防禦障礙，但那些障礙多半一擊便化為灰燼。而躲在障礙後的軍隊只要被射中，連喊叫的時間都沒有，便直接瞬間汽化。

蕭安國在指揮戰車上瞇起眼睛，緊緊抿起嘴唇。他想，或許這些地鼠和當初在西北大學遇到時一樣難以對付，但和當日不同的是─此時我們是重兵在握。蕭安國搶下士兵手上的擴音器對四周部隊大吼：「不准停！繼續向它們開火！這力場再強也會有它的極限！」

在部長的命令之下，無數的子彈和火砲仍舊源源不絕往那團巨大的黑煙中射去。炮火爆炸聲一波接著一波傳來，一道道黑煙雲霧湧上天際，向四面八方捲去的火舌幾乎將空氣沸騰。儘管在這樣猛烈的攻勢下，「地鼠」依舊不露敗勢，屹立不搖的和軍隊交戰。

蕭安國看了看手錶，地面部隊已經攻擊了整整二十分鐘，而敵人仍舊不露敗像。依照計畫，接著就要交給空軍來處理，而在那之前，部隊必須撤離到安全的地方。他們此時只剩下最後一樣任務—引導戰機摧毀目標。

蕭部長拿起擴音器向軍隊後方大喊：「傳令下去！準備最後一波攻勢，將導彈車對準敵人，發射導彈！所有人找好掩護！」

後方四台導彈發射車同時啟動，車上電腦系統自動校準目標。就在眾人低頭尋找掩護的同時，二十枚短程飛彈以一點三馬赫高速射向地鼠，並毫無意外的正中目標。

一陣遠較先前更巨大的爆炸震動了地面，地表塵土瞬間四處飛揚，而中央地鼠聚集區似乎傳來一陣破裂聲，彷彿什麼東西在空中碎掉。一團黑色的蕈狀雲瞬間湧起。這高達數十公尺的巨大火球，讓所有士兵頓時陷入一陣短暫的視茫。當眾人恢復視力時，地鼠已經陷入重重的黑煙之中。

蕭安國挺起背脊，瞇起眼睛瞪著那團煙幕，似乎還無法從光芒中恢復，接著聽到身旁的人一陣歡呼。

「部長！您看！有幾個地鼠的防護力場被突破了！而那些地鼠已經被摧毀！現在他們可以被擊敗！我們要不要趁勝追擊？」

蕭安國想了一想，「不要。我們維持原訂計畫，發射定位系統，然後一切由空軍接手。我們不要貪功近利，錯過撤離時間。」

「是，」傳令官拿起擴音機大喊：「發射電磁導引炮彈！」

周圍八台裝載發射器的坦克，同時朝地鼠聚集區射出大量的電磁導引煙霧。綠色的煙霧在地鼠周圍升起，數十個電磁發報器滾入地鼠群中。

眼見任務已經達成了，長官連忙大聲呼喊：「撤退！」第一線的特戰部隊將手中的盾牌背到後面的鉤子上，隨即沒命的往防禦地點跑去。只見士兵在閃光爆炸中全力的奔跑，即便隊友在身旁被炸個粉碎也絲毫不停下腳步。

所有的車輛早已發動準備好了，吳將軍等最後一名士兵跳上運兵車，連忙大聲吼著說：「快走！快走！快走！」每輛車的駕駛踩足了油門，向三公里外早已搭好的撤離點駛去。

所有的部隊以極高的效率，只花了十分鐘就全數回到撤離區。而且傷亡人數看起來還不算多，想來此次是大有希望。

蕭安國拭了拭額頭上的汗水，轉向紀參謀，「還要多久才會到？」

參謀舉起一隻手，靜靜的聽著無線電的對話，「好的，謝謝。」他對蕭部長露出一個微笑，「再兩分鐘。」

蕭安國點了點頭，「想不到這些機器人的科技這麼先進，我們即便這次有了萬全的準備，距離超過一公里，還是折損了至少有一、兩千人，而且可能還無法擊敗他們。」

「您多慮了。這次空軍可是派出最新的『彩虹八〇五轟炸機』，再加上我們剛才已經突破幾個地鼠的防禦力場。證明他們是可以被擊敗的，那些地鼠一定會……」他的話突然被蕭安國打斷，只見蕭安國忽然一臉嚴肅的舉起手，示意他安靜。

「你聽到了嗎？」蕭安國指向地鼠集中區問。

參謀側耳傾聽了一會兒，除了士兵的喧囂聲以外，什麼都沒有聽到，他搖了搖頭，「我什麼都沒有聽到，還挺安靜的。」

「沒錯，」蕭安國喃喃的說，「就是太安靜了。」他轉向吳將軍，急切的問：「剛才我們回來的路上有沒有損失任何一輛軍車？有沒有任何敵人的攻擊？」

「好像沒有，」將軍摸了摸下巴，「剛才我們走得很急迫，沒有仔細注意。但我印象中似乎沒有受損的求救聲。」

蕭安國聞言臉色頓時變得慘白，他對身旁一名軍官說：「看看那些地鼠的動態。」

那軍官拿起望遠鏡看了看幾公里外的地鼠，此時那裡已經被巨量的綠色煙霧的包住，那軍官仔細看了好久才開口：「報告長官，真奇怪，那些地鼠完全動也不動，但它們的眼睛依舊是紅色的。」

「它們可能只是不想追上來攻擊而已，」參謀做了個猜測，「就像您當初在西北大學一樣，它們也沒有刻意追上來……」

「撤退。」

所有人都疑惑地看看對方，參謀遲疑的開口問：「抱歉，您說什麼……」

「我說撤退！你們這群白痴！」蕭安國忽然激動的大吼，嚇了所有人一大跳，「我們當初根本不該來的！立刻通令部隊，立刻撤退……」

他的話還沒有說完，便被一陣驚呼聲打斷。士兵們紛紛抬頭看向天空，有些人興奮的指著天空大喊：「空軍到了！」

在幾公里外的天空中，六架彩虹八〇五轟炸機，還有十四架護航的殲—20以一點五馬赫的超音速高速飛向機器人所在地，當戰機飛過士兵上空時，眾人連忙大喊：「快蹲下！」一百多枚枚飛彈投擲下，迅速的往地鼠集中區射去。所有人一齊蹲低身子，緊掩雙耳。

當飛彈擊中目標的剎那，整個地區發出一陣驚天動地的爆炸聲，整座營區彷彿被拋到空中數十公尺處，和這相比，剛才所有的爆炸都像小學生放鞭炮一樣微不足道。一道接著一道巨大火球爆起，滿地的塵土都被炸到上百公尺高，所有地鼠彷彿籠罩在沙塵暴中。整個地面搖晃不止。

即便在三、四公里外的指揮車上，蕭安國也同樣被震得倒地。所有的士兵都緊閉雙眼摀住耳朵，但即便如此，那如雷的爆炸聲依舊讓所有士兵的耳膜都感覺被震破了。當眾人終於勉強睜開眼睛時，只見地鼠的所在之處已經被數百公尺厚的沙塵給完全遮蓋住，連半分光芒都看不到。想來在剛才那驚天動地的爆炸中，即使是再強大的物體也必然被炸得灰飛湮滅。

眾人等了一會兒，然後一名拿著望遠鏡的士兵大喊：「各位！地鼠被摧毀了！只剩部分外觀也受了嚴重創傷！」

眾人高聲歡呼。

「部長！您看，我們終於消滅掉他們了！國家的威脅已經解除了！我們成功了！」一名軍官在旁興奮的大喊。就在這時，所有人忽然聽到一道極為低沉的聲響傳遍軍營，聲音雖不大，但地面卻開始搖晃。幾名軍官皺起眉頭說：「難道是飛彈攻擊還沒結束？」但往空中看去，戰機早已飛走，聲源卻不知來自何方。

「長官！您看那裡！」忽然一名軍官指著前方的地面對著蕭安國大聲說。眾人往他所指的方向看去，嚇得全身血液為之凍結。

只見在軍隊前方一公里處，面積廣達數平方公里的地面上，土壤開始翻騰，並緩緩的向上抬升。那片地面的中心正是地鼠的所在位置，如今已經隆起一堆高達數十公尺的小土丘。而那周圍的地面也跟著上升。本來低沉的聲音此時已經大到猶如剛才投擲飛彈般的如雷巨響。

眾人目瞪口呆的盯著眼前漸漸上升的地面，震驚了好久都說不出話來。紀參謀一臉驚駭的轉向蕭部長，結結巴巴的開口：「部……部長……您想……這會不會是……」

蕭安國也同樣一臉震驚的凝視著眼前的景象，顫抖著回應：「我想，可能太低估他們了。」

說時遲那時快，突然整片的地表被炸了開來。一道凌厲至極的氣旋席捲眾人，將整支軍隊推倒在地。隨後映入眼簾的是一整面高聳入雲的土牆向眾人飛砸而來，軍隊驚聲尖叫的拿起盾牌護住頭部。許多人被從天而降的石塊直接砸中，當場斃命。在指揮車上的蕭部長也被砸得全身瘀青流血。

蕭安國一點也不在意自己身上的傷，此時在他們面前的，是一個巨大、半徑長達兩公里、高達五百公尺的銀色巨型輪輻狀物體，正緩緩向空中浮起。包裹在上面的土壤在「它」升空時紛紛掉落下來，漸漸露出了它本來銀光閃耀的金屬表面。原來它已經在地底長眠了兩千年，被層層土壤礫石覆蓋遮掩，此時終於重見天日。

本來已經離開的戰機在這劇烈的爆炸後又從空中折返回來，它們以一千公里的時速自高空向這物體俯衝而來。準備消滅這新出現的敵人。

當戰機接近巨型結構體五公里遠時，星艦的周圍忽然射出千百道藍白色的光束。這光束與軍隊曾交手過的地鼠武力頗為相似，但它跟地鼠的電流不同。當它擊中目標時，戰機不是爆炸，而是直接化為一陣灰色的餘燼飄散在空中。

這道光束射出後，整個星艦上覆蓋的土礫頓時自上崩落，整片銀白的表面在陽光照射下璀璨奪目。若非知道這是個恐怖的威脅，底下的軍隊恐怕還會以讚嘆的眼光看著它。

在眾人驚駭的注視下，只見星艦底端本來平滑的表面凸起一道錐狀尖端，並漸漸發出發出強烈的光芒。在光芒不斷增強的背後，它內部的機器運轉聲也愈來愈大。

蕭安國見狀正要高喊撤退，那尖端忽然激射出一道和剛才一樣，只是直徑長達一百公尺的粗厚藍白光束。在影像尚未傳到眾人的眼中時，以光速擊中地面。

宛若核爆般的爆炸威力震動了整個世界。在光束擊中地面的剎那，附近的空氣在瞬間沸騰至十億度的高溫。在億兆瓦的能量驅使下，地面燃燒的塵土和沸騰的空氣以海嘯般的速度撲向四面八方的一切物質。所有接觸到的建築物瞬間化為飛灰，而較為前方的軍隊一碰上更是連痛苦都來不及感覺到就化為烈焰，後方的士兵看到這種狀況紛紛尖叫的向後奔逃。

在指揮車旁的數十名軍官都望著蕭部長的臉急切的說：「部長！我們快點撤退吧！」

「不用了，」蕭安國面無表情的望著那如野獸般撲天蓋地而來的沙塵烈燄，平靜的說：「我們哪兒也去不了。」

軍官們面面相覷，最後一致點了點頭，眼眶含淚的面對蕭安國立正，舉起右手對他敬禮。

蕭安國轉身對著車上正在錄影的鏡頭，俐落的行了最後一次的軍禮。

一億度的高熱氣體席捲而來，在他末梢神經尚未感到一絲痛苦的十億分之一秒內，將他全身的分子結構瞬間瓦解，化為一陣清風，消散在怒吼奔騰的烈燄之中。

34

中國・西安封鎖區　前臨時指揮中心

我本來覺得情況開始好轉了。

從西北大學逃回基地後，我和蕭璟在一名蕭部長手下的軍官楊勝少校的保護下，暫時待在一間辦公室內。由於事情發生後，內部情況緊張危險，他要求我們，除非他來，否則絕不能離開房間。為了確保這一點，他拿走鑰匙並把門反鎖起來。如此一來，不僅我們出不去，外面的人也進不來。除了他每天送來三餐以外，門一律是鎖起來的。

雖然我們被反鎖在房間內，但這兩天仍時常聽到門外爆發零星的衝突口角，顯然局勢緊張，軍心動搖。每天聽楊勝為我們帶來的消息，得知前線軍隊已經部署完成，不日便要反擊。聽起來動亂再過一陣子就會平息，因此，我也沒什麼太大的顧慮。

我們所待的這棟建築物本來就是西安市的政府中心，住的房間都是之前官員的辦公室。這間辦公室不知道是哪個官員的，官位可能還不小，內部大致上還不錯，除了書櫃檔案夾外，辦公桌前面有兩張沙發，我和蕭璟一人睡一張。櫃子中還有一台小冰箱，裡面放著一些汽水飲料。最好的是居然有一台iMac在辦公桌上，電腦裡的資料已被清空，網路也不能用，不過還是有不少遊戲存放在這台電腦中，看來這台電腦的主人可能平常無聊時都用這些打發時間。

這幾天，蕭璟的心情逐漸恢復平靜。而我也放心多了，我們聊起天來也更加舒服。關在這房間裡，除了電腦中的遊戲和播不出節目的電視外，整天閒得發慌。我們大多時間都在玩前一天抽屜中找到的撲克牌，不過兩個人能用撲克牌玩的遊戲並不多，玩了幾個小時後也不知道要玩什麼了。我們曾多次試著打開門，但楊勝每次離開都沒有忘記鎖門，因此無功而返。

今天整個上午，我和蕭璟打了十場雙人橋、破了快一百關的憤怒鳥，還聊了一個小時。到後來實在不知道要做些什麼，我們開始搜尋這間辦公室，看看還有什麼之前沒有發現的東西。

結果令人驚喜的是，我在辦公桌旁那本來以為是一道木板的牆後面，發現居然藏了一台冰箱。冰箱裡有一盤看起來放了幾天的鬆餅，不過好像還可以吃，可能是蕭安國調集部隊離開時，跟去的軍官把這盤食物忘在這裡，算起來可能不超過兩三天。我和蕭璟發現後興奮不已，想要試試看還能不能吃。

蕭璟說她知道怎麼用紅糖和香草調配糖漿。她搞了半天，我撥一小塊鬆餅試試味道，她滿心期待的看著我：「怎麼樣？」

我試了一口，結果差點把整塊鬆餅給吐了出來。那糖漿的味道好鹹，我差點罵出聲來，但看到她期盼的眼神，只好硬生生的擠出一個微笑說：「還不錯。」

「真的嗎？」她高興的說，似乎沒有注意到我緊繃的臉，「我好久沒做了，本來以為會很糟，我來吃一個看看。」還來不及阻止，她就拿了一塊鬆餅沾了糖漿往嘴裡送。

「我的天，這是什麼？」鬆餅一碰到舌頭，蕭璟頓時臉色大變，怒目轉向我，「倫尼，你不是說還不錯嗎？算了，你一定是安慰我的，那個香草一定有什麼問題。」

她把剛才用來調糖漿的香草倒一點在手上，嚐了一小口，突然笑得直打跌：「這東西原來是鹽巴，我一定和另一罐搞錯了。」

原來她只是把材料搞錯了，這才笑著說：「我就想說這味道怎麼這麼鹹，原來是把材料給弄反了。」

她瞪了我一眼，似乎怪我害她吃了一口噁心至極的東西，「既然知道了，那就再來一次吧。」

我幫她確認材料正確無誤後，便開始動手。這次味道就完全對了，嚐起來好吃極了。

我拿起一塊鬆餅放入口中，雖然已經有些冰涼了，但吃起來仍然不錯，我笑著對她說：「想不到妳還留有這一手，當初在救災時妳竟然瞞著大家。」

「那時又沒辦法做，」她聳了聳肩，「這是小時候媽媽常常做給我吃的。」

我注意到她提起自己過世的母親時神色有些黯然，便對這句話不予回應。我看了看牆上的時鐘，皺著眉說：「已經下午一點半了，楊少校怎麼還沒來？」

「可能在等訊息吧，」她皺起眉頭說道：「聽說今天下午就是軍隊和他們交戰的時刻。」

我知道她在擔心蕭安國的安危，只是點了點頭，「希望楊少校能盡快帶回好消息，願蕭部長一切平安。」

話才剛說出口，辦公室的門忽然打了開來，只見楊勝滿頭大汗，神色嚴肅，我和蕭璟立時站起來，「怎麼樣？有什麼新消息？」

「喔，沒什麼，就是軍隊再過半小時就要攻擊了，目前情勢還算穩定……」

「我爸爸呢？」蕭璟關切的問。

「蕭部長目前安然無恙。他此時正在前線指揮作戰，再過不久就會有消息了，你們不必擔心。我過來是要告訴你們，今天下午四、五點左右，蕭部長安排了一架直升機載你們撤退。除了你們之外，還有幾名官員也會一起撤退。」

「直升機會載我們到哪裡？」我皺著眉問。

「一個安全的地方，」他以深不可測的口吻回答，「總之，再過不久就要離開了，我現在要去忙些事情，今天午餐沒辦法送來，你們就忍一餐吧。」接著他看到我們桌上放的吃了一半的鬆餅烤盤，疑惑的問：「那是哪裡來的？」

「我們從冰箱中找來的，你要吃一塊嗎？」

「好啊，多謝了，」他拿了一塊鬆餅放到口中，「好啦，你們先打包一下，等到下午四點半我再來找你們。我要去看戰況如何了。」他說完最後一句話，便踏出門外離開。

楊勝一離開後，我轉向蕭璟，看她眉頭深鎖，似乎大為憂心，我安慰她說：「蕭部長有大批部隊跟隨，還有中央當他的後盾，你不用擔心。」

「嗯，」她點了點頭，將頭髮一揚笑著說：「你說的對，先把這些鬆餅吃完再說，你說我們有什麼東西需要打包？」

我們又吃了十分鐘，兩人沒說什麼話。蕭璟雖然表現得一派輕鬆，但桌前氣氛卻不如當初自在了。我自己也十分擔心，那日在西北大學時的景象猶在眼前，面對這些未知的武力，當真是勝敗難料。

就在我吞下最後一塊鬆餅時，地面忽然傳來一陣晃動，接著是一道道爆炸聲。桌子上的盤子被震得微微晃動，我將視線轉向蕭璟，只見她也正望著我，我知道我們心裡想的是同一件事。「終於開始了。」

我們這間辦公室的窗戶面對西邊，因此我們看不見外面的戰況到底進行的如何了，只聽見門外不斷傳來驚呼聲和奔跑聲。與之同時，爆炸聲也接連不斷的傳來，而且一道比一道還要大，即便在數公里外，炮火和閃電爆炸聲仍清晰無比。天花板上的灰塵因著震動不斷地掉落下來，我們完全沒有餘暇去注意這個，只是聚精會神的瞪視著門，希望能透視，看個仔細。

過了差不多三十分鐘，爆炸聲忽然停了下來，沉默了整整五分鐘卻完全沒有半分聲響，就連門外吵雜的人此時也安靜下來。蕭璟夾雜著高興與懷疑的口氣問：「難道已經結束了嗎？」

她才剛說完這句話，窗外忽然傳來一陣劃過天際的尖銳聲響。我望向窗外，驚喜的說：「你看，有十幾架戰機往這飛來了！」

她順著我的視線看出去，只見六架彩虹轟炸機和十餘架護航的戰機距地面不到兩公里處飛行，在空中距離我們大約五公里遠的地方迅速接近，就在它們靠近時似乎在機腹的地方伸出什麼像大炮飛彈的東西，還沒看清楚，戰機就在外頭一陣驚呼聲中飛過屋頂。

在戰機飛過的五秒後，我忽然想到什麼連忙開口：「快摀住耳朵。」

「什麼？」蕭璟不解的看向我。

「那些戰機……」

說時遲那時快，一道巨大的爆炸聲響頓時如颶風般席捲而來，尖銳的爆炸聲響幾乎要把耳膜給撕裂。此時不用我提醒，我們早就摀著耳朵縮成一團。地面在爆炸聲中搖晃不已。然而這爆炸來得快，去得也快，過了半分鐘震動就平息了，只剩下我耳中的耳鳴聲嗡嗡不止。

蕭璟放下摀住耳朵的手，期盼的看著我，「看來是結束了？」

我心中也想著同樣的問題。就這樣？這些擾動我兩週，弄得整個中國政府大動干戈的外星機器人就這樣被消滅掉了？就這樣被一些炸彈武力給毀了？所有問題都解決了？

我還在疑惑時，忽然聽到一道極為低沉的聲響傳來。聲音不大，地面卻隱隱搖晃，而且晃動逐漸增強，比適才爆炸還要厲害。

我腦中忽然傳來一陣尖銳可怕的刺痛，感覺腹中的內臟幾乎都翻騰了起來，這樣的痛楚遠比我在西北大學時所經歷的要強上萬倍。眼前只覺得有一道愈來愈強的白光，幾乎要把我的眼睛給刺瞎，那痛楚深入我的腦海深處，我幾乎要尖叫出來，聲音卻鎖在喉嚨中發不出來……

蕭璟臉色慘白的望向我：「倫尼？你怎麼了？還好吧？」

我睜開眼勉強回應她，「我……」

這時門外傳來眾人宛若發瘋般的吼叫聲，走廊上全是人群的跑步尖叫聲，顯然發生了巨大的變故。

我奮力站了起來，直接往門外衝去。蕭璟在背後驚訝的說：「你……」我本來只是一時衝動，哪知門居然沒鎖，我們毫不遲疑，立刻跟著人潮向陽台窗戶湧去。

上百人擠在一面巨大的落地窗前，每個人臉上都刻著無比的驚懼。所有人不斷推擠、拉開前面的人想搶到前面去看，爆發陣陣衝突。我在人潮中奮力的向窗邊擠去，差點被絆倒，還被一個身材圓胖的中年男人撞得差點暈過去。我費了九牛二虎之力終於擠到窗前。

我往窗外一看，簡直不敢相信自己的眼睛。在數十公里外，似乎有一團巨大的土壤往空中升去，而在那團土中有道道銀光閃出。我看了震驚不已，正打算要再看個仔細，忽然一隻強而有力的手把我拉出人群。我回頭一看，楊勝正一臉怒容的一手抓著我，另一手抓著蕭璟。

他一路上一言不發，用力的把我們拖回本來的房間。他臉色慘白的對我們大吼：「不准再出來！」

「那到底是什麼東西？到底是發生什麼事了？」我大聲的向楊勝咆哮。

他一臉驚恐的望著我，語氣轉為驚疑：「我……我不知道……總之，你們在這裡好好等著，絕不准再出來！他媽的，我居然會忘了鎖門！等我回來會告訴你們！」他不給我們任何回應的機會，用力的甩上門。

房內只剩下我和蕭璟二人，我看著她。她一臉驚懼慘白的盯著楊勝離開的大門，我開口想要說些什麼，但嘴巴張開來卻又說不出半句話，那瞬間一瞥的影像深深烙印在我的腦海中，我看到的是真的嗎？我心想也許是時間太短還來不及看清楚？然而，內心深處我卻知道，看到的都是真的，是真真實實的存在。

我拉著她的手一起並肩坐在沙發上，這是我這輩子最難熬的二十分鐘，每一秒都猶如一年那麼長。在我身旁的蕭璟全身顫抖不已，我摟著她的肩，沉默的坐著，靜靜的等待。

一切都在等待。

彷彿過了十億年之久，門打開了。楊勝搖搖晃晃的走了進來，他臉上的表情說明了一切。

蕭璟顫抖的開口：「我爸爸……」

楊勝盯著她看了一會兒，又看了我一眼，然後眼下垂，以低沉徐緩的語調說：「軍方垮了，國防部長死了，我們輸了。」

35

接下來的兩個小時，整個基地猶如死城一般。

楊勝為我們帶來噩耗後，便低頭沉默的離去，連門都忘了鎖上，便任由它大開著。

而我本來以為蕭璟聽到後會嚎啕大哭，但她只是低著頭沉默的坐在椅子上，一頭長髮蓋住她的臉龐，她的肩膀顫抖不止，默默的哭泣。我想到幾天前我們從西北大學來到這裡的路上，她也是這樣別開臉獨自承受，這次情況猶勝當日百倍，她與世上唯一的親人此時已天人永隔。想到這幾日她好不容易恢復的情緒，如今卻又要從頭來過。

事情發生後我也難受不已，我留蕭璟一個人在辦公室內沉澱情緒，自己到外面走動散心。從窗戶看出去，四十公里外那片本來駐紮的上萬軍隊的地面，如今方圓十公里內已化為焦土。在那片焦土之上，有一台閃爍著銀光的巨大物體懸掛在數公里的高空。此時的它只是靜靜的懸浮在那兒，不知道何時才會有下一步的動作。

這是我一直在幻覺中所看到的地下不明物體，我知道，那其中必然有一個巨大的暗室空間—那個一面閃著紅光的螢幕、一處藏著未知恐懼的艙房……

說也奇怪，我本來以為看到這幕可怕的景象在眼前真實上映，必然會嚇得渾身發顫，然而，此時我凝視著它，心中居然沒有絲毫恐懼，我心中感到的，只有一抹哀傷和悔恨。我明明事先都已經看到它，我什麼都沒有做。蕭安國如此看重我的情報，我能給他的，卻只是將他推進一個死亡的陷阱之中。

此時焦土上已經毫無任何可見的物質，全都在那驚天震地的爆炸之中化為灰燼，我凝望著焦土上被微風微微揚起的塵土，心想不知道有多少人正混雜其中，當他們眼望火焰熱氣席捲而來時，心中到底在想些什麼呢？是「我是軍人，要勇敢無懼的面對死亡！」還是「天啊！我要死了！」抑或者連思考都來不及，便毫無痛苦的蒸發消失了？

我心中轉著這些念頭，愈想心裡愈痛苦，於是我離開窗前，在走廊上漫無目的走著。

走廊上的氣氛宛若空氣被抽光一般，四處可見官員失魂落魄的晃來晃去，每個人臉上都帶著難以置信的恐慌與哀傷，經過身邊時都只低垂著頭默默走過。角落中有些人臉色悲傷的聚集在一起低聲談話，也有人神色惶恐的瑟縮起來。有些人神情激憤的聚在一起，似乎在商議些什麼事，當他們看到我走過去時，每個人都停下來怒目瞪視著我，好像事情都是因我而起。我漫不在意的快步走過，如果他們真的這樣想，那我也不怪他們，因為連我也是這樣質疑我自己。

我四下亂晃的走了約一個多小時，突然發現了一扇門。門上本來的牌子已經被換掉，改成「部長專用，請勿擅入」。我想這顯然就是蕭安國這幾天一直在用的辦公室，如今卻再也用不到了。想到這，我搖了搖頭，打算繼續往前走。

可是不知道為什麼，一股強烈的慾望驅使我打開門走進去瞧瞧，或許是希望能看看他生前留下的什麼東西來稍微撫慰我心中的愧咎吧。我旋開門把，走了進去。

辦公室內的所有東西擺飾似乎都沒有被動過，辦公桌上散布著一些紙張文件，幾枝沒有蓋上筆蓋的原子筆還放在文件上，可能原本是要等回來後再繼續批改的。

我在辦公室內四處看看。書櫃上除了文件資料外，還放了一套金庸所著的《射雕英雄傳》和一套托爾金所著的《魔戒三部曲》原文書，還有一本喬治．歐威爾所著的《一九八四》。看來蕭安國雖然是來這出任務的，可是仍帶了些小說來解悶。

我拿起其中一本《王者再臨》，隨手翻了一頁閱讀，「……索倫的怒火驟然暴升，但恐懼也如同致命的黑煙一般令他窒息，因為，他知道現在他命懸一線、權傾天下的國度可能在瞬間土崩瓦解……」

我從小便看過這套書籍，知道這段是描述主角佛羅多在末日火山時，抗拒不了誘惑而戴上魔戒。之後被黑暗魔君索倫發覺到他的存在，並傾全力阻止他摧毀魔戒，最後索倫的黑暗國度終被英勇的哈比人所擊敗。

我將書闔上放回櫃子，緩步繞到蕭安國的辦公桌後。桌上除了一進門便看到的文件外，發現桌上一台電腦，我雖然對電腦不熟悉，但也覺得這台電腦看起來很先進。電腦此時的螢幕黑暗，主機開關卻仍發出藍色光芒，看起來正在待機，可能是離開時來不及關機吧。我不知道為什麼按下鍵盤，螢幕立刻亮起，中間閃爍著一行字「重新登入請輸入密碼」，我當下想都沒想就輸入蕭璟的生日。

令人意外的是，電腦居然真的解鎖了。一個藍色的圓圈在螢幕中央轉了轉，接著便跳出蕭安國上次打的文件，我彎下腰來看，發現這是一封在他準備出發前往西北大學時打給中央的信件，上面說著西北大學廢墟內有嶄新的發現，要立即前往，然而他還沒打完就離開了。我關掉這封信件，這才發現在信件下方開著一個他當時正在看的檔案，檔案名稱叫做「極機密—地鼠計畫」。

我知道軍中人員都稱那些外星機器人叫做「地鼠」，好奇心作祟，點進去看了看，但裡面的資料實在太多了，一時不知道從何看起，我便從時間標註最早的開始看。

看了好幾份文件下來，發現這檔案是關於這次西安封鎖計畫的資料。除了研究報告外，大多是相關研究人員的信件來往，內容大致都是關於機器人的研究進度和搜尋行動的進展。有許多我看不懂的專有名詞和代號在其中，包括方舟反應、元素光譜、電子組態……等。其實我心情鬱悶，也沒當真仔細去看，只是大略掃過，直到發現一篇主旨標明「地下不明物體」的相關信件，是由一名名叫黃菘的研究員所寫，我好奇的點了開來：

由地質研究團隊在西安封鎖區地下發現的不明物體，我們目前對此結構體的了解已經有較大的進展。據初始了解，此不明物體坐落在西安下一公里處的地底，我們運用陸地SONAR（聲納系統），探得此物體為約半徑二公里、厚度五百公尺的巨大結構體。根據此物體所在深度，以現在狀況可能要半年以上才挖掘得到，希望中央能派遣更多機具支援。

日前我們藉由此結構體所反射的各種波，對該波段所反射的頻率、波長、強度判斷，此結構主體是由一種稱為「鉉」的元素所組成，由此可判斷這的確是外星文明所遺留下的機器或是建築，目前對於其內部並沒有更深入的了解。

令我們困惑的是，系統在探測回波的同時，發現不時接收到些微微弱的震動。而此震動似乎並非回波，而是由那不明物體所發出，我們不排除它尚在運轉的可能性，現已提交報告給中央。

原來中央早就發現那地下不明物體仍在運轉，卻仍舊執意要在西安執行攻擊行動。我看了氣得咬牙切齒，但怒氣只維持不到一秒就轉為悲傷。我搖了搖頭，關上這則信件，繼續瀏覽其他的文件，然而我此時已經沒什麼心情再看下去，所有檔案都只是大略看過，沒有一則看超過十秒鐘，其實許多檔案都是成堆的圖表、數字，也沒什麼好看的。

就在我要關上電腦時，有一則備忘錄吸引了我的注意。這備忘錄標明「非計畫人士，倫納德，地鼠計畫」。

倫納德？我想那該不會是我吧？我趕緊點開備忘錄：

吳希衡總理：

軍隊今天在封鎖西安的行動中，我意外發現一名英國人，他聲稱自己正就讀這裡的大學。而在對談中，他無意間提到此次行動的相關資訊。不知他是如何得知此次行動內容，奇怪的是，他居然比我們還早五天便知道這事件，我懷疑他可能是外國派來的情報人員。詳情我會再仔細調查。

——國防部長

蕭安國部長：

你所告知的訊息，我已經轉達給劉遠山主席。主席對此事極為看重，因為這消息我們是澈底保密，絕不可能走漏，主席要求你必要將這事調查得水落石出。另外，主席說你可以行使任何手段來取得他如何得知行動的資訊，必要時可以滅口（看到這，我冒出一身冷汗）。然而，此事不能讓我和主席外的其他人知道。希望您盡快取得資訊並回報中央。

——總理

吳希衡總理：

根據我和那英國人（名叫倫納德．馬修斯，簡稱為倫尼，後都以此稱呼）的談話中，他表示自己是在地震發生當日，在西北大學內不知遭到什麼意外而得知此次行動資訊，然而他自己卻不記得經過。我從軍中找來一名心理專家周莉玲女士來協助他恢復記憶，（我並未透露關於行動的任何資訊給他）。結果發現倫尼是在當日接觸到大學內電腦，可能因為當日那股電波而意外使資訊進到腦中，這些資訊會不時化為影像脫口而出，詳情我給你當日倫尼和周女士的對話影帶，檔案附在下面。

——國防部長

蕭安國部長：

我已經看過您寄來的影片了，那些資訊是如何經由電波轉入他的腦中，至今仍是個謎，主席希望你能不惜一切手段盡快取得，或許對我們計畫會大有幫助。

——總理

看完這串對話，我楞楞地站在電腦前。想不到原來中國中央已經注意到我了，而且還希望能從我腦中取得那些資訊。我不禁嘆了口氣，中國政府費了大壓力氣，要是我真能解開那些幻象，今日就不會面臨如此棘手的情況，上萬名軍人也不會死於非命。而蕭安國此時也就可以坐在這張椅子上，和蕭璟聊天……

我盯著螢幕發呆了好一會兒，眼神雖然是望著螢幕，心思卻完全沒放在上面，只是不斷沉浸在思緒中懊悔。若非突如其來的巨響，我可能會在那坐上一整天。
蕭安國辦公室的門突然被撞了開來，我嚇得抬起頭來，看到楊勝滿身大汗，一臉驚恐的衝了進來。我被他驚慌的眼神給嚇到，連忙開口：「發生什麼事了？」
他瞪著我看了好一會兒，眼神充滿了驚恐與慌亂。
「暴動開始了。」

36

當我們衝出去時，場面已經完全失控了。
楊勝抓著我衝出門外時，吼叫聲遍滿整棟建築。走廊上一大群人尖叫大吼的四處逃竄，地板被腳步給踏得震動不止。每個人朝不同的方向跑，結果全都撞成一團。
在後方樓梯井的下方傳來陣陣巨大的吶喊聲，叛變的士兵、軍官都拚了命要衝上來，樓梯井上方有兩名身穿黑衣的士兵握著步槍朝下面開槍，試圖阻止叛軍衝上來。然而底下爆出震耳欲聾槍響，那兩名士兵被擊中後，向前翻下欄杆，掉到樓梯井下面，被前仆後繼的人潮給踩踏消失。
那群士兵衝上來後，我背後本來向樓梯逃去的人們，又慌亂的轉身往我們這方向逃命。我回頭一看，那些士兵的臉孔像是發瘋了一樣，每個人殺氣騰騰、雙眼布滿血絲，對著眼前所看到的目標開槍。慘叫聲音不絕於耳，我看傻了眼，一時杵在原地動彈不得。
楊勝轉頭發現我呆站著不動，氣得用力一扯我的手臂，怒吼：「快走啊！」聽到他的提醒，我才回過神來，跟著他全力逃跑。
我喘著氣問：「我們要去哪？」

「直升機已經到了！我們去找蕭璟，然後趕快撤退！」

「那群士兵是怎麼一回事？為什麼每個人都像發瘋一樣？」

「誰知道這群瘋子在想什麼？軍方潰散後，本來西安的封鎖線已經被地鼠給占據了，一群沒死的烏合之眾聚在一起，要把這裡所有人殺光，來搶僅存的資源。」

「那麼……」

「小心！」

楊勝抓著我閃過向我揮來的拳頭。我們擠過一群擋在走廊上的人，費了一點功夫才回到了我們這幾天住的房間，楊勝用力甩開大門進去。

一進去便看見蕭璟早就準備好了，她背著一個背包端坐在椅子上。她一看到我們進來立刻站起身問：「發生什麼事了？」

「發生暴動了，快走吧，直升機已經到了。」楊勝毫不廢話的說。

蕭璟點了點頭，丟給我一個背包，「接住！」我楞了一下，不知道這是什麼，但沒有時間細問。我接過後便背到肩上，對楊勝點了點頭。

我們三個一踏出房間，就發現剛才那群士兵已經靠近我們不到十公尺了，如果沒有中間一大群人擋著，只怕已經被殺了。

這時聽到背後一個人大吼：「抓住那三個人！」

楊勝臉色一沉，大叫：「快跑！」我們全力往通往屋頂的樓梯跑去，跑到一半，有一名面目猙獰的男人抓住我的手臂，楊勝一拳把他打倒，我們好像剛才什麼事都沒發生一樣，繼續往前衝去。

才跑了一會兒，又有一個滿臉惶恐的士兵跑到我們前面，對楊勝急著說：「少校！看到你真好！發生什麼事了？你要去哪？」

我正想著怎麼能告訴他去哪，楊勝腳步絲毫未歇，指著後面說：「就是一群混帳王八蛋叛兵！你快躲回去，別被他們發現。」那個人一聽趕忙隨便拉開一扇門躲了進去。

在楊勝的帶領下，我們全程沒有停下半步，花了兩分鐘衝到樓梯下。我們稍微靠著牆喘口氣，楊勝指著樓梯上：「往上是屋頂，有一扇鐵門，直升機已經在上面了，快上去！」

這時有數十名士兵從一道轉角衝出，指著我們大吼：「別讓他們跑了！」

「衝！」楊勝把我們往前用力一推。我們雖然已經疲憊不堪，可士兵緊追在後，我們只好擠出全身僅存不多的力氣，奮力往屋頂衝去。士兵們低吼一聲，立刻追了上來。

就在我們跑到距離鐵門不到一步時，蕭璟被一名士兵抓住頭髮，用力往下扯，蕭璟尖叫的向後倒下。

楊勝低吼一聲，拉住蕭璟的肩膀，用力將她往上拉，我立刻伸手拉住她不讓她倒下，楊勝隨即雙手用力撐住兩側牆面，兩腳併攏向下踢去，同時大吼：「把鐵門打開！直升機已經在等了！」他用力將兩腳往最靠近的士兵胸口踢過去，那士兵咒罵一聲便往後倒，和一整排士兵一起摔到樓梯下方。

趁士兵們手腳纏在一起摔倒在地，我連忙把鐵門打開，衝上屋頂。

一上屋頂就見到一架黑色的直升機停在距離差不多三十公尺處，上面已經乘坐了幾十個人。一名手握步槍的軍官蹲在直升機旁，一看到我們跑上來，急忙伸出手對我們說：「快點！就差你們幾個了！」

樓梯下面的士兵此時已經站了起來，大吼：「別讓那群狗官給跑了！」我立刻甩上鐵門，從旁邊拿了一根鐵棍堵住門口。楊勝此時已經往前跑了幾步，回過頭對我大叫：「快來！別管門了！」

我和蕭璟兩人並肩朝直升機奔去，在我們背後不斷傳來撞擊鐵門和開槍的聲音。門後方的士兵們不時吼叫：「快點撞開！別讓那群王八蛋官員給逃了！」

我一面跑一面觀察建築物外面的情況，只見成群的士兵好似從各處集結而來，顯然他們是當初沒被派去對抗外星機器人的士兵。他們許多人指著屋頂大吼：「快點！快點！」

我們跑到距離直升機不到五公尺時，直升機上那名持槍的軍官對我伸長了手。就在我也向他伸出手的那一刻，背後的鐵門發出一陣震耳欲聾的爆炸聲。我回過頭看到一名士兵拿槍對著我們。

我當下想都來不及想，連忙伸出兩手抱住蕭璟，往旁邊的地面撲去。

就在那一瞬間，槍口閃過一陣火光。我可以感覺到子彈劃過我的衣領邊緣，有幾滴鮮血濺到我臉上，接著我便和蕭璟一起跌到地上。

我以為自己中彈了，結果一睜開眼睛，看到楊勝睜大了雙眼，那被子彈貫穿的喉嚨湧出鮮血。他張大了口向前仆倒，就倒在我身旁兩公尺處。

楊勝這幾天來照顧我們的衣食安全，又屢次不顧性命的擋開我們的敵人，此時看到他倒在我面前，心中感到很痛苦。只是後方敵人已經追近，當下也顧不得他。我和蕭璟小心爬到一旁的地面上，然而這裡地面空曠，完全沒有遮蔽物，根本不可能躲過任何一槍。

不過那些士兵似乎對我們沒有興趣，他們所有的注意力都擺在眼前的直升機上，發瘋似的指著直升機上的人大吼：「別讓那群王八蛋跑了！」

直升機上持槍的人看到大批士兵逼近，也顧不得我們。駕駛握住操縱桿，要將直升機從屋頂上駛離。底下的士兵紛紛全力往直升機衝去，上頭持槍的護衛立刻對著下面的士兵開火，企圖阻擋他們。可是底下的士兵像發了狠似的，全部捨生忘死的衝了去。數十名士兵舉槍對著直升機開火，上面的護衛中彈隨即翻落掉下。

這時樓梯下又有好幾名士兵跑來，他們一看到直升機準備起飛，都立刻拿出步槍對著機身掃射。擊中機身的子彈幾乎全部彈開，不過仍有幾顆子彈擊中機上的官員，在一陣驚慌之中，駕駛將直升機飛離屋頂，準備掉頭離開。

底下的士兵看到直升機就要駛離，站在屋簷的幾名士兵立刻奮力一跳，抓住機側的外緣。直升機立時往一邊傾斜，機上的駕駛急得大聲吼叫，企圖甩掉機側的不速之客。然而底下只有愈來愈多人攀住外緣。

直升機此時已經飛出屋頂外，下面掛著數十名士兵盪來盪去，好像一群猴子掛在樹上盪鞦韆，若非情況危機，我可能差點要笑了出來。

直升機的機身被士兵拉著側向一邊，在空中不斷轉圈亂飛，似乎隨時會掉落墜機。屋頂上的一群士兵對著它瘋狂開槍，結果反而擊中抓住直升機自己人的手掌，一整串人在尖叫聲中自高空跌落。機上駕駛抓緊機會趕緊飛離這恐怖地方。

底下的士兵看到直升機要飛走了，氣得跳腳大罵。我想到直升機既然已經飛走了，我們恐怕也別想離開這鬼地方。正在哀怨時，突然瞥了樓梯口一眼，發現已經沒有半個士兵跑上來了，此時所有人的注意力都放在直升機上。我心想：機不可失。

37

整群的士兵在屋頂上站成一列拿著槍對著逐漸飛遠的直升機開火，我拉拉蕭璟的手對她使了個眼神，對門口點了點頭。她整張臉沾滿了灰塵，一雙眼睛顯得格外明亮，她順著我的眼神看過去，雖然一臉驚懼，卻仍對我點了點頭。

我拉著她的手小心翼翼的站了起來，盡量不發出聲音，其實現在四下都是喊叫槍聲，這樣實在是多餘的，只是當下沒有想到而已。我們快步跑向門口，好在沒有半個人注意到我們。但當我關起門來的那刻，有一名士兵剛好回過頭來看到了我，他張開了嘴正要說些什麼，不過我還沒聽到門就關起來了。

我們好不容易逃出被瘋子占據的屋頂，立刻衝下樓。雖然剛才已經耗盡所有的力氣，然而此時危難當頭，只能全力逃跑。

當我們跑到樓梯底端時，蕭璟忽然拉著我閃到一面牆後，那時我正全力衝刺，這麼一拉，我差點仰跌下去，回過頭問她：「怎麼了？」

她把食指放在唇上，「安靜！」

她剛說完這句話，立刻就有三名士兵跑出轉角，大聲叫嚷著：「不知道直升機飛了沒，那群官員居然想自己活命，真不要臉！趕快上去！」接著便快步衝上階梯。

我對蕭璟點了點頭，幸好有她提醒我，不然被這三個士兵撞個正著，性命也就此斷送。我小心的把頭探出轉角看了看外面，發現已經沒有士兵再往這跑來，對蕭璟招招手，「沒有人了，快走！」

我們一路上快步跑過，一聽到有聲音便隨便找扇門躲進去，等到外面的人跑了再出來，大部分都是到處亂跑的官員，不過仍有幾次是遇上暴動的士兵。這樣走走停停了大約兩分鐘左右，又聽到幾句咆哮聲從前面傳來。我趕緊打開一扇清潔工具間的門，和蕭璟躲了進去。我們才剛關上門幾秒後，就聽到外面那些人正好在門外停下腳步。他們好像在爭論些什麼，我們在裡面小心的挪動身子，不發出半點聲音。

「你說直升機已經飛走了？」

「聽外面的人說他們看到直升機已經從屋頂飛走了，我們也搶不到了。」

「該死！現在離開西安的所有道路都已經被那些外星機器人給占據了，那現在我們要怎麼離開？」

「看來只能用這僅存的資源在這想辦法過下去……」

外面的人沉默了好一會兒，突然一個人一拳搥在我們躲藏的門上，嚇了我們一大跳，「他媽的！那個外國人也不知道是什麼東西，居然也讓他給逃了出去。他什麼官員都不是，到底憑什麼，命可以比我們值錢？」

我和蕭璟互看對方一眼。

「那男的外國佬好像知道什麼內情，這次的行動傳言好像就是根據他的話而展開的……哼！結果搞得全軍覆沒，他們還不把他給殺了！我剛才去他們這幾天住的房間，發現他早就跑了！」

「和那小子在一起的還有一個女孩，好像是部長的女兒。我只是靠近她幾步，這條左手臂就被那兩個特勤給扭斷了，還被關了起來……哼，現在部長死了，下次再讓我看到她，一定要報這個仇！」我和蕭璟互看一眼，不禁慶幸在幾分鐘前就逃走了，不然給這群瘋子撞上，哪還有命在？

「不管怎麼樣，他們已經跑了，我們就快走吧！別讓好處都給前面那群士兵搶去。」

他們又講了幾句話，正要離開，蕭璟的手突然撞到一根掃把，掃把撞到牆上發出輕微的聲響，她瞪大了眼睛看著我，用嘴型說：「說不定他們沒有聽到。」

她剛說完外面就有人問說：「什麼聲音？」

「好像是從掃具間裡面傳出來的。」

「會不會是老鼠？」

「打開來看看！說不定是有人躲在裡面！」說完便握住把手要開門。

我本來已經準備好等外面的人一開門就撲上去打倒他。然而就算如此也不可能逃得出去，想到這裡，我臉色不禁黯淡下來。

當他正要旋開把手，門外忽然又傳來一陣腳步聲，「你們聽說了嗎？他們抓到那個洪上校了！」

「真的？」那個人放開門把，「那個混蛋，原來他還沒走！」

「說不定他知道逃離這裡的方法，所以才沒有離開。」

「我們趕快過去，別讓其他人先得到好處，就把我們給忘了。」當下他們不管我們，立刻快步跑開。

聽他們的腳步聲漸漸遠離，我鬆了一大口氣。但怕他們還沒有完全離開，又等了幾一分鐘，直到再也沒有聽到他們的聲音。我拉拉蕭璟的手，對她小聲說：「他們走了，我們快走吧。」

我才正踏步離開，她卻忽然拉住我，「等一下！你現在打算去哪？」

聽了她這句話，我不禁楞了一下，我完全沒想過這件事。聽剛才外面那些士兵的對話，西安所有的道路都已經被機器人出奇不意的占領了。我不曉得為什麼他們要占據道路，把大家給困在裡面，對他們有什麼好處？

現在也沒時間去細想這問題，就算離不開西安，至少也要先想辦法離開這棟鬼屋。

「不管怎麼樣，我們先離開這裡，繼續待在這裡太危險了，至於要去哪，等離開了再說。」

她點了點頭，「好，對了，那輛休旅車的鑰匙還在嗎？」

我一臉茫然的看向她，「鑰匙？」

「不然你想怎麼離開這裡？」

她這麼一說，我才突然想起蕭安國在我離開西北大學時，把越野休旅車的鑰匙給了我，要我帶著蕭璟一起逃回來。如果她沒有提醒我，恐怕就要在西安徒步逃亡。我想不用一分鐘就會被抓到。

「我放在iMac旁的抽屜裡。」我想起來說，她點了點頭。我們也不再說什麼，就直接往房間跑去。

那間辦公室的門已經被人給拆了下來，我快步跑去辦公桌的抽屜旁，心中暗暗祈禱鑰匙沒有在混亂中弄丟。還好它依然在原來的地方，我鬆了一口氣，拿起鑰匙對蕭璟說：「找到了！」

「走吧。」

「等等，我們是不是要先準備一些食物和飲水？」

「我早就準備好了，你現在背的背包裝的就是罐頭和水。」

我聽了大感驚訝，「妳怎麼會事先準備好？我們本來是要和楊勝……楊少校一起搭直升機離開啊？」我想到楊勝為了保護我們而死，講到他的名字，語氣不禁停了一下。

蕭璟顯然也察覺了，但她並沒有理會，「我也不知道，就直覺需要準備一下，那時你不知道跑到哪裡去了，就只是用來消遣一下時間。別管這個了，快走！」現在已經可以聽到有些士兵往回跑，我們只能趕緊向外跑去。

此時，走廊上幾乎看不到什麼人了，只剩滿地鬥毆留下的屍骸，看了觸目心驚，樓梯井中更是堆滿了暴動士兵的屍體，看來他們都是在攻擊過程中喪命的。我們一路上都是全力衝刺，走到這裡卻只能放慢腳步，惟恐踩到地上的屍體。

好不容易繞過樓梯口前的一批屍體，差點要吐出來，蕭璟低聲說：「小心走下去，然後就直接往車子衝去。」

我點了點頭，正要往下走時，忽然想到蕭安國的辦公室內放的那台電腦中的檔案—「地鼠計畫」。那檔案裡全是對於外星機器人的研究、星艦的報告，還有關於此次行動的相關布局資料。我雖然看到許多影像，但沒有一個是真正明白其中的涵義。對它們的了解更是遠不如官方的資料來得完備。說不定看了政府的資料後，兩邊整合，就能解答我的疑惑，甚至發現打敗他們的方法。

想到這裡，當下抓住蕭璟的手臂，「等一下！我必須先去一個地方拿一樣東西。」

「什麼？」她一臉好像我瘋了的表情，「什麼東西？」

由於時間緊迫，我快速的對她說明：「剛才在蕭部長的電腦內發現關於此次行動、研究的完整檔案，我需要先拷貝一份。」

「倫尼，他們就要追過來了，誰還管什麼資料？喂，等等！」

我沒有時間和她爭論，丟下她直接往辦公室跑去，她一臉無奈的跟在後面。我快步衝進蕭安國的辦公室內，只見辦公室已經被士兵們破壞過，裡面所有的東西都被丟到地上，我心臟加速，不知電腦壞了沒，好在當我按下螢幕開關，螢幕立刻發出藍光，我趕緊輸入密碼，接著便跳出我之前未關閉的檔案。

「快點幫我找個硬碟！」我一面拉開辦公桌的所有抽屜，一面對蕭璟大喊。

蕭璟口中抱怨不止，然而，她還是動身幫我找。我把抽屜中的文件翻來翻去，卻始終沒有找到，蕭璟忽然將一個黑色的硬碟放到我面前，急著說：「我找到了，你要做什麼，快點！」

我不接話，趕忙把硬碟接上電腦旁，接著把桌面上的「地鼠計畫」檔案複製進硬碟中。螢幕上跑出一到線條，線條在中間轉了一圈，接著就跳出1％、2％……檔案開始傳送至硬碟中。

在等待的過程中，只聽見外面的聲響漸漸靠近了。看來他們是見搶不到直升機，從屋頂退了下來。我心裡焦急，看著螢幕上42％、43％、44％……的跑著，嘴裡不停唸著：「快點快點快點！」

蕭璟顯然比我更心急，畢竟她根本不知道我複製的資料是什麼，她不時向外張望，聽見聲響愈來愈靠近，不禁催促我：「你到底存檔什麼東西？重要到值得把命給丟了嗎？」

我緊盯著電腦的數字，「這裡面全是關於外星機器人的研究資料！無比重要，絕不能少了它！」我心想：63％！

外面的聲響又更靠近了一點，蕭璟抓住我的手臂搖晃：「就算你把資料拿到手，你也不能做什麼啊！他們已經很靠近了！你什麼計畫都沒有，有資料又有什麼用？難道你認為自己能做得比政府更好嗎？」

真是個好問題，我心想，我也不知道為什麼，就覺得有必要這麼做。但此時我已經沒有時間爭辯了，我咬著指甲喃喃說：「80％！81％！就快好了，就快好了！」

又過了十秒鐘，聲音已經近到我們必須注意了，蕭璟拍拍我的肩膀用力的說：「現在就得走！」

「等……」我一開口螢幕的數字顯現「100％複製完成」。我立刻拔下硬碟塞進口袋，抓住蕭璟的手臂說：「快走吧……」

才剛起身，就有一名士兵持槍站在門口對著我們冷笑：「要去哪？」

我臉色發白的看著他，他晃了晃手中的槍，對我冷笑著說：「大家都以為你們已經跑了，沒想到你們居然待在這裡？你們在這裡做什麼？」他看了我們桌上的電腦一眼。

我雙手舉在身前，緩慢的開口：「我們只是想離開而已，我們和這次的事完全無關，拜託你……」

他似乎不為所動，他看了看蕭璟，「你是蕭部長的女兒？」

蕭璟僵硬的點了頭，眼神極力懇求，「拜託你，我們不知道發生了什麼事，我們只是要離開而已。」

那個人盯著我們看了一會兒，放下手中的槍，嘆了一口氣說：「你們走吧，別被他們追上了，他們瘋狂的很。」說完對門揮了揮手。

我不敢置信他居然這麼容易就放我們走了，怕他改變心意，向蕭璟使了個眼色，趕緊快步走出門，經過門口時，我對他點了點頭致謝，只是他背對著我們。

一跑出門外，我們立刻拔腿狂奔。就像那個人說的一樣，那些人搶不到直升機，此時看起來更瘋狂了。在蕭安國辦公室內只耽擱了約兩分鐘，沒想到他們又像蒼蠅一樣揮之不去的追了過來。我聽到背後有人大喊：「是那小子和那女孩！他們還沒走！」我們急速衝下一樓，也不管踩到的屍體，就直接往大門衝去。

蕭璟邊跑邊喘著氣說：「要是你不去拿那什麼鬼硬碟，我們早就可以逃出來了！」

「你現在說這個有什麼用……過了轉角就是大門！」

在我們離大門只差幾步路時，背後傳來一陣急促的腳步聲。我知道那群士兵已經追到了，立刻伸手推開大門。就在我的手剛碰觸到門緣時，後面忽然傳來一聲槍響，接著我肩膀傳來一陣錐心刺骨的疼痛，我大叫一聲和蕭璟推開門跑了出去。

蕭璟喘著問：「你怎麼了？」

我雖然痛得滿頭大汗，但仍咬著牙說：「不礙事，快跑！」

幾顆子彈從身旁呼嘯而過，此時也管不了那麼多了，我們奮力衝到休旅車旁，我用沒受傷的那隻手掏出鑰匙丟給蕭璟，大叫：「妳來開！」

她接過鑰匙趕緊坐到駕駛座，我爬上副駕駛座，一面按著傷口，一面叫著：「走走走！」

在她插入鑰匙的同時，士兵已經追到離我們不到十公尺的位置。有幾顆子彈擊中擋風玻璃，留下了些許裂痕。汽車引擎一發動，她立刻將油門催到底，轉向急速駛離這棟恐怖建築。背後雖然仍有幾顆子彈擊中車身，但都沒有造成任何傷害。過了一分鐘後，總算再也聽不到背後的吼叫聲了。

蕭璟放慢速度，看了我一眼忽然一聲驚呼：「你流血了！」

剛才在緊急狀況，我並沒感覺到太大的疼痛，現在一脫離險境，只覺得左肩上的傷口好像被火灼燒一樣，左臂的衣服現在已經被鮮血染成紅色，我緊緊按著傷口四周，額頭上布滿了汗珠，咬牙切齒的回應：「我中彈了。」

她憂心的看了我的傷口一眼，「這需要用到一些器械，幸好沒有打到要害，等找到安全的地方我再幫你處理。」

我想也只能這樣了。一想到剛才逃出來的過程，仍心有餘悸，要是子彈偏個十公分擊中後腦就沒命了。還有那個放我們走的士兵，我們真是幸運，不知道他是誰？「要是我們能早個五秒鐘，或許已經逃出這座鬼城市了。」我想到直升機上的人們羨慕的說。

「那也未必。」她一臉驚懼的說。

「怎麼說？」

「你看。」她伸手指向天空。我順著她的手望去，直升機此時已經飛到城市的邊境，卻看到天空有數個黑點。那些黑點看起來很像科幻電影裡的戰機，只是更為精良。它們迅速靠近直升機，接著那些黑點射出數道白光，那架直升機瞬間化為一團火球墜落。

「顯然它們還有更多科技還沒使出來。」蕭璟看著那些不明飛行物在空中折返，憂慮的說。

我看那些飛行體在空中居然可以瞬間轉向、折返、加速，遠比任何國家的戰機更加優良先進，不禁大為擔心。我同時也暗自慶幸沒有搭上那架直升機，不然現在已經和那團火球一起墜落，想到這裡不禁感謝起那群士兵。

「你現在要去哪裡？」我好不容易將視線從窗外轉開，對蕭璟問。

「這個嘛，」她的口氣輕快多了，「既然決定要好好進行研究，那你覺得陝西省立圖書館怎麼樣？」

38

中國・北京　中央戰情室

戰情室內的氣氛已經降到冰點。

高官們緊張得交頭接耳討論著剛才傳來的噩耗。性子直率的軍官大聲的質問著其他人事件的來龍去脈，卻沒有人能給出答案，所有人都顯得茫然又恐懼，小心翼翼的瞥著桌首的劉主席。

劉主席坐在戰情室桌首，兩側都是保鑣—事件爆發後，劉遠山身邊的戒護大幅提升。他表情沮喪的看著大螢幕，一貫整齊的頭髮已凌亂不堪，西裝也滿是髒汙皺痕，頸側肌肉緊繃不已，眼神燃燒著熊熊火光，卻也滿是痛苦。

「這到底是怎麼一回事？」劉主席咬牙切齒的問。「我們怎麼會讓這種事情發生？整個五十四集團軍憑空消失？上萬部隊和一座大城市被澈底摧毀？」

眾人沉默，每個人的表情都宛若凝結在痛苦之中—在得知蕭安國部長和四萬精銳部隊遭受殲滅後，所有官員就一直凝結在這種的氛圍中。沒有人回應劉遠山的話，而他也沒有預期會有人給出答案。

「這實在是我們始料未及，」過了好一會兒，總理沉痛的開口：「就在蕭部長率部隊攻擊目標成功後，那地下不明物體就突然啟動了。我們根本料想不到……雙方實力太過懸殊了，部隊連抵抗的能力都沒有……主席，這起事件我和相關同僚都得扛起責任。」一干高官低下頭。

「怎麼負責？」劉遠山主席搖了搖頭，「這超出了我們所有人的能力，若論職責，最大的負責人就是我，對於那些死去的兵士、研究人員，還有蕭安國部長，我百死莫贖，但這有什麼用嗎？死去的人和錯誤的決策沒有辦法重來，現在我們唯一能做的，就是在事件更進一步擴大造成恐慌前，遏止威脅我們國家的敵人。」

眾人緊繃的點了點頭，他們這一下的點頭幾乎是做出歷史上最大的一個承諾，劉遠山環視眾人，「那麼……」

這時一名官員打開門叫著：「主席！那……」他踏入戰情室就注意到整間戰情室降到冰點的氛圍，頓時說不下去。

「什麼事？」劉遠山瞪著他。

「呃，」那個人遲疑了一下，「您還記得台灣的領導人宋英倫……」

「那是兩個月前的新聞了。今天就是他的就職典禮，那場演講我早上看過了，講得不錯。」劉遠山和一干官員眼神煩躁的看著他：「有事快說。」

「是，我只是想告訴您，國台辦正在和陸委會進行協商，打算重新啟動兩岸熱線。不知道您……」

「就那樣做，沒問題，」劉遠山對那官員說，「出去。」

「是！」那個人連忙關上門。

「不要再讓任何人進來，」劉主席對著身旁的特勤隊長說，然後他轉向眾人，「現在出了這種事，我看他這領導人要怎麼當。」劉遠山喃喃說了一句。

「現今面臨這種狀況，恢復熱線是必要的，之後使用的頻率一定會大為攀升。」吳希衡總理說道。

劉遠山點點頭，「這些事以後再說，現在回過頭報告一下情況。陳將軍，你來說。」

陳將軍按了幾個鈕，大螢幕上現出一張頗為模糊的畫面，但可以隱約看見中央有一個銀色物體懸在空中，在它旁邊的地面只剩一片焦土。

「這就是……」一名官員低聲開口。

「沒錯，」將軍點了點頭，「毫無疑問，這就是我們正在挖掘的那個地下不明物體。由於此處有強烈的電磁波干擾，這畫面經過電腦強化後仍不清楚。事實上它並不是完整的橢圓，而是有許多錐狀凸起，但仍可以看到它射下許多錨釘釘在地面。而在它半徑五公里內的地面，被敵人以重武器給燒成一片灰燼。」

「他們這麼做的目的是什麼？」

「我不知道，」將軍疑惑的說，「我方認為，他們此舉是為了留下一大片緩衝空間，使敵人無法從地面靠近它。但我認為這是多此一舉，你們看畫面中的模糊黑點就是敵人的空中武力，已經將四周都封鎖住了，任何攻擊根本難以靠近。」

「他們居然封鎖得比我們還要滴水不漏。」一名官員苦笑的說。

「目前他們有任何行動嗎？任何即將攻擊的徵兆？」軍官問道。

「還沒有，他們現在只是待在西安而已，並沒有下一步舉動，我們一直嚴密監控他們。但由於我們和西安內部已經斷訊，所以無法獲得任何消息。」將軍說完憂心的望向主席。

劉遠山身體微微扭動了一下，「內部斷訊？沒有任何人逃出來嗎？」

「聽說本來有一架直升機載著一群官員要離開那裡，才飛到西安邊界，就被幾架外星戰艦給擊落了。」

「真是場惡夢，」劉主席轉向一名中央軍委委員問：「蕭部長在行動前除了和我的最後一次對話外，有沒有還另外提過什麼？」

「的確有，」委員開口，「他並沒有直接和中央溝通，這消息是地方基地傳來的。就是在行動的前幾個小時，紀副參謀奉蕭部長的指示，以您所授與的最高指揮權，私下要求附近空軍基地在這項攻擊行動結束後，再調動一大隊的空軍轟炸大隊。他打算從地面直接炸掉下方的母艦。」

「什麼？」劉主席訝異的問：「他居然敢私下批准這種行動，卻不向中央回報？」

「蕭部長顯然是怕我們會否決這行動，」委員說，「現在看來，部長如果真的成功的話，可是大功一件。」

劉主席神色頹喪的坐在桌首，眼神凝視著桌面。辦公室內沉默了好久，主席才緩緩開口：「這都是我的錯，當初我就不該如此輕判此件事的威脅，現在居然釀成這種大禍……我們在很多方面低估了對方，才讓我們處於現今這種進退維谷的狀態。其實就算傾盡全力，也不見得壓的住情況……」他講這些話似乎是在自言自語，眾人都沒有接口，他又繼續說：「美國、俄國等強國的衛星技術不在我們之下，從計畫開始時他們八成便嚴密監控了。現在事情雖還沒躍上面上，但他們應該已經知道發生什麼事了，只是為了不引起恐慌而暫時不作聲……參謀總長？是嗎？」

參謀總長聽到主席問到他，立刻坐正回應說：「您的猜測應該是對的，請各位看看這個，」螢幕上躍出美國在日本海和南海的海軍布局，「事件爆發後四十分鐘，這兩區的美軍艦隊便有大規模的調動。不知道發生什麼事的國家都認為是美國要爭取南海權益，紛紛發表聲明。歐洲在高加索山的飛彈防禦系統也顯著的提升了，還有南亞洲第三艦隊的移動。雖然各國都沒有明講，但顯然都已經得知此事了。」

劉主席點點頭說：「現在當務之急倒不是如何對付他國，而是先解決這件事，其他的只能以後再說，所幸他們顧及國際情勢，應該會努力壓下這件事，這倒是不幸中的大幸。」

「但西安發生大爆炸，四周一定也有察覺異狀，如果我們無法鎮住的話……主席，我怕事件曝光只是遲早的事。」官員沉重的開口。

劉主席呼了口氣說：「好在我們掌握的資訊遠多於歐美各國，不論是研究結果還是對整起事件的了解。或許這是我們唯一獨占的優勢了……」

「該結束了。」一個低沉沙啞的聲音打斷主席的話。

「那句話是誰說的？」主席抬起頭問，卻發現室內的電燈全都閃爍不止，而每個人都以萬分驚恐的神色瞪著前方。

「電力怎麼了？」

「您……您看……」官員結巴的指著戰情室中的大螢幕。劉主席順著官員的手一看，結果雙眼頓時瞪大地癱坐在椅子上。

螢幕上原本的畫面已經一掃而空，取而代之的是一團像電視機壞掉後產生的灰色閃爍，螢幕正中間有一團像擾動的濃稠電漿在晃動。螢幕上模糊的跑著剛才的話，並以中文、英文、阿拉伯文等語言不斷反覆播放。戰情室內的空氣降到冰點，室內安靜到了極點，在眾人注視下，那團物質開始說話：

「該結束了……在無數星辰中，人類自以為是宇宙中唯一的智慧生物……我們的歷史比你們更加悠久……我們的種族比你們更加優秀……」「他」每說完一句話，螢幕上便會以中文、英文、法文、西班牙文、俄文、泰文、阿拉伯文、德文、日文、葡萄牙、孟加拉文各播放一次。

「誰去查查看源頭在哪？」總理有氣無力的開口，但戰情室中沒有人聽到他說了什麼，每個人都聚精會神的盯著螢幕看。

「我們比你們以為的更早來過地球……一萬三千年前開始……我們一直在世界各地潛伏……希臘……埃及……秦漢……萬里長城……史上的奪命病毒……」它一面說，一面播出一張張模糊卻讓人為之戰慄的照片。

「我們一直都在……你們的領導人欺騙你們……他們知道我們的存在……他們隱瞞自己的作為……」戰情室門外傳來陣陣驚呼吼叫，主席對身旁一名官員問：「外面現在也在播這個嗎？」

「是的……」那個官員恍恍惚惚的回答，「他們覆蓋我們的網路……現在全世界都在播這個……」說完又繼續看著螢幕。

「你們只是七萬年的短暫過客……野蠻的文明才剛起步……愚蠢的爭奪權力地位……真正的主人將要回來……不要試圖抵抗這勢力的崛起……否則只是提早送命而已……」

「真正的主人將要回來……該結束了……」

室內燈光恢復正常，螢幕恢復原狀。

瞬間室內一片死寂，下一秒，所有人都瘋了。

戰情室內的官員瘋狂的叫喊，有人激動的昏了過去。在室外，嘶吼尖叫聲不絕於耳，重重的腳步聲在走廊上來回穿梭，門口的憲兵緊張的握緊槍枝，深恐有人衝進來。

謾罵叫囂聲持續了至少整整五分鐘，劉主席從頭到尾面無表情的瞪著桌面，等眾人稍微冷靜了些，才開始說話：「外面的情形如何？」

「主……主席……現在廣場上的人已經全部陷入瘋狂，連公安也亂成一團……」

「這似乎是在全世界同時播放……」官員連忙接口。

「不出幾個小時恐怕就要有暴動了……」

「現在還管什麼暴動？」

「主席，怎麼辦？」

官員你一言我一語的接著說，最後一致安靜的望著領導人。

「我的天啊……」劉主席一手按著雙眼，將頭向後一仰，口中喃喃的說了不知道些什麼話，顯然困倦不已。過了好一會兒，他睜開了眼睛，對身旁的一名人員開口：「幫我倒一杯咖啡，記得要加兩包糖。謝謝。」戰情室內所有人都安安靜靜並以憂心的眼神望向主席，全然不管門外的尖叫。

過了一會兒，主席接過泡好的咖啡，喝了一小口，微微的嘆了口氣，忽然像是下定決心似的，將馬克杯重重一放，傾身向前對所有官員嚴肅的說：「聽好了，現在行動如下：你、你、你、還有你們這些人，立刻召集自己所有的手下，盡全力調查所有關於那結構體和敵軍的資料，訊息、分布、武力全都不要放過。找出他們有什麼弱點，最後全都要回報給中央軍委。」

「再者，立刻通令全國，發布緊急命令。全國立刻實施戒嚴，不准任何人反對，出動所有的在執勤和休假的維安人員，鎮壓一切可能的暴動。」

「最後，你們幾個聯絡各國的大使，還有我國所有駐外人員。要他們向各國政府進行交涉聯絡，明白嗎？

開始行動！」

戰情室內眾人紛紛起身，一時間房間內忙成一團。官員拿了報告文件後個個交頭接耳的討論並擠著走出戰情室。

過了大概二十分鐘後，所有官員都走了。主席獨自坐在位置上，手顫抖著，喝著他的咖啡，閉著眼睛似乎在思考什麼事情。忽然一名官員打開門進來對主席說：「主席，聯合國安理會在線上找您。」

「什麼？」劉主席一聽頓時張開眼睛，把馬克杯重重一放，「安理會的所有成員都在線上？」

「是的，所有常務委員國家領導人皆在線上等候。」

「我國大使呢？應交人員呢？」

「他們……他們直接繞過……」

「把畫面接進來。」

39

台灣．台北　總統府

台灣，位於亞洲東部，地處琉球群島與菲律賓群島之間，西隔台灣海峽與歐亞大陸相望，從十一世紀宋朝漢人開始在澎湖群島移居起，歷經荷西、明鄭、清朝等朝代的統治，並在一八九五年甲午戰爭中割讓給日本殖民統治，共計五十年。一九四五年二次世界大戰結束，日本戰敗，在聯合國決議下，台灣由當時蔣介石領導的中華民國政府正式接收。

一九四九年，國民黨在國共內戰失利，國民政府遷台。一開始雖然造成許多困擾，但兩百萬國軍帶來無數的黃金、文物，卻奠定了日後經濟起飛的基礎。在兩岸政局分裂的陰影下，全台實施戒嚴長達三十八年，史稱

「戒嚴時代」。一九八七年，接任的領導人蔣經國宣布解除戒嚴後，民間思想方始蓬勃發展。台灣由本來的一黨專政逐漸轉型為今日的民主政體，並於一九九六年舉辦第一次總統直選。

二〇一六年，台灣歷經三次政黨輪替，現今第十五屆總統大選在兩個月前結束，台灣開啟第四次政黨輪替。剛宣布接任總統的宋英倫此時正坐在總統辦公室內，享受著今天早上剛獲得的勝利。他坐在總統辦公椅上，望著掛在牆面上的歷任總統照片。

蔣中正、蔣經國、李登輝、陳水扁、馬英九，和剛卸任的前任總統。現在是他自己，擔任這個在亞洲擁有悠久歷史國家的總統。

這次選舉可說是有史以來最處劣勢的一次。國內外都面臨空前艱鉅的挑戰，但在他和眾人的努力下，終於在三月二十日的選舉中勝出。他不禁暗暗思索自己的任期內會不會和前幾任一樣，發生什麼重大的風波轉折。

他想起今天早上就職典禮的演講，他承諾自己執政的首要目標，就是要團結整個國家，引導社會放下過去的對立，抛下過去的陰影，達成全國裡外一致的團結。他不禁露出一抹苦笑，台灣內部社會的對立為時已久，絕對不是任何一任總統有辦法扭轉的，所有企圖和另一方合作的總統，最後都會慘敗收場。這是一個歷時許久的無解承諾，完成它的機率大概和美國通過槍枝管制條例一樣。

他看向辦公室的門口，心想，或許他沒有辦法達成國內的和解，但另一項承諾一定可以辦到。他在勝選後就一直在籌劃溝通，今天應該已經有回應……

門口傳來叩門聲，宋英倫立刻坐正，「進來。」

進來的是他的總統府幕僚長，羅廣儀。

「回應了？」宋英倫問道。

「是的，總統先生。」幕僚長把文件放到總統桌上，「從二月初就已經和北京進行協商、建立溝通管道。今天陸委會已經和對岸國台辦再度提出恢復兩岸熱線，對岸的態度目前十分友善，有很大的機會，今天晚上應該就能夠建立好。」
「太好了，」宋英倫吁了一大口氣，「這四年兩岸斷線，關係低落。台灣的經濟、觀光都快要垮了，全仗美國支援。現在恢復兩岸熱線，或許可以挽救衰頹的經濟問題。」
「處理好兩岸關係確實是很重要，這會在民間留下很好的口碑。」
「不見得吧，恐怕民進黨又會說我們是賣台集團之類的。」
「喔，」幕僚長露出莞爾的表情：「我們是嗎？」
「別管那個了，」宋英倫說：「美國有回應嗎？」
「很奇怪，美國在三個小時前突然完全進入死城狀態，對我們的聲明沒有任何回應。」
「不是好兆頭。自從中國封鎖西安後，這件事已經導致全世界陷入空前的緊張狀態，而現在又……」宋英倫望向窗戶外，外面傳來陣陣吵雜聲，「外面怎麼了？」
「支持您的民眾正聚集在總統府前慶祝，有部分反對民眾和他們對峙。」
「請憲兵警察留意，不要在上台第一天就發生衝突事件。我們現在才剛剛執政，要塑造和平的形象。」
「現在政局穩定，只要不發生什麼重大的變故，基本上不會有事。」
這時候電燈忽然閃了一下，所有電子器材發出嗡嗡聲響。
「怎麼了？」
「不知道，我去詢問一下。」幕僚長說完就離開辦公室，總統繼續閉目養神。
過了一會兒，窗戶外傳來幾陣尖叫聲，接著便是幾聲巨大的聲響。
宋總統皺起眉頭問：「到底發生什麼事了？」
幕僚長隨同副總統以及其他數名官員和總統隨扈衝了進來，神色慌張，不等總統說話就抓起電視遙控器，同時輸入幾道指令，大聲吼道：「我的天啊！總統先生，您一定要看看這個！現在外面全在播！」

「播放什……」他才說了三個字就立刻被眼前的景象嚇到說不出話來。

只見螢幕正中間有一團像擾動的濃稠電漿在晃動，螢幕上那團模糊的灰色閃爍物質，以低沉渾厚的音調說話，內容以中文、英文、阿拉伯文等語言不斷反覆播放。

總統驚懼的望著螢幕，低聲問旁邊說：「這個畫面該不會……」

「沒錯……現在全世界每一台電腦、電視、收音機都在播放這則消息……」

「我的天啊……」總統無力的瞪著螢幕，好像整個世界忽然從他腳下抽走。

在眾人的注視中，它終於講到最後一段：「你們只是七萬年的短暫過客……野蠻的文明才剛起步……愚蠢的爭奪權力地位……真正的主人將要回來……不要試圖抵抗這勢力的崛起……否則只是提早送命而已……」

「真正的主人將要回來……該結束了……」

畫面暗掉，室內燈光恢復正常。

「這到底是怎麼回事？」總統大吼。

「我不知道。」幕僚長看著總統。

辦公室內所有人都發出沉重的呼吸聲，高聲咒罵，窗外也傳來警察對空鳴槍的聲音，並伴隨著幾聲尖叫後停止。

「總統先生，現在怎麼辦？」過了五分鐘的混亂，副總統才終於開口。

宋英倫回過神來，眼神掃過辦公室內所有人，「趕快下令，要所有人立刻趕回各自的崗位，盡全力安撫各級官員，」宋總統快速地對辦公室內的人說，在他說話的同時，外面不時傳來尖叫聲幫他下註腳，「我們要立即召開緊急會議，要所有人回到政院各部，馬上就會有命令下達各級單位。不要有任何延遲！」

眾人在總統的命令下紛紛起身湧出門口。

「總統先生，您必須到戰情中心避難。」隨扈隊長說。

「走吧。」總統正要和副總統在隨扈的保護下一起離開，門外忽然來了一隊手持槍枝、頭戴黑色鋼盔、用面罩罩住面孔、身穿黑色制服的人。他們跟在一名神情嚴肅且身著襯衫的官員後面進來。總統的隨扈企圖上前阻擋，但一看到那帶頭的人亮出的徽章便立刻退到一邊。

「總統先生，直升機已經到了。從現在開始，您的一切安全戒護將由夜鷹特勤部隊全權接手。我們會帶您前往衡山指揮基地，並在機上和您進行安全簡報。」那位帶頭官員說。

總統在特遣部隊的保護下登上直升機，宋英倫總統望著直升機下一片混亂的景象，咬牙切齒的說：「今天已經毀了……好好的就職典禮還有大選……全都毀了……」

「總統先生，剛才又傳來一個重大消息。」官員嚴肅的看著總統，「北約組織、歐盟和亞洲各國已經在事件發生後半小時內宣布無限期戒嚴。所以國安局和幾個部門和立委也要求我國跟進，並希望在今天午夜前進入全省戒嚴狀態。另外要取消所有軍警的休假以維持國安。」

「什麼？」宋總統臉色慘白的問：「你是說我上任第一天的第一項政策居然是要宣布全國進入戒嚴狀態？你明白我們的人民是什麼德性，他們……」

「總統先生，現在是非常時期，已經顧不得選前的承諾或是人民的不滿。」

「我知道……」他擦拭著額頭的汗水，「先通知相關單位，召開國安會議，等我一回去立刻展開行動。還有讓那些立委立刻上工，如果有人不來就直接要國會警察把他們逮捕來開會。對了，想盡辦法接通和對岸的熱線，和美國的溝通管道也要建立，我們必須立時掌握最新動態。」他搖了搖頭，「希望這場惡夢不要再發展下去了。」

中國．北京　中央戰情室

劉主席額頭上冒著冷汗，雙拳在桌子下緊握顫抖，眼神憤怒的瞪著眼前螢幕上那一張張嚴肅的面孔。

此時出現在螢幕上的，分別是美國總統賈科摩．布魯斯、法國總理邁爾斯．弗朗德、俄羅斯總統托偉傑夫．戴拉克，和英國駐聯合國代表莫耶斯．威爾屈，也就是四位聯合國常任理事國的領導人，以及聯合國祕書長查曼恩．普契。

「你應該先檢討自己的行為！」相對於中國國家主席，賈科摩總統顯得更加激動，他對著劉遠山怒吼：「你自己好好看看現在局勢是什麼樣子？全世界一百多個國家先後宣布無限期戒嚴，緊張程度直逼二戰時期！這一切只因為你的一己私利！」

「還有愚蠢。」莫耶斯補充。

「你們給了我們什麼選擇？」劉遠山掃視著眾人的面孔，「你們不斷在外交軍事上企圖聯手打壓我國，現在南海、東北區域，你們全都聯手為難我國。難道你們期望我們才剛找到一件關於『科學』的發現，就立刻公告全世界嗎？那時威脅程度尚未明瞭，難道我們要主動造成世界的恐慌？就為了一個已經埋藏在地底下一萬年的古老物體？」

「你到現在還在狡辯！」美國總統雙眼怒瞪著劉遠山，「科學？你們什麼時候注重過科學了？如果你們真的判斷那裡沒有威脅的話，怎麼會派出國防部長和一整個師團的軍隊去那裡把守？」

「總統先生對我們內政還真是瞭若指掌，好像美國很樂於和我們分享尖端科技一樣。就我所知，最會隱瞞資訊的就是你們美國。」

「但是發現那麼大的異形結構體，不管怎麼說，這都關乎著全世界的安全問題！而事發第一刻，你們居然是企圖隱瞞真相？」美國總統怒吼：「你把全世界人民的人權放在哪了？」

「好了，通通安靜！」聯合國祕書長語氣不耐的說：「一直互相指責謾罵和爭論責任歸屬對於當前的局勢沒有絲毫幫助，能不能請各位領導人冷靜一下，回到正題，好好討論該如何解決當前局勢？」

「很好，冷靜。」賈科摩總統深吸一口氣，「全世界已經陷入一片恐慌，白宮外面現在聚集了一大群的抗議者，宣稱美國涉入此事。警方正在全力驅逐中。許多國家都進入混亂狀態，連軍警自己也都恐慌不已，相信各位的國家都是一樣的情況。無庸置疑，現在已進入非常緊急時期，因此我再次重申剛才的提案：聯合國應該立即籌組軍隊進入中國……」

「絕對不可能，」劉主席打斷賈科摩總統的話，「我會配合各國的作法，但這條路絕對行不通，那只有在萬不得已的情況才可以考慮。現在聯軍貿然進入我國國土，將造成嚴重的國安問題，這是將近一百年來所未見的。而且，」劉遠山看著美國總統冷笑一聲，「我很清楚你的用意，總統先生。」

「我是在想如何拯救當前的緊張局勢！」美國總統怒吼回去。

「我同意，」俄羅斯總統托偉傑夫開口，「現在情況已經不可以和平時期而論，我們不知道敵人的武力有多強，也不知道他們的目的是什麼，更不知道他們什麼時候要對世界宣戰。我們現在是完全無知的，說不定他們還有大批後援，等著從火星之類的地方趕來，我們處於一個隨時可能受攻擊的局面之中，卻完全沒有防範能力。我們應該主動出擊，在他們出手前將他們消滅掉。我同意美國的提議。」

「你……」劉主席瞇起眼睛，瞪著螢幕上俄國總統平靜的臉，「自從中國協助你們的政治犯提供政治庇護後，就一直找機會和我們作對。這目前仍是我們國土內的事務，不需要其他國家插手。」

「你這頑固的……」賈科摩總統咬牙切齒地說。

「我們當然相信中國的誠意，也相信各國元首解決問題的決心。」查曼恩祕書長舉起手說道，「現在寶貴的時間正在一點一滴的流失當中。劉主席，俄國總統有句話說得很有道理，我們不知道敵人的武力有多強，也不知道他們的目的是什麼，更不知道他們什麼時候要對世界宣戰。關於這一點，相信中國有第一手的資料，能否先和我們說說？」

「好的。」劉主席喘了一口氣，「請各位看向你們的螢幕，現在我把幾段影片上傳給你們，這是我們地面軍隊被殲滅前錄下的畫面。」

螢幕旁跳出不久前中國在西安所執行的殲滅行動。在畫面中，只見一片本來密布塵土的地區，地面突然緩緩隆起，畫面劇烈震盪。接著一整面寬達數立方公里的土壤從地面爆開來，畫面變得極為混亂，許多士兵被從天而降的石塊砸到。接著，一陣銀光閃過畫面。一個巨大、半徑長達兩公里、高達五百公尺的巨大輪輻狀物體向空中浮起。

「狗娘養的，這是什麼？」托偉傑夫總統低聲咒罵。

眾人屏氣凝神盯著螢幕，沒有人回應他。只見那個物體愈升愈高，上面覆蓋的土壤也漸漸剝落，露出耀眼的銀色。戰鬥機見狀，掉過頭來攻擊它，卻被上千道閃光給轟成碎片。接著從那物體正下方爆出了一道巨大的藍色閃光，整片的砂石變成熊熊烈燄，向四面八方擴散出去，將一切碰到的物質全數蒸發。最後的畫面是在蕭安國部長和背後一群軍官行的軍禮中化為一片火紅後消失。

戰情室內沉寂了好一會兒，似乎是為了要表達對陣亡軍官的敬意，又或者是對敵人有更多的了解而心生畏懼。

「所以……這就是我們現在面對的情況，」劉主席看著其他人震驚的表情，繼續說：「後面發生的事各位都知道了，相信不必我再多做說明。這裡還有其他從不同角度拍攝的影片，但相信各位也不會想看。」

「這我可以同意。」賈科摩總統點點頭說。

「我把前幾日行動的紀錄上傳了，各位可以順便看看。」

「那些可以等下再說，當務之急是要趕快擬定策略，因應現在的危局。」祕書長說。

「正如各位所看到的，敵人的武力遠比我們所知的更強大，」英國代表莫耶斯激動的說：「中國的部隊對敵人進行的攻擊毫無用處，對他們的攻擊則是毫無招架之力。因此我支持美國的提議，立刻籌組聯合軍隊進駐中國。」

「不行。」劉主席怒視眾人，「儘管這一切對國際造成了緊張和威脅，但這畢竟是發生在我們國土內的事，我有義務要讓國家人民免於威脅。」

「威脅？」邁爾斯總理傾身向前，「誰的威脅？外星人還是我們的？」

「都有，」劉主席冷淡的看著他說：「對我們來說，你們和外星人一樣危險。」

「我真是受寵若驚。」邁爾斯總理諷刺的說。

「你還真是輕重不分，」賈科摩總統輕蔑的說：「我告訴你，你可以選擇現在就和我們合作，一起想辦法擊敗入侵你的國土、我們世界的敵人。或者你也可以選擇封閉門戶，等到你們的國家被消滅掉後，我們再出手和他們拚個你死我活！」

劉主席聽了後，面容因憤怒而扭曲。他一言不發地瞪視著眾人，然而他的雙手卻在桌面下不住的顫抖。

「拜託，你都幾歲了，可以不要這麼幼稚嗎？」托偉傑夫總統破口大罵，「今天這道門戶，你讓我們進也要進，不讓我們進也要進！」

「你聽到了嗎？你有什麼說法？你願意接受我們的提議嗎？」查曼恩祕書長問。

「我拒絕，」劉主席依舊不改態度的說：「我願意配合國際上的動向，但有些底線必須守住。」

「你真的要這麼不合作嗎？」邁爾斯總理瞪視著劉主席說：「我提議立刻召開緊急會議進行投票表決。」

「沒有用，這種規格行動一定要安理會所有常任理事同意，我們會運用否決權否決這項荒謬的提議。」

他一說完，所有人忽然很有默契的互看一眼，似乎已經討論過這個問題了。最後查曼恩祕書長盯著劉主席說：「這可能不會再困擾我們了。」

劉主席的面孔頓時變色：「你什麼意思？」

「我們正在考慮規避中國的否決權。」

「什麼？」劉主席不可置信地說。

賈科摩總統接口：「你應該記得朝鮮戰爭吧？那時候為了避免緊急危難，聯合國決議規避蘇聯的否決權，以免妨礙到世界和平……你應該看得出其中的相似之處吧？」

「這……」劉主席在面對各國領袖時首次感到無力招架，他想找一個理由反駁，但看著各國元首下定決心的表情，最後終於放低姿態，「再給我幾天就好，我保證一定會妥善處理這件事。我國軍方已經準備展開反擊了。」

「我們彼此最缺乏的就是時間，一再聽到你的承諾，卻什麼都沒看到。你要如何保證這次不會再出問題？」

「因為這次我們已經了解對方的實力，」劉主席語氣堅定的看著螢幕上各國的領袖，「二十四小時之內，我保證把那群外星來的混蛋全部轟下地獄。」

41

中國・西安以東三百五十公里上空

在這動盪不安的夜晚之中，二十七架全中國最先進的隱形戰鬥機在無人知曉的情況下劃過寂靜的夜空。

這二十七架「炎帝」戰機，是中國前年耗資百億人民幣，依殲—20和殲—31所升級的機種，在性能和軍備上甚至已經遠遠超越了美國的F—22猛禽式隱形戰機。

在偵測上，機頭配有最尖端的E-Scan雷達系統，能夠同時追蹤數十個地、空目標，它的高解析度的量子感應雷達可以毫無偏差的偵測敵方情況，同時配備人工智慧，更可以和駕駛配合全方位提升戰力位。

在飛行上，特殊設計過的智慧型機翼可以減少百分之八十五的阻力，單是滑行速度就可快達兩馬赫，另外搭配頂級的三元矢量噴口發動機，能將戰機速度提升至四馬赫，同時做到各種超常規機動飛行。

在武器上，機頭帶有雙管四十釐米機槍炮，機腹配有六枚超級響尾蛇飛彈以及兩枚中程天戈制導飛彈。

除了這些常規武力，機身另外配置了電子攻擊能力、先進綜合防空系統、無源探測設備、綜合自防禦設備、定向能武器和網絡電磁攻擊能力。而此次任務的關鍵，則是每架戰機上所攜的八枚中程精準打擊導彈「華夏之子」。這種飛彈可同時對空和地面目標攻擊，它的射程可達一百五十公里，並能在一百公里外精準的毀滅目標，把六十公尺深的地下碉堡轟成碎片。這次中國無疑是下了血本要贏。

儘管配有這麼多高科技軍事裝備，在面對龐大的外星星艦時，勝算只怕仍是未知數。

攻擊中隊的隊長林豈上校，已經在空軍服役十三年，一生歷經無數軍事行動，並曾在新疆風暴行動中獲得傑出動章。家中女兒已經三歲了，在上海也有一棟房子，他原本計畫在本月月底退役，還和弟兄們慶祝過了。這一切卻被這突如其來席捲全國的風暴給破壞了。

在駕駛座上，他從飛行衣口袋中掏出一張和家人的合照，照片中是他和妻子為女兒慶祝三歲生日。他盯著照片，緊握拳頭按在自己胸膛。

「呼叫剃刀一號，隊長，還好嗎？」對講機中傳來戰友的聲音。

「嗯……我沒事。」林上校擠出一個笑容，把照片收回口袋中，「只是在感慨這最後一項任務。」

「那真的超慘的，」隊友抱怨的說：「你再九天就要退役了耶，居然在這個時候被派遣出這麼危險的任務，真是太不公平了。」

「三號，最後一個任務，不刺激一點怎麼行？」林上校笑著說。

「廢話，他可是我們當中唯一有黯影任務的經驗和擁有傑出動章的傳奇，退休式當然要精采一點啊！」另一個人的聲音從對講機傳來。接著是一陣大笑。

「謝了，十二號，我感覺好多了。」林豈上校諷刺的說。

「剃刀一號，等任務結束後我們一定要一起去酒館慶祝。」

「剃刀九號，你這種貨色，等下一定是第一個被外星人抓去做人體解剖的樣本。」

「剃刀，這到底是什麼奇怪的代號？不知道是誰取的，難聽死了。」

「別抱怨了。說到外星人，想不到我們居然成為人類史上第一批對戰的人，簡直就像阿姆斯壯一樣，不知道有多少人會羨慕死。」

「現在所有人應該都陷入恐慌，忙著拆政府的台吧。」

「十一號，說話小心一點，總部還在聽呢。」林上校嚴厲的說。

「是，長官！如果您正在聽，我和您道歉！」

「你們真是夠了……注意！再一分鐘進入警戒區，三分鐘後進入交戰區。十七號、十九號、十三號，注意左翼，維持飛行隊形。罩子放亮一點，小心不要被外星人給宰了。」

或許是因為威脅迫近，這次沒有任何人開玩笑，而是沉默嚴謹的排列好飛行隊形，並一致降低引擎馬力，全神貫注的注意四周動靜。

過了一分三十秒，他們仍然沒有遇到任何敵人，隊長疑慮的開口：「怎麼到現在敵人都還沒出現？」

「可能是我們機身的隱蔽效果成功了吧。」

「但也不至於……等等！小心，十點鐘方向有動靜！重複，十點鐘方向有動靜！」

「天殺的，我看到了！」

「它好像還沒有注意到我們。目標數量……似乎只有一個。」

「才一個？太好了！要拿它來熱身嗎？」

「三號，不要太輕敵，我們根本不知道他們的底細。」隊長警告。
「要是我們連一個小小的敵方飛行巡邏機都對付不了，還談什麼對付母艦？」
「不管那個了，它好像沒有注意到我們，先放慢速度靠近它。」
「剃刀一號，它開始移動了！」
「我看到了，十六號，它注意到我們了！飛行中隊，全速前進，排成第六隊形！別讓它跑了！」
空軍隊伍很有效率的排成攻擊隊形，全速向目標前進，就在中隊快要接近時，那架飛行器忽然轉向加速往西飛去。
「它要逃走了！老天，我從來沒看過有東西能加速那麼快……一秒兩馬赫！」
「你們確定真的沒有其他目標嗎？我們都已經進入交戰區了，已經可以看到母艦了，老天，那東西還真大……我覺得好像有點危險？」
「雷達上確實只有一個啊！」
「目測呢？」
所有隊員看向四周，「報告，沒有任何其他目標進入目測範圍。」
「好，」隊長拿起對講機，「呼叫空指中心，請求攻擊目標。」
一陣靜電聲音傳過，「剃刀一號，授權開火，准許使用致命武器。」
「收到，執行西安閃電風暴任務，同志們，點燃光圈！」隊長右手大拇指沉穩的懸在攻擊鈕上，盯著眼前的目標，口中默唸倒數：「一、二……」
「他媽的！」一陣陣沉重的呼吸聲從對講機中傳來。
然而，就在他正要攻擊的那一瞬間，雷達上忽然冒出三、四十個綠點。看來敵軍已將這二十七架戰機完全包圍在核心，毫不費力的引他們入了陷阱。

「他們怎麼可能靠得那麼近？」隊長怒吼。

「該死，一定是它們的外殼！那東西一定有視覺和電波的隱蔽功能！」二十號憤怒的大叫。

「總部！總部！該死，連線斷了！我們中計了！」

「算了，維持原來的計畫，」隊長吼道：「直接攻擊母艦！鎖定目標，一、二、三，開火！」當他們按下按鈕時，才發現自己早已陷入一個更大的網羅中。

「武器被鎖定了！全部無法使用！」十三號大吼。「所有武器系統全都廢了！」九號也跟著大喊。

「這到底是什麼鬼科技……啊，小心！他們朝我們過……」他話還沒說下去，數道眩目的閃光炸來，將左翼的其中六架戰機直接轟成碎片。

「中隊，任務取消，重複，任務取消，立刻分散隊形！重複，分散隊形！」

隊長呼喝下，空軍立刻散開撤退，林上校本人也訓練有素的閃開攻擊、拋出誘餌。當他做這些熟悉的動作時，心跳是平常的三倍，飛行衣中全是汗水。

雖然林上校叫弟兄們撤退，他自己卻飛向敵方母艦，企圖直接撞毀在敵方母艦上。

他接連閃過兩次攻擊，心臟已經快要跳出胸膛，不過戰機也逼近敵方母艦了，可當他看到同志們奮力的逃竄，戰機卻一架架化為火球，那一刻，他伸手緊握飛行衣胸前的口袋。

「呼叫總部。這裡是剃刀一號。」戰機高速撞上星艦外部能量力場，爆炸將他化為一團雲霧，消失在寂靜無聲的夜空中。

對於龐大星艦內的生物而言，這一晚的波折不過是一顆石頭落入海中所盪起的漣漪，轉瞬間便散於雲霧。對於人類天真的戰力，已經完全摸透了。而他已經為這盤棋備好了下一子棋。夜空中靜止的輪輻狀星艦，開始的緩緩轉動。

在沒人注意的高空中，大批戰艦悄然無聲的隱身於夜色，向外界飛去。

中國・西安封鎖區

中彈真是痛死了。

我想起以前看過的某些電影，片中的男主角在和數量幾十倍於自己的壞人對打時，即使身上被擊中好幾顆子彈，但英勇的主角總能不畏疼痛，繼續和壞人搏鬥，並在最後光榮微笑的迎向人民的喝采，彷彿從來沒受傷過。

當然，我沒有拍過電影，不知道那是不是真的，但我可以確定的是，我被子彈擊中的肩膀痛得要命，還流了一堆血，心中完全沒有任何光榮的感覺。而且現在的我一點也不像英雄的靠在座椅上大口喘氣。

「到了嗎？」我咬牙切齒的問。

「快了。」蕭璟還是以一貫的回答回應我。

我還記得當逃出暴動的指揮中心時，她告訴我打算去陝西省圖書館，也就是西安最大的公共圖書館。理論上開車過去應該不會耗多少時間，但在一路上不時有地鼠出沒，天上又有外星戰艦來回巡視，還要提防那些發瘋的士兵軍人。半路上，我們一度躲在一棟房子中長達四個小時，等外面的一群士兵打劫完物資，以及之後他們被外星戰艦給炸成灰燼。蕭璟本來想借此機會休息一下，並替我處理一下傷口，但那房子裡什麼都沒剩，只好暫時再忍著。一路上走走停停了好長一段時間，雖然我覺得有可能是她認錯路導致的。

我想著關於這座圖書館的印象。我記得圖書館旁的兩側在幾年前種植了長達幾千公尺的梧桐道，另外這裡也是「國家一級圖書館」，好像有上百萬冊圖書。但除了這兩項，我便沒有更多的印象。

這時車子忽然一陣顛簸，我受傷的肩膀像是冷不防的被刺了一下，不禁痛得哼了一聲。

蕭璟一臉不耐的對我說：「你能不能安靜個十分鐘不要吵？」

「是啊，改天換妳被子彈射中試試看。」

這話顯然不是明智之舉，因為她立刻轉頭瞪我，眼神中透出怒氣。我嚥了一口唾沫，「我不是那個意思……」

「我說過了，子彈並沒有留在身體裡，而且也沒有打到要害，只是血流得多了一點而已，並沒有大礙，等下我再幫你處理就好。」她語氣聽起來很暴躁。

「是喔，」我小聲低咕著，「謝啦，陽光醫生。」當然我不會蠢到和她爭辯，畢竟她父親才剛剛戰死，又經歷了一場暴動，脾氣煩躁是很正常的，於是我只能忍著痛，閉目休息。

我想著這幾天所發生的一切。現在回想起來像是一場夢，一切都是那麼不可思議，卻又那麼的真實。對於那些夢境我反覆琢磨，卻仍然想不出個所以然來。每一段影像都是那麼的支離破碎，又那麼難以置信。那巨大星艦中，充滿恐懼的密室、布滿金屬的地表、還有那不願回憶的過去……

我皺了皺眉，並不打算讓那段塵封的記憶重新浮現腦海。我開始想著夢境裡的其他內容，卻依舊一無所獲。接著，我想到了楊勝，想到了蕭安國，想到了戰死的無數軍人，這世上從來不缺犧牲的人……

「你還好嗎？」蕭璟看到我深鎖的眉頭，關心的問。看來她已經不生氣了。

「我沒事，」我對她微微一笑，睜開眼睛看了看四周，「我們在哪？」

「我正要告訴你，你一定會很高興，」她撇了撇頭指向前方，圖書館的圓弧形大門口已經出現在眼前，「我們到了。」

陝西省圖書館包括一所總館，以及少年兒童分館、陝西省藝術學院分館等十九個分館。館內有報告廳、多功能廳、展覽廳、多媒體教室和讀者餐廳等設施。建築占地超過兩公頃，旁邊還有一個大型運動場，而這也是我們此時的目的地。

蕭璟將車開進停車場，若是平時我一定會覺得這裡很漂亮，建築格局對稱整齊，牆面整潔乾淨，正門立著六根柱子，有點西式風格。道路旁有政府兩年前種植的大量花樹，只可惜現在天色太暗，看不到它們，且現在還是初春，花還沒有盛開，想來等到夏天時景色必然很美。

我怔怔的看著窗外，沒有注意到車已經停下來了，直到蕭璟拍拍我的肩膀說：「嘿，我們到了。」

我下車抬頭一看，發現她將車停在一棟「急救站」旁。等她將車子熄火後，我轉向她：「我們來這裡幹嗎？」

「咦，你一路上不是一直抱怨肩膀很痛嗎？已經好啦？」她對我挑挑眉。

終於啊，我心想。我伸手去拿車上的背包，結果不小心拉到受傷的手臂，痛得臉上肌肉微微顫動。

「算了，我拿吧。」她對我翻了個白眼，幫我背起來。這讓我感到有點難堪，想幫她分擔一下重量，但肩膀又真的十分疼痛，只能乖乖的跟在她身後進去。

我本來以為半夜的急救站會有一大堆人體骨頭標本，還有裝滿內臟器官的福馬林容器，就像所有醫院的解剖室一樣。實際上，這裡開了燈後十分正常。兩旁貼了許多海報，上面寫著各式各樣的活動，像是「雙股螺旋，DNA分子解密！」還有「興慶校區天文演講：量子泡沫與大霹靂？」以及一堆體育講座之類的活動，完全就是大學圖書館該有的樣子。

四處還算整齊，除了部分磁磚剝落或是幾盞電燈破掉，我猜這是因為前幾日那場大地震所導致的。這裡看起來似乎有一段時間沒有人用了，難道大地震時這裡沒有擠滿傷患嗎？

蕭璟帶我走進一間醫療室，她將背包扔在桌子上，然後自顧自的走向幾個櫃子，一個個打開彎腰翻找些什麼東西。

我等了好一會兒，清了清喉嚨說：「嗯，我可以做些什麼嗎？」

「把你的上衣脫掉。」

我差點被自己的口水嗆到，「抱歉，妳說什麼？」

她抱著一箱醫療箱轉向我，用奇怪的眼神看著我，似乎覺得我的問題很蠢，「把上衣脫掉，我總要先檢查傷口才能開始吧？」

原來是這樣。我點點頭，脫掉那件已沾滿血漬的上衣，露出受傷的左肩。過了好幾個小時，我的肩膀已經停止出血了，但那個被子彈劃過的痕跡仍在。很幸運的，子彈是斜的擊中，並沒有留在體內。傷口附近的皮膚呈現暗紅色，周圍有不少乾掉的血跡和黃白色的組織。

蕭璟皺著眉看了一會兒，她喃喃的說：「有部分組織壞死，嗯，外觀沒有大礙，但有可能感染……」

她拿出紗布和一瓶生理食鹽水過來，她把紗布按壓在傷口周圍，警告我說：「我要先清理傷口，等下會有點痛。」

「等等，」我在她動手前戒慎恐懼的說：「我知道妳很厲害，但是妳，呃，還只是學生，有處理過槍傷嗎？」

「你知道我的學期成績總平均是系上第二高的嗎？而那第一名只是個書呆子而已，實作完全不行。」她饒有興致的說著。

「嗯，但妳的實作……」

「重點是，這點傷對我來說沒有問題啦。目前看起來是沒有感染，但還是要趕快處理。」她看了我的表情一眼，嘆口氣說：「好吧，我承認中國的醫學是沒有比英國好，我也沒處理過槍傷，但相信我，這點傷真的沒什麼大不了的。你老實說是不是怕痛才一直東拉西扯的？」

我的心思被她看穿不禁有些難堪，但臉上卻沒露出什麼表情，只是故做鎮定點點頭說：「我只是謹慎一點而已，開始吧。」

當她清理我的傷口時，一陣錐心的刺痛又向我襲來，但為了不讓她分心，也顧及面子，我強自忍住不發出聲音。之後，她又從箱子裡拿出一些棉花和一堆不知道是什麼的藥，事實上我認得的消毒藥劑只有優碘、酒精和雙氧水而已。
處理傷口的過程感覺十分漫長，我緊握雙拳，活像是用力捶下汽車喇叭一樣，指甲都快深陷到肉裡面去。但她卻絲毫沒有給我稍作喘息的時間，整個過程感覺自己像是坐在電椅上被刑求一般。到後來或許是因為已經痛到麻痺，或是蕭璟幫我塗的藥發揮了藥效，肩膀上的疼痛感開始漸漸退去。
歷經整整十五分鐘的折磨後，她拿出針頭在藥瓶中吸取一些液體，那個藥瓶上寫著「免疫球蛋白」，她警告說：「可能有點痛，希望你不怕打針。」
「你覺得我會在乎打針嗎？」我咬牙切齒的說。
針頭插入我的肌肉，但周圍神經已經麻痺了，幾乎沒什麼感覺。最後她將一瓶「醫用三秒膠」在傷口上塗了一些，再包紮好我肩膀上的傷口。總算結束了這可怕的酷刑。
「大功告成。」她滿意的撥了撥頭髮說。
「終於。」我舒了一口氣。我稍稍活動一下左臂，雖然移動時仍然會有陣陣刺痛，但基本上已經可以正常活動了。我對她微微一笑，想說些感謝的話，但最後我只說：「謝了。」
「不客氣。」她把藥瓶都收進箱子裡放回櫃子，「你現在左手不要用力，過一到兩週應該就可以恢復了。」
「一到兩週啊……」聽起來似乎不長，但我現在連自己能不能活過一個小時都很懷疑了。「週」這個單位此時聽起來有點像奢侈的享受。
「還有，每天定時吃一顆抗生素，避免感染。」她拿了一些藥丸給我。
我接過來藥丸，「嗯，感染。聽起來真棒。」我邊說邊穿上上衣。
「喔，不，等等，」她一把搶過我手上沾滿血漬的上衣，「你不能穿這個，感覺像是死人一樣。不論是看起來還是聞起來都是。」

我點點頭，那倒是。「那妳有什麼建議嗎？」

「我找找看……有了。」她從一處的櫃子中翻出幾件衣服給我，「這是別人留下來的，穿穿看。」

我穿上一件藍色的長袖，袖子稍嫌長了一點，但捲起來就沒什麼問題了，「謝了，還蠻合身的。」我低頭看了看身上的衣服。

「很好，既然現在你傷口的問題解決了，我想已經累了一整天了，現在應該要……」她話還沒說完就突然張大了嘴瞪著窗外，我順著她的視線看過去，也露出同樣的表情。

「快把電燈關掉。」我低聲對她說。

她一面關一面低聲說：「我只有在軍事論壇上看過那些戰機，據說那是政府最新研發的新型戰機，好像叫炎帝。」我不曉得蕭璟關心軍事論壇，是不是因為她父親的緣故，即便她嘴上不承認，但日常行為仍可見心中對父親的掛懷。但此刻那無關緊要。

在我們的注視下，只見二十七架戰機呼嘯過夜空，正在追著一艘外星戰艦攻擊。而那幾架戰機似乎愈追愈近，感覺很快便可以消滅那艘戰艦，甚至毀掉整艘巨大的母艦。

「說不定我們今天就可以回去了。」蕭璟期盼的說。

她才剛說完那句話，下一秒情況急轉直下。近百架外星戰艦不知道從哪裡忽然冒了出來，瞬間擊落了數架戰機。剩下的戰機往四處散開，還有一架在微光中看起來是直直衝向那艘漂浮的巨大母艦，但僅十秒鐘內，全部變成一團團火球消失了。

那艘巨大的母艦下方，上百艘自其中飛出來的外星戰艦，和剛才那些毀滅空軍的外星戰艦一起，在下一秒鐘，遁入黑暗，不知道飛向何方。

看著這一幕的發生，我的腦中只有「震驚」二字。倒不是說我對於空軍被擊敗感到很意外，特別是在親眼看過它們如何毀滅西安那一大片土地之後，這多少在意料之中。只是……就在剛才，空軍潰敗、外星戰艦全數隱遁的剎那，忽然有股極為強烈的感覺向我湧來。那不是恐懼，而是一種純然的邪惡，我很確定這感覺的源頭，正是來自那靜默漂浮在空中的邪惡物體。不知道為什麼，我知道那些隱遁的戰艦正前往外面的世界。想到剛才那遠勝人類科技的武力和超越世上一切力量的邪惡，力量薄弱的人們卻不得不面對它們。

當我腦中轉著這些念頭，我有種奇怪的感覺，好像那邪惡的源頭正注視著我。它知道我在這裡，看入我的內心，掀起我最黑暗的想法，甚至讓我有種和它「連結」的感覺……我頓時感到全身顫慄，踉蹌的退後了幾步。

「嗯……倫尼，你還好吧？」蕭璟看著我的表情關心的問。

「我……我沒事，只是肩膀有點痛而已。」當然，這是實話，卻不是真正的原因。有生以來第一次，我感到自己極度的骯髒。

我看著她探究的眼神，不想再談下去。我強自壓下自己心中翻騰的思緒，揉了揉眼睛，故作疲累的說：「現在已經不早了，我們休息吧。」

她點點頭，似乎也真的累了，畢竟看了剛才的慘劇，我們都需要休息一下。

我們離開醫療站走進圖書館。晚上的圖書館感覺比醫院更加駭人，但我有許多半夜打報告的經驗，所以還滿適應的。我們最後來到四樓的客戶休息室，這間休息室其中一側的窗戶面向停車場，如果出了什麼事可以立刻看到。

我把房中唯一的沙發讓給蕭璟，自己選了房間的一角，拉下窗簾鋪在地上，再用背包當枕頭。她本來認為我有帶傷，應該讓我睡沙發，但我只回絕了一次，她就不再說服我了。我們都躺下後，蕭璟轉身朝內，「晚安。」

「晚安。」我聽到蕭璟已經睡著了，但我躺在地上輾轉難眠。如果我真的是魔鬼的一份子，那該怎麼辦？

中國．蘭州　軍事指揮中心

一切看起來都很正常。

張銘傑二級陸軍上將面無表情的站在落地窗前，俯瞰著這座城市平靜祥和的早晨。自昨天晚上那起外星訊息震撼全球，全國即刻宣布戒嚴，所有休假軍警全數歸隊，張銘傑上將也臨危受命，被指派為當地的指揮官，鎮壓此處所有的暴動，並防範一切可能來自西安的威脅。

其實蘭州不僅是人口眾多的城市，更是一處極為重要的軍事基地。中國對外以西的軍事威脅，全靠這面屏障擋下。現在西安爆發席捲世界的入侵風暴，雖然西安在此城市的西方，但此處的軍事部署仍是加強數倍。而這位負責保護著國家屏障的上將，肩上所承擔的責任更為重大。

張銘傑上將一向以沉默寡言且行動俐落聞名。他不愧是經驗豐富的將軍，只花了不到一天，便將此處的治安維護得和平常一樣，軍方戒備也整頓完畢，所有攻擊直升機和地對空飛彈及軍隊部署都已經安排妥當，就等著任何可能出現的威脅。

此時他站在指揮中心內，看著螢幕上所顯示的各式資料，方圓兩百公里的空中雷達、軍隊部分布、飛彈狀態、衛星空照、公安調度、氣壓濕度、全市水電供應流向、人口的動向……所有數據都十分正常，雖然不時有些許波動，但都在正常範圍之中。除了昨天電力系統一度被人破壞之外，沒有任何不正常或危險的情況出現。

「報告長官，數據一切正常。」一官員對著站在窗戶前的上將報告。

「空中防禦狀態呢？」張上將漫不經心的問。

「報告，雷達偵測系統一切正常。」

「他們可能有電波隱蔽的科技，雷達有可能偵測不到。」

「我們的衛星影像每五分鐘更新一次，都沒有看到任何不明物體的接近。」

「很好，」張上將低頭想了一下，「把資料彙整一下寄給中央，每四個小時要重新整理一份。之後的數據只要正常就不需要向我回報了。」

「是的，還有什麼需要交代的嗎？」

「沒有了，快滾吧。」

「是。」

等旁邊的官員離開後，張銘傑上將繼續負手望著窗外的風景，表情漠然，似乎在沉思些什麼。寂靜了好一會兒，任乾昌中校靠近到他身邊，「長官，剛才邊界軍隊回報，說邊境一切正常。」

「很好。」上將倒了一杯酒，「要喝一杯嗎？」

「報告長官，現在是執勤時間。」

「答對了。」說完他將酒杯湊倒嘴邊，可猶豫了一下又放到桌上。

「您還好嗎？是不是太疲累了？」下屬關心的問著。

「我不知道，」他伸手指著窗外一隊巡視的軍隊。

「您需要休息一下，您從昨天起就一直在第一線鎮壓和巡視狀況，還要定期回報中央，一直沒有休息過。」任乾昌說。

任乾昌中校和張銘傑上將當初在軍中結識，是隊中最好的朋友。雖然後來軍階有別，但只要有空，他們還是會聚在一起聊天。

「你跟了我幾年了？」張銘傑上將問。

任中校想了一下，「五年了吧。」

「是啊，五年了，」張上將看著窗外，「你知道當初我認識蕭安國部長時，我還只是個少尉，而那時他就是我現在這個位置。第五十四軍團也是訓練精良的陸軍，哪知道居然才一天的時間就全軍覆沒。想到現在我所面對的是當初消滅他們的敵人……」他轉頭看著一旁的中校，「你一定覺得我今天有些多愁善感吧？」

「面對那麼大的壓力，有些話說出來會好些，何況聽說中央不久前已經派出空軍了，想來再過不久威脅就會結束了。」任中校對著上將兼好友微笑說道。

「也是，幸好這裡有你，讓我有個可以說說話的對象。」上將笑著轉向任中校。

任中校聽了微微一笑，正要開口接話，忽然身後傳來「嗶嗶」聲響，兩人一同回頭，幾名技術人員回過頭，說：「地對空飛彈防禦系統和通訊系統出了一點小狀況，應該只是電腦的問題，數據都還穩定，不用太擔心。」

任乾昌中校看了上將深鎖的眉頭，對他低聲說：「我去確認一下，您不用擔心。」

張上將點點頭，中校立刻轉身出門。

等中校離開，上將坐回椅子，臉上緊繃的線條才開始稍稍放鬆了一點，並閉上眼睛稍作休息。

可他才放鬆不到五分鐘，門口突然就被「砰」的一聲撞開來，中校全身衣服和帽子都歪掉，滿臉惶恐的衝了進來，不等上將開口，他結結巴巴的說：「打……打來了！」

張上將一聽，心跳頓時增快三倍，一個箭步衝上去抓住中校的肩膀，使勁的搖晃，「你說什麼？誰打來了？」

「長官……是……是他們……」中校眼神散亂的說，「前線的地對空飛彈防禦系統已經全部被破壞，駐守的軍隊也被消滅了……」

「他們怎麼可能靠近而不被發現？這裡明明顯示一切正常啊！」上將抓著中校的肩膀，同時轉向技術人員質問，他們顯然也一樣滿臉驚恐。

「我……我們不知道啊！明明衛星和雷達還有系統……」

「他們封鎖了我們前線的通訊系統，切斷了和我們的聯繫，而且他們的戰機也有尖端隱形科技……他們已經打倒前線的部隊，正向我們攻過來了！」中校驚恐的說。

上將一臉茫然，一向行事強悍俐落的他，此時居然完全沒有任何頭緒。與此同時，指揮中心門外也傳來陣陣呼喝跑步聲，窗戶外面傳來尖叫開槍聲。上將一聽到這聲音，立刻放開抓住中校肩膀的手，趕忙衝到窗戶旁。

這一看，把本來就已經絕望的情勢澈底打入地獄。

在西邊的空中，近百架來自西安母艦的外星戰艦突然從隱形狀態出現，像是從「超空間」跳出來一樣，它們已經越過邊界的防線，正對著城市四處開火，被閃光擊中的物體都沒發出爆炸聲，而是直接被汽化了。軍警拿著槍對著空中無力的掃射，同時又要面對四散奔逃的人民，當真是完全陣腳大亂。

上將從震驚中恢復回來，轉頭對技術人員大吼：「你們在等什麼？快點通知中央！」

「將……將軍，」技術人員一臉痛苦的說著，「我們現在和外界的一切聯繫都已經被切斷了，手機電話也不能用了！連對鄰近軍隊求援都沒辦法。」

「我們自己內部的聯絡呢？」

技術人員敲打了幾個鍵，「沒有問題。」

「很好！我要去作戰指揮部，」上將從桌上拿起帽子戴到頭上，「啟動所有市內的自動機槍炮、高射炮、導彈車，邊境以內的防空系統應該都沒問題吧？趕快啟動，此外立刻廣播通令全軍，所有軍隊五分鐘內到各單位集合，進行反擊。基地所有的攻擊直升機要在三分鐘內出動，不必等我命令，我要他們派出最精良的ka—50攻擊直升機。還有，盡你們一切所能恢復通訊系統，想辦法向中央和周邊其他軍事基地求援。」

「將軍，您應該先前往地下碉堡……」

張上將不理會其他人，一口氣交代完所有的事便衝了出去，任中校也尾隨他離開，技術人員立刻低頭瘋狂的敲打鍵盤工作。

各單位軍旅能夠在五分鐘內集結好，雖然稱得上是訓練有素，但若非昨天發生震驚世界的入侵事件，軍隊正處在最高警戒狀態，否則也不可能這麼快部署好。即便如此，當張上將在隨扈的保護下抵達指揮部時，整座城市已經一片混亂了，三分之一的建築物被炸毀，幾乎沒有一棟建築物是完好無損的。

此時人民在警方的疏導和外星戰艦攻擊下，已經全部躲進房屋內，但就現在的情況來看，房子內似乎也不比外面安全。架在防空塔上的自動機槍對著在空中來回穿梭的外星戰艦開火，卻是一個也沒有打中，反倒是一半的機槍都被炸掉了。

其餘軍官看到上將趕來了，連忙跑上前，張上將不等副手開口，便先大聲問：「空軍呢？」

「正在趕來的路上。」副手指著螢幕上標示著空軍基地出發的數個黑點。

「防空系統都準備好了嗎？」

「報告長官，全都準備好了。」一名士兵回答。

張上將透過窗戶看著一架外星戰機又炸毀一棟建築物，「你們在等什麼？」

數發高射炮和飛彈從地面四面八方的往目標射去，可準頭卻是出奇的差，大部分的飛彈都漫無目的的在天上亂飛，有幾枚擊中了一架敵機，但在爆炸過後卻仍然毫髮無傷，轉瞬間防空系統又被摧毀大半。

「這到底在搞什麼鬼？」上將看到這種情形氣得大罵。

「將……將軍，它們的戰機不會產生熱能，速度又太快，飛彈根本沒辦法追蹤……」操縱系統的士兵一臉慌急的說。

「去他的！」張上將咬牙痛罵，「中央到底還隱瞞了多少資訊？」

「空軍來了！」一名軍官指著空中出現的大隊直升機、戰機說。話語中似乎還刻意帶有一點興奮，企圖提振潰散的士氣。然而接下來的二十分鐘，簡直是一場大屠殺。

理論上三十架的頂級ka—50攻擊直升機和好幾架的殲—20及蘇—27應該能對敵人構成很大的威脅，但對外星艦隊而言，卻絲毫起不了任何作用。空軍排成三角攻擊隊形向敵方開火，地面攻擊部隊也極力協助對抗外星戰艦，難以計數的子彈、刺針飛彈源源不絕的往它們射去，但在敵方眼中，卻如同海浪撞擊礁石一般，起不了任何作用。

那些飛彈要不是無法追蹤敵機，就是在接近目標前幾公尺處就爆炸，完全沒有造成任何傷害，子彈就更不用說了。幾架戰機企圖包圍敵機，卻被敵方以數倍的速度反制消滅，而飛彈爆炸的威力和熱氣不但讓地面上的部隊呼吸困難，也對戰機飛行造成了困難。

軍方的戰機和坦克一個個被敵機射出的閃光給汽化消失。一些被炸成火球的直升機撞垮許多脆弱的建築，甚至有些還掉到軍隊中，炸傷了大批士兵。

「那是什麼？」一名軍官驚恐的舉手指向空中。眾人在驚慌中並沒有注意他這個舉動，但張上將注意到了。他順著軍官的手看去，只見城市上空好幾個銀色物體從外星戰艦上掉下來，投擲到城市中各個軍隊據點。一開始眾人以為那是炸彈，嚇得倒抽一口氣。可只過了三十秒，大家就開始希望掉下來的是炸彈。

上百個被稱之為「地鼠」的殺人機器，被投放到地面上的軍隊裡。一著陸，它們的眼睛立刻轉為鮮紅，對著一切所見目標射出致命的光線。軍隊四散奔逃，卻都成了活靶，地面陸軍的戰力瞬間被瓦解。

而在軍隊之後，指揮中心已經被外星戰艦給澈底摧毀，炸成了一堆瓦礫碎片。

這座防護中國西側的最大軍事屏障，就這樣在一個小時之內被澈底的粉碎了。而那位身經百戰、向來行動狠辣果決的張銘傑上將居然是在外星戰艦轟炸建築時，被瘋狂逃命的人給活生生踩死。而在他身旁的任乾昌中校則是左臂、右腿中彈後，在一陣爆炸中向後飛出，痛苦倒地。

整座城市在經歷了這恐怖的洗屠後，所有的軍事基地全被毀壞殆盡、人民惶恐的躲在家中、軍隊更是死傷過半，活下來的或多或少都受了些重傷。在空軍基地中所有的攻擊直升機和戰機也被摧毀，飛彈系統被炸掉，還造成地表上好幾個巨大的凹洞。而民宅大廈完好的剩不到一成。無論如何都不可能再抵抗下去。

外星戰艦和地鼠們在摧毀軍方防線後，又在空中盤旋了大約五分鐘。不知道是出於憐憫或是此處已不再對他們構成阻礙，在地面掃蕩軍隊的地鼠以不知道什麼方法瞬間全數被吸回到戰艦裡。等地鼠一回到戰艦上，它們立刻在高空中隱身消失，迅速寂靜地朝下個目的地飛去。

空中青天依舊，彷彿剛才什麼事都沒有發生。等外星艦隊離去，任乾昌虛弱的從指揮部殘存的廢墟中撐起身體。他看著死傷無數的軍隊和人民，不禁全身顫慄，同時又舒了一口氣，「終於結束了……」

他低頭一看，發現自己的左手臂正在發黑。

44

中國．西安　陝西省圖書館

從那晚看見外星戰艦毀滅空軍後，我們的壓力都很大，身心俱疲。所以這幾天我們差不多晚上七八點就睡了，一直到隔天早上十點才起來。這幾天生活其實還滿正常的，除了偶爾空中會有些戰艦巡邏飛過，害我們嚇出一身冷汗之外，基本上就和平常一樣。這裡白天的風景真的很漂亮，而下午我們通常會各自在圖書館裡探索。這裡有超過四百萬本書籍，其中古籍占三十萬本，小說、散文等文集也有三百五十萬本以上。這棟建築物高十二層樓，我們可能要花一週以上的時間才能探索完畢。

現在外面到處都是隱形的巡邏戰艦和地鼠，所以我們大部分的時間都還是待在室內。好消息是，這裡的書可是我們閒來無事打發時間的最佳休閒娛樂，像我最近剛讀完一本尤金．薩米爾欽所著的《我們》。這本書和《一九八四》、《美麗新世界》並列為「反烏托邦三部曲」，我也不知道自己為什麼想看這類書，可能是因為對現實有些絕望了。

在我們逃離那個恐怖指揮中心時，蕭璟意外的發現自己原來身上還帶了一副撲克牌，不過我們只有兩個人，只能玩一些像是雙人橋牌或是接龍之類的遊戲，不過這對於在逃命的人來說已經是很奢侈的享受了。

然而在這個被外星軍隊封鎖的死城中，絕大部分的時間我都是在「古籍區」翻找史料文獻，或者在圖書館電腦中搜尋庫存的資料。

每次看到電腦，我就有種奇怪的感覺，我猜可能是因為最初我會產生幻象就是因為一台電腦造成間接的影響。但似乎不是那樣，這感覺像是我忘了什麼重要的事，但就是想不起來的那種。

今天我比較晚起床，當我起來時都快中午了。蕭璟早就醒了，還做完每天的例行公事，也就是清點存貨。

我們從指揮中心逃出來的時候很匆忙，雖然她很有先見之明的準備了食物和飲水，但畢竟事發突然，我們準備的飲水和罐頭只夠我們撐個十天。如果省著吃的話，或許可以再多撐個三到四天。水的問題還好解決，這裡有許多飲水機，然而，食物就比較麻煩了。我們找遍整棟大樓和餐廳，只勉強找到一些罐頭和一條不知道為什麼還保存良好的神奇牌土司。這些食物或許可以撐個兩到三週，但我認為能活過兩週是太遙遠的渴想，所以並沒太在意，蕭璟卻很執著這個，每天仔細的盤點並限制飲食，害我到現在都還沒吃飽過。

現在我席地而坐，難過的吃著今日的午餐配給──半罐鮪魚罐頭搭配半片昨天找到的神奇牌白土司。為什麼都是一半？

「因為其他是晚上要吃的。」蕭璟這樣告訴我。

她以身作則，連土司都沒吃。我想可能是為了讓我好受一點，或是體諒我的肩膀受傷，所以幫我加了一片土司，又或者想讓我閉嘴。

有那麼一刻，我考慮一次吃完整個罐頭，但有兩個原因讓我很快就打消了主意。第一、如果現在吃完，她晚上絕對不會再給我東西吃；第二、那罐頭味道其實很糟。

我吞下一口搭配鮪魚的土司，抬頭看了看蕭璟，她正低著頭吃著和我一樣的罐頭。她把馬尾捲在一邊肩膀上，眼睛周圍有淡淡的黑眼圈，面容似乎比平常蒼白，感覺也更清瘦了，整個人看起來非常疲憊。這讓我感到慚愧，自己居然還在抱怨吃的不夠多。我雖然中了一彈且腦中不時湧出奇怪影像，但她這幾天所承受的壓力絕對比我大得多。

我一面吃，腦中一面轉著這些念頭，沒發現自己已經吃超過半罐了。我低聲咒罵了一聲，趕忙放下罐頭，但往好處想，至少晚上可以少吃點難吃的東西了。我瞥了蕭璟一眼，她似乎沒發現我剛才的動作，只是繼續小口的嚐著她的罐頭。這不尋常的沉默讓我不大舒服，我清了清喉嚨說：「嗯，所以……今天有什麼計畫？」

「活下去。」她說得那麼隨性，好像只是在談今天的天氣。但表情十分認真，我知道這不是玩笑話。

「嗯，很棒的計畫。」我點點頭，「我的意思是，今天打算做些什麼嗎？」

「我不知道，」她把罐頭封好放到一邊，「我是說，現在外面也不知道已經鬧成什麼樣子了。我們在這裡與世隔絕，每天悠閒過活，簡直就像拓荒者在曠野中生活一樣。」

「只是我們的曠野是在席捲全球的外星軍隊總部之中。」我指出一點。

「有時候我很嚮往無憂無慮、簡單過日子，不必煩惱成績和工作，或是今天能不能活下去。」她露出有些羨慕的神情。

「是啊……」我露出有些迷惘的眼神，「就像我小時候……」

我突然頓住，抿了抿嘴唇。我太蠢了，沒有壓抑好我的思緒，明明已經決定要將它塵封在深處，卻總是不經意的浮出腦海。「總之，我以前也很嚮往這樣的生活。」

蕭璟一定注意到我臉上短暫的變化，她用一種探究的眼神看著我，好像我是某種藍圖一樣，她低下頭撥弄手上的手錶，我記得她說過，那是她母親送給她的生日禮物。

「你知道……這幾天所發生的事，會讓你開始思考，關於重要的人。」

我不安的扭動身體，不知道她要說些什麼，她繼續說下去：「很多人，當他們還活著的時候，你不會在意到，甚至會為了一些很蠢的理由憎恨他們……」她的聲音有點哽咽。

「嘿，璟，妳如果不想說……」

「我的意思是，永遠不要和家人糾結於過去的心結，以為他們永遠不會離開你。我在蘭州有一個叔叔和表哥，我從來沒和他們互動過，但如果這次我可以活著離開這裡，我打算要去找他們，好好認識一下我的親人。」她直視著我的雙眼。

「倫尼，記得那天晚上你告訴我不要糾結於過去，要敞開心胸，坦然面對。你說要運用自己的聲音說出來，不然就只能永遠困在過去的陰影中。或許你該實踐自己所說過的話了？試著告訴我，說不定會舒服一點？」

我緊咬下唇，左手在背後緊握，肩膀上的傷口似乎又有些陣痛。當然，要說出過去其實沒有什麼大不了的，要是平常她這樣問我，我一定可以說出來。或許剛開始會有點抗拒，但絕對還是會說。只是現在只要我一憶起過去的時光，背脊彷彿有一根冰冷的手指劃過，勾起我心中最黑暗的思想，讓我陷入極端的恐懼中。這樣說起來很詭異，但我這幾天來的暈眩大多和這脫不了關係。我感覺左腹上方許久以前的痕跡再次灼熱起來，疼痛幾乎壓過肩膀上剛治療好的槍傷。

「嘿，我總有一天會告訴妳，但不是現在，好嗎？我還沒有準備好要回想那些過往。」我不安的回答，這和我當初在陽台上答覆一模一樣。

她眼神有些哀傷的看著我，最後點點頭：「好吧，這是你的自由。」她說完將我放在地上的罐頭撿起來，「現在是自由時間，你可以到處亂逛。還有，剩下的這些就是你晚上可以吃的。」

喔，真好。我本來應該會抱怨的，但現在的我亟欲離開這裡，找個地方去沉澱思緒。

離開房間後，我在走廊上到處亂走。本來想說是不是去找點書看看，但最後我知道我需要的是新鮮空氣。

走出這棟建築物，在外面的樹林裡隨意走著。現在才剛進入春天，加上這裡的緯度，按理來說應該很冷。但或許是因為這裡不久前才剛被外星人的重武器給轟擊過，所以空氣只是略微沁涼，讓人感到舒適。剛才升起的恐懼情緒又漸漸平復了。

和煦的冬陽照在大地，微風吹拂，大樹隨風搖曳，發出樹葉摩擦的聲響。天上萬里無雲，青天白日依舊，彷彿這裡從未發生過這有史以來最可怕的入侵事件。然而，遠方那飄泊在空中的銀色星艦卻告訴我，事情不是這麼回事。

我走到一株梅樹下，看到五片花瓣和花蕊組成了一朵在冰涼的空氣中帶著清香味道的梅花，我撥弄著一片花瓣，心中開始回想剛才在屋內所發生的一切。

我曾對蕭璟說過心中許多難處，只因自己太過糾結於過往，應該說出來，並坦然面對。但我說得出這一番道理，卻無法付諸行動，仍被過去綑綁著。最近的感覺尤其強烈，好像有某種外力不斷放大心中的恐懼，並隨著時間而增強。我開始懷疑，如果我無法控制自己的恐懼，會不會最後被自己的恐懼所控制？

這個念頭讓我打了個冷顫，心想：「好吧，來試試看。」我張開嘴，試著將過去的記憶說出來：「沃克．馬修斯，海倫．茱莉亞……」

一唸出那個名字，我感覺肚子好像猛然被揍了一拳，情緒頓時洶湧翻騰，一幕幕影像如潮水般湧上。他輕蔑鄙夷的眼光、她狂亂空洞的神色、她額間流下的殷紅，和瞬間閃過的尖銳銀光，「POLICE」的字樣在我眼前出現，接著便是星艦中黑暗密室的大笑……這次情況比上次更加惡化。我緊按著左腹，一陣強烈的灼熱感蔓延到全身。肩膀上的槍傷也許是身上轉瞬間的劇痛，然而，這個印記卻隨著時間流轉，沉重的壓在我的心靈和每個細胞上。我強自壓下心中的情緒，等混亂的影像和灼熱感漸漸變成模糊，才睜開眼睛。我苦笑著：時候還沒有到。

我想起那天當我望著空中的外星星艦時，一剎那之間，和「它」有短暫的心智連結，我忽然了解到它可以做出多麼殘酷的事，我感覺心中情緒的波動和密室中的力量呈正比成長。我抬起頭往空中看去，巨大外星戰艦漂浮在空中，在陽光照射下外殼銀白無瑕，彷彿從亙古就一直在這裡。而事實也正是如此，它已經在地下深埋了兩千多年了，誰能有與之抗衡的力量？

我一定呆望了它好一段時間，最後是一道黑影把我從思緒中驚醒。我抬頭看向頭頂上方，什麼都沒有，但我知道永遠不要覺得自己所在之處是安全的，我已經在外面逗留太久了，應該要回去了。

一路上我小心翼翼的沿著遮蔽物走回去，免得被空中巡邏的戰艦看到。走回我們住的休息室的路上，我猜想蕭璟不知道正在做些什麼，是看昨天的那本葉慈詩集嗎？就在這時，我行經資訊間，看了裡面的電腦一眼，忽然腦中開啟了一道記憶。

電腦、電子產品、秦朝……我想起當我和蕭璟離開指揮中心時，我拷貝了一份資料到硬碟中，那時還差點為了它丟了性命，而它現在正躺在背包中的某處。

我直覺似乎還有一件也和電腦有關、且更為重要的事沒有想到，但現在管不了那麼多，我立刻飛奔回去研究室，一把推開門，劈頭就問：「那個硬碟呢？」

蕭璟全身顫了一下，她正在看葉慈的詩集，我果然猜對了，她抬頭看向我，「什麼硬碟？」

「就是那時在指揮中心我拷貝資料的硬碟，妳一定還記得吧？」

「喔，那個啊，」她的語氣似乎沒有我那麼興奮。她把身旁的背包拖過來，翻找了一下，掏出一個黑色的硬碟，「是不是這個？」

「就是它。」我把它搶過來便往外走。

「等等，你要去哪？」

「去資訊中心。」

「你不能去那裡，」她歪了歪頭指向窗口，「這裡才能注意到外面的情況，隔壁有兩台電腦，你把它們搬過來就好。」

我沒有爭辯。所幸現在的電腦都還滿輕薄的，不費太大的力氣，我接好電腦的電源，一臉期盼的看著蕭璟。

她聳聳肩，把硬碟插入電腦後面，螢幕上立刻跳出一個檔案「極機密—地鼠計畫」，她點了進去，結果驚呼一聲，「怎麼回事？」我連忙問。

「這個檔案有雙層加密。」她指著螢幕上的「禁止登入」字樣說：「指揮中心的電腦一定有特定程式能開啟。這個還附有警告系統，如果我們開啟的話，它會發出警告訊號給政府。」

「現在還有辦法嗎？」我疑惑的問。

「我不知道，如果可以，倒是一件好事。」

「妳有辦法解開嗎？」

「當然。」她回答得這麼迅速，讓我十分意外。

「我以為妳是讀醫科的。」

「我是啊，」她眼中閃過俏皮的光芒，「拜託。現在是二十一世紀資訊時代，每個人都至少該有一樣以上的才能吧。」

「真是多謝了喔。」我低聲說，同時不禁猜想蕭璟究竟還有多少我所不知曉的背景。也許每一個人對另一個人而言，永遠是個謎。

她敲了敲鍵盤，螢幕跳出一個黑色的視窗和一串數字，「設計這個的人很聰明……但還是有漏洞，我只要花個二十分鐘就能破解。」她一面說，手指一面在鍵盤上飛舞，「倫尼，你可以先到旁邊坐著休息一下，這要一段時間。」

我坐到一旁看著蕭璟。她臉上的表情看起來很高興，可能是因為這幾天下來終於遇到一點有趣的事了。她眼神極度專注的盯著螢幕，輸入一堆我不知道是什麼的東西。她看著螢幕專注的眼神，幾乎要讓我嫉妒了。

我一直覺得自己好像還忘了一個更加重要的東西，但現在我只想先專注在眼前的事就好。不知道過了多久的時間，可能十五到二十分鐘吧，蕭璟面露微笑，雙手從鍵盤上移開，「成功了。」

45

聽到蕭璟成功了，我立刻興奮的跳到她身邊。

「快打開來看看。」我把身體移向螢幕。

「問題是要打開哪一個？」

真是個好問題。上次我打開這個檔案時，是在心情極度低落的時候，當時只是隨便打開看看，並沒有太過認真。現在要認真又不知道從何看起。

「試著搜尋看看……地鼠吧？」

蕭璟在右上方輸入欄位中打「地鼠」二字，「這份檔案最大。」螢幕上跳出了一堆圖片、編號、研究數據，還有訊息備忘錄，蕭璟隨便點開一份資料，這是一封程通治研究員寫給研究院院長的信件，上面附了四張「地鼠」圖片，分別是它的橫切面及縱切面掃描圖，和覆蓋泥土以及清理過後的外觀圖。

「這封好像是在講地鼠的結構。」蕭璟指出。

收件人：地鼠計畫所有參與成員

寄件人：程通治研究員

主旨：地鼠結構

寄件日期：2020.5.17　時間：09:27

目前地鼠計畫所需的研究樣本已經累積到了十一組，對於地鼠的結構，我們也有了突破性的進展。

上次針對這些地鼠的外部結構，已經提過最外層是由金屬「鋐」元素所構成，這種元素抗腐蝕性極強，可使地鼠外觀保持抗氧化性；第二層結構是一種具有流動性的金屬所組成，卻具有極堅韌的硬度，此種金屬於上次報告已經提過就不贅述。

今日研究員以紅外線掃描方式對其進行三百六十度觀察，結果有著更加驚人的發現，地鼠的內部構造幾乎都是和第二層外殼一樣，為流動性軟金屬，之中藏有些許線路，以及較為堅硬的金屬骨幹架構，此種金屬我們認為可以隨意調整其電阻大小，對於地鼠內部傳訊及能量接收有莫大的幫助，研究團隊甚至認為它可以有隱蔽效果。其運作原理將會是之後研究的重心。

至於此次報告的重點，在於地鼠的核心部分，如掃描圖片上的綠色光點，我們認為這個是地鼠的能量來源，相當於我們人類的心臟。根據我們研究團隊對它的初步估計，它足以在每秒產生三百億焦耳的能量，並將此核心命名為「方舟」。

我們將方舟和地鼠內的流動金屬做了比較，推測這或許可以作為一整套武器系統，以方舟核心能量作為源頭，再經由此一金屬，可發出極為強大的攻擊能量，至於是否能將其運用在軍事上面，還有待日後發展。

看到那些殺人機器人的結構剖面圖，給人的感覺十分詭異，蕭璟皺著眉問：「這種資訊對我們有什麼幫助？」

「這只是其中一份報告而已，其他報告一定還有更加有用的東西。」

「但如果那麼有用，為什麼政府會打不過它們？」

我聳聳肩，「那些政府官員可沒有經歷過腦中出現幻象。」

「那倒是。」她嘆了一口氣，聽起來並不是很相信，但還是陪我繼續搜尋下去。

我們略過了許多之前看過的封鎖行動程序之類的檔案，而為了預防在路上遇到巡邏戰艦或是地鼠，蕭璟大多都點進去看一些關於地鼠科技的研究報告，雖然我認為這完全沒有用處。諷刺的是，我自認比世上任何人都擁有更多資訊，卻看不懂這大部分的內容，反而是蕭璟看得滿有興趣的。

資料中有一個主旨標明「病毒」的檔案，內容描述部分碰觸到地鼠的人會有全身肌膚組織潰爛的情形，而研究發現這是一種保護地鼠外部的奈米機器人，研究員認為這或許可以發展為攻擊癌細胞的醫療用途，蕭璟對此感到興奮不已，我則是感覺噁心。

大約過了二十分鐘，一看到成堆的專有名詞，蕭璟興趣勃勃，但過了十分鐘，她也不想再看了。

「看來我說的沒錯，這裡面什麼資訊都沒有，至少沒有任何對現況有用的資訊。」她一副早已料到的樣子。

「是啊，但是……」感性上，我很想關掉檔案去睡覺。但理性上我覺得費盡千辛萬苦還差點丟了性命，好不容易才搶救出這個硬碟。而蕭璟更是費了好大的力氣破解了它的加密，於情於理我都應該勉強再看一下。這時我想起在指揮中心時曾經看過的一篇檔案，內容是關於那個地下不明物體的資料。

「試著搜尋看看……地質年代，或是歷史年代之類的。」我對蕭璟說。

「就聽你的。」

螢幕上跳出一個小檔案，裡面只有三份資料而已，分別叫做「地質年代」、「地層分析」以及「地下不明物體及地鼠所處歷史年代探討」，我充滿期待的點開檔名為「地下不明物體及地鼠所處歷史年代探討」的檔案。

收件人：王院長
寄件人：雲同浩研究員

主旨：地下不明物體及地鼠所處歷史年代探討

寄件日期：2020.5.17　時間：10:43

之前研究團隊曾經提出，根據地下不明物體所處的地質，那是在西元前兩、三百年，而若和此時中國的朝代比對，正是處於戰國末期和秦朝初期的年代。不久前，研究團隊要清理地鼠表面陶片泥土時，意外發現在上面有些許古老的文字，根據推斷，大致上是小篆，而此一文字所盛行的時期，正好和地下不明物體所處的歷史年代相同，對於此一外星異體到達地球的時間又更加確認敲定。

耐人尋味的是，這些地鼠表面所覆蓋的陶片為何會有文字？這代表人類在那時一定和這些物體有所接觸，更有甚者，有所崇拜。這些地鼠大多都分布在接近地下不明物體所在之處的四周地底下，臨潼區驪山附近尤其多，且此處的地層堆積從很久以前便被發現具有接收高能電波，以及重力異常的現象。

尤其重要的是，此山同時也正是世界知名的歷史遺產，秦始皇陵所在之地，當時由於地質異常並沒有往下深挖，時至今日，才發現那不明物體正是在其之下。兩者關聯似乎並非巧合，再加上地鼠表面所覆蓋的陶片上有著秦朝的代表文字。更讓外星異體和中國秦朝年代之間的關係益加複雜。

綜合以上發現，研究團隊大膽推測當時秦國人類和外星科技、甚至物種有過直接接觸交流，或許這正是秦朝為何當年工程科技能夠獨步全球，領先世界千年的原因。

有鑑於研究團隊在地鼠外殼上所發現的小篆，我們同時推測，秦始皇陵中的兵馬俑的模型也有可能是依照地鼠為範本去製造，秦始皇陵坐落在那地下不明之上，更可能是當時人們崇拜外星異體所導致。然而若當時人類和外星異體有所交流，為何在史書上從未見過相關記載，這只是其中的一個疑點。

除此之外，在地鼠外殼上還有少部分的希臘文及希伯來文，西方的文明可能也有和他們接觸，但由於發現樣本過少，故我們推測其關聯還是和中國為主。

這又和此次信號來源，克卜勒452b有何關聯？這顆地球2.0會不會是當時人們許多神話的起點？這都有待日後研究發現。
「我就知道！」我激動的站了起來，蕭璟被我的舉動給嚇到。
「你知道什麼？」
「在我的幻影中，一直斷斷續續地看到一些身穿中國古代鎧甲的人出現！我甚至看見有一群銀色人形和那些地鼠，它們站在一個人面前！聽那個人說話……」
「所以……」蕭璟的表情看起來也很不可置信，「人類從那個時候就和它們交流？而它們那時對人的態度是友善的？而秦始皇陵……也就是說秦始皇甚至有帶頭崇拜外星科技文明的行為？這也是那時某些科技超前當代數千年的原因？」
「不對。」我皺著眉說，「根據史書記載，秦始皇一生極為自負，從不把神明鬼怪放在眼裡，『德兼三皇，功蓋五帝』聽說過嗎？這是他對自己的評語，所以他又如何肯承認世上有比他更偉大的人呢？」
「你說得對。」蕭璟想了想說：「那麼要怎麼解釋報告上所說的那些文化交流，或者稱為學習？而史書上為何從來沒有相關的記載？」
我緊握拳頭，像是想打通這道謎題的最後一道關卡。我心想是什麼讓我那麼篤定自己的猜想？我思索著過去所看過的片段影像。
有個衛兵隊長說：「沒關係，皇上要我們找出那樣東西就好……」
有個身穿長袍的人對著成群地鼠大聲咆哮：「找出他們，殺光他們全部！」
那個人穿著亮眼衣著，手上握著武器指著房中的另一人大吼：「把它交出來！不然我遲早會找到它！」
高聳入雲的尖塔散出炫目的白光……
巨大暗室中盤據著恐懼……
「那時候的人並不是和他們交流，秦始皇也沒有崇拜他們。」我咬牙切齒地說，同時釐清自己的思緒，

「而是……而是他們根本就是一夥的！」

「什麼？」蕭璟的神色有些疑惑，「那怎麼可能？你是從哪裡推測出來的？」

「就是……」我試著找出一個具有說服力的理由，最後搖搖頭，「一種感覺。」

蕭璟點點頭，也沒有要嘲笑我的意思，畢竟這幾天下來，他已經習慣我時常冒出一些無俚頭的話，「你說的可能是對的，只是資料太少了而無法確定。但他們之間一定有某種連繫啊！你還記得那塊石板上說的……」

「沒錯，就是石板！」我突然大叫一聲，我剛才一直想不到的東西，就是那塊石板！

「倫尼，你可以不要一直自顧自的說話嗎？石板怎麼了？」蕭璟困惑地問我。

我轉向她，急切地說：「你還記得當初在西北大學圖書館廢墟中，你曾經在蕭……在其他人不注意的情況下拍了幾張石板的照片嗎？那些照片還在嗎？」我差點說出蕭安國的名字，所幸及時改口。

蕭璟可能有注意到我突然改口的事，但她並沒有露出太大的表情，讓我鬆了一口氣，「應該還在我手機中，讓我找找看……」

她從背包中拿出手機，用電腦旁的傳輸線接上去，「這台手機沒電了，要等一下。」

我在一旁急切地等著，雙手不斷交互緊握，兩腳一直原地踏步，簡直像是尿急一樣。過了兩分鐘，手機螢幕才亮起來，她點選手機的照片圖庫，找出了她當時拍的那幾張照片，並把它們給點開放大。

「我這些照片並不完整，因為那時有一部分在很深的地底，」蕭璟警告我，「還有……這些文字都是小篆，我不會唸，倫尼……？」

我靠了過去，一如過往，我一看到那些字，它們便像是內建在我腦中，我毫不猶豫的將它唸出來。

「秦始皇帝者，歷朝皆以為其秦莊襄王子……」

秦國帝都　247 B.C.

「……年十三歲，莊襄王死，政代立為秦王……」

在烏雲密布的夜空下，天上大雨不斷，然而秦國帝都的大臣正匆忙的準備明日新主繼位秦皇的事宜。莊襄王不幸去世，年僅十三歲的嬴政即將繼承戰國七雄中最強大的秦國，而宮中太后和呂不韋此時正盤算著幼主即位後，要如何鞏固壯大自己的勢力。

然而，正當宮城中人心浮動，爾虞我詐之際，在遙遠的地下，浮現了另一件悄然無聲、卻驚天動地的大事。

一萬三千年前，一艘巨大的銀白色星艦，以無人知曉的狀態，將外部隱形，悄悄的以近光速進入大氣層，劃過平靜的夜空，降落在地表之上。先進的推進技術，讓它以極速靠近地表時仍能瞬間停止，連一陣空氣都沒有攪動。

星艦沉睡了上千年，就在那天，某種機制開啟了星艦的核心區域。負責主導星艦以光速穿越星際的中央電腦，亮起了紅色的光芒，密室裡無名的生命在休眠指令的解除下，漸漸的睜開了腥紅的雙眼……

當一道霹靂閃光照亮地面時，巨大星艦側邊開起了一道開口，一個皮膚蒼白、渾身裹著暗影的巨大身影走了出來。牠腥紅的瞳孔，在閃電擊下時縮成陰寒的一條細縫，就像蛇的眼睛一樣。在牠背後，大批閃爍銀光的人形物體排開不動，在牠兩側是四名和牠一樣高大黑暗的身影站立在旁，但不知道為什麼，在牠身邊卻感覺極為渺小。

牠抬頭望向空中，似乎在分析這裡大氣，然後將眼光轉向遠處巨大的宮殿，臉上出現了一個堪稱為微笑的表情。整隊令人望而生畏的物體，在下一道閃光霹下時盡數消失不見。

而在風雨飄搖之中，連星艦內的生物都未曾察覺時，一架外觀小型銀白的飛行機尾隨著巨大的星艦，停在遍布暗影的山巔之上。

十三歲的嬴政，此時正坐在床邊，凝視著窗外。

明日就是他繼位的日子，他將成為全中國當時第一強國—秦國的最高領導人，而且有可能的話，他會達成數百年來秦國歷任君王渴求的夢想，中國說不定會在他在位時便完成統一。

然而，望著窗外接連不斷的閃電雷聲，他沒有興奮和期待的感覺，而是感到恐懼與害怕。當然，以一個才十三歲的青少年要接下如此沉重的擔子，無論對誰都是莫大的壓力，況且此時國內朝臣軍方，皆以丞相呂不韋和太后馬首是瞻，自己如何能在無數強權異己中存活不敗？

這時，他感到背後有股陰涼的寒意從背脊底端升起，下一秒，它物化了。強烈的壓迫幾乎令他無法呼吸，全身骨骼幾乎全都軟化。他費力的轉頭一看，一雙腥紅如蛇的雙眼正望著他。

「你是呂丞相的人？」嬴政過了許久才勉強開口問。

「我不是，」那聲音以蠱惑柔和的語調說著：「我是你心中最大的恐懼，我也是你說的丞相的恐懼，我是人們永恆的惡夢……」他伸手捏住嬴政的臉，以幾近耳語的聲調說：「我是你。」

下一秒，那個生物在嬴政的眼前，臉孔漸漸融化，直到化為和他一模一樣，身上的黑袍也變成和他一樣的袍子，牠……不，是他，只是他那雙眼眸，黑色的瞳孔，望去看似深不見底的裂縫。在那裂縫中，一絲絲腥紅不時冒出。

嬴政震驚的望著自己，他想大叫，喉嚨卻被鎖住。他放開捏著嬴政臉的手，以幾近憐憫的語氣說：「我就是你，而你，將不再存在。」

一道炫目的白光從嬴政後面射出，將他汽化，永恆的消失。

「……己酉，王冠，帶劍。長信侯毒作亂而覺，矯王御璽及太后璽以發縣卒及衛卒、官騎、戎翟君公、舍人，將欲攻蘄年宮為亂。王知之……」

嬴政站在高台之上舉行冠禮，俯視著眾臣畏懼的臉孔。

現在的他，以人們的認知，已經二十二歲了，多年來朝政多由太后和丞相攝政，舉行冠禮，代表的是他將要親政，掌理國家朝局。他看著底下心思各異的朝臣，不禁冷笑數聲，若是他真想親政，用得著等這麼多年嗎？要不是這些年來他一直在為那更偉大的計畫布局準備，早已一統天下了。

他閉上雙眼，此時他能夠感受到方圓數里內所有的心靈，每一個心靈在想些什麼，有什麼感受，他都知道得一清二楚。每個人此時心中都存著憎恨和畏懼，很好，一切都很正常。直到他將心智力量延伸到更遠的地方……

他倏然睜開雙眼，瞳孔縮為一道裂縫。他早知道宮中的嫪毐和太后正策劃要在今日推翻他，這點他完全不擔心。當他第一眼看到嫪毐，就感受到他心中的自大和對權力的渴求，最近尤其如此。他早就令相國昌平君、昌文君率兵等著嫪毒造反，而就算到時敵人的武力出乎意料，那也沒關係，反正在他心智的力量下，沒有誰是不在他腳下顫抖投降的。

然而，他剛才所感受到的，是一個幾乎和自己力量一樣強大、成熟的心靈，一個自己極為熟悉的心靈。當他要再加仔細確認時，剛才那個感覺已經稍縱即逝，快到讓他覺得是自己的錯覺。可他現在沒有時間去仔細探究，因為就在這時，外面傳來了嫪毒造反的消息。

「出兵平亂，將其一切黨羽捉拿入獄，等候裂刑。」嬴政說完，瞥了天空一眼，便拿著佩劍匆匆離開，留下一群不知道發生什麼事情的大臣。

這場叛亂結束得很快，因為嬴政早有準備，才半個時辰就被平定了。嬴政跟屬下說要親自見嫪毒一面。

嫪毒全身都是塵土，本來俊秀的面孔此時染滿了鮮血。嬴政命四周的人都退開後，以憐憫的語氣面對他說：「可憐的傢伙，你居然覺得自己會成功？」

「我就算不造反，未來也就等著被你給鏟除，你這個人心胸狹隘，怎可能容得下我？你要殺就殺，不用廢話！」嫪毒怒吼。

嬴政露出莞爾的表情，將面孔湊到嫪毒面前，低聲地說：「你錯了，我並不是心胸狹隘的人，因為我根本就不是。」他短暫的卸下自己的偽裝，接著又迅速恢復模樣。「祝你今天愉快。衛兵！」

衛兵衝進來押送嫪毒回到牢中，嫪毒則像發瘋一樣掙扎大吼：「他是個怪物！殺了他！他不是嬴政！他是個怪物！」最後聲音消失在走廊遠端。

又是一個成功的勝利，他心想，一個幼稚弱小的心靈再度澈底在他腳下潰散。隨即他又想起不久前的那個奇異的感受，另一個強大的心靈力量，他搖了搖頭，看來只能將計畫暫時延後了。

秦朝帝都　221 B.C.

「……二十餘年，竟并天下，尊主為皇帝，以斯為丞相……明年，又巡狩，外攘四夷，斯皆有力焉……」

太久了。對嬴政而言，一統天下的速度實在太慢了，雖然他手上握有世人皆知的當代最強軍隊，和世人所不知的強大力量，然而這一切還是花了他太久的時間。

他從身邊毫無黨羽的情況下，剷除國內所有異己，並大大增強秦國國力，更讓秦國的軍隊成為當代最兇悍的戰士。每每秦國軍隊掃過的地方，他都會運用操縱人心的力量，讓所有試圖抵抗的人被恐懼籠罩，失去戰力。雖然在外人眼中，他幾乎是平步青雲的一步步奪得天下皇帝之位，但他很清楚，這一切根本一點都不順利。

當軍隊在攻打各國時，他會試圖運用他的力量瓦解敵方軍隊士氣，然而有個他察覺不到的敵人，總在暗中和他作對，將他對人們拋出的精神枷鎖一一破解。在對抗趙國時尤其如此，若非他最後成功撥弄趙國君王的心智使他撤除前方將軍廉頗，否則連他自己對於能否贏得此戰都很難說。他曾幾度暗中搜查這個隱形的敵人到底是誰，卻無功而返。

然而這些都是等下再想的事，因為他正專注在他面前的人，他的丞相，李斯。

「李斯。你在我身邊很多年了。」嬴政閉著眼說著。

「是的，陛下。」

「從你上〈諫逐客書〉起，我便讓你當上廷尉。那時我告訴了你我真正的身分。」

「是的，陛下。」

「那麼告訴我，」他的語氣轉為嚴厲，「你為什麼不害怕？」

「那有什麼差別嗎？」李斯面不改色地說：「權力的目的就是權力，財富的目的就是財富，只要能達成這些目標，其他的，又有什麼關係呢？」

「你知道等那天到來，連同你在內都會被一同摧毀掉。」

「就算我躲避，難道就改變得了註定的未來嗎？」

嬴政點點頭，他仍沒有張開眼睛，因為他完全沒有必要這麼做。李斯心靈的每一道波折、每一個最細微的變化，全都在他的掌控與監視下。

「很好，不是你。」

「不是什麼？陛下？」李斯困惑的問。

「好幾年來，一直有一個、或者一群我追查不到的人隱身在我身邊，我的許多計畫，都被他們破壞了，我很多的心腹部下都在最重要的時刻出了差錯，變成了一堆廢物。如果沒有這個人從中破壞，我的計畫根本不會那麼吃力……」

「您懷疑是我？」李斯緊張的問。

「我本來這麼想，」嬴政聲調低沉的說：「但剛才我確認過了，你對我沒有一絲隱瞞，如果你有所保留，我會感受的到。知道你沒有背叛我，你不知道我有多高興。這裡沒你的事了，你可以離開了。」

「謝陛下，微臣告退。」

等李斯離開後，嬴政身後，兩名身形在黑袍中隱匿的生物走了出來。「還要多久？」

「以這裡的方式計算，再十一年。」

「很好，」他睜開雙眼，目中只餘一片血紅，「這顆年輕的星球，很快就要易主了，不管是誰擋在路上，我都會把它踩成碎片。」

秦朝帝都　212 B.C.

「……及至秦之季世，焚詩書，坑術士……」

「只要再兩年，」嬴政站在雄偉壯觀的宮殿窗邊，望向天上的其中一個星點，「我們布了這麼久的局，打了那麼久的仗，現在只要再兩年，那偉大的日子就要來臨了。」

這些年來嬴政一統天下，已經將所有機關都布置準備好了。他調動大批人民修築萬里長城，又派遣更多人在驪山修築皇陵，種種巨大的工程，很巧妙的掩人耳目，讓大家把焦點全都轉移到憎恨和恐懼上。

「陛下，我不懂，」李斯小心翼翼的開口問：「我們擁有的是傲視世界的軍隊，為什麼不將軍隊往西方開進？掌握愈多土地，您便不用這樣偷偷摸摸的派遣戰艦，大可以直接在您說的什麼金字塔、吳哥窟之類的地方大興土木啊！」

「李斯，或許皇帝很信任你，但你終究只是個人類，你的智力是有限的，許多事情是你無法理解，你只需要聽命行事。」嬴政身旁一名隱匿在黑暗中的謀士低聲說。

「抱歉。」李斯驚恐的低下頭。

「沒關係，」嬴政揮揮手，李斯緊繃的全身立刻放鬆下來，「還有，我喜歡你前陣子提出的以古非今，完美的掩蓋了我們的行動，將所有焦點轉移到愚蠢的詩、書和六國歷史上。真不曉得什麼人會在乎那些東西。」

「謝陛下。不過我很擔心您請來宮裡製造長生不老藥的那兩個方士，侯生和盧生。您是真心要他們替您調配長生不老藥嗎？」

「當然不是，」嬴政掩中閃爍著莞爾的光芒，「原因你不會理解。但看到人類疲於進行不可能完成的事，實在是十分愚蠢又有趣。」

「但您不是將兩年後連接兩側的主控器藏在宮中？您難道不擔心被盜走嗎？」李斯緊張的追問。

「被誰盜走？人類嗎？」嬴政哈哈大笑，「我們唯一要擔心的，就是那個暗中和我做對的力量。我已經在宮城布下最強的精神感應力場，只要不是人類的生物一靠近，就會立刻對我發出警報。」

李斯看起來仍然不大信服，但也只是點點頭，嬴政看了看天色說：「時間也不早了，我們該……」

「陛下！」一名負責宮城防衛的士兵匆匆忙忙的跑來，單膝跪下大喊：「陛下，您所請來的那兩名方士，他們跑了！」

「什麼？」嬴政瞪大了雙眼，「怎麼可能？」他也不等士兵回應，便直接往宮中衝去，一旁的李斯和謀士連忙追在他身後。

嬴政跑進宮殿，第一眼便看到在龍椅後方牆面上隱藏的暗格已經被人打開，而藏於內部的東西也不見了。他閉上眼睛企圖追蹤那兩名方士的下落，卻意外發現他們的行蹤已經完全被掩蔽起來，澈底脫離了自己的掌握。而這一切，都因他低估了人類的能力，和那與自己同出一源的暗中力量。

嬴政發出震天的怒吼，在他身後突然冒出大隊閃耀銀色光芒人形。他憤怒的揮舞著手臂，大聲怒吼：「找出他們！殺光他們全部！所有和他們有關係的人，哪怕只是和他們說過一句話，通通都要殺掉！能株連多少就株連多少！」

47

中國．西安　陝西省立圖書館

「就這樣？」我激昂的唸完了蕭璟手機上的最後一張照片所拍攝的內容，正要繼續唸下去，卻發現內容已經到底了，「不，讓我知道接下來發生了什麼事！」我激動的抓著電腦說。

「喂，你冷靜一點。」蕭璟將手按在我的肩上，「至少我們已經知道非常多資訊了吧？」

「超級多，」我點點頭，激動地說：「我就知道我的推論是對的！嬴政並沒有和他們交流，也沒有崇拜他們，而是他就是他們的一份子！」

蕭璟搖了搖頭，依然很不可置信，「所以說秦始皇不是人類？這……這太瘋狂了，怎麼可能？」

「怎麼不可能？」我激動的站立起來，「這完全解釋得通！好吧，可能沒那麼通。但東晉的《拾遺記》中就有一段記載是嬴政和某個超文明對談的紀錄，那顯然是後人將嬴政自己轉為兩人對談。而且妳記得我曾經說過，在某些論文中有提到，秦始皇坑殺方士，可說是讓全國一片腥風血雨，但是他獨獨沒有追到盧生和侯生。那時我就說有可能是在追蹤什麼東西，而事實上也正是如此！」

「這也是我認為很奇怪的一點，」蕭璟說：「如果你剛才唸的內容是事實，那他們兩個到底是盜了什麼東西？足以讓秦始皇為了追捕他們而血洗京城？」

我皺起眉頭，的確，石板上最後一段話顯然有些問題。「連接兩側的主控器……」李斯是這樣說的，那究竟是什麼意思？如果一側是這裡，那另一側又是指什麼？

「我不知道，」我坦承，「但從這裡面可以看出來，那絕對是對秦始皇而言，至關重要的東西，說不定是維持他們生命的東西或是什麼。」

「有可能。你記得上面說的，秦始皇在西元前兩百一十二年時說只要再兩年就好？我沒記錯的話，秦始皇是在西元前兩百一十年死掉的，如果照這樣推算，他死的那年正好是他說的『偉大的日子』來臨的同一年，莫非那真的是某種長生不老藥？用來維持他的生命？」

我倒沒想到，石板上所說的時間正好是秦始皇去世的那年，莫非當真是他用以維持生命的某種東西被偷走了？致使他在兩年後便病逝了？這似乎說得通，但我就是覺得哪裡怪怪的。可能是因為石板上說的是「主控器」而不是丹藥，但這有可能只是他們語法上和我們不同的關係，不太算是明確的證據。我會這樣想，似乎是因為某個更直接的感覺，一個和我切身相關的經驗……

我忽然停止呼吸，沒錯！根據石板上所刻的，嬴政，或是不論他叫什麼名字，有控制他人心靈的能力，他擁有能夠感應、撥弄人心的力量，他可以操縱人內心的恐懼和憎恨，並以此輕易一統天下，並降服所有反對勢力。十三歲的嬴政被恐懼鎖住說不出話，嫪毒被他腥紅的雙眸給震懾得發了瘋，其餘諸臣只要一提到嬴政，各個心中立刻就被恐懼與敬畏填滿……

我想到在這段日子裡，我內心最深處的恐懼，一日一日的放大、增強，只要一想起，喉嚨立時就像是被鎖住一樣，呼吸不到空氣，全身感到顫慄。而這股力量正是來自於那艘星艦中的密室，和當年被嬴政用精神力量所控制住的人們並無不同。雖然我並未生活在秦朝，但我敢肯定的是，嬴政並沒有死。當年與現今的力量，是同一個來源。

蕭璟沒有注意到我短暫的異常，她若有所思的拉拉耳朵，盯著螢幕說：「這還只是其中一個問題，還有，這塊石板上的文字到底是誰刻上去的？是哪個人能夠對嬴政的所作所為那麼理解？」

她這麼一問，我才從沉思中恢復回來，「難道是李斯？嬴政對他的信任和其他人相比莫可比擬，也許是他之後刻下來的？」

「不對，」蕭環搖搖頭，「李斯再怎麼受贏政寵愛，也不過是個人，他怎麼會知道贏政心裡在想些什麼？」

我點點頭，也覺得由李斯寫下這麼多資訊不大合理，「不管怎麼樣，這個李斯實在太了不起了，知道了自己老闆的真實身分，居然能夠毫不在意的繼續追求名利，要是我早就嚇得連夜逃出京城。」

「不過我倒是想到一個可能的答案，」蕭環指著螢幕上的圖片，「這裡面一直提到有一個暗中和贏政作對的人，似乎和贏政來自同一顆星球。這星球或許就是大家所說的，那個克卜勒452b。裡面不是說他和贏政同出一源，擁有和他同樣的力量，並屢屢在贏政行動的關鍵時刻暗中破壞他？」

「妳說的應該沒錯，那兩個逃跑的方士也是說『被隱蔽起來』，說不定就是那個不知是何方神聖的人在背後指點他們。這些文字和圖像可能也是他寫的，不然那時候沒人會知道外星星球的恆星系統圖這種東西。」

蕭環若有所思的說：「那這個人顯然是友非敵，但他到底是誰？」

我仔細的回想，把腦中過去所看過的種種幻象拼合在一起。我記得曾在幻象中看過應該是贏政的那個人，拿著可能是武器的東西，抵著另一個人的胸口大聲咆哮，並對他大吼什麼：「就算你阻止了這一次，我們遲早會回來的，不論多久！」莫非就是那個人？他又是如何阻止贏政的？還有，我記得自己不斷看到一個地表被金屬覆蓋的星球，上面有上千架和此刻漂浮在西安上空一樣的星艦。現在我幾乎敢肯定那就是我們口中的克卜勒452b，當然他們絕不是叫克卜勒452b這個名字。

我把我想的細節都告訴蕭環，她專注的聽著，有時會給些意見。等我說完後，她側著頭說：「你講的可能沒錯，但不曉得他有沒有留下什麼方法教導我們該如何阻止他們再起？」

我接著說：「還有裡面提到金字塔和吳哥窟什麼的，那些都屬於其他文明的建築，和當代的中國都沒有直接的關聯，那這些和贏政又有什麼關係？」

「看來這些都必須要等看到後面寫了什麼才會知道了。」蕭環搖搖頭說。

我也很不甘願的認同她說的，然而，此刻我也大概了解那個主控器意味的是什麼，對於所謂的「兩端」也有了一些概念，但那些想法實在太令人驚駭了，我想還是先將它暫時放在心裡，等有了更多證據再確認。

「無論如何，石板上的一些文字已經愈來愈清楚了，」我轉向窗外的星艦，「無論兩千年前是什麼讓他們的計畫延後，但現在那個『偉大的時刻』就要來臨了，如果我們沒有辦法阻止，人類這七萬年的過客很快就要被清除了。」

48

嬴政居然是外星人，這個消息實在是太詭異了，詭異到我現在還感到暈頭轉向。那胡亥和扶蘇這些歷史上赫赫有名的後代到底是不是他親生的呢？

當然，經歷了腦中被幻象灌滿、外星戰艦升起、三十秒內毀掉整個軍團的事件，秦始皇是外星人的消息似乎也沒什麼好驚訝的。

在看過石板上的內容後，我和蕭環便開始各自進行研究。我到書庫借閱了所有關於秦始皇的後代和施政前後的事蹟論文。我翻找了各式各樣的資料，但是關於這方面的資料實在很少，秦始皇所有可考的後代只有長子扶蘇、幼子胡亥、公子高、公子將閭四人，而他所有的後代都在權力鬥爭中被殺害。有些傳說嬴政有三支扶蘇和胡亥的後代，逃亡到了日本、朝鮮和中國本地隱居起來，然而這些記載都屬於稗官野史，現代並沒有任何研究指出嬴政的後代還活著。

除了嬴政的後代外，還有一點令我十分在意。在報告中提到，星艦所在的地層，時間推估為一萬三千年前左右。這個數字在人類歷史上有極端重要的意義。根據考古學，這個時間劃分了地球最近一次的生物大滅絕和人類文明的躍進。雖然人類在七萬年前就經歷了基因不明原因的「大躍進」，但各洲文明展開全面發展，基本上就是以這個年代作分水嶺的。

除此之外，這個年代還有一個特殊之處。在所有文明的史書中，不論是《聖經》、希臘神話、中國神話、埃及神話、印度傳說，皆提及一次慘絕人寰的大洪水。至今多數人都認為，這指的是一萬三千年前最後一次冰期結束，全球海平面上升了兩百公尺。而不久前我看見一個剛出土的證據顯示：在一萬三千年前南極遭到隕石撞擊，推斷是此原因造成海平面急遽上升。而現在嬴政星艦登入地球的時間……

我陷入沉思，人類文明的躍進、世紀大洪水還有未知的後代……這一切到底是……

「你看這個。」蕭璟把一本書放到我面前，書名是《鼠疫亡明》，我看向她，她眼神發亮的說：「這書上說，明朝時期出現好幾次嚴重的瘟疫，那些鼠疫幾乎擊垮了整個國家。」

「我知道，」我點點頭，「但那和嬴政有什麼關係？」

「這場瘟疫就是所謂的『黑死病』。根據記載，黑死病的來源是中國西南部青藏山區或是中亞地區，在十四世紀經由蒙古長征的軍隊傳播到歐洲。那場疫情席捲全球，中國死了四千萬人，歐洲也死了超過七千五百萬人。在那之後又發生幾次疫情，義大利瘟疫、倫敦瘟疫、中國疙瘩疫，都是在黑死病之後，病毒在經過幾次突變後傳了開來，一直到十八世紀才漸漸止息。」

「這和秦朝有什麼關連？」

「問題來了，上面說據傳蒙古占領中原後，他們不信中華民族的實力，要重挫中華人民的信心，因此蒙古軍隊決定開挖古代帝王的陵寢，證明他們的能力高過歷代君王，秦始皇的不知道有沒有包含在其中，我猜應該有。而疫情就是在他們開挖陵寢後爆發開來。」

「你是說……元朝時期的蒙古人企圖挖掘古代中國君王的陵寢，那可能包含了秦始皇？但在他們挖掘的過程中，放出了某種上古時代、甚至是西安地下外星星艦所具有的某種病毒，而這些病毒傳到世界各地，就是後來的黑死病。另外病毒在經過突變以後造成了十六、七世紀的鼠疫？」

「完全正確。」

我想到研究院的報告，說地鼠表面有某種會攻擊有機物質的奈米機器人，「那有沒有可能……這種病毒是奈米機器人？地鼠身上的那個？」

「應該不是，」她皺起眉頭，「研究院報告裡提到的奈米機器人，是一種會迅速破壞人體結構的科技，沒有潛伏的時間，接觸到的人會立刻死亡，所以沒有大規模傳染的機會。而十四到十七世紀的病毒則是經過好幾次的突變，是針對基因—研究說是疫情淘汰了沒有抵抗基因的人—這是一種會傳染、攻擊特定族群的病菌，這和奈米機器人的概念不大一樣。」

「你說的也不是不可能，」我陷入沉思，「但如果外星人手上握有那種病毒，為什麼現在仍沒有使出攻擊？」

「上次疫情的爆發是由於人類造成的意外，或許他們自有別的計畫。」她點點頭，「總之，我打算針對疫情的流動進行研究，或許可以找到史冊上缺少的空白。」

我微微頷首，從醫學的角度看歷史的演進，或許能發現更多史書上看不到的部分。我靠近窗邊看著窗外的景色，不禁倒抽一口氣。

「那幾輛車，」我指向窗外，「是什麼時候停在那的？」

蕭璟靠到窗邊，外面依舊和剛才一樣，只是多了兩輛破爛的白色修旅車，車窗上還布滿了裂痕和一些彈孔。

「該死，那是什麼時候到的？」蕭璟低聲咒罵一聲。

「一定是剛才我們太專注在電腦和研究上，沒有注意到外面……」我一說完就發現自己真的太蠢了，我們選在這個位置，就是為了監看外面，結果現在有人來了卻沒有發覺。

「趕快離開這裡。」蕭璟轉身去收拾桌上的東西。

她才剛說完就聽到外面傳來幾陣腳步聲，還有些人不停爭吵，蕭璟聽到他們的聲音不禁面色蒼白。

「我覺得這裡根本什麼都沒有。」

「指揮中心和附近住戶還有便利商店我們已經檢查過了，那裡早就被人搜刮過了，這些地方還比較有可能有。」

「是啊，在圖書館搜刮食物，真是天才。下次要不要去沙漠釣深海魚？」

「你閉嘴！」其中一個人怒吼，「你和那幾個智障在執勤時騷擾蕭部長的女兒，被部長關進牢裡，要不是我們把你們三個救出來，你早就和其他七個人一樣餓死在牢中了。」

「蕭安國，那個王八蛋，真慶幸外星戰艦把他給宰了。」那個人憤怒地說：「還有他那個女兒，那個小美女，聽說他們逃出指揮中心，要是被我逮到，一定好好修理她一頓。」

「你的修理指的是什麼？」他們發出一陣淫穢的笑聲。

「別作夢了。換這間。」接著他們進到另一間房間。

我看了蕭璟一眼，她眼中露出惱怒的神色，我低聲問她：「要出去嗎？」

她搖搖頭，「現在出去可能會撞見他們，他們只是來找食物的，我們把這裡的東西收拾好，只要他們覺得沒有物資，很快就會離開。畢竟這裡太大了，我想他們不會有精力仔細搜尋。」

我點點頭便立刻行動。我把電腦關起來，並將旁邊的手機和傳輸線什麼都拔掉。接著把這幾天拿出來的書都收進櫃子中，把用過的藥和繃帶都塞進角落裡。蕭璟則忙著將食物和飲水用隔熱墊蓋起來，並和實驗用的燒杯之類器材一起放在角落。

一切整理就緒，蕭璟從一個木櫃中拿出三條厚厚的隔熱毯低聲說：「我們用這個蓋著，躲到角落那張桌子旁，不要動也不要發出聲音。快，他們應該快來了。」

我沒有反駁。我們用隔熱毯蓋著縮在角落，並把背包和一些填充物放在身前，好讓他們看不見身體的輪廓。我們靜靜的等著，我可以聽到自己的心臟正在激烈的跳動。她也一樣緊張的咬著下唇。

過了大約五分鐘，走廊外士兵的聲音終於來到門口外面。

「我快累死了，一個小時只找到兩罐罐頭和三包洋芋片而已。」

「管他的，換這間吧。」其中一個士兵把手搭到門把上。

「這裡不會有任何資源，趁天還沒黑我們趕快離開吧，不然等下被那些地鼠發現就糟了。我們回去吧？」

我和蕭璟對視一眼，心想運氣會不會真那麼好。

「別再抱怨了，只剩下兩間，我們把這層樓看完就離開。」那士兵說完便將門把轉開。

我仔細聽他們的腳步聲和對話聲，他們大概有二十幾個人，而我也注意到只有幾個人在找，其餘的人大部分都坐在椅子上和在門外的人聊天。這對我們實在是極為有利，但不可大意。我呼吸小到自己幾乎快要窒息了。

果然皇天不負苦心人，過了兩分鐘後就聽到有人抱怨：「找了半天根本什麼都沒有，快換下個地方吧。」

「根本就只有我們幾個在找而已！你是出了什麼力？」其中一個正在搜尋的士兵怒吼。

「把力氣留在需要用的地方本來就是對的！」那個人不甘示弱的頂回去，「你看這是什麼地方？這種地方你找得到一包水果軟糖就算你厲害。」

「你這個小……」

「好了，夠了。」另一個人從旁邊調解，不知道為什麼，這個聲音我覺得有點耳熟，「你就不要再抱怨了，這裡生活那麼困難，外面又有戰艦虎視眈眈，我們沒有精力再搞內部爭吵了。還有你，我看他說的沒錯，這種地方的確不會有飲食，換個地方是對的。」

「謝了，協調大師。」旁邊另一個士兵拍拍他說。

「好吧，」那個剛才大吼大叫的士兵咕噥著說：「時間好像真的有點晚了，這裡看起來也真的沒有東西，我們走吧。」

門外此時已經沒有什麼動靜了，士兵們應該已經走了，我大大鬆了一口氣。但我們不能冒險，所以又再等了五分鐘，然後蕭璟低聲說：「應該安全了。」接著便掀開隔熱毯。

「真不敢相信他們就這樣走了。」我喘了口大氣。

「他們居然笨到連食物都沒有發現，我們運氣真的是太好了。」蕭璟附和的說。

想到剛才發生的事，我仍心有餘悸，要不是那些士兵沒耐心認真檢查完整棟大樓，再加上外面有外星戰艦虎視眈眈，我們的行蹤恐怕早就曝光了。我點點頭說：「但不管怎麼樣，好在都安全了。」

後來我領悟到，永遠、永遠不要覺得自己很安全。

「喂，我的槍套忘在……」一名士兵轉開門把走進來，一看到我們立刻僵在那裡，這時我想起我在哪見過他了，他就是當初在指揮中心部長辦公室內放我們離開的那名士兵，剛剛我聽到熟悉的聲音也是他的。一時間我們就這樣直視著對方。

「你到底要在那裡站多久……」另外幾名士兵靠過來，一看到我們，他們的反應就和第一個士兵一樣，只是他們才楞了沒多久就回過神來。

「掉下大獎了！」他們咧嘴一笑，接著紛紛走了進來，「我們還以為你們已經被外星人給宰了，想不到居然是躲在這裡？」

我看了蕭璟一眼，她的表情和我一樣驚恐，顯然也想不出現在該怎麼辦。

「聽著，」我舉起雙手，擋到蕭璟前面，試著和他們談判：「我們只是在躲避外星戰艦而已，和你們一樣，沒有別的意思。我們有食物，就在那邊，如果你們要的話可以都給你們，只要和平的離開就好了。」

「和平的離開？」士兵瞇著眼睛，「你們說呢？尤其是你，你害我們惹上那麼多麻煩，如果不是你害我們去和那些地鼠還有外星星艦作對的話，我們會淪落到今天這個地步嗎？」

「就算沒有他，那些地鼠還是會甦醒，外星星艦仍然會升起，不要把這些都怪到別人身上！我們已經說了把飲食給你們，快走吧！」蕭璟忍不住開口。

「啊！漂亮的小姐，妳也在這裡啊，」其中一個士兵從中走出來，眼神中閃爍著怒意，「是的，我記得妳，我這根肋骨就是被你爸爸手下那兩個特勤給打斷的，我和這兩個朋友還因為你被關進牢裡，到現在我還沒好好謝謝妳呢。」他一面說，一面朝蕭璟靠近。

蕭璟露出恐懼的表情退了一步，我看到這種情況憤怒向前踏一步，直視著那個下流士兵怒吼：「你這個混蛋，給我滾遠一點。」

「誰能阻攔我，你嗎？」他靠到我面前，挑釁的說：「小白臉，要不是當初仗著有部長的保護，你早就被撕成碎片了，聽懂了嗎？別惹我，給我閃到一邊。」他用力推了我的右肩一下，「至於妳，小美人……」

我不知道我怎麼了，或許只是不喜歡他推我的肩膀，不爽他看蕭璟時那變態的眼神，亦或者討厭他那張該死的臉，當然也可能以上皆是。總之，當他推我的那一刻，我忽然把頭猛然向後一仰，一拳奮力打在他雙眼正中央，感覺真爽。他的鼻子瞬間就湧出鮮血，同時整個人向後仰，倒在地上。

那一瞬間，我們兩邊的人就這樣看著他躺在地上哀號，大概有三秒鐘吧，然後那群士兵就大吼大叫的衝過來。

我們完全沒有協商的餘地，只有開打。怎麼說呢？雖然地上那個人是混蛋，我想這是我們兩邊的共識，所以他們也沒有要幫忙他站起來的意思。但這群士兵可是當初血洗指揮中心的那群瘋子，早就失去理智了。

我右臉和肚子都被人揍了一拳，我不知道是誰，只是隨便抓起一個杯子就朝那個人臉上砸下去。我聽到一聲哀號，接著那個人就不見了，我也沒精力去管他到底跑去哪裡，因為馬上又有一群人湧了上來，並在我左眼上揍了一拳。

臉上瞬時感到熱辣辣的疼痛，我痛得閉上眼睛，憑著直覺隨便攻擊，抓到什麼便往他們身上砸，而顯然他們的狀況也和我差不多，打起來也是毫無章法，服役時訓練的技巧看起來全都忘了。不同的是，他們有二十個人，我們只有兩個。

我頓時想起了蕭璟，不知道她的情況怎麼樣。我朝她的方向望去，只見她打得異常兇狠，但一個士兵從背後用力扯了她的頭髮一下，她痛得大叫向後跌倒，其中一名士兵企圖把她按在地上，她瘋狂的掙扎。

看到這幕，我突然感到胸中一股怒意升起，我向她衝去。一路上有人往我身上揍，但我什麼感覺都沒有。其中一人抓住我的手臂，我奮力一甩，感覺像是打到他的眼睛還是什麼，他痛得大叫放手。

接著，我直接撲到那個按在蕭璟身上的人背上，和他一起翻倒在地上扭打成一團。我感到我們的四肢都糾結在一團，根本分不清那隻是我的腳，那隻是他的。我們每一拳都招呼在對方身上，我滿腔怒火，根本沒感覺到痛，直到他一拳打在我受傷的左肩上。

這一拳讓我眼冒金星，感覺一百磅重的炸藥在我的肩膀上爆炸，本來癒合的傷口似乎又裂開了。我大口喘氣，但他沒有給我休息的時間，翻坐到我身上，接連不斷的往我臉上呼拳頭，我拚命的護住頭部，但似乎沒什麼用，直到他又要往我臉上打下來時，我才忽然抬起膝蓋，重重的撞了他的……嗯，就是男生被打到最痛的部位。是啊，就是那裡。

他痛得全身縮成一團翻滾下來，我立刻站起來，沒有太多時間好好回味這個感覺，因為馬上又有一個人從我背後跳了過來，將我的雙手反扣按在地上。

「該結束了吧，小子。」那個按住我的人從腰間掏出一把槍，抵住我的後腦，「剛剛那些都只是玩玩而已，我們沒有耐心了。」

我感覺全身都在燃燒，我用眼角餘光瞥了蕭璟一眼，只見她也已經被制伏，一名士兵拿著刀抵住她的脖子，另一名則是剛才被我第一個揍倒在地的士兵，用右手輕撫她的臉頰，她厭惡的想閃開，卻沒有成功。

「這是我們的第一次約會，小公主，上次似乎不大順利。」那士兵冷笑著拉拉蕭璟上衣的領口，她驚恐的向後一縮，然後她看到我被壓在地上，「倫尼……」

「不要碰她！你這個變態！」我朝她旁邊的士兵罵。

「心疼嗎？我就是要這樣，你想怎麼？」他用力一扯蕭璟的長髮，痛得她呻吟了一聲。

「你已經死到臨頭了，還想命令我們？」我身後那名士兵將我的手扭得更緊，我將目光看向那從頭到尾都沒有參與行動的士兵身上。

他充滿困難的看著我們，然後清了清喉嚨說：「嘿，兄弟們，我們就放了他們吧，他們也沒惹到我們什麼，就是一開始起了些口角而已。反正我們食物都到手了，也沒必要再殺人了吧？」

「你說什麼？」他的一個同伴逼近他，以威脅的聲音說：「別忘了是誰讓你在暴動中活下來的！你不需要出意見，只要配合兄弟們就好了。你一直很抗拒我們各種行動，這個習慣最好改一改，我不介意少一張吃飯的嘴。」

他吞了一口口水，「但是……」

「閉嘴！」那個人怒吼：「真是夠了，好吧，如果你那麼想留住他們的性命，那好，把那個男的殺了，留那個女的就好！」

我身後那個人隨即將手槍上膛，我心想：好了，我愚蠢的生命終於走到盡頭了。

「等等！」

他才剛喊出聲，忽然所有人瞠目結舌的望著窗外，然後大呼小叫的退後，連壓在我身上的那個人也跳了起來。

我抬起頭想對那個救了我們的人說謝謝，結果卻看到一艘外星戰艦正在窗口盤旋。下一秒，整面牆被炸了開來，所有人都被震波給推倒在地。等灰塵散開，五個地鼠從黑煙中走了出來，眼神已經幻化為紅色。

「快跑！」

第一次，我和士兵們的意見一致。我趕忙翻身站起，衝去扶起蕭璟，並往門外逃了出去。

幾名士兵這時已經拔出步槍，對準地鼠瘋狂的掃射，但子彈不是被彈開就是被汽化。接著地鼠爆出幾道猛烈的強光，那些持槍的士兵全都被蒸發掉，剩餘的人則是被震波給震倒在地。

我正要翻身站起，卻忽然被人環抱住小腿而向前跌倒。我轉頭一看，只見一名士兵一臉癲狂的緊抱住我的腿。我企圖扳開他的手，他卻愈抓愈緊，用力到都陷進我小腿肌肉中。

「放手！」我對他大吼。

那個人沒有理我，只是繼續收緊雙臂，臉色蒼白緊繃，而且極為瘋狂。我眼看地鼠愈來愈靠近，自己卻被一個瘋子給纏住。我急得一直拍打他的臉和手臂，並亂抓東西砸向他的頭，但都沒用。我右手往旁邊一伸，好像抓到了什麼堅硬的東西，是一把槍，我當下不及細想，直接對準他的頭，扣下扳機。

我感覺耳邊嗡嗡聲作響，眼前視線一片模糊，我只記得我站了起來，跟在蕭璟後面衝出走廊，旁邊的爆炸聲淪為背景聲響。等上了走廊並跑一段距離後，我停下腳步扶著牆，大口喘氣。

「我的天啊，」我雙腳顫抖的說：「我殺了他，上帝啊，我殺了他……」

「不然他就會害死你。」蕭璟抓住我的右肩說：「你做了正確的事情，這沒必要內疚，現在當務之急是要趕緊離開這裡，其他的等下再說，好嗎？」

我木然的點點頭，心裡還是浮現著剛才那人頭上湧出鮮血的畫面，我心裡湧起一股怒氣，那是一條人命，她怎麼能如此輕描淡寫的說著？

但我不會笨到在這個時間點和她爭論，當我們正要行動時，忽然聽到背後有一個人大聲叫我們的名字，我回過頭一看，是剛才那個企圖要救我們的士兵。

「嘿，時間不多，我長話短說。」他遞給我一把槍和一條多功能腰帶，「這些帶著，以免再遇到像今天一樣的危險。」

我對他眨眨眼，「你為什麼要……」

「蕭部長生前一直對我很好，」他語氣堅定地說，彷彿這句話可以解釋一切，「他是我一直很尊敬的長官，我想讓他女兒免於一死，算是對他的一點回報。」

「和我們一起走吧。」蕭璟抓住他的手臂。

他回頭瞥了一眼後方，有些哀傷的說：「他們都是我的兄弟，不，我要和他們一起離開。」

「但他們……」

「我知道，」他把蕭璟的手拉開：「但他們仍是我的朋友。你們快點逃走吧，地鼠很快就來了。」

「很好，那謝了，你多保重。」我果斷的對他說，此時不可能為這種事情爭執。

「我們大概不會再見面了，」那個人點點頭說：「好好保重。」

他握握我們的手，接著轉頭就走。突然想到還沒有問他的名字，正要開口就被一陣爆炸聲給打斷，我們身體一矮，然後蕭璟大叫：「快走！」

我們沿著逃生樓梯衝下去，迅速衝出大門。休旅車的鑰匙放在蕭璟的口袋中，她立刻跳上駕駛座，當我們一上車時，就看見那艘在低空盤旋的外星戰艦似乎要開始啟動了。我大聲喊著：「快離開這裡！」

「為什麼每一次離開都那麼狼狽？」她憤恨的問了一聲，接著用力直踩油門，引擎發出怒吼聲，儀表板上時速瞬間上升到八十，車子迅速駛離這裡。我轉頭向後望去，圖書館巨大的弧形門口沉默的看著我們出去，一如它當初看著我們到來一樣，而剛才那架戰艦則轉向空中，瞬間加速消失在雲端。

「不管怎麼樣，趕快離開這裡。」

49

中國・西安封鎖區

「敵人的敵人就是朋友」。

我從很久以前就聽過這句話，但這是我第一次領悟這句話說得有多麼貼切。

在面對一群失去理智的士兵或者瘋子時，我和蕭璟本來已經死定了，然而就在那名士兵開槍前，地鼠直接從窗戶炸出一個大洞衝進來救了我們。當然，他們的目的絕對不是為了要救我們，就只是「順便」而已。不過他們到底是如何知道我們在那裡的？我至今仍是一頭霧水。

但當他們趕跑士兵之後，立刻就成為我們的大患。不但趕跑我們，還害我們連飲水都來不及拿。想到這裡，轉頭看了看放在後座的備用糧食，不禁佩服蕭璟此舉多麼聰明。當初她說可能會有突如其來的撤離狀況，因此先將一半的飲水放在車上，當時我覺得這簡直是蠢斃了，東西吃完了還必須下來補充，現在回頭想，要不是她當初這樣麻煩的決定，今天就真的不知道該怎麼過了。

看著汽車的儀表板，我想起上次逃出指揮中心時，我們一路上為了躲避外星戰艦和士兵追擊，不斷的走走停停，花了很長一段時間才逃到躲藏地點。然而這次很可能因為我們都已經失去耐心了，而且壓力很大，一路上車子幾乎都是用飆的，時速從未低於一百公里。我不禁納悶蕭璟這次又想開去哪裡了？

但沉默的坐在副駕駛座上，卻讓我極度不安，不只是我對開車有些障礙，更是因為只要我一閉上眼睛，那名士兵的面孔就會再度出現在我眼前……我吞了口口水，即便當時我有很充分的理由可以那樣做，我不殺了他，我們就死定了，但他那張猙獰的面孔卻一直在我腦中揮之不去。他死時流下的血液似乎還留在我的手上，我知道，這很蠢，因為我的手其實完全沒有碰到他，但感覺是如此的真實，我害怕從今以後他的臉都會出現在我的惡夢之中……

「倫尼，你還好嗎？」她說：「是不是肩膀上的傷口出了狀況？」

「不是，」我憤恨的說，那士兵臨死前滿是鮮血的面孔還是浮現在我腦中，那讓我想到了我的母親。我現在想要好好沉澱心情，不想和任何人說話。

「倫尼……」

我母親總是那樣叫我，其他和我熟悉的朋友也是這麼叫，但此刻聽到有人這樣親密的名稱稱呼我，我的情緒突然爆發開來，「不要那樣叫我！」

「為什麼？怎麼了？」她被我突如其來的情緒給嚇到。

「沒為什麼，只是我不想聽到而已。」

她不說話了。我頓時後悔自己對她突然失控大吼，畢竟在這麼短的時間裡她所承受的壓力痛苦絕對不少於我，她的父親才剛戰死，我應該體諒她，而不是自私的發洩情緒，我想要道歉卻不知道要說什麼，接下來的路我們尷尬的沉默。

「我們到了。」蕭璟突然停下車子說。

我抬起頭看向車窗外，發現我們來到一處平凡的住宅區，有些房子在地震後牆面龜裂，有些歪向一邊，或者是屋頂塌了一側。但在這被死神陰影所籠罩的城市中，卻讓人感到意外的平靜。我不禁納悶蕭璟帶我來這裡要做什麼。

「就是這裡。」她走到一棟房子前面，這棟房子有紅磚色的屋頂和略微發黑的外牆，她直接轉開門把，然後轉頭對我說：「門沒鎖，進來吧。」說完便自己先進去。

我心裡的疑惑還是沒有解答，但我沒有選擇，只能跟在蕭璟後面進去。我猜這裡可能是她某位朋友的家。

這是一棟兩層樓高的民房，房子內部就和一般房屋的格局一樣，客廳之後緊接著流理台。這裡看起來有一段時間沒人住了，所有家具上都布滿灰塵。我仔細端詳一張在櫃子上的照片，照片中是一個年約十三歲的女孩，她臉上掛著開心的微笑，在她旁邊是一名中年女子，有著和女孩相似的面孔。我覺得這女孩有些莫名的熟悉，但還沒仔細看清楚，蕭璟就伸手過去把那張相片搶走了。

她低頭看著那張相片，臉上掛著複雜的表情，我突然明白那張照片中的人為什麼會這麼眼熟，「那個人是妳。」

她沒有回答我，只是把相片放回原來的位置。

「我不知道妳在西安居然有房子……我一直以為妳是外地人，因為妳說只有連假時會回來，又說妳在外住宿。」

「那是事實。」她點點頭。

「但是……」我有些不解，甚至不知道為什麼有種被騙了的感覺，「為什麼妳一開始不直接到這裡？而是先去圖書館？」

「不是我不來，而是不想來，」她眼神悲愴的看著地板，「這裡太多回憶了，除非必要，不然我不會回到這裡。而且你不是想研究點資料嗎？」

我點點頭，但不太知道接下來要做什麼。

「現在已經過六點了，」蕭璟轉身背向我說：「飲水食物都在那裡，你自己拿吧，但現在只剩一半了，省著點吃。」

她說完就離開了，留下我一個人站在客廳。由於現在只剩七八天的飲食，我也開始有些危機意識，因此我只吃了半片土司，也沒有想著要抱怨。我很快就吃完了，這讓我一個人閒著沒事可做，雖然有些沒禮貌，但我開始四處探索這棟房子。

我首先走進一樓的某個房間，房中沒有多餘的擺飾，只有一張書桌和一整排的書架。書架上放的全是英文的醫學課本和化學課本，看來這裡可能是蕭璟念書時的地方。

我在書架上找到一本相簿，打開來翻翻，發現裡面照片不多，幾乎都是蕭璟和她母親的照片，另外還有些照片出現一個身材矮胖、神色兇狠的男人。但只要和這男人合影的照片，蕭璟看起來都愁眉苦臉，感覺有點好笑，我猜想這應該是她的繼父。在相簿末，是一張她和蕭安國以及母親的合照，我看了有些意外，第一次發現，蕭璟的眼睛遺傳自蕭安國，面孔則像她母親。

我闔起相簿，將它放回原來的位置，我想起相簿裡蕭璟看起來笑得好開心，我不禁暗想她上次這樣開懷大笑是什麼時候。在這個隨時準備逃難的日子，大笑似乎是件很奢侈的事。

同時我也憶起我的父母，不禁長嘆一聲。這次想起他們，沒有絲毫的恐懼，只是有種難以言喻的哀傷，今天經歷的事似乎讓我麻木了，不知父親現在人在哪裡？是在倫敦繼續過平常的生活，或是因為這場席捲全球的風暴和軍隊一起到亞洲來對抗？

我搖搖頭，今天的事情已經消耗我太多精力，我此時已沒有多餘的力量去管那些過去的事情。我猶豫著是否繼續研究硬碟或石板上的資訊，但最後我決定還是明天再說，今天已經吸收夠多古今中外的知識了。

我走出房間，沿著蕭璟剛才離開的方向去找她。在二樓的一個房間中，我看見她正低頭撥弄著手上的手錶。

「妳在做什麼？」我上前問。

「沒做什麼，就像你看到的一樣，我只是隨便走走，然後坐下……」

「妳為什麼不和我說一聲？」

不知道為什麼，她忽然好像怒火湧上，拳頭緊握的說：「我只是在自己的家裡隨便走而已，有什麼好和你交代的？而且如果我走了，就不會一直惹別人生氣了。」

「我沒有生妳的氣。」

「有！你有！」蕭璟抬頭對我吼著：「不管我做了什麼，你總是在生氣！剛才在車上就是那樣，你既然討厭有我作伴，我就離遠一點。」她手臂一揮，結果打到一個筆筒，幾枝原子筆掉落到地上。

「看看妳做了什麼好事。」我抱怨著說。

一時間我們就這樣瞪著對方，我理解她的壓力很大，但我也不想這樣被冤枉，我正打算反唇相譏，結果才剛開口，她眼中忽然噙滿淚水，然後把頭別到一旁低聲哭泣。

看到她流淚，我滿腔怒火頓時消失得無影無蹤，我手忙腳亂的想安慰她，但我對這種事又一竅不通，只能焦急的在旁邊晃來晃去，給人無情的感覺，我不安的扭動身體：「如果是我做了什麼的話……」

「和你無關。」她抹掉眼淚。

「那如果是和這筒原子筆……」

她搖搖頭，「你不明白，今天那些事是我造成的。」

「你是指……那些士兵是你找來的？」我聽得一頭霧水。

「不是啦，你這個智……」她翻了個白眼，本來似乎想說什麼，但最後只嘆了口氣，「是那些地鼠，是因為我解開那個硬碟時它發出了警告訊號。我本來只考慮政府會不會接受到，卻沒想到會引來地鼠……」

我等著她說下去，卻發現她沒有要說下去的意思，「就這樣？」

「就這樣？我差點害死我們耶！」

「拜託，那真是太棒了好嗎？」我笑著說：「我們本來死定了，如果那些地鼠沒有突然出現，我的頭早就被不知道哪個笨蛋給轟掉了。」

「呃，看來是這樣。」她側著頭想了想，想不出所以然，「真是抱歉。」

「好吧，為什麼呢？」我揚起一邊眉毛。

「因為……你知道的，我總是亂發脾氣，把你當成出氣筒，又幾次差點把你害死……我想我只是壓力太大了。」

「嘿，沒關係的，」我拍拍她的肩膀，「蕭璟。妳很了不起，當發生暴動的時候，是妳帶我們逃出來的，我的傷也是妳治好的，後來碰到中央政府高強度的資料防禦系統，也是妳破解的。如果沒有妳在一旁的話，我現在恐怕已經被殺死或餓死了，所以一切都會沒事的，好嗎？」

「謝謝你，倫尼。」她臉上終於露出了點笑容，「啊，對不起，你說過不想要那樣稱呼……」

「沒有關係，」我趕忙說：「我剛才只是一時發作而已，妳想怎麼叫就怎麼叫。總之，那些地鼠突然冒出來不是妳的錯，就算是，那又怎樣？它們現在可以說是我們的救命恩人，下次看到它們我還要和它好好道謝。」

蕭璟聽到我說的話不禁破涕為笑。不幸的是提起那些事，又讓我想起那個被我槍殺士兵的面孔，我臉上的笑容頓時消失不見。

「你是在想那個士兵是嗎？」她解讀著我的表情說。

我不情願的點點頭，「是啊，你知道嗎？他死前那猙獰的表情一直反覆出現在我腦海中，我到現在都能感覺他鮮血的溫度……」

「你如果不殺他，他就會害死你。」

「但萬一他那張臉從此不斷出現在我的夢中呢？」一想到這，就讓我打了個寒顫。

「當時沒有其他選擇，至少沒有其他正確的選擇，你救了我們兩個，沒有必要因此感到內疚。」她溫和的說。

聽到她最後一句話，我不禁啞然失笑，因為她說服我的話幾乎就和我剛才安慰她的話一模一樣。我點點頭說：「你說的對，我會挺過去的。」

說完後我們沉默的坐在原處，我看向窗外，外面基本上沒什麼風景好看，只有一棟棟外觀相似的民宅，馬路上十分安靜。現在已經是傍晚了，空中被夕陽染成一片紅霞，一朵朵像棉花糖一般的雲朵在金針銀線中透出殷紅的色彩。在經歷過早上的事件後，現在感覺格外祥和安寧。我心中暗暗奇怪，我在這裡住了那麼長的一段時間，為什麼從來沒有發現原來這裡的黃昏居然這麼美？

我將視線轉向一旁的蕭璟，從窗口透進來的陽光，將她的黑髮染上一抹紅色。而她也一樣盯著窗外看，那雙像黑曜岩一般的眼珠在陽光下感覺格外明亮。當然，這些都無關緊要，只是不知道為什麼，看著她就讓我有這些想法，我感覺自己的臉紅了，趕忙將目光再度看向窗外。

西邊天空中，巨大的銀色星艦仍漂浮在原地。一如往常，只要一看向它，我就會感覺內在被瘋狂地攪動一番。此時我像是下定決心似的，深吸了一口氣。

「璟，妳之前問我關於我的家人的事……」我望著空中的晚霞說。

她將面孔轉向我，似乎很詫異我會突然說話，「嘿，我當時只是說說而已，如果你覺得有困難……」

「不，」我重重的吐了一口氣，「這件事已經困擾我很久了，我想……也許妳說的沒錯，該是時候面對它了。」

蕭璟點點頭，並坐直身子。

「我的父親和妳的父親一樣，也是一個軍人，雖然沒有你爸爸的位階那麼高，在我有記憶的時候，他就是一個中校。他叫做沃克．馬修斯，我母親名字則是海倫．茱莉亞。」

說起這個名字，幾個影像頓時湧上我心頭。他那一雙灰色的眼睛如同暴風雲般深邃，他黑色的頭髮全部撇向一邊，臉上總是掛著微笑，而她則是有著湛藍的眼珠和一頭金髮，在陽光下閃閃發亮，並帶著淡淡清新檸檬的味道……

我深吸一口氣後繼續說：「不過他們結婚生下我不久，父親就離開了我們。那對我的傷害很大……我還記得那時我媽為了要引起爸爸的注意，一天到晚酗酒，結果整個人醉得一塌糊塗，情緒也變得反覆無常，還有好幾次被帶到警察局中。最後她真的迫使我父親回來，因為她一直不肯離婚，但他對我們的態度卻好像我們是他一生中最大的錯誤。而他看我的眼神，帶著痛苦和憎恨……我很確定他認為這都是我的錯。」

剛開始說的時候我感覺喉嚨乾乾的，星艦密室的影像也一波波的湧出。但在說了一段話後，我的呼吸便流暢多了：「我媽媽一直說我爸爸是一個優秀的軍人，他嚴守軍紀，重視榮譽……那是我從小對他最初的印象，我對他非常的崇敬……可能是因為這樣，即使從小看到母親飽受折磨，或是他始終厭惡我，我非但沒有憎恨他，反而努力念書，參加各種比賽，只希望能贏得他的認同，或是改變他對媽媽的態度。不過，這些完全沒有奏效。不管我考了多好的成績，他看我的眼神就像看一個怪物。」

「母親做了很多事希望父親能注意到我們，但她的行為卻愈來愈讓人難以接受。最後父親再也受不了，我記得那天屋內傳來爭吵和玻璃碎裂的聲音，然後他就離開了……我看到母親癱坐在地上，四周滿是盤子碎片。她看到我，溫柔的告訴我，她會努力讓爸爸回來，還說她不會離開我，會永遠陪在我身邊。」

講到這時，我拳頭突然緊握了一下，「但是她沒有信守承諾。那天她精神狀況很差，可能是剛喝完酒，她把我放在後座，然後……」我深吸一口氣，「當撞擊發生時，安全氣囊打斷了我兩根肋骨，碎裂的金屬刺入我左側肋骨下方。」我伸手按著往日的傷痕，不久前的灼熱感此時退化成輕微的麻木。「我親眼看到她緊閉著雙眼，鮮血從她額頭流下，我不斷叫著母親和父親的名字，但什麼都沒有等到。最後被警察和救護車帶走。」

「這就是為什麼你開車時會有那樣的狀況，對吧？」蕭璟忽然問我。

我看向她，「什麼？」

「我記得那時你從西北大學開車到指揮中心時，你的表情看起來很痛苦，全身肌肉緊繃到一個極點。一定是這件事讓你不大敢坐到駕駛座吧？」

我吃驚的看著她，抗拒開車的這件事從來沒人發現過。而回指揮中心時，我們又剛被地鼠突如其來的攻擊搞得措手不及。想不到她居然注意到，我感到有些意外，又有些安慰。

「是啊，妳說的對，從那之後我幾乎連副駕駛座都不太敢坐。不過那不是重點，後來我父親來警局做筆錄，他冰冷的眼神讓我澈底心碎……而我生命的重心從此建築在『母親破壞承諾』和『父親冷血無情』上面。」

「這件事澈底改變了我，因為那讓我理解到，原來人是會說謊的，承諾可以被打破，親情可以被拋棄的……這也造成了我對任何事情都極為執著，極度重視承諾。我猜是因為我不想重蹈他們當年的覆轍。」

「就像你對我父親的承諾一樣。」蕭璟低聲說著。

我想起那時蕭安國對我說，要我保護他的女兒，確定她安全無虞，不過關於這點我認為自己很失職，因我不止一次差點害死她。但我點了點頭，小聲說：「沒錯。」

「後來妳知道的，我到了這裡。我之所以會讀歷史系，有很大的原因是因為我想知道，這個世界到底是怎麼變成這樣的？為什麼人與人之間會走到今天這樣對立的情況？為什麼國與國之間無法好好的相處？最後我選擇了一個遠離英國的地方念書，因為我不想再去面對那些事。

「我的母親已經永遠離開了，我的父親根本沒把我放在眼裡，他巴不得立刻把我送出他的視線……這些成了我生命的核心，也是我最難跨越的障礙，只要一想起來幾乎就要把我擊垮，而最近發生了這麼多事情更讓它變得尤其嚴重……」我講到這裡，聲音不禁有些顫抖。

「我明白，」她語調柔和的說，「我們每個人都有難以面對的過去或是恐懼，但你並不需要單獨面對這些困難，你有朋友。」

「是啊，」我擠出個微笑，同時想起曾經在上歷史課時老師說的一個神話故事，那總是令我十分困擾，「你知道神話彌諾陶的故事嗎？就是那個女人和她丈夫的公牛生下一個怪物的故事？」

「我知道，那超奇怪的。」

「每次聽到這個故事都讓我很痛苦，不只是因為那超噁，還讓我想到……每個孩子對於他們的父母而言，都有可能是個怪物或詛咒，並因此被囚禁、封閉起來，父母看我的眼神，彷彿這一切不幸的厄運都是我帶來的，在我看來，故事中被父母視為怪物的彌諾陶，永遠是承受痛苦與傷害的那一方。」

蕭璟理解的點點頭，身為從小遭逢家庭破碎的她，我相信她真的能理解我在說什麼。

「我能看看你說的傷口嗎？」她忽然開口問道。

我吃驚地看了她一眼，不曉得她說這話的意義何在。但我只是點點頭，將上衣拉到胸口的位置，露出左腹上的傷疤。現今看起來幾乎已經淡卻，但仍依稀可見當時嚴重的刺傷。

蕭璟神情專注的看著我的傷疤，我感到一陣難為情，卻又為自己的舉動感到驚奇。過往我對這一切都萬分排斥，更不用說把困擾多年的疤痕給別人看。但此刻我毫不猶豫的向蕭璟坦承。

她伸出右手輕輕放到我的傷痕上，那一刻我感到一陣電流竄過，但蕭璟只是將我上衣放下，然後輕柔收回手。

「我理解你的感覺，因為那種感覺也伴隨著我很長一段時間。」她溫柔的說：「但從今天開始，你不必再單獨面對那些恐懼，沒有人該承受孤獨的痛苦，我們現在在同一條船上，有什麼困難，我們會一起面對的，好嗎？」

我心中感覺有道暖流流過，一道水氣在我眼中升起，「璟，要是沒有妳的話，我真不知道自己能不能撐過這幾天的折磨。」

她親吻我的臉頰，這個動作沒有任何愛情的成分，完全是屬於兄妹般的舉動，卻將我全身溫暖到腳底，「那就是朋友該做的事。我也很高興有你陪著我，可以聽我抱怨些有的沒的。」

我露出微笑，握住她放在我手臂上的手掌，把頭靠著她。這是幾天來我第一次完全放鬆的笑容。

我們沉默的看向窗外，現在天色更暗了，天空從原本的亮橘色轉為暗紅色。那些話和心中感覺，我從來沒有和任何人說過。而現在和蕭璟說完後，我有種如釋重負的感覺，梗在心頭的東西被輕輕的揭了過去，胸口似乎有什麼東西融化了。

我心底明白，我對過往並沒有完全釋懷，那依然是我心中難以跨越的障礙，但至少我知道，我不是獨自一個人面對那些恐懼。

隨著天色愈來愈暗，四下寂靜的蟲鳴，我胸口暖暖的感覺讓我眼皮愈來愈重，意識漸漸模糊，終於閉上了眼。

中國・北京　中南海

鎂光燈下，劉主席因多日未眠而滿臉倦容、頭髮凌亂，看起來萬分疲勞痛苦。不過他仍神色堅定的緊盯著台下一雙雙恐懼懷疑的眼睛，聲調堅持的說著。

「現在，無疑是我國面對有史以來最嚴重的侵襲。我們所知的一切，不論是文明、歷史、經濟，都面對極大的挑戰。誠如各位所知的，在過去的一週，總共有二十三座大城市和軍事要塞相繼遇襲，我國所有戰區幾乎都失去作戰能力，而鎮守的士兵都英勇的戰死了，更有許多無辜的百姓面對生離死別。而所有遭逢攻擊的城市，也爆發致命的傳染疾病，感染後死亡率高達百分之百，無疑是讓嚴峻的狀況更加雪上加霜。

「在座的各位來自各個國家，相信你們都很清楚，過去七十二小時，已經有超過一百五十個國家宣布戒嚴，不僅國內人民活在恐懼之中，世界上其他國家的人民也在恐懼之中，心中充滿了懷疑和憤怒。過去幾天全世界幾乎陷入無政府狀態，人們在恐懼中往往會失去理性，被心中的不安所控制，因為他們對未來充滿了不確定與恐懼，這不僅僅是中華人民共和國的問題，更是全世界共同面對的威脅。」

劉主席雙拳緊握顫抖，繼續朗聲說道：「然而，我今天站在這裡，就是要向全世界，還有全國的人民鄭重宣示，不管這些入侵著如何猖獗，勢力如何蔓延，北京政府，將會屹立不搖！中央政府，將繼續奮力抵抗這些危害我們家園的敵人，所有軍隊武力，都會投入這場戰役，我也在此宣示，不論付出多大的代價，要耗費多少資源，政府一定會盡全力守護人民的自由！」

他的聲音轉為輕柔，內容卻更為沉重：「從現在開始，我們開戰了，這場戰爭所波及的範圍，將會超過我們這些年打過的任何戰役。戰士會戰死，無辜的人民會有傷亡，我們將遭受難以承受的痛苦，甚至面對人性和道德的淪喪，但到最後，我們會勝利，因為這場戰役的代價，我們輸不起。我向各位保證，那天就要到來，黎明前的黑夜，是一天最黑暗的時候。我代表中華人民共和國，在此向世上所有熱愛生命、自由與和平的人們宣示。謝謝，還有什麼問題，都由北京政府發言人負責回答。」

所有記者瘋狂的舉手想要發問，劉主席卻已轉身下台，北京新聞發言人則上台為上百個記者一一回答。

劉主席一下台，身旁立刻湧上數十名特勤。自從入侵事件爆發後，政府官員的安全戒護全都大為提升。主席的幕僚長手上抱著幾張文件，擠到主席身邊說：「所有相關官員都已經到金山聯合作戰中心了，就等您過去。這是最新的戰情分析。」

劉主席接過幕僚長手上的文件，「我等下再看，還有什麼事嗎？」

「昨天聯合國發布通知要召開一場會議……」

劉主席舉起手，示意幕僚長停止，「細節等下戰情會報時再說，通知一下戰情室的官員，我五分鐘後就到，準備好開會。」

「是，主席。」

北京　海淀區　中央軍委聯合作戰指揮中心

戰情室的大螢幕上有大量分布的紅點，所有人都看著螢幕神色緊張的交頭接耳談論著。那些紅點代表的是淪陷戰區。

「主席好！」官員們看到主席進來，連忙起身敬禮。

「好，趕快坐下，不要廢話了。」劉主席揮揮手，官員們立刻坐下。主席坐在首座，看著螢幕說：「開始吧。」

「我先來報告目前我國的國防戰力。」官員起立指向螢幕，「您可以看到，螢幕上的地圖，我們的五大戰區中，如今只剩下南京東部戰區的軍力完好無損，而中部戰區只剩幾座城市沒有淪陷。南部、西部戰區都已經澈底被外星戰艦摧毀，還沒淪陷的戰區司令部只剩下北京和南京。」

官員說完後，劉主席揉著右邊的太陽穴，戰情室內瀰漫著緊張的氣息。所有人都知道，即便是二戰期間的中日戰爭，中國都沒有那麼多戰區淪陷過，當然那時候還是國民政府執政，但依舊沒有改變當前緊急的局勢。

「有作戰能力的軍隊還剩多少？」

「我們的海軍完全沒有折損，至於我們陸軍還有六十萬，空軍有二十萬……」

「我的天啊，」吳總理額頭冒汗的說：「這至少折損了快七十萬了……」

「沒錯，」官員憂心的點頭說：「不過這還是所有現役人員尚有戰鬥能力的數量，而現在我們真正有用的，恐怕還不到這數字的一半。

戰情室中傳來陣陣微弱的爭論聲，劉主席舉起手要求官員們安靜，「繼續統計我們的國防軍力，整編剩下的軍隊，每天都要更新，掌握最新數據。」

「沒問題。」

「我不明白，他們是怎麼知道我們國防軍隊的部署？」一名官員皺眉說。

「他們藉由衛星入侵我們的系統。」北京國安單位長官開口。

「你是說我們所有的高層資訊，現在全被他們知道了？」劉主席睜大眼睛說。

「沒有全部，」那名長官搔搔頭說：「我們最機密的國防資訊像是核彈和飛彈部署全都存放在這裡的地下指揮中心的電腦中，那是一部稱為天河的封閉系統，是一個獨立運作的網路系統。他們無法藉由遠端入侵。而且就算用地下那台電腦，如果沒有總書記、國家副主席、總理手上的三道密碼也解不開。這是個小小的好消息。」

「那至少我們還沒全盤皆輸，」劉主席點點頭，「那麼敵方的軍隊部署呢？」

一名空軍少將起立，他敲了敲桌面，大螢幕上出現西安衛星圖和全中國的地圖。

「他們在西安的主力依舊和過去一樣，不論是地面還是空中防禦都滴水不漏，不過這只限能夠監看的部分，但他們派出來襲擊我們的戰艦……要知道，他們的科技遠勝於我們，他們的戰艦擁有視覺和電波的隱蔽能力，我們的衛星和雷達都偵測不到他們，所以說……」

「我們完全不知道他們的動向。」劉主席面無表情的說。

「我很不想這樣說，但是……沒錯。」少將像洩了氣的皮球一樣坐回位置上。

「還有一點，當他們攻擊我們城市時，會完全切斷內外通訊，讓整座城市無法對外求援，也使他們的襲擊行動能在我方軍隊反應過來前便迅速摧毀我方防線。」另一名將軍接口。眾人低聲討論。

「那關於這點有什麼防範措施？」劉主席臉色凝重的盯著軍務委員。

「我們現在建立起一個嚴密的通訊系統，」一名軍委說：「所有重點防禦要塞每一分鐘都要和中央聯絡一次，以確保中央和外界的聯繫，只要一斷訊或者系統出現任何異常，我們便會立刻啟動綜合飛彈防禦系統。」

「很好，繼續嚴密控管，」劉主席面色陰鬱的看著螢幕，「難道我們就只能這樣單方面的防守嗎？沒辦法主動出擊？」

「那只會像當初派遣二十七架炎帝戰機時的情況一樣。如果主動出擊，我們根本是以卵擊石。」

劉主席雙手手指緊扣，沉著嗓音說：「如果用核武呢？」

戰情室中幾乎所有人同聲反對這項提議。

「無論如何，都不能在國內使用核武！這無疑是自我毀滅！」一名軍委急著說。

「而且就算我們真的使用核武，飛彈只怕在空中就會被他們攔截下來，更糟的是如果他們影響飛彈定位，讓它射向國內其他城市甚至是中東、歐洲……」

劉主席無奈的舉起雙手，「我只是隨口說說而已，沒有必要太當真。」

「不過我們確實進行了這方面的研究，就是目前的『掩影計畫』。」劉主席說，他對李岩輝將軍點點頭。

李將軍說道：「從我們多次和敵方交手的過程中，雖然每次我們都落敗，但從交戰的影像中，我們卻也發現了敵方的弱點。這些戰艦並不是無法擊敗的。」

「怎麼做？」數十個人異口同聲的問。

「其實很早就發現了，我們在西安的攻擊行動中發現地鼠的防護力場是可以被突破的。而與戰艦交手的過程中，請看螢幕上的能量影像：當我方導彈擊中敵方戰艦時，外部力場的能量在瞬間有程度上的下降。也就是說若能算好時間連續攻擊，就可以擊破敵方戰艦的防護力場。」

「但他們在速度、武力上都遠勝於我們。我們的戰機無法追蹤他們，他們一受到攻擊就可以迅速閃避，根本無從進行接連的突襲。」

「這就是掩影計畫的想法。現在已經有證據顯示，戰艦是由西安的母艦直接操控的，也就是說他們缺乏人為的判斷。而科學院在戰爭開始前就藉由地鼠的研究開發出一套『掩影系統』，此系統可以產生一層電磁諧振，包覆我們的戰機，而這股電波可以使我們機身達到百分之百的隱藏效果。這可以為我們爭取時間，使戰機有機會能夠在被對方察覺前攻破屏障。」

「但我們當初光是對付地鼠就用了二十架戰機和上百枚飛彈。現在即便戰機具有隱形效果，難道就可以攻破戰艦的防護力場嗎？」

「當初用到二十架戰機是因為地鼠群聚在一起，會有力場疊加的效應。若是分開單一攻擊的話，並不是很難擊敗。而掩影計畫本身就是和地面飛彈配合，並不是單靠戰機本身攻擊對方。」

「掩影行動何時展開？」

「已經開始了。目前我國已有二十五架戰機配有掩影系統，其中的二十架已經送到北洋航母艦隊上，五架掩影戰機在北京這裡。而在重要設施如主席專機、地下碉堡上空，也都安裝了此系統。目前我們已經將這套系統技術傳給聯合國，希望能打造一支更強的隱形空中武力。」

「還有一點，」劉主席說：「掩影系統也能夠造成電磁屏障，由於掩影系統會以極快速度變換頻率，敵機需要時間調整電波頻率，在一瞬間和掩影系統一致才能通過屏障。不久前我們在鞍山的軍事基地進行防護試驗，果然當敵方突襲時，第一時間無法攻擊我們。雖然這個系統後來被破壞，卻已經證明了此系統在爭取時間和防禦上有極大功用。

「現在北京市外圍已經安裝了效能最高的掩影系統，而我們所在的位置也是利用此一系統進行隱蔽。如果敵方不是特別專一性攻擊，他們是不會發現我們。而正如李將軍剛才說的，現在我們研究員和聯合國合作，正在對此裝置進行改造和大量生產。」

「對了！主席，講到聯合國。」幕僚長在眾人沉默的時候忽然開口，「您還記得聯合國召開的緊急會議……」

「我的天啊，我差點忘了這回事。」所有人轉向幕僚長，「你趕快告訴大家。」

「這場會議是行星安全高峰會。受邀出席這場會議的國家並不多，主要是位於重要戰略區位和擁有強大武力的國家，除了北朝鮮拒絕參加外，安理會和所有受邀成員都會出席。半數的國家都是元首親自出席，其餘的國家均派部長級以上的官員出席。他們現在都已經出發了，這場會議的地點在聯合國大會堂，台灣領導人宋英倫也受邀出席……」

「什麼！」一名將軍猛然起立，「他們居然……」

「抱歉，我還沒有和各位說過，」劉主席說，「這幾天國台辦的王民偉主任一直和對岸進行熱線溝通。在聯合國公布前，我已經和對岸領導人進行過緊急熱線，安理會成員也都收到通知，總之，這是經由我們多方同意的。請繼續。」

「是的，這場會議所要討論的主要內容，相信不用我說也知道，會談主題稱為『國家星球安全問題高峰會談』，會議時間是華盛頓時間下午四點，目前已有多國代表到場，宋英倫也在路上，預計四小時後會到。」

「這場會議將由吳希衡總理代表出席，」劉主席環視眾人，「聯繫中央塔台，盡快安排好飛機和護航隊伍。吳總理兩個小時後出發，還有準備好關於這起事件的完整報告。」

「主席，現在中國不安全，我建議您親自出席這場會議，正好躲開這裡的危險情勢，又能對國內有個交代。」幕僚長說。

「不可能，沒有一個國家的三軍統帥會在戰爭發生時逃出國外。我一旦離開，軍心會立刻潰散的。不，我必須在這裡坐鎮。」劉主席堅持的說。

「為什麼不能用視訊參加？」官員問道。

「現在衛星不安全，所有的衛星可能已經被監控了。」劉主席說：「還有，政府官員是否都已經撤離至地下碉堡？」

「資料轉移和人員確認大致上都安排好了，要撤離的人員和軍隊也都已經確認過了，幾名正在外面的官員也在回來的路上。只有副主席從武漢回來時遭到攻擊身亡。」

「繼續確認其餘人員的安置狀況，並確保所有民眾待在家中和城市禁止外出。還有，把我們全國僅存的陸空軍都集結起來，要他們安全地待在基地待命。」劉主席一說完作戰中心的所有人立刻忙碌起來，吳總理忙著和幕僚確認開會資料。

劉主席靠近李岩輝將軍，低聲向他問：「你之前和我提過的英國人，就是知道這個行動內容的人，他叫……總之，這個人還在嗎？有沒有從他那裡挖出更多資訊？」

李岩輝將軍皺著眉，「據悉，他當時是和官員們一起搭乘直升機撤退，而那架直升機在撤離過程中已經被叛軍擊落，所以……」

「好吧。」劉主席看起來沒有太意外，「去忙你的。」

將軍點了點頭，「是。」

劉主席點點頭，這時戰情室內所有人忽然全都癱倒在椅子上，眼睛圓睜，好像突然看到什麼極為可怕的事物，有的人甚至面容蒼白的喘不過氣，就連劉主席本人也全身顫抖。就在那一刻，所有人都感覺到一波恐懼和絕望洶湧而來。

當下沒有人了解這代表的義涵，劉主席顫抖的說：「好了，沒什麼事，現在……」

一道聲響打斷了他的話，一名技術人員打開大門衝了進來，滿臉蒼白，幾乎和在場的官員們一樣，只是他的表情似乎帶來了什麼消息。

「我們和外部防禦失去聯繫了！」

51

這些官員們的精神已經被逼到極限了。

一整天下來，他們已經遭受好幾個重大消息輪流轟炸，現在一聽到技術人員帶來的消息，戰情室內頓時陷入一片混亂。人們大聲喧嘩，好幾個人幾乎尖叫出聲，甚至當場昏倒在地。

吳總理高舉雙手企圖壓過在場的聲音，「各位！冷靜一點！現在只是通訊出了問題，並不代表他們已經打過來了，我們應該……」

總理那激勵人心的演說還沒說完，立刻又有一則新的消息傳來，瞬間引爆了整個戰情室內沸騰的情緒。在戰情室中央的大螢幕上忽然出現紅色的警告標誌，顯示領空有大批非許可的飛行物體入侵，所有飛彈防禦系統立刻亮起紅燈。

「趕快聯繫其他基地！」一名將軍大喊。

「沒有用！我們的系統……我的天啊。」技術人員抬起頭來，「剛才在一秒鐘之內，全國所有政府機構的網站電腦都被阻斷式攻擊了一百億次！現在通訊系統已經被癱瘓了！」

「還有一個沒有。開啟掩影系統。」劉主席命令。

「等等，好了。」技術人員說，「敵人數量龐大，掩影系統最多只能爭取五到六分鐘。然後就不行了。」

「顯示外部畫面。」

螢幕上出現了北京市外五十公里的影像：數以百計的外星戰艦出現在空中，它們正盤旋在掩影系統所製造的電磁屏障外，一時間沒能攻進來，但屏障外面的軍事防禦已經被悉數摧毀，屏障顯然也擋不了太久。

「主席！我們應該要立刻送您離開地下碉堡，趁現在趕快到聯合國總部去！這裡不安全！」特勤隊長在一片喧嘩中高聲大喊。

「不行！」主席大喊，雖然他的雙腳不停顫抖，但他盡力表現出領導人的勇氣，「維持原來的計畫，我要待在這裡，你們護送吳總理走地道前往機場。要塔台準備好。」

「主席，我們時間緊迫，掩影系統可以爭取一小段時間。如果現在前往機場……」吳總理說。

劉主席舉起手，作出明白的手勢：停止。他面對在場所有人：「各位，現在是考驗我們意志堅定與否的關鍵時刻。我身為國家最高領導人、三軍統帥，絕對不能臨陣脫逃。國家選擇了我，我一定要恪守職責直到最後一刻，就像蕭安國部長一樣。而且你說，全中國還有哪裡會比這更安全？」

「但是……」

劉主席不理會反對的人。他轉向吳希衡總理，「吳總理，這場高峰會議，將會是決定我們國家生死存亡的關鍵，你此行是代表我、代表整個中華人民共和國，以及我國人民的希望。我會在這裡繼續領導國家軍隊奮戰，而你則要將這些資料全部告知聯合國。利用我們中國死傷無數軍民的經驗，換得世界的安全。明白嗎？」

「是，主席。您一定要保重，等到我們軍隊奪回中國為止。」在他們對答的過程中，螢幕上顯示外星戰艦在電磁屏障外圍，擊潰了五架殲—31以及六架蘇—10A。

「這裡很安全，我會在這裡抵抗到最後一刻。但是，如果我真的有什麼萬一。吳總理，你必須接任國家三軍統帥一職，繼續領導我們的人民，承擔中華復興的責任。」

「主席，您一定會沒事的。」吳總理點了個頭，然後和相關官員在數十名特勤的保護下離開作戰中心。

吳總理一走，劉主席立刻對作戰中心內的所有人大喊：「將所有目前情況接上螢幕！並把吳總理的即時影像接上來。」

劉主席坐回主位。只見在螢幕上，吳總理登上主席專用直昇機，迅速前往機場。另一個螢幕上，電磁屏障的能量指數下降了百分之七十。

「總理大概多快會到機場？」

「三分鐘，屏障四分鐘內一定會被攻破。」

「要塔台準備好，啟動機上的掩影系統。」劉主席說：「準備好所有內部尚未被摧毀的地對空防禦系統，讓空軍立刻出動。」

「要派出北京的五架掩影戰機嗎？」

劉主席想了想，「不要全部，派出兩架進行試驗，剩下三架送離北京。」

眾人在戰情室內屏氣凝神的盯著螢幕看，畫面上吳總理已經登上專機。接著顯示專機已急速攀升，並在三分鐘後到達兩萬英呎。

螢幕上亮起五級情況的紅燈，標示外星戰艦的紅點突破掩影屏障，全面攻入北京市領空。

「掩影系統失效！領空入侵！」技術人員大喊。

「下令空軍一分鐘內一定要到達交戰區！聯繫地面防禦部隊，使用地下磁軌炮掩護空軍，兩台掩影戰機待在角錐陣列的中心，記錄它們交戰時的能量漲跌數值，並全部上傳到終端機。還有派出ka—52直升機掩護陸軍行動！技術人員則要不計一切的恢復通訊，我要盡快和海軍以及空軍司令官聯繫！快！」

作戰中心所有人忙成一片，一半的人抓著電話和各個單位聯絡。螢幕上只見北京市的上空除了表示外星戰艦的紅點外，另一邊則有將近五十個黃點，其中兩個是藍點。「那兩個藍點是我們的掩影戰機。兩群空軍中央的綠點是坦克及防空飛彈。」技術人員說。

「空軍還有多久進入交戰區？」

「二十秒。」

「開啟戰機上的錄影裝置，給我即時影像。」

螢幕的影像轉為真實。在鏡頭上看到數以百計的外星戰艦鋪天蓋地而來，作戰中心的所有人都緊咬牙關注視著螢幕，在心中默默倒數。

「即將進入交戰區，請求攻擊。」

劉主席開口：「這裡是作戰中心，授權使用致命武力。」所有人倒抽一口氣，因為他們知道在北京上空使用致命武力必定會造成無數死傷。

戰機發射飛彈，同一時間外星戰艦也射出猛烈的電光。在一陣強烈的白光閃過後，外星戰艦散了開來，開始往四面八方的地空目標攻去。

在對講機中，眾人聽到各個空軍聯隊的隊長大吼著要隊員閃躲、攻擊。標示敵我雙方的色點，除了綠點以外其他皆在螢幕上快速移動，過了大約十分鐘，螢幕上消失了大約一半的黃點，綠點也損失過半。螢幕上唯一沒有改變的，就是標示外星戰艦的紅點。

「給我看掩影戰機的情況。」

螢幕上只見兩架外觀和其他相同的戰機，在外星戰艦當中穿梭攻擊。它們身邊其他的戰機都遭到外星戰艦猛烈的攻擊，只有兩架掩影戰機似乎沒被發現，它們同時對著一艘外星戰艦發射飛彈，與之同時，地面的兩挺磁軌炮和飛彈一同命中目標。

「我們的掩影戰略攻破一艘敵方戰艦！」技術人員高喊。

那艘戰艦外觀冒著黑煙，側面有爆炸的痕跡，整艘戰艦不平衡的搖晃，然後在眾人的注視下，它掉頭離開。螢幕上一個紅點飛離交戰範圍。

「把剛才所有的資訊上傳到終端機！」劉主席興奮的高喊，「並且下令地面所有武力尤其是磁軌炮，配合掩影戰機的攻擊目標。」

空軍以掩影戰機做為掩護，地面武力作為攻擊，這個戰略居然奏效了。接下來的七分鐘，又有三艘外星戰艦防護力場陸續被突破。然而這三艘外星戰艦離開的同時，螢幕上的黃點以及綠點損失了將近一百個。

「掩影戰機被擊中了！」技術人員大喊，螢幕上的其中一個藍點熄滅。

「防空系統被入侵！防空系統被摧毀了！」螢幕上外圍整圈的綠點在瞬間全部熄滅。緊接著螢幕上大批紅點長驅直入北京市上空。

「怎麼回事？掩影系統失效了嗎？」主席急切地問。

「主席，敵方戰艦就算是由電腦操控，它們也具有應變能力，它們顯然是改變了攻擊戰略，改由追蹤武器來源反制掩影戰機。」

「那我們……」

劉主席才剛開口，忽然地面一陣強烈的震動，作戰中心的屋頂掉下灰塵。

眾人滿臉蒼白，劉主席開口：「接上北京市的即時影像。」

螢幕的畫面轉變：晴空萬里之下，街道上全是坦克和裝甲車來回行駛，上千名士兵奮力抵抗，但徒勞無功。上百個街區、建築全都是火焰黑煙，數十架戰機墜毀撞垮了高樓大廈，著名的建築像是紫禁城、天安門、景山公園、圓明園、寺廟等那些平常幾十萬人聚集的地方幾乎都燒著熊熊烈火，還有幾輛導彈車被戰艦擊中，造成大爆炸，實在難以估計到底有多少人傷亡。

更糟的是，戰艦空投了好幾個銀色地鼠下來。它們攻擊所有躲在隱蔽街道角落的士兵，將他們全都蒸發掉，變成一小堆一小堆的灰燼。

緊接著的，就是幾十道閃光炸向中南海的國務院，還有書記處，被轟炸的地方幾乎立刻崩塌，激起一陣煙幕直衝上天。看到這幕，所有人同時倒抽一口氣。

「下令所有戰機、直升機立刻離開作戰區域！前往東北戰區避難！」劉主席大喊。

「主席，一旦軍隊撤離，我們在北京僅存的防禦能力……」

「不，」劉主席滿頭大汗地說道：「沒有必要作無謂的犧牲，現在要保存我們僅有的實力，繼續操控市內的防空武力。」

螢幕上僅存的所有黃點全數退出北京上空。

「我們……在這裡應該很安全吧？」一名軍官小心翼翼地問。

「我們安裝了掩影系統，這裡深度更達兩百五十公尺，可以防止千萬噸級的核彈，但是……」技術人員搖搖頭，「我不知道。」

「和外界的通訊聯繫上了嗎？」劉主席問。

「我……正在努力，敵人設置的屏障很難破解。」技術人員低著頭猛敲鍵盤。

在此同時，螢幕上顯示的畫面愈來愈慘烈，在巷弄街道上，士兵聚在一起絕望地想擊退地鼠，卻被圍困住一一消滅。難以計數的民宅大廈倒塌燃燒，螢幕上中南海的國務院被閃光轟擊成一個凹陷的廢墟。然後，他們看見外星戰艦開始朝作戰中心所在的金山前進。

「我們有掩影系統，他們不可能……」

軍官的話還沒說完，眾人頭上的地層便傳來巨大的爆炸聲響。

「該死！」劉主席大罵，「掩影系統可以讓對方偵測不到我們的位置，甚至能抵擋一陣子。但他們早就知道這個指揮中心的位置了！就像他們攻擊北京時一樣！」

螢幕上出現上百艘外星戰艦盤旋在金山地下指揮部上空的影像。戰情室內所有人都嚇得瞪視著螢幕，「主席！我們應該立刻更換地點，到一個他們不知道的地方，趁他們攻破前離開，然後再次啟動掩影系統！」李岩輝將軍才剛說完，螢幕上的電磁屏障像是玻璃一樣碎掉，眾人頭頂上的地層發出隆隆巨響。

「敵人正在轟炸地表！」技術人員焦急的大喊，螢幕上顯示爆炸鑽入地下十公尺處，距離指揮中心還有兩百四十公尺的距離。

「我的天啊。」劉主席癱坐在椅子上，「我……」

「主席！接通了！各基地司令部長官全都在線上！您大概只有幾分鐘的時間而已！」

「各位，我長話短說，」劉主席看著螢幕上一張張面孔，「各位，此處正在遭受猛烈的空襲，我們擋不了太久。」

兩百一十公尺！

「吳希衡總理此時已經出發前往聯合國大會。這場會議將會是地球盟軍反攻的關鍵，而我們中國軍力雖然損失慘重，但我們還是擁有主場優勢。之後的戰役還會需要你們，因此我在此下令……」

一百八十公尺！

「所有海軍、空軍，全部不准前來北京支援。尤其是北洋艦隊，現在有二十餘架掩影戰機停在那裡，那些是聯合國軍隊反擊和保命的重要關鍵。我死後，將會由吳希衡總理代理主席一職，你們要聽從他的指揮。」

「主席……」

一百五十公尺！

「不用說了，」劉主席舉起手，周圍的晃動愈來愈厲害，戰情室內的人嚇得不知所措，「所有海軍艦隊須離開中國海岸線至少一百海浬。航母戰鬥群尤其如此。而空軍和陸軍的則要隱藏所有的戰機、坦克、直升機，等待盟軍反攻，來個裡應外合。」

一百二十公尺！

周圍的牆壁天花板紛紛崩裂，劉主席望著螢幕上一張張面孔。冷靜的說：「記住，我們國家的生死存亡就掌握在各位的手中。各位，保存我們的實力、打敗入侵我們家園的敵人，這是我最後的命令。」他說完對鏡頭行了個軍禮，軍官們也俐落的回敬。畫面中止了。

一百公尺！

劉主席轉向眾人，所有人都望著他，眼神參雜了恐懼以及崇敬，劉主席對他們微微一笑，說道：「各位，你們都很勇敢，陪我一起守到最後一刻，你們工作完成了，可以離開了。傳訊息回家吧。」眾人面面相覷了一會，然後一同對著劉主席鞠躬敬禮，接著一個個走出戰情室。

五十公尺！

劉遠山平靜地坐在位置上，看著螢幕上不斷接近的數字，還有周圍搖晃震動的房間。然後他後方傳來聲音，「爸爸！」他的女兒和妻子跑了進來，女兒跳到他身上，緊緊地抱住他，他妻子則眼眶泛淚地站在一旁。

三十公尺！

「我們不會死掉吧？」女兒天真地問。劉遠山感到一陣痛心，他要怎麼告訴她？怎麼告訴她這世界已經再也回不去了？

十公尺！

「不會，爸爸陪著你。我們是要到另一個地方去。」

周圍劇烈晃動，螢幕閃爍警報，上方的石塊一塊塊崩落下來，頭頂上的紅光頓時熄滅，周圍一片黑暗，只剩下刺耳的警報聲。

「我好怕。」女兒顫抖地說。

「怕什麼？」

「這裡好黑。」

劉遠山笑了出來，只有小孩才能以如此天真的心態看待這場即將吞噬世界的風暴。他嘆了一口氣，在她耳邊低聲說：「別怕，明天太陽還是會升起。」

52

在最後一道藍白色的閃光消失後，地鼠的眼睛轉為綠色。

這場突襲行動，是目前規模最大的一場，一共花了一個半小時才澈底結束，比起以往幾場仗還多用了半個小時以上的時間，這是因為這場戰役出現了一種電磁屏障，這種東西會短暫的蒙蔽他們的視線，但沒關係，不管怎樣，他們還是掃平了所有阻礙，達成了他們的目標。

將近六十架戰機被擊落，所有直升機全被摧毀，地面上的部隊也無一倖免，坦克、導彈、軍隊，全都在巨大的爆炸中灰飛湮滅。有一些增援部隊從四周趕來，但全都被他們像螞蟻一樣輕鬆粉碎，十分鐘內消滅殆盡。

當最後一架戰機被擊落後，首都失去了最後的防線。五十幾艘外星戰艦圍住金山，他們花了一點時間破除電磁屏障。接著就對下方的地表進行猛烈的攻擊，一道接著一道的閃電轟炸地面，爆炸之猛烈，幾乎像是把整片地面炸到兩百公尺的高空中。

整座山崩塌爆炸，激起了大片塵土，將地面完全籠罩住。在煙霧中可看見一團又一團的火舌爆起，吞噬著周圍的樹林。等到他們停止攻擊後，過了五分鐘煙霧才漸漸散去。

整片土地像是核子彈轟炸過一樣，地面冒出一個巨大的坑洞，直徑一公里的巨大坑洞，深度直達兩百五十公尺下的地下指揮部，坑洞中冒出大量的黑煙。

這座號稱能抵擋美軍任何攻擊的碉堡，在強大的武力下被炸成碎片。戰艦空投地鼠進入目標，他們並不知道發生了什麼事，只是眼神血紅的執行著幾百公里外中心下達的指令，接近目標，對著所有試圖抵抗的物體發出熾熱的閃光。

他們蒸發了數十名憲兵，還有三名坐在指揮中心電腦前的人。一道熾熱的藍白電光閃過，最後一名企圖逃跑的憲兵被炸成灰燼，地鼠原本血紅的雙眼變成溫和的綠色，並轉向他們此行的目標。

其中一個地鼠大踏步走向指揮中心的超級電腦，電腦螢幕發出微弱的光線，上閃爍著中華人民共和國的國徽。

那個地鼠將右手伸出來，它右手上的流動金屬瞬間變為一個像硬碟一樣的處理器。它將手放到桌面上。

螢幕上立刻跳出天河系統保護程式，要求輸入三道密碼，即便是用全世界最先進的電腦，要強行破解，至少也要花上五年的時間。

但他們不是世界上的電腦。

地鼠將訊息以光速傳回遠在百公里外的母艦核心總部，在高維度空間電腦高速的運算下，一秒鐘之後，螢幕上便出現「歡迎使用」的字樣。

在破解的瞬間，螢幕上立刻跳出幾十個視窗，一連串的字母數字代碼飛快的跑過，一般人或許看不出那是什麼，但不代表那不重要。那些字母符號所表示的，是中國國防位置部署、國家經濟財政監視控管、衛星防禦和所有通話紀錄，甚至包括核彈密碼。

地鼠完整的下載了所有關於中國政府的資料，如今中國已經徹底失去防衛能力，任何攻擊、調度和行動在他們面前無所遁形，他們甚至有能力直接侵入金融市場、毀掉股市，讓已經混亂不已的世界陷入極度混亂。他們也可以一夕之間奪取中國政府的所有存款，甚至用核彈自我毀滅。不過他們的目的只是要掌控和製造恐慌，並非完全毀滅。

現在已經沒有任何事物可以威脅他們了。整片中國土地，都已經在他們掌控之中，所有衛星皆被入侵。所有他過往去過的地點搜尋，也已經確認了。如今沒有任何東西能阻撓他們的成功……

這時，螢幕上的數字停止了，整個下載過程也突然中斷。當時母艦核心在一秒內破解全世界最嚴密的防護系統，但如今接收到這個訊息，卻讓地鼠整整僵在那裡長達一分鐘。接著，地鼠的眼睛突然轉為危險的紅色。

原本已經穩操勝券，確定掃蕩所有的威脅，沒有什麼能夠擋在那偉大的日子之間……如今，兩千年前的陰影陡然又浮上了水面，當初不明瞭的謎已經解開，他們一開始方向就找錯了。如今這個餘波再一次衝擊帝國崛起。

在那間黑暗的密室中，一波波黑暗能量湧出，核心系統感應到那股能量，並以光速傳遞給所有的地鼠，他們眼中爆出前所未有的亮光。

即便已經銷聲匿跡兩千年，他們也絕不能容忍任何可能的威脅。兩千年前它失手過，如今不能再犯同樣的錯誤。

地鼠的手離開了桌面，並轉身離去，在地面上炸出一個大洞離開指揮中心。因為他們下一個目標已經出現了，北京不是作戰終點，而是戰爭的起點。

螢幕上，紅點在台北閃爍發光。

53

中國．西安　民宅

我滿頭大汗的從床上坐起，不住地喘著氣。

有事情發生了。一個強烈的情緒衝擊我的大腦，我緊抓著棉被，拚命讓自己冷靜下來。

剛才一瞬間的衝擊如此強大，讓我幾乎昏了過去。

那一瞬間，我感覺到一股極端的興奮，和一種長久追尋的渴望……一個長年在黑暗深淵中的雙眼，在此時睜了開來，一抹腥紅在幽暗中一閃即逝。

我甩了甩頭，整理自己的思緒。我依稀可以聽到蕭璟在屋中走動的聲音，她輕輕的哼著旋律。但此時盤據在我腦海的念頭只有一個，宛若紅色的警示燈在黑暗中不住閃爍，出現在每個眨眼瞬間。

他們找到了。

54

【BBC世界報導】

外星入侵席捲全球，世界陷入空前恐慌

自中國政府封鎖西安，至西安出現非地球文明星艦，已經過了兩週。北京時間晚間十一點，中國方面證實：北京已被入侵者攻占，正式宣告淪陷，中國國家主席劉遠山也在此役中身亡。而這起事件只在劉遠山主席宣布全國動員後不到三個小時發生。消息發布後，全球譁然。

根據聯合國提供的數據，迄今為止，世界上已有大約一億人因這場戰爭而喪命，實際數字可能遠遠超過此數。在敵人迅速攻擊和各國政府無力抵抗下，恐慌在全球蔓延且已完全失控。各地掀起了一波波規模空前的抗議浪潮，陷入澈底的無政府狀態。

位於亞洲周邊區域的國家反應尤其強烈。在首爾、新德里、東京、曼谷、俄國、坎培拉等地，出現超過百萬以上的人潮，軍警完全無力控管，政府失去機能。而中國幾個尚未遭到外星艦隊攻擊的區域，如上海、香港也出現了規模超過千萬的人潮，企圖湧出解放軍封鎖的城市邊界，造成了大規模混亂。

除了群眾陷入恐慌之外，這起事件也引發了國際上史無前例的宗教狂熱現象。在梵蒂岡廣場和羅馬周圍，已經聚集了超過兩千萬名的天主教信徒，麥加聚集千萬名伊斯蘭教徒，「聖城」耶路撒冷聚集眾多人潮。所有宗教場地此時都湧滿了無數民眾，齊聲吶喊要求神主持公義、呼求基督的二次降臨。街頭上更處處可見各樣的宗教狂熱分子高舉牌子吶喊著末日將到，最後審判即將降下。

網路上也出現了先進國家打造祕密太空梭要逃離地球的言論。此未經證實的言論一報出，世界各地太空發射站如美國的佛羅里達NASA分部，皆遭受大批民眾攻入並破壞。在群眾眼中，企圖離開地球逃亡星際變成萬分邪惡的罪行。

因暴動而死亡的人口尚未估計，但恐怕不下於戰爭導致的死亡人數。

聯合國祕書長查曼恩公開呼籲大眾冷靜，並在危難時刻團結一心，莫要自亂陣腳，要對政府抱持信心。

在查曼恩祕書長回應結束後，聯合國即宣布將在今日華盛頓時間下午四點召開「星球安全高峰會」，會議將統籌國際部隊並擬定戰略，因應戰爭的危機。

目前會場外聚集了大批軍警和維安人員，ＢＢＣ新聞社已派專人記者候在會場外，將為民眾即時更新資訊。

欲知更多戰爭的國際詳情，請繼續訂閱ＢＢＣ新聞。

55

美國・紐約　聯合國大會堂

在象徵反戰和渴望和平的《打結的手槍》雕塑旁及外緣的時代廣場，上百萬名陷入瘋狂的激動民眾高舉著牌子和棍棒圍繞著這世界上唯一的國際領土—聯合國總部。

在聯合國領土外，圍繞著一圈又一圈的軍車和荷槍實彈的高大軍人，他們手持盾牌面向周邊瘋狂扔擲石塊的民眾，空中無數架巡邏的武裝直昇機盤旋其上。眼前形成極端對比的景象—一方人數眾多且無比瘋狂的揮舞手臂並大聲嘶吼，另一方彷彿淹沒在人海之中的小島，表情緊繃且一言不發地堅守在崗位之上。成千上萬失去理性的群眾彷彿面臨世界末日。

這些群眾聚集的原因只為了一個，那就是聯合國兩小時前宣布召開的「星球安全高峰會」。

相對於外面難以計數的群眾，會議室內顯得格外沉靜。此時雄偉的大會堂內的氣氛降到冰點，所有人沉默地坐在位置上，緊繃的氣氛甚至遠遠超過外部人群的瘋狂。

會議大廳內部和過去一樣，正前方主席台背後的黃色牆面，高高的鑲著聯合國徽章。穹頂上方建成夜晚星空的模樣，彷彿宇宙般高聳淵深，但穹頂和下方的牆面是分離的。整體設計給人一種強烈的壓迫感，讓人充分感覺到聯合國的威嚴。但此時此刻，它卻宛若一堵絕望之壁，毀滅的壓力重重的壓在會堂內的所有人身上。

出席這場會議的代表並不多，僅約三十人不到。但個個都是當今世上最有權力的政治領袖和國家領導。

首座的位置是聯合國祕書長查曼恩．普契，在他右手邊是美國總統賈科摩．布魯斯。他身旁站著一名穿著軍服的上將藍尼．麥卡瑟，現任美國參聯會主席，是美國僅次於總統的最高軍事領袖，擔任過聯合國反恐戰爭的最高指揮官，曾徹底擊潰一度讓歐洲戒嚴的全球恐怖組織「ＳＩＣＯ」（Supremacy Islam Clandestine Organization），許多人看到他的出現都頗為驚奇。

接著往兩邊的座位是各安理會成員國家的領導人，有中國代理國家主席吳希衡、法國總理邁爾斯．弗朗德、俄羅斯總統托偉傑夫．戴拉克，和上次會談沒有出現的英國首相桑德爾．雷納斯。而吳希衡在六小時前得知了北京避難所無人生還的同時，接任了中華人民共和國國家主席和中國共產黨總書記職務。

會堂中最引人注目的就是台灣領導人宋英倫。任何國際會議通常都會避免兩岸領導人直接會面，但這次攸關世界安全、台灣又位於極重要的戰略位置，聯合國在經過討論後同意將台灣納入會議代表。不知是巧合，還是特意安排，宋英倫的位置就安排在中國領導人吳希衡身旁。

這場會議理應討論如何應對席捲全球的外星入侵，但與會元首和代表迄今尚未開口說過一句話，眾人只是表情緊繃的望著彼此。吳希衡主席垂著眼望向桌面。在這寂靜的沉默當中，彷彿所有人都看見會堂頂部星空穹蒼降下的敵人，正無情的蹂躪著地表……

「相信各位在來的路上都見到外面的人群和駐防的軍隊了。」查曼恩祕書長打破沉默：「世界已陷入巨大的恐慌，我們所面對的，是前所未見的敵人。我們肩負人類歷史上從未有過的責任和重擔，人類文明的存續與否，就看今日的我們。我在此，先向所有與會者表達敬意。」他對所有人鞠躬敬禮。

「接著我代表聯合國先聲明：在此次會議前，安理會已經組織團隊進行研究。今日是和各位商討最後作戰方針和聯盟方案，不做枝微末節的細節討論。誠如各位所知，現在情況無比危急，我們沒有時間浪費，快開始吧。」查曼恩環視眾人一圈，然後敲了敲螢幕，穹頂下方出現了一個全像投影的世界地圖。

「各位，這張地圖所顯示的，是敵人目前已占據的位置。」地圖上東亞處一片紅色。眾人沉重的看著他，查曼恩看向吳希衡，「詳細情況各位都已經知道，便不再多說。吳主席，中國有和敵人交戰的第一手經驗，在開始前，您有什麼要說的嗎？」

吳希衡主席抬起布滿血絲的雙眼，看起來萬分疲憊。然而當他站起身時，那堅定的神情卻讓所有人為之一振。

「在我開口前，我必須先和各位聲明一件事，」吳希衡主席語氣堅定地說：「首先，我今天能夠站在這裡，完全是靠中國軍隊奮力抵抗敵人，還有劉遠山主席放棄自己存活的機會，讓我能夠把資訊帶來這裡和各位分享合作。劉遠山主席已經在六小時前宣布身亡，他在死前仍坐鎮在指揮中心和軍官一起奮戰到最後一刻。他們的犧牲，就是希望我們能夠挽回敗局。我希望各位能夠明白，這場會議中我國提供的一切資料，都是犧牲無數同胞生命換來的成果。」

會議室內眾人聽了都凝重的點點頭，平時和中國不對盤的美國總統賈科摩此時傾身向前說道：「是的，劉遠山主席奮戰到最後一刻的精神，全世界都有目共睹。還有那些勇敢犧牲的人們，他們都是世界的英雄，我在此向他們表示哀悼。」

「謝謝總統先生。」吳希衡主席對眾人鞠躬，「目前中國境內的情況各位應該都已經看過聯合國的簡報了。我只說幾點。」他伸手點了點螢幕。

「在敵人攻陷北京前，劉遠山主席為了保全我國軍力，將所有東北和東南區域僅存的陸空軍武力隱藏起來，等候盟軍適時反擊。並命令所有海軍艦隊遠離海岸線，目前主要分布在東海和南海。當中三個航母戰鬥群中的最強的兩者位於東海中間線處。」

「這三支艦隊，本來都是因應該區的衝突和緊張關係所部署的，不過現在我們已經將其納入聯合國的『島鏈計畫』中，艦隊現在已經往防禦位置移動了。在南海的艦隊估計再過兩到三天就會到。」

「這是依據當初美國所提的圍堵計畫加以調整後的防禦計畫，」查曼恩祕書長說，同時看了托韋傑夫總統和吳希衡主席一眼，「當然，我們現在所對付的對象和當初設定的對象並不相同。」

「但有一點實在很奇怪，我要在此提出來。」吳希衡皺著眉說：「根據我們中央軍委的分析報告，敵人的攻擊是隨機性的，雖然主要是攻擊我們的大城市、軍事重地，以及許多完全缺乏戰略意義的土地。而且根據報告，他們攻擊時皆會派出地鼠對地面和建築進行掃蕩，但不見得會摧毀設施。戰略分析師提出一點：以敵方強大的科技實力而言，這樣一場場的攻擊行動實在是效率差到極點，為什麼他們要這樣做？」

「你有什麼想法？」桑德爾首相問道。

吳希衡環視眾人，「他們不是針對某些地點進行攻擊，而是在尋找什麼東西。」這句話引起與會人員的一陣熱議。

「那到底會是什麼東西？」邁爾斯總理不解的說：「某種強大武器還是技術？」

「中國如果有那種強大武器，我們還用得著開會嗎？」德國諾齊克總理說。

「說不定是中國政府自己不知道的某種東西……」

「以上這些都是我們的臆測，沒有任何實質的根據。」吳希衡坦白說：「但這確實極有可能是他們這些行動的動機。我認為應當好好重視。如果我們了解他們攻擊的模式，就有方法可以進行針對性防禦。」

「我們也注意到這點。」賈科摩總統說：「五角大廈分析處針對中國提供的資料，確實指出他們攻擊的地點，許多都是古老文化城市，但也有許多看不出背景原因。譬如他們在攻陷北京後便停止對中國南方省分攻擊。研究團隊正在建立敵方攻擊模型。」

「這的確很重要，」查曼恩舉起手，「但這些專業分析我們就交由研究團隊的分析師。會議只談論大方向。」

「是的。」吳希衡主席點點頭。

「謝謝，那麼現在我們來稍稍介紹一下目前制定的防禦計畫。我們的防禦系統總共分為三個部分，分別是『島鏈計畫』、『全球導彈防禦體系』和『掩影計畫』。其中掩影計畫是最重要的一環，這部分我們將由中國吳主席說明。然而此系統為配合前二計畫，因此，我先概要前面兩點：首先，是一開始提到的島鏈計畫。目前參與計畫的，為中國周邊擁有海軍陸戰基地的國家，許多國家也會陸續納入此項計畫中。」查曼恩祕書長說。

「再者，就是導彈防禦體系。相信各位都已經知道，中國的核武和各種規程的飛彈已經被敵方控制，所以這個系統主要防範的對象是以中國受到敵方控制的自身武力為主，並非針對外星艦隊。」查曼恩祕書長接著說。「參與的國家包含所有具有亞洲防空系統的國家。譬如韓國、俄國、印度等國。」

「不止是這樣，」賈科摩總統說，「安理會已經同意，啟動了整合各國導彈武力的全球防禦系統。不過這個系統並不是單純針對單一地區，其配合已完成的ＧＥＯ系列的天基外紅系統ＳＢＩＲＳ，可以有效形成對全球各地具有『反導預警』功能的全面防禦。」

「不過為什麼不啟動『天網』系統？」日本代表問，「這可以整合全世界的防空武力飛彈，我記得這從三年前就提過了。」

「你說的沒錯，那是由美國星戰計畫中的『王者之劍』和『亮眼計畫』轉變的反導系統。但目前還沒有開發完成，有許多國家拒絕加入此一計畫。聯合國無法保證它的安全，所以目前最好的方法是，各國共同投入更多資金武力來防範，並透過全球防禦系統整合抵禦所有敵人的遠程攻擊武力。」

「然而，所有防禦計畫中最重要的一環，是最後一個掩影計畫。」查曼恩說道：「關於這點，我們將由中國的吳主席說明。」

吳主席點點頭，「這個計畫是中國科學院在敵人崛起之前研發的系統。在說明這個計畫前，我要先和大家分享一下，在中國軍方和外星艦隊交手的過程中，我們發現一件重大的發現：「各位都知道，不論型號，敵方目前主要有兩種武器，分別是空中的飛行戰艦，以及地面的地鼠。地鼠的部分，我們從第一次和他們交手的過程，就發現他們是可以被摧毀的，地鼠產生的能量力場有一個承受的極限，突破這個閾值就能夠消滅他們。戰艦的部分比較麻煩，因為他們具有極高的自衛能力和飛行速度。然而，原理卻是相同的，我們在北京的戰役，透過連續不斷的高密度攻擊，成功破壞他們的四艘戰艦。」吳希衡一面說，中央一面出現外艦隊在北京攻擊時的錄影影像。

「接著讓我們回到掩影系統。報告書內提到，但我相信大部分的人對此並不熟悉，因此我先在此做個簡單介紹：掩影計畫，關鍵是一套掩影系統，此一系統是由針對地鼠的研究所開發出來的。掩影系統的功能，在於製造一個強而有力的電磁屏障，簡而言之，就是讓物體隱形。因為我們已經知道，敵方的戰艦是由人工智慧遠端遙控，並非由智慧體親自操控，因此會失去直覺上的判斷。此系統會不斷以高頻率改變外部的電磁諧振，讓向外發送的訊號每次都不同，敵方也就無法追蹤。

「關於隱形的技術，各國政府都有研發，然而掩影系統的隱形效能是百分之百，這個系統的用途也更廣。

隱形功能上，它可以安裝在戰機武力上，或者是安裝在軍事基地上，讓敵人尋覓不到；防禦功能上，它可以利用串連的方式，擴大能量效率，製造一個不停變換的電磁場，而外星戰艦若是強行通過的話，會導致它們和西安的母艦短暫的失聯，他們必須花五到十分鐘才能破解這個屏障。」

「如果這個屏障真的具有那麼高的隱形效果，那為什麼中國的地下指揮中心會被攻破呢？」

「我剛才說過，這是一個隱形裝置，它能讓外界看不到你。但問題是，如果外界已經知道了你的位置，用掩影系統遮蓋自己的位置也沒用。所以它只能應用在：一、可以快速自由移動的飛行武器上；二、敵方尚不知道的安全地點。」

「目前有幾架安裝此系統的戰機？」

「中國有二十三架。聯合國研究團隊正在複製中國的研究，因為中國的設置是原型，還有很多漏洞，我們正在對此進行改良。我們預計要打造出一支掩影戰機聯隊。然而，敵方也有了應對之道，在北京的戰役中，敵方利用先進的反向追蹤『蛇眼系統』，在接受到飛彈攻擊的瞬間，立刻反向定位出武器來源，這會使我們的掩影戰機變成一次性的武器。因此我們目前的主要方針，就是要利用這套系統和上述兩個計畫配合，將各國飛彈防禦系統以此系統進行防禦，以免敵人摧毀我們的飛彈系統後再使用核彈。另外就是選個隱密的地點打造安全的地面基地。」

「這套系統能否從防禦型轉變為攻擊武器使用？」邁爾斯總理問道：「你說過這系統可以產生極高頻率的電磁諧振，同時敵方戰艦若是被此干擾，將會失去和母艦的聯繫。我們是否可以製造一種類似原理的武器，擊毀敵方的戰艦？」

「是有這種可能，」吳主席承認，「根據我們的研究團隊發現，如果要變成你說的一次性攻擊武器，這需要極高的動能，至少要推進到七十馬赫以上的速度才有用。而目前我們沒有此一方面的技術。」

「如果用微波炮或戰術型雷射呢？」德國總理問道。

「敵方戰艦外部的掩蔽能力極佳，我們的戰術型武器不論是高能射線或是電磁脈衝等都不會有用。」吳希衡說。

宋英倫總統那一刻似乎想要說些什麼，但最後他選擇閉上嘴。

「這問題並不難解決，」賈科摩總統開口：「由吳主席提供的資訊，我們已經得到很寶貴的訊息。我們的科學家會針對中國提供的影片進行研究，提出解決方法。在面對敵人的武力時，最麻煩的就是它們外部的防護力場，而關鍵就在能量回復的差值時間。」

眾人一臉茫然地看著他，只有吳希衡主席若有所悟的點點頭。美國總統身後身穿軍服的藍尼・麥卡瑟解釋道：「我們無法打造一次性的毀滅性武器，但我們能利用先進的計算系統，精確計算出外星戰艦瞬間的能量下降，再利用掩影戰機的隱蔽性，使之和地面武力合作，在精確的時間內同時破壞敵方的保護力場。」

「但那樣需要極高的動能，」吳希衡主席警告，「速度要非常快才可以在能量差值間突破防護力場，一般飛彈根本辦不到。」

「磁軌炮可以，」藍尼說：「磁軌炮時速高達一萬公里，是目前世界上最快的對空武力，美國在這方面已經有長足的發展。磁軌炮具有非常高的動能，速度幾乎和外星戰艦極速相同。雖然無法直接突破，但已經是目前最有效的武器了。而且我們經過升級改良後，已經可以讓彈頭極速超越時速一萬五千公里。」

再一次，宋英倫似乎想說些什麼，但他選擇沉默。

「為什麼我們要一味的防守，等著敵人出擊呢？」英國桑德爾首相像是按捺不住，忽然開口：「目前我們的所有戰略，全都是被動的等待。掩影系統是防禦裝置，導彈系統和島鏈計畫也都是防禦型的戰略，這些或許能拖延住對方腳步，但長遠來看，這樣消極的計畫，只是將全世界人民處在更長久的折磨中！我們不曉得敵人的意圖，更不曉得他們下一步行動是什麼！過去人類作戰的前沿是在敵人的領土，現在我們反而背道而馳？我們只有主動出擊，才有獲勝的機會。」他點了點眼前的平板，影像中出現演算公式和橫跨地圖的線條。

「各位請看，根據最新的全球綜合戰略防禦系統顯示，我們只要率先發射兩千五百枚核彈，排除敵方機動艦隊。就可以有效解決百分之八十五的中國核武威脅，甚至有機會直接摧毀在西安的……」

「絕對不行！」吳希衡主席起身厲聲抗議，他怒視著桑德爾首相的雙眼。「我絕不允許你們在我們國土上使用毀滅性武器！這會是一場大屠殺，我們絕不能自我毀滅！」

「我同意吳先生的話，」宋英倫總統說，「現在是團結的時候，而且敵人尚未摧毀所有的資源，我們卻要自我毀滅？自從二戰後就再也沒有使用過核武，我們不能開此先例。」

「你們看看外面的情景吧！」桑德爾首相一拳重重的捶在桌面，「各位來時都看到，外面聚集上百萬名陷入瘋狂的群眾。全世界的人們都承擔著未知的恐懼。我們此時面對的是人類文明的存亡與否，面對空前強大的敵人，怎麼可能不放棄一些東西？有時我們得先砍斷自己的臂膀，才能挽救全身不致下入地獄！」

會議室內只剩下空調運轉的聲音，眾人神情出現變化。他們沉默地盯著桌面，彷彿感受到會堂外人群呼喊哀求的聲浪，伴隨著穹頂壓在他們肩上。

「但在那之後還會有什麼存留下來？」賈科摩總統打破沉默，「誠如首相說的。我們現在所做的，是為人類的生存奮鬥。但敵人沒出手，我們卻要自行毀滅。這會死多少人？就算我們贏了，還有什麼可以留給我們的子孫？」

「我同意，」查曼恩祕書長傾身向前，「敵人目前對我們最有效的武器，就是恐懼和猜疑。我們也不知道核武是否能摧毀敵人星艦，但可以肯定會摧毀幾千年來的文明基礎。等核塵輻射散開來，全人類都要躲到地下碉堡活個好幾年。這是你想看到的嗎？」

英國首相看起來被這句話給激怒了，他憤怒的咆哮：「你……」

首相身後一隻沉穩有力的手搭上他的肩膀，他回過頭去，只見那隨行的少將以灰色的雙眸緊盯著他。他楞了一下，那雙眼睛在那刻似乎散發出超然的沉穩和平靜。他們進行了一場無聲的交流。桑德爾首相點點頭：

「你是對的，沃克。謝了，我同意。」

眾人點點頭，首相和那名叫沃克的少將坐回位置。

接下來的議程，眾人對掩影系統的設置布局和國際盟軍整合進行了一長串的討論，會議室內剛開始的緊張衝突氣氛已經漸漸消失，對於外星艦隊的恐懼和疑慮也逐漸退去。中央的影像不斷出現不同的軍事部署的亮點線條，眾人積極的投入談論，隨行代表團也不時提出看法。過了三個半小時，人類史上最大的國際聯軍開始有了基底。

「現在，會議要進行最後的議題。」查曼恩祕書長說：「我們一致認同必須重啟二戰時代的總集團軍。最後我們要宣布盟軍進行反攻的主軍事基地選擇在何處。這個地方必須要有堅固的防禦、高級的隱蔽系統、可以快速地撤離。事實上，安理會已經對此進行過討論。也有了結果，但中國對此有著強烈的反對。」他頓了頓，吳希衡主席的面孔變得緊繃。「我們有請美國參聯會主席藍尼．麥卡瑟說明。」

賈科摩總統背後的將軍藍尼筆直的站了起來，以他的身分，就算是美國總統也不能輕忽他的意見。他不發一語，目光深沉的環視眾人一圈，最後停在宋英倫身上，「如果說到反攻大陸，我們會最先想到哪裡？」

大多數的人不熟悉中國歷史，但已經有人睜大了眼睛，「你是說台灣？」

「沒錯。」藍尼十足把握的說，「中國從明朝開始，台灣就一直是反攻中國的跳板，更重要的是，此處掌握了中國往太平洋、東南亞，乃至整個美洲戰場的重要樞紐，台灣同時也具有極高的軍事水準，自北方琉球群島、東邊關島，和東南亞諸軍事基地互成邊角。有哪裡比台灣更適合？」

沒參與過安理會先前討論的國家代表低聲點頭。宋英倫皺著眉頭，「台灣和中國僅隔著台灣海峽，對敵人而言是很近的距離，這樣是否缺少足夠延遲武力？」

「美國可以派遣日本海的第七艦隊和第三艦隊協防台灣海峽。」賈科摩總統說。

「至於總部可以設在花蓮，」上將直視宋總統眼睛，「防禦部分花蓮有極高的中央山脈做屏障，被軍事界稱為『神盾』，東邊又緊鄰太平洋，海軍艦隊可以停泊並快速撤離，而花蓮同時又擁有具國際級規格水準的空軍基地，具有極佳的地理條件。而且更重要的，是堅固、隱蔽部分，台灣三年前在花蓮設立了一個規模冠絕全球的戰時中心，取代衡山基地，而此地位置從來沒對外界公布，所以不論是在撤退或是躲藏方面，都具有極佳條件，安裝上掩影系統，敵方根本找不到。」

宋總統眼睛抽動了一下，似乎不想在所有代表面前公布這件事，但他只是點點頭。

「在這之前我們已經有過些許的討論，只是中國大多抱持反對態度。不過由於戰況緊急，美國和相關盟國的艦隊已經在西太平洋距離台灣不遠處。只要一通過立刻能以最快的速度進行行動接手。」

「所以你怎麼說呢？宋先生？」賈科摩總統問。

宋英倫低頭沉思了一下，然後抬頭環視眾人，「我只有一點要求。所有盟軍的軍事行動都不可以進入台灣限定的國家機密重地，在聯盟過程中也不能有任何諜報、竊取、偵查的行動，一旦違反，台灣軍隊將不惜在強敵壓力下抵抗。」

「很公平。還有嗎？」

「還有最後一點，」宋英倫說：「由於這件事情涉及到極度重要的國安問題，我無權自行決定，需要先經過國會的核查，以及對人民的安撫。」

「我們恐怕沒那麼多時間，」桑德爾首相說：「台灣國會的效率不是普通的差。」

「我知道，而這也只是作為一個形式而已，國會一定會通過。而在那之後，我需要聯合國和我一起發表聲明，向國內證實此一事件的真實性和重要性。」

「還有嗎？」查曼恩祕書長問。

「沒有了，」宋英倫看著吳希衡，「就看吳先生願不願意。」

所有人的目光集中到吳希衡身上，就過往的國際因素，中國不可能同意這樣的結果，但此時吳希衡主席卻只是凝視著桌面，表情沉重的點點頭，「我同意。」

查曼恩祕書長點點頭，「那麼聯合國團隊會和宋先生及台灣代表團商討如何處理台灣內部事宜。盟軍的細節和指揮司令官的任命，會由聯合國和幾國代表、軍事專家組成團隊，商談後決定。而其餘的相關事宜，將會在五小時內進行確認，各國盟軍也要向軍務專案小組報告，好統籌我們能調動的軍力。還有什麼問題嗎？」

眾人嚴肅的點點頭，查曼恩祕書長正要宣布結束議程，忽然中國和台灣代表團的官員臉色凝重的走了過來，在自己的元首耳邊說了些什麼，兩個人的臉色同時僵掉，他們緊張的交換了一下意見，眾人好奇地看著他們。然後吳希衡站起身來，清了清喉嚨說：「各位，我剛才得知一個消息，你們應該要聽一聽。」

吳希衡看了宋英倫一眼，兩個人的臉色都十分蒼白，「誠如各位所知道的，北京指揮中心的超級電腦已經被敵方入侵了，但我們的人員剛才回報，我方技術人員檢閱了他們所下載、瀏覽的紀錄，發現一件非常奇怪的事。」

所有人緊張不安的看著他，宋英倫點點頭，「在他們下載瀏覽的紀錄當中，不出所料，有中國全部的軍事國防資訊。最令人費解的是，在他們搜尋紀錄中，有百分之二十是關於一個存放在台北故宮的文物，先秦時的穀紋璧。」

「那是什麼東西？」

「我不知道，那好像是種玉器。只是超強外星艦隊向來以武力橫掃全球，怎麼會突然對先秦文物感到好奇？」

「而剛才官員也向我回報，台北故宮的歷來文物搬遷紀錄、典藏資料，在三個小時前被駭入。而全球伺服器搜尋紀錄中，關於先秦歷史的搜尋次數，居然高達超過五千萬，其中百分之三十是和故宮的穀紋璧有關。」宋英倫總統接著說。

「他們絕不會無緣無故對歷史感興趣，」賈科摩總統說：「那文物一定有什麼問題，那該不會就是他們在中國開戰的目標……」

查曼恩焦慮的點點頭，「聯合國可以組一個團隊來進行研究，但如果他們真的對這個文物有目的……」

「那他們會來到計畫核心的台灣。」邁爾斯總理說。

會議室內立時鼓譟起來，所有人激烈的討論著，甚至提出要馬上離開這裡，後面的警衛向前踏上一步。安理會成員和宋英倫總統進行了短而迅速的討論，桑德爾首相提出了些什麼，賈科摩總統點點頭，然後他們又談了一下，最後做出一致的決定。

「各位，」查曼恩祕書長站立起來並舉起手，「關於文物的部分，我們一致同意，敵方的目標和它一定有重大關連，聯合國將籌組團隊進行研究，而台灣宋英倫先生也同意以最快的速度將相關文物移至安全的地方。」

「沒錯，」宋英倫同意，「我已經通知政府機關了，現在這個行動已經開始進行了。」

「這樣一來，我們安排的防禦體系就失效了，」日本首相咬著牙說：「台灣現在變成首當其衝的戰爭熱點，我們必須……」

「不，這種情況，更該將基地設在台灣。」藍尼說道，眾人不解的望著他，「若那個文物當真如此重要，此時將部署、或是文物轉移到其他地點，只會擴大戰場波及到整個世界，並失去了我們得知此事的優勢。而且……」他露出一抹高深莫測的微笑，「我大概了解他們的攻擊模式，甚至可以藉此反將他們一軍。」

接下來的議程又進行了二十分鐘，主要針對突如其來的變故進行些許修正。議程結束後，查曼恩祕書長宣布將有重兵會護送眾人離開會場，搭機返國，其餘和盟軍相關的人員則在稍晚一同搭機前往台灣。

警衛打開了大門，眾人逐步離開這滿是壓迫的會堂。賈科摩總統和宋英倫總統以及查曼恩祕書長說了些什麼，便一起離開議場，隨行的人員也跟著離開。

「吳主席，感謝你今天的配合。」桑德爾首相經過吳主席身旁時說。

「我們都在同一條船上。」吳希衡疲倦的點點頭。
「我可以請教您一個問題嗎？」剛才那名叫沃克的少將問。
「什麼事？」
「在西安那裡……有沒有生還者傳出？」他話聲中傳出一絲關切。
「什麼？」他想了想，「我印象中沒有，怎麼了嗎？」
「沒什麼，」沃克眼神垂了下來，拳頭緊握，灰眼珠劇烈跳動，「謝謝您。」
吳主席對他露出奇怪的眼神，但最後只是點點頭。
「那麼再見，我們還有事。」桑德爾首相和吳主席握握手，便和代表團一起離開。
吳主席正要跟著其他人離去，忽然一名官員搭住他的肩膀。「主席，我們剛才得到很重要的資訊。」
吳希衡看了看四周，壓低聲音，「什麼？」
「是關於西安的……」那名官員遞給主席一張紙，「剛才收到的資料，我們本來以為西安已經沒有人了，但就在幾天前，資訊部門收到一串從西安內部傳出的訊號，而那是我們的機密檔案開啟的警告訊號，有人在西安內部開啟了我們的檔案，那個檔案有雙重加密，能開啟的人絕不是等閒之輩。這是幾天前的事，由於軍情緊迫，被忽略了。」
「居然有這種事，」吳主席雙手在背後交握，「檔案中沒有什麼重要的東西吧？」
「都是針對地鼠研究的資料，但那個現在已經沒什麼意義了，目前我們都提供給聯合國，但主席您想想，現在我們完全不知道內部發生什麼狀況，如果還有人活著，而且還具備這樣等級的實力……」
吳主席瞇起眼睛，「我要你們繼續調查，搞清楚到底是誰，派出迷你偵查機，或想辦法進入市區監視器，總之一定要搞清楚。在確認前，先不要讓他國知道，免得造成不必要的麻煩。」
「是，主席。」

56

「快走吧，我累壞了，要休息一下。」

台灣・台北　國立故宮博物院

在雄偉壯觀的博物院上空，台北市夜晚的天際線展開。一陣陣冷風吹拂而過，掃過樹梢牆頂。暗灰色的雲團聚集在故宮博物院上空，青天白日滿地紅的國旗在強風中劈啪作響。幾道閃電劈落，空氣中布滿了電荷，幾乎如同金屬一般可以導電，挾帶著暴風雨前的氣味。此時博物院正值休館時間，卻不尋常的燈光全亮。

這座位於台北的國立故宮博物院，外觀類似中國古老建築紫禁城，事實上，這本來就是故宮設計的原形，只是多加了一些現代科技設備。這座全台灣規模最大的博物館，收藏了近七十萬件世上最富盛名的古代中國文物珍品，是中華歷史和漢學研究的東方重鎮，堪稱中華文化的縮影。

故宮原本位於北京紫禁城，在第二次世界大戰時南遷至南京和四川。戰後本來要歸入中央博物院籌備處，卻因國共內戰的爆發，於一九四八年在國民政府領導下，將數十萬件最具價值的古老文物，隨同大批軍民遷移至台灣，合併為今日熟知的台北故宮。

一道強烈的閃光劈過天空，照亮了昏暗的暴風雲，接著一陣大雨隨之而來，在強風中傾瀉而下。

在故宮牆外，一千名手持步槍的台灣士兵站在門口。在故宮方圓數里內，所有通往故宮的道路全被拒馬封鎖住，並由中正一分局局長翁哲負責指揮近七千名的警力封鎖維安。附近高樓大廈上，則有數十個狙擊小隊坐鎮，不讓任何威脅靠近。在大雨澆淋下，所有軍警的衣服被雨水浸濕，但他們依舊站在崗位上。若是從外部看來，根本不曉得他們在做些什麼，因為外面除了軍警，什麼都沒有。

然而，在眾人的腳下，故宮連接庫房的地道中，上千人正忙著將箱子抬上運輸車。車子沿著地道直接通往松山國際機場。

在故宮展廳，所有展區玻璃櫃內的各種珍奇文物，全都空蕩蕩的。每二十個人為一組，負責將玻璃櫃中的展物放入鐵箱內，並尤其中一個人拿著紙筆書寫板，監督檢查所有文物的搬運。每個小隊皆配有一名憲兵，以確保沒有人企圖私藏文物。而其中幾件較為有名的，像是翠玉白菜、肉形石……等，有專門小組負責處理押送，並在運送後將高科技的仿冒品放入展示櫃。

再往下進入儲存文物的庫房中，這裡庫存著全館百分之九十五以上的文物。大群搬運人員和士兵忙著進進出出，將沉重的箱子抬出去。現場指揮官孟清泉上校則站在所有運送人員身後，高聲指揮現場所有的調度。

「我的天啊！」一名士兵在放下一個玉盤時，手上一滑差點打破，在碰到地面前的一秒接住了玉盤，而他的一聲驚呼已在地下室中迴響不止。

「你這個笨蛋！給我小心點！」孟上校斥喝：「要是打破一個，你一輩子的薪水都賠不起！」

「為什麼我們不能用電子資料庫查詢進行記錄啊？」一名拿著記錄板的人抱怨。

「現在網路電子設備不安全，所有衛星網站都可能被入侵，唯一安全的只有紙筆記錄，」孟上校說，「事實上，現在故宮的文物出入資料庫和軍隊調動，顯示的是所有文物被移至地下庫房看守。不讓敵方知道我們真正的行動。」

這時他看到十名身穿不同於其他士兵的人員抬著一個銀色的箱子走入庫房，在前面帶頭的是一名身穿灰色西裝的官員。上校大聲問：「你們是誰？」

「我們是宋總統親自派遣的特殊憲兵行動小組，和你們有著不同的任務。」為首的官員亮出自己的權限代碼。

「是，長官。」孟上校立正退後。

十名憲兵走過庫房，拉開一條顯示「請勿靠近」的封鎖線，拖出一個和庫房中其他一樣的鐵箱。

打開箱子，內部是一個外觀老舊的褐色璧玉，半徑大約只有十公分，旁邊搭配著紫檀木座，上面寫著模糊的字：「王孫國寶曾稱六，不數白珩義誠淑，庇蔭猶待明德馨，土物緣何缺真穀」。

「就是這個。」帶頭的隊長說。

兩名憲兵將手上的銀色箱子放下，在箱子上輸入一道密碼，然後他們一人拿一把鑰匙插入箱子兩旁的鑰匙孔，箱子口亮起綠燈，隨即打開蓋子。而裡面裝的是一個和鐵箱中一模一樣的璧玉。

「把它們兩個調換過來。」官員下令。

兩名憲兵一邊拿一面低聲說：「這有什麼了不起的，值得做一個一模一樣的仿冒品？」

「這可不是一般的仿冒品。」那個官員微笑說，「這是運用全世界最高科技的仿冒技術，就算用紅外線掃描也分不出其中真假。用這個技術做出來的假美鈔，連聯邦政府都分辨不出真偽。」

「那乾脆直接用這個假的不就好了？」憲兵一邊說一邊將一個和米粒大小相似的黑色物體吸附在偽造的碧玉上。

「這個東西顯然很重要，盟軍需要它。」

「盟軍需要一個古老還刻著篆體文字的璧玉幹嗎？」憲兵將真正的璧玉放入銀箱中。

那名官員的臉色突然整個沉了下來，他大聲怒罵：「這不關你們的事，你一直問這麼多幹嗎？我們只要好好服從命令，做好工作就好。別的不用多說。」

那名憲兵低下頭，「抱歉，長官，我不會再問了。」

負責拿鑰匙的兩名憲兵蓋上銀色箱子的蓋子，在箱口再輸入一次密碼，箱子立刻喀嚓一聲鎖上，同時啟動內部的掩影保護系統。

「幹得好，快走吧。」官員催促憲兵們。

幾十個人拿著箱子快速穿越剛才走過的路，隨著人潮一起擠出走道。一行人沉默的穿越閃爍著微光的走廊，走了將近一個小時，才終於走出了陰沉的地道。

外面的風暴此時絲毫沒有停下，大風颳過，暴雨驟下，許多士兵已經搭起棚子避雨，但負責運送文物的人員還是忙著將一箱一箱的古董抬上機場運車。抬著銀色箱子的憲兵皺著眉看著大雨，用對講機說了些什麼，然後轉過頭說，「黑鷹直升機等下就到了。」

「這天氣可以出動直升機？」官員驚訝的說。

「沒錯，不要低估我們軍方。」憲兵微笑著說。

上空傳來一陣氣旋聲響，一架黑鷹直升機緩緩下降，旁邊的搬運人員趕忙退到一旁。

「上來吧！」駕駛大喊。

憲兵們抬著箱子上了直升機，駕駛拉起操縱桿，直升機在強風中緩緩升起，然後飛向如墨漆黑的風雨之中。

「這東西最好對戰爭有用。」憲兵喃喃的盯著窗外的黑雲看。「這場雨真大。」

官員臉色凝重的看著窗外的暴風雨，已幾近耳語的語調輕聲開口：「沒錯，一場風暴馬上就來臨了。」

57

中國・西安封鎖區　民宅

空中濃厚的雲團籠罩，蕭璟坐在書桌前，盯著發著微光的電腦螢幕及翻閱一旁的書籍《史上致命大流感》。這是醫學系教授講授千年來有名的傳染病時的用書，她從未拿起來看過。

她一直不相信歷史書籍所記載的東西，因為歷史可以造假，歷史是由勝利者所寫下的文字，只有一件事情是真真實實的史實，就是國界的變動、死亡的數據。

她以前上課時曾聽過黑死病的故事，但不覺得有什麼，歷史上本來就會不斷出現新興的超級病毒。然而，不久前從石板上的內容得知，嬴政的血統是來自克卜勒452b的物種。

在陝西圖書館中，她發現十四世紀時席捲歐洲的黑死病毒，其來源是來自於蒙古遠征歐洲時所帶去的，有一說是黑死病的起源地為黑海的卡法城，然而真相是蒙古在路經卡法城時，將染上疾病的屍體堆滿那座城鎮，導致了歐洲疫情的爆發。在那之前，中國的淮河流域在元朝政權時就爆發過黑死病，更早之前，蒙古企圖挖掘秦始皇的陵寢。

蕭璟翻閱書頁，黑死病是歷史上傳播最廣的一場疫情，範圍遍及整個歐亞大陸。在十四世紀時由亞洲傳至歐洲，而它並非是普通的傳染病而已，病原經過多次突變，在世界各地爆發了超過五次的疫情，倫敦大瘟疫、維也納大瘟疫、莫斯科瘟疫、崇禎山西鼠疫、河南瘟疫、汴京疫病。黑死病在地球上危害了上百年，直到十八世紀才漸漸平息。

在這三百年間，黑死病殺死了四成的中國人，還有三分之二的歐洲人。這場瘟疫對世界歷史有著莫大的影響。在西方，黑死病動搖了羅馬帝國的基礎，天主教地位大受摧殘，破壞了整個歐洲的社會結構；在東方，黑死病在明朝摧毀了整個國家的經濟人口，當時北京死了超過三成的人口，所以當李自成的軍隊殺到城下時，城中還具有作戰能力的人剩不到五千，最終導致了明朝的滅亡。

歷史上稱霸世界的帝國，居然被微生物給擊敗了，蕭璟看到此處不禁露出了微笑，看來歷史也有趣味之處。

她繼續翻閱下去。後來的研究者解釋黑死病的成因，推測這場瘟疫是由鼠疫耶爾森氏菌—也就是鼠疫桿菌所導致的，後續的幾場疫情也是該細菌的基因突變種。然而，學者巴尼・斯隆卻認為黑死病的源頭並非是鼠疫桿菌所造成，因為根據統計，鼠疫應該隨著冬天的到來而逐漸減少，然而，研究卻顯示，十四世紀黑死病的傳播速率在冬天大大加快，甚至進入格陵蘭；而且許多證據也顯示黑死病毒的傳播速度快得不可思議，若是以老鼠為媒介，根本不可能辦得到。種種證據顯示，黑死病的病源並非是人們所以為的鼠疫桿菌，而是某種更為致命的病原體，某種至今仍未知的致病源。

蕭璟闔上書頁，靜靜的思考。席捲全球的黑死病，在十八世紀時突然消失了，沒有人知道原因為何。這場瘟疫就這麼從世界上消失了，好像某種超自然力量介入中止了一切。現在的科學家想要研究當時真正的病原體以了解原因，已經找不到可用的檢體，這一切就這樣成為醫學史上的懸案。

現在，她或許找到了解答。蒙古當時在挖掘秦始皇的陵寢時，或許放出了某種史前—甚至是外星古菌。而在十八世紀的時候，由於某種因素，或許是上帝的憐憫，傳染病在世上奇蹟般的中止了。

這可以解釋某部分的事情，卻有更多部分難以理解。如果西安上空的那艘星艦真的擁有能夠擊垮全球的病毒，為什麼現在卻不用？沒錯，地鼠身上有奈米機器人，但那絕對不是傳染病，外星軍隊現在是以強大的武力強行和世界宣戰，是什麼原因讓他們不用病毒摧毀全世界？而且在黑死病之後還發生過席捲全球的雲南大鼠疫和一九一八流感，那些和嬴政陵寢並沒有任何關連。也許這一切，並不是嬴政的陵寢所帶出來的？

蕭璟搖了搖頭，歷史真是麻煩，幸好她沒有去讀。或許之後再去問倫尼，他才是這方面的專家。但不是現在，現在他應該在睡覺。想到這，她吐了一口氣，倫尼對她吐露自己過去的陰影，這讓她感覺溫暖，從來沒有人對她如此信任。

她看向窗外，空中雲霧密布，將遠方的星艦完全遮蔽住。空中瀰漫著暴雨欲來的金屬味，看來一場風暴就要來臨了。

58

台灣．台北　國立故宮博物院

在舉世知名的「星球安全會談」後，各國派遣的軍隊依序進駐台灣以及附近的離島。其中以美國、中國以及台灣本地軍隊為最主要軍源，北約各國和歐盟亞洲等國也派遣陸軍和空軍進駐。

高峰會議一結束，台灣的立法院便召開緊急會議，通過准許讓台灣成為蓋亞聯盟盟軍總部。宋英倫總統和聯合國代表發表共同聲明，聲明主要內容為：這世界面臨前所未有的危機，所有人都是生存共同體，中華民國也要為地球做出貢獻，因此，即日起政府將會允許世界各國的軍隊進駐台灣以及周邊離島，一起為人類的存亡奮鬥努力。

在宋英倫發表完聲明的當天晚上，美國的第三和第七航母艦隊也進入了台灣海峽。台灣的海軍則分別以基隆港、馬公、左營和花蓮為基地，和盟軍一同協防台灣海峽。中國的航母北海艦隊也破格跨越台海中線[2]。

在聯合國會議結束不久後，聯合國便籌組了盟軍各項司令部和作戰部隊的司令指揮官和體系，而所有盟軍的最高作戰總司令則在聯合國軍委決議後，正式任命美國一級上將藍尼．麥卡瑟為「蓋亞聯盟」（League of Gaia，LG）的最高元帥兼五星上將軍銜，六大司令部的人員也議定完畢。

負責審議主導司令部的，是由各國領導人所組成的蓋亞聯盟理事會（League of Gaia Council，LGC），其常任理事國主要以聯合國安理會成員為主，另外還有日本和德國。由於台灣是作戰主基地，因此宋英倫總統也以「特殊委員」身分擔任蓋亞聯盟常任理事委員。

蓋亞是神話中的大地之母，這名稱象徵了地球團結一致對抗異星入侵者。蓋亞聯盟的會旗則因應理念，設計為淡藍的底色中印有一顆翠綠的地球。遠處乍看宛若聯合國的旗幟。

在盟軍統籌下，各國共計超過一百萬的三軍部隊在幾天之內進入台灣周圍的軍事基地。在北部和西部等地是盟軍部署的重鎮，台灣海峽的第七艦隊是海軍艦隊的主要指揮中心，用以因應任何從中國前來的威脅。在宋英倫總統以高度機密為原因的要求下，金門、馬祖繼續由台灣軍隊鎮守駐紮，沒有任何他國軍隊介入。

近日在桃園、高雄國際機場以及花蓮機場，各式各樣的戰機、直升機不斷出入。在東部緊鄰太平洋的花蓮和蘇澳外海、港口，停泊了近百艘軍艦登陸艇。而東太平洋國家的軍艦也陸續進駐停泊。

至於盟軍總部則位於花蓮。總司令部設在花東縱谷和海岸山脈間的中央戰時指揮中心，它的確切位置只有高層官員知道，並用掩影系統遮蔽，以避免任何人發現它的位置。這指揮中心在台灣的軍事位階等同於美國的五角大廈或是中國的聯合作戰中心，所有參與的領導人和高層將領都在這裡進行盟軍制度的編裁規劃和軍隊的部署。

在宋英倫總統宣布戒嚴後，台北市的防禦一直處於高度的戒備狀態。隨處可見軍隊裝甲車經過，總統府和重要行政立法機關附近的道路也被大批警力用拒馬封鎖。不過在聯合國會議之後，軍事防禦森嚴更是進入前所未見的高度規格。

在各國軍隊進駐的同時，行政院也以「戒嚴時期緊急命令」要求所有台北市的人民撤出台北，往宜蘭、桃園、新竹等縣市進行全面疏散。由於台北市為中華民國的首都，有數百萬人居住在此，撤離命令引起民眾極大的反彈。政府從台灣中南部調來五萬名警力和盟軍一起協助疏散和鎮壓暴動。

故宮博物院的文物轉移行動結束後，台北市所有的道路均可見到軍警、裝甲坦克經過，空中不時有直升機巡視。每一個街口皆有數十名的陸軍把守。

雖然表面上說是將軍隊平均分布在各大縣市之中，但細心的民眾可以發現，其實最主要的軍隊大半部署在故宮博物院周圍的廣場空地，也部署了新型戰略飛彈，建築上增加了許多防禦工事，把一棟極富古裝氣息的歷史博物館變成一棟地面碉堡。大約每隔一個小時，就有一輛運兵車送來更多的部隊，早晚不止歇，並且由中正一分局局長翁哲親自率領五千多名警力確保四周道路的清空與安全。

有許多戰略家質疑以這樣的傳統軍武方式針對外星艦隊布防是否有效，並認為應該以遠端式高科技技術防禦。然而，蓋亞聯盟的戰略理念卻是這樣：現代高科技武力是藉由針對點狀式的精確性打擊，在面對隱形和極為迅速且高科技的外星艦隊而言，這些武力在大面積的施展效能上卻遠遠不及傳統武力，加上金額高昂、效率不彰。唯有憑藉人為判斷和全面性的攻擊才能達成嚇阻功效。

對於將基地設在完全處於敵方作戰半徑覆蓋下的台灣，則有更多人質疑，然而，蓋亞聯盟卻認為外星艦隊的攻擊皆是點狀式重點攻擊，且艦隊作戰半徑極大，距離的差異對己方影響遠大於敵方。兼之聯軍以傳統式武力為主，距離所導致的影響更是以指數倍增。

此刻所有軍隊列陣防禦整齊，故宮上方飄揚著藍白色的蓋亞聯盟會旗。現場由美國伊戈爾准將為指揮官，台灣孟清泉上校為副指揮官，所有士兵都配戴五十釐米穿甲彈機槍，屋頂的狙擊手也在制高點就位，一切井然有序。

今天一早，軍隊照常在各街道廣場重點布控。故宮附近街區的軍隊仍由伊戈爾准將和孟清泉上校指揮，街上軍警正準備協助民眾撤離，民眾在警察的協助下行經故宮博物院周邊封鎖區域前方。封鎖區域內的士兵面無表情地看著成群的民眾撤離。

然而，接連幾天政府強硬的措施惹得人民大為反感，不久前宋英倫更強硬下令所有人民在今日全數撤出台北，並允許他國士兵協助鎮壓維持秩序，惹得眾多民眾不悅。

街區內的人們似乎在通過故宮封鎖區時和協助撤離的警方發生了衝突。一名學生抓住警察的衣領，被員警氣憤的一腳踢開，四周血氣方剛的年輕人，看了全都氣憤的和警方推擠爆發衝突，一名警察在甩開抓住他的人時不小心使力過猛，手臂重擊一名大學生的側臉把他打倒在地。

群眾的怒氣爆發了。

無數民眾大聲和警察叫罵，拿起石頭砸向警方，並大聲嚷嚷著要軍警和政府為此事道歉負責。協助撤離的警員被突如其來的大批抗議民眾給鬧得一時不知如何是好，雖然過去幾天也有衝突事件，但今日這批撤離的民眾卻為數眾多，且多數警員已被調到其他縣市進行疏導。民眾一路往故宮博物院的方向推擠前進，員警企圖阻擋他們，卻只被擠到道路旁。

民眾高喊著「威權走狗」之類的口號，並在周邊警察還沒搞清楚發生什麼情況時衝破防線。他們一路推擠到距離故宮本院大約六百公尺的地方，對著故宮前的軍警謾罵。

軍方被群眾突然的抗議行為嚇了一大跳，指揮官伊戈爾准將雙眼冒火的看著孟上校，「這些人是怎麼一回事？我早就說不要走這條路，趕快把他們驅離！如果他們再繼續待在這裡，我要下令我的士兵開槍了！」

「千萬不要。」孟上校臉色蒼白的說，「你不曉得台灣的人民有多難搞！」

「那就快處理好。」

翁局長立刻帶著三百名員警持盾擋在群眾前面，奮力將民眾推回去，但民眾的怒氣累積了好幾天，遠比他們以為的更難處理，翁哲拿起擴音器大喊：「現在我們正面臨極大的戰爭威脅，此處正在戒嚴！請各位立刻離開，不然我們將用非和平手段驅趕！」

群眾對局長此話發出噓聲，「你們殺的人還不夠嗎？當初戒嚴時代殺了多少人，現在你們又再度恢復戒嚴令！還打傷好幾名無辜的人民！」

站在較遠處的士兵們，剛開始看見群眾衝進來還十分震撼，但此時看著警民兩邊互相大吼，不禁覺得有趣起來。

「你們台灣這種狀況很常見嗎？」一名美國士兵對台灣的士兵問。

「台灣的街頭抗議可是世界有名的。」台灣士兵笑著說。

一群士兵笑了起來，就連美國的士兵也跟著露出微笑，直到看到自己上校和美國准將的嚴厲的表情，趕忙收起笑容。

「我和陸軍司令部聯絡過了，」伊戈爾准將說，「司令部推測戰爭近日就會爆發，上頭說我可以使用一切手段驅離這群瘋子，如果你再不處理好，我就要我的士兵出手了。」

「好好好，」孟上校拿起擴音器大喊：「翁局長！上面的命令，立刻驅散群眾！現在就動手！」

「鎮暴水槍！」翁局長對員警大喊。

一道強烈的水柱噴往那群學生，一群人在尖叫聲中退後跌倒，不少只是來湊熱鬧的群眾被水柱一噴便尖叫跑離現場，回到警方剛才劃定的路線撤離，但仍有不少人繼續和警方理論。

一位大學生大吼：「你們軍警根本就是白色恐怖的幫凶！威權的走狗！」

士兵露出莞爾的表情。但伊戈爾准將眼中冒出熊熊烈燄，表情變得冷酷而憤怒，孟上校倒抽一口氣—這個表情是他下達攻擊命令時的表情。

就在伊戈爾准將正要開口時，無線電突然發出聲響，幾個人聽了頓時僵住了臉。他和孟上校快速的說了些什麼，兩人凝重的點點頭，孟上校拿起無線電，同時高聲大喊：「五級情況！作戰司令部下令，所有員警立刻撤離所在位置，迅速到達最近的集合點，所有部隊，防禦隊形！」

群眾困惑的不知道那是什麼意思，但軍警聽到這個消息無不變得臉色蒼白。原本和群眾對峙的警察在翁局長下令後立刻收起盾牌，從軍方清出路的另一邊退開。數個街區內本來笑著看群眾和警方吵架的士兵也收起笑容，站到裝甲坦克車旁，目光緊盯著西方天空。

聚集的群眾不確定的跟著低聲討論。

伊戈爾准將正在和司令部聯繫，身旁卻有那麼多人在吵，他從旁邊士兵的手中搶過一把槍，對著群眾前兩公尺的地面射擊，大聲罵：「金門、馬祖已經相繼遭到攻擊！第七艦隊和北洋艦隊的巡邏艦正在和敵方交手，你們這群混帳還待在這裡，要是等下外星人不把你們炸成肉乾，我也會動手！」

這群人英文大多不好，有很多人聽不懂准將在說什麼，但人群中還是有幾個有點知識的人，翻譯這段話給旁人聽，群眾聽到立刻尖叫的逃離現場。

孟上校看著跑離的群眾，眼中帶著明顯的無奈，「盟軍艦隊怎麼樣？有沒有擋下敵方軍隊？」

「艦隊正在和敵方全力周旋，北洋艦隊有幾艘驅逐艦被擊沉了，兩艘核能潛艇也毀了，海軍試圖抵擋外星軍隊跨越海峽防線，還啟動了福特號上的先進攔截系統，但敵方戰艦速度實在太快了，有一批已經突破，估計十分鐘就會攻到這裡……」

「該死，本來預計是以海軍艦隊為主……」

「防空司令部確認，敵軍已到達新北市！離士林區只剩十五公里！」

「空軍支援？」伊戈爾准將問。

「報告將軍，英國皇家空軍和第七艦隊已經派出了戰機追擊，大概十五分鐘後會到，台灣的阿帕契攻擊直升機和ka—52型直升機則在二十五分鐘左右會到。」

「很好，」准將舉起手，直視前方，「準備地對空鷹式閃電飛彈，等我命令便啟動掩影系統。」

眾人屏住呼吸，軍隊一片寂靜，汗水從他們的髮絲滴下來。看來軍方對這場戰鬥已經準備已久，完全沒有任何紛亂現象，所有人緊握槍枝，雙眼直視的前方，等待著那一刻的到來。

「九點鐘方向！出現不明飛行物！」屋頂上狙擊哨兵大聲喊著。

西北方的空中出現了三、四十艘黑暗的外星戰艦在灰暗的陽光下出現，機身在晨曦中閃爍著金屬光澤，四周傳來民眾的尖叫哭喊聲，所有士兵握槍枝的手劇烈的顫抖。

伊戈爾准將面向所有士兵，將右拳按在心口，大聲地喊：「各位弟兄！為了我們所愛的每一個人，今天我們要擊退入侵家園的敵軍！不論結果如何，你們都是世界上最了不起的英雄們！你們已經贏得世界的敬意了。」准將看向天際，緩緩地自口中吐出一句話：「Semper Fi（永遠忠誠）。」

士兵們對長官行了軍禮，眼中閃爍著敬意和果決。這是美軍海軍陸戰隊的名言。眾人一同高喊：「Semper Fi！」吶喊聲迴盪在台北市大樓間，被空中一陣強風颳去。

伊戈爾准將右手一揮，「啟動掩影系統！」

沒有人看得見空氣發生了什麼變化，但是外星戰艦忽然全數散了開來，在一層無形的牆壁外盤旋。這個系統是經由美國研究升級過後的，具有比原款更先進的防禦能力。

「發射飛彈！」

數十道火箭直射上天。地面上在這幾天經過工程師和戰略團隊部署的閃電型飛彈設向敵方戰艦，外星戰艦一偵測到飛彈發射，立刻散開轉向，然而這些飛彈部署的位置密度都是經過精密計算的，第一波飛彈撞上外星戰艦的防護力場，幾乎沒有一艘戰艦逃過射擊。

巨大的爆炸震碎了高樓大廈的玻璃，街道上的士兵紛紛低頭躲避，爆炸後捲起的火焰熱氣和震波將地面上的軍警逼得喘不過氣跌倒在地，眼睛因為強烈的光芒而視線模糊，但所有士兵都舉起被熱氣灼傷的手，對準空中瘋狂扣下扳機。

「繼續攻擊！」孟上校拿起槍對目標射擊，大喊：「不要停！」

地面坦克軍隊源源不絕的子彈、炮彈，撞上外星戰艦的防護力場，在空中造成一次又一次的爆炸。也不知道當初是如何在兩天內部署那麼多飛彈，各型飛彈一波接著一波射擊，每次爆炸都比前一次更驚人震撼，每枚飛彈射擊方向看起來都沒有特別密集，但在敵方戰艦被擋在掩影屏障外的情況下，它們如何迂迴閃躲，卻沒有一艘戰艦逃得出飛彈射程。當中最重要的，是二十挺美國的新型「磁軌炮」。磁軌炮是具有高強度電磁場，經過這幾年的開發升級，已經可將彈頭推進到每秒五千公尺的極速，在對付飛行神速的外星戰艦而言是最佳的武器。美國將其分開布置在各個地點，搭配著火力猛烈的飛彈和計算精確的時間，外部群聚的戰艦好幾艘開始冒出白煙掉頭。

「空軍到了！」屋頂狙擊哨兵喊著。

機身標示英國皇家空軍的颱風戰機和龍捲風戰機從南部空中高速劃過，外星戰艦後方出現的則是標示著美軍藍白相間徽章的空軍聯隊，十幾架F—35閃電戰機和F—18超級大黃蜂打擊戰機，懸掛在機腹的飛彈在陽光中閃耀光芒。

「這是蓋亞聯盟四三七空軍掩影戰機聯隊，鎖定目標，請求攻擊。」軍用頻道發出聲音。

「准許使用致命武力。」

「發射。」數十道光影劃過，在空中留下數十條飛彈後方的噴射雲霧，在天際交織成一片放射網。所有飛彈精準無誤的命中敵機，雖然外星戰艦在防護力場保護下不會受損，但在強大的爆炸震波和掩影屏障下，居然難以飛過兩個街區的距離。

戰機從四面八方射出源源不絕的麻雀飛彈、鳳凰飛彈、響尾蛇飛彈、企鵝飛彈、ＡＩＭ短程飛彈，一團團熾熱的火球在空中捲起。地面上架起了十五架新型火神九管旋轉機炮，搭配最新方陣近迫系統以每秒四百發子彈的強大火力轟炸敵軍。天氣雖然不熱，地面卻被熱氣烤成將近四十度。

雖然軍方以陸空強大的火力下逼著前來的外星戰艦無法前進，然而，外星戰艦畢竟擁有更為強大的武力，它們在掩影屏障外射出大量的白色電光，將所有觸擊的目標汽化蒸發。而掩影系統或許能夠阻擋外星戰艦，卻不能阻擋它們發射的電光，幾棟被閃光擊中的大樓像積木一樣垮了下來，部隊被坍倒的大樓給壓傷，坦克被閃光轟炸成一堆廢鐵。

「繼續射擊！不管付出多大的代價，一定要將他們封在火網內！」伊戈爾准將躲過一顆碎石，大聲下令。

雙方又僵持了大約十分鐘，隨著一波又一波爆炸，天上的熱氣已經熾熱到將空中的雲層給驅散一塊，一道陽光透過雲層照在地面，外星戰艦終於在最後一聲劇烈的轟炸中迅速掉頭撤退，等火焰散去後，已經消失在雲層之中。

軍隊大聲歡呼。

「將軍！」通訊兵跑過來，「前方軍艦回報，還有第二波的敵軍。但這次規模更大，剛才撤退的敵機已經加入他們，據傳還有先前沒看過的最新武器。」

「要是現在就結束了，那我還真會質疑這些外星軍隊到底有什麼本事入侵地球。」准將面色陰沉的說。

「還有，前方戰線回報，在敵軍進攻過程中，一艘台灣北區軍艦遭到擊沉了。」

孟上校眼皮一跳，趕忙問：「是哪一艘軍艦？」

士兵嚇了一跳，但據實回答：「台灣第一艦隊的文陽號驅逐艦。」

上校喘了一大口氣，用中文說：「感謝上帝。」

准將皺著眉看著他的副指揮官，疑慮的開口：「你……」

他話才說到一半就被叫喊聲給打斷，巨大的防空警報立刻響徹全場，哨兵大喊：「十一點鐘方向！比剛才多了大約六倍的戰艦出現！」

他話才一說完，就有數十道閃光射向地面，其中一道甚至直接擊中故宮廣場，立時激起一大片灰塵碎石，不少人驚慌的尖叫起來。

「立刻啟動防禦陣形系統！」伊戈爾指揮官大聲下令。

所有士兵立刻回到位置站定，並操控防空武力，敵軍的速度遠比他們以為的快了許多。預計抵擋的海軍顯然根本追不上他們。

「發射飛彈！」

數十枚的導彈再度發射，戰機再度盤旋回來，準備再一次將入侵的敵機擊退。然而這次外星艦隊不再是等著飛彈接近，兩百多艘戰艦同時發射電光，幾乎像是同時上百道閃電劈下─而事實也正是如此，眩目的白光讓所有人睜不開眼。

閃光和飛彈同時對撞，爆炸撼動了世界。街上的軍警被震波給震倒在地，一圈火焰向外爆出，轟垮了一整個街區的建築。在故宮的主力部隊即便還距離敵機數十公里遠，仍被爆炸的威力給波及。在巨大爆炸的同時，掩影屏障也被破除了。

幾架戰機迴旋企圖擊退敵機，卻被接二連三發射的電光給猛擊驅散。剛才堅守十五分鐘不被攻破的火網防線，頓時被外星戰艦閃電突襲的策略粉碎了。

一架F—18右翼被閃光擊中，在空中旋轉冒煙撞擊到地面，一陣煙霧火焰捲起，落下區域的士兵四下逃散。倒塌的建築物上，標誌著一個紅色的十字架……孟上校在五公里外看見，頓時腸子好像全絞成一團。

「該死！士林區的病患是不是還沒全數撤離？」

「好像……」士兵臉色慘白，他確認了一下時刻，「我的天啊，真的是！我們忘了，當中有五家醫院是預計今天下午撤出台北，真的還沒有……」

「告訴軍隊，北市上空的空軍聯隊立刻退兵。中央北路四段和北投路、西安街上的所有防線立刻停止作戰，讓敵軍過來！」孟上校搶過伊戈爾准將的對講機大喊。

「你以為你在做什麼？」指揮官怒吼，一把搶回對講機。

「現在軍隊和敵方交戰的地區正在北投區！」

「攻擊直升機還要七分鐘以上才會到，現在撤去防禦，會打亂整個誘敵計畫！」

「利用建築做掩蔽是一回事，用醫院做盾牌又是另外一回事！」上校企圖搶回對講機，「我們無論如何都不能讓傷患做我們的擋箭牌！」

「現在是戰爭！」指揮官拔出槍阻止上校，兩方士兵立刻不安的驚呼，「我是聯合國盟軍現場作戰指揮官，你要做的是聽從我的命令！」

上校怒視他指揮官的雙眼，與之同時遠方又有一棟建築物倒下。

「這是宋英倫總統，我要求執行孟上校的命令。」對講機忽然傳出宋總統聲音。

「我只聽從司令官的命令。」伊戈爾准將瞇起眼睛，「現在放棄北投防線，這三天下來的布局和死去的弟兄就白白犧牲了。現在是戰爭，總有無辜的人受害，我們警告了要撤離，他們沒有聽從，就該付出代價。」

「對你而言，他們是盾牌，但對我而言，他們是我的人民。」

現場氣氛緊繃到極點，台美兩方的士兵都拿著武器看著自己的指揮官，而幾公里外外星艦隊和空軍還在奮力作戰。

准將嘴唇抽動了一下，正要開口說話，對講機卻突然傳來一聲聲響，「這裡是空軍司令部，我們評估了援軍距離，第一波空軍會在四分鐘後到達。提前使用掩鎮計畫，照孟上校的話做，北投區停止作戰。」

准將怒視自己的副官，憤恨的說：「遵命。所有空軍撤離，北投區停止導彈射擊，其餘地面作戰人員繼續攻擊。纜繩人員準備啟動掩鎮計畫。」

空中本來所剩無幾的空軍聯隊在發射最後一波飛彈後，立刻掉頭離開。最後一批戰斧飛彈在空中爆炸後便停止發射，外星戰艦在沒有飛彈的阻撓下，立刻加速往士林區故宮防線高速飛來。

軍隊當初部署在這裡是有原因的。伊戈爾准將抬頭看向西北方向排成兩排的十棟摩天大樓以及兩棟尚未完工的高樓大廈。這些兩三百公尺高的大廈，在故宮北方形成兩道完美的圓弧。這幾棟大廈本來是幾家企業總部和未完工的大飯店，政府以戰爭時期為名強行徵收，同時賠償大筆金額給地主企業，並撤離周圍所有民眾，目的只是為了在這個時刻能夠派上用場。

「要是為了救那些人而毀了計畫，我會把你殺了。」准將盯著高速接近的敵艦說。

「不會發生那樣的事，長官。」

外星戰艦迅速靠近距故宮兩公里遠時，突然向下俯衝，並對地面軍隊坦克瘋狂射擊。軍隊在猛烈的炮火攻擊下奮力還擊，但對敵機來說幾乎算不上什麼。戰艦摧毀了兩個街區的防禦，現在距離故宮只剩一點五公里，並漸漸進入了十二棟圓弧的高樓大廈。

「發射電纜！」准將大聲下令。

在十二棟大樓之間突然射出上百條纜繩，在大樓間交叉往來，每條纜繩都發出藍白色的高壓電光。高速俯衝而來的戰艦根本來不及閃開，直接撞上電纜。艦隊的防護罩或許可以抵抗飛彈攻擊，但對上這些糾纏的纜繩卻一點用也沒有。

五六十艘戰艦被纜繩撞離軌道，後方幾十艘也收勢不及在後面追撞了上去。在一聲尖銳的聲響之中，十二棟大樓的鋼筋斷裂破碎，高樓轟然倒塌。將近一百艘戰艦企圖逃出去卻被電纜困住，被倒塌的石塊鋼筋水泥給砸到地面，消失在一大片高達數百公尺的灰塵煙幕當中。

倒塌的景象十分驚人，摩天大樓的殘骸如同瀑布般的倒下，碎玻璃和石塊像雨滴一樣落下來，整個區域被激起超過四百公尺高的灰塵，簡直像美國九一一事件被摧毀的紐約雙子星大樓，然而，此時的景象比起那時更加淒慘。周圍一整圈事先裝置好的掩影屏障也在同時啟動，所有外星戰艦被掩影屏障困在半徑一千公尺的圓形之中，後方其餘沒碰到纜繩的戰艦向兩側散去，卻被屏障擋住，而空軍就在這時候出現。

三十餘架世界最先進的阿帕契直升機和ka－52從六點鐘方向以時速兩百五十公里高速駛來，四面八方還有各型各號的直升機和戰機出現。

「將敵艦封鎖在掩鎮計畫區域方圓兩公里以內，實行馬拉松策略。」

空軍分成三路，以三麵包夾攻擊敵機。兩側的戰機和中央的阿帕契直升機對著地面大樓倒塌殘骸發射大量的精靈飛彈、地獄火飛彈，地面在爆炸中隆起了將近十公尺，其餘各型攻擊機則對著空中所有外星戰艦攻擊掃射。

所謂馬拉松策略的來源正是那場著名的馬拉松戰役。當年雅典以極其懸殊的比例擊敗波斯大軍，用的正是以兩翼平行戰鬥，序列的中央部分開始向內凹誘敵，最後將敵軍包圍的策略。如今空軍用的也是一樣的方式，而外星戰艦此時被困在掩影屏障內，在面對左右強大的火力和地面不斷爆炸的火焰，只能從內部不斷的對外發射電光。

「圈型掩影屏障可以擋多久？」伊戈爾准將問。

「報告長官，這次的系統是經過特強串連的，估計可以再撐十分鐘……」

爆炸聲打斷他的話，包圍外星艦隊的掩影屏障被破除了。外星戰艦忽然加速衝破空軍的包圍，直直往故宮衝了過來。

「怎麼會那麼快？」軍事顧問大驚失色。

「智障！」孟清泉上校咬牙切齒地說：「我們知道掩影系統，難道他們就不知道？我們用串連方式提高作用效率，結果把它們困在一起後，反而讓它們更能加速聯合破解！現在……」

又是一陣爆炸聲，只見中央以直升機為首的攻擊聯隊，在外星戰艦以閃光轟擊逼近下不斷退後。空軍增援一波接著一波趕來，與之同時剛才被大樓殘骸給壓垮的戰艦也從殘骸中飛起加入戰局，雙方激烈交火。不過大多數外星戰艦機身上都有剛才崩塌的殘骸，被纜繩綑綁住，怎麼樣也甩不開。

雙方激烈對戰，天上閃光劈過，火舌直衝上天，劇烈的狂風呼嘯而過，烈燄如同星火燎原，波及範圍愈來愈廣。雖然軍方企圖將敵機封鎖在範圍之中，然而，外星戰艦卻一點都沒有要配合的意思，好幾艘戰艦衝出了軍方包圍，並往四面八方散開。

「它們想做什麼？」伊戈爾准將困惑地問。

他一說完自己就明白了，十三挺磁軌炮幾乎在它們對外星戰艦發射炮彈的同時被蛇眼摧毀。少了磁軌炮他們就無法突破外星戰艦的防護力場，再多掩影戰機也沒用，餘下七挺磁軌炮都在故宮這裡。

「快點閃開！」一艘戰艦高速俯衝向故宮廣場，廣場中的士兵立刻舉起盾牌蹲下，一道眩目的閃光閃過，爆炸聲響後兩挺磁軌炮被炸成碎片。

那艘攻擊故宮的戰艦本來要繼續攻擊，後方一架ka—52迅速接近迫使戰艦拉升轉向。

「停止發射磁軌炮！這樣他們就無法定位磁軌炮的位置！」伊戈爾准將大吼，操作磁軌炮的人員立刻停了下來。

天上此時上演的和電影《星際大戰》一樣，兩方戰機在空中彼此追逐攻擊，各型各號的飛彈火箭橫越空中，一道道閃電劈往地面，底下的城市幾乎完全毀滅，驚慌失措的軍隊要逃跑，結果全都亂成一團。

雙方戰局呈現膠著狀況，但少了磁軌炮和掩影戰機配合，陸空軍無法再一次將外星艦隊擊退。

「這樣僵持下去不行，」孟上校看著戰況說，「我們若是不用磁軌炮，其他型號的飛彈會被閃躲開來。要是我們無法摧毀他們的戰艦，遲早都會撐不下去。」

「這我又何嘗不知道？但是……」准將抿了抿嘴唇，「剛才海軍回報說有沒看過的新型武器，那到底是什麼？現在我可不想知道更多驚喜……」

「將軍！」士兵慌亂的指著空中大喊，「前方回……」

不需他再多說，每個人都看得一清二楚，一道黑影掠過地面。所有人張大了嘴看著西邊天上，兩艘和一整棟公寓一樣大的巨型戰艦蒞臨戰場。

59

「該死，這根本是他們的母艦吧？」伊戈爾准將看著兩艘巨型戰艦大吼。

「許願要小心一點，」孟上校說：「上次你說驚喜，結果出現了這兩個混蛋。」

這兩艘指揮艦或許不是西安那巨大的母艦，但已足夠讓軍隊陣腳大亂，雙方原本膠著的情勢立刻翻轉，空軍的陣型大亂，好幾架戰機閃躲不及被敵機炸毀，地面上軍隊四散奔逃。

「記住你們是什麼人，」准將拿起擴音器和對講機大喊：「你們是戰士！發誓要將生命靈魂獻給國家！不准退後，全力攻擊那兩艘指揮艦！」

數十架直升機和戰機對著指揮艦發射子彈火箭，不過當所有飛彈到達距指揮艦約三十公尺處時，卻發生了一件過去從來沒有發生的事。

指揮艦四周出現一抹淡淡的紅色光暈，射過去的飛彈不像擊中其他戰艦一樣發生爆炸，而是全部在通過光環的時候被無聲無息的汽化。在所有人還反應不過來時，指揮艦的前端爆出十幾道粗大的閃光，並從閃光旁分裂出上千道細閃電。當一連串震耳欲聾的爆炸和眩目的電光閃過，剛才所有發射飛彈的空軍全都汽化消失了。

其餘幾架攻擊機幾乎全數掉頭撤退，剩下幾架直升機企圖攻擊指揮艦，卻全部和剛才發動攻擊的空軍一樣，連轉向的時間都沒有，就被消滅掉了。

「還有沒有掩影屏障可以啟動？」

「沒有了，長官，而且掩影戰機也無法對這艘戰艦有任何作用，它的防護力場太強了！即便用磁軌炮都沒有辦法攻破，我們撤退吧！」

「什麼話！我們可以先利用掩影戰機佯攻它們，再把五挺磁軌炮對準同一個標點，使單一區塊具有更高的動能……」

伊戈爾才說到一半，數十道粗厚的閃光正中故宮周圍軍事防線，僅存的五挺磁軌炮都毀了。連同上百名士兵也在轟炸中喪命。

地面軍隊看到大勢已去，軍心頓時潰散，所有士兵瘋狂的想逃離現場，兵敗如山倒。即便指揮官不斷大吼要他們站定位置，卻遏制不住潰散的軍心。

「不要跑！你們這群笨蛋！站起來作戰！」伊戈爾准將大聲命令，他回頭看到自己的一名士兵雙腿發軟的癱倒在地上，氣得抓住他的衣領咆哮：「你在幹什麼！快點站起來！」

「將軍……我們擋不住了，快點撤退吧。」士兵顫抖的說。

「什麼話！我們還有那麼多的軍隊，只要團結起來，就可以逆轉情勢！」

「情勢已經被逆轉了，長官。」孟上校對他的指揮官說，「我們的確應該撤退，至少離開這個廣場以免被當成活靶。」伊戈爾准將正要辯駁，忽然一道閃光劈過廣場，在軍隊中炸出一個大洞，他和上校兩人同時被震倒在地，士兵尖叫逃竄。他抬起頭一看，只見兩艘指揮艦正朝著故宮的方向駛來，而在指揮艦下方，出現了一個和西安母艦一樣的錐型尖端，那正是當初用來掃平西安半徑五公里以內所有土地的武器。

「很好，」准將說，「現在，我們撤退。」

軍隊的口號不再喊著：「永不退縮，為人民而戰！」而是改成高喊：「快逃啊！」

兩萬多名在故宮前廣場和街道上的軍隊現在都拚命往街道上還有旁邊的山坡樹林中逃竄，希望能夠在戰艦飛抵前逃出廣場。在場所有士兵從來沒有那麼賣力的跑步過，等到孟上校和准將一同跳進山坡上的一處石洞時，兩艘指揮艦剛好到達故宮的上方。

指揮艦下方伸出的錐型武器迅速旋轉，並發出劈哩啪啦的電光爆烈聲，光芒愈來愈亮，孟上校高喊：「閉上眼睛！」

他喊出聲音的那瞬間，如同那日西安的母艦一般，兩道粗厚藍白光束擊中地面。在光束擊中地面的瞬間，空氣彷彿沸騰了一般，整個故宮博物院像是被核彈襲擊一樣，轟然向四周倒塌，高熱的塵土碎屑如同火山灰一樣向四面八方湧去，士兵們舉起盾牌擋著，孟上校和伊戈爾准將也抱著頭蹲在石頭後面。幾百度的高熱空氣從軍隊旁的遮蔽物奔騰而去，上校的手臂和脖子起了二三十個水泡。

當爆炸搖撼漸漸停了下來，所有人探出頭來，只見原本華美壯觀的故宮博物院所在地已經變成一個巨大冒著煙的坑洞，連廢墟都沒有留下。伊戈爾准將顫抖著乾燥的嘴唇說：「完了……全都完了……犧牲這麼多人防守……」

孟上校嘴唇抽動了一下，似乎想說些什麼，但最後決定閉上嘴巴。

指揮艦上似乎又掉下些銀色的物體，眾人本來以為那是炸彈。但過了一秒就知道不是，那個是——

「地鼠！地鼠！」士兵聽到這個消息全都嚇得驚慌失措，雖然在場沒有人親眼看過地鼠，卻聽得夠多了。他們都很清楚這些地鼠身上帶著極為可怕的病毒，雖然只要稍微集中火力就能夠擊敗地鼠，但沒有人想上前對抗它們。那些地鼠在瓦礫灰燼中不知道在翻找什麼東西，它們不知看了什麼，眼神突然變成了安全的綠色。

准將拿起對講機說：「故宮失守，所有成員全數撤退！」

「不！等等！」孟上校從腰間掏出一個和其他統一規格的黑色對講機不同的銀色通話器，「還不能撤退。」

「今天是你第二次違抗我的命令！」准將大吼，「回去你就完蛋了。你現在閉嘴，我是作戰指揮官，我說全軍撤離。」

「我肩負上級的特殊命令，」孟上校拿起銀色對講機，低聲說：「再一下……」

指揮艦慢慢上升準備移動，准將大喊：「現在就撤離！」

「發射！」

上校剛喊完，沒有人知道他在說什麼，但只過了一秒，西北方的天空突然射來一道閃爍不定藍白色的光芒，在光芒前端似乎是一團高能電漿，四周還發出細微的閃電。在所有人還沒看清楚時，那道光束就直接命中空中的指揮艦。

指揮艦一被光束命中，幾千條閃電光束在機身炸了開來，一陣尖銳的聲響從所有電子設備中傳出來，所有對講機都冒出白煙爆炸。指揮艦整個機身傾斜，像是突然失去平衡，指揮艦劇烈搖晃，企圖上升飛離，但第二道光束再度射來，整艘指揮艦瞬間冒出火花，失去動力墜落到地面。

地面上剛派出的地鼠在指揮艦墜落的瞬間，彷彿全部癲癇發作，地鼠全身顫動冒煙，然後悉數倒了下來。另一艘指揮艦似乎因為戰情不利，立刻朝著空中加速飛離，並傳出一聲超音速的音爆，其餘戰艦也跟著指揮艦撤離，消失在灰色的雲層當中。

所有士兵目瞪口呆的看著墜落在地面的巨型外星戰艦，在原本故宮的所在地冒出陣陣黑煙，還有一塊石頭從上面滾了下來。

准將目帶驚嘆的看著孟上校，「剛才那是什麼東西？」

「我說了，我肩負特殊指令。」上校微笑的說。

「但是文物都被摧毀了，我們的任務也失敗了！」

「呃，我們盡了全力，不但保住了台北，還得到這艘酷戰機。」上校聳聳肩。

「但你們怎麼知道這種武器有用？難道就憑第一次實驗就敢篤定？」准將追問。

孟上校張開了嘴一下，但最後欲言又止，他對著戰艦的殘骸點點頭說：「不管怎麼樣，快點和司令部通報，在人民來抗議前把這些東西搬回基地。」

60

台灣．花蓮　蓋亞聯盟最高戰情指揮中心

一輛黑色的賓士車行駛在平坦寬廣的石子路上。車子一路穿越花東偏鄉，沿途可見到不少相間的農田作物，偶爾會有坦克運兵車經過，但這條路上幾乎看不見其他車子。

戴著墨鏡的駕駛將車子穿越過鄉村，最後開進海岸山脈一處插著「危險勿入」標誌的地方，停在一道外觀隱蔽的山門外。門口有八名身穿綠色迷彩服的警衛，他們隱身在融入周圍保護色的警衛亭內，警衛手上拿著T91CQC戰鬥步槍，在駕駛靠近山門時對準駕駛。

「請出示證件。」一名警衛伸出手。

駕駛將證件交給警衛，警衛檢查了一下，而在警衛檢查的同時，另外兩名警衛則拿著儀器將車子底部和車身全掃過檢查。

「請你面向那台攝影機。」

駕駛拿下墨鏡照做，電腦發出一聲聲響，警衛把證件還給他，看著後座身穿灰色西裝，略帶一點鬍渣的中年男子，「後面的乘客呢？」

「他是泰勒斯．李維斯克博士。這是他的通行許可。」

警衛檢查了一下，把許可證還回去，「你可以過去了。」

布滿藤蔓樹葉的大門打了開來，車子穿越大門，開上了一條蜿蜒的道路。這條路兩旁種植了成排的樹木，樹木的枝幹延伸到道路上方，形成一條很長的綠蔭拱形隧道。最後車子轉過最後一個彎，警衛已經打開了山門，讓他們進去。

穿過了這道門，地面變成了圓石路面，四周也不再是樹木，而是天然的石頭洞壁，這是一條渾然天成的石頭隧道。隧道旁的石壁上增設了不少高科技裝備，在車子經過時會不時發出光芒和嗶嗶聲響。

駕駛在車庫把車停好後，一名身穿黑色襯衫的男子已經在哪裡等著他們。他幫後座的博士打開門，以濃重的亞洲口音說：「請跟我來。」

博士跟在帶路的男子身後，走進了一道隱藏門廊，他們一路向下走過一個環形階梯，然後走上一條長而陰暗的走廊，每個地方都有攝影機。走廊的地板和牆面都是石塊組成，彷彿是天然雕成的一樣—而事實也正是如此。

走廊的底端是一道厚重的金屬大門，門口站了兩名武裝警衛。帶著泰勒斯博士的那個人上前對警衛說：「這是最後一個。」

「很好，會議開始了。」警衛把眼睛貼到虹膜辨識器上，博士走進了大門。

如果說剛才的隧道很驚人的話，這個洞穴更是鬼斧神工。這是一個巨大渾然天成的洞穴，洞頂上方似乎是人為刻意挑高，宛如一座花崗岩宮殿。台灣政府在十五年前發現這個洞穴後，進行了一連串的大工程。他們將隧道擴大增高，在洞穴內設置深及五百公尺的完美的地下碉堡和戰爭時調度全局的戰情中心，可以防止六千萬噸級的氫彈，加上山脈高度，碉堡深度甚至超過一公里。洞穴上方還用一整片銅包覆住，讓外界無法竊聽，一切訊息皆由有線方式接入，在蓋亞聯盟成軍後，又在此裝設了掩影系統，使這裡成為澈底的隱形碉堡。而這個高規格的戰情指揮中心稱為「磐石指揮部」。

在巨大的螢幕前，是高達四層樓高的座席位置，每層各自是不同國家的代表和盟軍司令部軍官領袖。第二層坐的是盟軍六大司令部司令和一千軍官。第三、四層座位則是不同國家的代表和軍官。第一層LGC成員的位置上，美國賈科摩總統已經回到華盛頓，所以由國務卿克萊爾代表。俄國和法國也是由高級軍官代表出席，只有英國和中國是由出席聯合國星球安全高峰會談的層級出現。

此時宋英倫總統正對眾人發表演說，螢幕上他神色嚴肅，「……這場戰役十分慘烈，我們失去了親愛的人民和英勇的戰士，無數的民宅、企業建築被……」他看到泰勒斯博士進來，揮了揮手，「博士到了，你先到座位坐好。」泰勒斯博士坐到自己的位置，宋英倫總結說：「……所以，讓我們感謝所有在前線犧牲奉獻的軍人警察，他們都為了那更偉大的願景犧牲了生命。謝謝，現在請藍尼元帥帶我們進入今日的正題。」

宋英倫總統坐了下來，藍尼元帥起身，此時大螢幕上的畫面轉為他的臉。他沉默了一下，然後說：「今天這場對戰，結束得很快，但如同宋英倫先生說的，代價慘重。保守估計今日損失了至少七百億美元，盟軍死傷五萬人以上，海軍艦隊也遭到重創。而除了台灣以外，我們收到報告，包括日本、朝鮮、俄國、泰國、哈薩克等中國周邊國家也受到攻擊，對方疑似是要破壞世界導彈防禦系統，但在掩影裝置的防禦下，我們保住了七成以上的導彈防禦系統，然而，軍隊也付出了相當的代價。我代表蓋亞聯盟在此保證，一定會好好安置撤離所有遭受傷害的人民，我也必須說，由於這些人的犧牲和配合，才讓這次的欺敵行動完美達成。

「首先我們偽造故宮文物搬遷紀錄，放煙幕彈給敵人，各國政府也配合將大批軍隊布置在故宮和周圍環海各個要點，誤導敵方對我們的行動判斷，並設置仿造的碧玉信號源。最後，也是最慘烈的，就是今天這場大規模的交戰，損失上萬名士兵，數艘海軍船艦，連故宮也讓他們摧毀了。我們付出上百億美元的代價，欺騙了敵方的視線。」他以有些責怪的眼光瞥向宋英倫，「雖然中間有些人私下命令自己的士兵執行非正式命令，然而也帶來意想不到的收穫，我們成功繳獲了一艘敵方的外星戰艦，現在已經正式送到研究部門。」

宋英倫若有所悟的點點頭。

「而這場戰役，我也要說，充滿了許多奇怪的地方，我們認為大半是憑著運氣—如果外星艦隊在攻陷北京後立刻襲擊台灣，我們毫無勝算。戰略司令部正在針對此進行分析，希望找出他們攻擊的模式和原則。」

藍尼頓了頓，「但這並不是今天會議的主要目的，」他看向剛進來的泰勒斯博士，「我們有請聯合國研究團隊領導人泰勒斯博士，為我們說明一些研究上的突破，他認為這可能是擊敗外星人的關鍵。」

現場發出一陣緊張不安的聲音。泰勒斯博士和他的助手站到螢幕旁的講台上，「首先，正如各位所知道的，今日這場台北決鬥其實最主要的原因，就是因為這個我們認為微不足道的文物，先秦時代的穀紋璧。」螢幕上出現了鑲嵌在紫檀木座中的褐色碧玉。

「我們尚不知道打造它的人是誰，但既然這對外星艦隊那麼重要，那它一定是足以對他們產生威脅的。所以研究團隊針對它做了許多分析，發現了非常、非常不尋常的事。」

螢幕上跳出關於碧玉的各種掃描、紅外線透視圖，「在這塊碧玉當中，夾雜了非常細微的電子系統網路，如果沒有經過研究團隊精密的掃描和超級電腦的比較分析，是絕對不可能發現的，因為它的精細度遠遠比現在最發達的奈米技術尺度還要小上至少一千萬倍。」

會議室內傳來陣陣討論聲，「這塊碧玉的用途為何，博士？」一名軍官舉手問。

「我們還沒有完全的把握，但我們大概有一個方向，」博士看向眾人，「我們推論這是一種存取器，類似我們的隨身碟的概念，只是位元比我們的大多了。我們之所以會這樣推論，是因為……嗯，那太複雜了，總之，我們是針對它所放出的能量進行分析，做出了這項推論。」

「那這裡面存取的應該是什麼？」

「我們不知道，可能是某些檔案，又或許是某種程式碼。這遠遠超過目前我們能夠辨到的。」博士說，「而且不只是這樣，我們在顯微鏡下發現，在碧玉內的線路當中，有跟我們稱之為地鼠的機器人同種的流動金屬。所以我們認為，說不定除了儲存功能外，它還有作為武器、放能的能力。」

「古代怎麼會有人做這種東西？」美國代表克萊爾不可置信地搖頭。

「這也是我們想知道的一件事，顯然外星物種比我們以為的更早介入了人類的歷史。」泰勒斯博士說：「而現在我們有一艘完整的外星戰艦在實驗室中，我們可以針對兩者進行比較，就能找出對我們有用的資訊。」

「很好，博士，你要的一切資源我們都會提供。」藍尼說：「還有其他發現要報告的嗎？或是可能有突破性的想法？快點說，我們時間有限。」

「事實上，確實有。」泰勒斯博士說：「我找到了一個可能的突破點。我們都忽略了最重要的事件來源──克卜勒452b，此次訊號的來源，我仔細研讀了中國提供的那份當初中國研究院對地鼠計畫的研究和對話備忘錄，發現了一件非常有意思的事。」

螢幕上跳出了兩個影像，一個是對於電波的能量分析，另一張則是一個英國人的臉，那個人有著一頭黑色的頭髮，眼睛是湛藍色……

中國和英國代表的位置同時傳出驚呼，吳主席訝異地看著螢幕，桑德爾首相背後則是傳來一陣震驚的呼聲，首相回過頭去，「沃克，你有什麼事嗎？」

沃克少將震驚的瞪著螢幕，「沒……沒事……我大概看錯……」

「我在中國的研究中發現，在地球接收到電波的同一天，這名英國年輕人不知道為什麼，腦中會不時浮現關於外星艦隊以及其他相關的幻象。根據報告，他比中國政府還要早五天就知道這件事，這個人叫做倫納德．馬修斯。」

英國代表的位置發出一聲比剛才更大聲地驚呼，不少人不悅的投射目光過去，沃克少將跌坐在地上，首相抓住他的肩膀，關切地問：「你還好吧？沃克……馬修斯……」首相突然意識問題，他睜大了雙眼，「我的天啊，是……」

「不……不可能。」沃克結巴的說：「他……他……」

博士清了清喉嚨，「總之，我們由這起事件推論，這道啟動西安外星艦隊的電波絕對不只是單純的啟動序號，其中一定包含了更多和這次相關的資訊，而且是有辦法轉成生物電訊號的。我希望能夠再組成一個研究團隊，針對電波進行研究，當然，如果這名青年能給我們更多資訊就好，但顯然不行，所以我們只能……」

「關於這點並不正確。」吳主席站起身，「幾天前我們接收到西安境內傳來有人啟動我國政府資料的訊號。中國和聯合國合作企圖入侵西安的攝影系統，找出有無生還者。在會議前一個小時，我們成功的擷取五天內的影像紀錄，雖然最後仍被外星防禦系統擋下，但我們已經找到了。」

吳主席按了按鍵，螢幕上出現了一段影像：剛才螢幕上的那名英國年輕人和一個長髮的中國女孩神色慌張的跳上休旅車正副駕駛座，然後影像就中斷了。「那個女的是誰？」沃克少將皺著眉頭喃喃說。

「我本來打算在會議後和各位討論，不過既然談到了，我就先在此告訴大家。」

「我的天啊，你知道那有多重要嗎？」藍尼元帥震駭的說：「我們現在不僅對於西安內部的情況一無所知，同時又要破解難解的外星電波，這兩個我們都無法解決，而這個人，他同時掌握了這兩個資訊！」

「如果我可以和他接觸……」泰勒斯博士興奮的說，「說不定能以加倍速度解開這個疑問。」

「我們可以組成一個小型探勘特勤隊伍，」陸軍司令部司令阿古多說，「派人潛入西安，找出那個英國人。」

「不行，」俄國代表反對，「外星艦隊把所有進出西安的道路都封鎖住了，根本沒有路，我們不能為了一個不一定有用的資訊冒險。」

「有路，」吳主席說：「有一條地下密道，沒有多少人知道，那條密道是當年毛澤東躲避國民政府圍剿，以七萬人力挖出來的通行路，共產黨當年就是這樣才能夠撐那麼久不被消滅。後來和蘇聯衝突日益加深，為避免發生核戰，又更加擴大了這個地下通道。」

「一條通往西安心臟地帶的地道？」宋英倫總統瞇起眼睛，「要是當年蔣介石知道的話……」

「但他們不知道，」吳希衡接著說：「總之，我認為這是可行的。我們之前不想派遣人員進入是因為沒有有價值的目標，但現在……如果這可以翻轉局勢……」

「但你們中央主機已經被駭進去了，難道他們不知道嗎？」藍尼問。

「那條道路後來沒有啟用，根本沒有存入中央主機內，基本上沒有任何資料顯示那條道路，那只存在現在幾個人的大腦中。這是它最大的優勢：沒有數位化。」

「這樣搞不好真的可以，」藍尼若有所思點點頭，「這樣我們就必須討論要派誰潛入西安……」

「我要去！」沃克少將突然站起來，「那是我兒子，我要出這趟任務。」

會議室內爆出一陣不可置信的聲音，所有人震驚的看著他，在所有人面前承認螢幕上的人是他兒子，連委員會和他上級長官也突然不知道要說什麼，最後首相按下他的肩膀：「你的心情我理解，但你是空軍司令部的將軍，這是不可能的。」

「我們可以派遣海豹部隊或是由十幾二十個精銳特戰人員組成的小隊。」一名美軍陸軍上校說。

「好了，」元帥出聲打斷眾人，「關於救援行動自然會有司令部負責挑選，你們不必在這裡吵，我認為除了進行救援外，還可以趁機放置儀器偵查西安內部的局勢。還有沃克將軍，希望你能明白這是哪裡，這不是你可以自由決定工作的場合。」

「對不起，長官。」沃克坐回位置上，眼神瘋狂跳動。

「好了，這件事會交由專門小組負責，不用在會議上討論。現在，博士你還有什麼要說的嗎？」

「沒有，長官。」泰勒斯博士收拾他的電腦回到位置上。

「很好，在會議結束前我要和各位說最後一件事，是關於宋英倫先生的。」藍尼元帥走到講台上，目光犀利的看的宋英倫總統。「我想知道，今天那個轟垮外星戰艦的武器，到底是什麼東西？」

「噢，那只是一個電磁能量炮而已。」宋總統擠出一個微笑。

「電磁炮每個國家都有，但為什麼你的可以擊敗一個我們用了上百顆飛彈都打不下的戰艦？」

「我們稍微改良了一下，研究團隊把運作原理改成利用和黑洞相同的原理，就是讓能量驅使電場和旋動磁場協力甩出電漿什麼的，可以把速度推進一百馬赫，另外把彈頭改為高能放射掩影裝置……詳細情況我也不知道。」

「而你居然隱瞞我們？」桑德爾首相憤怒的說：「你有足以擊敗敵方的科技，居然想把它占為己有？你知道這會害我們損失多少金錢嗎？」

「我同意，宋先生，你必須立刻交出你們電磁炮的技術，讓聯合國團隊可以學習複製，在日後對抗外星人的戰爭中才有主動攻擊的武器。」

所有人的目光射向宋英倫，他看起來想抗議，最後只是嘆氣說：「好吧，沒問題，我會讓我們的工程師和你們合作，絕無任何保留。」沒有人注意到他眼中隱隱閃爍著光芒。

藍尼從下方直視宋英倫的雙眼，「很好，」他舉手打斷吳希衡企圖開口，「不過，宋先生，我希望以後你能夠尊重體制，不要再隱瞞或是私自下達指令。我們現在齊心協力對抗外星人，大家都在同一條船上，沒有時間勾心鬥角。」

「好。」

「最好。」元帥接著看向台下眾人，「至於剛才說的救援行動，我希望由各國精英特種部隊去執行。等下會議結束後，請宋先生、英國軍事代表、俄國代表，以及特戰司令部的軍官留下討論。」

藍尼元帥深吸一口氣，他站到螢幕前正中央，「各位，新的時代已經來臨了，我們面臨的是人類過去數千年來從未有過的生存危機。但是，團結就有希望，分裂就會失敗。今天靠著我們眾志成城，第一次成功地擊退了外星艦隊，這是戰爭新情勢的開始。」

他停頓一下，加重語氣說：「套用羅斯福總統在珍珠港被襲擊後的話：『這一天將會遺臭萬年』。我們將不再只是防守，今天我們正式對入侵者以武力回應，戰爭的情勢要從今日開始逆轉。各位，這是我們的道路，也是我們的目的地，這是世界新秩序的起點。」

台下響起了瘋狂的掌聲，在洞穴當中迴盪不已。

會議結束後，除了元帥剛才點名的那幾位留下來討論滲透行動的人員外，其餘與會人士各自回到崗位房間。沃克少將跑去找藍尼元帥，似乎是想要商討西安救援的行動，卻以沒有權限而被拒絕。在長達一個小時的討論後，決定以美國海豹部隊、台灣涼山部隊、中國雪楓小組以及英國空降特勤團進行滲透行動，行動代號為「鬼影任務」。

討論結束後，所有人員離開會場回到自己崗位上。宋英倫面無表情地站在門口看著人們離去。

宋英倫走出會場，一名憲兵拿了對話器過來：「長官，電話。」

宋總統接起來：「我是宋英倫總統……金門沒有損失太多吧？很好……那艘戰艦沒有人發現對吧？……磐石艦會把它送到……對，屏東的軍事基地……不要讓任何人發現……沒錯……之後再到機密研究院……對……沒問題，感謝……再見。」他掛上電話，嘴邊出現一抹陰冷的笑容，「我已經受夠一直在中美霸權當中搖擺不定，該是時候為自己培植一點實力了。」

61

中國・西安封鎖區　民宅

我睜開眼睛，從床上坐起來。心中感到十分困惑。

在過去這兩週，我時常夢見自己回到那個巨大艙房內，對此我已經見怪不怪了。但不少影像還是時不時的在睡夢中浮現，讓我醒來時總是膽顫心驚。只是我還是不明白那些幻象到底是怎麼出現的，但至少對此我已經習慣了。

過去這兩天，那些影像更讓我感到極端的困惑，就如同今天的夢境一般。剛開始一如過往，我出現在那個幽暗的艙房內，隨著時間的推進，我可以漸漸感受到艙房內比過去更為明亮，空氣也不較過去沉重停滯，似乎它正在緩緩的啟動運轉。

在發出紅色幽光的螢幕前，有一片我過去沒有注意到的金屬平板在那，表面金屬具有流動的感覺，我猜那是控制面板，在面板正中間，有一個亮著光芒的方形孔洞，但我沒有時間去研究，因為和過去一樣，一波恐懼浪潮從艙房的密室湧出，我感覺自己的關節都變成果凍……雖然在夢中沒有關節。

一陣低語聲在我耳邊響起，呢喃唸著古老的語言。我不知道那是什麼，那甚至可能比人類還要古老，那給我的感覺像是電影中邪惡的巫師吟詠著咒語，只是可怕了一千倍。一幕幕我心中最恐懼的影像盤據在我心頭，我和父母過去的經歷……雖然我已經和蕭璟分享了那段過去，不過並未根除那道陰影。我的心臟幾乎停止跳動，我告訴自己這只是和過去一樣的夢境而已。

然而就在那時候，我感受到一股從未有過的感覺。一種清涼和平的感覺流經我的全身，我覺得自己的靈魂又安然回到軀體中，那道力量撫平了我所有不安，我像是回到兩歲時和媽媽躺在草地綠茵下，涼風輕撫過臉龐，沒有煩惱也沒有恐懼。

我感到一股力量在密室後方拉扯我，但並不會讓我感到不安，只是覺得很詭異而已，我在夢中利用意志力繞過中央的寬大密室，我從來沒有這樣試過，但我就是知道辦得到。

在密室後方，是一道發著白光的入口，我很驚奇為什麼過去都沒有發現這裡有這種地方。不過這是夢，本來就不能用常理解說。我順著自己的好奇和拉扯我的感覺進入裡面。

內部是一個和小學教室差不多大的空間，四周牆面是不尋常的白色，和外面幽暗陰沉的感覺完全不搭。天花板上有著各式各樣的圖形，看起來像是銀河和星系。而在空間的最後方，是一個發著翠綠色光芒的漩渦，那給我極度不安的感覺，於是我轉開視線，看向其他地方。我發現地面上發出一絲絲細微的亮光，仔細一看原來那些都是透明纖細的電路，遍布牆面，並全部通往那翡翠的漩渦。

我試著用手觸碰牆面上的亮光，一道影像閃過眼前—上百架戰機和直升機在一座城市的空中和黑色的外星戰艦交手，炮火電光往來不絕。而在影像中可以隱約看到幾公里外的一〇一大樓。我知道這裡，這是台北。

「你來了。」我聽到聲音從漩渦旁傳來，我一放手影像隨即消失，我轉頭看去，但是什麼人都沒有，精確的來說，那聲音是直接在我心中發出來的，不過我知道它的源頭是在那。

「我的時間不多，」那個聲音警告，「我們將會在這裡見面……很快。」

聲音消失，我隨即從床上坐了起來。

我困惑的眨眨眼，看向四周，一切都很正常，這裡是蕭璟家的客房，擺設基本上都沒什麼動。我坐起身來，在我床頭放著一本《聖經》，我翻開上次標記的地方。

「忍受試探的人是有福的，因為他經過試驗以後，必得生命的冠冕。這是主應許給那些愛祂之人的。」

—雅各書一章十二節。

自從來到這後，每天晚上都會在睡前閱讀《聖經》，那讓我感覺回到小時候在教堂聽牧師講道。而現在面對如此大的壓力，讀《聖經》是我增加靈糧的方式（也是因為真正的食物快吃完了）。看著這段經文，我嘆了口氣，感覺這句話完全是說給我聽的，現在我的確是面對有生以來最大的考驗，但我寧願不要拿什麼生命的冠冕，只要好好在大學裡和同學忙著期末歷史報告，甚至懷念起朱易杰教授那肥胖的臉。

放在《聖經》旁邊的是一條軍用多功能腰帶，右側是一把三點五英吋的M1911手槍，彈匣還是滿的，左側則有一把軍刀和對講機（不確定能不能用），後方裝著一顆震撼手榴彈。

這個軍用腰帶是一名中國士兵給我的，那時候我們急著逃出陝西圖書館，他救了我們一命，並給我這條腰帶自保。我不禁心想他的名字是什麼，當初是他讓我們離開暴動的指揮中心，保全了我們的性命。不知道他是否還活著，還是已經被地鼠殺了，然而我沒空擔心他，現在需要擔心的，只是如何先保住自己的小命。

「患難生忍耐，忍耐生老練，老練生盼望；盼望不至於羞恥，因為所賜給我們的聖靈將神的愛澆灌在我們心裡。」當我父親還會和我說話時，這是他最喜歡的一段經文。想到他，我的手不由得抽動，夢中那翠綠色漩渦的影像和密室的低語又在我腦海響起。

「我們將會在這裡見面。」那個聲音是這樣說的。

我懷疑這句話的意思，也不確定自己想不想知道，也許這次真的只是一個單純夢，畢竟我偶爾也該有些好運吧？雖然才剛睡醒，但這些不著邊際的思考讓我神思疲倦。我決定暫時擺脫這些事情。

我起身套上一件黑色的長袖，當樓梯走到一半時，就聞到食物的味道。來到一樓，桌上放著半片土司，土司上放著些許鯷魚，在盤子旁則是一杯香濃的熱可可。

「哇，璟，今天是發生什麼大事？」我不可置信的笑著，好幾天來吃的東西幾乎都是逃難等級，現在一杯可可比牛排還要更誘人，「為什麼準備這樣的大餐啊？」

「很棒，對吧？」蕭璟從我身後走來。

我轉頭看向她，她穿著一件紅色上衣和黑色牛仔褲，外面罩著一件有些破舊的白色夾克，不過看起來非常搭。她把黑色長直髮綁成馬尾捲在左邊肩膀上。她的頭髮飄出淡淡的茉莉花香味。

「喔，嗯，是啊。」我回過神來笑著回應，「尤其是這個可可，太驚人了。」

「我早上起來發現的，」她眼睛閃爍著光芒，「我想今天輕鬆一下也不錯。」

「完全同意。」我坐下來開始享用早餐，我輕輕啜飲一口熱可可，感覺香濃可口，溫熱的香氣讓我感覺全身都放鬆下來。

「不過這稍微有一點過期，」她在我喝了一口後補充，「過期了大概兩週。」

若是平常我一定會立刻放下杯子，不過這時候我一點也不在乎，就算過期一年也沒關係，「好喝就好。」，我抬起頭看她，「不過我們的食物還能撐多久？」

「大概兩天吧。」她神色有些黯淡下來，但感覺沒有太在乎。我想或許是以現在的情勢，每天都不知道能不能活下去，因此盡可能及時行樂。

我又啜飲了一口可可，搭配土司一起吃下去，我從來沒吃過那麼好吃的東西，「璟，你知道可可的起源嗎？」

「我記得好像是馬雅人從兩三千年前就開始種植這種植物。」她側著頭回答。

「沒錯，它甚至比秦始皇還要古老。」我呼出一口氣，「阿茲特克人將這種飲料稱為『xocoatl』，意思是『苦水』。」

「我知道，哥倫布和西班牙人先發現這種植物，到了十六世紀，歐洲開始對可可產生興趣，後來研發出巧克力。」

「妳可以去讀歷史系。」我有些意外的說，「妳從哪裡看來的？」

「小時候聽的。」她聳聳肩，「我對古代的東西沒那麼有興趣。」

「總之，後來生物學家把這種植物命名為『Theobroma cacao』，而Theobroma在希臘文的意思是『神的食物』。」

「這些亂七八糟的事我就不知道了。」她笑著著說：「也就是說，我們是天神。」

「是啊，妳的確是我的女神。」我不知道這句話為什麼會從我的口中冒出來，我一說出來就後悔了，我低下頭好像對我的土司充滿興趣，而蕭璟則紅著將臉撇開。

靜默了一段時間，我感覺十分尷尬但又不敢開口，只能低頭吃著土司和香濃可可。看著窗外的天空，我想起夢中那剎那的影像─在台北市上空，上百架戰機炮火往來，軍民尖叫逃跑，以及密室中低聲的吟詠─我希望能和人討論一下夢中的景象。

「你知道，在我醒來前，我做了一個夢。」我嘛下士司講述我的夢境。

當我說完後，蕭環沒有什麼特別的反應，似乎已經習慣我會做一些毫無道理的夢境，不過她對其中幾點感到很疑惑。

「台北？」她困惑的說，「你怎麼知道那是台北？」

「我看到一〇一大樓，」我說：「在影像中，外星戰艦的火力似乎集中在一個地方，感覺像是要攻擊某個特定的目標，軍方則是全力抵抗。」

「外星艦隊去台北做什麼？」

「我怎麼知道，他們來西安又要做什麼？我們不能用尋常的思考邏輯去判斷。」

蕭環皺著眉頭，雙手緊緊交握，「他們已經打到台灣，這表示……」

「我也是這樣想的，」我憂心的說，「整個中國的國防說不定已經被打垮了。」

她搖搖頭說：「真是一場惡夢。」她歪著頭想想，然後繼續說：「不過你說看到一個不同的空間，有個聲音對你說話，你覺得那是誰？」

「我不知道，」我坦承，「但那種不安的感覺和過去很不一樣，那不是恐懼，而是……痛苦、哀傷，感覺承受了很大的壓力。就像我一樣。」

「就像你一樣。」她低聲重複我的話，她的表情看起來還是很懷疑我所說的話，其實連我自己都有一樣的感覺，「不過把你從恐懼中拉出來的，應該是好人吧？說不定是那個石板上說的反抗力量？」

「有可能，真的有可能。」我一邊啜飲著可可一邊想，「但如果那是嬴政的敵人，怎麼會在那個星艦的核心地區出現？」

「搞不好他們最後和好了，」她聳聳肩，然後她開口說：「你知道，在這段時間裡我對秦朝歷史做了些研究。」

「研究？」

「用那個政府的地鼠計畫檔案，有很多檔案藏在之前沒注意到的地方，」她看了我的表情後趕忙解釋：「你放心，那個磁碟被破解後開啟是不會再放出訊號的，所以不會有外星人跑來突襲。」

「謝天謝地，」我鬆了一口氣，「妳發現了什麼？」

「主要是關於歷史上的疫情的……你知道的，在十四世紀到十八世紀間，席捲全球的黑死病。」

「我記得我們在陝西圖書館時，你查到蒙古軍隊去挖掘各大中國歷代君王的陵寢。」我點了點頭，「那時我們推測有可能是他們放出深藏在地下的外星病毒，再經由長征傳播到歐洲。妳發現了些什麼？」

「我發現那幾場瘟疫讓全世界的政治情勢重新洗牌，羅馬教廷因為那場疫情實力重挫，明朝也因為那場瘟疫而滅亡，歐亞大國幾乎在那時完全崩潰。」

「這怎麼了嗎？」

「我只是覺得很奇怪，在十八世紀時，黑死病突然消失在地球上，科學家至今仍然找不到當時的病原體，就像是被外力澈底抹除掉，而消失時間正好是朝代政權的交替，你不覺得……似乎太巧了嗎？簡直就像是被人計畫好的。」

「這不可能啊，」我說：「那時候這艘星艦還沒被喚醒，怎麼可能策劃一連串的病毒攻擊？而且如果是這樣，外星軍隊為什麼現在……」

「我知道，這我們之前就說過了。」她沮喪的說：「我本來以為你可以幫我解答，但看來是不行。」

「對了，我也發現一些其他的資訊，」沉默了一會兒後我開口：「可能沒什麼關聯。就是關於秦始皇斷子絕孫的記載：根據史書，秦始皇死後，他的兒女在權力鬥爭中無一倖免。

「但是還有一種傳說，說有三支他的後代逃過一劫，其中兩支輾轉到達朝鮮、日本，另一支則下落不明。而就我們現在所知道的，嬴政不是……你知道的，所以那些真的有可能是他的後代嗎？還是這只是無稽之談？」

「搞不好真的是……」蕭璟眉頭深鎖，「生物學不是說不同『種』的物種無法生殖具有繁殖能力的後代？他們和我們應該算是，呃，不同物種吧？」

「有幾樁比較有名的，像是日本之前首相羽田孜，曾經公開宣稱自己是秦始皇的後代，對於這點許多人都保持懷疑。不過沒有證據能夠證明他們所言是否屬實，但如果是真的……他還許多後代，而且萬一還具有相同的能力……」

「說不定那些疫情就是他們引發的。」

「有可能。」我說：「這點可以好好研究。而除此之外，還有許多其他的傳說，像是秦始皇手下有四名冥界的判官之類的。」

「四個冥界的手下應該是代指某種人物，或許就是指他的後代，你之前不是說過他只有四個兒子是有名的嗎？也許他們組成了某種地下組織，幕後操盤我們剛才說的那些事件。」

這真是太不可思議了，因此當我從沉思中回神後，我手上的土司已經吃完了，熱可可也空了，我居然沒有好好品嚐最後那幾口可可，那可是這幾天來第一次吃到人吃的食物啊，這讓我產生了一陣罪惡感。

「你別妄想了，」蕭璟解讀我的表情說，「我只找到那幾包，沒有續杯。」

「我心碎了。」我嘆了一大口氣。

蕭璟笑了笑把東西收走，我起身環顧四周。這裡沒有任何多餘華麗的擺設，這幾天下來該看的都看過了。然後，我看到了櫃子旁的鋼琴。

我第一天來就看到它了，直立式的琴身，黑色的外觀，然而看著它卻讓我心裡一陣悸動，或許是因為今天做的那個奇怪的夢，我只是盯著它看。一幕影像在眼前出現—幼年的我坐在椅子上，媽媽纖細的手指在黑白間彈奏，月光透過簾幕，和柔和的音符一同流瀉迴盪，在心頭徘徊不止。

「倫尼，你會彈鋼琴嗎？」蕭璟看到我注視著鋼琴，好奇的問。

「不會，」我坦誠，「我只是想起以前聽過的一些旋律而已。」

「你想學嗎？」她興趣盎然的說，「我可以教你。」

我看向窗外，「不會有人聽到嗎？」

「是有可能，但應該不會吧，」她滿不在乎的說，「而且有關係嗎？反正我們都快死了。」

「我感覺輕鬆多了。」

她露出微笑，「來吧。」

她從鋼琴下面拉了張椅子出來，我肩膀靠著她坐在旁邊，她打開覆滿灰塵的琴蓋，黑白相間的琴鍵卻一塵不染。她把纖細的手指優雅的放到琴鍵上，彈了一段音階，「來吧。」

我笨拙的把手放到潔白的琴鍵上，結果發出像清晨汽車引擎的聲響，蕭璟抿了抿嘴忍住笑，將我的手放到正確的位置上，她把手放在我手指前面一截的琴鍵上，「跟著我彈。」琴身發出一段輕柔的旋律，我勉強試著跟上，大概第二次就成功了。

我們繼續彈奏了一段時間，大多都是蕭璟帶著我彈。在她帶著我彈奏了一些曲子後，我漸漸可以靠自己彈出些簡單的曲子。我可以感覺到琴弦在震動，音符在手下律動，雖然不怎麼好聽。沁涼的感覺滲進我體內，我想這或許就是所謂的「音樂洗滌心靈」。

「你學得滿快的，」在彈完一首簡單的曲子之後，蕭璟讚嘆說，「你應該去學學音樂。」

「如果我們能從這裡活著出去，到時候妳再慢慢教我。」

「一言為定。」她笑著說。

「有美女當老師，怎麼可能食言？」我看到她臉紅趕忙說：「不過我還沒有聽過妳好好彈一首曲子，能否讓我開開眼界，一洗我輩俗塵？」最後一句我用中文文言說，那是我從電視中學到的。

她看起來有點猶豫，但點點頭，「那你不要笑我，我有一段時間沒彈了。」她將雙手放置琴鍵上，深吸一口氣，柔和的琴聲從指間緩緩流瀉出來。

當第一個音符傳入鼓膜，我心口一陣悸動。或許是巧合，或許是天意，此時她彈奏的正是我母親所彈奏的，貝多芬最有名的〈悲愴奏鳴曲〉。

優美的曲調充塞整個空間，這首曲子本來應該在清爽的夜色月光下彈奏，此時外面陽光普照，金色的光線伴隨著音樂暖和著室內，別有一番意境，好像奏鳴曲的清晨版。四下宛若竄流在水中的銀魚，溫柔游動。

樂曲前奏羅織的巨大黑網，慢慢纏繞束縛全身，內心卻安靜下來。一段段旋律在腦海中形成一個漸漸清晰的圖像，過往種種美好的事物經歷在我腦海中浮現，語調影像溫柔堅韌的衝擊我的鼓膜，聲音似是遙遠彼岸的呼喚，又如耳邊觸手可及的蟬鳴。

我凝視著彈奏鋼琴的蕭璟，她的眼神專注地盯著琴鍵，眼中卻流露著光彩，好像音樂也觸及到她內心的某個地方。陽光透過窗簾打在她的頭髮上，她全身像是在金光當中，柔軟的髮絲掠過我面前，如此靠近她，我可以聞到她頭髮的茉莉花香味，在鋼琴前她看起來好美。

一定是因為我一直盯著她的側臉看，我感覺自己臉燥熱起來，心跳加速。我趕忙把頭轉開，強自讓自己心跳穩定下來，繼續安靜地聆聽曲調。

琴聲漸漸轉為緩慢，最後安靜無聲，過了大約五秒鐘，我才意識到她彈完了，她微笑的轉過頭問我：「怎麼樣？還可以吧？」

我只是看著她，此時我才了解到中國人的「餘音繞梁」是什麼意思，剛才的旋律還在我耳畔迴響，最初醞釀的悲傷已經被音符切割掉，我感覺自己遠離世界，在一個和平而沒有戰爭的地方。看著她，我感覺心中一片明亮，如同雪花般淡然而燦爛。

「蛤？喔，很好啊！」我發現她注視著我，於是立刻開口。

「真的？我本來以為我已經不行了。」

「妳在開玩笑嗎？彈得超好的。」我這是真心的稱讚。

她的笑容比那些發著銀光的愚蠢戰艦機器要好上幾百倍，我感覺心情好多了，然而這時那個聲音又回到我腦中。

「我們將會在這裡見面。」

我不知道自己怎麼可能進到外星星艦和外星軍隊首領見面，我也確定自己並不想知道。但不管怎麼樣，我不想讓自己在一無所知的情況下面對。

「你知道我一直在想……」

蕭璟嘆了一口氣，「又來了，只要男生說『我一直在想』就一定不是什麼好開頭。」

「呃，沒錯。我在想……應該要回去西北大學的那個廢墟去看看。」

她沒什麼特別的表情，「為什麼？」

「只是最近……發現了那麼多新的資訊，或許重回那個地方，能找到一些我們沒發現到的石板碎塊，就可以解開這些所有謎團。」

「知道了以後呢？你可以做什麼？」蕭璟質疑地問。

真是個好問題。我完全不知道可以做什麼，反正本來就只能這樣了，我心想，本來就沒有期望她會同意。

「那我們什麼時候出發？」

我眨眨眼睛，「妳說什麼？」

她嘆了口氣，「倫尼，和你說話簡直是對牛彈琴，你不是要回去那個廢墟嗎？打算什麼時候去？」

「妳同意？可是那很危險。」

「你在開玩笑嗎？反正食物也只剩兩天而已，如果我再繼續待在這裡，不是無聊死就是餓死。要的話還不如死得有一點意義。」

一向謹慎的她居然會說出這種話讓我驚訝不已，「我的天，妳到底是誰？」我搖了搖頭說。

「蕭璟。很高興認識你。」

我咧嘴一笑，「出發前再來彈一首曲子吧？」

62

中國・西安封鎖區

「情況沒有想像的那麼糟。」在通過幾個街區後我下了評論。在我學會彈奏〈奇異恩典〉這首曲子後，已經累得滿頭大汗，手指微微顫抖，而蕭璟的情況也沒比我好到哪裡。因此我們決定出發去尋點樂子，我決定要當駕駛，開著車和她去兜風（更正，是做研究）。剛開始駕駛時我非常緊張，但現在我已經漸漸習慣了，我把一隻手伸出窗外，享受著涼風吹拂的感覺。

空中看不到任何一艘巡邏戰艦，路上也沒有地鼠，一路上都沒遇到任何阻礙，感覺很不尋常，或許贏政也不是個全然的壞人，他可能特別幫我清出空間，讓我可以在午後出來兜兜風。

「別太樂觀了。」蕭璟說，「你永遠不知道他們是不是處於隱形狀態。」

那倒是真的。但我不想毀了美好的午後，「別這樣嘛，是誰說要死得有意義？」

「那也不代表我想要死啊。還有你開車注意一下，在沒有車輛的路上出車禍很丟臉，不要最後是死在你的手裡。」

「真的嗎？」我刻意將車子用力轉個彎，蕭璟緊抓住一旁的握把。我當下感到很訝異，想不到我除了駕駛車輛外，現在居然敢這樣嘗試自己不熟悉的駕駛技術。

「當初真不該讓你駕駛。」她搖著頭說。

「要活就要活得有意義，」我頓了頓，講出了困擾我一段時間的問題，「妳不覺得一切有點太簡單了嗎？這裡大批封鎖的外星戰艦呢？」

「你忘了嗎？那天二十幾架戰機被摧毀的情況？」蕭璟搖搖頭，「據你所說的，現在外星艦隊正在台灣和軍隊交手，不知道死傷多少。或許正因如此，這裡的防備下降。」

「只有永遠的和平會毀滅人類。」我以希特勒的名言回應說。

「這句話造成了千萬人的屠殺。」

我笑了笑，然而，她的話卻真的影響到我的思緒。想到現在戰線已經擴張到台灣了……不知道有多少人正因此犧牲生命，外面的世界恐怕都已經瘋了。但我感到困惑，似乎不單是這個原因，我直覺應該還有敵方內部的某些因素導致了現在的情況。譬如今天夢中我看到的景象……

「你說現在戰線已經擴展到哪裡了？」我看著擋風玻璃問。

「我猜說不定是澳洲或者日本，當然這要看他們的目的是什麼。」

「難道他們只靠西安這艘星艦就能征服整個世界嗎？」我說，「他們的科技雖然很強，但離要澈底消滅人類還有很大的差距。尤其像這樣，靠著攻擊一座座城市，到後來根本不可能有夠多的戰艦可以支撐。光是現在打到台灣就出動了幾百艘戰艦，還讓這裡防禦空虛，哪有足夠的能力完全毀滅世界？」

「我們對他們的了解非常有限，不要妄下定論，而且誰又知道他們來的目的是什麼？如果他們大老遠過來只是為了毀掉地球，那一點意義都沒有，簡直就像是花了五億美元買了限量郵票，然後用它寄信出去。」

我想了想她說的話，「妳說的有道理。」我一面說一面轉彎開上科技七路。「我有個想法……」我想起一週前那次奇異的感受，「也許他們不是攻擊城市或是軍方設施，而是在尋找什麼東西。」

「什麼東西？」蕭璟困惑的說。

「不知道，就是……一種感覺。」我搖搖頭，最近我莫名其妙的感覺出現頻率愈來愈高。

「那也許沒辦法知道，但如果此處現在防守空虛……」蕭璟眼中亮了起來，「你有沒有想過或許我們有機會離開這裡？」

我看向空無一物的天空，沒有任何外星科技的影子，「我認為不大可能，就算內部防禦降低，進出要道和領空一定還是被嚴密的封鎖，不然軍方一定早就派人潛入了。」

「搞不好真的有。」

我覺得不大可能，但我沒和她爭辯，因為這對提升團隊士氣沒有幫助。但如果真的有，我希望那些人能夠順便帶我們離開。我轉彎經過奧林匹克公園，把車開到唐延路上。「我們很近了，大概兩分鐘就會到。」

我看向窗外，四周的建築物幾乎都被那場地震給毀掉了，整座城市彷彿廢墟般。永陽公園還看得到幾面國際志工的旗幟，那是緊急撤離時來不及收起來的，此時旗幟已經變得破破爛爛的，這讓我想到那段當志工的美好時光，感覺像是一百年前的事。

空中有三隻麻雀飛過去，我不禁猜想外星戰艦會不會消滅他們。

我差點錯過在學府大街上轉彎，好在蕭璟提醒我。我放慢車速，直接從倒塌的圍牆邊開進去，最後停在西北大學圖書館封鎖線外。

我們走下車來，抬頭看著那本來是圖書館的地方，現在被塑膠布和斷裂鋼架圍住，鋼架外面還有一圈已經掉到地上的封鎖線，地面上甚至能看到幾件武器，可能是逃離時掉的。看著毫無往日痕跡的圖書館，心中湧上一股強烈的情緒。

我忽然意識到自己要來這裡的另一個原因。或許這裡真的能夠找到有用的資訊，也可能沒有，然而，另一個驅使我的因素，是我的人生基本上就是在這棟建築物被澈底改變的。我在這裡遭逢大地震，大腦被強烈的電流植入幻象，遇到了蕭璟，然後地鼠在這裡崛起，再一次改變我的生命。我想起許多二戰的老兵都會回到年輕時的戰場，回到對自己影響最深的地點。

蕭璟似乎明白我在想什麼，她從身後理解的握住我的手，低聲說：「我知道，我也無法將那些東西趕出腦中。」

我確信她真的了解，因為她也是在這裡和父親擁抱言和，並最後一次看到他。

我又呆呆的看了外觀一陣子，然後吐了一口氣，「我們走吧。」

封鎖線內部看起來像是被颶風掃過一樣，撇開滿地的石塊水泥，好幾輛托運卡車的碎片散落一地，那本來要用來運送石板的。最可怕的是一架嚴重扭曲變形的直昇機殘骸被淹沒在石堆中，我記得當時一架直升機直接被汽化，另一架則是在爆炸中墜落到地面。我們緩步走近它，往內部一看……

我們同時倒抽一大口氣，蕭璟嚇得往後踉蹌倒退，我下意識的伸出右手遮住她的眼睛，「不要看。」我低聲說，同時也把頭轉開。

在正副駕駛座的位置，有兩副完整焦黑的骨骸，骨骸上穿著被燒得幾乎辨認不出來的軍服，而且還好好的被安全帶繫在座椅上，他們看起來簡直像被燃燒彈轟擊過。

我們緩緩走過那架直升機，來到當初埋著石板的地方。

「這裡就是我被埋著的地方。」我看著布滿碎石塵土的洞口說。

「那也是我第一次看到你的地方。」蕭璟說。

「妳打斷了我的鼻梁。」我想起來說。

「那完全是意外。」

我們互相凝視，我注意到她的脖子左側血管在跳動，然後蕭璟清了清喉嚨，「石板。」

「對，」我把視線轉開，「石板。」

「那塊石板不是給地鼠炸成碎片了？」她看著滿地的石塊，「要怎麼找？」

「這樣找。」我蹲到地上拿起一塊塊石頭檢驗。

「這簡直就是大海撈針嘛！」蕭璟搖了搖頭，「我當初應該要堅持不來的。」

「如果妳還有一杯熱可可，那我們現在就回去。」

「真受不了你。」她逕自走到距離我大約十公尺處的地方翻找。

「妳去那裡做什麼？」我困惑的問，「石板應該是在這裡啊？」

她翻了個白眼，「拜託，基礎物理，物體爆炸後會往四面八方散落，而這就是發生在石板上的現象。」

「妳說的對。」我表示同意。

尋找的工作十分漫長，每一個石塊看起來長得都一模一樣，而且都布滿了灰塵裂痕，等我好不容易將塵土裂縫清乾淨，就會發現那只是一塊水泥。

我往右邊踏了兩步，結果踩到一塊不穩的石頭，整個人失去平衡差點跌到洞裡面那個大洞裡面去，總算有人及時用力一扯我的右臂，將我拉回平衡，我嚇得不斷喘氣。我看抓住我手臂的人，蕭璟那一臉不耐的表情，好像在說：「如果你害死你自己，我要殺了你。」

「嗯，謝了。」我將手臂她的手中抽出來。

「這裡就是當初一群地鼠冒出來的地方。」他看了看那個深及二十公尺的洞說。

「是啊，幸好地震那時地面還沒完全崩塌，不然摔進那個洞裡……恐怕就一點機會都沒有了。」想到這，我不禁打了個寒顫。

「那場地震那麼驚人……好像還有將近五六千人處於失蹤狀態。」蕭璟搖了搖頭，「政府那麼快就讓救難隊撤離，不知道還有多少人被埋在地下室或廢墟中。」

我看著深洞，想像如果要在裡面待上兩個星期的時間，這絕對不會出現在我的人生十大志願清單上。

「對了，為什麼你會剛好在我旁邊啊？你不是在那裡找石塊嗎？」我看向蕭璟剛才在翻找的地方，地面上堆積了一小塊石頭。

「我來的時候正要和你說，」蕭璟說，「倫尼……」

「等等，那塊石頭是不是……」我瞥見一塊似乎有些紋路的石塊，興奮的過去將它拿起來端詳，蕭璟也跟在我後面。我仔細研究上面幾十個字元，集中精力思考，不過很奇怪，這次文字沒有像內建系統一樣自動跳出我的腦袋。

「這個字……應該是某種名字，而這個……嗯……」我絞盡腦汁在思考，卻看到蕭璟在旁邊忍住笑。

「妳在笑什麼？」我有些不高興的說。

「嗯……沒什麼，只是我大概知道那些字是什麼意思。」她忍著笑說。

「說來聽聽？」

「SIG SAUER（軍火廠牌）。」她一副理所當然的說。

「妳說什麼？」

她指著我旁邊的一把步槍握柄，那裡就是我剛才撿到石塊的地方，握柄上寫著「SIG SAUER」，那些字仔細看真的和我手上那塊石塊一模一樣，一定是石塊壓到標誌上產生的，只是剛才一直想著往古老字體去解讀，因此沒有想到。

我滿臉通紅的把那個石頭扔到一旁，蕭璟看了在一旁大笑。

「笑什麼，難道妳有找到更好的東西嗎？」

「關於這點，在我來的時候，本來是要和你說的，結果你跑去找什麼步槍。」蕭璟指著她堆起來的那堆石塊，「那些全部都是，只是……」

「全部都是？」我驚訝的說，我花了一堆時間找到一把步槍，結果她居然找到了至少十片石塊，「妳幹嘛不早說。」我一面說一面走向石堆。

「因為有某人差點摔到洞裡，又因為一把步槍打斷了我。」

「步槍的事就不要提了。」我蹲下來看，石堆中有幾塊是圖形，大多都是文字，「璟，妳實在太厲害了，妳如果當檢察官一定可以找到謀殺線索之類的。」我把有文字的那幾塊拿起來看。

「這些都很支離破碎，我不確定有沒有用。」她在我旁邊盤腿坐下。

「奶油……地下。」我大聲唸出第一塊石頭上的文字。

「你說奶油？」她皺起眉頭，「那是什麼？」

「見鬼了，我哪知啊，總之是些沒用的東西。」我把它扔到一旁。

「異類物質，交織……負質量，這是什麼？喔，兩側橋梁。」我唸出第二塊石頭的文字。

「異類物質（exotic matter，具負能量的、質量的物質）？」她困惑的說。

「那不是物理課教的東西嗎？」我還記得高中的時候老師提過「卡西米爾效應」，好像是存放異類物質的方法，但那是什麼我就不知道了，我物理超爛。

「這個『兩側』橋梁會不會是……上次看到的『連接兩側的主控器』？」

「有可能，」我看著這塊石頭，「這感覺很重要，把它放到旁邊，或是拍起來。」

「我手機沒電了。」

「噢，那就放到旁邊。」

我繼續往下看，不過大多都太過支離破碎，有時候只有一個字，而且那個字還是連接詞，中間出現了些勾起我興趣的字，卻都在中間中斷，沒有任何意義，像是高能、核心、主控……等，只看詞彙完全不知道在說什麼。

「我放棄了，如果沒有更完整的，這些一點意義都沒有。」我把雙腳伸直坐在地面上。

「我覺得這個挺有意思的。」蕭璟拿起一片我放在旁邊的「圖形類」石板，「這圖型旁邊標誌了許多符號，不見得是文字。可能是天文。」

「真的？給我看看。」我接過來看，扣除符號不看，那圖形主要是一個黑暗的圓形，圓形延伸出許許多多線條，和另一個用菱形標誌的點連在一起，我猜那是克卜勒452，其中一條線條特別筆直，可能和其他的意味著不同的東西。接著又出現我剛才看到的「異類物質」字樣，那線條似乎還要延伸到哪裡，但在那之後就沒了。

「倫尼，這些符號是什麼意思？」蕭璟問我。

我搖了搖頭，「這些不像文字，我看不懂，可能是專有名詞，而他們的語法可能和我們不同，就算唸出來也不見得知道那是什麼。」

她盯著圖形看了好一會兒，口中喃喃唸著些什麼，然後她指向一個符號，「這應該是磁場、這是盤（Disk），而這個我猜是自旋。」

我震驚的看著她，「你是如何……」

「我猜中間這個黑色的圓形是黑洞，」她迅速的解釋，「而黑洞旁有吸積盤，也就是『盤』，而這些線條可能是重力場，而如果這是黑洞，那這個筆直的線條我猜就是『噴流』，如果是的話，旁邊那些就是磁場或電場。」

我盯著手上的圖形，「克卜勒旁有黑洞？我怎麼沒聽過？」

「搞不好我是錯的。」

「如果是的話，那黑洞……和異類物質有什麼關係？」

「上面沒有說異類物質是和黑洞作用，那個你說是異類物質的符號，它的箭頭是從這個菱形出發，才和黑色圓形的線條連在一起。」她指著圖形侃侃而談。

第一次在看古老文字時是由她向我解說，這真是太驚人了。於是我又盯著那片石塊一會兒，然後把它放到一旁，「等下把它帶回去，再來好好研究。」

「很好，」她眼中閃著光芒，或許是因為剛剛針對古物的解說增加了她的自信，「要繼續找嗎？」

「妳可以休息一下，妳才剛找到我十倍以上數量的石板碎片。」

「你連一片都沒找到，分母是零，應該不只十倍吧？」她站起身並拍拍褲子上的灰塵，「我還要繼續，你再找兩個小時也找不出什麼，等下又找出什麼『弘宇牌鏟子』之類的笑話。」

「妳還想繼續找？」她顯然是找上癮了，這可能不是件好事，「妳的指甲都裂了，手指還破了皮。」

她看了看自己的手，不耐煩的揮了揮手，「反正這裡又沒人看。」

「沒人？你把我當成什麼？」

她側著頭想了想，「男生。」

「喂！」我抱怨。

她舉起手做出「我投降」的手勢，「這次你在這邊找吧，可能比較多。我換個地方試試看。」她說完逕自往另一處滿是礫石的地方走去。

我看著她的背影咕噥了一聲，然後蹲下來，我想蕭璟能夠那麼快在這裡找到碎片，一定是因為這裡有很多，而不是我的問題，然而我翻了許多石頭，卻什麼都沒找到。

「一定是被她撿光了。」我低聲抱怨。

我覺得腳好痠，正要站起來舒展一下筋骨，卻聽到背後傳來一陣尖叫聲，我心臟好像被一個拳頭給緊緊捏住，我迅速跑過去，只見她一臉驚恐的瞪著某樣東西，我抓住她的肩膀問：「妳還好嗎？」

她用手指著前方，我順著她的手看去，一個地鼠正躺在地上盯著我們看。

我默默在心中數到十，發現自己還活著，我知道一定發生了什麼事。

我小心的睜開一隻眼睛，地鼠還在那裡，眼中沒有光芒的倒在石頭堆中。

「它是睡著了嗎？」蕭璟小聲的問。

「希望是。」我緊繃的肌肉漸漸放鬆下來，「說不定它故障了。」

「它可能是當初那一波啟動時出了什麼狀況，可能是內部電路故障之類的，或是它接收訊號的功能出了問題。」

「是啊。」當初地鼠從這個洞口出現時，我還記得那個驚人氣勢，整個地面被炸了開來，煙霧直上雲霄。

「它真的不會啟動了嗎？」蕭璟好奇的說。

「我可不想知道這個答案。」

這個地鼠看起來已經在這裡一段時間了，它本來光滑的銀色表面布滿了灰塵砂石，應該是不會再自己啟動了，一開始的驚嚇慢慢平復後，我往前走幾步靠近它。

「我從來沒有這麼近距離看過這東西。」我伸手想感覺它表面的觸感。

「別碰！」蕭璟喊了一聲，「你還記得研究報告說它表面有奈米機器人，會瞬間破壞所有有機物體，如果你碰到它，就會和那幾個全身發黑腐爛的美國人一樣。」

我立刻把手收回來，「你說的對。」

然而，如此靠近這個外星科技依舊深深的吸引我，我在安全距離外盡可能的靠近觀看。我從來沒發現原來地鼠的外觀這麼閃亮，即便被塵土遮住，外觀依舊平滑，閃爍著銀白的光澤。我感覺它似乎有一種力量在拉扯我，就像在夢境中的白色空間一樣，我望進它空洞無光的雙眼，卻什麼都沒看到。

蕭璟一定也感覺到那個拉扯的力量，「倫尼，我們離開這裡吧，我不喜歡這裡的感覺。」她有些顫抖的說。

「我們將會見面。」那個聲音在我耳中出現。

指的就是這裡嗎？難道那個密室並不在星艦中，而是在這裡？這裡看起來沒有地方能夠藏著夢中那樣的空間。

也許是我的錯覺，但我感覺身邊似乎有雙眼睛看著我。我環顧四周，沒有任何人，只有我和蕭璟，還有這不知道什麼的故障地鼠。

「我們應該要離開這裡。」蕭璟咬著嘴唇說。

我理性的部分是這樣想的，然而我感覺有某種精神……一個熟悉個感覺，彷彿這個地鼠是特別放置在這裡等我的一樣。

「感覺不太對勁。」我說，「我在想……」

一個撞擊聲響從封鎖布幕後面傳來，我們立刻繃緊全身，「那是什麼？」蕭璟問。

「搞不好是老鼠。」我說。

「或是地鼠……」

我看了她一眼，勉強擠出微笑，「我們的運氣不會那麼好……」

一粒小石頭從地鼠的身旁的礫石掉下來，砸到地鼠的頭，發出一聲輕微的聲響，我們同時驚呼倒退三步，那塊石頭掉到地上，滾了兩秒後停了下來，在地鼠頭上留下一小點灰塵。

這個地方實在太詭異了，我決定不再追隨什麼心中的感覺，因為我的直覺一向都很糟，「現在，我們離開這裡。」

我們躡手躡腳的離開廢墟，我撿起了那片我們猜測和黑洞有關的碎片。在經過那架墜毀的直升機時，我感覺背脊一陣發涼，好像有一根冰冷的手指從腰一路滑到脖子。我幾乎可以感覺到那兩副骨骸在我背後，還有他們身上燒焦的軍服。

但我克制住回頭的衝動。

當我們踏出封鎖線後，一陣涼風吹拂，我深深吸了一大口氣，新鮮空氣填充肺葉的感覺真好，不過那股陰涼的感覺還是在我背後，我現在只想離開這裡。

「還是我開車嗎？」我說，「還是這次妳想開？」

蕭環膝蓋還有些發抖，這不像她一貫的作風。我記得第一次被外力控制住情緒時，感覺比她還要糟糕，我完全可以理解第一次面對的恐懼。這個想法讓我一陣顫慄，若是這波情緒是源自於密室中的生物……

「不了，我怕我會出車禍。」她吸了一口氣，「還是你來吧。」

其實我也覺得由我駕駛恐怕會出車禍，不過我點了點頭。我打開車門坐進駕駛座，倒車的時候好像看到一道黑影閃過，我眨眨眼睛，在陽光下應該不會出現鬼吧？那個黑影又消失了。

真是詭異的地方。我心想。

我一拉排檔，踩下油門，一道砂石在後輪揚起，車子駛離這裡，開上原來過來的路。

車子開了三分鐘後，我們已經遠離了那詭異的廢墟，剛才那個緊壓在胸口的壓力也消失了，我感覺如釋重負。蕭環一定也和我有一樣的感覺，因為她胸口起伏漸漸平緩了下來。

蕭環一直看著窗外，眼神專注的在街道上游移，好像在找什麼。前面的街道都是筆直無礙的，我低下頭看了看放在腿上的兩塊石板，上面刻著難解的圖形和文字，這趟行程沒有達到我的設想，但也不是毫無收穫，我感覺自己現在手上的這個，是攸關勝敗的重大資訊，只要我可以解讀……

「倫尼，」蕭環拍了拍我的肩膀，她的臉色有些蒼白。

「怎麼了？」

「剛才你開車經過道路時……我注意到在一些角落有黑影閃過去。」

「真的嗎？」我回過頭看看，當然什麼都沒看到，想到剛才在西北大學殘骸看到的黑影，「是人類嗎？」

「好像是……似乎有看到槍枝的影子，」她皺起眉頭，「但穿著……很不像人。」

「你是在圖書館廢墟看到的嗎？」

「什麼？不是，事實上，我看到了兩次，第一次是在一家律師事務所前，剛剛是在經過公園時看到的。」

不只一個？我心中滴咕著。蕭璟下了總結：「反正不管是人類還是非人類，我們都要盡量避開，上次和人類接觸的經驗……並不比和外星人接觸安全多少。」

「你說的對，在圖書館的經驗，外星人甚至比人類和善多了。」我看了看儀表板，車速忽然下降，變得一頓一頓的，「黑影跟蹤的問題等下再解決，現在有個問題，車子快沒油了。」

「前面那條路左轉，再三百公尺左右有一個加油站。」

「現在還有嗎？」我皺著眉，「我以為在地震後糧食和石油是第一階段被搶光的。」

「只能期待他們應該有剩一些桶裝的。」

我將車子轉進她說的那條路，看到一家標示著「長安加油站」的牌子。「就是那裡，」我說，「車子應該可以撐到那裡……」剛說完車子就停下來，離加油站只剩三十公尺。

「太好了，走過去吧。」蕭璟說。

「妳確定嗎？」我不安地扭動身體，「要是撞見了那些介於人類和非人的黑影……」

「走三十公尺，或是走十公里，選一個。」

我點點頭，「我不介意到加油站冒個險。」

我們下了車，小心的穿越了三十公尺長的危險路段，有驚無險的到達了加油站，加油站的儀器牌子都裂掉了，都是在那場地震壞的。

「找看看有沒有塑膠桶裝汽油或煤油。」蕭璟說。

我進到收費亭內翻了翻，果然看到兩桶汽油，其中一桶只有一半。「我們走吧。」我提著汽油出來說。

在我們接近車子大概剩十公尺的路段時，旁邊一條小路忽然傳出對話聲，我們立刻僵住。

「快躲起來。」我低聲對蕭璟說，我們立刻躲到一個凸起的牆後。

「真的是這裡嗎？」一個人用美國腔的英文低聲說。

「美國人？」蕭璟用嘴型問我，我聳聳肩。「至少是人。」我輕聲說。

「應該是，剛才有看到。」一個帶著華人口音的人用英文回應。

「很好，你待在這，等下再和我們一起走。」那個美國腔的人說。

他的腳步聲已經漸漸接近巷子出口，蕭璟低聲問我：「跑到車上？」

我盯著在十公尺外的車，中間只隔了那條發出聲音的巷子，「不行，我們還要加油，至少要費一分鐘的時間，絕對來不及。」

「那要怎麼辦？」

我還沒想到，腳步聲就離開巷子，我們立刻緊貼在這面牆的後面。我心中默默希望他往反方向走，但只聽到腳步聲漸漸靠近，那個人走得很慢，我估算距離我們大概只剩五公尺，我從腰間的多功能腰帶拔出槍，將手指放在嘴唇上。

一隻黑色的靴子出現在身旁，我立刻跳出去拿槍指著那個靠近的人大喊：「別動！」

一看到那個人的穿著，我立刻知道為什麼蕭璟會覺得他們不是人，他的頭上戴了一個全黑的面罩和鋼盔，只有兩顆眼珠露在外面，看起來很像電影《蝙蝠俠》的裝扮，平常在路上看到一定會以為是怪物。

那個人被我的舉動給嚇了一大跳，但他的動作簡直快得不可思議，他以迅雷不及掩耳的速度握住槍枝前端，一手切在我右腕上。我還來不及看清楚槍就被搶了過去，他一拍手槍側邊，彈匣掉了出來，他將槍丟到一旁，舉起一隻手說：「等等！」

我不想聽他要說些什麼，我拔出軍刀，朝他揮舞，但他毫不費力的躲開並用膝蓋撞擊我的手肘，刀子又掉到地上，他再往我肩膀一推，我踉蹌後退，但他似乎沒有要傷害我的意思，因為他的力道並沒有太大，但就我過去的經驗，他們就算現在不殺你，等下也會動手。

他朝我靠近，並從腿側槍套抽出槍。我將手伸到腰帶上的震撼手榴彈，打算趁他靠近時扔到他身上，然而我還沒有行動，蕭璟突然從他背後跳到他身上。那個人一定沒有注意到她，因為他還來不及反應，蕭璟用力一扯他的腰帶，在他重心不穩時反扣他的雙手，用全身的力量壓下去，他的手槍掉到地上，並發出一陣慘叫，聲音從面罩中傳出感覺格外冰冷。然而我知道蕭璟不可能按得住他，這個人太厲害了，最多兩秒就會脫困。

我撿起他掉下來的槍枝，指著他的頭咆哮：「去死吧！」

在我扣下扳機前，那個人突然大喊：「倫納德·馬修斯，住手！」

我停下動作，「你怎麼知道我的名字？美國佬？」

「這一位我也知道，是蕭璟。」他說，他的眼中流露出一絲愉悅，「我是來救你們的。」

64

台灣·花蓮　蓋亞聯盟研究中心

「李維斯克博士！您一定要看看這個！」一名研究員拿著一張紙衝了過來。

「我比較喜歡別人叫我泰勒斯博士，約翰，」泰勒斯博士從座椅上起身，「什麼訊息？」

「對不起，泰勒斯博士。您看看這個！」約翰研究員拿了一張波長起伏的圖片給博士，「在華盛頓州的雷射干涉重力波天文台（Laser Interferometer Gravitational Wave Observatory，LIGO）接收到一道強烈的重力波衝擊，強度遠遠超過過去的紀錄，這是一個空間形狀巨大漣漪！」

博士看了報告一下，「這很明顯是黑洞發出的強力重力波。若在平常很重要，但這和現在的戰爭有何關係？」

「不只是這樣，博士，您看看波動的來源以及波動時間。」

博士看了看，突然倒吸一大口氣：「克卜勒452系統？」

「沒錯！這顆黑洞我們分析質量大概是太陽的七百萬倍，屬於中介質量黑洞。最重要的是重力波放出時間是距今一千一百年前！研究團隊認為這是個週期性的循環，我們檢視了過去的紀錄，再上一次發生重力異常，應該是距今兩千兩百年前，而這正好是專家推測那個西安的星艦最後一次啟動的時間！」

「克卜勒452系統有黑洞？」博士搖搖頭，「這怎麼可能……四年來都沒有人發現……」

「而且根據這個重力異常爆發現象，這顆黑洞的自旋速度非常的快，甚至接近光速的百分之九十九點八！這波的重力異常，放出的能量異常強大，我們在接受重力波的同時，也觀測到一次黑洞噴流，這道噴流的明亮度是星系的一百倍，這樣的能量強大到足以摧毀整個太陽系五百次以上。」

「黑洞……旋轉……噴流……一千一百年一次……」泰勒斯博士喃喃說著：「意味著今年或者幾個月內就會再發生一次強力的能量釋放。這和外星入侵事件有何關聯？」

「雖然沒有明顯的直接關聯，但從黑洞的位置和能量週期，我們幾乎可以斷言這兩者一定脫不了關係。」

「但是很奇怪，如果這麼近距離有一個黑洞，克卜勒452系統是如何保持這麼多年來運行正常的呢？而且一千一百年一次如此強大的噴流也不大合理。」

「這個問題我們還不清楚，我們初步推論或許有某種我們觀測不到的物體介於黑洞和克卜勒452系統之間，維持他們的恆定。」

「先是電波啟動星艦，又是重力異常釋放能量……我有一種非常不好的預感。」

「李維斯克博士！在文物上的研究有重大發現！」威爾研究員拿著平板衝過來。

「他喜歡別人叫他泰勒斯博……」約翰正要開口，泰勒斯博士舉起手打斷他，「有什麼發現？快說。」

「是，博士您看，這是一個小時前我們對文物進行能量掃描，發現在線路當中出現了不合理的數據，在當中居然出現負數的能量，差異很小，但確實存在！我們其後又用重力檢測，發現內部電子線路藏有極其微量的異類物質！」

「在線路中有反物質？」博士大驚失色。

「沒錯，這些物質由靜電力微妙的漂浮在線路當中沒有接觸到四周。」

「這消息太可怕了，」泰勒斯博士對威爾說：「你知道在你來之前，約翰告訴我ＬＩＧＯ偵測到克卜勒452系統旁有自旋速度接近光速的中介質量黑洞。」

「真的？」威爾看起來很意外，卻沒有太過震驚的反應，「那又怎樣？」

泰勒斯博士雙手交握在背後，在研究室內來回踱步，「我有一種很不好的預感，這個黑洞每一千一百年會放出極為強大的能量，這種能量若是運用得宜，或許可以打開宇宙中的量子泡沫，本來這也沒什麼，但是現在又出現了反物質……量子泡沫如果開啟，一定要大量的負能量才能維持，而反物質正好提供了維持結構的條件。」

「不好意思，這是什麼意思？」威爾問。

「就是說……強大的能量、足夠的異類物質，說不定能夠將量子泡沫打開到夠大的尺寸，成為愛因斯坦提出的：愛因斯坦—羅森橋。」一般人可能聽不懂博士的話，但兩名科學家臉色大變，約翰顫抖的說：「您是說……說……連接空間的那個……」

「我不知道，這只是我的臆測，希望我是錯的。」博士看著天花板，「你們還記得當初我們討論，外星人怎麼可能只憑一艘星艦就征服整個世界？如果我是對的……那我們現在面對的只是先鋒而已，絕不可能……」

泰勒斯博士搖了搖頭，「現在言之過早，我們必須再做更多研究才能斷言。」

「但如果是真的……我們難道不用警告盟軍做好準備嗎？」威爾說。

「這一定會造成恐慌的……」

研究室內沉默了好一段時間，然後泰勒斯博士雙手一撐桌子，看著時鐘說：「已經到晚餐時間了，有誰餓了嗎？」

65

中國．西安　戰爭封鎖區

「再說一次，真的很抱歉。」那個躺在地上的美國人說，但語氣聽起來沒有歉意，「我應該一出來就把話說清楚，你能把槍移開嗎？」

我不為所動，「你到底是誰？」

「嗯，我是美軍海豹特種部隊，史基瑪上士，現在是蓋亞聯盟的特戰小隊。」

「海豹部隊？」蕭璟看起來很興奮，放開他的手，「就是電影中那些能在荒野中生存好幾週，可以在兩千碼外狙擊敵人，能夠以一擋十的世界第一特種部隊？」

那個人眼睛瞇了起來，應該是在笑，只是帶了面罩看不出來，「電影或許有些誇大，但妳說的大致沒錯。」

「你到底是來做什麼的？」我推了推蕭璟要她不要說話。

「我不是說過了，我是來救你們的。」

「誰會想要來救我？」我不解的問。

「你不知道，你現在在聯合國大會中可紅了，這是由聯合國大會決議，藍尼元帥親自指派的任務，代號『鬼影行動』。」史基瑪頓了頓，「你真的可以放下槍了，如果我想殺你，剛才就會動手。」

他說的有道理，於是我放下武器。但問題依舊充斥在我腦中，「為什麼聯合國會想要來找我？」

「你知道的，」史基瑪眼中閃爍著光芒，「聽說你接觸到電波，能看到不尋常的幻象，沒錯吧？就是因為這樣，研究員想要和你合作，解讀那些訊息，或許能夠幫我們打贏這場仗。」

我嚥下一口唾沫，聯合國派出一個救援小隊，希望能夠從這裡得知關鍵訊息，然而我卻根本不了解那些影像的意義，感覺浪費了國家資源。還有聯合國盟軍？現在外面的世界到底已經混亂到什麼地步了？

「等等，在你過來的時候我聽到你和一個人說話，」我突然想起，「那個人呢？也是海豹部隊的一員嗎？」

「並不是，」有一個人用中文從我背後開口，我回過頭一看，是張熟悉的面孔。

「是你？」我訝異的說，是那個給我這條多功能軍事腰帶的中國軍官，他當初救了我們一次。他的手臂上現在纏了個繃帶，好像受了傷。

「我在行動的路上遇到他，他宣稱自己是當初進駐西安的軍人，他的同伴被地鼠給消滅掉，一個人在街上遊盪。我詢問他有沒有見過一個英國人，他便帶我過來找到你們。」他伸出手，「把我的槍還我，謝謝。」

我把槍柄反轉交給他，他把槍收回槍套內。我對那個中國士兵說：「你怎麼知道我們在這裡？」

他朝我們的車子點點頭，「那輛黑色休旅車，我在街上剛好看到你們往這個方向開來，正不知道要怎麼辦，就遇到這個軍人，他差點用槍轟掉我的頭。」

「謝了，你又救了我們一次。」我向中國士兵點點頭。

「除了你之外還有誰到這裡？」蕭璟問，「我在路上有看到一些黑影閃過，那些是你的同伴？」

「觀察力不錯，」他點點頭說，「潛入西安行動的人們，是由美國海豹部隊、台灣涼山部隊，英國空勤團以及俄國阿爾法成員組成，一共二十三名。」

「英國也有派人？」我聽到自己的國家也有派人，驚訝得不得了，但隨即感到理所應當，「還有多少人捲進這件事？」

「何止英國，唸得的出名字的國家都加入了聯合盟軍對抗敵人，各國政府以北約、東亞各國和東協作為主力，稱為『蓋亞聯盟』，象徵地球的勢力團結對抗外敵。」

我搖搖頭，外面一定比我想的還要混亂，「真是難以置信。」我還有一件事不明白，「你們是怎麼知道我們在西安內部，而且還活著的？」

「這要感謝這其中的某個人，有人破解並打開了中國的機密檔案，發送警告訊號給政府，讓他們知道還有人存活。技術人員利用訊息逆向入侵西安攝影機，捕捉到你們的畫面，再推測你們的位置，擬定行動。」

我看了蕭璟一眼，她也正看著我，眼中滿是笑意，「我就說妳當初的行為是明智之舉。妳還在自責。」我笑著說，「那個硬碟就是她破解的。」

「那只是鬧著玩的。」她微微傾身致意。

史基瑪上士點點頭，似乎沒有太意外。「果然是這樣，很好。那現在如果你們不介意的話，我們真的該離開了，距離回到撤離點的時間只剩下兩個鐘頭，我們最好馬上回去，你們可以邊走邊討論國際大事。」史基瑪上士說。

「但是進出西安的道路全都被封鎖啦！」蕭璟說，「你要怎麼帶我們離開？」

史基馬上士把目光轉向她，「蕭璟，妳是蕭安國部長的女兒對吧？簡報中有提到。妳身手很好，一定有學過空手道之類的吧？從來沒有人可以制伏我，即便是從背後偷襲也一樣。」

蕭璟露出開心的表情，「謝謝。」

他瞥了我一眼，「你以後要小心點，你女朋友的身手很厲害，不要惹到她。」

我漲紅了臉，「她不是……算了，你剛才不是要說怎麼離開？」

「對，沒錯。」史基瑪上士說：「就像你們說的，進出西安的要道全被嚴密的監控，然而有一條地下密道，可以直接通往距離西安最近的渭南市，地道的入口就在幾個街區外的大明宮遺址。」

「大明宮遺址？我怎麼沒聽過？」我訝異的說，那是座建於唐太宗年間的宮殿，一度成為唐朝處理政務的中心。我曾經去過那裡幾次，雖然現在已經失去過去的富麗堂皇，卻仍壯觀雄偉，王維曾作詩「九天閶闔開宮殿，萬國衣冠拜冕旒」描述的就是當初的盛況。但我從來不知道那裡有一條地道，館場說明也沒提到過。

「那是一條密道，你當然不會知道。」他摩挲下巴，「我聽軍中傳言說那是毛澤東當年為了躲避蔣介石的圍剿所做的避難道。」

「原來他們當初是這樣撐過那兩年的，」我喃喃說，「直到西安事變為止……」

「但外星人難道不知道這條道路嗎？」蕭璟問。

「我們認為他們不知道─至少到今天為止，也就是說我們必須在六點以前離開這裡，快走吧，我們一離開西安就會有人接應。」

「用走的？」蕭璟懷疑地問。

史基瑪上士一副理所當然的表情，「要不然用爬的？」

「可是車子比較快啊。」

「你們車子沒有掩影系統，很快就會曝光。老實說你們能活到現在我真的很訝異，用你們的方式大概三天就完蛋了。」他從背後拿下一把步槍，「快走吧，很長的路。」

一想到要在滿是外星軍隊的城市走七個街區的路，想到就讓人發顫，「什麼是掩影系統？」

「那是種隱蔽裝置，可以讓敵人偵測不到，但由於會發出聲音，我們還是傾向用走的。」他剛說完，附近不知道哪個街區，發出了巨大的爆炸聲，一道白色的閃光伴隨一聲吼叫閃過空中。

「現在，」史基瑪說，「我們用交通工具。」

在我加油的時候，史基瑪在車子上安裝他所謂的「掩影系統」。坐上車子前，史基瑪說：「等一下。」他從腰間拔出一個三十公分左右高的圓柱體，物體底部是金屬尖端，頂部閃爍的藍光，他將它插到地面上，「走吧。」

「那是什麼？」

「那是一個掃描發報機，它會掃描城市，將西安內部的情勢和敵人的布局傳給總部，同時讓其他隊員知道我來過這。」

史基瑪打開駕駛座的車門，他抱怨說：「這面罩快熱死我了。」他將面罩取下放到背後的袋子中。蕭璟驚呼出聲，去掉面罩後，史基瑪看起來完全就像個美國型男，一頭金髮理成短短的平頭，他讓我想到電影《美國隊長》。

史基瑪上士坐上駕駛座，沒有人抱怨，蕭璟自願坐上副駕駛座「協助」他，並在一路上和他說說笑笑。而我只能和那名中國士兵一起坐在後座。

這讓我想到，我受不了一直這樣叫他。

「嘿，你叫什麼名字？」我靠向他用中文問。

「我沒和你說過嗎？」他皺著眉。

「沒錯。你救了我兩次，包括這次。還給了我這條軍用腰帶，卻一直沒告訴我你的名字。」

「真是意外。」他點頭說：「我叫劉秀澤，本來是陸軍中士。」

「劉秀澤。」我重複了一遍，然後對他伸出手，咧嘴一笑，「很高興認識你。」

「是啊。」他笑著握了握我的手，「我就知道當初救你是對的，現在聯合國順便也把我救出這鬼地方。」

「你說蕭部長生前對你很好，你是為了報恩才救我們。」我記起，我看了蕭璟一眼，她沒有注意我們在說什麼，她正在和史基瑪聊天，「他做了什麼？」

「我本來是黑社會成員，後來想退出，可是欠了老大一百萬人民幣卻一直還不出來。我本來可能會被打死，是蕭部長和他的手下剛好開車路過，他幫我趕跑那些流氓，並安排我入伍，逃過外面的追殺。」

「原來是這樣。」我這才明白為什麼他對蕭安國如此尊敬，也因此救了我們。我想到史基瑪說其他士兵遭到地鼠襲擊。我不解的問道：「當初我們分手後，你們發生什麼事了？為什麼其他人都死了，只有你活下來？」

劉秀澤眼中閃過一絲痛苦的閃光，「我們分手之後……圖書館那場攻擊，我們損失了一半的人，其餘的多少都帶著點傷。過了幾天我們糧食不夠了，為了分配食物我們幾個人開始起內鬨，我還被其中一個隊友射傷手臂。當時我趁亂逃了出去，等後來我傷口止住後想回去，卻在轉角看到……」他深吸一口氣，好像觸發他什麼回憶。

「……一支地鼠軍隊用電光轟炸其他人待的地方，我躲在一旁的街角，等地鼠離開後我才出來……但他們都死了，只有我一個人活了下來，我拋下了他們。」他低下頭，「後來你就知道，我剛好看到你們的車，然後遇到這個美國大兵，」

他對於拋下自己同志似乎感到很內疚，然而我對於地鼠殺掉他那些同志一點意見都沒有，甚至聽了還很高興，但我沒有說出來，也沒有說什麼「我很遺憾」之類的話，因為我怕一說出來會忍不住大笑。

「哇，真的假的。」蕭璟聽史基瑪上士說了些什麼，笑著回過頭看我，「你知道嗎？史基瑪上士曾經參與過六次反恐戰爭，他之前在阿富汗被恐怖組織囚禁了半年，之後逃出來並帶出敵方訊息讓聯合國維和部隊成功殲滅當地聖戰組織。」她一臉崇拜的看著他，「他甚至還拿過榮譽勳章！那是美軍最高榮譽！」

「那沒什麼啦。」史基瑪上士笑著說。

「那可真了不起，」我哀嘆了一口氣，看了劉秀澤一眼，他同情的看著我，我們互看一眼，「女生啊。」

「你有沒有問一些比較重要的事，」我說，「像是外面現在發生了什麼事之類的？」

「喔，天啊，我忘了。」

我按捺住不悅的情緒，問史基瑪說：「現在外面的局勢如何？外星艦隊已經打到哪裡了？戰況如何？」

史基瑪搖了搖頭，「外面很慘，中國二十幾個軍事基地和大城市被澈底摧毀，全國死亡人數在六千萬以上，可能有八千萬。事件一爆發，聯合國就開始籌組聯軍，但外星軍隊用閃電奇襲的方式，當各國還在商討時，他們就擊潰中國的國防，北京現在幾乎變成廢墟。好幾天前各國領袖到聯合國大會堂商討作戰策略，並以二次世界大戰的規模正式成立總集團軍，藍尼麥卡瑟是盟軍的元帥。」

「我知道他，」我說，「他不是領導聯合國軍隊殲滅了史上規模最大的恐怖組織，聖伊斯蘭聖戰國？」

「沒錯，就是他。」史基瑪點頭，「而蓋亞聯盟的基地則成立在……」

「台灣。」我說。

「你怎麼知道？」他訝異的說。

我想起在夢中看到兩軍在台北市的上空交戰，火焰橫過天際。「我只是……分析了戰略位置以及國際軍隊分布做出來的推斷。」

蕭璟拋給我一個「最好是」的眼神，但我沒理會她。

「了不起。」史基瑪讚許的說，「而就在幾天前內陸有一場最關鍵的戰役，在……」

「台北。」我接口。

這次他回過頭來，眼中充滿了驚訝和不解，「你到底是怎麼知道的？」

「喔……只是因為台北是台灣最重要的城市，所以我猜……」

「嗯，你猜的沒錯。這場戰役扭轉了局勢，盟軍最強的武力都投入這場戰爭。本來戰況一開始膠著，後來敵軍不斷增援，聯盟節節敗退，然後台灣的軍艦突然發射了一種什麼超高能電磁光束，擊落了一艘外星指揮艦，其他戰艦見狀便立刻撤退，從這之後盟軍就開始反攻，現在正在計畫奪回北京。」

「我的天啊。」我震驚的搖搖頭，這讓我突然感到西安真是個安全小窩。但他的話有一點讓我很不安，「不過外星軍隊不可能只是為了打敗世界上的軍隊而大費周章的行動，他們攻擊台北有什麼明顯目標嗎？」

史基瑪摩挲下巴，「你說的是，如果我沒記錯……那時候盟軍是將所有的部隊集中在故宮博物院，外星軍艦也是一摧毀它之後就離開了，但我不知道這是為什麼。」

「他們大費周章的去攻擊博物館？」我不解的說。

他聳聳肩，「你永遠不知道他們的思惟是什麼。」

這太令人離奇了，我皺著眉沉思，外星軍隊如果是為了和人類宣戰，不可能只因為一艘戰艦被擊落而撤退，必然是已經達成某種目的，不想增加損失而離開。毫無疑問的，故宮博物院擁有什麼物品，應該是某種文物，某種和秦朝那時有關的物品，而這對於外星人的計畫至關重要。只是……我想遍了我所知道的台北故宮存放的文物，實在想不出會是什麼。更何況故宮有超過七十萬件的展品，我所知道的還不到其中千分之一。

車速慢了下來，史基瑪上士將車子轉進自強東路，「我們快到了。」

我往窗外看去，大明宮遺址已經在眼前，外牆上寫著「大明公國家遺址公園」，史基瑪將車開到金元殿外門口停下。

「等我一下，我要在這裡做個標誌。」他從背包中取出一個和他之前插在加油站旁相同的儀器，「代號，鬼影行動。」他喊完後儀器立刻發出光芒。

「珠寶全都安全帶回，鑽石以及璧璽。」他說完後看了我一眼，「這樣等其他人員回到這裡時，他們就知道我找到你們，可以撤退了。」

他跳出車外，迅速的跑向一旁，蕭璟對我笑著說：「終於要離開這了。」

「真是迫不及待。」劉秀澤說。我露出輕鬆的微笑，因為我想起夢中的聲音。「我們將會在這裡見面。」看來那件事是不會成真了，我一點也不想和陌生人見面，我現在只想趕快離開這裡。

史基瑪將儀器固定好，向我們跑過來。

「今天真走運。」我說。

那實在不是我該說的話。

在那句話剛離開我的嘴，車子開始離開地面。

66

中國・西安封鎖區

有句俗諺說：好運是一種恥辱。這句話幾乎印驗在每次我正覺得安全的時候。

車子劇烈搖晃，我一頭撞上側邊的窗戶，劉秀澤摔到地上，蕭璟從前座翻過來，身體撞到我胸口，把我肺中所有的空氣都擠出去。我覺得自己像是被一隻海象做哈姆立克急救法。「發生什麼事？」劉秀澤大喊。

我從窗戶往外看出去，心臟差點被眼前的景象嚇到停止。一艘外星戰艦正盤旋在我們上空，在它下方有個開口發出藍光，把車子吸了上去。我沒辦法仔細看，因為下一秒車子往右傾斜，我們三個人全部滾到右邊摔成一團。

現在我們距離地面大概四公尺，史基瑪上士迅速的朝我們衝過來，他雙腳連蹬牆面企圖借力跳上來，然而還是差了五十公分，他的手只拍到了車門，然後就摔了下去。

「快跳啊！你們這群笨蛋！」史基瑪在下面大吼。他一面招手，一面用步槍對準戰艦開火，但一點用也沒有。我很怕外星戰艦會把美國大兵炸成培根，然而那艘戰艦對他一點興趣都沒有，它只是繼續將車子往上吸。

「倫尼！打開車門！」蕭璟大吼，但她才一說完我就把她撞倒，滾到前座。

「現在距離地面有六公尺以上，」劉秀澤大喊，「要怎麼……」

我的臉貼到擋風玻璃上，我看到地面上有一處鐵皮屋簷，屋簷旁是一棵大樹，「那片鐵皮！」我大喊，希望他們有明白我的意思，「跳到那上面，然後滾到樹上！」

「想辦法抓住什麼東西穩住身體！」蕭璟說。

我盡力抓住車頂的把手，蕭璟則用右手纏繞住安全帶，劉秀澤雙腳鉤住車門凹槽。

「現在，把車門打開。」

在一輛飛行中並劇烈搖晃的車子裡要辦到實在很困難，但我伸出一隻手，勉強碰到握把，我將後座右側的門鎖打開，車門頓時甩了開來。

我們差點全部從車門口被甩出去，但幸好及時抓住固定物。「爬到車門口。」我勉強發出聲音。

我感覺自己像是體操選手，在高低起伏的地面上行走。費了不少力氣爬到車門口，此時離地面已經八公尺，看下去幾乎要吐出來，我們緊抓著座椅的握把，蕭璟和劉秀澤在我前面，臉色和我一樣蒼白。

「聽我數到三，」我大喊：「然後跳出去！」

「不！我來數。」蕭璟喊回來。

「為什麼？」

「初中物理！力的拋射仰角，乘上速度……」

「好！」我大喊：「妳來！」

「一、二、三，跳！」蕭璟大喊，他們立刻跳了出去。我會說「他們」是因為這時出了個意外。

幸運的是，蕭璟的確把時間算得較好，取得最大的前進值，然而不幸的是，當我雙腳一蹬時，整輛車就向我後方傾斜一百八十度，我向後翻滾，後背直接撞上左側車門，剛打開的右側車門則「碰！」的一聲甩上。

蕭璟一定沒有注意到我沒有跳下去，因為一切都發生得太快。蕭璟和劉秀澤先是安全的撞到鐵皮屋簷，然後滾到地面上，接著露出寬慰的表情，隨即發現我沒出現在他們旁邊。

「倫尼！」史基瑪在下面大喊：「想辦法出來！」

「我盡力了！」我大吼，不過我懷疑他有沒有聽到我說的話，我一說完車子又轉了九十度，我摔到車頂上，然後又跌到座椅上，如果這時有架直升機從外面看進來，我一定很像某種古怪的人形骰子在車子裡翻滾。

車子劇烈晃動，我完全沒辦法抓到任何物體，只能雙手亂揮，在混亂中那塊刻著圖形的石塊掠過眼前。此時已經沒空思考這東西重不重要，我抓住這塊石塊，使勁全身的力量砸向車窗。

然而我低估了這輛車的堅硬度，這本來是蕭部長的座車，玻璃和車身都可以防彈，石頭砸到窗戶後，玻璃連裂痕都沒有出現，只是讓那塊石塊碎成碎屑。

車子此時已經距離外星戰艦不到五公尺，我聽到底下的三人尖叫的大喊，史基瑪上士不斷開槍，還有幾顆子彈擊中車身彈開，不過一點幫助都沒有，我在車子離心機內旋轉到快要昏過去，看著地面愈來愈遠，卻完全無計可施。

突然尖叫聲中斷，下方發出一聲金屬關閉聲，車子旋即恢復平穩並接觸到地面，四周一片黑暗，雖然頭暈目眩，卻也明白發生什麼事了。我感到一陣反胃，該發生的總是會發生。

外星戰艦連同內部的車輛，高速劃過天際。

67

中國．西安　外星戰艦內部

我沒有瞎，卻已經和瞎了沒有兩樣。

四周一片黑暗，一絲光芒都沒有，四下一片寂靜，我什麼都看不見。不過這不影響，我知道自己在哪裡，我正在外星戰艦內部。

戰艦現在一定正在高速飛行，不過我完全感覺不到，沒有瞬間加速的感覺。我心想，這架飛行器一定有高科技的技術穩定內部的重力。

我瑟縮在車子後座，全身抖個不停，恐懼爬上心頭。我強迫自己冷靜下來，緩緩吐出一口氣，至少確定蕭璟和其他人能夠安然無恙的離開。

想到蕭璟，我感到一陣哀傷，我們共同撐過這幾天，眼看就要離開西安了，卻被這艘憑空出現的戰艦給綁架。今天早上她還教我彈琴呢，這段記憶讓我的情緒稍稍平復。優美的旋律在耳畔響起，我想到柔和的陽光照射到室內，蕭璟的頭髮在當中閃爍著金光。

在想著太陽的同時，四周似乎發出了一點光芒，我本來認為那是錯覺，但五秒後我就確定四周是在發光。翠綠色的微光在空間中漸漸增強，周圍的環境也開始出現了一點輪廓。

在微光中，我從車窗向外看去，在空間內部，可以依稀看見許多亮點和線條在四周的牆面上發光閃爍。我瞇起眼睛仔細看，等眼睛比較適應光芒後，我發現那些全部都是科技裝置。牆面上有一大堆高科技設備，有些看起來像是武器，而大部分我都唸不出名字，上面密布細微的電路光點，牆面是極富質感的銀色流線型金屬，應該和地鼠身上的材質是屬於同一個。我感覺自己置身在電影《星際大戰》中的太空艙內。

戰艦內部遠比想像的要大上許多，空曠無聲的環境在幽光中倍感陰冷，讓人不寒而慄。而我也注意到，休旅車停放的地面，比四周還低了一些，我想起剛才車子被吸入戰艦的情況，猜測這應該是在艙門的位置。接著我將目光轉向戰艦最前方的位置。

一面冰冷光滑的銀色流動板面，我猜那是控制板，板面兩旁有著螢幕和各種武器、定位儀器，我在夢中看過類似的東西，在那間黑暗的密室當中，也有一個外觀相似的面板，只是夢中的比這個更大、更先進。

有那麼一瞬間，我認為這裡或許就是我夢中的地方，不過我很快就打消這個念頭，這裡比夢中的地方小太多了，而且也沒有密閉的艙房，更沒有激發恐懼的力量。

眼前的景象實在太讓人驚奇，一時間甚至忘了自己遭到綁架。我震驚的觀賞四周的景象，我大概是有史以來第一位進入外星戰艦內部的人，這讓我感到一陣驕傲，就像阿姆斯壯是第一個登上月球的人。但當時並沒有想到這兩者的境界也差太多了。

從進到戰艦後，就一直有種很奇怪的感覺，當然這件事本身就很奇怪，但感覺似乎少了些什麼，這真的很詭異，因為我從來沒有看過戰艦內部，不過我很快就知道……

這艘外星戰艦內沒有地鼠。過去的幾次，我幾乎都會看到有銀色的地鼠從戰艦下方被投射到地面，而且數量不少。不過現在眼前的景象，沒有地鼠，一個都沒有，四周安靜到一個極點，除了我的呼吸聲外幾乎什麼都聽不到。

我一直認為地鼠是負責戰艦內部的運作或是操縱，但顯然不是這樣。我眯起雙眼看向前方的控制板，發現控制板和兩旁的儀器並非完全靜止，而是會不時的旋轉、移動、發出光芒，板面上的金屬則有一波又一波的漣漪在當中盪開，看起來完全就是自動駕駛或是遠端遙控的概念。

想到這裡，那個聲音再一次出現在耳畔，「我們將會在這裡見面。」

閉嘴，我告訴自己。我想運氣沒那麼糟，或許當他們發現抓錯人，就會把我放回去。

突然感覺胃向下墜落，彷彿整艘戰艦正在下降，並漸漸的放慢速度。我感到一陣強烈的反胃，不是因為戰艦漸緩的關係，而是因為我明白即將到來的是什麼，而我完全不想去看。

車子下方的開口打了開來，我連同車輛重重的撞擊到地面。一陣強烈的光芒照入眼睛，迫使我閉上雙眼。

四周傳來碰撞和金屬聲，似乎有為數不少的機器在四周，然而我不用張開眼睛也知道自己在哪裡，我已經脫離任何國家軍隊可以幫忙的範疇了。

68

中國・西安　外星母星艦內部

在歷經戰艦內陰暗幽涼的空間後，即便只是普通的白光都讓我眼盲。

過了好一會兒才適應外面的強光，緩緩睜開眼睛。光線依然刺痛著雙眼，但眼前的景象卻讓我震驚得忘了眼睛的疼痛。

我見過許許多多的大機場，包括英倫國際機場、阿姆斯特丹國際機場、北京和西安國際機場，不過眼前這個「機場」卻足以讓上述所有的機場加在一起仍甘拜下風。

上百艘，甚至千艘各型各號的戰艦飛行器停泊在一個廣大的銀色地面。後方是個類似通風口的巨大出入口，每一艘要進入星艦內部的飛行器都會有幾十道藍色的電光從入口處延伸出去，接觸到飛行機表面，然後再將它們拉近來，像是在確認身分一樣。

進出星艦的戰艦大多是我看過的那種型號，也就是綁架我的那一艘。然而還有許多我從未見過的其他種類，有些像是偵查機，具有細微的天線，還有些根本不像飛行器，而是外觀類似海膽的圓球，數十根尖針刺從內部延伸出去，像是接收天線一樣，這類的飛行器一個接著一個飛出星艦，感覺是要去執行什麼任務。

當中有幾艘外觀甚為龐大，像巨型公寓一樣大的飛行艦，我從來沒有看過這種星艦。我想起史基瑪上士告訴過我，軍方在台北擊落一艘巨型指揮艦，看來就是這個東西。

我還沒從震驚中恢復過來，瞠目結舌的看著周圍的景象。這時右邊突然傳來幾聲踏步聲響，我轉過頭去看，差點心臟病發作。

十個眼睛發出紅光的地鼠朝我這裡走來，他們看起來極度不友善，一點都不像是要來慰問我的樣子。

我彎下腰打開左邊的車門，然後小心的關上它，並爬到旁邊戰艦的後面躲了起來，我看了看四周，想找出一條逃生路徑。想要離開星艦是不可能了，但至少能夠苟延殘喘一會兒。此時我注意到在前方一百公尺外，有一道高度大約三公尺的入口，應該是某種通道，入口有一面白色的門關閉起來。但我猶豫著要不要跑過去，因怕中途就被閃電炸成薯條，或者更慘，變成空氣。

正當我在心中辯論的時候，一道強烈的白光閃過，後方的車子突然傳來一陣巨大的爆炸聲。心臟差點停

止，當下顧不得會不會被發現，立刻直直朝那個入口奔去

我不顧一切的狂奔，依稀聽到地鼠的聲音已經漸漸繞過剛才躲藏的戰艦。我從來沒有這麼用力的跑過步，感覺自己花不到十秒就跑到了入口，去參加奧運可能還有機會得名。

按下門口的按鈕，門板向兩側滑開，我閃進通道後用雙手抵著膝蓋不停喘氣。我冒險回過頭一看，只見那十個地鼠正圍在那艘戰艦旁，指揮著某種漂浮在空中發出藍光的儀器，那些物體一碰到戰艦，戰艦便離開地面漂浮起來並跟著地鼠離開。在戰艦後方，車子的殘骸只剩一灘金屬液體正冒著煙。

過了大約一分鐘，等我確定地鼠都離開後，才終於鬆了一口氣，關上後面的門板，並將視線轉向前面的通道。

當我看到眼前的樣子時，覺得自己真的是大錯特錯。

我一直先入為主的認為，星艦內部一定會是像所有科幻電影中演的一樣，四處黑暗陰森，密布各式各樣的高科技器材，然後在走道兩旁閃爍著光芒。不然就是像《星際大戰》一樣，如太空梭一般空無一物。

眼前的景象和預期的差太多了。從這條走道看去，這裡完全不像是恐怖星艦或是太空梭的內部，反而像是高級的企業大廈總部。通道明亮寬敞，地面看去像是大理石材質，上面還覆蓋著一層透明的水晶鑽石（或是外觀類似的物質），讓地面在燈光下閃閃發光。兩側的牆面淨白如洗且具有流線光澤，牆上還不時可以看見細微光束掠過，給人一種身在現代藝術展覽廳的感覺。但我知道那是傳到中央的電訊號，上次在夢中觸碰它的經驗讓我不太好過，我暗暗在心中警告自己要離牆面遠一點。

我緊張不安的回過頭看了看身後的金屬門，怕它會突然打開，然後帶來上百個地鼠。衡量了一下現在的情況，要從原路離開是不可能的，現在只剩下一條路。我把視線轉到前方的走道。

「有人嗎？」我對空無一人的走道喊了一聲。沒有人回應，好兆頭。於是決定往前走。

我在走道上隨意漫步，但其實也只有一條路可以走，我心中最一開始的緊張不安已經慢慢平復下來。走在

晶鑽大道上，兩旁的牆面不時會出現一些圖像—寬敞的走道上並不是空無一物的通道，在壁面上偶爾可以看到一些透明的面板，上面投射出立體彩色的藝術天文影像，其中有一些我甚至還認得，像是麥哲倫星雲以及貓眼星雲，或是有一幅描述秦國鄭國渠的影像；有些則令我十分費解，像是沙漠中的金字塔和遍布冰雪的平原，螢幕上有幾隻企鵝在走來走去，這真是太詭異了。

星艦走道兩側不時出現一些透明的窗口，顯現出內部的空間，其牆面上還閃爍著它們的名稱，而毫不意外的，我完全看得懂那些文字。仔細研究了一下，這些空間大多都是一些類似實驗室的研究中心，有著「基因中心」、「空間曲率」和一堆我不了解的東西。內部的儀器看起來也十分先進，有種種我看不懂的符號和光芒在當中穿梭。我不禁心生疑惑，這不是一艘遠征星艦嗎？為什麼處處充斥著科學相關的資訊？

繼續往前走了大約十分鐘，走道似乎永無止境的延伸下去，我的腳走到幾乎發抖無力，但我樂在其中，想像自己走在羅浮宮內，兩旁懸掛的都是精美了歷史鉅作，如果沒有看到那面玻璃，恐怕會一直心曠神怡的走下去。

走道左右出現兩面寬敞透明的落地窗，就像是玻璃天橋一樣。從走道看出去，外面的影像巨大的令人屏息，簡直比萬里長城還要叫人嘆為觀止。

一整個巨大的金屬尖錐聳立在星艦地下，高度至少有四百公尺，那個錐型物體看起來很像是之前星艦下方伸出的重型武器，或者根本就是同一個東西。尖錐下方是一圈又一圈的齒輪儀器，在四周白光閃爍下不停地運轉，整個尖錐內部透出淡淡的藍白光芒。外面的空間比紐約時代廣場還要大，尖錐旁的牆面上不斷發出高密度的光束，並且有許多纜線伸出接在銀色尖錐上，整個裝置讓人讚嘆不已，同時心生畏懼。

靠近玻璃向下看去，我的位置距離外面的地面大約三百公尺，底下的地面也遍布著線路儀器，像是上萬條發著光的蛇在地面吐舌嘶昂。所有的光線就匯聚到那巨大的尖錐中。錐型金屬愈來愈亮，彷彿正在匯聚所有的能量。而在尖端上方，頂部是一個被金屬關閉的巨大圓形開口，顯然是給錐型物體的開口。我不禁納悶有哪種武器是對著空無一物的天空發射的。

我注意到在尖錐的四周和地面有許多的銀色的小點，仔細凝視，發現那些銀點全是站立不動的地鼠，正在周遭監視防禦，他們的眼中發出柔和的綠光，似乎沒有注意到我。

我立刻將身體退離玻璃，快步向前走開這段玻璃天橋。這裡給我的感覺很不對勁，就是這樣，而且還有許多地鼠在下面，感覺更糟。

我繼續在走道上走了七分鐘，但是已經失去了剛才的讚嘆敬畏之心，自從經過那段玻璃天橋，目睹了那個駭人的錐型發射器，心裡滿是恐懼，只想趕快遠離那裡，至於通道最終會通到哪裡，我一點也不在乎，至少現在不在乎。

我回過頭去，剛才的玻璃天橋已經看不見了，四周又恢復原本的華麗水晶銀白走道，四周也出現了立體圖示影像。

我稍微喘了一口氣，注意到身旁的一片透鏡，上面的影像是一望無際的海洋，白色的沙灘點綴著些許貝殼，夕陽漸漸的落下，將天空染為柔和的橘紅。心中暗暗猜想外星星艦中為什麼會出現這種圖像，說不定這根本不是地球的景色，而是外星球的影像。外星也會有沙灘和海洋嗎？

我繼續向前走，前方走道的左側出現一面長方形的透視玻璃。我停下腳步有些猶豫著要不要走過去，回頭是不可能的，不前進的話只能停在原地，然而我感覺那後面有某種東西吸引著我。權衡了一下現在的情況，最後好奇心占了上風。緩步靠近那扇窗口，赫然看見地面上成千上萬個地鼠正注視著我，我尖叫一聲退後三步。

我一手抵著牆喘氣，用力的甩甩頭，過了五秒、十秒、二十秒，都沒有動靜。我決定再靠過去看一次。

這次我緊靠在牆面上，先將右眼探出牆面，還是地鼠，成千上萬個地鼠在下方十公尺左右的地方。我將頭縮回來，在心中默數到二十，等心跳平復後，再將頭探出去看，只見底下的地鼠雙眼沒有發出任何光芒，正躺在一個又一個透明的玻璃艙房中。

原來是還未啟動的，我鬆了一大口氣，同時也很好奇這些地鼠在玻璃箱裡面做什麼，難道外星人在這裡製造地鼠？傾身向前仔細看，那些玻璃艙房中，每一個艙房旁都有一個面板，上面顯示了不同比例的圓餅圖型。玻璃艙內放出了一陣陣白色的煙霧，將地鼠外觀蒙上一層薄薄的霧氣。

那些氣體是什麼東西？我把視線移到玻璃艙頂端的管線，發現所有管線都連到一個黑色的巨大圓筒，圓筒上寫著外星字母，那些不是小篆。然而我瞇起眼睛仔細看去，卻能夠知道上面寫的是什麼。「防禦微奈米機器」。

我想到科學院的報告中有提到，所有地鼠的表面都具有大量的奈米機器人，會讓所有觸碰到他們的有機生命以及髒汙給破壞掉，所有接觸到的病例都呈現全身脫水發黑並死亡。這樣的病毒有在世界上流傳嗎？史基瑪上士沒有告訴我。

有三個玻璃艙旁的面板上的圓餅圖顯示出完整的百分之百，艙門隨即向上打開，內部的煙霧散了出去。我見狀倒退一步擔心地鼠就要甦醒，然而那三個艙房旁只是出現兩個球體漂浮在旁邊，球體射出幾十道電流到地鼠身上，那三個地鼠隨即離開地面，在金屬球體的帶領下進入了後方一個黃色的門，然後就不知去向了。

地鼠還需要加工嗎？我將目光掃過底下整個空間，發現地面上有上千條透明管線，內部有類似汞的銀色液體在流動，那些液體不僅限於在這個修理加工地鼠的空間，而是往四面八方的牆面擴張，進到我看不見的地方，甚至擴展到整個星艦。

《史記》中的一段話浮現腦中：「以水銀為百川江河大海」。

「水銀……原來真的是這個東西。」我喃喃的說著。

那些地鼠看起來都沒有任何殺傷力，然而看著他們空洞無光的雙眼，卻令我感到極度不安，我不明白為什麼，想到今天在西北大學的廢墟當中看到的那個地鼠，外觀看似已經故障了，但它的眼中卻感覺有某種東西在監視著四周，而且是活的……

我在這裡待太久了，再這樣下去一定會精神崩潰。推開那面玻璃，然後想繼續往下走，但我突然屏住呼吸。

一個地鼠，眼睛亮著紅光，正在站我的面前，不知道它是什麼時候來的，但它看起來好像很不高興看到我，它舉起了右手向我走來。

「別動。」我告訴自己，即便所有的直覺都在尖叫：「快跑！」不過我知道如果逃跑的話一定會瞬間被蒸發掉，我緊咬著下唇，心臟跳得快到幾乎跳出喉嚨。但我只是站在那裡。

地鼠緩步走向我，我強迫自己直視它的雙眼。它停在距離我的臉不到十公分的地方，我感覺它正在打量我，緊張不安的呼吸，在它的金屬面孔前似乎產生了一些冰冷的霧氣。過了十秒鐘，它的右手開始變形，我已經做好準備，要奮力往它的胯下踢一腳然後逃之夭夭。

下一秒，地鼠的眼睛轉為綠色。

它變形的右手恢復原來的模樣，它退後了幾步，然後從我身旁走了過去，好像什麼事情都沒有發生。

發生什麼事了？我的心跳還是遠在正常值以上，但已經平復了不少。我對剛才所發生的事完全不知道是怎麼回事，我看過地鼠毫不費力的蒸發掉一整支連隊，不過剛才……感覺這次並不是有外力介入阻止它，而是它自己內部原始的程式判斷決定放我一馬。不過到底為什麼？

我沒有心思仔細琢磨原因，因為這時聽到背後又傳來聲響，或許只是錯覺，但我拔腿狂奔。

走道感覺不是筆直的，似乎有緩緩的彎道，我不知道。我一路上都沒有回頭看，剛才和地鼠對峙的短短三十秒讓我意志完全潰散，不論跑多遠，身後似乎都有腳步聲緊隨在後。

跑到一處三叉路口，這是頭一次出現岔路，我終於停下腳步站在路口中央。

左邊兩條道路和我走的這條外觀一模一樣，閃亮的走道、銀白的牆面，不時有立體全像影像浮現在牆面，而右邊這一條……

右邊的通道外有一扇關閉的門，這扇門和一路走來的布景十分不搭，是石灰一般的灰色牆面，上面刻著一些動物和天相的圖騰，門的中央是個金屬圓板。這扇門和其他地方比起來，感覺很像在國際尖端車展中看到原始牛車一樣。這扇門後散發出讓我卻步的氣息，我敢肯定我不會喜歡後面的東西，我決定走左邊其中一條路。

就在這麼想的同時，後面傳來一聲「喀」的一聲，過了三秒聲音又更接近一點，我很確定後面有某種不是人類的物體在靠近，當我正要往最左邊那條路走時，那兩條路末端都出現隱約的銀光。

「現在是要逼我走這裡的意思嗎？」我看向右邊的門，沒有按鈕，要怎麼打開它？然後將視線移到中央的金屬圓板上。那感覺像是某種生物辨識器，如果我按下去說不定會引起警報，然後全星艦的地鼠警衛都會來追捕我。

但我別無選擇。「算了，隨便。」我咒罵一聲，將手按上平板。

平板上出現一道藍光掃過，出乎意料的，兩扇門板從正中間打了開來。後面的走道看起來和外面的沒什麼不同，但似乎……更陰暗。

聲音愈來愈接近了，雖然剛才地鼠放過我一次，但我不相信自己還會那麼幸運。我走進入口，關上門板。

當我一關上後面的門，所有聲音立刻寂靜下來，外面的聲響已經完全聽不到了，我摸了摸門，沒有任何可以按的地方，從後面看過去和一面水泥牆沒有兩樣，根本看不出有開口。只剩下一條路，我看向眼前的走道。

向前走了幾十公尺，四周感覺較為沉靜，一開始我以為是錯覺，然而走了三十公尺就明顯的感覺到差異了。空氣變得更為冰冷，牆面上還是有許多光束掠過，然而那些光亮卻減弱許多，感覺有某種東西，在走道後方，將光明和溫度全部吸走。

我一點都不想往前走，可是偏偏這又是一條單行道。我好想抓狂尖叫，把牆壁踢爛，只是我確定自己腳的硬度不是它的對手而已。走了一百公尺，又出現了第二道門。

這扇門和前一扇長得一模一樣，我毫不猶豫的將手按在圓板上，門和先前一樣打了開來，我繼續向前走。

這段路比剛才更陰暗、更冰冷，我用力搓揉著雙臂，很後悔只穿了一件長袖。隨著愈往前走，溫度愈低，到後來我已經牙齒打顫到面部麻痺，全身抖個不停，這不僅僅是空氣的關係，我感覺恐懼一波一波的漫過身體，每往前走近一步，這種感覺就增強一點—而這和夢中的在密室內的感覺完全相同。

「我們將在這裡見面。」那個聲音再度迴盪在耳畔。我已經大概明白走道盡頭是什麼東西等在那裡，只是不願仔細去想。

四周的亮光全都黯淡下來，我的口中正吐出薄霧，停下腳步，第三道門就在眼前，它遠比前面兩扇都還要巨大、黑暗、冰冷，它的外觀像是一面難以撼動的巨石，上面刻滿了篆字銘文。這時想起《史記》的一句話：「大事畢，已藏，閉中羨，下外羨門，盡閉工匠藏，無復出者。」

三道連在一直線上的門口，考古學家找不到的第三扇門。我終於明白它的意思。

摸向門口中央，中央亮起一圈藍色光芒，巨石向一旁滑開，內部是全然的黑暗。我深吸一口氣踏步走入，石門在背後關上。

69

台灣・花蓮　資訊研究總部

兩名身穿毛衣，搭配牛仔褲的研究員神態疲倦的站在首席資訊研究博士溫建順前面，他們因為連夜分析外星電波而滿臉倦容，但他們說話的語氣卻十分清楚。

「博士，研究團隊已經完成了對電波的分析。」左邊身材矮胖的訊號分析師秦翔開口。

「真的嗎？」溫建順放下手中的數據，「有什麼結果？」

「結果……不盡如人意。」秦翔困難的開口。

「這怎麼說？」

「報告博士，我們運用了最高級的超級電腦，多台網格串連，以高頻率密度對電波訊號進行分析……」

「不用告訴我怎麼做的，」博士不耐煩的說，「那些想法都是我呈報上去的，說重點。」

「是，我們分析的結果，沒有任何特殊的地方，這是一個純粹的四十三段指定複代碼序號電波，只是帶著極高的能量，除此之外，什麼都沒有。」

「什麼都沒有？」博士震驚的說，「不可能。」

「真的，博士，您可以看我們的報告。」

「所有組合都試過了？將它拆解、重組、不同波段重疊，都試過了？」

「我們的電腦整合了全世界研究中心的超級電腦，每零點一秒可以進行五千兆次的浮點運算分析。結果正如我剛才說的。」

「這些外星人的思考方式可能和我們不一樣，」溫建順博士說，「說不定這要將電波圖像化、以立體的方式來觀看。」

「博士，他們也是三度空間的生物，那是不可能的。」

「但是……」博士似乎是想要說服自己，然後他轉向另一名研究員，「那你呢？馬丁？對生物進行的複製實驗結果？」

「測試結果令人挫折，」馬丁研究員嘆氣說，「我們針對了上千隻的老鼠、兔子，和一些簡單的哺乳類動物，還有五百隻靈長類動物，將那股電波的頻率信號用電腦複製，然後電擊測試對象，但牠們不是承受不了死亡，就是暈頭轉向的走來走去。」

「我可以向上面找來更多的實驗對象。」

「團隊認為沒有幫助，」馬丁搔搔後腦杓，「僅僅透過電波就可以將影像資訊傳給一個人，似乎是不大可能的事，若是用化學物質轉為生物電訊號或許有可能，但是以目前的情況看……我們唯一能夠複製的效果，就是致生物於死地而已。」

「真的沒有其他方法了嗎？」博士癱在椅子上，「老天，三千萬美元的研究……我要怎麼和委員會以及泰勒斯博士交代？」

「老實說，那個倫什麼的年輕人，經過這樣強大的能量還能活著，簡直是不可思議。我們所用的電波都是經過減弱能量的，一來是因為我們的科技沒辦法發出一樣強大的能量；二來是生物體不可能承受的了，這基本上是跟樹木對抗閃電一樣。」

溫建順博士搖著頭，「難以置信。」

「我們應該怎麼辦？」秦翔緊張不安的說，「還要繼續分析下去嗎？說不定我們有漏掉的……」

溫建順博士沒聽到秦翔說什麼，只是不停的搖著頭，「但他是怎麼知道的？」

70

中國・西安　外星母星艦總部

我站立在寬廣巨大的空間當中，全身不停的發抖。

自從進到密室後，身後的門便鎖了起來，我摸摸剛才門的位置，那裡感覺就像一面堅硬的石牆，沒有任何有開口的跡象。我什麼都看不到，憑著感官的直覺，空間感似乎十分的開闊，內部空氣則如南極般冰冷，讓人彷彿身處在黯淡冰冷的寬廣宇宙當中。

這裡就是夢中那不斷出現的密室，絕對是。我在夢境中看過這裡無數次，在幻覺中這裡讓人感覺宏偉屏息，然而終於親自造訪後，感覺更是加倍的可怕、駭人。

我讓視力稍微適應黑暗，接著環顧四周。唯一的光源是來自四周牆面上不時發出的幽紅微光。這個空間遠比我以為的大得多，天花板大約十五公尺高，頂端特別挑高，天花板正中央一層一層向上擴增，數了一下，一共九層，我好像聽說過類似的記載，但我沒有細想。

在那之下，有一個巨大的黯影聳立在中間，我知道那是什麼。那是每次惡夢的來源，它的外觀比我想的更大，它的頂端接著天花板，上方有數十條管線接在艙房頂端，感覺類似太空的吊艙，在它純然黑色的外表，閃爍著微弱的光線。

空間內部本身是個圓形，四周的牆壁是以粗糙的石塊堆砌而成，當然我敢打賭這一定是某種高科技的先進裝置材質，牆面上刻有篆字銘文，遍布整個空間，簡直像是傳說中巫師梅林會待著調配魔藥的法術房間。而我稍稍注意一下，發現原來牆壁上的光源便是來自於這些銘文，這些銘文時不時會發出幽光，彷彿在黑暗中乍現的血光。

這些銘文的發光模式似乎沒有規律，然而每一次亮起的時候，我便有一種奇異的感覺流遍全身，它似乎和情感有關……我感覺一波恐懼漫過心裡，我在心中默默數到三，銘文亮起了紅光，然後又黯淡下來。

這些亮光和情緒有關係。我心想，這似乎很合理，在石板上的資訊看來，嬴政具有強大且能操縱心靈的力量。我若有所悟的點點頭。

在圓形空間的四周，我視線刻意繞過擋在中央的物體—隱約藏著幾個黑色的門，繞行整個空間，我身旁就有一個。我不記得過去有看過它們，它們隱藏在黑暗當中，不仔細看幾乎完全注意不到。不曉得為什麼，這幾道暗門讓我極度不安，雖然不像空間中央的密封艙房那麼駭人，它的後方卻似乎暗藏著什麼其他的力量。

我大略數了一下，那些暗門總共有四個，在門口也有著小篆文字和圖形。我湊去看我右邊的那一道暗門，上面有許多牛頭人身的圖騰在門上發光，我忍住驚恐的情緒繼續看，圖騰中央的文字，寫著「饕餮」，還有「克里奧斯」。

饕餮？我對這名字沒有什麼印象，但克里奧斯卻是希臘神話中鎮守南邊、象徵星辰的泰坦巨神。我拖著緩慢的步伐走到左邊那道暗門。門上面刻著火焰的圖案，中央寫著「混沌」以及「海波里昂」。

我皺起眉頭，這兩個名字都很熟悉，好像在哪裡看過……然後我想起來，混沌是中國神話中「四大凶獸」的一員，海波里昂等更是克羅諾斯手下鎮守大地四邊的泰坦巨神。不論哪種名字都是邪惡的化身，旁邊的饕餮似乎也是同類型的人物，我記不大清楚，這些和外星軍隊有什麼關係？然後我想到某個傳說中提到，秦始皇有四個來自冥界的手下，他們在黑暗中奪走人類的生命和希望。四大凶獸、泰坦巨神、各國神話、冥界的手下，這些雜亂無關的傳說，卻拼湊成一個漸漸清晰的圖像。

我對這些沒什麼研究，這個傳說基本上是在秦朝以前就有的，這有可能嗎？我亟欲了解更多相關的資訊，我環顧空間，希望能夠看到什麼，然後我注意到地面上有幾道極其微弱、勉強可以注意到的光線，四道暗門和中央密封艙室下的地面都有出現，我沿著光線看去，然後看見一面巨大的螢幕。

我很確定它剛才並不在那裡，它幾乎是直接從黑暗中冒出來的一樣，也許這是某種全像螢幕，而在那之下，是一整個長方形狀的銀色平板。

這個東西我在的夢中看過無數次，這似乎是某種中央控制器，掌控整個星艦的運作。在螢幕上顯示著一張全世界的地圖，在世界各地都有出現紅點，每個點旁邊都有一個不完整的小圓形，每一個圓形的上色比例都不同，但都在向上攀升，我猜那應該是某種在當地的物體程式完成比例。

在世界地圖旁，還有另一個影像——一個恆星系統，有近十顆的星球繞行在中央的恆星旁，感覺很像太陽系，卻不盡相同，其中一顆星球在影像中閃爍著綠光，它的旁邊也有完成比例的圓形，我猜這應該就是克卜勒452b。

最令我不安的，是在這個恆星系統旁邊，有一團黑色的球體，在它旁邊有一圈物質在旋轉，四周有許多扭曲的線條，只有一條發光的直線，它直接通過閃著綠光的星球。在整個系統旁還有許多的符號圖形在變化。

我希望自己能理解這些是什麼東西，開始後悔當初沒有認真上天文課。然後我想起來用來砸車窗、卻化為碎片的那個石塊，上面也有著類似的圖形。

「黑洞。」我倒吸一口氣，蕭璟是這麼說的。這兩個影像一比對，幾乎完全相同，只是眼前這個更清楚，如果我們的推測沒錯，這團黑色的球體就是黑洞，那條貫穿綠點的直線就是什麼「噴流」，而黑洞旁那一圈就是吸積盤。

然而奇怪的是，那個黑洞周圍似乎籠罩了一圈模糊的影像，彷彿是中間還有什麼東西連結了黑洞以及克卜勒452系統。

地球和克卜勒系統的圖形都出現在螢幕上，這兩者一定有某種關連。我想起石板上的文字「連接兩側的主控器……」不，我不願再想下去，這太駭人、可怕，不可能是真的。我傾身向前，掃視著螢幕旁看看有什麼其他東西，我的雙手不自覺的往前方壓去，結果摸到一片柔軟冰涼的物體。

我立刻抬起手，並驚恐的察看自己觸碰到什麼，是那片金屬平板。平板上在我按壓下去的地方，盪起了一波微弱漣漪，螢幕上的圖像也有些擾動，然後漣漪向四周散開，一切又恢復平靜。

我從來沒見過這麼有趣的東西，我小心的伸手在平板上敲一敲，在手指碰到的地方出現了一圈圈的微小波動，但很快就消失了。我仔細觀察這個平板，平板是一片完全光滑的金屬，正中央有一個發著藍光的方形洞口，洞內放著一個閃爍著七彩光芒的方塊，它旁邊有著「極度危險」的字樣。我立刻將手遠離那個區塊。

這面平板無疑是這艘星艦的中央電腦，我心裡浮起一個興奮的念頭－如果我能在這裡找到方法，破壞或重新設定這整艘星艦，說不定就能終結這場戰爭。理論上，這個想法太棒了；但執行上，這個平板完全沒有任何按鍵或文字說明，我根本不知道要從怎麼做。

在我探索空間的時候，你可能也注意到了，有一件過去一直發生的事還沒有出現－每次夢見這裡時，中央的黑暗艙房都會散發出強大的力量癱瘓我的全身。

一個微弱卻低沉的笑聲在我耳邊響起，我心臟停止跳動，手滑落到銀色金屬平板上。

「你來了，」一個女人的聲音說，我倒吸一大口氣，我認得那個聲音，而且已經好幾年沒有聽到它，但我還是記得它──那是母親海倫的聲音。

「你到這裡的目的究竟是什麼？這一切都是徒勞，跟你過去所做的一切努力一樣。」每一個字都像鎚子般敲在腦中，我試著摀住耳朵，但沒用，聲音還是穿透手掌。

「你還是要繼續逃避嗎？」那聲音帶有一絲挑釁和鄙視的意味，「就像你過去那樣？」

「這只是幻覺。」我虛弱的說。

「你自己就是幻覺，親愛的孩子。你虛幻的以為母親愛你，父親在乎你，世界對你有一絲絲的同情。結果都只是一場夢。」

四周在震動，我以為那是幻覺，但過了十秒鐘我才發現四周真的在震動。整個空間劇烈晃動，牆面上的銘文發著強烈的紅光，很像火災警報時發出的光芒。主控銀色平板上出現一道道深刻的漣漪，螢幕上的影像也轉為模糊，好像有一個無形的力場扭曲整個空間。我伏倒在地上，身體往中央滑行過去。

「不……」我發出微弱聲音，試圖抵抗，但沒有用，全身的骨頭好像化為液體，我的神經在燃燒，黑暗的地心引力拉扯著我，眼前的世界正在模糊，我的心跳停止了，世界失去光芒，末日到了，為什麼我還活著？

我一頭撞上黑暗的中央艙房，緊靠在上面，那是我第一次完全看清楚它的樣貌──這並不是一個垂立在房間中央的艙房，這是一個懸浮艙，在它底端有微弱的靜電支撐它。在懸浮艙上，如鮮血般的銘文在純然黑暗的表面上激烈旋轉。懸浮艙上好幾個字不斷閃過，我眼神模糊，但仍勉強辨認出來。「乙太遠征軍最高元帥」

這就是嬴政的墳墓，世人花了無數的時間在挖掘它，他卻一直在這裡長眠，等待甦醒，而現在一具新的屍體就要永遠倒臥在這裡。

一個笑聲取代剛才母親的聲音──這聲音宛若金屬一般刺耳，卻又如深淵般低沉有力，在黑暗中迴盪不止，「你看見這一切的本質了嗎？放棄吧。你們沒有人是崛起新帝國的對手。」

這聲音和我之前聽過的完全一樣，只是感覺更有力、更清醒。

「王是有慈悲的，你這麼辛苦的到達這裡……或許能讓你看看朋友死去的最後一眼。」

一把霧氣在我前方成形，我看到蕭璟和史基瑪連同數十個身穿軍服的士兵正站在一個地下入口前爭辯不休，蕭璟似乎在和其他人爭吵，看到他們讓我感到一陣痛心。接著影像中出現一艘外星戰艦在空中飛行。

「我的手下已經出發了，他們很快就會被消滅掉。真可惜，還來不及看見這世界的崩毀。」那聲音低沉的說，「當然，你也來不及看到他們的滅亡。」

一柄劍、一把長矛，瞬間貫穿我的心智，撕心裂肺的痛苦傳遍全身，我的身體被刺穿，靈魂被砍成碎片，贏政的力量壓在我身上，一吋吋的碾碎我的骨頭。我的心靈在他腳下顫抖，喉嚨發不出半點聲音，唯一感覺到的只有迅速崩毀的心靈。我退到無盡的深淵，那裡有個黑暗巨大的身影，伸手準備摘取我最後的生命……

一道光芒出現在眼前，黑暗的深淵中突然伸出一隻手緊抓住我，我感覺自己不再沉陷，我的靈魂重新回到自己的身體中，一種平和的感覺流遍我的全身，撫平神經的酸痛，前方跳動的影像漸漸消失，我被斬碎的靈魂一塊塊重新拼湊起來。

「起來，到我這來。」一個微弱的聲音傳進我的耳中。

我站起身來，周圍的銘文黯淡了下來，空間不再震動，秦始皇停止低詠。我知道這個聲音的來源為何—那個充滿白光和平的空間。

我繞過中央的懸浮艙，走到它正後方的牆面前，後面是一整面沒完全封死的牆壁。

「伸手觸碰它。」聲音在我腦中浮現。

我伸手一推牆面，一道門口出現，我走了進去，門在後方關上。

內部充滿了光明，空氣十分溫暖，而他已經等在那裡了。

我雖然剛從死裡逃生，但看到眼前的這個人還是震驚不已。這個空間和夢中的相差不多，屋頂是無盡的宇宙穹蒼，地面四周有無數的光線朝牆後方的翠綠色的漩渦射去。我沒太去注意這些環境，我所有的注意力都放在那個站在翠綠光芒漩渦前的人。

那個人穿著中國古代的服裝，腰帶繫在長袍之間，那雙袖子大的可以裝進一把自動步槍。那個人看起來大約四十歲左右，頭髮略約灰白，並用古代的髮冠束在頭上，他臉上有些許皺紋，似乎歷經無數滄桑，他的眼中有著超越時代的力量和智慧。

「你好。」那個人微笑對我打招呼，他的聲音聽起來很隨和，十分的現代，「我一直想要找機會和你見面。」

我震驚的看著他，說不出半句話，他挑挑眉，「怎麼了嗎？」他看了看自己的衣服，「現在是什麼年代？等等，不要告訴我。我知道。」他彈了彈手指，他身上的衣服換成一套華麗花俏的衣服，我看不出是什麼年代的服裝。他看了自己一眼，失聲說：「天啊！好吧，看在黑洞的份上，我這次一定要做對。」他又彈了一次手指，身上換成一件灰色條紋西裝。

「這次一定用對了，」他露出滿意的微笑，然後對我點了點頭：「再來一次，你好，倫納德．馬修斯，我一直想找機會和你見面。」

他等了一下，然後說：「我相信你一定覺得很困惑，你有什麼問題要問我？」

我腦中有千百個問題，但我只說：「這是哪裡？」

「用你們的語言，這裡是這艘龐大星艦的總指揮控制中心，」他露出微笑說，「如你所見，所有的資訊都會匯集到這裡。」

「但是……」我勉強說，「你怎麼會英文？你們也是用這種語言嗎？」

「當然不是，」他露出困惑的表情，好像對我提出的問題水準感到疑惑，「這艘星艦的電腦，擁有全地球的資訊，我是從網際網路上學的。事實上，我的中文更好，還有希伯來文、拉丁文等。我會的語言比現在地球上所有的還要多，可惜地球上很多語言已經失傳了。」

這問題真蠢，但我問這個問題只是為了讓我慢慢習慣開口說話而已，然後我想到自己來這裡的經過，「那艘飛行器，」我說，「綁架我的那艘，是你派來的？」

「我不會用『綁架』這個詞彙，但你說的沒錯，那是我派出去的。對，你也有注意到，上面沒有任何一個地鼠，完全是由遠端操控的。」

我不曉得他是怎麼知道的，我繼續說：「所以我在夢中的那個聲音也是你？」我質問，「是你操盤讓我來這裡？」

「你猜的沒錯，就是我，」他點頭同意，「因為我需要和你見面。」

我感覺胸中一股怒火升起，我本來可以離開這裡，結果卻被這個……不知道名字的人綁架。這讓我想到，我還不知道他是誰。

「你是誰？」我咬牙切齒的說：「我想你不是人類？」

「你說的對，我不是。」他對我微笑，「我換回我本來的形體你可能比較容易認出來。」他變回原來的樣子—穿著長袍的老人。袍子上的圖形閃爍不定，一下是太極服飾，一下是平白素衣，一下又變成戰袍。但我完全想不出任何答案。

「我在這裡有許多名字，你可能有聽過，」他說：「我在中國的軍事道家界是黃石公，在學術界則是石生，除此之外還當過一些瑣碎的無名小卒。你可叫我『傑生』，希臘人是這麼叫我的，我喜歡這個名字，而且這的確是我最初始的名字。你是英國人，就叫我傑生。」

「什麼？」我震驚的盯著他看：「你是給了張良《太公兵法》的黃石公？秦始皇搜捕不到三個方士之一石生？找到金羊毛的傑生？那些都是你？」

「沒錯，」他同意，「金羊毛則是象徵另一樣東西，一個治療用的輻射，但那不是現在的重點。不只我，嬴政的名字更多，他在中國歷史上就是統一天下的始皇帝，在傳說中是冥界的主宰東嶽大帝。在希臘，他是厄瑞波斯；在埃及，他是阿波非斯的再現；在北歐，他象徵的是邪惡之父洛基。北歐、中南美洲，都有見過他的人。」

中國那兩個名稱我都耳熟能響，而厄瑞波斯是希臘神話中象徵陰界絕對的黑暗，阿波非斯和洛基則是黑暗和混沌的象徵，這些地方我記得在剛才外面的螢幕都有看見紅點標示。然而聽見他這樣輕鬆的提到秦始皇的名字，讓我感到一陣寒意。

「嬴政，你和他是一夥的嗎？」我退了一步問。

「曾經是，我只能這麼說。」他表情變為嚴肅，「剛才他的力量企圖粉碎你的心智，是我從中介入救了你，我不是你的敵人。」

我想起剛才的經過，一道柔和的感覺拂過心靈表層，將所有不安恐懼化為無形。「你們每個人都可以嗎？」我說：「有控制心智的力量？」

「沒錯，這是我們的天賦之一，具有能夠調整、偵測精神電磁場諧振的能力，然而這些都是源自於大腦—也就是心靈的力量。這個力量由於我們兩邊一小段不同的『量子基因』，這是物理和生物的重合部分。這個基因可以透過量子糾纏效應將能力一代代傳下去，但那不是現在的重點。老實說剛才我很意外，你居然能夠撐那麼久不被摧毀，你的心智比你認為的更強大。」

「謝謝。」我說，同時我想起外面那四道暗門，後方的人又各有什麼力量？

「我想我可以換回剛才的服裝。」他彈彈手指，又恢復成穿著西裝的企業家。

「你是怎麼辦到的？」我驚奇的看著他問。

他露出苦澀的笑容，「很簡單，我剛才說我不是人，我和你來自不同種族。當然，這是表面的意思，這其實還有更直接的涵義。」他伸出手，「你觸摸看看。」

我的手直接穿過他的身體，我不可置信的看著他。

「明白了嗎？我是一個程式，用光影投射出來，我不是實體存在的，我是過去的影子，一個高科技技術所存留下來的記憶。」

「所以你和……外面的不一樣？」

「是的，我和我的同胞們不同，他們在沉睡—而且就要醒了。但我已經死了，在兩千多年前就死了，我是被嬴政殺了。」

「被嬴政殺了……」我想起石板上的內容，眼睛一亮，「你就是那個石板上說一直暗中阻撓嬴政、在關鍵時刻扯他後腿，嬴政不斷感覺到同樣心靈力量的那個人？」

「沒錯，那就是我，」他皺起眉頭，「你說的是什麼石板？」

「一塊我在西北大學圖書館下面挖掘出來的石板，」我解釋：「那是一所大學，總之，我們在下面找到一塊石板，那上面刻著文字描述過去的所有事，那應該是你刻的吧？內容包括秦始皇是外星人，或是你們的星球位置，還有……」

「不是我，」他打斷說，「我從來沒做過這種事。」

我眨眨眼，我感到滿心困惑，「那麼……」

「我們沒有時間了，我知道你還有很多問題，但我們必須做找你來要做的事。」他感覺故意迴避這個問題，他在隱瞞什麼？

「嗯，好，是什麼事？我也很想知道。」和一個影像說話真奇怪，但我學著接受。

「當然是如何打贏當前的這場仗，現在整個地球已經陷入混亂，嬴政就要贏了。」

「你隱藏在主機程式中，難道你不能有所作為嗎？」

「你以為我什麼都沒有做嗎？你們人類花了三天在台北布下重兵，有沒有想過為什麼嬴政的軍隊不立刻在攻陷北京的時候，閃電奇襲台灣？為什麼艦隊面對掩影戰機的應變能力會那麼慢？如果不是我拖住了嬴政的腳步，他的軍隊早就摧毀了人類所有的軍事防線。然而即便我做了那麼多，雙方實力落差還是太大了，我在這能做的，也只是拖延他們的腳步而已。」

「但我聽到的不是這樣，」我回憶起和史基瑪的對話，「我聽說各國的聯合軍隊在台北擊敗他們，現在正在計畫反攻中國，奪回北京。」

「那只是人類一廂情願的認知，」傑生反駁，「他們根本不知道自己面對的是什麼樣的敵人。當人類還在學習如何用兩塊石頭互相摩擦製造石器和鑽木取火，我們已經在研究如何在空間進行躍進、利用曲率驅動製造能量。相信我，你們的任何武器都不可能擊敗得了這艘星艦，因為這是由強交互作用力所組成的表面—這也是為何它的外部是絕對零度的原因—而且我告訴你，這艘星艦原本只是一艘科學探勘艦，載著嬴政和他四個手下來到地球，這甚至不是真正的軍事戰艦。那些所謂的殺人機器地鼠，不過是探勘地質環境的研究機器。而你們口中強大的外星戰艦，也只不過是我們用來探測用的小型飛行機而已。」

原來這是一艘科學探勘艦，怪不得一路上看到那麼多研究中心。「好的，傑生。」我第一次叫出他的名字，感覺真奇特，「你說的沒錯，不過我還聽說，台灣的軍隊研發了一種重力電磁武器，而且成功的擊落了一艘外星……你們的一艘小型指揮艦。」

「你說外星沒關係，對於你們來說，我們本來就外星生物，」他皺起眉頭，「你說的那一種掩影系統的攻擊版，人類居然能造出這種武器真的很驚人，我認為這背後一定有什麼跨國陰謀。不過這對我們—指的是你們所謂的外星艦隊─還是毫無作用。」

「那你有什麼擊敗他們的方法嗎？某種超厲害的重武器？還是……」

傑生舉起手打斷我，「我會和盤托出，但在那之前，我必須先帶你了解一下……我們的過去。」

他的手一揮，整個空間黯淡下來，天花板上的星系天相下降到我們四周，一顆巨大的藍綠色星球浮現在我們之間。我驚駭的看著宇宙中璀璨的星雲和亮麗的星辰。

「這，是我們的行星，你們管它叫克卜勒452b，」傑生伸出右手一推，將那顆行星推到我們前方，他站到我的身旁，「然而在我們的世界中，我們稱它做『乙太』。」

「乙太？」我低聲重複了一遍。

「沒錯，」他嚴肅的點點頭，「你應該聽說過吧？乙太在你們文明中象徵難以窺測，卻又無所不在的基礎元素，它形塑萬物，卻又無跡可尋。這就如同我們星球在這裡的概念一樣。但先別管這個。」他的手揮一揮，眼前的影像往回倒退幾億年，中央的太陽變得更為明亮，乙太也布滿了岩漿。

「如同所有行星一般，我們也歷經了行星胚胎乃至於自融熔狀成形的過程。我們的星球的歷史比你們早了三十億年。經過三十億年的時間，我們漸漸出現生命，這時候你們的地球剛開始成形。」

他又揮了揮手，前方的影像如同光速一般迅速逝去。我看到了兩個原始細胞的分裂、海洋中冒出氣體，接著魚類爬上陸地，出現外觀酷似人類的直立生物，而影像從這裡開始放慢速度，「我們的第一個祖先。」

「我們種族發展的歷史大約有五千萬年，不長，但相較於人類多了四千九百萬年。我們也經歷的基因躍進，原因至今不明。」他揮了揮手，空間中的影像變成成千上萬個人聚集在平地，伸手向一個站在高處的人。

「我們發展出高度的文明，星球上的政體開始統一，而隨著人口逐漸增加，我們開始對鄰近的星球進行改造和殖民。與之同時，出現了一位領導人，創立了黨派和聯合憲章，確立了星球的團結和富強。我們第一次組成高規格的議會，並在那時訂定下不得對任何擁有智慧生命的星球進行殖民的《星際法》。」

「議會維持了上千年的和平，乙太穩定發展。然而，這時因為星球的高度發展，藍色標誌的地方。改成：「我們對於宇宙的了解也愈來愈高，我們整個世界也開始轉變，病起出現了主導世界走向的新派系……」他說到這語音低了下來，似乎在想些什麼，倫納德也不禁屏著呼吸。

「這個支派成員大多是軍事出身，他們極為激進強悍，改革過去留下來的法典，你們稱為『左派』，我們就用這個名詞來說。左派日漸得勢下，許多的政策風氣都大為更動，他們甚至提出廢除星際法，不過在議會多數的反對下沒有達成，我們星球勉強維持好幾年的穩定。」

我一面聽，腦中出現英國議會中的保守黨和工黨在國會謾罵的景象。接著空間中的影像又向後退成整顆完整星球，這時太陽已經變得黯淡了些。

「我們的科技發展到了極致，除了單純的維持生活、發展文明，我們開始追求更高層次的改變。」傑生眼神有些迷茫地看向乙太，「他們開始追尋超越自然法則的力量、追尋可以真真正正達到不朽永恆的道路，為此，他們開始改變過去星際法的約束，大規模入侵其餘文明，期望透過如此文明而找尋到終極力量的道路。但卻始終沒有任何實質的斬獲，而他們在這時候發現了地球……」傑生忽然頓了一下，彷彿憶起了什麼痛苦的往事，我沈默地等待著他接下來要說的話。

「現在先讓我補充一點背景知識，」傑生話鋒一轉說道，「那時我和嬴政是很好的夥伴，我們分屬不同的派系，不過我們都有加入遠征星際的團隊。我是設計星艦和空間曲率折疊系統的首席設計師，嬴政則是了不起的軍事家，他是那時左派領導人泰非斯的頭號手下。」

空間中出現嬴政和傑生站在房間內設計星艦的影像，嬴政看起來好正常，這讓我感覺很奇怪，「我們在遠征星際時，鎖定了系內各大恆星系統，然後我們研究團隊發現了地球。在這裡我先說明，我們當初會注意到地球其實不是為了征服這裡，而是因為那時有研究指出，我們星球的物種起源來自於地球。」

「真的嗎？」

他搖搖頭，眼中似乎閃爍著光芒，「有證據顯示我們的基因相似度超過百分之九十九點九，然而，從科技文明角度上看又不大可能，但最重要的，還是基因中那段更原始的量子基……嗯，總之，我要說的是，我們遠在秦朝更久以前就來了，大約是一萬三千年前。」他頓了頓看著我，「你想到了什麼，是吧？」

我沒有回答他。我曉得一萬三千年前是對地球和人類近代史前史上非常重要的一個分界點。那是地球最後一次的冰期，那次對生態同時是個大浩劫，海平面上升了兩百公尺。更重要的是，人類的文明基本上從那時候開始展開了第二次的大躍進。這些和我在陝西圖書館內的推測完全一致，是他星艦的能量導致這場後果嗎？然而那些現在不重要，「然後呢？」我說：「接下來呢？」

「接下來。我並沒有參與遠征地球的旅程，只有嬴政和他的手下。我是到戰國末期才來到地球，那段時間他們在地球做了什麼我不知道，只知道他們奉泰非斯的命令尋找『創始之體』。而從各國神話中來看，他們顯然遊歷了各個地方。總之，他後來進入密艙，等待母星將他們召喚回去。」

「結果才過了幾千年，他們就被緊急喚醒—母星發生了內戰，泰非斯在議會派出大批遠征軍隊後，突然發動政變，並斷絕所有不是左派部屬的遠征軍隊退路，讓他們無法成為議會的援軍。」

在他述說的同時，我看見一個自有生以來最令人屏息的景象—在寬廣無際的太陽系中，數萬，甚至上千萬艘的艦隊在宇宙中交戰。黑暗的船艦遍布太陽系，星艦上發出的微光彷彿夜空中的星星，艦隊交戰範圍從太陽延伸到小行星帶，難以計數的艦隊殘骸漂浮在太空當中。我仔細看，發現幾乎過半數的星艦上都印有龍頭的徽章，那些應該就是傑生所說的泰非斯的手下。其中一顆湛藍的行星旁為最激烈的交戰地點，近兩成的戰艦在它四周交火，泰非斯的軍隊漸漸驅逐其他艦隊，最後一道強烈的紅色光幕從星球核心往四面八方炸開來，接著一切陷入黑暗。

傑生凝重的說：「議會的武力本來就不強，所有效忠議會的軍隊全都在星際當中。政府軍無力抵抗，在關鍵的內戰當中，泰非斯獲勝並且掌控了整個議會，同時他廢除所有星際條款。他們攻下無數具有高智能物種、過去和我們有過互動的星球，用武力摧毀他們，再用黑死絕病的致命病毒消滅所有非乙太的公民。嬴政當然也被喚醒了。而那時我在高層的命令下前往地球，並不知道這場政變，一直到了地球才發現一切已經變了。」

「黑死絕病。」我想到蕭璟提過席捲全球的黑死病。

「沒錯，泰非斯對地球情有獨鍾，或許是因為它曾經是乙太風行一時的研究對象，但更重要的是—他們相信，地球是掌握創始之體的關鍵，是通往永恆之境的鑰匙。當時我執行著議會尚未被消滅的長官的命令，成功阻止了嬴政第一次計畫，也就是兩千兩百年前，而現在乙太母星再次喚醒了他，現在……」

「等等。」我舉起手打斷他，這些資訊塞得我頭昏腦脹，但有一點讓我感到困惑。

「你們的壽命大概多長？」

「比你們長個幾百年，但我們可以透過冬眠和醫療技術延長至更久，不過通常沒人選擇活那麼久。」

「請修正我的數學，你剛才說嬴政在數千年前就來過地球，那時候的敵對勢力領導人是泰非斯，而現在過了不知道千萬年，為什麼他們的領導人還是沒變，而且怎麼可能會有人有閑情逸致可以慢慢等個一萬多年？」

「你說到要點了，」傑生點頭說，「你明白相對論嗎？我是說愛因斯坦提出來的那個理論。」

「我聽過，但沒有概念。」

「在乙太，也就是克卜勒452系統旁邊，不到半光年的位置有一個黑洞—事實上說是黑洞並不完全精確，因為我們和黑洞之間是透過一層空間翹曲連結，不然我們星系會被黑洞的重力撕成碎片—我們稱之為『盤古』。」

「盤古？」

「當然，不然你以為地球歷史上那麼多創世神話中的巨人怎麼來的？盤古[3]、尤密爾[4]、阿圖姆[5]，還有普魯沙長[6]？」他頓了頓，「總之，這個黑洞讓我們的時間過得比外界慢上許多，大概一比一百，所以這兩千年來，對乙太上的人來說只過了二十年而已。所以我們有理由相信，乙太上的內戰仍未完全結束。」

「原來是這樣。」我喃喃說著，想到在西安指揮中心時，看到《拾遺記》中談到外星生物的世界時間和地球為一比一萬。

「但談到這個黑洞，它對我們的重要性不只是這樣，這黑洞提供了我們征服銀河重要的條件，它是我們科學得以進步神速的研究對象。最重要的一點是：我們要征服其他數千光年外的星球，都要靠『蟲洞』才能讓大量的軍隊通過。不過這必須要耗盡極大的能量，比恆星一輩子能產生的還要多。這黑洞會每一千一百年定期釋放出一道強烈的能量噴流，而我們的星球可以將這股能量集中起來，轉換到量子泡沫中，將它從普朗克尺度開啟成巨大的通道，再運用大量的反物質穩定負能量空間開啟蟲洞，讓我們的軍隊和人民能夠遷移過去。」

「蟲洞嗎？」我心中浮現電影中的影像：一道圓形門口在太空中漂浮的樣子。

「老天，倫納德，不是你想的那樣，」傑生搖搖頭，「蟲洞是用來連結三度空間中的通道，它必須通過超空間才能連結兩側，蟲洞從外觀看是一個球體，絕不是那些原始星際電影的長相。我們派出去的遠征星艦，都具有科學探勘的功能，它們的目的就是在星球的另一端在和母星合作，穩定空間通道。」

「蟲洞一定要由人工製造嗎？」

「通常是，在宇宙初始的時候，或許有一些原始量子泡沫有足夠的條件產生蟲洞，但那一定非常微量，微量到幾乎不可能存在，而且容易崩解。現在可能還有，只是我們沒有找到。然而要讓一支龐大的軍隊通過，絕對不是自然能夠產生的。」

「但你說過你們和黑洞間是有個巨大的空間翹曲連結，那又是怎麼一回事？」

「那是我們科學界最大的問題，」他壓低聲音，「我們相信，那是造物者，也就是你們文明概念中的上帝，或者是某種更高智慧的高維智慧體放在那的。」

我困惑的皺起眉頭，「我以為你們文明愈進步，愈不相信超自然力量。」

「不，那是你們的眼界目前還太過狹隘。等到你們科學發展到更高的境界，就會發現宇宙背後是擁有遠非科學所及的力量在主導，許多事不是宇宙科學所能涵蓋解釋的。你以為嬴政選擇當秦朝的開國皇帝是意外嗎？不，這是很早註定好的。還有剛才我說黑洞以一千一百光年為一次週期，其實並不完全正確，事實上，是透過空間翹曲的調節，以某種方式控制時間的流動。我們曾經派過無數探測器進入空間翹曲之中，但沒有一個有辦法回來，有某種力量讓任何物質、能量無法通過它。我們認為是『創始之體』在背後操縱它，而接近創始之體的途徑便是透過地球。」

「我還是不曉得創始之體是什麼，不過為什麼是地球？」

「我不能告訴你，不然這會影響你的信心和決定，有些是註定要由命運去揭露。」傑生遲疑了一下說，「我只能告訴你，如果創始之體落到泰非斯手中，不只是地球，整個宇宙都會陷入浩劫。」

「你是否想過，為什麼乙太的軍隊一定要經由蟲洞，而不在這幾年派遣更多遠征軍？這是因為被泰非斯驅逐的議會勢力，依舊有不少散布在星際當中，因此泰非斯不敢貿然經由星際派遣軍隊，以防被消滅或者母星被趁虛而入。只能等待黑洞一千一百年一次的噴流週期。」

「等等，」我在心裡計算，背脊發涼，「一千一百年一次，秦始皇是兩千兩百年前被擊敗，那再過幾天……」

「沒錯，你終於了解事情的嚴重了，」傑生嚴肅的說，「再過六天，蟲洞就會開啟。那時的入侵陣容會讓西安這一艘星艦像是遊樂場的兒童設施一樣微不足道。」

「為什麼是六天？」我皺著眉想著這個日期，「我從來沒聽人提過。」

傑生搖搖頭，「你以為那些末日預言真的有意義？《聖經》說：『那日會像盜賊般無聲無息的到來，無人知曉日期』。但其實這也只是單純的電波來往時間，而且也沒說這就是末日……但如果我們無法阻擋，那就會是人類的末日。」

「那我們得趕快阻止他們！」我大吼：「你不是很厲害嗎？設計了這一艘星艦，寫出它的程式，這是你們的責任！你有什麼辦法趕快告訴我！我們或許能夠破壞外面那台電腦，或是和那些議會的殘餘勢力求援……」

傑生沒有回應我，只是緊盯著我的雙眼，似乎想理解我的憤怒，然後他像是從我的腦海中找到了什麼想法，果決的點了點頭，他說：「石板上不完整的內容讓你很困擾，我在想，如果你能看見完整個故事……」

他朝我的頭伸出手指，我來不及說話，他的指尖就觸碰到我的額頭。我陷入時空的漩渦之中。

72

秦朝帝都　211 B.C.

我在傑生的帶領下穿越了無數個世紀。周邊影像迅速在我眼前閃過—

歷史上大大小小的戰役在我眼前展開。地貌在時間流逝下快速變遷，從一片雪白的冰原迅速變幻出汪洋、金字塔、人群。一切猶如從火車外看出去的景象般一閃即逝，在驚鴻一瞥中，我似乎看見地表上一艘銀白色的巨大物體於黑暗中閃爍，緊接著無數風砂掃過，成千上萬的人在地下挖掘建造一個如同宮殿般的巨大建築，我瞇起眼睛想看個仔細，卻隨即遁入黑暗之中。當我從黑暗中出現時，感覺到頭昏腦脹，差點站不住腳。

「別動。」傑生抓住我的手臂，

恢復身體的感官後發現，我回到了兩千年前的中國，我正在一座宮殿當中。這座宮殿富麗堂皇，四周裝飾著玉器和刀劍擺飾，從窗外透進來的光芒判斷，現在是晚上。一個儀態高貴威猛的男人，身穿黃色的長袍，坐在宮殿後方一張刻著龍且裝潢華麗的椅子上。他前方是一張長五公尺的檀木桌子，桌邊鑲著黃金和碧玉，龍椅後方的牆壁上懸掛了一把長劍。

「在前面的，那就是嬴政。」

一道電流從我的脊椎流下，我在史書中看過無數關於秦始皇的記載，我也在自己的夢境中看過不少次，如今親眼近距離的觀看他過去的影像，仍然讓我感到一陣顫慄。當他的目光掃到我這個方向時，似乎有一道紅光閃過，我彷彿回到密室中，低沉的嗓音在耳邊吟詠。

嬴政的目光散發出無比的怒火，雖然我不知道那股怒火不是針對我，但仍感覺到他跨世紀的怒氣，我不禁好奇是哪個人運氣這麼差，把他惹成這樣。

「陛下，搜查隊長回來了，要求見陛下。」一人低著頭走進宮中報告，不敢注視嬴政。

嬴政微微的點了個頭，他身旁的李斯開口：「讓他進來。」他一出聲我才注意到原來李斯在這，他也是歷史上的名人，在秦始皇旁邊感覺十分卑微。

過了三十秒，一名身穿戰甲的軍人走了進來，他一到嬴政面前立刻跪了下來，「參見陛下，吾皇萬歲萬歲萬萬歲。」然後他對李斯拱手，「丞相大人。」

「蔡英武將軍，」嬴政傾身向前，「你來做什麼？」

「稟陛下，我來回報您指派的尋找任務，」他看向李斯。

「你們先行討論，我告退了，陛下。」

「不，留下。」嬴政直視蔡英武，「你找到了嗎？」

「呃，陛下，我們搜尋了咸陽所有的儒生和方士，還在全國發下海捕文書，截至目前為止已經殺了超過五千人，不過……」

「我不是問你殺了多少人，將軍，」嬴政眼中冒出危險的光芒，李斯神色不安的退了一步，「如果要殺人我還用得著你們嗎？我問的是你找到東西了沒。你逮捕了超過一萬人，有沒有誰知道那兩個方士的下落？」

「沒……沒有，」蔡英武此時已經汗如雨下，前額抵著地面顫聲說：「我們還在努力，就快要成功了，只要再給我一點時間……」

「我一再聽到承諾，卻什麼結果都沒有看到。」嬴政雙手壓在桌面，「我再給你一次機會，你找得到人嗎？」

「如果您能給我那個東西……那個什麼儀器的外觀，我可能可以更容易……」

「夠了，」嬴政搖搖頭，「你沒有價值了，你知道你前任的下場是什麼。」

「求求您！」蔡英武猛嗑頭，「陛下，把我斬首！車裂！隨便您要怎麼對我！只要不要那樣處刑我都好！」

嬴政不理會他，我不禁好奇他要怎麼對付這位將軍。只見嬴政對著蔡英武睜大眼睛，那一刻他的雙眼變為血紅，周圍的空氣降到冰點，連我都感覺到有爆裂聲在空氣之中，蔡英武緊抓著喉嚨倒地，他全身痙攣抽搐，扭曲成不自然的形狀，他氣管發出可怕的嘶嘶聲，我知道嬴政正在做什麼，那和我在密室中所遭遇的情況一樣，其中痛苦確實遠遠超過被砍頭，因為那是心靈直接的受創。

我求助的看向傑生，但他只是搖搖頭，「這是過去的影像，我無能為力。」

可怕的刑求持續了一分鐘，空間寂靜無聲，只有受刑者微弱的呻吟和李斯不安的呼吸聲。蔡英武的雙眼、鼻孔、耳朵還有嘴巴流出大量的鮮血，他全身抽動了最後一下，然後就靜止不動了。

「愚蠢的軍人。」嬴政咒罵一聲。

「可是陛下，現在距離時間只剩下一年不到了，如果再找不到的話……」

「你以為我不知道嗎？」嬴政憤怒地鎚著桌面，嚇得李斯退了五步，「把這個屍體給我清走！難道要我自己動手嗎？」

話聲剛落立刻就有十幾名太監跑進宮殿，手腳俐落的清理地上將軍的屍體。我心中猜想，不知道這些人清理過多少次屍體了，居然能夠如此淡定的面對這麼可怕的景象。

「陛下，您不能交給人類，」李斯說，「如您所說，有和您一樣強大的同類在操盤，他們不可能是他的對手。」

「你覺得我沒有想到這點嗎？」嬴政駁斥，「我已經暗中派出我所有隨行的部下，還有全世界各地的偵測器了。我敢保證一週內一定可以找到那個叛徒，我派出人類只是希望能夠加快速度而已。」

「您怎麼能確定那個叛徒一定會被逮到？他已經消失那麼久，說不定躲在世界的某個地底下。只要讓他拖過年底……」李斯看見嬴政暴躁的神情立刻安靜下來。然而嬴政只是若有所思的坐回位置上，「你不了解，我們……所了解的，和這裡不同，就算我真的找不到，他也一定會主動來找我。這是創始之體已經註定好的，只是我能不能在有限的時間內奪回來……」

一道暗影掠過宮殿，一個全身籠罩在黑暗當中的人憑空出現在嬴政面前，如果傑生沒有穩住我，我一定已經嚇得跌倒，顯然李斯和我的反應差不多，他倒退了好幾步，「混沌。」

那人微微一笑，「我也很高興看到你，李斯。」他面對嬴政，「我找到了。」

「在哪裡？」嬴政站立起來。

「在九夷山、丹陽、琅琊、沙丘，都出現了異常的心智指數，這是敵人放出的訊息。」

室內一片寂靜，這時門外傳來太監的聲音，「陛下，關東使者求見，說有極為重要的事。」

「讓他進來。」

一名使者神態緊張的走入宮殿，他似乎沒有看見殿中的黑袍人，他跪下，雙手呈上一面碧玉，「皇上，我在來此的路上，遇到一個全身裹在陰影中的人，他要我將這個交給您。」

李斯將那面碧玉放到嬴政桌上，他一看之下倒抽一大口氣，嬴政卻面無表情，「你記得給你這東西的人長什麼樣子嗎？」

「我不記得了。」那個人全身顫抖，不知道那片碧玉上寫的是什麼。

「你可以走了。」嬴政面無表情的說。

「謝陛下。」那個人立刻轉身快步逃離這座宮殿。

等那個人一走，嬴政立刻說：「是他，他主動找上我們了。」他將碧玉用力扔到地面上，我稍稍一瞥，看見上面寫著五個字：「今年祖龍死」。

「通令所有人員準備一下，我要出發，進行第五次的巡遊。」嬴政說：「我要親自去逮住這個叛徒。李斯，你去準備出發事宜和規劃路線，還有通知趙高、胡亥、蒙毅三人，我要他們三個隨同。」李斯看起來似乎想反對，但嬴政舉起手打斷他，「我知道，你不喜歡趙高，但他不是問題，等幾個月後他就會淪為我的階下冤魂，你只需要奉命行事。」

李斯離開後，嬴政身旁的神祕部下旋轉一圈後便憑空消失。嬴政面無表情的步出宮殿，我靜靜的尾隨在後。

「我們走吧。」傑生對我伸出手，「這個年代看完了。」

我猶豫了一會兒，然後伸手握住傑生的右手，這個時代在我面前消融。

砂丘平台　211 B.C.

我再次出現在地面時，時間已經進入深夜，天上滿是烏雲，沒有任何一絲光明透進。空氣中瀰漫著暴風雨欲來的金屬味，強風吹起砂石，那些石頭直接穿越我的身體。我和傑生站立在一座由砂土堆疊而成的平台之上，這裡有一堆巨大營帳，我立刻明白這是哪裡，這裡是秦始皇生命到達盡頭的地方。

砂丘平台是個很弔詭的地方，在中華民族的發展史上，商紂王、秦始皇、趙武靈王都曾在此留下一段故事，這裡是歷代人稱的「困龍之地」。

「我們進去吧。」傑生帶著我走進軍營當中最大的一座營帳。我們走到裡面，看見嬴政正坐在營帳中央，渾身裹著黑暗的四凶站立在前，其中的「混沌」在嬴政旁和他說話：「長官，時間已經快到了，如果我們一個小時內仍不能逮到他……」

「不……很接近了，我感覺得到，我從來沒有感覺這個人離我那麼近，他一定就在軍營中，在等著和我攤牌，這是天命的註定，他一定會在時間內現身。只是如果他故意拖延，哪怕只是一分鐘也來不及了，我們不能辜負泰非斯元帥。你們三個繼續搜尋，混沌留在我身邊。不管怎麼樣一定要找到他！」

「是。」黯影消失在帳棚之中，只有混沌留在原處，四下恢復寂靜。

我靜靜的看著嬴政坐在那裡，他雙眉緊鎖，似乎在應用他的意志力探查四周，我從來沒有看到他那麼焦慮過。我等了五分鐘，嬴政仍然沒有進一步的動作，我看向傑生，他對我點點頭，「就是現在。」

一個人影突然進入嬴政的帳棚，那個人的臉被帽子蓋住，但我感覺全身的細毛都束了起來，有什麼事情要發生了。「陛下，可要用晚膳？」

嬴政閉著眼睛對前方的服侍說：「你是怎麼來的？外面的侍衛居然放你進來打擾我？快離開。」

「要控制這些原始人的心智……就像要理解你的思緒一樣容易。」

嬴政被這句話一刺，雙眼立刻睜了開來，他身旁的混沌也上前一步，「你是誰？你就是那個叛徒對吧？你是議會的殘餘勢力？你把主控器偷去哪了？盧生和侯生，還有石生在哪？」

「他們只是凡人，你此時應該關心的不是他們。」那個人卸下自己的偽裝，我早就知道他是誰，那個人此時的面孔和我身旁的傑生完全一模一樣，除了不是穿西裝外，但顯然嬴政大為震驚，他稍微平緩了一下情緒，「我早該猜到是你，我們曾經是最好的夥伴，你把主控器還給我，我可以既往不咎，像過去一樣追尋我們的理想。」

傑生眼中浮現痛苦的光芒，「嬴政，你到底怎麼了。」

「世界的秩序已經改變了！」嬴政大聲說，「星際法廢除了，議會已經垮了，第一公民泰非斯接掌一切，世界變了，只是你還沒察覺而已。再過一會兒這個星球將只會留存我們所選定的生命，你緊抱著那虛幻的道德又有什麼意思？」

「他們是我們的一份子，不管你同不同意，不管原因為何，他們和我們的基因幾乎完全相同，我們不能為了你們自己瘋狂的偏執而犯下這樣的罪行。」

「他們是原始的種族，心智和文明都才剛剛起步，如果現在一次解決，能免去他們許多痛苦。你知道你阻止不了我們，就算這次失敗，兩千年後－乙太的二十年，我們一樣會徹底掌握這裡，第一公民已經決定不粉碎整個生態系，對這些原始人而言，已經是非常人道的作法。」

「你們打算抹去整顆星球人類的存在，現在卻和我解釋什麼是人道？」

「你見過這些原始人的生活方式嗎？他們把植物的木質部做成長條狀的竿子當武器、把閃電當做一個胖子在打鼓，崇尚暴力卻又無知愚蠢，他們就和我們過去所征服的生命一樣微不足道，能特別被乙太關注是他們的榮幸。」

「我們也曾經一度和他們一樣，」傑生堅持，「他們只是年輕的種族，還有很多事要學習，他們有權利為自己開創未來。而且我們和他們有何不同？為了爭奪權力，破壞和平，屠殺議會……」

「我們做了必須做的事情！改變方才能生存！這是宇宙的法則。」嬴政咆哮，「我見識過他們的天性，相信我，如果我們撤出，人類終究會自取滅亡的！我不想和你爭論，把主控器還給我，這是你最後的機會，不然我們就只能用另一種方法解決。」

傑生沉默不語，然後他緩緩從胸口取出一個發出七彩光芒的透明方形，外觀十分美麗，只是它散發的力量卻萬分強大。嬴政看了眼睛一亮，伸出手說：「選得好，現在交給我。」

傑生緊盯著嬴政的雙眼，「雖然我無法阻止你，但我可以拖延你，只要過了黑洞噴流的一分鐘沒有建立起穩定系統，你就無法成功。」

嬴政突然從腰間抽出一根銀色的物體，猛然朝傑生一揮，一道猛烈的銀色光芒在營帳中炸開，我身旁的傑生立刻將我拉開。嬴政攻擊得這麼突然，我以為傑生一定會被打倒，但他抽出武器的速度遠比我想像的更快。他也從腰間抽出一個一模一樣的武器，在面前迅速一揮，一圈藍色的力場立刻擋下了嬴政的偷襲，那股力量也同樣包覆著他的全身。他同時對著嬴政和他身旁的混沌各揮一次，兩道光束閃過，混沌被閃光轟到營帳後方昏了過去，嬴政則以同樣快的速度擋下了傑生的攻擊，防禦的力場也立刻在他身上擴張開來。

閃電光芒在營帳內往來射擊，我這才看清楚他們所用的武器是什麼。那是一根長約三十公分的銀色棍棒物，外觀類似魔法電影中的魔杖。高科技金屬法杖尖端激射出光束能量，營帳內所有木桌、瓷器、玉器全部被蒸發掉。奇怪的是，這座營帳卻完全沒有受到能量傷害，而且外面也沒有任何士兵察覺到異狀。

傑生和嬴政交戰的電光雷射讓氣體為之沸騰，即便我明白一切只是影像，強大的能量也幾乎讓我喘不過氣。此時營帳外傳來數聲呼喝，我知道是嬴政的三個手下企圖闖進來，卻被傑生架設的無形力場擋在外面。

「嬴政！放手吧！現在還有機會，加入我們，一起推翻泰非斯，找出方法導正錯誤的道路。」傑生射出一道閃光在嬴政身旁的地面上炸出一個坑洞。

「你想都別想！創始之體已經向我們揭露了萬物的真相，現在只差一步就要達成了！」

嬴政揮杖攻擊傑生，但傑生擋了下來，並以迅雷不及掩耳的速度射出電光擊中嬴政的武器，法杖像一道銀色的拋物線飛過空中，傑生趁機將武器遞到嬴政胸前。

嬴政的反應快到不可思議，他從後方憑空抓出一把長劍，劍身閃耀著紅光，當它畫過空氣時宛若一到熾熱的烈焰，頓時將傑生的武器從中間斬為一半，純白的能量立刻在空間中炸開。

「龍泉寶劍。」我顫聲說，傳說中秦始皇有把無堅不摧的寶劍，考古學家至今仍沒有發現。

傑生被逼退了一步，但他也立刻從空中抓出一把閃爍著淡淡藍光的寶劍，再度和嬴政交手起來。

他們兩個鬥了可能有上百招，劍刃劃過空氣時會發出嘶嘶沸騰聲。雖然我不懂劍術武功，但看得出傑生慢慢占到上風，嬴政表情猙獰的節節後退。

傑生將嬴政逼到營帳後方，將劍身纏繞上嬴政的長劍，然後鎖住他的劍柄，再用力下壓，嬴政的龍泉寶劍立時掉到地上，傑生劍尖止住，指向嬴政，「你輸了。」

嬴政雙眼爆出危險的光芒，我以為他要發動攻擊，倒抽了一口氣。傑生連忙舉劍退後，但嬴政卻只是向後退了一大步，然後用力將手捶向一個放置在地面的金屬圓盤。

「不！」傑生上前企圖阻止他，但遲了一步，震動搖撼了地面，我聽見地下發出隆隆聲響，然後遠在西安看不見的地下星艦，朝天際射出一道超高能電磁波。傑生立刻在他腕上的平板點了點，但儀器說：「信號已傳出，攔截失敗，確認方位，乙太。」

傑生跪倒在地上，與之同時帳外的力場被破除了，三名嬴政的手下衝進來包圍他。

「他們在路上，你輸了。」嬴政撿起他的劍說。

傑生抬起雙眼，痛苦卻堅定的直視他，「你不會成功的，你以為我沒有任何準備嗎？我已經留下了方法，後人會明白並打敗你。」

「那是什麼？」嬴政瞇起眼睛，「是你自己的登陸艦嗎？你藏在哪？」

「你永遠不會知道，」傑生嚴肅的說，「嬴政，如果說過去這些年我在這學到了什麼，那就是你可以不相信人性，但你最好不要藐視人性，不然你一定會被其所敗，你會被你瞧不起的弱者奪去至尊之位。你比我還早來地球，你一定知道我指的是什麼。」

「感激不盡。」嬴政拿走七彩方塊，然後將長劍刺入他的胸口，在我身旁的「程式」傑生臉部微微抽動。眼見嬴政的長劍刺入傑生胸口後，他的傷口立刻如同灼傷般化為黑色，接著他身子向旁一軟，癱倒在地上。

「長官，現在要怎麼辦？」混沌盯著方塊說。

嬴政怒視著傑生的屍體，「這個世代已經玩完了，我們沒有必要再待在這了。前往未來吧。但在那之前……」他將手按在傑生身上。傑生屍體開始發生變化，他身體上下起伏，然後……變成嬴政的面孔。

「啊！這是……」趙高走進來看見地上的屍體和神色嚴峻的嬴政，驚恐的尖叫出聲。

「聽好了，」嬴政將手指在趙高的胸口，他的眼神頓時變得空洞。「嬴政死了，這是他的屍體。你的野心得以伸張，去做一切你想做的吧。」嬴政的手拿開，趙高眨了眨眼，低頭看倒在地上的傑生，驚喜地大笑。我震驚的看著他，然後嬴政和他的手下走出營帳。傑生帶著我尾隨在後。

嬴政仰望天際，「各位，現在……只能等待了。」他揮揮手，三名手下消失在不見。他面對混沌，眼神閃爍光芒，「我也要回去了，你明白怎麼做。這事只有你知道。確定那份詔書他會正確執行，然後再加入等候主的行列。」混沌將手按在胸口跪下，嬴政一按量子方塊，也消失在夜色之中。

「我們走吧。」傑生在我身旁說。我抓住他的手，重新回到現代世界。

73

中國．西安　大明宮國家遺址

「沒什麼好爭辯的，鬼影行動任務失敗，回報傷亡人數，就可以撤離了。」

二十名身穿黑色制服的特種部隊焦慮的在一個開啟的地道前爭論。

「距離撤離時間還有十分鐘，或許……」

「然後呢？他有辦法從星艦中逃出來嗎？我想不行！」一名英國ＳＡＳ成員說：「史基瑪，他是在你的眼下被抓走的，我們失敗了，就是這樣，現在趁還來得及離開這。」他轉向一名隊員：「記錄行動結束時間：六點二十分，傷亡人數：三名特種人員。」

「我們有隊員被地鼠殺了，這地方不能再待下去，」另一個士兵說，「雖然失敗了，但至少我們能夠安全回到台灣。」

「好吧，我們準備……」

「不行！」蕭璟在一旁懇求著說：「離標準撤離時間不是還有十分鐘嗎？我們可以再等一下，如果到時……」

「出現什麼奇蹟？我不這麼認為，小姐，我們本來任務沒有包含妳，妳能夠和我們一起離開這鬼地方就算萬幸了。」

「你們任務失敗，回去要怎麼和你們長官交代？」

「所有任務都有風險，我們喪失了弟兄，為了救那個素未謀面的什麼倫納德！不要和我爭論我們沒有盡全力！這場戰爭大家都付出了代價，不是只有妳！」

「求求你們，」蕭璟眼眶泛淚，「只要再十分鐘，如果沒有的話我們就離開。」

二十名特戰隊員為難的看著彼此，似乎有點不知所措，和一個女孩大聲吵架似乎不是什麼有風度的作法，最後史基瑪上士開口：「這是我的錯，我在這裡等。」

「好了，我投降。」一開始說話的那名ＳＡＳ成員舉手，他直視蕭璟的雙眼，「十分鐘，然後我們就走。妳最好期待會有奇蹟發生。」

74

中國・西安　外星母星艦總部

我回到白色的空間內部，為剛才見識到的影像震驚不已。

嬴政的屍體其實就是傑生？趙高篡改的詔書是嬴政授意的？陵寢只是為了隱藏星艦？這一切歷史都是一場騙局？

「這下你明白了吧？」傑生在我身旁說。

我意識到傑生的存在，突然一股怒火湧上心頭，我大聲咆哮：「你為什麼要回去？為什麼不把那主控器摧毀？或藏起來？結果現在把世界弄得一團混亂！」

傑生眼中冒出怒火，「倫納德，不要輕易的評論我作法的是非，你不了解完整的故事，操縱一切背後的力量，那是註定的。簡言之，就是你們說的『命運』。我無力更動，當我來到地球研究不久後，我就明白了。我無法更改歷史的必然，只能在有限的選擇下……盡力改變細節。」

「我真搞不懂你們乙太人。」我難以理解這複雜的邏輯，不禁搖了搖頭。一個高科技文明，居然以「命運」為理由打混過去？我懷疑他還隱藏了多少資訊沒告訴我。

「這些不同文化和科學的事情以後再談。首先，剛才我帶你所看的影像……」

「你提到了某個『解決方法』。」我想起來，「那是什麼？」

「那是一個程式。」傑生說：「如同我剛才說的，我是這艘星艦的首席設計師，我熟知當中所有的運算程式，而那個程式……它可以改寫這艘星艦的主程式碼，重新設定重力穩定器，並瓦解外殼的強作用力系統。然後從內部摧毀它。」

「那個程式在哪裡？它長什麼樣子？」

「那是一個硬碟，我把它製作成一個文物，外觀是褐色的璧玉，這東西叫做『穀紋璧』，它多年來一直藏在秦始皇的宮殿當中，只是他茫然未覺。」他的手一揮，空間中出現了一個立體影像—圓盤狀的褐色璧玉，外觀樸實普通，兩面紋路完全相同，看起來毫無特殊之處。真正的機密就是長這樣對吧？我心想。

「這東西要怎麼幫我們？」

「你來這裡的路上，有沒有看見外面的螢幕上，有一個銀色的金屬平板？平板中央是一個七彩方形？」

「就是你剛才帶我看到的主控器，是的，我知道，所以那有什麼用？」

「耐心聽完，這個璧玉如同一個偽造的主控器，內部設有殭屍程式，能夠改寫整個星艦。簡單的說，只要將那個方塊拿出來，改成這個文物，就能夠摧毀這艘星艦。」

「那麼簡單為什麼你不自己做？」

「嬴政不是省油的燈，這艘星艦防禦周全，主機又設有防止入侵的系統，我們這些同種的人要接近它根本是不可能的。只有非乙太公民、或是嬴政本人的基因才可以觸碰它。」

「但如果我可以將這個文物成功取代……」

「那就可以終結入侵的道路。」

「那這個文物現在在哪裡？」

「我的印象是它曾經在北京的紫禁城，然後二次世界大戰時被搬遷到重慶，再之後又往來遷移……」

「文物大遷徙，」我腦中浮現這段歷史，日本入侵中國時，當時的國民政府將所有的文物轉移到南方，後來面臨國共內戰，這些文物又輾轉到了台灣……我感覺腸子全部絞成一團。史基瑪說，乙太艦隊越過台灣海峽攻擊台北，他們擁有強大的武力，差點便可以摧毀整個台灣北部，卻在摧毀了故宮後便離開。

「完蛋了。」我全身乏力的說：「那個文物正在台北的故宮博物院，據我所知嬴政的艦隊已經在幾天前已經攻擊了台北，而且粉碎了故宮。」我驚恐的看著他，「如果他們已經摧毀了……」

我沒有說下去。傑生的表情看不出什麼太大的震動，只是他的眼簾慢慢垂了下來，然後他緩緩的說：「如果是這樣，那麼嬴政就已經贏了。你們一點機會都沒有。」

希望破滅了，房間內的空氣彷彿被抽乾了，四周突然變得如同外面一般冰冷，房間內陷入死寂，我們兩個都不說話，傑生閉著眼睛，一手觸摸著後方的綠色漩渦，表情認真，似乎試圖從當中讀取什麼資訊。我看著他，這時不知道為什麼我想到了蕭璟，她現在應該已經準備去台灣了吧？我希望能夠在死前再見她一次。

傑生睜開了眼，他的表情改變了，夾雜著不解和震驚。他轉向我，困惑的開口：「我有個問題要問你，你當初是如何夢到這個空間的？什麼時候開始能夠和嬴政的意識對話？我掃描了你的記憶，我什麼都沒有看到。」

「那是在一道電波傳來之後，就是從乙太傳來的訊號，顯然那將某種資訊灌到我的腦中。」我重述那天我在圖書館的經歷，我如何看見綠色的光芒在螢幕上跳動，如何誤觸了鍵盤，然後被電暈了過去，並出現幻象。

傑生聽完我的說明後，表情顯得更加不解，「不可能，那道電波是純粹的啟動序列，內容全是單純反覆不斷的四十三段加密複代碼訊號，絕對沒有帶任何其他的訊息。那充其量只是啟動你本來擁有的記憶。」

「怎麼可能？」好幾個疑問湧上我的心頭，我感覺又再度深陷迷霧。

傑生看著天花板地星辰想了一會兒，突然開口：「你說你是英國人。」

「是的。」

他又沉默了一下，「你的父母都是英國人嗎？」

「是啊，他們從小就生活在倫敦。」我被他的問題搞的更疑惑，「怎麼了？」

他呆望著天花板一會兒，口中喃喃說著什麼，最後他搖了搖頭，「那我就不知道了。」

「等等，你到底在說些什麼？」

「我在想……那張圖……或許有另一種可能……」他還沒有說下去，他全身的影像突然閃爍了一下，他的聲音也中斷了。

「該死！」他怒吼，「我的時間遠比我以為得還要更短！」

「怎麼回事？」

「星艦的系統發現異常，現在它們正在攻擊我，我設的防火牆擋不了太久！」

「我以為這艘星艦是你設計的，你對系統免疫。」

「我現身太久，引起了系統注意，頂多五分鐘，然後我就會被刪除。但那不重要！等你離開這裡後，你必須肩負起擊敗嬴政的責任，否則你星球將會再也沒有一個人活著。」

「為什麼是我？」我抗議，「你為什麼不找更有能力的人？」

「銀河雖大，也只有你了。不論如何，你註定要擊敗嬴政，其他人辦不到，這是歷史註定。」
「但文物已經被摧毀了！你要我怎麼擊敗乙太艦隊？」
「等你到了台灣你就會了解了。」他伸手到後方翠綠色的光芒中，取出一個藍色珍珠，他放到我的手上，「你不要問，這個東西能在最後的關鍵保護你。」
「但我要怎麼離開這裡？」我把珍珠放到我的口袋中。
終於，他的臉上浮起微笑，「你試過傳送器嗎？」
我身邊出現了三個漂浮球體，球體尖彼此射出電光，在我身旁形成了一個三角形。
「等你醒來，傳送器會把你送到安全的地方。」
「送到哪裡？」
「和你的同伴會合，」他搖搖頭，「他們正在吵架，那個女孩哭得很傷心。」
「蕭璟？她怎麼了？」
「她沒事，你該擔心的是你自己。」我身邊的球體愈轉愈快，發出強烈的光芒。相對之下，傑生的身影卻開始漸漸模糊。
「我們不會再見面，」傑生說：「切記我的話，你還沒有面對你內心最大的恐懼，你的挑戰很快就要到來，屆時我無法再幫助你。你的決定將會至關重要，是仇恨？還是和平？」
我想起密室中的力量，打了一個寒顫，「我最大的恐懼是什麼？」四周的光芒更強了，我幾乎睜不開眼睛。
「只有你自己知道，」傑生的身體只剩下輪廓，在強光中閃爍，「當面對嬴政的時候，你必須專注在某樣你生命中最重要的事—一個你和世界連結最強的事物上，那是你唯一的希望。一旦你看不清什麼是讓你保持人性的那一面，恐懼的力量會將你完全吞噬。」傑生現在只剩些許微光在閃爍，「在面臨選擇的時候，想想我，不要失去你的信心。」

球體發出超新星般的強光，我感覺四面八方的空氣劇烈的擠壓我，我被壓縮到一個比原子還小的點中，然後一切都消失了。

75

中國・西安　外星母星艦內部

在將倫納德送走後，傑生離開了主控中心，出現在訊號發射處。他現在只剩下一分鐘的時間，身體也只剩下些許的微光，但傑生不在乎。

傑生將剛才和倫納德對談時，所取得的基因輸入電腦，並鎖定兩個位置，儀器開始運轉，螢幕上顯示倒數三十秒發射。

真是奇特……傑生想到萬年前，乙太所提出這項理論，以及當他到達地球時他所看到的啟示畫像。而這一切，全在剛才的對談中得到了結果。

倒數二十秒。

傑生嘆了口氣，他永遠不明白為什麼創始之體會體現在一位年輕的青年身上，還有那個女孩……這或許正展現了宇宙乃至於造物者的奧妙。

倒數十秒。

傑生熱淚盈眶。即便他只是一個程式，但此時的他確實感受到了兩千年前自己心靈的悸動。自己以及全星球尋找了無數年的奧祕，此時居然被找出來了，而這結果是如此的美麗。

「已啟動，使用者確認發射？」

傑生準備輸入確定，然而他卻嘆了口氣。他想著自己獲知的真相，真相雖然美麗，卻也同樣致命，無論哪一方都不該得到它，有些東西就是要帶入墳墓。於是他毅然刪除了第二個發射目的地。

「指定標的：阿爾戈，變更存取碼，授權代碼：金羊毛。」

傑生望著發射電波的尖端，心中暗自嘆息，想著剛才和倫納德的對談。一個年輕人居然身負如此艱鉅的使命，實在叫人憐惜。然後他身邊跳出一個緊急視窗，顯示防火牆只剩十秒就要瓦解。

傑生關掉視窗，閉上眼睛，面露微笑的望著系統的源頭、他昔日的好友。

「嬴政，我終於發現了，我死而無憾。」傑生輕聲說：「倫納德．馬修斯，祝你好運，後會……有期。」

76

地球

天空中烏雲密布，銀色的星艦在透過雲層的星光下閃爍著微弱的亮光。

對於星艦內部的生物而言，五天前在內部發生的那場波折，雖然不滿意，卻不構成任何傷害，病毒程式已經被刪除了，星艦再度恢復和平。雖然讓到手的獵物給逃了，但依舊沒有阻礙到新時代的來臨。

在一片寂靜當中，密室中的螢幕上，世界各地的圓圈都已經完整了。星艦頂端伸出一個巨大的金屬尖錐，尖錐在黑暗中閃爍著微光。接著一道強烈的電波從尖端激射出去，劃破寂靜黑暗的夜晚。

電波以光速迅速朝西方前進，在圓球物體的引導下，泰姬瑪哈陵地下的接收器接收到電波，繼續增強能量往四周發射。吳哥窟的接收器接受到電波，激發地底下深藏以久的傳送器，將電波繼續向外發射。

盤據在山頭上的雅典衛城，歐洲最大的中繼站，在接收能量後迅速將電波往巨石陣、古夫金字塔傳送。

電波迅速的繞行了半個亞洲和整個歐洲、非洲，然後傳到美洲，撼動在古老印加帝國馬丘比丘和奇琴伊察的卡司蒂略金字塔。電波橫越了四分之三個地球，最後全部往南匯集到存在兩百萬年和無數公里深的南極凍土下方—地球上最大的能量中繼站。然後電波橫越太平洋，再度傳回西安的星艦。

強大的能量籠罩在整個地球上空，大氣層內的氣體粒子被增強到前所未有高能狀態。電磁波穿梭在空間內，整個地球上空的能量達到飽和。

一切已經準備就緒，偉大的日子即將來臨。

77

台灣．花蓮　蓋亞聯盟總部　醫療中心

我睜開眼睛，雙眼呆滯的看著白色的天花板。

天花板上有四個吊扇，正徐徐的轉動，有一隻蒼蠅停在吊扇旁邊。

一股消毒酒精的味道傳入我的鼻孔，好像在哪裡聞過這個氣味，然後想起來，在我肩膀被子彈擊中後，我在西安圖書館內的醫療室中聞過這個味道。

想到西安，我的腦子開始運轉起來，試著回想自己發生了什麼事，我本來要撤離……然後呢？對了，被一艘戰艦綁架，之後在一個白色的空間內和穿著條紋西裝的外星人傑生對話，他說我會好好的睡一覺。

我猛然坐起，結果拉扯到手臂上的點滴。低頭一看，才發現我躺在一張白色柔軟的病床上，胸口纏著好幾圈繃帶，衣服已換成醫院的病服。怎麼回事？依稀記得我失去意識前四周的空氣劇烈的向我擠壓，是那時候受的傷嗎？我環顧四周，這裡很明顯是一個醫療中心，房間中有許多床鋪，靠牆的桌子上放滿了各種藥品以及針線，奇怪的是這裡沒有窗戶，難道我不再地面上嗎？

聽見右邊傳來微微的鼾聲，我轉頭一看，發現蕭璟睡在我右邊的病床上。

她怎麼在這裡？受傷了嗎？看起來不像，她沒有接點滴，也沒有纏繃帶，不過她看起來很累，眼睛旁有明顯的黑眼圈，而且……過了一會兒才注意到，她剪頭髮了，原本過肩的長髮只觸到她的肩膀，這到底是什麼時候的事？

「啊，你醒了。」門打了開來，一名穿著白袍的中年華人女子面帶微笑走了進來。

「醫生，她……」我看著蕭璟說。

「喔，不必擔心她。」醫生笑著說：「她只是太累了。老天，你知道嗎，從你來到這裡，已經五天了，她幾乎連續四天都沒有睡，整天只是坐在那裡，讓她好好休息吧。」

「五天？」我感到一陣暈眩，我昏過去了五天？這段時間到底發生了什麼事？

「好了，我檢查一下。」醫生拿起聽診器聽了聽我的心跳，「沒問題，恢復得很好。」

「呃，醫生……」

「我叫海以琴，叫我英文名字珍妮就可以了。」

「嗯，好，謝謝。那麼珍妮，這五天來……」我伸手比了比四周，「到底發生了什麼事？我怎麼會昏過去那麼久？」

「這個嘛，我也覺得很奇怪。根據檢查的結果，發現你全身有大量的微血管破裂，肋骨還被壓力給壓斷，你經歷了強大的瞬間壓力。要發生這種現象不是和火車對撞，就是被大炮射出去才會發生，我從來沒有在活人身上看過這種傷，你記得發生什麼事嗎？」

我想起星艦上的傳送器發出強烈的光芒，然後四面八方的空氣劇烈擠壓我。「我不記得了。」我搖搖頭，「對了，請問這裡是哪裡？」

「這裡嗎？是聯合國軍隊的總部，」她一面說一面拔下我手臂上的點滴。

「台灣？」

「看來你知道的事情不少啊，」她點頭，「沒錯，這裡是花蓮，台灣的東部，沒什麼人聽過。我們在海岸山脈下方。」

難怪沒有窗戶，我心想。然後想起放在褲子裡那顆傑生給我的藍色珍珠，「我的衣物在哪裡？」

「置物櫃，你口袋那個珍珠有幫你收好。等下你可以取回。」她對我微笑，「女朋友送的嗎？」

「不算是。」我正要說下去，卻聽到身旁傳來起身的聲音，蕭璟坐了起來，她眼眶泛淚看著我的說：「你終於醒了。」

我感覺自己的心跳頻率激增，我必須承認自己看到她時不知道有多開心，在星艦上和嬴政對峙時，我本來以為再也見不到她了，那時我感到前所未有空虛，「璟，你……」

她不等我說下去，突然上前抱住我，我感覺血液往臉上衝，而且那位女醫師還在旁邊看，可想見她正在咧嘴而笑，但我不在乎，「那時候在西安，我以為你死了，所有士兵都說你沒希望了。」她哽咽的說。

我感覺自己眼眶也濕了，已經很久沒有人對我表示這麼關心。伸手輕拍她的背部，我有好多話想要說，但當我情緒較為平復時，我只說：「妳的頭髮怎麼了？」

「這裡有理髮師。」她退開來，將幾根髮絲撥到耳朵後面，然後緊張不安的看了旁邊的醫生。

「我要和上層報告一下，你們慢慢聊。」她對我微笑，然後走出房間。

「發生什麼事了?我是怎麼來到這裡的？」在珍妮離開後，我開口問。

「倫尼，那真的很奇怪，我還希望你告訴我，」她皺起眉頭，「那時特種部隊要撤離，我說服他們多等十分鐘，但過了十分鐘你還是沒出現。當我們進入地道時，突然看到你滿身大汗、表情痛苦的躺在地上，所有人都嚇壞了。史基瑪還以為是你的靈魂來找他報復。你這段時間到底發生了什麼事?你怎麼離開星艦的？」

我環顧四周，傑生的事情真是太詭異了，我想必須和她討論一下，我壓低聲音說：「在我到星艦上時……」

門忽然打了開來，十幾個穿著正式的人走了進來，他們大多數身穿西裝，有部分穿著軍服，我仔細一看，那些軍服上最低官階的是三顆星。

「你終於醒了，倫納德．馬修斯。我們有很多話要聊。」為首的一名穿著軍服的男人拉了一張椅子坐下，我看了一下他的肩膀，五星上將。美國參聯會主席、盟軍統帥，藍尼．麥卡瑟。

我看向他身後的那些人，差點止住了呼吸。眼前這些人是許多人一輩子都無法親眼見到的，聯合國祕書長查曼恩，美國總統賈科摩、中國國家主席吳希衡、台灣總統宋英倫，以及法國、俄國、德國、日本等國家元首級的高階官員，全是電視上有頭有臉的人物。以及我國的首相，桑德爾．雷納斯。

「首相。」我對桑德爾點點頭。

「我也很高興見到你，」桑德爾首相對我微笑，「我們國家的人民沒有出意外，對我就是最大的安慰。」假惺惺的政客。我感覺怒火湧上心頭，但我只是點點頭，冷淡的說：「謝謝首相。」

藍尼舉起手打斷我們的對話，「這些話可以等一下在講，現在外面有迫切的危機要解決。各位先坐下，謝謝。」

幾個人員抬著椅子進來，官員們紛紛坐下，我也稍微調整自己的姿勢將背脊挺直，蕭璟則挪動她的身子坐到我旁邊的病床上。

等所有人都坐定，我才開口：「現在的情況如何？」

「情況非常糟，」賈科摩總統凝重的說，「這段時間全世界死了超過兩億人，外星軍隊橫掃半個亞洲，十幾億人家破人亡，中國國家主席劉遠山更在北京行動中陣亡，現在由吳希衡總理代理主席一職，中國幾乎完全被摧毀，哈薩克、俄國、泰國、越南，也都有攻擊事件。世界各地都發生暴動，全世界都瘋了。北京完全毀滅，台灣這裡也遭受猛烈的攻擊。而暴動死亡的人數我們尚未估計。」

我腦中一片空白，兩億以上的人口死亡？上億人的城市遭到摧毀？

「但我聽說你們已經計畫奪回北京，還打贏了幾場仗。」我抱著一點希望，希望傑生說的是錯的。

「我們已經奪回北京了，三天前二十萬聯軍攻入北京。」藍尼說：「然而那些都是無關緊要的勝利，我們根本沒有遭受到抵抗，他們好像根本不在乎。我們猜測他們正計畫更大的攻擊，只是我們不知道那是什麼，我們希望你能提供我們答案。」

更大的攻擊，那是傑生說的，一個蟲洞即將開啟，上千萬艘的戰艦將會攻擊地球，澈底粉碎人類，我心裡猶豫著要不要把傑生的事告訴他們。

吳希衡看我沒有回應，咬牙切齒的說：「倫納德，我要你給我他媽的答案，你知道那兩億死亡人數當中，中國占了一半！當你正睡著你的安全覺的時候，我們的星球正在被戰火蹂躪，國家元首還為此喪命！我們派遣特種部隊去救你出來，現在輪到你回報我們！」

「他說的沒錯。」藍尼說：「我們必須知道敵人的資訊，泰勒斯博士會和你談。」

一名身穿襯衫的男人上前，「我是泰勒斯博士。在你昏迷的這段時間，我已經和蕭小姐談過了，她給了我們石板的照片，我們對敵人的歷史也有了更多的認識，但這些還是不夠。我們研究了你過去見到幻象的原因，推論是因為那道電波讓你得知了某些資訊，但我們對電波的研究卻沒有進展，因此希望你能把你知道的所有資訊都告訴我。」

那些幻象來源不是電波。我心裡想，但我覺得沒有必要告訴他們這些事，「擊敗外星人的關鍵，是一件文物。」

「文物？」所有人互相看了一眼，博士傾身向前說：「什麼樣的文物？」

「一個褐色的璧玉，叫做穀紋璧，那是一個外星科技量子存取器，」我解釋，「據我所知，那個璧玉內藏著能夠改寫外星星艦系統的程式碼。在星艦的核心，你們可能稱作艦橋，內部的控制中心，只要把這個物體和原本的主控器更換，就可以摧毀星艦。」

「你怎麼會知道？你在西安時沒有告訴過我啊。」蕭璟問我，所有人也都對我投射不解的眼光。

「當我進到星艦的時候……我見到了一個人，」我注意措詞的說：「他和這次入侵地球的外星人是同一個種族，他叫，呃，傑生，他是站在我們這一方的，他教導我阻止他們的方法。」

「你遇到一個友方外星人，他叫做傑生。」博士不可置信的看著我。

「他說那是那個金羊毛的希臘神話由來，還有其他像是黃石公或是……總之那不重要，那個文物正在故宮，但是故宮已經被摧毀了。」我垂下頭，「我們沒有任何機會。」

再一次的，那些官員彼此交換眼神，這讓我感到很煩，好像他們刻意隱藏了許多東西不讓我知道。然後藍尼雙手合十，靠向我開口：「那個文物還在。我們在他們打來台灣前就把文物掉包了。」

「你們也知道文物的事？」我瞪大了眼睛。

「外星人的搜尋紀錄給洩了底。我們刻意偽造紀錄、大動作調動部隊，甚至利用掩影戰機保護它。誘使敵方摧毀故宮，給他們製造安全的假象。那個文物還在。」

一顆大石從我心頭放下，「還有希望。」我吐了一大口氣，蕭璟握住我的手臂。

「我們要怎麼把那個文物和星艦上的主機調換？」宋英倫總統問。

「這些事情我們等一下在大會上再討論。」藍尼元帥的呼叫器響起，他站起身來，「兩個小時後，我們在中央戰情指揮中心開會，會有士兵帶你們過去。」他對我微笑，「非常感謝你，這些資訊對我們有莫大的幫助，我們等會兒將商討在一週內發動攻擊。」

我想起傑生的話，再過六天就會有一道入口連接地球和乙太，我已經昏了五天，這意味著，再過一天，外星軍隊就會長驅直入，我們根本沒有一週的時間慢慢規劃，「元帥，我有一件很重要的事……」

「等下再說，」所有人都起身準備出去，「我們現在有情況要處理。」他指了指我前方的一個櫃子，「你的衣物在裡面，等下換好再來開會。」

「好吧。」我打算先釐清自己的思緒，等下在大會上再一次告訴所有人，「謝謝，等會兒見。」

在他們要走出門口時，桑德爾首相忽然轉過頭，「對了，倫納德，你父親沃克在這段時間有來探望過你。」

「我父親？」我不可置信的說，「他在這裡？」

「是啊。他知道你醒來了一定很高興，我會代為轉告他。」他對我微笑，「會議上見。」

門一關起來，我立刻轉向蕭璟，「我爸爸來過？」

她點點頭，「他前天和昨天都有來探望你，我和他聊了一會兒，他很擔心你，說對你感到很抱歉。」

我張口結舌的看著她，「為什麼你剛才沒有告訴我？」

「我們才說了幾句話而已，他們就闖進來了啊。而且你也沒有告訴我關於那個誰……傑生的事？」她疑惑的看著我，「你在星艦上到底發生什麼事了？」

我呼出一大口氣，「這是個很長的故事。」

78

台灣．花蓮　蓋亞聯盟總部

「這地方實在太壯觀了。」走過隧道時我讚嘆說。

兩名士兵帶著我和蕭璟穿越長長的岩石隧道，我從來沒有看過這麼巨大的天然地下洞穴，這裡像極了深山中的巨大礦脈一樣，永無止境的隧道往四面八方擴張出去，而且每一條道路都有數十個持槍的警衛，完全就是電影的場景，感覺真的太帥了。

「你該看看他們的戰情會報室和戰術指揮中心，」蕭璟說，「那是我和其他聯軍的領導人物談話時他們帶我去的，和那裡比起來，這些簡直和幼稚園一樣。」

「我以為那個時候你正擔心的在醫療中心等我醒來，沒有心思去注意其他的事。」

她臉微微一紅，「誰說的？那個醫生海以琴嗎？我告訴你，她誇大整件事情，我只是沒事做的時候才在那邊休息，其餘的時間……」

「是啦，」我對她微笑，「妳對我真的很熱心耶。」

「你真是沒救了。」

「話說回來，那個中央戰情指揮中心是怎麼一回事？妳去過嗎？」

「沒有，他們說只有重大會議和戰爭進行時才會使用那裡。」

士兵帶我們走過一個彎後，前方出現一道厚重的金屬大門，有兩名警衛站在門口，帶領我們的士兵拿一張權限證明給警衛看，警衛看了一下便打開大門，「進去吧。」

一走進去，眼前的景象幾乎和外星星艦內部一樣令人驚嘆。數十公尺高的巨大洞穴內，幾百名蓋亞聯盟的高級成員坐在四、五層以岩石天然組成的樓層上，眾人座位前設置了數十個巨大的螢幕，顯示著世界地圖和軍事分布。在螢幕前的講台上，藍尼元帥正站在那兒說話。面對上百名全世界最有權力的人物，我實在不知道他怎麼可以面無懼色的侃侃而談。

坐在講台前第一排座位的賈科摩總統注意到我，他對我揮揮手，指指旁邊的空位，用嘴形說：「坐過來。」

我走過去坐下，幾個人看到我坐到前方最高領導階級委員會的位置，小聲的討論著我是什麼人，但我不去理他們，蕭璟則逕自坐到一樓後方的一個空位。

賈科摩對我微笑點頭，小聲的說：「現在正在講戰爭情況。」

螢幕上出現了一張中國和鄰近亞洲地區的影像，西安的位置被標示著紅點，「……誠如各位所知，我們的軍隊已經在三天前奪回北京，而最新消息傳來，蓋亞聯盟的軍隊戰線已經推近到距離西安兩百公里的地方，蘭州基地也已經重新回到我們的掌控中，目前由中國的軍隊負責主理。」

藍尼繼續說：「至於敵人的動向，本來分布在亞洲各處的戰艦都已經撤回西安，他們對於我們的軍隊幾乎沒有任何抵抗。我們目前進展順利，各地本來受到地鼠奈米機器感染的民眾都已經死亡，沒有再造成進一步的傷亡。戰線也開始從西、北、東逐步包圍。我們推測敵方此舉是為了更大的行動計畫，我們正在對此計畫戰略。」台下傳來一陣低聲的討論聲，藍尼舉起手，「關於這點，我很幸運的告訴各位，我們派去西安的特勤救援小隊已經成功將目標救回，他也提供了我們消滅敵人的方法。不過在那之前，我們先有請泰勒斯博士為大家說明一下昨天的新進展。」

我在醫療中心看過的泰勒斯博士走上台，他在板面上點了點，背後描述軍隊分布的世界地圖改為一推顏色的區塊。

「在昨天晚上，一股強烈的電磁波從敵方母艦射出，圖中各地不同的顏色，是能量的高低呈現。我準備了一份報告，讓大家看看數據。」

「博士，時間……」

「放心，我會掌控好。」一份數據跳出來。

在螢幕跳出數據前，我想起在星艦上看到螢幕上，標示世界各地的圖形，喃喃唸出：「印度、柬埔寨、希臘、英國、埃及……」

【全球能量指標】

印度	泰姬瑪哈陵	能量指標上升：3700％
柬埔寨	吳哥窟	能量指標上升：4370％
希臘	雅典衛城	能量指標上升：5800％
英國	巨石陣	能量指標上升：4400％

埃及　古夫金字塔　能量指標上升：4450%
奇琴伊察　卡司蒂略　能量指標上升：4700%
祕魯　馬丘比丘　能量指標上升：4100%
南極洲　能量指標上升：8700%
世界平均能量上升指數：2140%

我一定沒有注意到自己的音量，在最後一個地方跳出來後，四周的人都驚訝的看著我，泰勒斯博士在台上目瞪口呆的看著我說：「你怎麼……」

「我說過了，我在那裡的時候……」我暗暗咒罵自己一聲，我還不打算現在就和所有人公布我在星艦內發生的事情，我小心的說，希望博士明白我的意思。

他理解的點點頭，然後說：「各位，在昨天晚間十一點，位於西安的敵方母艦所發射出了電磁波，歷經螢幕上這幾處地點，將地球上空大氣層完全包覆起來，就像是一個毯子一樣。而這點之所以如此重要，是因為這股強大的能量擾亂了我們所有衛星的功能，電磁場在大氣層中不斷穿梭，現在我們所有遠端通訊、越洋定位，通通都無法執行。」

「敵方此舉的用意何在？」宋英倫舉手發問。

「這就是我們想知道的事情，部分軍事專家認為外星人是為了要封鎖我們所有遠程和衛星定位武器系統，讓我們無法以核彈對他們進行毀滅性的攻擊。」

「也有可能是為了要癱瘓我們的軍方通訊，」一個俄國的將軍說，「讓我們無法快速聯絡掌握情況，他們就可以在我們整合好訊息之前發動奇襲。」

「但如果是這樣，他們何必多此一舉，先全面撤退回西安，再繞圈子對付我們的軍隊？」另一名軍官開口。

「不是那樣。」我突然大聲開口。

所有人都安靜下來，一個坐在後面的人說：「你是誰？」

「這位是倫納德．馬修斯，西安鬼影行動救出的目標人物。」藍尼起身幫我解圍，他看向我，「你說不是，是什麼意思？」

「他們的目的並不是要癱瘓我們的武力或是通訊，」傑生傳達的末世訊息在我心中燃燒，這實在不像我，但我不顧他人目光站了起來，「他們真正的目的，是要製造一個蟲洞，一個連接地球和克卜勒452b的蟲洞。」

全場一片喧嘩，好幾個大聲發問，賈科摩舉手大聲說：「等等，那個蟲洞是怎麼回事？還有那個蟲洞什麼時候會開啟？」

「明天，」我說，全場陷入一片死寂，「明天，在克卜勒452系統旁的中介質量黑洞，將會釋放每一千一百年一次的強大重力電磁噴流，在彼端將會有難以想像的巨大能量湧出，那股高能噴流再配合地球上空此時飽和的能量，將足以開啟一個超空間通道，屆時將會有比現在強大無數倍的外星戰艦駕臨戰場。」

「你為什麼剛才沒有告訴我們？」吳希衡表情憤怒的說。

「我那時正要說，但你們說有急事，要我等到會議再講。」

台下每個人都對我投以懷疑的目光，其中一個人大喊：「他瘋了！外星的電波搞亂他的腦子！」不少人紛紛跟進，大聲說：「我們憑什麼相信你？」

我的信心迅速消退，他們憑什麼相信我？我資歷淺、年紀輕，沒有任何足以說服他人的條件，這時泰勒斯博士卻站出來替我解圍。

「他說的沒錯，ＬＩＧＯ的研究團隊在一週前發現克卜勒452系統旁有一個過去沒有人發現的黑洞，那個黑洞以一千一百年為單位發射高能噴流。而我們也發現在那個外星文物當中，藏有極其微量的反物質，而反物質和高能量，正是形成蟲洞的必備條件，倫納德所說的完全符合相對論提出的蟲洞假設。」

「你們當初為什麼沒有告訴司令部？」

「我們當時只是懷疑，只是沒有明確的證據顯示。」

「然而這位倫納德……你有什麼明確的資訊？你又是如何知道的？」台下一名空軍上將問。

所有人犀利的目光射向我，我從來沒有站在那麼多人的面前講話，更沒有被世界上最有權力的上百人同時包圍。雖然我已經和高層委員等人大略提過傑生的事，但並沒有明確的說出事情始末，因此他們也和台下其他人一樣等著我的答案。我掃視台下群眾，每一雙眼睛都帶著尖銳懷疑的光芒，只有一個人例外。蕭璟對我點頭微笑，眼神滿是鼓勵。

我深吸一口氣，「當我被敵方星艦綁架的時候，我遇到了一個人。」我看著第一排的聯盟高級委員，「剛才在病房中我已經和你們說過，我並沒有完全的說清楚。相信各位都看過博士所翻譯的石板內容，也知道兩千年前的嬴政真實身分。他們的星球，我們稱之為克卜勒452b—實際上真正的名字是『乙太』。在乙太上有兩個不同的支派，現在入侵地球的是屬於侵略派，而另一個支派則是和他們對立的一群人，我在星艦所遇到的，正是屬於另一個支派的人物，他自稱『傑生』，他在兩千年前阻止了地球的浩劫，而在兩千年後的此刻，他警告我乙太的軍隊明天將會入侵地球。」

所有人目瞪口呆的看著我，只有剛才在病房內大致聽過這故事的人比較鎮定一點，泰勒斯博士默默的點著頭。過了一會兒一名官員才焦急的說：「如果他們明天就要入侵，我們有什麼方法可以阻止他們？」好幾個人大聲附和。

「關於這點，我們的確已經有個對策。」藍尼對我點點頭。

「文物是阻止一切的關鍵，」我走上講台，泰勒斯博士似乎知道我要做什麼，他在平板上點了點，螢幕上出現了文物的圖片，「這個文物是由剛才說的傑生所製造，它真正的功能為竄改星艦的程式碼。在星艦內部的主控中心，只要能將這個文物插入主機，它內部的病毒就可以改寫整個星艦的程式，而一旦星艦被摧毀……」

「蟲洞也就造不出來。」博士接口。

「沒錯。」

台下傳來雜音，然後英國首相桑德爾開口問：「所以照你的說法，我們必須派一支隊伍，潛入外星星艦的總部，然後穿越內部重重防護，去更換敵方的主機主控器？」

「而其中一個人必須是我，只有我知道那個地方在哪裡。」我同意。

「假設我們真的組成了一支小隊和你一起進行這場行動，我們又要如何進入滿是戰艦護衛的母艦當中？我們連靠近他們的領空都辦不到了。」

我還沒開口藍尼便說：「聲東擊西。」他看向身旁眾人，「我們的軍隊打不過他們，這是事實，但我們能夠引誘他們的軍隊出擊。我們傾巢而出—派出大批的戰機攻擊母艦，他們必定會出面迎戰，屆時內部必然空虛，我們可以派一架掩影機種帶人潛入上方，然後更換主機程式。」

「聽起來可行，不過我們只剩下一天的時間，衛星又失去功能，要如何規劃我們的軍隊行動？」賈科摩總統說。

「只要想做，辦法一定有。而且我們只需要放出一個煙幕彈，不需要太過精細的戰略，等會兒特殊戰略中心可以進行表決和討論。美軍在琉球群島、關島、釜山的戰機已經全數運送到此處。在東南亞駐軍的國家，英國、法國及東協等，也都將大數多戰機送至中國周邊的軍事基地，隨時可以出擊。」

所有人點點頭，發出贊同的聲音，我露出微笑，我望向蕭璟的方向，卻看到她臉色不悅的看著桌面，我皺了皺眉頭，想著剛才是說錯了什麼話。

「長……長官！」一名人員驚恐的跑進戰情室，他對著第一排的ＬＧＣ成員顫抖說道：「我們接到來自西安的訊息。」

「西安的訊息？」藍尼看向宋英倫，他也露出困惑的表情，「怎麼會有人知道我們的位置？」

「不知道，對方……對方指名要找您。警告您，他的聲音……很奇怪。」

眾人皺著眉互看了一眼，我也緩步走下台，誰會從西安打電話來？「接到保密線路。」宋英倫說。

「是。」人員按了按幾個按鈕，大螢幕上赫然變成黑白的電漿顏色，一個冰冷的笑聲從喇叭中傳來，所有人都驚恐的倒抽一口氣，我全身肌肉緊繃，我認得那聲音。

「我是嬴政，」金屬般冰冷的聲音從螢幕上傳來，「我知道你們打算反抗，但我也知道這完全是徒勞，明天這個星球上的人類就會死得一個都不剩，我們會澈底粉碎你們的文明。但是，我並不想這麼做，我數萬年前就來過地球，因此我提供你們一個救贖的機會，無條件投降，我保證你們所有人都能活著仰望帝國的榮耀。」

嬴政的聲音迴盪在整個戰情室內，我可以感覺到現場所有軍政界領袖都散發出無比的恐懼，我對嬴政的聲音卻沒什麼感覺，或許是因為我在星艦內部已經歷過一次，如今根本動搖不了我，至少這種層級不行。

「神經病，」藍尼傾身靠近麥克風，「你知道在二次世界大戰，美軍一〇一空降師被近百倍的德軍包圍在巴斯托克，德軍要求他們投降，他們的回覆是什麼嗎？」藍尼說：「神經病，他們只回了這三個字，而這個詞也代表我們將會戰到最後一兵一卒。」

「我很佩服你們的勇敢，藍尼．麥卡瑟．阿瑞拉諾，你們高談政治民主、自由什麼的，自己的行為卻完全背道而馳，」嬴政冷笑，「你在阿富汗眼鏡蛇轟炸行動時，將一個住著幾百個無辜孩子的村莊誤判為恐怖組織的基地。」沒有人知道他在說什麼，但藍尼的表情卻像是肚子被揍了一拳，「你怎麼……」

「還有賈科摩．布魯斯，民主聖火的領導人……十年前你在競選紐約市長時，你的競爭對手在選前離奇的死亡，至今沒有人知道原因，但你知道。」賈科摩總統臉色慘白，癱倒在椅子上。

「我知道你們所有的恐懼，你們所有的罪行在我面前都要坦白。你們表面上團結合作，暗地裡卻勾心鬥角，史冊中遺漏的空白，全是你們血跡斑斑的罪行。」

恐懼在空間蔓延，嬴政完全知道該怎麼擊敗一個人，我感覺到這些領導人即將分崩離析，有些人已經露出動搖的神情，我上前靠近麥克風，「嬴政，或許你擁有很強的心智力量，也知道如何操弄人心，但我告訴你，我不怕你。我在密室中面對過你一次，仇恨和恐懼是你最大的力量，除此之外，你什麼都不是。」

「你面對過我一次？」冰冷的笑聲從喇叭中傳來，「若不是那個叛徒傑生介入，你早就成為另一個我威權下的亡魂。我知道你的弱點，你自己也知道，在密室時你已經聽見了……當你再度面對我時，你能有足夠的力量面對嗎？」

一陣顫慄傳遍我全身，我知道他說的沒錯，我不可能再一次的逃過他，然而他的話雖然讓我恐懼不已，卻也加深了我的怒火，我憤怒咆哮：「你給我聽好，你可以擊垮我們的軍隊，可以殺得我們一個都不剩，但你絕對無法讓我們屈服。傑生兩千年前沒能殺了你，兩千年後的現在，我發誓一定會親手殺了你，我向你保證，你將會被你最瞧不起的人類給擊敗。」我用力一按藍尼桌前的通訊按鈕，螢幕上恢復原本的光芒，嬴政的聲音消失了。

我的憤怒漸漸平息，這才發現戰情室內室內所有人都看著我，我想到剛才沒有和任何長官討論過就擅自和敵方首領對話，還切斷通訊連結。「對不起。」我面對所有人說。

「不，謝謝你。」藍尼開口，他的臉色已經恢復正常，「不和他說下去是對的。我們沒有妥協的空間。」他轉向所有人：「聽見了沒？他們可以擊垮我們的軍隊，可以將我們殺的片甲不留，但他們絕對無法使我們屈服！這裡是我們的家園，明天的此刻，我們將會在地球痛擊入侵者的部隊！」

剛才蔓延的恐慌已經消失了，戰情室內本來神色動搖的人都恢復原本激昂的神情，台下眾人開始鼓掌，然而在掌聲中，我的雙眼卻是充滿了火焰，我走上講台，對著滿臉困惑的眾人說：「請各位記住，不論剛才我們是如何團結一致，明天一條通道將要開啟。一個古老的文明就要取代我們，他們的文明、科技遠比我們悠久而強大。我們必須封住它，不然當明天太陽落下，就是最後一次的日落了。」

79

會議結束後，所有人立刻忙成一團，整個地下碉堡從裡到外全都忙成一片，藍尼等軍務領導成員一結束立刻找我去加入他們的討論。我想和蕭璟說一聲，卻發現她早就不知去向，想到她剛才的神情，讓我感到一陣不安，但我沒有時間細想，立刻就被ＬＧＣ拉去討論。

我們中間完全沒有休息，不斷的在討論和在地圖上標記。我盡力將我在西安所調查到或是看到的情況告訴他們，戰術研究小組則利用鬼影行動所帶回的西安內部狀況進行軍隊的前行布置，我們接連討論了將近七個小時，中途偶爾會談到文物或者國際情勢。我坐在參謀的位置，提供傑生所給的資訊來校正計畫內容，我這輩子從沒有這麼忙過。

委員會最後決定隔天先以大量陸地攻擊彈頭清掃西安地面威脅，再各派出第一波戰機群進攻西安，掩護地面軍隊的行動，等包圍網形成後再以第二、三波戰機接連出擊，讓我們能夠在眾多戰機的掩護下使用掩影運輸機進入星艦內部。

「明天你就會看到和你行動的小組，」藍尼做了總結，「你們的運輸機明天會載你們前往航空母艦，在那裡等待第三波機群進攻，你們就可以尾隨前行。委員會也會在明天行動前將文物交給你，你明天早上七點就出發。」

我點頭同意。委員會還有剩餘其他的細節要討論，不過那些都和我無關，我起身要求離席。在離開戰術中心時，我小聲問宋英倫總統：「你們這裡有沒有可以透氣的地方？」

「中央電梯上升到頂端，有一個山頂上的岩石平台，那裡是觀測平台，不過通常都沒什麼人在用。」

「謝謝。」我問完便關上大門離開。

走廊上到處都是穿著軍服的人，每個人都忙著用對話器溝通，我並沒有認真聽他們在說什麼。走到蕭環的房門前打算在離開前和她說說話，她在戰情室時表情憤怒，我想理解一下到底發生什麼了事，但房間內卻空無一人，我想不到她可能會去哪裡。

我考慮要回到自己房間休息，但兩個原因阻止了我。第一，我的房間差不多和眼前的一樣，是一間只容得下一張床和桌子的狹小空間，我已經在戰術中心待了大半天，再關在狹小的空間一定會瘋掉；第二，我現在十分焦慮，根本睡不著覺，然後我想到宋英倫說的透天平台，我決定要上去透透氣，順便看看花蓮的夜景長什麼樣子。

沒有人阻止我進入電梯，電梯關上門後選擇了最頂層的按鈕。上升的過程非常漫長，不禁猜想這個地下碉堡到底埋了多深。

電梯門打開，一陣涼爽的晚風吹來，眼前的美景讓我幾乎忘了走出門口。

這座石頭瞭望台坐落在一個樹木叢生的山區，上方的大理石在平台頂端形成一個挑高的屋頂，四周石塊以一個U字型的方式圍住，只有一處開口面對著海洋，並有幾根鐵欄杆立在那裡。

鹹鹹的清新海風充滿肺部，晚間的美景令人全然的放鬆。我曾經聽過有人描寫花蓮是個寧靜舒適的地方，此刻親眼看見，我完全贊同他們的話。晚間的空氣寧靜清晰，有種遠離都市塵囂的感覺，微弱的星光下，遠處層疊蒼翠的山嶺依稀可見白色的雲霧環繞在上，山下綿延的谷地，閃爍著些微的燈火，映照在一個個成方的稻田之間，連同溪流蜿蜒的延伸向太平洋。

在一片祥和當中，我發現在開口旁有一個身影蹲坐在那，我靠近一看，是蕭環。我們怎麼每次都在陽台見面？想起在西安指揮中心的那次，也是和現在差不多的情況。我小聲的走到她旁邊，「嘿，環，」我坐了下來，「妳怎麼在這？」

她對我的出現似乎沒有太大的訝異，她只是對我點點頭，「昨天他們告訴我這個地方，我只是上來透透氣，畢竟明天外星人就要入侵了。」
她的話聲中帶有一絲不滿嗎？我不知道。「葡萄牙人稱台灣福爾摩沙，意喻美麗，過了四百年，如今只剩下花蓮還存有過去的景色。」我看著底下的田園，「我一直想感謝妳在西安的時候沒有丟下我。」
「我只是說服部隊晚一點離開而已，」蕭璟聳聳肩，「而且照你說的，那個傑生一定也有辦法把你送到更遠的地方。」
我又碰了個釘子，我實在不知道她在氣什麼，女生的思想有時候比外星人更難懂，「明天就要和外星人決戰了，你……」
「你一定要潛上那艘星艦嗎？」她忽然開口，「軍方難道沒有更多受過訓練的特種部隊？那裡不是……很危險？很容易死掉？」
「是沒錯，但只有我知道星艦內部的路線和主控器的位置，」我說：「而且傑生也說了，一定要由我才能使用文物關閉系統。」
「我知道，但是……」在星光下她的眼睛出現一點水光，我忽然明白她在戰情室內生氣的原因，溫暖和酸楚的感覺同時出現在我心中，我柔聲說：「我會沒事的，妳相信我，我明天一定會打敗贏政，妳知道我整個大學時期都在研究他。而且我一定會回來，妳答應一切結束後要教我彈鋼琴，記得嗎？」
她露出了微笑，然後眼神黯淡了下來，她肩膀先是輕輕顫抖，後來愈抖愈厲害，我完全手足無措，不知道又發生什麼事了，只能不停的拍著她的背部，「怎麼了？」
「我只是突然想念我爸爸，」蕭璟眼眶噙著淚水說，「我二十年來沒有跟他說過一次我愛你，一直到他死前，他只知道我恨他。你知道在他死前，我對他說的最後一句話是什麼嗎？」
我不明白為什麼會突然談到蕭安國，但我安慰說：「他知道的，妳最後還是在他最需要的時候和他和解，妳讓他最後的人生沒有虛度。」

「我是個壞人，」她搖著頭，「我身邊的每個人一定都恨我，我的母親一生為我操勞，我讓爸爸到死前還在牽掛我，我又在你受傷時打昏你……好吧，那可能沒什麼。」

我露出了微笑。

「可是後來我又引來地鼠，前來西安救援的特種部隊又死了三個人，然後……」

我向前一傾，和她四唇相接，她驚訝的瞪大眼睛退了一點，但她並沒有躲開，我深深的吻了她。我早在西安第一次遇到她的時候就想這麼做了，我輕觸她柔軟的雙唇，涼風吹拂過我的燥熱的臉龐，我感覺自己滿臉通紅，腦中如果有電線和齒輪，現在一定全都短路了，感覺得到自己脈搏高速飆升。過了一會兒我才退開來坐回自己位置，她眨了眨眼。

「謝謝你。」她低聲說。

沒想到接完吻後她居然回我這句話，當下不知道要怎麼回答。「我知道你是想讓我好過一些，但是……」

我伸手攬住她的肩膀，把她拉近我旁邊，她掙扎了一下，但沒有很用力，「這是我唯一的機會，因為妳嘴巴通常都停不下來。」

「下次你要吻我的時候，」她笑著說，「我會記得閉上嘴巴。」

「你要怎麼知道？」

「你藏不住自己的情緒。」

「真的嗎？」我露出了微笑，靠過去又吻了她一次。這次她也回吻了我，但當我退開時，我看見她眼底的酸楚，知道她還是對蕭安國的死亡耿耿於懷，「你父親知道你愛他，即使你們都沒有說出來，你們的每一個作為都是出於對彼此的愛。」

「你怎麼知道？」她看向海洋喃喃地說。

一陣強風從海面吹來，隨即消失的無影無蹤，「你看吧。」

我們沉默無語，靜靜的坐在平台上看著珍珠白的浪濤一波波衝擊海岸線。我感受蕭環陪在我身旁的溫暖，戰爭似乎是個十分遙遠的夢境，只有此刻才是真實的。我的心靈好久沒有那麼平靜了。然而，傑生的聲音在我耳邊響起，「你還沒有面對你心中最大的恐懼。」

「答應我，你一定會回來。」蕭環忽然低聲開口，「無論情況如何，你一定要記得我，然後安全的回來。」

我心中一熱，將她抱得更緊，「我發誓。」

蕭環的頭緩緩靠到我的肩膀上，我深深的嘆了一口氣。望著夜空的繁星，看著世界離我漸漸黯淡遠去。夢境中我站在西安星艦的停機場，看著無數戰艦通過巨大的出入口時和星艦外部連結的電光。

「小英雄，你已經如此靠近自己的滅亡，而你仍然盲目。」是嬴政的聲音，他責備的說。

「你以為自己已經擺脫了過去，但你依舊被過去的陰影給綑綁，」他一面說，一團白色迷霧漸漸在我眼前成形，我喉嚨彷彿被人勒住一樣，「這都是假的。」

然而，當我這樣想，眼前的景象卻愈來愈真實。嬴政模糊的身影站在迷霧後面，我感覺到他猩紅的雙眼正注視著我。「明天這個時候，世界的秩序將要改寫，你可以修正過去的錯誤，你要的一切都能實現……」前方的迷霧開始凝聚成真實的形體。

「不。」我虛弱的說：「不可能。」

「一支史無前例的軍隊即將來臨，」一望無際的宇宙中出現數十萬艘各式形狀的戰艦，像是準備要開戰一樣，「你們根本阻止不了我，即便可以，在可預見的未來，你將會遭受更巨大的痛苦，放手不是比較容易嗎？現在唯一的問題是……你要獨自墜落嗎？」星艦迷霧隨同他催眠的聲音在我身旁激烈的旋轉。

「不！」我大喊一聲，猛然睜開眼睛。

我滿身大汗的躺在平台上，四周和我睡前完全一樣，天色還是暗的，蕭環的頭輕輕的枕在我的胸口，她緊閉著雙眼微微打鼾，表情看起來很安詳，似乎正做著好夢。

我輕輕的抬起她的頭，將我的外套墊在她頭下方，然後迅速跑向電梯。

現在天色還是黑的，應該還有時間……我在電梯中默默的想著，空軍已經準備出動了，我必須在軍隊行動前告訴委員會，剛剛的夢境讓我看見了我忽略的東西，那或許可以扭轉局勢。然而有一點讓我十分困擾，剛才的影像讓我想起傑生的最後一句話，如果他是對的……恐怕又必須把蕭璟給拉進來。

電梯門打開來，我立刻衝向戰術中心，用力打開大門，裡面藍尼元帥正坐在桌首和幾名委員會的成員以及泰勒斯博士進行最後的確認，他們全都訝異的看著我衝進來。

「倫納德？」泰勒斯博士說，「還有一個小時，你來……」

「我們的計畫有缺陷，」我急切地打斷他們說，「我們必須立刻修正！」

80

蕭璟睜開了眼睛，太陽已經從海平面升起，將天空映照成清晨微亮的白色。

「倫尼……」她摸摸四周，發現頭下面墊了一件外套，「搞什麼？」她坐起身來，四周空無一人，「居然沒有等我。」她低聲抱怨，撥了撥擋在眼前的髮絲，拿起外套進入電梯。

到了地下碉堡，走廊上已經沒有什麼人了，除了最高階的官員和內部的士兵外，其他人都已經前往前方的戰線，她攔下走廊上的一名正低頭書寫文件士兵，問：「你有沒有看到一個英國人，呃，倫納德，就是昨天戰情會報時的……」

「我知道，他正在戰術指揮中心和委員會討論事宜。」士兵低著頭繼續走。

「戰術中心。」她點點頭，快步走過走道，戰術中心外沒有警衛，她打開門走了進去。

「所以我們必須要用那艘戰艦才能進入……」我說到一半看見蕭璟走了進來，我們停下手邊的討論，

「璟，妳醒了？妳怎麼來的？」

「門外沒有人，」她不好意思的看著我，「我聽說你在這裡，如果你們在討論重要的事的話……」

「沒關係，你可以聽，」我轉向藍尼，「可以吧？」

「沒問題，」藍尼點點頭，然後他繼續對我說：「但是我們要如何操作那艘外星戰艦？我們根本不了解它的運作方式。」

「抱歉，利用戰艦做什麼東西？」蕭璟問。

「嗯，是這樣的，」我指著螢幕上的懸浮在西安上空的星艦，「我們本來的計畫是利用運輸機將特種小隊在戰機掩護下送上星艦，然而我在那上面看見，所有要進入星艦的物體，都要通過外圍的力場，那個力場是一個嚴密的檢核機關，所有試圖入侵的物體都會被擋在外面，因此我希望……」

「利用那艘台灣軍隊擊落的戰艦。」蕭璟露出明白的表情。

「這存在了許多不確定的風險，」宋英倫警告我，「我們對它的研究還很不齊備，也不確定它能否正常運作，不過如果這是唯一的方法……」

「我可以操控它。」我說，「我知道方法。」

「你知道？」所有人異口同聲的問。

「傑生有告訴我，」我撒謊，其實傑生根本沒有告訴過我，但我記得自己觸摸星艦內部主機、還有在戰艦內部看到它自行操作的過程，「這是唯一的方法，今天外星人就要入侵，我們沒有商量的餘地。」

藍尼用指節敲打桌面，「如果你真的可以，那委員會一致同意你的看法，戰艦的安全度也比較高，較不會有被意外擊落的可能，而且也具有更好的掩影效果。但我必須通知一下空軍，免得他們誤認你是敵機。那艘戰艦現在正停在花蓮空軍基地，你的小隊會在那裡等你，你可以在一個小時後出發。」

「謝謝元帥。還有一件事，」然後我緊張的看著蕭璟，「在任務小隊中……我希望能夠讓蕭璟參加。」

「我？」她訝異的看著我，委員會成員也是，「為什麼？」

「拜託。這非常重要，這可能會是成敗的關鍵，」所有人對我投以奇怪的目光，但我知道必須這樣，傑生在艦上告知過我。我為難的看著蕭璟，眼中發出懇求的光芒。

「好啊，我要去，」她說，我鬆了一口氣，但又因為她答應得太過爽快而有些遲疑，「我從來沒有看過上面長什麼樣子。」

「妳確定嗎？這可不是出去遊玩，這樣做非常危險，可能會有許多未知的變數。」宋英倫警告說。

「我很確定，完全知道自己在做什麼。」我毫不畏怯的迎上委員們的目光。

藍尼直視我的雙眼，「很好，我相信妳。」我鬆了一口氣，「謝謝。」

「那我該把這個東西給你了，」他從身後一個保險箱內取出一個銀色的手提箱，他將手提箱打開，裡面正是那褐色的璧玉，在高科技的箱子內顯得平凡無奇，「你知道怎麼做吧？」

「當然，」我盯著那個文物看，該怎麼用呢？我伸手拿起它，然後閉上眼睛。我感覺到一股能量在其中流動，一道電流瞬間流經我的手下，下一秒，我聽到四周的人倒抽一口氣，我手上的璧玉變成了一個方形的透明七彩方塊。

「你是怎麼……」蕭璟目瞪口呆的說。

「就是這樣，」我若無其事的將它放回手提箱，但我內心卻在高喊：太神奇了！

「這是一個量子能量方塊。」我不確定我是怎麼知道的，但我十分確定這答案是對的。

「嗯，很好，看起來一切都準備就緒了，」藍尼起身，「既然如此，現在我和委員會成員要去海軍艦隊上的指揮部，陸地攻擊飛彈再十分鐘就要攻擊。」

散會後，我把蕭璟拉到一旁，低聲對她說：「你真的確定要一起去嗎？」

「倫尼，這是你提議的。」蕭璟說。

「沒錯，但我希望這是妳考慮過的決定而非被我逼的。」我緊張的搓揉雙手，「我不能承受失去妳的痛苦。」

「難道我就應該承受嗎？」她反駁說，「而且如果軍隊入侵，我們全都活不成，就算我躲避，難道就改變得了註定的未來嗎？」

我發現她最後一句話是正是李斯和秦始皇所說的話。我露出微笑。伸出沒有拿手提箱的那隻手環抱住她，在她耳邊說道：「只要我們在一起。」

她伸手環繞著我的腰，我感覺自己又回到了昨天涼風吹拂的平台上，沒有煩惱，遠離戰爭。口袋中的珍珠感覺燥熱了起來，我不禁納悶最後關頭會是什麼樣子。

半小時後，一輛轎車戴我們前往花蓮空軍基地，車子行駛的路段全都是草叢樹林，沒有任何顯著的地標。車子行駛了三十分鐘，最後進入一個被鐵絲網圍繞住的軍事基地。駕駛將車子停在淨空的跑道上，四名士兵上前來接我們。

「史基瑪，你也在這裡？」我看到那名帶我們逃出西安的美軍上士，訝異的說。

「我們四個是你的特種任務小隊。」史基瑪對我們點頭微笑，「看到你恢復真好，我回來後就沒有看過你。」

「如果你們聊完的話，我們該走了，」一名士兵指著一個關起的巨大停機棚說：「我們的交通工具在那裡。現在第一波攻擊機群應該已經出動了。」

我們快步走向停機棚，門口的士兵幫我們打開大門，一艘外觀巨大的黑色戰艦就停在裡面，宛如一頭巨大的猛獸等著被釋放。

「現在我們要怎麼進去？」

我走到戰艦側邊，找到一處和旁邊不同的金屬面板，伸手按下去，戰艦發出一陣聲響，一道艙門立時打了開來，露出內部陰森而先進的空間，正前方是一面流動金屬平板。「進去吧，」我們正要走進去，一聲叫喊卻叫住我，那個聲音讓我全身頓時僵住。

「倫尼！」我的父親沃克氣喘吁吁的跑了過來，他穿著和過去一貫的軍裝，他站在我前面，「老天，我等了整整一週，他們都沒告訴我你已經好了，你現在身體怎麼樣？」

「爸爸，」我僵硬的開口，我好久沒有說出這個詞，「你怎麼在這裡？」

「我現在要去海上指揮部，委員會已經出發了，我特別在這裡等你。」他眼中泛起淚水，「我的兒子，我好久沒看到你了。你知道當我聽到西安無人生還的消息時，我心都碎了……但現在你……噢！」他上前擁抱我。

我感到一陣不知所措，我早已認定父親永遠不會在乎我，現在他卻在眾人面前擁抱我……沒注意到自己也下意識的抱住他。

「長官！我們必須走了！委員會在催了！」沃克身後的士兵叫著。

「倫納德，我們也是。」史基瑪說。

「再給我一分鐘。」沃克對他的隨從大喊，然後他雙手抓著我的肩膀退開，眼神柔和的注視著我，好像在看一個失去多年的寶物，「我很希望我們能有更多時間，但顯然沒有。我希望你知道……我很對不起你，還有你母親，我不是有意要那樣。如果有機會，我一定會好好彌補你。」

我的淚水奪眶而出，我從來沒有聽過父親對我這麼溫柔的說話，張口想說些什麼，卻只發出「嗯、嗯、嗯」的聲音。他身後的士兵又在催他，他轉頭應了一聲，然後面向我，「我真的要走了。我希望你知道……我一直是個軍人，總是將情感隱藏在內心深處，不善於表達，但……你是我的兒子，你是我最大的驕傲。」他抹了抹眼淚說：「你的祖父江曲昌第一次看到你，就說你心智堅強、充滿力量，未來一定會對這個世界做出莫大的貢獻。」

這句話讓我感動不已，但同時像是有人拿了一根冰冷的鐵棍直戳我的心臟，「我的祖父……是中國人？」

「咦？沒錯，我沒和你說過，因為你出生不久，他就過世了，他是二次大戰時來英國的。」他看著我，「怎麼了？」

一個可怕的感覺席捲我全身。傑生說我的幻象來源不是電波……他問我的家族是不是來自英國……一個漸漸清晰的答案在我眼前浮現，但這答案太駭人，讓我不敢去想。「沒什麼。」

沃克拍拍我的肩膀，「祝你好運。」然後他轉身和士兵離開。

「倫尼，我們也該出發了。」蕭璟說。

「好，」我決定先處理好眼前的事，我們走入戰艦內部，其他人一臉讚嘆的看著戰艦，「這要怎麼啟動？」史基瑪問。

我走到前方的銀色平板前，我記得觸碰星艦上那面的感覺，如果沒錯的話……我伸手按在板面上。什麼事都沒有發生。我把目光掃過控制板面，注意到它頂部有一圈凹陷的圓洞。我取出手提箱內的方塊，將它置於凹槽之中。

戰艦發出運轉聲，艙門密合起來，一個雷射投影的螢幕出現在前方。「我以為這只是一個程式硬碟。」蕭璟說。

「如果你是一個發明家，你會讓自己的發明只有一種功能嗎？」我伸手按在銀色平板上，一道電流流經全身，我感覺自己的心智有一部分和電腦結合，神經結合系統，不知道人類多久才可以達到這個境界。

「你會操作嗎？」蕭璟緊張的問我。

「會有多難？」我在心中念頭才一閃過，戰艦立刻穿出停機門，高速衝向天際。沒有任何人被加速的慣性摔倒，這一定是某種重力穩定技術。

螢幕上出現世界地圖，標示西安的位置閃爍著綠光，我們所處的位置花蓮則閃爍了藍光，而前方本來密閉的金屬壁面，也變成透明可以直接顯示外部景色，在我們注視下，外面的景色高速消失，螢幕上代表我們的藍點也迅速的往西移動。

「目前速度，十五馬赫。」我說：「花蓮到西安，預計所需時間，三十分鐘。」

戰艦外發出音爆，但我們沒有任何感覺，身旁其他人都淡出視線。我的心智和電腦合為一體，此時心中所想的，只有眼前的目標。

81

中國某處　上空兩萬英呎

我感覺自己的思想從來沒有這麼強大過。

我可以在瞬間判斷距離和氣流波動，精確的在亂流中前進，電腦的協助增強了我的判斷力。在操作的同時，蕭璟站在我身旁，一臉讚嘆的看著外面迅速流逝的景色，另外四名士兵則不斷確認身上的裝備。

過了大約二十分鐘，螢幕上發亮的兩個點已經剩不到三百公里，而空中的景觀也出現變化—螢幕上顯示在兩百公里以外，有超過七百艘戰機正高速接近西安。加上其餘各種機種，估計有超過一千架的飛機在其中。

「顯示前方機群影像。」我說，螢幕上立刻出現畫面，成百上千架戰機分別排成七組角錐戰鬥隊形，以圓弧狀快速進軍西安，戰機群中還包含了不少其他類型的大型轟炸機種。

「那是第三波機群，」一名矮壯的士兵說，我記得他提過他的名字是亞當，「一、二波機群一定已經開始作戰了，我們要發訊號給他們嗎？」

「委員會給我發報訊號了，」我在腦中回想，螢幕上出現「傳遞完成」的字樣。

「搞定。」我說：「我們很靠近西安了，放慢速度。」

戰艦速度漸慢，四周壯盛的空軍兵容令人嘆為觀止─上千架戰機傾巢而出，各國政府集結兵力孤注一擲─這一切都是為了讓我們能順利完成任務，機上的飛行員都賭上自己的性命，我感覺到自己肩上的擔子無比沉重。

當我們到達西安周圍三十公里處時，戰爭已經開打了，底下的地面是我這輩子看過最慘烈的景象─地表已經被先前的攻擊飛彈給轟炸過，幾乎是一片焦土，數十萬陸軍開著坦克、導彈車從地面攻擊地鼠並援助空軍，地鼠軍隊在無數電光中猛烈攻擊陸軍，陸軍也以同樣強大炮火子彈還擊，四處都是火光爆炸。

空中的戰況更為駭人：三波機群加起來共有一千五百架戰機，在空中和乙太戰艦互相追逐攻擊。這次空軍陣容比以往幾場戰爭都強上許多，但這次是在敵人的地盤上交戰，戰火中央的巨大星艦湧出源源不絕的戰艦飛行器阻攔空軍，空中不時爆出的電光烈焰，墜落的戰機飛彈在地上炸出一團又一團的火球，讓人以為是強烈的電風暴來襲。在雙方慘烈的交戰中，我看見自己的目標─星艦下方一處開口，有數十艘戰艦又從那裡湧出來。

「我發現目標了，你們準備一下。」戰艦往通道俯衝，在靠近的過程中，我身旁兩艘乙太戰艦正在攻擊五架盟軍戰機，電光從機翼旁劈過去，差點就把戰機給擊落。

我緊盯著那兩艘戰艦，在螢幕上顯示它們要發動攻擊時，兩道熾熱的光束從我駕駛的戰艦射出擊中它們，將它們炸成一團火球，那五架被追趕的戰機改去追逐其他目標。

「幹得好。」史基瑪說。

我露出了微笑，距離星艦底部的通道只剩下三公里的距離，我放慢速度靠近。然而就在那時，戰艦內部發出紅光，螢幕上出現了「強烈重力異常警告」，我還搞不清楚是怎麼一回事，一道粗厚的藍白光束從星艦頂部的尖端朝空中激射而去，穿越大氣層。在光束越過天際，集中地球之上的剎那，一整圈眩目的白光在宇宙中炸了開來。

四周黯淡了下來，我是說空間真的變為黑暗，空氣霎時變得冰冷。那時候的黑暗似乎不是缺乏光線，而是一種實質的存在，一個抹煞掉光的實體，我想到啟示錄中的一段話：「地大震動，日頭就變黑了」。而這一切黑暗的來源，正是上方光束擊中的地方。

我知道只要我活著（我看也不久了）就永遠無法把這個影像拔除腦海—半徑達數萬公里巨大的透明球體出現在地球上的太空中（我只看得見掃過地球上空的一部分，但也夠駭人了），而球體後方，是整面黑暗冰冷的宇宙。最顯著可見的，是一顆湛藍的星球，陸地上滿是銀白的金屬，雖然距離遙遠，卻可明顯看出星球周圍環繞著數十萬、甚至百萬艘星艦。「乙太。」我顫抖的說。

眼前的蟲洞和電影中的完全不一樣，電影當中的蟲洞都是一個洞口在空間當中開啟，然而真實的情況是：蟲洞是立體的，另一端的宇宙星艦透過蟲洞看去，是完全扭曲變形的影像。在我注視下，另一端的星艦開始往蟲洞前進。

一波波恐懼絕望從空間另一端傳來，我霎時失去鬥志，整支軍隊看起來也感受到那波絕望，空軍的陣型已經澈底散亂，狠狠被外星戰艦痛擊。

「我們失敗了。」蕭璟恐懼的說。

「不，還沒有，」我用意志力操縱電腦，戰艦加速衝向星艦底部通道，「還有多久乙太軍隊會通過蟲洞？」

「六點三秒。」電腦回應。

「套入黑洞造成的時間壓縮？」

「十分三十七秒。」

「我們要在十分鐘內關上通道。」我大聲叫道：「抓好了！」戰艦高速向下俯衝，穿越星艦外部力場，進入當時我看見的停機場，此時機場內已經沒有任何一架飛行器。

戰艦直接以超高速撞上機場地面，在地面上滑行了一段距離，即便內部有重力穩定系統，強烈的撞擊還是把我們被震倒在地上，我的手抽離主控平板，戰艦在地面上旋轉一圈才停下來，側邊的艙門打了開來。

「我以為你會駕駛！」蕭璟從地上搖搖晃晃的站起來。

「我是說會有多難！」我抓起漂浮在平板凹槽上的方塊。指著我上次來時看到的那扇門，「那道門！快走！」

我們六個人跳下戰艦，往我所指的方向跑去，我不清楚等一下會遇到什麼，只知道接下來的十分鐘將會永遠改變這個世界。

82

中國．西安　外星母星艦內部

「往這裡！」我按下銀色門口旁的金屬面板，門板往一旁滑開，「快進去！」

在我們跑入走道時，外面傳來接連好幾陣巨大的爆炸，一架戰機機翼被擊毀，撞上星艦外部的力場後爆炸。

「只有一條路，快跑！只剩九分鐘了！」

其他五個人跟在我的後面，這裡的走道和我上次來的時候完全相同，走道兩側一樣的高級華麗，全像立體圖在牆面上浮現，但我完全沒有留意周圍景象，我只是默默的在心中計算時間。

上次來的時候，這走道似乎永無止境的延伸下去，我走了幾十分鐘才走到落地窗前，此刻才一分鐘，就跑過上次所見的地鼠修理中心，空間內部現在已空無一物，每個玻璃管內的地鼠都離開了—投入消滅人類的戰爭。

我們繼續往前跑。

跑到三條岔路入口，右邊是通往指揮中心石灰色刻滿圖騰的暗門，路口擋著五個地鼠，眼中發出紅光。我想都沒想，便用手上的方塊朝他們激射出電光，將他們瞬間汽化。我們像是什麼事都沒有發生一樣，我打開暗門，繼續向前奔跑。

這條道路在我原本的印象中是一條冰冷且黑暗的通道，四周發出死亡的寒氣，然而此刻我手上的量子方塊發出溫暖的光芒，將我們六個人都包圍在光環之中。我感覺力量在我手中奔流，除去我心理所有的不安，我們迅速通過第二扇門，然後來到最後一扇石門前。

我在石門口停下腳步，我記得後面是什麼，如今走到這裡……我想起自己無助的倒在地上，澈底被恐懼所吞沒，而此時嬴政已經完全甦醒了，力量一定遠勝當日。即便手上拿著傑生的發明，我也完全不想去面對它。

「倫尼，你在幹嘛？」蕭璟急迫的說：「只剩下五分鐘了。」

「門後就是星艦的指揮中心。」我沙啞的說，「他就在後面……」

「如果我們不去摧毀這艘星艦，而只是站在這裡，五分鐘後一樣會被殺掉。」

「快進去了結它！」史基瑪催促說。

我心中掠過一個念頭，如果我在五分鐘內摧毀這艘星艦，我們要怎麼逃出去？但我沒有時間猶豫，我伸手按向石門中央，石門發出藍光向旁滾開。

我在其他五人的簇擁下衝入裡面的空間。

內部大方光明，密室的空間完整的呈現在我眼前，中央的懸浮艙已經打了開來，周圍的四個暗門開啟了，牆上的銘文發出強烈的光芒，而在主控平板前，有一個男人正在那裡，背對著我們盯著螢幕看。

四名特種部隊同時舉起槍。

那個男人回過頭來，他對我們露出微笑，他的雙眼和常人無異，卻給人一種窒息的壓迫感，他的眼神一一掃過其他五人，好像在讀取他們的心智，最後停留在我身上。

「倫納德．馬修斯，」他唸出我的名字，我全身打了寒顫，「我還沒自我介紹，但你一定認得我，我是嬴政。」

他和過去傑生帶我看到的秦始皇長得一模一樣，只是頭髮理得更為現代有型，身上的服裝也不再是布製長袍，而是一套暗色的套裝，衣服的纖維當中閃爍著銀色的亮光，看起來是某種高科技戰甲。我全身顫抖的看著他，我想說些話卻什麼也說不出來，他的眼神完全打亂我的心智。

「我還在想你什麼時候會來，顯然你遲到了。」他指著螢幕上人類軍隊和乙太軍隊交戰的影像，「再過四分鐘，乙太的艦隊就會趕來，你那微不足道的種族將從地球上被掃空，這裡將成為我們的第二帝國。」

「那我們得先殺了你。」亞當低吼一聲舉起手中的槍對準嬴政扣下扳機，槍口冒出火花，但嬴政只是露出莞爾的表情。

「這種射出硬化金屬塊的原始武器奈何不了我。」他揮揮手，特種部隊手上的槍全都掉到地上，他再次看向我，「傑生的程式已經被系統刪除了，沒有人會來幫你們。」他對我們大手一揮，一面電光往我們壓來，四周的物體劇烈震動，但一碰到我手中方塊所製造的光環就消失無蹤。

嬴政似乎這才發現我手中的方塊，他對我露出不屑的眼光，「是我們那個叛徒傑生的小把戲，你以為這就可以阻止我殺了你們嗎？」

「嬴政，今天沒有人會死，這裡只有你一個人會死。」我勉強發出聲音。

「意志高昂，我欣賞，」他的眼中出現一道紅光，聲音轉為輕柔：「告訴我，你為什麼要出這趟任務？」

他的語調有種奇怪的感覺，我覺得自己好累，心智疲乏，我強迫自己發出聲音：「為了拯救我的星球。」

「真的是那個原因嗎？」嬴政對我瞇起眼睛，我們之間似乎起了一陣霧，「你內心知道真正的原因，你不是要拯救誰，你是要爭取認同。」

嬴政的形象在我眼前閃爍不定，「你渴望父親愛你，希望贏得父親的認同，他卻仍瞧不起你；你渴望母親遵守諾言，你希望讓她驕傲，但她卻拋棄你……」

在他說話的同時，我們之間的迷霧凝聚起來，出現了一個身影，我喉嚨彷彿被勒住一樣，「不……你……」

我的母親海倫張開雙臂，一臉祥和的說：「我最親愛的，你已經回家了。」

她和我最後一次見到時一樣，那同我一般湛藍的眼珠，她的頭髮散發出清香的檸檬味道，我已經十幾年沒看到她了，我心神大亂，眼中再也沒有其他事物，嬴政、戰爭，通通無關緊要，重要的只是我眼前的母親。

「媽……」

「就是我，」她眼中出現痛苦的光芒，那讓我極度難受，「這些年我好想你……每天做夢都夢到你，希望有一天能夠和你見面。」

「妳只是幻影。」我虛弱的說，但是那感覺卻如此真實。

「我是真的，」她急切的說：「倫尼，我好愛你，我從來沒有離棄你，我們原本可以擁有很好的人生，我們可以一起到世界各地遊玩，一輩子不分開。但是這世界是如此的殘酷，你父親遺棄了我們，孩子，嬴政給了我們全新的機會。回到我身邊吧，我們可以一起修正過去的錯誤。」

我感覺整個世界在我腳下被抽走，多年來一直認定母親永遠不會回來，她拋棄了我，這是我人生的核心，是我這十多年生活的基礎，此時她回來了，過去人生的基礎被拆毀。這些過去都被抹除，我可以重新修正那些錯誤……

我的心智正在一吋吋的崩塌，手上的方塊受到我的影響，能量的光環愈來愈弱，密室中的黑暗漸漸朝我們湧來。我眼中看到這一切，但我不知道該怎麼辦，蕭璟在我身旁大喊：「倫尼！她是你心中的幻象，嬴政正在操縱你的內心，投射出你渴望的一切，抵抗他！」

我知道她說的都對，但她的聲音感覺從好遠好遠的地方傳來，然後我擠出聲音說：「你到底要什麼？」

「我渴望生命，」她的眼中出現狂熱的光芒，「我孤單一個人在陰界徘徊了好幾年，我人生只剩下悲慘和痛苦，倫尼，你可以救我！我們可以重拾往日的時光。」

她的聲音如此的痛苦，我感覺自己的氣息愈來愈薄弱，母親獨自一人痛苦了那麼久，我一直對不起她，她是我的負擔，我怎麼可以在她最需要的時候拋棄她？感覺一根灼熱的細線拉扯著我左腹的傷口，我身旁的光環已經消退到只剩一小圈，兩名特種部隊隊員在失去光環的保護下大喊一聲倒地死亡。

身旁的叫聲引起了我一絲注意，「我必須關上通道，」我說：「不然人類會滅亡。」

「孩子，你打的是一場必輸的仗，」她揮了揮手指向螢幕，螢幕上出現了外面的景象—只見軍隊正在打一場毫無希望的戰爭。上千架戰機被強大的乙太戰艦狠狠擊退，地面部隊在閃光轟擊下節節敗退，尖叫呼喊聲不絕於耳。而蟲洞的另一端，大批艦隊不到兩分鐘就可以完全穿越。

「倫尼，人類沒有希望了，世界的秩序已經改變，然而在這之後，我們可以繼續生活在一起，想想我們的過去，我們可以重拾所有美好的過往，不要堅持錯的一方，拋開手中的量子方塊，一切就會恢復正常。你身旁這位是你的女朋友吧？她一樣可以獲得拯救，你現在所需要做的，只是放手就好。」

世界在我眼前消退，我漸漸陷入黑暗當中。我可以重拾過往，母親能夠回來，我可以修正錯誤，給母親自由和快樂—她一輩子沒有享受到的，我現在全都可以做到。唯一要做的，就只是放手就好。

一雙溫暖的手掌緊握住我的雙手，蕭環在我身旁說：「倫尼，這一切都是過去，你不可能去改變它，你生命不是只有悔恨，你父親愛你，他在你出征前親口告訴你，你不孤單。拋開過去的枷鎖，為了世界，為了我們的未來。」

蕭環的聲音敲醒了我心中某個地方，傑生的話在我耳邊響起：「當那刻來臨時，你必須專注在一個你和世界有連結的東西上，那是你唯一的希望。」我周圍的黑暗停止擴張，我感到有一絲光明照入我的心靈內，美好的回憶流滿全身：在西安時照顧殘障受傷的災民、早晨悅耳動聽的琴聲、父親深情擁抱住我，還有夜晚海岸邊的一個吻。

「答應我，不論到時情況如何，你一定要記得我，然後安全的回來。」

如夢境一般的諾言再次浮現。我許下承諾。我發誓。

我想起很久以前我父親告訴過我，我的名字「倫納德」在日耳曼語和希臘文中，象徵的是強壯如獅的勇士。傑生說過，「你的決定將會至關重要，是仇恨？還是和平？」

我從來沒有這麼清楚我的定位，感覺自己慢慢振作起來，剛才剝離的信心正在慢慢重新聚合起來，呼吸變得穩定，周圍的黑暗開始消退，溫暖的感覺席捲我全身。我的意識明朗清楚，我手中方塊的光環開始增強。

「我的母親，她選擇了自己的道路，」我說，此時螢幕上顯示通過時間只剩下一分鐘。我朝身旁兩名士兵和蕭璟看了一眼，我伸出左手緊緊攬住她的肩膀，「你讓自己心中慾望逼瘋自己，是你選擇了這樣的道路，我和你不同，我從未改變過心中的信念。」

「不！倫尼！我是你僅有的親人！」霧氣開始閃爍不定，海倫發出淒涼的叫喊聲。

「不，」我強迫自己直視她的眼睛，「我為自己選擇新的命運，我有了新的家人，妳已經死了，妳不再是我的母親了。」

組成海倫的霧氣消散，嬴政猩紅的雙眼看著我。我手上的方塊爆出強烈的光芒，減弱的光環頓時增強了無數倍，我感覺上兆瓦的能量在我手中奔流，一波接著一波的能量往四面八方湧出，當它們擊中嬴政的時候，他發出淒慘的吼叫聲。

「你要付出代價！」嬴政怒吼一聲，我感覺到他要運用自己的心智力量攻擊我們，我同時感覺到自己心智正在高速增強，我也感覺到四周每個人的情感波動和心靈思緒。我閉上眼睛，極度專注，我和嬴政兩人之間的意志力互相角力，然後我們同時大叫一聲後退。

「不可能，」他第一次露出極度震驚的表情，「你們完蛋了！」他從空氣中憑空抽出一根銀色的法杖，杖頭尖端朝我們射出一道電光，卻在方塊的力場外被擋了下來。我手中的方塊發出高溫，然後向嬴政回敬一道光束，他舉起武器想要抵抗，但他的武器根本之撐不住那麼強大的能量，光束將他手上的法杖炸成碎片，同時將他震飛到密室另一端。

螢幕上顯示時間只剩下二十秒，我衝到主控板面前，我必須趕快更換手中的方塊，我伸手觸碰平板上的主控器，嬴政在我後方勉強發出聲音說：「你辦不到，只有我自己才可以。」

我記得傑生說過只有非乙太公民，一個軟弱的人類，或是要嬴政本人的基因才可以觸碰它。只要符合一種情況就可以接觸系統。

然而，還有一種情況也可以……那就是兩者條件皆符合。

我此刻終於完全明白傑生那時所說的涵義了，為什麼我腦中會不時出現那些幻象、為什麼當我在星艦內部時地鼠會放我一馬、為什麼我心智會和嬴政有所連結……我從來就不只是地球的後代，我是兩個世界的子孫，我要去完成我與生俱來的職責。

我取出銀色平板上的主控器，將手上的量子程式方塊置入本來主控器的位置，現在只剩下七秒鐘。第一波艦隊已經發動攻擊，一整片的黃點出現在蟲洞口。

螢幕上出現新的文字

「偵測到新的主導程式碼，詢問使用者是否重新覆寫。」

「當然，謝謝你。」我將手按在平板上。

「覆寫中，正在將新程式上傳至所有總機指揮下單位，中止空間傳送。」

「不！」嬴政雙手撐起身體大吼。

螢幕上顯示本來連結兩側的空間橋梁，在第二秒的時候突然消失無蹤，所有乙太端前行中的艦隊和螢幕上的黃點通通消失無蹤，而外部和軍隊交戰的戰艦地鼠，開始接二連三的炸成一團火球。

與之同時這艘星艦的地面開始劇烈震盪，懸浮艙轟然倒塌，螢幕上顯示緊急自毀情況的字樣。

「我們辦到了。」我伸手環抱住蕭璟。

「白痴！這艘星艦很快就要一起毀滅掉了，你們以為自己逃得掉嗎？」

我沒有理他，我轉身面對蕭璟，伸手摸著她的臉頰，「看來這就是結局了。」

她嘆息一聲將臉靠在我的手掌上，「我很高興和你在一起。你還記得我們的初吻嗎？」

我露出哀傷的微笑，「記得。」

「我希望我們仍然在那裡。」

周圍結構體開始崩塌，嬴政大喊：「倫納德！這不是結束，你以為我的影響力只限於在這個星艦中嗎？我幾萬年前就來過這裡了，我是你們文明的基礎，我對世界的影響永遠不會消失！」天花板轟然塌下壓在嬴政身上，我們腳下的結構也迅速崩解。

「我愛你。」我緊抱住蕭璟，她將頭靠在我肩膀上。

在我們一同墜下的那瞬間，我口袋中的珍珠忽然變得極端燥熱，幾乎灼傷我的皮膚，一圈藍色的能量光環從那之中爆了出來，將我們包覆在其中。我墜落到空中，在失去意識的剎那，我看見空中的星艦發生了大爆炸，將整片天空幻化為金色。

83

【BBC世界報導】

即時新聞：外星入侵戰爭，地球勝利之音

在外星入侵事件發生後，已經過了超過一個月的時間，就在今日下午一點，「蓋亞聯盟」高層委員會發表正式聲明，表示入侵地球的外星軍隊，於今日稍早在西安的決戰中消滅殆盡。

在對抗入侵的戰役中，國際損失了超過二十五兆美元，世界死亡人口超過兩億人。蓋亞聯盟領導團體在西安戰場前，針對這場勝利發表聯合聲明：

外星人以為可以擊敗我們，而他們也確實差點成功了，其中對他們最有利的武器，就是我們人類自己的分裂和對立，如果國際間的合作互信能夠以更緊密的方式進行，這次的戰爭不會拖那麼久。

戰爭中死去的英雄，他們的名字都不該被忘記，所有為理念犧牲的生命，都要永遠被記載在史冊上，他們的貢獻將被世人所傳頌，銘記在我們每個人的心中。

在這場戰爭中我們失去了親朋好友，失去了國家經濟，卻讓我們學到了更珍貴的事，我們曾經選擇仇恨和戰爭，如今我們發現了團結和接納，是我們勝利的最主要原因。往後國際間將會以更加穩定團結的方式合作。

在LGC發表結束之後，各國政府也宣布將會投入大筆資金，援助此次受災害的國家重建，其中以中國和台灣為主要優先援助對象。

為了紀念這次戰爭勝利，蓋亞聯盟決定在西安、台北和幾處發生重大戰役的地方設置紀念碑，永遠追悼這段時間的痛苦和亡者。

據信在蓋亞聯盟中，有謠言指出贏得此次勝利的關鍵人物，是一位名叫倫納德·馬修斯的英國國民，他提出了擊敗外星軍隊的方法並親自帶領行動。聯盟委員會對此傳言並未進行正面回應，只說世界上每一個人都是這次獲勝的關鍵。

新聞社正在對謠傳中的此人物進行探訪，希望能夠獲得他本人的回應，然而，目前此人的下落暫時不明。

欲知更多戰爭後的國際詳情，請繼續訂閱BBC新聞。

奧地利共和國．維也納　史蒂芬廣場

我挽著蕭璟的手，在維也納史蒂芬廣場上漫步。

「那棟教堂叫作史蒂芬大教堂，」我指著廣場中央的美麗大教堂說：「在十二世紀時，匈牙利國王在此建立了一座羅曼式的教堂，到了十四世紀，魯道夫公爵將教堂改為哥德式建築，後來又歷經好幾次的整修，十五到十八世紀之間，這座教堂的建設幾乎沒有停過。」

「真漂亮。」蕭璟說。

「沒錯，這座教堂是維也納的代表性地標，被選作為奧地利商議國家大事的地點。」

「你怎麼知道的？」

我將頭撇向一群觀光客，「導遊說的。」

「天生賴皮。」她把頭轉開，一臉驚嘆的看著教堂，「我聽說維也納是古典音樂和歌劇的中心，舒伯特是在這裡出生的。」她說完看了我一眼，「你為什麼會選擇來這個地方？」

「這個嘛，宋英倫總統為了感謝我，同時委員會要我們避避風頭，所以我搜尋了網路，上面說奧地利是情侶最喜歡來的地方，而且我知道妳喜歡音樂，所以我向委員會要求要和妳來這裡玩。」

「你在勒索政府嗎？」

「我想拯救了世界，你就會有一些特權。」

她搥了我肩膀一拳，笑著說：「我看到前天的新聞，現在全世界都在英國和中國找尋你的下落，有人推測你可能是被瘋狂仰慕者給綁架了。」

「那個綁架我的人就是妳。」我笑著將她拉近我身旁，「和名人約會的感覺如何？」

「呃，至少景點很棒。」

我們面對面站著，她的頭髮在陽光下閃爍著金色的光芒，陽光映照在她的臉龐，我傾身向前打算親吻她，她卻忽然把頭轉開，「那裡有一家咖啡店」，她指著廣場旁一家石砌牆面的小型咖啡館，「我們去那裡休息一下。」

我們選了咖啡館外的一張桌子坐下，蕭璟點了一杯卡布奇諾，我點了一杯可樂加冰塊。我們就坐在那裡，就像平凡的兩個人在午後愜意的享用手上的飲料。廣場上成群旅客走來走去，好像那場震驚全球的戰爭並沒有影響到這裡。

「倫尼，你之後有什麼計畫？」蕭璟啜飲了一口咖啡後問。

「讀完大學，出去工作。」

「聽起來……很正常。」

「是啊，我的人生經歷一次戰爭就夠了，沒必要再有更多的重大起伏。」

她點了點頭，突然臉色嚴肅的握住我的手說：「在我們離開星艦的時候，嬴政曾經說過他的影響力遠不止我們以為的範圍……我不知道，他可能只是吹牛，但我覺得會有不好的事情發生。」

我沉默不語，即便不想承認，但他最後那句話確實影響了我，我不知道他要如何在死後繼續影響世界。然而，在這麼美好的下午，和蕭璟一起坐在異國咖啡館，我實在不想去思考任何不祥的事情。

一陣柔和的鋼琴旋律從廣場傳來，我轉頭去看，聲音的來源是一家外觀古老的小型樂器行，想起在西安蕭璟教我彈琴的情景，當時她答應我戰爭結束後會教我彈琴。瞥了她一眼，顯然她也在想同樣的事，露出了微笑。

我晃了晃快喝完的可樂瓶，對她說：「這個嘛，我想妳還記得我們的約定。」

「沒問題。」

我站起身，和她一起走入緩緩流洩琴聲的樂器行中。

尾聲

在一間燈光微弱的辦公室內，一名身穿黑色西裝的男人坐在辦公皮椅上。這間辦公室散發出老舊的氣息，周圍瀰漫著微微的古董木櫃的霉味。在辦公室的右邊，懸掛的一幅古老的圖畫，這是幾個月前才開挖出來的古物，上面畫著惡魔從天降下。他很快就可以把這幅畫加入會議室中的另外三幅中。

在繁複的木製結構當中也夾雜了許多高科技設備，辦公室的後方有五面螢幕，中間三個播放著世界各地的新聞，左邊的螢幕是一長串雙股螺旋結構的圖示在螢幕上旋轉，右邊的螢幕則放出不同人物的照片和他們的檔案。螢幕上跑過好幾個人的面孔，大多是中國、日本、韓國等人的照片。那個男人背對著辦公桌，眼睛看著其中一個螢幕。

當右邊螢幕播出一個人的照片時，他按下了停止播放的按鈕。螢幕上的人名顯示：倫納德·馬修斯。

他將目光轉向另外四個螢幕，中間三個螢幕正在播報西安戰爭後蓋亞聯盟和各國政府的聲明和重建的工作，正中間的那個螢幕是宋英倫總統站在總統府前，最後一個螢幕所顯示的雙股螺旋則在某些片段發出紅光。

男人轉過椅子，拿起桌面上的電話，電話旁放了一根試管，試管內漂浮著白色的霧氣。他眼睛盯著辦公室旁的圖畫。

「第一位騎士已經出動了，該是時候啟動剩下的騎士了。」

（天啟I：末世訊號　完）

致謝

本書能夠完成，首先必須感謝秀威資訊的主編喬齊安和排版林宛榆幫我校正文章諸多疏漏之處；其次是美編楊廣榕，您設計的書封完全是我想要的意境。謝謝您們的付出和幫助，讓我的夢想得以實現。

謝謝熱心為本書撰寫推薦序的張善政先生、上官鼎先生和林宜澐先生。對我這第一次出書的高中生來說，您們的願意就是莫大的鼓勵。也謝謝前輩對本書的建議，讓我在創作這條路上更有方向和信心。

感謝國中時期一起切磋文字的同學陳亭皓和黃家朗，與你們的較勁和練習，激發了我對寫作的興趣；還有國一時期的班導林淑慧老師，如果不是您在班上時常朗讀我們寫的文章，我絕不會有熱情創作下去。另外也十分感謝高中的國文老師兼班導陳佩妍老師，您的國文課和人性化的教導給了我極大的進步和啟發。

非常感謝當初和我一同架構本書框架的朋友游弘宇，若沒有你這一年半來不斷和我討論及修正，我不可能會完成這本書，你是本書得以成功出版最重要的基石。還有我在台北的好友邱柏文及遠在加拿大的好友鍾允恩，即便你們不知道，但你們仍共同奠定了本書的基礎。

謝謝愛我的家人。感謝我姐姐協助書封的文字編輯；感謝我的父母，您們總是支持我想做的事，並且相信我能夠兼顧課業和寫作。你們的愛和信任是本書得以完成的最大功臣。

最後，感謝上帝，因為祢是信實的。

註釋：

1 沃克斯華戰，美國獨立戰爭中的一場戰役，爆發於一七八〇年五月二十九日的蘭卡斯特（南卡羅萊納），交戰雙方分別是阿布拉罕．布佛得率領的大陸軍及伯納斯特．塔爾頓率領的忠英派。當其他美軍聽聞塔爾頓拒絕了布佛得的投降後，便稱此戰役為沃克斯華大屠殺。（取自維基百科）

2 此為兩岸軍事默契隔線，北從北緯二十七度、東經一百二十三度、南到北緯二十三度、東經一百一十九度兩點之間的連線。

3 盤古：中國神話中開天闢地的神祇，死後祂的身體器官化為天地萬物。

4 尤密爾：北歐神話中最巨大的巨人，為眾神和巨人的祖先，死後其遺體化為天地萬物。

5 阿圖姆：埃及神話中的創世神，為埃及九柱神之首，自原始之丘誕生後創造了天地。

6 普魯沙長：印度神話中最巨大的神靈，後來祂的身體轉變為世界萬物的基礎。

釀冒險32　PG2267

天啟Ⅰ：
末世訊號

作　　者	江宗凡
責任編輯	喬齊安
圖文排版	林宛榆
封面設計	楊廣榕

出版策劃	釀出版
製作發行	秀威資訊科技股份有限公司
	114 台北市內湖區瑞光路76巷65號1樓
	電話：+886-2-2796-3638　傳真：+886-2-2796-1377
	服務信箱：service@showwe.com.tw
	http://www.showwe.com.tw
郵政劃撥	19563868　戶名：秀威資訊科技股份有限公司
展售門市	國家書店【松江門市】
	104 台北市中山區松江路209號1樓
	電話：+886-2-2518-0207　傳真：+886-2-2518-0778
網路訂購	秀威網路書店：https://store.showwe.tw
	國家網路書店：https://www.govbooks.com.tw
法律顧問	毛國樑　律師
總 經 銷	聯合發行股份有限公司
	231新北市新店區寶橋路235巷6弄6號4F
	電話：+886-2-2917-8022　傳真：+886-2-2915-6275

出版日期	2019年5月　BOD一版
定　　價	530元

國家圖書館出版品預行編目

天啟. I : 末世訊號 / 江宗凡著. -- 一版. -- 臺北市 : 釀出版, 2019.05

面； 公分. -- (釀冒險 ; 32)

BOD版

ISBN 978-986-445-329-0(平裝)

857.83 108006762

讀者回函卡

感謝您購買本書，為提升服務品質，請填妥以下資料，將讀者回函卡直接寄回或傳真本公司，收到您的寶貴意見後，我們會收藏記錄及檢討，謝謝！

如您需要了解本公司最新出版書目、購書優惠或企劃活動，歡迎您上網查詢或下載相關資料：http:// www.showwe.com.tw

您購買的書名：______________________________

出生日期：________年________月________日

學歷：□高中（含）以下　□大專　□研究所（含）以上

職業：□製造業　□金融業　□資訊業　□軍警　□傳播業　□自由業

□服務業　□公務員　□教職　□學生　□家管　□其它_____

購書地點：□網路書店　□實體書店　□書展　□郵購　□贈閱　□其他

您從何得知本書的消息？

□網路書店　□實體書店　□網路搜尋　□電子報　□書訊　□雜誌

□傳播媒體　□親友推薦　□網站推薦　□部落格　□其他__________

您對本書的評價：（請填代號　1.非常滿意　2.滿意　3.尚可　4.再改進）

封面設計____　版面編排____　內容____　文／譯筆____　價格____

讀完書後您覺得：

□很有收穫　□有收穫　□收穫不多　□沒收穫

對我們的建議：______________________________

____

____

____

請貼
郵票

11466
台北市內湖區瑞光路 76 巷 65 號 1 樓
秀威資訊科技股份有限公司 收
BOD 數位出版事業部

....

（請沿線對折寄回，謝謝！）

姓　　名：＿＿＿＿＿＿＿＿＿＿　年齡：＿＿＿＿　性別：□女　□男

郵遞區號：□□□□□

地　　址：＿＿＿＿＿＿＿＿＿＿＿＿＿＿＿＿＿＿＿＿＿＿＿＿＿＿

聯絡電話：（日）＿＿＿＿＿＿＿＿＿＿＿＿（夜）＿＿＿＿＿＿＿＿＿＿＿＿

E-mail：＿＿＿＿＿＿＿＿＿＿＿＿＿＿＿＿＿＿＿＿＿＿＿＿＿＿